BASTEI
LÜBBE

Ken Englade

Wo alles Mitleid endet

Ins Deutsche übertragen
von Michael Kubiak

TRUE CRIME
Der wahre Kriminalfall

BASTEI LÜBBE

BASTEI-LÜBBE-TASCHENBUCH

Band 13 363

Erste Auflage: Januar 1992

Deutsche Lizenzausgabe 1992
Bastei-Verlag Gustav H. Lübbe GmbH & Co.,
Bergisch Gladbach
Originaltitel: Beyond Reason
Titelfoto: Elisabeth Haysom, Courtesy Wide World Photos
Satz: KCS GmbH, 2110 Buchholz/Hamburg
Druck und Verarbeitung:
Brodard & Taupin, La Flèche, Frankreich
Printed in France
ISBN 3-404-13363-7

Für die Drillinge:
Glad, Sal und Sam

Vorbemerkung

Die hier geschilderte Geschichte ist kompliziert. An ihr sind viele Leute und Ereignisse an weit auseinanderliegenden Orten beteiligt, vom Herzen Virginias bis nach Europa – von Lynchburg bis nach London und von Boonsboro bis nach Bonn.

Viele haben mir geholfen, dieses Material zusammenzutragen, geduldige, besonnene Menschen, die sich häufig beträchtlich engagierten, um mir behilflich zu sein. Von denen, die so großzügig ihre Zeit und ihr Wissen zur Verfügung stellten, möchte ich vor allem danken: Jim Updike, Ricky Gardner, Chuck Reid, Ken Beever, Geoffrey Brown, Colin Nicholls, Carroll Baker, Debbie Kirkland, Jennifer Thomas, Carl Wells, Hugh Jones und Jack Rice und seiner Truppe.

Es gab auch jene, die Zeit und Informationen gaben, die jedoch darum baten, aus dem einen oder anderen Grund anonym zu bleiben. Ich versprach ihnen, ihre Namen nicht zu nennen, das heißt aber nicht, daß ich nicht dankbar bin für das, was sie getan haben. Sie wissen, wer sie sind, und ich hoffe, ihnen ist auch klar, wie wertvoll ihre Hilfe war. Ihnen allen sage ich meinen unendlichen Dank.

Es gibt auch noch jene, die mir halfen, über das zu reden, was ich erfahren hatte. Ihnen schulde ich besonderen Dank, denn sie halfen mir, mich zu konzentrieren und daß ich die Dinge im richtigen Blickwinkel behielt. Zu ihnen gehören meine Frau Sara sowie David Snell, Betsy Graham und Mitchell Shields und Peter MacPherson – allesamt gute Freunde. Ich danke ihnen herzlich.

In einer Geschichte wie dieser gibt es immer einige Lücken und lose Fäden; nur in der Fiktion wird alles am Ende säuberlich verknotet. Um den Fluß der Geschichte zu erhalten, habe ich hier und da einige Brücken eingebaut: Wenn das geschah und dies war die Folge, dann muß dieses und jenes in der Zwischenzeit geschehen sein. Solche Stellen sind relativ selten. An anderen Stellen habe ich Unterhaltungen rekonstruiert, bei denen ich, offensichtlich, nicht anwesend war. Der Leser wird sicher verstehen, daß ich mich nicht dafür verbürge, daß die Worte, die er liest, auch genauso gefallen sind, aber ich habe mich bemüht, den Lauf der Dinge so festzuhalten, wie er tatsächlich stattfand. Die Grundidee der Geschichte ist ausführlich dokumentiert und so faktbezogen, wie ich es eben schaffen konnte. Wenn es irgendwelche Irrtümer und Fehler gibt, dann sind sie eine Folge meiner Fehlinterpretation. Für diese entschuldige ich mich bereits im voraus.

Eine Anzahl Menschen wurde ohne ihr eigenes Verschulden in die hier geschilderten Ereignisse verwickelt. Sie wurden nur deshalb hineingezogen, weil sie zufälligerweise zu einer bestimmten Zeit an einem bestimmten Ort waren. Ich habe versucht, ihre Namen und ihren Ruf zu schonen, indem ich ihnen Pseudonyme gab. Der Leser wird sie gleich erkennen, denn jeweils bei ihrer ersten Erwähnung sind ihre Namen kursiv gedruckt. Ansonsten entsprechen die Identifikationen denen in den offiziellen Akten, die sich mit dem Fall befassen. Es gibt keine fiktionalen oder konstruierten Charaktere.

1

Schweiß perlte über Derek Haysoms Gesicht. Er rann über seine Stirn, sammelte sich in seinen Augenbrauen und tropfte von seiner Nasenspitze herab. Alle paar Minuten unterbrach er das Graben und wischte sich die Stirn mit dem Handrücken ab. Viel nutzte es nicht. Sekunden später rann der Schweiß wieder so reichlich wie vorher.

Ein paar Meilen entfernt zeigte das abgeschirmte Thermometer der Wetterstation dreißig Grad Celsius. Doch in dem schattenlosen Garten, wo Derek und seine Frau Nancy seit dem frühen Morgen arbeiteten, war es viel wärmer. Für den 30. März war es viel zu heiß, dachte Derek. Ohne den Kopf zu wenden, fragte er seine Frau: »Schaffst du's noch?«

»Wenn es nach mir ginge, könnten wir für heute Schluß machen«, erwiderte Nancy müde.

»Eine gute Idee«, stimmte Derek zu und streckte langsam seinen steifen Rücken.

»Wir haben uns einen Drink verdient.«

Normalerweise war es um diese frühe Jahreszeit im Land der Blue Ridge Mountains im Herzen Virginias noch nicht so warm. Doch das Jahr 1985 bildete eine Ausnahme; die Sonne hatte schon die ganze Woche erbarmungslos vom Himmel gebrannt. Es war für Derek besonders anstrengend, da er an ein kühleres Klima gewöhnt war.

»Morgen wird es sicherlich genauso schlimm wie heute«, brummelte er, während er die Gartengeräte einsammelte und an die Seitenwand des Hauses lehnte. Manchmal war er pedantisch wie eine alte Jungfer, was man von jemandem, dessen Hobby neben Gartenpflege und Kartenspielen das Konstruieren von Schaltkreisen für Amateurfunkgeräte war, beinahe erwarten konnte. »Aber das ist wohl egal«, ächzte er. »Auch am Palmsonntag müssen wir schon früh wieder raus.«

Nancy nickte in stummer Zustimmung, zu erschöpft für eine

Erwiderung. Sie streifte die dicken Baumwollhandschuhe ab und warf sie achtlos auf den Boden.

Während er die Gartengeräte einsammelte, versuchte Derek sich über seine Erschöpfung lustig zu machen, scherzte über seine ›zweiundsiebzig Jahre alten Knochen‹ und daß es immer schwieriger wurde, sich von derartigen Anstrengungen zu erholen. Mit dem Altwerden wollte er sich nicht so einfach abfinden. Um den Prozeß zu verzögern, hielt er sich mit Tennis und gelegentlichen Dauerläufen über die Holcomb Rock Road in Form, eine schmale, gewundene Durchgangsstraße, die an ihrem Haus vorbeiführte. Doch ein Tag voll anstrengender Arbeit bei heißer Sonne reichte nicht aus, um auch den athletischen Derek müde zu machen.

Die Haysoms waren drei Jahre vorher nach Boonsboro gezogen, genauer im Jahr 1982, nachdem Derek sich von seinem Posten als Direktor einer Anlagekapitalfirma in Nova Scotia zurückgezogen hatte. Seiner Ausbildung nach ein Ingenieur, war Derek etwa in der Mitte seiner beruflichen Laufbahn ins Management gerutscht und hatte auf drei Kontinenten in leitenden Positionen gearbeitet. Boonsboro hatte sich angeboten, da es ein Vorort von Lynchburg war, wo Nancy aufgewachsen war. Sie lebten in relativer Ruhe und Zurückgezogenheit in einem schlichten zweistöckigen Haus, das Nancy nach einer Villa in einem obskuren englischen Roman Loose Chippings getauft hatte. In dem Roman hatte die Villa ihren Namen erhalten, weil sie als eine Art Durchgangsstation für Exzentriker aller Art diente. Nancy fand das auf ihre Situation durchaus zutreffend.

Häuser mit Namen zu versehen war eine von Nancys kleinen Marotten. Eine andere war das Sammeln kleiner Steinblöcke, die sie dazu benutzte, Mauern um die kleinen Gärten zu errichten, die sie stets anlegten, wenn sie ein neues Haus bezogen. In den fünfundzwanzig Jahren, die sie und Derek verheiratet waren, hatte Nancy, wo immer sie gerade wohnten, Steinmauern um ihre Gärten gebaut. Nun, in ihren mittleren Jahren, hackten ihre Kinder deswegen auf ihr herum. Sich mit großen Felsbrocken abzumühen sei ein Hobby, das ihrer Gesundheit nicht unbedingt zuträglich sei. Um sie zu beruhigen, versprach sie, daß die Mauer um Loose Chippings gewiß ihre letzte sei.

»Ich brauche jetzt eine Dusche«, sagte sie und fuhr sich mit der Hand durch ihre Flut kastanienbrauner Haare, zwischen denen die ersten grauen Strähnen zu erkennen waren.

»Geh schon ins Haus«, meinte Derek. »Ich räume hier auf und komme gleich nach.«

»Mein Gott, heute war es bestialisch«, sagte Nancy. Sie fühlte sich behaglich in dem königsblauen Hausmantel, den sie sich für einen ruhigen Abend zu Hause ausgesucht hatte. Ihre Sprache war knapp und voller britischer Ausdrücke, was eigentlich nicht überraschte, hatte sie doch die letzten sechsunddreißig Jahre, seit sie siebzehn war, unter Engländern in Südafrika und Kanada verbracht. Obwohl sie eigentlich aus Virginia stammte, war bei ihr kaum etwas von einem Südstaatenakzent feststellbar.

»Es wird Sommer«, stimmte Derek zu. »In solchen Zeiten wünschte ich, wir wären wieder in Nova Scotia.«

Während Nancys Akzent gekünstelt klang, war Dereks echt. Die meisten Amerikaner, die ihn reden hörten, hielten ihn tatsächlich für einen Briten. In Wirklichkeit war er Südafrikaner mit britischer Herkunft, geboren in der Natal-Provinz an der Ostküste. In den Jahren, die er im Vereinigten Königreich arbeitete und studierte, ehe er nach dem Zweiten Weltkrieg nach Südafrika zurückkehrte, polierte er seine Aussprache auf, daß nur ein Engländer seine kolonialen Wurzeln bemerken konnte.

Nancy seufzte. Nachdem sie ihr Glas geleert hatte, hielt sie es demonstrativ hoch. »Wärst du mal so freundlich, bitte?« fragte sie Derek.

Derek nahm ihr das Glas ab und ging damit zum Barschrank. »Das gleiche?« fragte er und schüttete bereits einen großzügigen Schuß Gin über die schmelzenden Eiswürfel.

Sie gab keine Antwort. Wenn sie die Wahl hatte, trank Nancy fast nur Gin: am liebsten Boodles, wenn er zu bekommen war, sonst Gordon's. Es war ein Zeichen für seine Erschöpfung, daß Derek nicht schon wieder zu seinem Standardvortrag über die schädliche Wirkung ihres Lieblingsgetränks ansetzte. »Der Wacholderextrakt, der für den Geschmack sorgt, ist ein hochwirksames Gift«, sagte er immer. »Er erzeugt die gleichen Aggressionsgefühle wie Amphetamine.« An diesem Abend sagte er nichts. Stumm fügte er ihrem Drink einen Spritzer Soda und eine Zitronenscheibe hinzu und stellte ihn beiseite, während er sein eigenes Glas frisch auffüllte. Derek bevorzugte Scotch, den er nach britischer Sitte konsumierte: pur – kein Eis, kein Wasser, kein Soda.

Er reichte Nancy den Gin und nahm ihr gegenüber Platz. Aus alter Gewohnheit und auch wegen der Hitze hatte Derek die Vorhänge zugezogen, so daß sie nun beim Schein einer einzigen Lampe beisammen saßen. Das matte Licht ließ Dereks zerfurchtes Gesicht in tiefe Schatten versinken, verstärkte seine Nase und sein ausgeprägtes Kinn und ließ ihn ausgesprochen energisch erscheinen. Das gleiche Licht verlieh Nancy etwas Weiches, Anschmiegsames. Mit dreiundfünfzig war sie noch immer eine gutaussehende Frau, eher flott als richtig schön, zierlich mit attraktiven, gleichmäßigen Gesichtszügen, einer reizenden, leicht aufwärts gerichteten Nase, blitzenden braunen Augen und einer wohlproportionierten fülligen Figur. Einige hätten sie auch als rundlich bezeichnet. Aber immer wenn sie und Derek an irgendwelchen gesellschaftlichen Ereignissen teilnahmen, schaffte Nancy es stets, die Blicke der anwesenden Männer auf sich zu ziehen. Dies erzeugte in Derek widerstreitende Reaktionen – Stolz gemischt mit Eifersucht – und brachte ihn stets zu der Klage, daß sie zweifellos sofort wieder heiraten würde, kaum daß er unter der Erde wäre.

Sie ging mit einem Lachen über derartige Anspielungen hinweg, doch als Frau mit einem fast unersättlichen Hunger nach Aufmerksamkeit und Zuneigung freute sie sich insgeheim über ihre anhaltende Sinnlichkeit. An diesem Abend hatte sie nach dem Duschen auf ein frisches Make-up verzichtet, und das Licht der Lampe ließ sie unnatürlich blaß aussehen. Um den Hals trug sie eine doppelte Goldkette, die in der Dunkelheit schimmerte.

»Bitte hol mir noch einen, Liebling«, sagte sie. »Eine kleine Aufmunterung, während ich das Abendessen zubereite.«

Nancy spülte die Teller ab und stapelte sie in den Geschirrspüler, wobei sie das Silberbesteck heraussortierte, da sie dies immer von Hand spülte. Im Eßzimmer hatte Derek sich am Tisch gemütlich zurückgelehnt und genoß die Ruhe nach der Mahlzeit. Es war ein langer Tag gewesen, und er wurde ein Opfer von zuviel Sonne, zuviel Scotch und zuviel Essen. Er war gerade im Begriff einzunicken, als an der Tür ein lautes Klopfen ertönte. Er zuckte zusammen. »Verdammt«, fluchte er blinzelnd und sah auf die Uhr. Es war kurz nach acht.

»Erwartest du jemanden?« fragte Nancy aus der Küche.

»Nein«, brummte Derek und streckte sich wie ein alter Hund, der gezwungen wird, seinen Lieblingsschlafplatz zu verlassen.

Nancy schob den Kopf durch die Serviertür, die nachträglich in die Wand zwischen Küche und Eßzimmer gebrochen worden war. »Ich möchte bloß wissen, wer das ist?«

»Ich schaue gleich nach«, erwiderte Derek und kam umständlich vom Sitz hoch. Der Stuhl scharrte über den Fliesenboden, als kratzte jemand mit einem Fingernagel über eine Wandtafel.

»Ich komme schon!« rief er und ging mit etwas unsicheren Schritten durch den Raum. Nach dem Duschen hatte Derek sich eine ausgebeulte Arbeitshose und ein kurzärmeliges Hemd angezogen, außerdem trug er neue indianisch aussehende Mokassins, bei denen die Sohle praktisch den ganzen Fuß umschließt und oben mit Lederschnüren zusammengebunden wird. Während er ging, verursachte das Leder leise scharrende Geräusche auf dem rauhen Fußboden, ähnlich dem Geräusch, das ein Friseur erzeugt, wenn er sein Rasiermesser auf einem Lederriemen abzieht. Der Scotch hatte Dereks inneren Kompaß etwas durcheinandergebracht, und er näherte sich der Tür mit leichter Schräglage.

Nancy verließ die Küche und durchquerte das Eßzimmer, wobei sie stumm den unsicheren Marsch ihres Mannes zur

Haustür beobachtete. Sie war eher neugierig als beunruhigt. Nicht viele Leute erschienen unangekündigt an einem Samstagabend, und sie war gespannt zu erfahren, um wen es sich handelte. Unbewußt legte sie die linke Hand auf die Brust und zog den Hausmantel etwas enger. Unter dem Mantel trug sie nur Büstenhalter und Schlüpfer, beides beigefarben und nicht gerade die Aufmachung, in der sie Gäste empfangen wollte.

Derek verharrte an der Tür und hatte Schwierigkeiten mit den Lichtschaltern. Der Besucher betätigte erneut den Türklopfer. »Schon gut«, polterte Derek. »Seien Sie doch nicht so verdammt ungeduldig.« Mit der rechten Hand bediente er den Schalter, der ihm am nächsten war, und knipste eine Reihe Scheinwerfer an, die den oberen Teil der Zufahrt in ein grelles, hartes Licht tauchten. Deutlich zu erkennen war der zehn Jahre alte braune Kombiwagen der Haysoms, den Nancy scherzhaft Bronze Belle getauft hatte. Rechts daneben stand ihr 1963er BMW. Direkt vor der Tür, neben der Belle, befand sich ein glänzender blau-metallicfarbener kleiner Wagen, den Derek noch nie zuvor gesehen hatte.

Derek betätigte den zweiten Schalter. Er gehörte zu einer einzigen Glühbirne über der Tür, und wenn die brannte, dann tauchte sie jeden, der auf dem Vorsprung stand, in einen tiefen Schatten. Manchmal, je nachdem, wie nahe der jeweilige Besucher vor der Tür stand, war ein Erkennen ziemlich schwierig. Doch da am Himmel ein fast voller Mond stand, ergab sich dieses Problem nicht. Obgleich er den Wagen nicht kannte, identifizierte Derek den Besucher sofort.

»Oh!« sagte er überrascht. »Was treiben *Sie* denn hier?«

»Ich . . .« begann der Besucher, doch er brach ab, als er Nancy mit gespannter Miene hinter Derek sah.

»Ist Elizabeth bei Ihnen?« fragte Nancy und blickte in die Dunkelheit und hielt nach ihrer Tochter Ausschau.

»Nein«, entgegnete der Besucher. »Ich bin allein.« Er trug Jeans und, trotz des warmen Abends, einen grauen Anorak der Marke Members Only. Er verhüllte recht wirkungsvoll den Babyspeck, der sich immer noch an seiner einssiebzig großen

Gestalt befand. Er trug eine Brille mit starken Gläsern und zeigte ein unsicheres Lächeln.

»Was soll das bedeuten?« wollte Derek in dem unwirschen Ton wissen, den er bei allen anschlug, die er nicht besonders gut leiden konnte. »Was wollen Sie?«

»Ist was passiert?« ergriff Nancy das Wort. »Geht es Elizabeth gut?«

»Alles in Ordnung«, meinte der Besucher, trat von einem Fuß auf den anderen und wippte in seinen weißen Laufschuhen wie ein Marathonläufer, der auf den Startschuß wartet. »Ich bin hergekommen, weil ich mit Ihnen und Ihrem Mann reden wollte.«

Derek runzelte die Stirn. »Mit uns reden? Worüber? Warum ist Lizzi nicht bei Ihnen?« Sein Ton war ausgesprochen angriffslustig.

»Ist schon gut, Derek«, sagte Nancy besänftigend. Trotz ihrer vom Gin erzeugten leichten Benommenheit spürte sie die innere Anspannung des Besuchers. Sie war regelrecht greifbar und genauso offenbar wie die Dunkelheit und die Wärme. »Er wird sicherlich einen guten Grund dafür haben«, flüsterte sie und legte ihrem Mann beruhigend eine Hand auf den Arm.

Sie wandte sich dem Besucher zu und zeigte ein freundliches Stewardessenlächeln. »Kommen Sie doch herein«, sagte sie und versuchte, ihrer Stimme eine Wärme zu verleihen, die sie nicht empfand. »Wir haben gerade gegessen. Ich mache Ihnen einen Teller zurecht.«

2

Annie Massie bremste mit quietschenden Reifen vor dem schlichten zweistöckigen Haus, das sie fast genauso gut kannte wie ihr eigenes.

»Gott sei Dank, daß du da bist«, jammerte *Jane Riggs* und rang die blaugeäderten Hände.

»Ich bin so schnell gekommen wie ich konnte«, sagte Annie atemlos und schritt eilig über den Rasen auf Jane und ihre beiden Gefährtinnen, *Marilyn Baker* und *Constance Johanson*, zu.

»Das paßt überhaupt nicht zu Derek«, schluchzte Jane. »Überhaupt nicht. Ich weiß genau, daß etwas Furchtbares passiert ist.«

Jede Woche, so regelmäßig wie ein Kirchengottesdienst, spielte Derek Haysom mit den drei Frauen Bridge. Wenn er nicht gerade auf einer Dienstreise war oder mit Nancy einen Ausflug über den Atlantik unternahm, ließ er niemals einen Bridgeabend ausfallen, schon gar nicht, wenn er der Gastgeber war.

»Wir haben gegen die Tür gehämmert«, sagte Jane und wies mit einem Kopfnicken auf den großen Messingtürklopfer, der im schwachen Licht des Spätnachmittags matt schimmerte. »Ohne Erfolg.«

»Als niemand reagierte, dachten wir, sie hätten vielleicht nicht auf die Zeit geachtet und wären noch im Garten bei der Arbeit«, warf Constance ein. »Aber wir haben nachgesehen, und dort waren sie auch nicht.«

»Dann erst machten wir uns richtige Sorgen«, fügte Jane hinzu. »Deshalb liefen wir runter zu Mitchell's Store und riefen dich an.«

»Das habt ihr gut gemacht«, erwiderte Annie besorgt. »Kurz vor dir hat auch Elizabeth angerufen«, fügte sie vorsichtig hinzu, bemüht, die drei älteren Frauen nicht noch mehr aufzuregen. Aber sie konnte ihre eigenen Vorahnungen nicht unterdrücken. »Sie sagte, sie habe sie die ganze Woche nicht erreicht und bat mich, doch einmal herzukommen und nachzusehen.«

Sie alle wußten, daß es überaus selten geschah, daß Derek und Nancy nicht alle paar Tage mit ihrer zwanzigjährigen Tochter sprachen, Studentin an der Universität von Virginia in Charlottesville, mit dem Auto eine Fahrt von anderthalb Stunden entfernt. Sie war der Mittelpunkt ihres Lebens.

Annie sah sich schnell um. Der ramponierte Kombiwagen parkte auf seinem angestammten Platz unter den Bäumen in der Mitte der runden Auffahrt. Ein paar Meter weiter stand Dereks BMW. Auch er auf seinem üblichen Platz, sorgfältig vom Pflaster zurückgesetzt, so daß die Schnauze die steile Auffahrt hinab zeigte. Er bugsierte ihn immer rückwärts in seine Parknische: Wenn er irgendwohin fahren mußte, dann wollte der stets ungeduldige Derek nicht unnütze Zeit mit Herummanövrieren vergeuden.

»Wir wußten nicht, was wir sonst tun sollten«, sagte Jane mit brüchiger Stimme. »Wir wollten dich eigentlich gar nicht anrufen, aber wir wußten nicht, an wen wir uns sonst wenden sollten.«

»Macht euch keine Sorgen«, sagte Annie tröstend. »Ihr habt es richtig gemacht.«

Aus ihrer Handtasche holte Annie einen mattglänzenden bronzefarbenen Schlüssel hervor. »Nancy hat ihn mir vor einiger Zeit gegeben«, erklärte sie. »Wenn sie nicht in der Stadt sind, komme ich vorbei und sehe im Haus nach dem Rechten, gieße die Pflanzen und sehe nach, ob alles in Ordnung ist.« Während sie den Schlüssel durch ihre Hände wandern ließ wie ein Katholik den Rosenkranz, hielt Annie inne und überlegte, was sie tun sollte. Nancy war ihre liebste und beste Freundin. Seit ihrer Kindheit waren sie wie Schwestern. Im Laufe der Jahre hatte sie auch Derek liebgewonnen. Sie hatte die beiden viel zu gern, achtete viel zu peinlich auf ihre Privatsphäre, um einfach ihr Haus zu betreten, wenn sie nicht dazu aufgefordert worden war. Aber dies schien ein Fall von einiger Dringlichkeit zu sein. Niemand war zuverlässiger als Derek und Nancy. Wenn sie eine Verabredung getroffen hatten und sie nicht einhalten konnten, dann gab es dafür einen Grund. Sie hatte in ihrer Magengrube so ein ungewisses Gefühl, daß dieser Grund kein angenehmer war.

Langsam, ängstlich, näherte sie sich der Tür. Während sie über die Schulter sah, erkannte Annie die Angst in den Gesichtern der Frauen und wußte, daß die gleiche Empfindung auch auf ihrem Gesicht zu lesen war. Sie biß die Zähne zusammen, drehte den Schlüssel im Schloß und zuckte zusammen, als es klickte. Sie hielt den Atem an und drückte die Tür ein Stück auf. »Hallo«, rief sie lauter als beabsichtigt. Von ihrer eigenen Stimme erschreckt, fuhr sie zusammen, als wäre soeben eine haarige Spinne über ihren Fuß gekrabbelt. Als sie keine Antwort erhielt, versuchte sie es erneut.

»Nancy?« rief sie etwas leiser. »Derek?« Auch diesmal rührte sich nichts im Haus. Sie wandte sich um und sah die drei Frauen an. Dort fand sie auch keine Hilfe. Ihre Gesichter waren so leer wie der Himmel über Virginia.

»Soll ich reingehen?« fragte sie.

Constance zuckte die Achseln. Jane, die sich von den dreien am heftigsten ängstigte, nickte nervös. »Irgend etwas stimmt hier nicht«, stellt sie mit bebender Stimme fest. »Das spüre ich in den Knochen.«

Annie straffte die Schultern und holte tief Luft. Sie gab der Tür einen kleinen Stoß, und sie schwang rund zwanzig Zentimeter weiter auf. Augenblicklich wünschte sie sich, sie hätte sie nicht berührt. Im Halbdunkel bot sich ihr ein Anblick, der sie noch in den nächsten Jahren ständig verfolgen sollte. Dicht hinter der Tür, kaum zwei Schritte entfernt, lag Derek ausgestreckt auf dem Fußboden, umgeben von einem großen dunklen Fleck, den sie intuitiv als Blut identifizierte.

»O mein Gott«, stieß Annie hervor und preßte die Hand auf den Mund.

»Was ist los?« fragte Jane schrill.

»Was siehst du?«

»Da ist Derek«, krächzte Annie und unterdrückte mühsam ein Würgen. »Er liegt auf dem Fußboden. Und er ist voller Blut.«

»Laß mich mal sehen«, sagte Marilyn und drängte sich vor. »Vielleicht können wir ihm helfen.«

»Nein!« entgegnete Annie und schloß schnell die Tür. »Wir können nichts mehr tun. Er kann unmöglich noch am Leben sein. Nicht bei soviel Blut. Glaubt mir nur«, sagte sie und versperrte den Eingang.

»Ihr werdet es nicht sehen wollen.«

»Was ist mit Nancy?« erkundigte sich Constance und wehrte sich gegen ihre aufkeimende Panik. »Wo ist sie? Hast du sie gesehen?«

»Nein«, erwiderte Annie und hatte Mühe, das eigene Grauen unter Kontrolle zu halten. »Ich habe sie nicht gesehen. Und ich will sie auch nicht sehen.«

»Vielleicht konnte sie fliehen«, äußerte Jane hoffnungsvoll.

»Dann hätten wir sicherlich irgendwas von ihr gehört«, sagte Annie. »Sie hätte die Polizei gerufen.«

»Vielleicht liegt sie schwerverletzt im Haus«, fügte Constance hinzu.

Annie ließ sich das durch den Kopf gehen. »Nein«, meinte sie dann langsam. »Das nehme ich nicht an.«

»O mein Gott, o mein Gott«, murmelte Jane und brach in Tränen aus.

Annie starrte sie an. Als Frau eines Arztes wußte sie, wie ansteckend Hysterie sein konnte. Wenn sie nichts unternahm, hätte sie es bald mit drei hilflos jammernden Frauen zu tun.

»Wir dürfen nicht reingehen«, entschied Annie mit fester Stimme. »Ich habe genug Bücher gelesen, um zu wissen, daß man ein Haus nicht betreten darf, in dem ein Verbrechen verübt wurde. Bei meinem ersten schnellen Blick konnte ich erkennen, daß Derek schon längere Zeit tot war. Wenn wir jetzt in das Haus gehen, helfen wir damit weder ihm noch Nancy. Wir müssen die Polizei rufen.«

Mit einer resoluten Geste verschloß sie wieder die Tür, zog den Schlüssel aus dem Schloß und steckte ihn zurück in ihre Handtasche. Dann verstaute sie die drei von Panik erfüllten Frauen in ihrem Wagen. Sie fuhr die Auffahrt hinunter und bog nach rechts ab in Richtung Hauptstraße und Mitchell's Store, von wo aus Jane sie angerufen hatte. Sie erreichten den Laden nach drei Minuten.

Während die Frauen im Wagen warteten, tastete Annie die Nummer auf dem Telefon ein und befahl ihrer Hand, wenigstens so lange mit dem Zittern aufzuhören, bis sie auf die richtigen Knöpfe gedrückt hatte. Als Dr. William McK. Massie sich meldete, erklärte Annie ihm mit stockender Stimme, was sie gesehen hatte. Er riet ihr, ganz ruhig zu bleiben; er würde sofort die Polizei alarmieren.

Lynchburg liegt in Campbell County, aber die Haysoms wohnten in Bedford County, ein Unterschied, den Massie niemals gemacht hatte, bis ihm vom Beamten in der Einsatzzentrale der Polizei von Lynchburg mitgeteilt wurde, daß er sich an das Sheriff's Office in Bedford County wenden müsse. Die Stadt Bedford, wo sich das Sheriff's Office befindet, liegt etwa dreißig Meilen westlich von Lynchburg, fast genau auf halbem Weg zwischen dieser Stadt und Roanoke.

Als Roanoke und Lynchburg wuchsen und sich ausbreiteten, kam auf den County Sheriff C. H. Wells und seine Beamten mehr Arbeit zu. Um die Meldung von Verbrechen in der Nähe der Countygrenzen zu erleichtern, hatte Wells in Lynchburg, Roanoke und Big Island, einem Ort an der Nordgrenze des Amherst County, lokale Posten eingerichtet. Die Einsatzzentralen aller Counties achteten sorgfältig auf die jeweiligen Zuständigkeiten der einzelnen Police Departments.

Als Massie die Zentrale in Bedford endlich erreichte, erklärte er dem Beamten den Grund seines Anrufs.

»Sagen Sie der Frau, sie soll zum Haus zurückkehren«, meinte der Beamte. »Ich schicke jemanden dorthin.«

Nach wenigen Minuten brauste Deputy Joe Stanley die Auffahrt herauf. Es war 4.15 Uhr. Er ließ sich erzählen, was Annie gesehen hatte.

Sobald sie geendet hatte, nahm Stanley ihr den Schlüssel aus der zitternden Hand, schloß die Tür auf und blickte ins Haus.

»O Gott«, sagte er. Die Szene war so, wie Annie sie beschrieben hatte: Derek lag ausgestreckt auf dem Fußboden, und er war offenbar seit mehreren Tagen tot.

Ebenso wie Annie verließ Stanley das Haus, schloß die Tür und verriegelte sie. Entsprechend seiner Dienstanweisungen funkte er Bedford an und teilte mit, sie würden gleich telefonisch angerufen. Er wußte nämlich, daß der polizeiliche Sprechfunk auch von anderen Personen abgehört wurde. Von einem Münzfernsprecher aus bestätigte er Annies erste Aussage und fügte hinzu, daß die zweite Person, die sich vermutlich im Haus befand, vom Wohnzimmer aus nicht zu sehen gewesen sei und daß er sofort einen weiteren Deputy zur Unterstützung brauche.

Als Stanley zum Haus zurückkehrte, war Deputy George Thomas bereits eingetroffen, und weitere Hilfe war unterwegs. Der Mann in der Einsatzzentrale hatte per Rundruf verfügt, daß alle freien Ermittler sich sofort vor dem Haus in der Holcomb Rock Road einfinden sollten. Die Polizei in Lynchburg sowie die Sheriff's Offices der benachbarten Counties waren ebenfalls alarmiert worden.

Gemeinsam gingen Stanley und Thomas ins Haus. Sie mieden den Blick auf Derek, durchquerten das Wohnzimmer und betraten das Schlafzimmer. Trotz Blutspuren auf dem Fußboden lag dort keine weitere Leiche.

Sie gingen auf dem gleichen Weg zurück, umrundeten Dereks starre Gestalt und betraten das Eßzimmer. Dort sah es aus, als ob jemand einen Eimer brauner Farbe auf dem Fliesenboden ausgeschüttet und verteilt hätte, ehe er die Reste mit einem Mop aufwischte. Aber Nancy war nirgendwo zu sehen.

»Mein Gott, sieh dir das mal an«, murmelte Stanley. »Hast du so was schon mal erlebt?«

»Nicht in meinen schlimmsten Alpträumen«, stotterte Thomas.

Für einige Zeit standen sie, vor Entsetzen wie gelähmt, und starrten auf die Beweise eines schlimmeren Gemetzels, als jeder von ihnen es je für möglich gehalten hatte.

Nach längerer Zeit schüttelte Stanley den Kopf und fand seine Stimme wieder. »Wo ist die Frau?« fragte er. »Wir haben die Frau noch nicht gefunden.« Dann wies er mit dem Kopf in Richtung der offenen Tür auf der anderen Seite des Zimmers, des Durchgangs zur Küche.

Langsam gingen sie durch das blutbesudelte Eßzimmer.

»Meinst du, sie ist dort?« fragte Thomas.

»Wo sonst?« erwiderte Stanley.

Vorsichtig, sich innerlich gegen das wappnend, was sie finden würden, warfen sie einen Blick in den Raum.

Zusammengekrümmt auf dem Linoleumboden und in einer großen braunen Lache fanden sie Nancy Haysom. Abgesehen von dem getrockneten Blut sah sie aus, als hätte sie sich für ein kurzes Nickerchen hingelegt. Sie lag auf der linken Seite, hatte die Hände unter ihren Körper geschoben, und die Beine waren leicht angewinkelt. Das Haar umgab ihr Gesicht wie ein Fächer. An den Füßen trug sie braune Sportschuhe, die so neu waren, daß das Emblem des Herstellers immer noch auf den Sohlen zu erkennen war. Stanley bückte sich über die Leiche und konnte ein Stück einer goldenen Halskette sehen. Das meiste verschwand jedoch in einem furchtbaren Schnitt quer durch ihren Hals, eine derart tiefe und große Wunde, daß die Frau fast aussah, als sei sie enthauptet worden. Der Deputy brauchte nicht den Puls zu suchen; er wußte, daß für Nancy jede Hilfe zu spät kam.

Nachdem sie sich durch das Eß- und Wohnzimmer zurückgezogen hatten, verließen Stanley und Thomas das Haus durch die Vordertür, die sie sorgfältig hinter sich schlossen. Annie Massie und die drei Bridgespielerinnen warteten angespannt und mit bleichen Gesichtern auf die Polizisten.

»Haben Sie Nancy gefunden?« fragte Annie besorgt.

»Ja«, sagte Stanley und holte tief Luft. »Ich fürchte, sie ist auch tot.«

Sergeant Geoffrey Brown, der jugendlich wirkende Labortechniker der Polizei von Lynchburg, war an diesem Nachmittag mit großen Plänen nach Hause gefahren, wie er den Beginn des Frühlings begehen wollte. Er hielt sich in seinem Garten auf und bereitete Steaks auf einem Grill, als das Telefon klingelte. Ein paar Minuten später kam er nach draußen und erklärte seiner Frau, daß er zu einem Einsatz müsse.

»Nicht schon wieder!«

»Ein Doppelmord«, sagte er schnell, »drüben in Boonsboro.«

»Aber das ist doch in Bedford County«, erinnerte sie ihn.

»Ich weiß«, sagte er, »aber sie ziehen die Regionale Mordkommission heran. Und damit auch mich.«

»Wann bist du wieder zurück?« fragte sie resignierend.

»Keine Ahnung«, erwiderte er und nahm die Autoschlüssel vom Küchentisch, »aber warte nicht auf mich.«

Als er zum Haus kam, war Browns erster Eindruck, daß er durch ein Meer von Blut watete. Er sah sich um und schätzte, daß neunzig Prozent des Fußbodens in Wohnzimmer, Eßzimmer und Küche mit Blut beschmiert waren. Sein zweiter Eindruck, sobald er mit der Untersuchung der Leichen begonnen hatte, war der, daß beide Menschen auf furchtbare Weise niedergemetzelt worden waren.

Da Dereks Leiche die am nächsten liegende war, kniete Brown sich neben sie und betrachtete die Szene. Derek lag auf dem Rücken, leicht nach links gedreht, und sein Kopf ruhte auf dem Querbalken des mit Holz verkleideten offenen Kamins. Die rechte Hand lag mit der Handfläche auf dem Fußboden, der Zeigefinger ausgestreckt, als zeige Derek auf irgendeinen Gegenstand auf dem blutbefleckten Boden. Bei der linken Hand war die Handfläche nach oben gedreht, und es war ein tiefer, quer verlaufender Schnitt zu sehen, eine grausame, tiefe Lebenslinie.

Daß er auf brutalste Weise ums Leben gebracht worden war, stand außer Frage. Jemand mit einem großen und sehr scharfen Messer hatte Derek Haysom gnadenlos niedergemetzelt und erstochen. In der linken Gesichtshälfte Dereks klafften zwei lange, fast parallel verlaufende horizontale Schnitte. Der eine begann dicht unter dem Auge und in Höhe des Wangenknochens und verlief schräg nach oben und mitten durch das Ohr.

Der andere reichte vom Winkel seines ausgeprägten Kinns bis fast in den Nacken. Es gab einen weiteren Schnitt in seiner rechten Wange, vom Kinn bis dicht unter das Ohr. Brown vermutete, daß diese Schnitte vom Mörder ausgeführt worden waren, als er Dereks Kehle durchtrennen wollte. Offenbar waren es nur erste Versuche gewesen, denn der Mörder hatte dann die richtige Stelle gefunden. Eine große, klaffende Wunde erstreckte sich fast ganz um Dereks Hals.

Ein Blick auf Dereks Hände verriet, wie verzweifelt er um sein Leben gekämpft hatte, indem er tatsächlich die Messerklinge gepackt hatte in dem Bemühen, dem Mörder die Waffe zu entwinden. Er hatte sechs Schnitte in seinen Händen, einschließlich des Schnitts in der linken Handfläche. Einer der Knöchel wies eine Hautabschürfung auf, wie Brown bemerkte, ein Hinweis darauf, daß Derek dem Mörder mindestens einen Schlag versetzt haben könnte.

Ein Autopsiebericht sollte später bestätigen, daß der Schnitt des Mörders jede wichtige Blutbahn in Dereks Hals durchtrennt hatte. Falls er noch am Leben war, als ihm die Verletzung beigebracht wurde, war er innerhalb weniger Sekunden verblutet. Ob er tatsächlich zu dem Zeitpunkt noch lebte, das wußte niemand genau, denn es war nicht die einzige potentiell tödliche Verletzung des pensionierten Managers. Er hatte außerdem einen Messerstich ins Herz erhalten.

Neben den Schnitten in seinen Wangen, am Kinn und an den Händen gab es noch elf Schnittwunden in Dereks Brust und vierzehn in seinem Rücken. Insgesamt hatte Derek um die drei Dutzend Messerwunden davongetragen.

Nancy war nicht so furchtbar zugerichtet wie ihr Mann, doch es war keine Frage, daß der Angreifer sie hatte töten wollen. Außer dem Schnitt durch ihre Kehle klafften in ihrem Oberkörper noch zwei Stichwunden, die sie hätten töten können, eine im Herzen und die andere in der Seite, die bis in die Bauchhöhle reichte. Sie wäre an diesen Verletzungen sicherlich nicht so schnell gestorben wie von dem Halsschnitt, der praktisch sicherstellte, daß sie auf der Stelle zusammenbrach. Neben diesen Wunden hatte Nancy auch noch einen Schnitt an ihrem

Unterkiefer, eine oberflächliche Verletzung an ihrer linken Brust und eine Stichwunde im linken Ellenbogen, offenbar zugefügt, als sie den Arm hob, um einen Messerstoß abzuwehren.

Als Brown seine ersten oberflächlichen Untersuchungen abgeschlossen hatte, erschienen die ersten Vorboten einer ganzen Polizeiarmee. Ein Deputy wurde an die Tür gestellt, um jeden draußen aufzuhalten, der nicht unbedingt im Haus sein mußte, bis die Labortechniker eine Chance hatten, ihre Beweismittel zu sichern.

Da der Mord in Bedford County passiert war, war Sheriff C. H. Wells für die Ermittlungen zuständig. In dem blutbesudelten Eßzimmer nahm er schnell die Szene in sich auf. Drei Stühle waren vom Tisch zurückgeschoben worden, auf dem immer noch ein benutzter Teller, eine Schüssel, ein Weinglas sowie eine säuberlich gefaltete Papierserviette, blutgetränkt, zu sehen waren. An einem Tischende befand sich ein Stapel Bücher. Auf dem geschmackvoll grauen Bezug, der den Polstersitz eines der Stühle bedeckte, prangte ein blutiger Handabdruck, der aussah, wie die Titelillustration eines soeben erschienenen Thrillers mit dem Titel *Thinner*.

Fast augenblicklich gelangte Wells zu zwei Schlußfolgerungen. Die erste besagte, daß drei Leute am Tisch gesessen hatten. Da zwei von ihnen tot waren, bedeutete dies, daß entweder die dritte Partei, der Gast, wahrscheinlich der Mörder war oder daß sie noch auf eine dritte Leiche stoßen würden, die sie bisher nicht gefunden hatten. Seine zweite Schlußfolgerung war, daß der Angriff im Eßzimmer stattgefunden hatte. Nancy war offenbar schon früh sehr schwer verletzt worden und in die Küche gestolpert, um zu sterben. Doch der Mörder und Derek hatten im Eßzimmer und im Wohnzimmer miteinander gekämpft, bis Derek seinen Verletzungen erlag. Beide Körper wurden offensichtlich dort liegengelassen, wo sie zusammengebrochen waren.

Als keine dritte Leiche gefunden wurde, erhielt Wells' erste Beobachtung und Schlußfolgerung ihre Bestätigung: Nancy und Derek kannten ihren Mörder zumindest gut genug, um ihn ins Haus einzuladen und ihm eine Mahlzeit vorzusetzen. Von Anfang an war der Mörder für Wells ein ›er‹. Eine ›sie‹, so argumentierte er, wäre nicht stark genug gewesen, um so heftig mit Derek zu kämpfen, wie der Mörder es getan hatte, und eine ›sie‹ hätte wahrscheinlich die Körper nicht so furchtbar zugerichtet, wie es geschehen war. Auch würde eine ›sie‹ niemals etwas ausführen, das aussah wie ein *Coup de grâce*. Es war durchaus möglich, daß die Kehlen der Haysoms aufgeschlitzt worden waren, nachdem sie bereits tot waren oder zumindest im Sterben lagen. Eine Frau, die zu so etwas in der Lage war, müßte schon ein ganz besonderer Mensch sein.

Die ganze Nacht hindurch arbeiteten Polizisten am Tatort. Während Brown und andere Techniker sich mit den Leichen befaßten, kämmten Wells' Ermittlungsbeamte die Nachbarschaft durch und versuchten zu Hinweisen zu gelangen, die sie auf die Spur des oder der Mörder brachten. Mit wem waren die Haysoms befreundet gewesen? Wer hatte sie zuletzt gesehen und wann? Hatte jemand einen oder mehrere Fremde in der Nachbarschaft beobachtet? Es gab Hunderte von Fragen und nur sehr wenige Antworten. Aber es gab etwas, das niemand, der an den Ermittlungen beteiligt war, je vergaß: das Furchtbare dieser Verbrechen. Wer Derek und Nancy Haysom umgebracht hatte, mußte sie zutiefst gehaßt haben.

Das Verbrechen war das schlimmste, an das die Bewohner dieser an sich verschlafenen Gegend in Virginia sich erinnern konnten. Ein Polizeibeamter aus Lynchburg, ein Veteran mit fünfundzwanzig Dienstjahren, war durch das Grauenhafte dieses Verbrechens derart geschockt, daß er etwas tat, das er noch nie zuvor getan hatte. Als er an diesem Abend von der Arbeit nach Hause kam, legte er eine Pistole unter sein Kopfkissen. Sie blieb dort viele Monate liegen.

3

Sheriff Wells war kein Neuling. Einerseits gewissenhafter Landpolizist und andererseits geschickter Politiker – eine delikate, manchmal heikle Mischung, die erforderlich ist, um als Sheriff auf dem Lande erfolgreich zu sein –, erkannte Wells wesentliche Probleme auf Anhieb. Er war kaum mit quietschenden Reifen vor dem Haus der Haysoms zum Stehen gekommen, da wußte er bereits, daß ihm Ärger bevorstand. Es war schon schlimm genug, daß zwei offenbar wohlhabende Mitglieder der Gemeinschaft in ihrem eigenen Heim angegriffen und bis zur Unkenntlichkeit zerfleischt worden waren. Noch schlimmer hingegen war die rasche Erkenntnis, daß diese Verbrechen sich nicht so einfach aufklären lassen würden. Der Mörder – Wells hatte bisher nichts entdeckt, was seine Meinung ändern konnte, daß die Morde von einer Person ausgeführt worden waren – hatte seine Spuren sehr gut verwischt und nur sehr wenig, wenn überhaupt etwas, hinterlassen, was die Polizei auf eine Fährte bringen könnte.

Die Beweise müßten wohl auf dem schwierigen Weg beschafft werden, immer mehr Leute befragen, den Kreis immer weiter ausdehnen, bis die Ermittler genügend Hinweise zusammengetragen hatten, um sich ein Bild davon zu machen, warum und wie das Verbrechen geschehen war und, was am wichtigsten war, wer als Täter dafür in Frage kommen könnte. Aber dazu war Personal nötig, und Personal war in der Abteilung des Sheriffs von Bedford County mehr als knapp. Die Dienststelle war eher auf harmlose, ländliche Gesetzesübertretungen vorbereitet als auf spektakuläre Morde.

Obgleich es auch in Bedford County – wie in jedem anderen Bezirk der Vereinigten Staaten – Tötungen gab und gibt, sind diese gewöhnlich nicht von Geheimnissen umgeben. Ein Ehemann tötet seine Frau, weil er meint, daß sie ihm fremdgeht. Eine Frau hat keine Lust mehr, sich weiterhin von ihrem Mann verprügeln zu lassen, und schießt ihm eine Kugel in den Kopf. Zwei Betrunkene geraten in Streit und versuchen sich gegenseitig mit dem Messer den Garaus zu machen. In den meisten Fällen macht das Büro des Sheriffs in Bedford den Mörder in bemerkenswert kurzer Zeit dingfest. Doch der Haysom-Fall war etwas ganz anderes. Während man in den meisten Allerweltsmordfällen sehr schnell auf Verdächtige stößt, hatten die Ermittler diesmal nicht die leiseste Idee, wer der Mörder sein konnte oder warum die Haysoms hatten sterben müssen.

Dann war da noch die öffentliche Meinung. Wells' politische Antenne vibrierte wie eine Stimmgabel, als er an die Auswirkungen dachte, die die Morde auf die Bewohner der Counties Bedford und Campbell haben würde. Der Polizist aus Lynchburg, der nach Hause eilte, um eine Pistole unter sein Kopfkissen zu legen, war nicht der einzige, der nervös reagierte. Die Tatsache, daß die Verhaftung eines Verdächtigen nicht absehbar war, ganz zu schweigen davon, daß niemand sich ein denkbares Motiv vorstellen konnte, rief beträchtliche Unruhe in Lynchburg und Bedford hervor. Nur wenige Stunden nach Bekanntwerden der Entdeckung der beiden Leichen kamen Gerüchte auf, daß die Morde die Tat eines Ostküsten-Manson waren, daß die Haysoms wahrscheinlich nur die ersten Opfer einer umherstreifenden Bande Irrer waren, die auf der Suche nach immer neuen Nervenkitzeln durchs Land zogen und jeden Moment wieder zuschlagen konnten. Fast gleichzeitig schnellten die Verkäufe von Waffen und Munition rapide in die Höhe. Fremden begegnete man mit offenem Mißtrauen.

Sheriff Wells hatte damit gerechnet. Sekunden nach seiner Ankunft vor dem Haus der Haysoms entschied er, die Regionale Mordkommission zu rufen.

Mehrere Jahre zuvor hatten Gesetzeshüter aus sechs Zuständigkeitsbereichen in Mittel-Virginia, darunter auch die Counties Bedford und Campbell, vereinbart, eine Art Spezialtruppe zu bilden, die in jenen seltenen Fällen aktiviert werden konnte, wenn die Ermittlungen für eine Polizeibehörde zu umfangreich wurden. Die Haysoms waren in Bedford County getötet worden, aber das hieß nicht, daß nicht schon zum gegenwärtigen

Zeitpunkt ein weiterer Mord in einem anderen Teil dieser Gegend verübt wurde. Indem er sofort das Gemeinschaftsteam alarmierte, hoffte Wells nicht nur die Chancen für eine schnelle Verhaftung zu steigern, sondern auch bei seinen Wählern Pluspunkte zu sammeln. Die Bewohner dieses Teils von Virginia würden viel ruhiger schlafen, wenn sie sicher sein konnten, daß eine kleine Armee von Ermittlern die vorwiegend ländliche Gegend durchkämmte.

Tatsächlich war die Öffentlichkeit schon sehr frühzeitig davon überzeugt, daß die Ermittlungen wirkungsvoller betrieben wurden, als es real der Fall war. Obgleich Polizisten schon von Tür zu Tür gingen, kaum daß die Leichen entdeckt worden waren, erwiesen sich die Resultate als deprimierend. Nancy und Derek waren nicht gerade beliebte Mitglieder der Gemeinde gewesen. Derek hatte in der Holcomb Rock Road den Ruf, ziemlich unfreundlich, manchmal sogar ausgesprochen taktlos zu sein. Außerdem galt er generell als kurz angebunden. Nancy erschien den Nachbarn als hochnäsig und affektiert und ein bißchen verschroben. Die beiden hatten in der Holcomb Rock Road keine Kontakte zu Nachbarn gepflegt; die meisten ihrer Freunde wohnten in Lynchburg, das zwanzig Autominuten entfernt lag.

Im Zuge der weiteren Ermittlungen erfuhr die Polizei, daß nur wenige die Haysoms besonders gut kannten. Ein Großteil der ersten Informationen über Derek und Nancy stammte daher von Annie Massie. Erst als Nancys und Dereks Kinder eintrafen, zeichnete sich nach und nach ein Persönlichkeitsprofil der beiden Mordopfer ab.

Als er mit der Lektüre der Berichte begann, erkannte Wells schnell, warum seine Männer solche Schwierigkeiten hatten, Hintergrundinformationen zusammenzutragen: Das Leben der Haysoms war alles andere als durchschnittlich gewesen.

Nancy wurde im Jahr 1932 in einem fliegendreckgroßen Flecken auf der Karte Arizonas namens Jerome geboren. Ihr Vater war Platt Carico Benedict, ein ruheloser Geologe, der gerade am Beginn seiner Karriere stand, in deren Verlauf er dem Gold rund um den Erdball folgte. Ihre Mutter war Nancy Langhorne Gibbes, Tochter einer angesehenen Familie.

Nancys Mutter war in Jerome nicht besonders glücklich. Zum einen war sie in der Gegend der grünen Blue Ridge Mountains aufgewachsen, wo sich ihre Tochter fast genau ein halbes Jahrhundert später niederlassen sollte. Mehr als zweitausend Meilen lagen zwischen den baumbewachsenen Appalachen und den kahlen Gila Mountains, wo Jerome, eine triste und unfreundliche Bergarbeiterstadt, lag, als sei sie in die Felslandschaft, fünfundsiebzig Meilen nördlich von Phoenix, hineingekratzt worden. In ihrer Straße in Lynchburg wohnten mehr Leute als in ganz Jerome. Aber in Jerome gab es Gold, zumindest für eine Weile. Die Stadt hatte auch Kupfer, Silber, Blei, Zink und Gips, alles Rohstoffe, die für eine boomende Vorkriegswirtschaft von besonderer Bedeutung waren. Es war der Job des Ehemannes, bei der Suche nach diesen Rohstoffen mitzuhelfen.

Das Leben in Jerome bot nicht viele Annehmlichkeiten, vor allem nicht für eine Frau, deren illustrer Stammbaum in Virginia fünf Generationen weit zurückreichte. Nancy Haysoms Großmutter mütterlicherseits, Hallie Hutter Gibbes, war eine Cousine ersten Grades von Nancy Witcher Langhorne. Kenner der Geschichte und der politischen Entwicklungen, vor allem in bezug auf England, wissen, daß Nancy Langhorne Danville Virginia verließ, um nach England und zu Waldorf Astor zu gehen, Ururenkel von John Jacob Astor. Als ihr Mann nach dem Tod seines Vaters im Jahr 1919 in den Adelsstand des Viscount erhoben wurde, bewarb Nancy Astor, nunmehr Lady Astor, sich erfolgreich um seinen Sitz im Parlament. Sie war die erste Frau auf einem solchen Posten und behielt ihn, bis sie sich 1945 zur Ruhe setzte. In den sechsundzwanzig Jahren in einem öffentlichen Amt war sie im ganzen Empire berühmt für ihren Intellekt und ihren Witz sowie für ihre Bemühungen um die Gleichberechtigung der Frauen und, ironischerweise, wenn man Nancy Haysoms Vorliebe für den Gin betrachtet, für ihren Kampf für Enthaltsamkeit.

Zu Nancy Benedicts großer Erleichterung war der Aufenthalt der Familie in Jerome relativ kurz. Als die Bodenschätze etwa fünf Jahre später knapp wurden und schließlich ganz erschöpft waren, folgte ihr nach Gold fiebernder Mann dem Geruch des edlen Metalls an den Yukon. Kulturelle und räumliche Abgeschiedenheit hätte sie gerade noch in Kauf genommen, doch die einen ganzen Winter andauernde Dunkelheit und die bittere Kälte waren zuviel für sie. Als Platt Benedict sich auf den Weg nach Alaska machte, nahm Nancy Benedict ihre Kinder und kehrte nach Lynchburg zurück. Neben ihrer Tochter, die auf den Namen Nancita (auf Spanisch kleine Nancy) hörte, gab es noch zwei weitere Benedict-Nachkommen, beides Jungen. Risque war zwei Jahre älter, und es gab einen weiteren, zwei Jahre jüngeren Sohn namens Louis. Seltsamerweise blieb die Benedict-Ehe intakt; der Unterschied war nur, daß Platt nicht jeden Abend nach Hause kam wie die meisten Ehemänner und Väter.

Wieder zurück in Virginia gab es nur wenig Auffälliges in Nancys Kindheit, außer daß ihr Vater selten zu Hause war. Sie tat all das, was in dieser Zeit Mädchen der oberen Mittelklasse im Süden zu tun pflegten, nur vielleicht etwas ausgiebiger, da in ihrem Stammbaum auch britischer Adel zu finden war. Sie glänzte in der Garland-Rodes Elementary School, wo sie schon früh eine Begabung für die Schauspielerei offenbarte, indem sie in jedem Stück, das die Schule inszenierte, eine Hauptrolle bekam. Später besuchte sie die E. C. Glass High-School, in dessen Orchester sie Kontrabaß spielte. Sie spielte außerdem recht passabel Klavier und Violine.

Im Jahr 1949, als sie siebzehn war und gerade die Glass High hinter sich hatte, versammelte ihr Vater die Familie und erklärte, es sei nun an der Zeit, daß sie alle wieder in einem Haus leben sollten. Sie, ihre Mutter und Louis begaben sich gehorsam nach Johannesburg, wo Platt für eine andere Bergwerksgesellschaft arbeitete und immer noch nach Gold suchte. Ihr älterer Bruder Risque besuchte das Massachusetts Institute of Technology und machte den Umzug nicht mit.

Nancy lebte sich auf Anhieb blendend ein. Der unerschrockene Teenager, gerade mal einssechzig groß, verjagte eines Nachts in ihrem Haus einen Einbrecher, indem sie mit einem silbernen Kerzenleuchter auf ihn los ging. Bei ihrem Aussehen, jung und hübsch mit blitzenden grünen Augen, hohen Wangenknochen, einer reizenden Nase und einem warmen, freundlichen Lächeln, war es natürlich, daß sie eine ganze Schar von Freiern anzog. Es war ein seltenes Glück für die schroffen Afrikaner und die zurückhaltenden britischen Junggesellen, einer derart lebensfrohen jungen Frau zu begegnen.

Sie war nicht unempfänglich für die Reize ihrer exotischen Beaus. Noch im Teenageralter verliebte sie sich in einen reizenden jungen Engländer namen Ian Hall. Zu ihrem Unglück hatten ihre Eltern Einwände gegen ihn. Als Nancy, kaum zwanzig geworden, die Eltern von ihrer Absicht unterrichtete, Ian auf dem Sitz seiner Familie in der Nähe von Stratford-on-Avon zu heiraten, weigerten sich die Eltern, an der Hochzeitsfeier teilzunehmen. Es war für Nancy immerhin ein Trost, daß ihre Patentante, Lady Astor, anwesend war.

Ein Jahr nach der Trauung bekamen Nancy und Ian einen Sohn, den sie Howard Henry nannten. Etwa zur gleichen Zeit begann Nancy zu bedauern, daß sie die Warnungen ihrer Eltern vor ihrem Ehemann in den Wind geschlagen hatte. Bald nach der Geburt des zweiten Sohns, Richard Platt (nach ihrem Vater), ließ sie sich von Ian scheiden und erklärte, daß sie ihre beiden Söhne allein aufziehen wolle, was sie auch während der folgenden sechs Jahre tat. Ihren Lebensunterhalt bestritt sie durch geschickte Geschäfte mit südafrikanischen Goldaktien. Sie erlebte so ihren eigenen Goldrausch.

Dann lernte sie Derek Haysom kennen.

Mit seiner Körpergröße von einem Meter siebzig und hundertfünfzig Pfund Gewicht war Derek William Reginald Haysom keine unbedingt imposante Erscheinung. Aber er hatte eine überlegene, dynamische Ausstrahlung, die ihm ein Flair von Autorität verlieh. Nancy fand ihn auf seine herbe Art attraktiv. Er hatte eine Hakennase, stahlgraue Augen, eine schlanke Taille und einen athletischen Oberkörper, den er mit Tennis und Squash in Form hielt. Er strahlte Vitalität und Selbstsicherheit aus, wie man sie bei jüngeren als ihm suchen mußte. Aber was Nancy an Derek Haysom am meisten gefiel, war seine Stabilität.

Dereks Großvater, William Pearce, war praktisch ohne einen Penny gewesen, als er im neunzehnten Jahrhundert von England nach Südafrika ausgewandert war. Er sparte eisern und erwarb Land, auf dem er Zuckerrohr anbaute. Über die Jahre wuchsen seine Ländereien und sein Bankkonto.

Derek, der im Haus des Großvaters aufwuchs, zeigte schon sehr früh große Begabung als Student und Sportler. Sein Interesse galt den Naturwissenschaften. Nachdem er die höhere Schule abgeschlossen hatte, besuchte er das Howard College in Durban, um Maschinenbau zu studieren. Nach seinem Diplom brach er praktisch sofort nach England auf, wie es unter den privilegierten jungen Südafrikanern üblich war. Er arbeitete bei einer großen Firma in Manchester und besuchte nach Feierabend Kurse in Elektrotechnik. Es dauerte nicht lange, und er hatte sein zweites Diplom in der Tasche. Ehe er jedoch diese Ausbildung in die Praxis umsetzen konnte, brach der Zweite Weltkrieg aus. Derek trat in die britische Armee ein, arbeitete für den Geheimdienst. Er wurde im Mittleren Osten eingesetzt. Sein Team, die Gas Gang, schaffte es, eine Erdölraffinerie zu erobern, so daß die Achsenmächte keinen Nachschub an Treibstoff mehr bekamen. Kurz danach nahm Derek auch an Kampfeinsätzen teil. Er kam sowohl mit Narben wie auch mit Ehrenzeichen dekoriert nach Hause zurück.

Als Nancy ihm zum erstenmal begegnete, war sie siebenundzwanzig und immer noch verbittert wegen ihrer gescheiterten Ehe mit Hall. Derek war sechsundvierzig. Nancys erster Ehemann war charmant und attraktiv gewesen, aber er hatte sich auch als unreif, grausam und verantwortungslos erwiesen. Derek hingegen war alles, was Ian nicht gewesen war: Er war freundlich und gewissenhaft, solide und zuverlässig. Es machte Nancy nichts aus, daß er fast alt genug war, ihr Vater zu sein. Das machte ihn nur noch erstrebenswerter. Nach Ian wünschte sie sich eine gewisse Reife bei einem möglichen Partner.

Die Einzelheiten von Dereks erster Ehe werden als strenges Familiengeheimnis behandelt. Alles, was Außenstehenden bekannt ist, betrifft die Tatsache, daß seine erste Frau eine Neuseeländerin war und daß sie schon bald nach ihrer Scheidung in ihr Geburtsland zurückkehrte und die Kinder bei Derek zurückließ. Ob Derek noch verheiratet war, als er Nancy kennenlernte, ist nicht ganz klar. Auf jeden Fall heiratete er Nancy kurz nach der Scheidung. Sie folgte ihm nach Salisbury, Rhodesien, wo er ein Stahlwerk leitete. Das war 1960. Zu dieser Zeit hatten sie insgesamt fünf Kinder zwischen sechs und zwölf. Das älteste war Veryan Neil Graham Haysom, Dereks ältester Sohn. Er war ein nachdenklicher, ernster Junge, der später Anwalt wurde. Sein Bruder, Julian Christopher Robert Haysom, der acht Jahre alt war, sollte Ingenieur werden wie sein Vater. Dereks Tochter, Fiona Ann Valerie Haysom, war sechs und damit genauso alt wie Nancys jüngster Sohn, Richard. Richard wurde Architekt, und sein Bruder Howard, der ein Jahr älter war, schlug die Chirurgenlaufbahn ein. Von den fünf Kindern zog später nur Howard in die Vereinigten Staaten.

Derek und Nancy hatten nur ein gemeinsames Kind, ein Mädchen namens Elizabeth Roxanne, das 1964 zur Welt kam. Ein lebenssprühendes, blauäugiges, braunhaariges Mädchen mit ausgeglichenem Temperament und einem reizenden Lächeln. Mehr noch als die meisten Kinder schien Elizabeth schon in den frühesten Tagen ihrer Kindheit nach Zuneigung zu suchen. Als sie älter war und schreiben konnte, formulierte sie regelmäßig gefühlvolle Nachrichten an ihre Eltern und schob sie verstohlen unter deren Schlafzimmertür durch und bekräftigte immer wieder aufs neue ihr Bedürfnis, beachtet zu werden. Meistens waren Nancy und Derek darüber so gerührt, daß sie dem Wunsch entsprachen. Da Elizabeth zehn Jahre jünger war als ihre Halbgeschwister, wurde sie praktisch als Einzelkind aufgezogen und konnte sich von Anfang an der ungeteilten Aufmerksamkeit und Fürsorge ihrer Eltern sicher sein.

Mehrere Jahre lang führten die Haysoms ein friedliches, vorwiegend ereignisloses Leben in Rhodesien, das immer noch britische Kolonie war, allerdings eine ziemlich unruhige. Zu jener

Zeit regte sich eine Welle des Nationalismus in Afrika, und die farbigen Bürger Rhodesiens, mit zwanzig zu eins gegenüber den Weißen in der Überzahl, forderten ihre Unabhängigkeit. Die englische Regierung schien geneigt zu sein, dem Wunsch nachzugeben.

Entschlossen, den Sturm der Schwarzen auf die Freiheit aufzuhalten, überredete ein halsstarriger vom Farmer zum Politiker avancierter Rhodesier namens Ian Smith gleichgesinnte Weiße, sich von England zu trennen und die Schwarzen brutal zu unterdrücken. 1965 erklärte die von Smith geführte Partei, die Rhodesische Front, ihre Unabhängigkeit, ein Schritt, der allgemein als offener Versuch gewertet wurde, die Unterdrückung der Schwarzen fortzusetzen.

Obgleich Derek für eine regierungseigene Industriefirma tätig war, hatte er wenig Sympathie für Smith' Ansichten über die Vorherrschaft der Weißen. In direktem Widerspruch zur Regierungspolitik übte Derek auch weiterhin seine Praxis, Farbigen in seinem Werk alle Aufstiegsmöglichkeiten offen zu halten und sie gelegentlich sogar bei Beförderungen Weißen vorzuziehen. Es dauerte nicht lange, bis dieses Verhalten Smith zur Kenntnis gelangte, der mittlerweile zum Premierminister der neuen Regierung ernannt worden war. Trotz mehrerer Warnungen folgte Derek weiterhin seinem unternehmerischen Instinkt und nicht den Direktiven der Regierung. Als Folge dieser trotzigen Haltung wurde er unter Hausarrest gestellt.

Es war klar, daß Derek in Rhodesien keine Zukunft mehr hatte. Es sollte noch länger als zehn Jahre dauern, ehe die schwarzen Nationalisten des Landes die Smith-Regierung militärisch besiegten und eine neue Regierung unter der Führung Robert Mugabes gründeten. Als die Schwarzen endlich an die Macht gelangten und das Land in Zimbabwe umbenannten, lebten Derek und Nancy in Ostkanada, viele tausend Meilen weit weg.

Doch 1965, mit einer Frau und sechs Kindern, für die er sorgen mußte, dachte Derek nur daran, vor Smith und seinen Kumpanen zu fliehen. Er löste das Problem sehr rasch: Er reiste einfach ab. In der Schweiz fand er sehr schnell eine Anstellung als Direktor in einer größeren Schokoladenfabrik. Er zog dann nach Luxemburg und ließ Nancy und die Kinder nachkommen.

Derek hatte den Job in Luxemburg wahrscheinlich nie als neuen Start einer Karriere betrachtet. Jedenfalls hielt er es dort nur kurze Zeit aus. Nach weniger als vier Jahren nahm er eine Stelle in einem New Yorker Stahlwerk an. Ehe Nancy und die Kinder umziehen konnten, wechselte er schon wieder den Arbeitgeber. Auf dem Weg nach Calgary im Auftrag seiner amerikanischen Firma, legte Derek in Halifax einen Zwischenstopp ein, um sich die Verhältnisse in einem Stahlwerk anzusehen, das vor kurzem von der Regierung erworben worden war. Als ihm ein Managerjob in dem Werk angeboten wurde, griff er sofort zu. Nach wenigen Wochen folgten Nancy und die Kinder und trafen dort mit ihm zusammen. Das war 1968.

Sechzehn Jahre später wohnten Nancy, Derek und Elizabeth in Virginia. Veryan und Julian lebten in Nova Scotia, Richard in Calgary, Fiona in Vancouver und Howard in Houston. Nancy und Derek waren nach Boonboro gekommen, weil es dort angenehm zu leben war und weil es nahe bei Lynchburg lag. Nancy verspürte den Drang, dorthin zurückzukehren, wo sie ihre Kindheit verbracht hatte. Außerdem wollte sie sich in Virginia auch deshalb niederlassen, damit ihre Tochter Elizabeth die Universität von Virginia besuchen konnte, eine der angesehensten staatlichen Universitäten des Landes.

4

Trotz der vielen Einzelheiten über das Leben von Derek und Nancy Haysom hatten die Ermittler nur wenig, was sie weiterbrachte. Über eine Woche krochen Sergeant Brown und die anderen Labortechniker auf Händen und Knien durch das Haus, benutzten Vergrößerungsgläser, Chemikalien, Puder und die neuesten Errungenschaften an elektronischen Geräten, darunter auch ein aus Florida herangeschaffter Laserapparat, der angeblich Fingerabdrücke sichtbar machen konnte, die sich mit herkömmlichen Verfahren nicht sichern ließen. Am Ende etikettierten und sammelten sie an die zweihundert Teile vom Linoleumboden in der Küche und Teile des Holzfußbodens mit blutigen Fußabdrücken bis hin zu einer Mausefalle aus Holz und einem blutbefleckten grauen Schuh. Obgleich diese Gegenstände sich später als außerordentlich wertvoll und wichtig erweisen könnten beim Nachweis, daß eine bestimmte Person am Tatort gewesen war (oder, fast genauso wichtig, beim Nachweis, daß jemand sich *nicht* dort aufgehalten hatte), gaben sie den Ermittlern keinerlei Hinweise darauf, wo sie weitersuchen sollten.

Die vielversprechendsten Stücke waren die blutigen Schuh- und Fußabdrücke und der blutige Handabdruck, der sich auf der Sitzfläche eines Eßzimmerstuhls befand.

Einer der Fußabdrücke stammte vom linken Fuß einer Person, die auf Socken gelaufen war. Er war vierunddreißig Zentimeter lang, was darauf schließen ließ, daß er entweder von einer Frau stammte, die normalerweise die Schuhgröße 6½ oder 7½ trug, oder von einem Mann mit der Schuhgröße 5 oder 6. Der Abdruck war ausreichend deutlich – man brauchte nur noch den Verursacher.

Es gab außerdem einen vollständigen Schuhabdruck, der siebenundzwanzig bis achtundzwanzig Zentimeter lang war. Weil er von einem Schuh mit geriffelter Sohle und einem U- oder

L-förmigen Absatzfleck stammte, gelangten die Ermittler zu der Schlußfolgerung, daß es der Abdruck eines Sportschuhs war.

Die anderen Beweisstücke waren unter anderen:

Eine Limonadendose mit Fingerabdrücken
Mehrere Zigarettenkippen
Ein Messer, das in einer Schublade des Eßzimmertisches gefunden wurde, das jedoch keinerlei Blutspuren aufwies
Ein Haar, das weder von Nancy noch von Derek stammte. Es wurde im Schlafzimmer gefunden. Im Ermittlungsbericht wurde es als ein ›kaukasisches Kopfhaar‹ identifiziert, das ›von der Wurzel bis zum diagonal abgeschnittenen Ende etwa drei Komma sieben Zentimeter lang ist‹.

Blutspritzer gab es so zahlreich wie Wassertropfen nach einem sommerlichen Regenschauer. Insgesamt wurden an zweiundfünfzig Stellen Blutspritzer gefunden. Sie gehörten zu den Blutgruppen A, B, 0 und AB. Die meisten waren A und AB. Derek hatte die Blutgruppe A; Nancy hatte AB. Zwei kleine Blutflecken der Gruppe 0, zusammen kleiner als ein Zehncentstück, wurden im Schlafzimmer gefunden. Mehr Flecken der Gruppe 0 befanden sich auf und nahe der Haustür. Ein einziger Fleck der Gruppe B wurde auf einem Waschlappen aus der Küche lokalisiert, doch die Ermittler waren der Auffassung, daß dies nicht unbedingt bedeuten müsse, daß sich eine vierte Person im Haus aufgehalten habe. Auf Grund der langen Zeit, die die Flecken der Luft und ihren Bestandteilen ausgesetzt gewesen waren, ist es möglich, daß ein Flecken AB-Blut sich so weit verändert hatte, daß er als Gruppe B eingestuft wurde.

Das Sammeln von Beweismitteln war im Grunde ein Prozeß des Eliminierens. Spuren, die weder Nancy noch Derek zugeordnet werden konnten, stammten vermutlich vom Mörder. Es stellte sich heraus, daß die Fußabdrücke und die Blutflecken dazugehörten; die Limonadendose aber nicht. Ein Vergleich der Fingerabdrücke ergab, daß er von einem Polizeibeamten am Tatort stammte.

Analysen der Speichelspuren an den Zigarettenresten ergaben, daß sie entweder von Derek oder von jemand mit der gleichen Blutgruppe stammten.

Blutflecken klebten auch auf dem Griff einer Feuerzange am Kamin in der Nähe von Dereks Leiche, doch sie gehörten zur Blutgruppe A, also Dereks, und legten den Schluß nahe, daß er wahrscheinlich nach der Zange gegriffen hatte, um sie als Waffe gegen seinen Angreifer zu benutzen.

Das Blut des Handabdrucks auf der Sitzfläche des Stuhls hatte Dereks Gruppe.

Die Proben, die von Nancys Mund, Rektum und Vagina entnommen wurden, enthielten keine Samenflüssigkeit, so daß man davon ausgehen konnte, daß sie nicht sexuell mißbraucht worden war. Das war durchaus hilfreich, denn die Ermittler konnten so eine Vergewaltigung als mögliches Mordmotiv ausschließen.

Insgesamt waren die Beweisstücke jedoch eine Enttäuschung.

Es gab auch noch andere Enttäuschungen. Das Lasersystem zur Suche von Fingerabdrücken funktionierte nicht, zumindest nicht in diesem Fall. Ein anderes System erwies sich ebenfalls als nutzlos.

In anderen Fällen war festgestellt worden, daß chemische Stoffe in den Dämpfen von Superklebern an Fingerabdrücken haften bleiben und sie so für das unbewehrte Auge sichtbar machen. Brown und andere Techniker arbeiteten anderthalb Tage lang daran, das Haus abzudichten, jedes Fenster und jede Tür zu verkleben, die Kamine zuzustopfen, jede Stelle zu beseitigen, wo durch einen Spalt Luft hätte eindringen oder entweichen können. Dann pumpten sie Superklebedämpfe ins Haus und warteten ab, daß die chemischen Bestandteile ihre Wirkung entfalteten. Nachdem sie den Dämpfen die notwendige Zeit plus einen kleinen Zuschlag gelassen hatten, betraten sie das Haus wieder in der Hoffnung, nun auch die Fingerabdrücke zu finden, die sie bisher nicht hatten aufspüren können. Die Prozedur versagte.

Eine andere Technik funktionierte jedoch. Eine getestete und allgemein erfolgreiche Methode der Behandlung von Oberflächen mit einer chemischen Substanz, die Blutflecken aufleuchten ließ. Selbst wenn die Flecken für das bloße Auge nicht mehr zu sehen waren, konnten sie unter bestimmten Lichtverhältnissen zu einem schwachen Leuchten angeregt werden.

Brown setzte im Haus die chemische Substanz Luminol ein. Sorgfältig legte er hochempfindliches Farbfilmmaterial in seine Kameras ein und stellte die Apparate entlang des angenommenen Weges des Mörders auf. Dann stellte er die Verschlüsse auf eine Belichtungsphase von dreißig Sekunden ein. Schließlich ging er in die Hocke und bewegte sich im Entengang über den Boden und versprühte das bräunliche Luminol aus einer Plastikflasche. Sobald der Sprühnebel sich senkte, reagierte er mit den chemischen Überresten des Blutes. Die Fußabdrücke des Mörders begannen in einem gespenstischen blau-grünen Licht zu schimmern. Schnell betätigte Brown die Auslöser seiner Kameras, da das Leuchten nur etwa fünfzehn Sekunden lang anhielt. Das Ergebnis war eine Serie von Fotos, die eine leicht gewundene Linie geisterhafter Fußabdrücke zeigten, die vom Wohnzimmer zum Schlafzimmer und weiter ins Bad verlief. Das bestätigte, was die Detectives vermutet hatten: Der Mörder hatte sich geduscht, um das Blut abzuwaschen, das an ihm geklebt haben mußte wie eine zweite Haut.

Es war etwas schwieriger, die Chemikalie auch draußen einzusetzen, denn Streulicht konnte jederzeit das ganze Experiment scheitern lassen. Brown wartete auf eine besonders dunkle Nacht und traf dann Vorbereitungen, die Substanz im Hauseingang, im Garten und in der Auffahrt zu versprühen. Er sah, daß die Lampen im und am Haus noch brannten; sie müßten gelöscht werden, damit die Methode einwandfrei funktionierte.

»Wären Sie so nett, alle Lampen auszuschalten?« bat Brown einen der Ermittler, der in der Nähe stand.

»Ich nicht«, sagte der Mann. »Ich wage mich bei Dunkelheit nicht in dieses Haus.«

Verblüfft wandte Brown sich an einen anderen Detective.

»Ich auch nicht«, sagte dieser. »Warum gehen Sie nicht selbst rein?«

»Ich bin eigentlich auch nicht begeistert davon«, gestand Brown.

»Dann gehen wir beide«, schlug der zweite Beamte vor. »Ich halte die Taschenlampe.«

»Okay«, sagte Brown.

Sobald die Lampen gelöscht waren und das Luminol versprüht war, ließ sich der Weg des Mörders draußen genauso deutlich verfolgen wie im Haus, obgleich es seit den Morden schon mehrmals geregnet hatte. Fußspuren führten von der Haustür zur Auffahrt und weiter zu zwei hohen Bäumen. Sie gingen mehrmals um die Bäume herum, als ob die Person, die die Abdrücke hinterlassen hatte, sich hinter den Bäumen hätte verstecken wollen.

»Er könnte doch herausgekommen sein, wollte dann in seinen Wagen steigen, als irgend etwas ihn davon abhielt«, äußerte einer der Ermittler seine Vermutung.

»Das wäre möglich«, sagte Brown.

Interessanterweise gab es eine zweite Serie von Abdrücken. Anstatt nach rechts wegzuschwenken, führte die zweite Serie nach links hinaus in den Garten. Dort drangen sie etwa drei Meter weit vor und stoppten und kehrten wieder zurück. Wo sie aufhörten, war eine Fläche zu erkennen, die Brown als ›Wischspuren‹ bezeichnete. Der Mörder war ins Gras gegangen und hatte seine blutbeschmierten Füße heftig hin und her bewegt, als benutzte er eine Fußmatte, und war dann wieder zum Haus zurückgekehrt.

Die Größe und Form der Abdrücke legte den Schluß nahe, daß beide Abdruckserien von der gleichen Person hinterlassen worden waren. Für die Ermittler war damit eines klar: Der Mörder war zweimal im Haus gewesen. Sie einigten sich auf die Theorie, daß er die Haysoms getötet hatte, dann hinausgegangen und wieder zurückgekommen war. Sie vermuteten, daß er beim zweiten Besuch seinen beiden Opfern die Kehlen aufgeschlitzt hatte, um sichergehen zu können, daß sie auch wirklich tot waren.

Es blieben nicht die einzigen Überraschungen. Als die Laborberichte fertiggestellt waren, ging aus ihnen hervor, daß Derek und Nancy einen identischen Alkoholgehalt in ihrem Blut hatten: 2,2 Promille. In den meisten Staaten, so auch in Virginia, gilt jemand mit einem Alkoholgehalt von 1 Promille als fahruntüchtig. Ein Gehalt von 3 Promille gilt als tödlich, wenngleich die Menschen unterschiedliche Verträglichkeitsgrenzen aufweisen. Wichtige Faktoren sind Gewicht, Größe und körperliche Verfassung. Dennoch wäre jeder, der so viel Alkohol im Blut hat wie Derek und Nancy, erheblich betrunken.

Eine weitere Überraschung ergab sich, als einer der Untersuchungsbeamten Nancys ›Studio‹ durchsuchte, das kleine Zimmer über dem großen Schlafzimmer, wohin sie sich immer zurückzog, um sich künstlerisch zu betätigen. In dem Zimmer befanden sich eine Staffelei und mehrere Aquarelle, darunter auch eins mit drei nackten Frauen. Das war eigentlich nicht so ungewöhnlich, dafür aber das, was man in einer Schublade einer kleinen Kommode in diesem Zimmer fand. Sorgfältig versteckt lagen dort fünf Fotografien von einer nackten jungen Frau. Die Fotos zeigten sie ausnahmslos im Profil, so daß die Intimzonen nicht zu sehen waren. Die Posen hingegen wirkten ziemlich seltsam. Auf einem Foto kniete die Frau neben einem Bett und las in einem aufgeschlagenen mit Illustrationen versehenen Buch mit Werken Shakespeares.

Eine weitere Überraschung entpuppte sich erst nachher als solche. Dereks Körper wies so viele Verletzungen auf, daß anfangs niemand untersuchte, ob sie ein bestimmtes Muster ergaben. Auf den ersten Blick erschienen sie alle wahllos verteilt. Aber als die Leiche des Mannes etwas eingehender untersucht wurde, bemerkte man einen seltsamen Schnitt an Dereks Kinn. Es waren eigentlich zwei diagonal verlaufende Schnitte, die an einem Ende zusammentrafen und ein V bildeten. Damals maß man dem keine Bedeutung zu, doch schon bald rückte diese Entdeckung in den Mittelpunkt des Interesses, als eine Reihe von Entwicklungen auf die Polizei niederprasselte.

Während die Techniker innerhalb des Hauses tätig waren, verliefen die Untersuchungen außerhalb noch hektischer. Die vordringliche Aufgabe bestand darin, schnellstens Leute zu finden, die die Haysoms gut genug kannten, um Aussagen über ihre Lebensgewohnheiten und Besonderheiten zu erhalten, oder jemanden aufzustöbern, der vielleicht etwas beobachtet hatte, was auf die Spur des Mörders lenken könnte. Nachbarn hatten nicht viele nützliche Informationen beibringen können. Ebensowenig die Freunde der Haysoms, die sofort nach Auffinden der Leichen befragt worden waren.

Innerhalb von vierundzwanzig Stunden nach dem ersten Alarm kristallisierte sich ein Ermittlungsmuster heraus. Eine Gruppe von zwölf Vertretern aus Bedford und den benachbarten Counties war verantwortlich für den Gang der Ermittlungen. Sie nahmen die Befragungen vor und erledigten die Hauptarbeit, gingen Hinweisen nach und versuchten, mögliche Zeugen aufzutreiben oder wenigstens jemanden, der ihnen Tips gab, die ihnen bei der Suche nach dem Mörder behilflich sein konnten. Der erste Kommandoposten befand sich im Ruritan Club in Boonsboro, aber er wurde frühzeitig in die Elementary School von Boonsboro verlegt, die glücklicherweise wegen der Osterferien leerstand.

Die Angehörigen der Spezialtruppe hatten kaum Gelegenheit, sich dort für ihre weitere Tätigkeit häuslich einzurichten, als sie ihren ersten Besucher empfingen: eine kraushaarige Frau in weißer Bluse und braunen Shorts, die auf einem neuen blauen Fahrrad mit großen schwarzen Reifen vor dem Schuleingang erschien. »Hallo«, sagte sie, schob das Fahrrad in die Vorhalle und klappte den Ständer herunter. »Ich bin *Margaret Louise Simmons.* Ich denke, Sie wollen sich bestimmt mit mir unterhalten.«

Danach redete fast ausschließlich nur noch sie – und das praktisch nonstop, solange jemand es schaffte, ihr zuzuhören. Sie sagte, sie sei die Exverlobte von Julian Haysom, Dereks jüngstem Sohn. Sie hatten sich, wie Margaret Louise erzählte, im vergangenen Jahr kennengelernt, als Julian, Ingenieur wie sein Vater, gerade ohne Beschäftigung war und beschlossen hatte, von Nova Scotia nach Virginia zu kommen, um dort ein paar Urlaubstage zu verbringen und sich nach einem neuen Job umzusehen. Margaret Louise war eine Kusine von Nancy, doch das stand einer Beziehung mit Julian nicht im Wege, da er ja Dereks Sohn war und nicht Nancys. Sie hatten sich verlobt, während Julian sich noch in Virginia aufhielt, und die Beziehung dauerte auch noch einige Zeit an, als er schon wieder nach Kanada zurückgekehrt war. Doch die Entfernung und die veränderten Umstände erwiesen sich als zu große Belastung. Schon bald nach Julians Rückkehr nach Nova Scotia erlebte Margaret Louise eine dramatische Erneuerung ihres christlichen Glaubens, und dies schien Julian abzuschrecken. Im Sommer vor dem Mord heiratete Julian dann eine Kanadierin, ohne Margaret Louise vorher zu informieren.

Vom Standpunkt der Ermittler aus war dies ein ziemlich starkes Motiv für feindselige Gefühle. Ob diese Abneigung intensiv genug war, um zu zwei Morden zu führen, müßten sie im Laufe der Zeit erst noch herausfinden. Es gab noch einen anderen Grund für das Interesse der Ermittler an Margaret Louise. Einige Jahre vorher hatten sich bei ihr ernste psychische Probleme gezeigt, und ihre Eltern hatten sie in eine Heilanstalt gebracht. Nach einer mehrmonatigen Behandlung galt sie als ausreichend geheilt und wurde entlassen.

Einer der Beamten, die abgestellt waren, um sie zu verhören, war Sergeant Carroll Baker, ein umgänglicher grauhaariger Mann. Kaum war Margaret Louise in sein Leben geradelt, da saß Baker mit ihr in einem Klassenzimmer, um aus ihr Informationen herauszuholen, die sich für die Ermittlungen als nützlich erweisen könnten.

Sie erzählte ihm, wie Julian aussah. Sie erzählte ihm von Kanada. Sie erzählte ihm, was sie am vergangenen Sonntag zu Mittag gegessen hatte. Sie erzählte ihm von einem Kinofilm, den sie sich angesehen hatte. Sie erzählte ihm aber nichts, was sich auch nur annähernd hilfreich für die Suche nach Nancys und Dereks Mörder verwerten ließ.

Baker hüstelte in seine Faust und verdrehte die Augen. Jedesmal, wenn sie ihm gestattete, auch ein Wort zu sagen, stellte er eine Frage, die sich direkt auf die Haysoms und die Morde bezog. Sie begann dann immer von etwas anderem zu reden.

Schließlich gab er es auf, das Gespräch zu lenken, und ließ sie reden. Während sie erzählte, blickte Baker ihr tief in die Augen. Als schaute man in eine leere Höhle, dachte er. Kein Licht brennt dort. Es ist niemand zu Hause.

5

Wenige Tage nachdem die Leichen entdeckt worden waren, fuhr Sergeant Brown mit einigen Beweisstücken nach Richmond, um sie im staatlichen kriminaltechnischen Labor untersuchen zu lassen. Während er dort war, hatte er eine Eingebung und bat zwei Detectives, von denen er wußte, daß sie auf Kulte und ihre Aktivitäten spezialisiert waren, sich die Fotos vom Tatort doch mal anzusehen.

»Worauf sollen wir denn besonders achten?« fragte einer von ihnen.

»Sehen Sie sich die Bilder an und teilen Sie mir mit, was Sie davon halten«, erwiderte Brown und reichte ihnen einen dicken Stapel Farbfotos.

Brown setzte sich und beobachtete stumm, wie die beiden Männer die Fotos auf einem Schreibtisch ausbreiteten und sie nacheinander studierten. Aus ihrer Gleichgültigkeit wurde Interesse, das sich schnell in Erregung verwandelte.

»He, sieh dir das mal an«, sagte einer aufgeregt und wies auf ein Foto von einem blutbeschmierten Fußbodenabschnitt.

»Verdammt!«

»Und dies!«

»Und schau doch hier!«

»Da ebenfalls. Und dann diese Stühle.«

Einer von ihnen gab Brown ein Zeichen. »Wo ist auf diesem Bild Norden?« Es war das Foto von Dereks Leiche, das von der Haustür beim Eintreten geschossen worden war.

Brown erklärte es ihnen, und der Mann verdrehte die Aufnahme so, daß die Leiche auf einer Nord-Süd-Achse lag.

»Und wie ist es bei diesem Bild?« Es war ein Foto von Nancys Leiche.

Brown zeigte auch dort die Nordrichtung.

»Hmm«, brummte der Mann wie eine Wahrsagerin, die aus dem Kaffeesatz liest.

»Was halten Sie davon?« fragte Brown schließlich. »Gibt es irgendeinen Hinweis, daß die Morde mit irgendwelchen Kulthandlungen in Verbindung stehen?«

»Zum Teufel, ja«, antwortete einer der Beamten. »Kommen Sie, ich zeige es Ihnen.«

»Nein«, wehrte Brown ab, »mir brauchen Sie es nicht zu erklären. Ich bin kein Ermittler. Aber ich würde es begrüßen, wenn Sie mal rüberkämen nach Lynchburg und sich mit den Angehörigen der Mordkommission unterhielten.«

Was die beiden Detectives aus Richmond den Leuten der Mordkommission zu erzählen hatten, fand aufmerksame Ohren. Kulte, speziell satanische, so berichteten sie, seien viel weiter verbreitet, als die meisten Menschen annähmen. Zentren derartiger Aktivitäten seien in Virginia die Städte Richmond und Charlottesville, was aber nicht hieß, daß es solche Erscheinungen nicht auch in anderen Teilen des Staates gab.

»Was haben Sie denn gefunden, was in diesem Fall auf Satanismus hinweist?« fragte einer der Ermittler.

»Okay«, meinte der Beamte aus Richmond, »gehen wir mal die Liste durch.«

Er begann an den Fingern abzuzählen. »Erstens«, sagte er, »ist das die Lage der Körper. Sie sehen sicherlich, daß beide in die gleiche Richtung weisen: nach Norden.«

»Was hat der Norden denn zu bedeuten?«

»Das erkläre ich später. Zuerst einmal will ich die anderen Punkte nennen.«

»Was bringt Sie zu der Annahme, daß das Ganze kein Zufall ist?« fragte ein anderer.

»Das wäre durchaus möglich«, gab der vortragende Beamte zu.

»Aber lassen Sie mich fortfahren. Sehen Sie sich mal die Blutspuren an. Diese Körper wurden in Blut nachgezeichnet. Sie sind nicht durch Zufall auf diese Weise verblutet.«

»Woher wissen Sie das?«

»Ich weiß es nicht, aber sehen Sie sich nur mal an, wie man

den Eindruck gewinnen kann, als seien die Umrisse der Leichen mit Blut aufgemalt worden.«

Alle betrachteten die Bilder.

Man konnte es tatsächlich so interpretieren, als habe jemand versucht, die Blutspuren auf eine bestimmte Art und Weise zu ordnen, damit zu ›malen‹. Bisher waren sie davon ausgegangen, daß die ›Putzstreifen‹ überall im Haus von dem Mörder hinterlassen worden waren, als er versuchte, seine Fußspuren zu beseitigen, und nicht, um irgendein obskures Ritual auszuführen.

Gut eine Stunde lang führten die Detectives aus Richmond aus, was sie als Hinweise auf einen Ritualmord ansahen.

Einiges erschien weithergeholt. Da war zum Beispiel eine Mausefalle, die dicht neben Nancys Leiche gefunden worden war. Sie war zugeklappt, aber leer. Ein kleines Stückchen Käse lag in der Nähe. Seltsam war jedoch, daß auf dem Boden der Falle kein Blut klebte, obgleich die Falle auf dem blutbeschmierten Fußboden gelegen hatte. Für die Ermittler konnte das nur bedeuten, daß sie dorthin gelegt worden war, nachdem das Blut getrocknet war. Außerdem wies die Mausefalle nach Norden, genauso wie das Besteck auf dem Eßtisch. Jede Kerze im Haus war abgebrannt worden. Auch wenn sie nicht wußten, wann sie zum erstenmal angezündet worden waren, so war auch das nur ein weiteres Teil des Puzzles. Dann gab es eine Pfütze einer schwarzen, wachsartigen Substanz auf dem Fußboden an einer Ecke des Tisches zwischen den Plätzen, auf denen Nancy und Derek während des Essens zu sitzen pflegten. Diese Substanz war nicht analysiert worden, und auch ihre Existenz ließ sich nicht erklären. Die Eßzimmerstühle schienen in einem Halbkreis angeordnet worden zu sein. Da war der seltsame V-förmige Schnitt an Dereks Kinn. Weiterhin, wenn man den blutverschmierten Fußboden aufmerksam betrachtete, konnte man bei gutem Willen eine 6 erkennen, die sich innerhalb eines V befand. Drei Sechsen sind das allgemein verwendete Symbol für den Antichrist. Der Herstellername auf der Mausefalle lautete Victory, dargestellt durch ein großes V. Dieser Buchstabe konnte auch für das Wort *Voodoo* stehen.

»All diese Dinge haben ihre bestimmte Bedeutung in satanistischen Ritualen«, meinte einer der Detectives geheimnisvoll.

»Heißt das, Sie tippen auf einen Ritualmord?« fragte einer der Männer aus der Mordkommission.

»Nein«, entgegnete der stämmigere der beiden Experten, »so weit gehen wir gar nicht. Wir meinen nur, daß wir uns nicht ganz sicher sein können. Einige Anzeichen sind vorhanden, andere wiederum nicht. Und einige Punkte sind ganz einfach falsch. Vieles davon könnte auf einem Zufall beruhen. Aber ich sage Ihnen eins: Wenn es ein Ritualmord war, dann wurde er von Amateuren ausgeführt, von einer oder mehreren Personen, die nicht wußten, was sie eigentlich taten.«

»Also von jemand, der seine ersten zaghaften Versuche auf diesem Gebiet macht.«

»Genau.«

»Könnte es nicht auch so sein, daß derjenige, der diese Zeichen hinterlassen hat, uns nur verwirren wollte?«

»Sicher«, gab der Detective aus Richmond zu. »Diese Möglichkeit besteht natürlich auch.«

Was sie gesagt hatten, war verwirrend. Es versperrte ein wenig den Blick für die weiteren Ermittlungen. Und es unterstrich, wie kompliziert der ganze Fall sich noch entwickeln würde. Die nackte Brutalität der Morde war schlimm. Die Tatsache, daß die ermittelnden Beamten nicht auf Anhieb einen Tatverdächtigen benennen konnten, war schlimmer. Am schlimmsten aber war die Erkenntnis, daß sie noch nicht einmal einen vagen Hinweis auf ein mögliches Motiv vorliegen hatten. Und dann kamen die Detectives aus Richmond und sorgten für weitere Verwirrung.

Die Informationen aus Richmond hatten auf die Angehörigen der Mordkommission unterschiedliche Auswirkungen. Keiner wollte grundsätzlich daran glauben, daß Derek und Nancy von einem oder mehreren Satansanbetern getötet worden waren. Einige meinten, die Männer aus Richmond hätten interessante Aspekte aufgezählt; andere wiederum sagten, sie hätten sich wohl zu viele Horrorfilme angesehen. Aber einige nahmen das, was sie gehört hatten, doch sehr ernst.

Diese Ermittler begaben sich in ihre Bibliotheken und suchten alle Bücher über Satanismus heraus. Sie opferten ihre Freizeit, die nicht gerade großzügig bemessen war, wenn man bedenkt, daß sie zwölf bis vierzehn Stunden am Tag arbeiteten, und studierten die Texte in dem Bemühen, Hinweise auf den Mord zu finden, den sie aufzuklären hatten.

Schon sehr frühzeitig während der Ermittlungen traf das Dutzend Beamten sich jeden Morgen um acht Uhr in ihrem Kommandoposten. Einige brachten Kaffee mit, andere Gebäck, und für eine Stunde saßen sie dann zusammen, aßen, tranken Kaffee und verglichen ihre Aufzeichnungen und diskutierten über die verschiedensten Theorien zum Tathergang.

Die Satanismus-Hypothese gewann in Ermangelung besserer Erklärungen an Bedeutung. Als alle anderen Hinweise, die sie verfolgten, sich als Sackgasse erwiesen, hielt die Polizei nach allem Ausschau, was irgendein Ergebnis versprach, ganz gleich, wie weit hergeholt es auch erscheinen mochte. Sogar Sheriff Wells, der von Anfang an überzeugt gewesen war, daß die Morde von einer einzigen Person verübt worden waren, speziell von jemand, der an jenem Abend Gast im Haus der Haysoms gewesen war, begann sich zu fragen, ob es nicht doch irgendeine Verbindung zu einem Kult gab. In vorsichtigen Kommentaren gegenüber den Medien redete er von ›ungewöhnlichen Aspekten‹ der Morde.

Ein Ermittler war derart überzeugt, daß Satansanbeter am Werk gewesen waren, daß er regelrecht paranoid wurde. Er erzählte seinen Kollegen, daß er rätselhafte Telefonanrufe erhalte, daß sein Haus beobachtet werde und, was noch schlimmer war, daß er von einem blonden jungen Mann in einem roten Wagen mit ›666‹ auf dem Nummernschild verfolgt werde. Er war derart überzeugt von letzterem Punkt, daß er jedesmal, wenn er einen roten Wagen gewahrte, sein eigenes Fahrzeug von der Straße lenkte, um sich zu vergewissern, wer der Fahrer war.

Sergeant Baker, der erklärte, nicht abergläubisch zu sein, gab Monate später zu, daß diese Morde ihm angst gemacht hätten.

Ein stämmiger, ruhiger und gelassener Angehöriger der Anti-Terror-Brigade des Police Department, läßt Baker sich nicht so leicht erschrecken. Aber die Art und Weise, wie die Haysoms zerfleischt worden waren, und das Gerede möglicher ritueller Hintergründe hinterließen einen Eindruck auf ihn, von dem er sich nicht so einfach freimachen konnte. »Das Ganze kam bei mir erst Monate später heraus«, gestand er, »lange nachdem die gemeinsame Mordkommission aufgelöst worden war. Ich hatte mal wieder Nachtschicht, und es war gewöhnlich halb drei oder drei Uhr morgens, ehe ich nach Hause fuhr. Es ging mir gut, bis ich zum Hinterausgang meines Hauses kam, dann fing es an. Ich schaute ins Haus, und es war völlig dunkel, und dann hatte ich plötzlich so ein seltsames Gefühl. Ich hatte Angst, die Tür zu meiner eigenen Küche zu öffnen. Ich hielt den Atem an, legte eine Hand auf meine Pistole und schaltete mit der anderen das Licht ein. Ich war mir völlig sicher, daß ich auf dem Küchenboden einen blutüberströmten Körper finden würde. Jetzt hat es sich etwas gebessert.« Er lächelte. »Aber es dauerte eine halbe Ewigkeit, bis dieses Gefühl endlich verging.«

Die Möglichkeit, daß die Morde einen rituellen Hintergrund hatten, wurde später völlig verworfen, doch für einige Wochen bestimmte sie die weiteren Ermittlungen. Unzählige Stunden wurden damit vergeudet, Spuren zu verfolgen, über die die Detectives unter normalen Umständen allenfalls müde gelächelt hätten. Als letzte Ironie gelangte dieses Thema, Monate nachdem die Beamten alle Bücher über Okkultismus in die Bibliotheken zurückgetragen hatten, doch wieder in die Untersuchungen. Und zwar aus einer völlig unerwarteten Richtung. Als es passierte, erzeugte es bei den Beamten einen kalten Schauer. Sie fragten sich, zumindest kurzfristig, ob sie nicht die ganze Zeit in der völlig falschen Richtung gesucht hatten.

6

Ricky Gardner war einer von jenen Männern, deren Zügen man gerne das Beiwort ›Babygesicht‹ gibt. Stämmig und mittelgroß, mit welligen, dunkelbraunen Haaren, die er rechts gescheitelt trug, sah Gardner leicht fünf Jahre jünger aus, als er war. Im März 1985 war er dreißig Jahre alt, doch mit seinen rosigen glatten Wangen und einem angenehmen, unbeschwerten Lächeln hätte man ihn durchaus für einen schüchternen Studenten halten können, der gerade die Universität verlassen hatte. Wenn man ihn ansah, wäre man niemals auf die Idee gekommen, daß ihm der Umgang mit Tod, Vernichtung und menschlichem Leid durchaus vertraut war.

Mit siebzehn, er hatte gerade die High-School absolviert, war er zum Rettungsdienst von Bedford County gegangen, wo sein Job darin bestand, Notrufe von schweren Autounfällen aufzunehmen und zum Unfallort zu eilen oder aufgedunsene Leichen aus Flüssen und Seen zu holen. Mit fünfundzwanzig verließ er den Rettungsdienst und trat ins Sheriff's Department ein, wo seine Aufgaben fast die gleichen waren, aber die Bezahlung war besser. Er erwies sich als fähiger, intelligenter, lernbegieriger Beamter. Fünf Jahre später, im Oktober 1984, etwa sechs Monate bevor die Haysoms ermordet wurden, wurde er zum Ermittler befördert. Ermittler waren die Spitzenkräfte des Sheriffs, und Gardners Aufnahme in diesen auserwählten Kreis bestätigte, daß eine steile Karriere vor ihm lag.

In den Jahren, die er das Leben in Bedford County von seiner gewalttätigen Seite betrachten konnte, hatte er eine Menge Leichen untersucht. Ungefähr ein Jahr vorher, als Deputy in Uniform, war er zu einer Explosion gerufen worden. Als er am Unglücksort eintraf, fand er die Überreste eines Farmers, der sich selbst über eine größere Fläche von Bedford County verteilt hatte bei dem Versuch, einem Baumstumpf mit einer Dynamitladung zu Leibe zu rücken. Doch in seinen dreizehn Jahren hatte Gardner niemals ähnliches wie das gesehen, was mit Derek und Nancy Haysom geschehen war. Er sollte von diesem Verbrechen nicht nur als Zeuge Kenntnis bekommen, sondern bei der Aufklärung als Ermittler tätig sein. Es war sein erster Fall. Er hatte vorher noch nie an der Aufklärung eines Mordes teilgenommen.

Etwa zu dem Zeitpunkt, als Annie Massie die Haustür öffnete und Dereks Leiche auf dem Fußboden liegen sah, hatte Gardner sich im benachbarten Botetourt County aufgehalten und mit den dortigen Deputies über eine Bande von Männern gesprochen, die verdächtigt wurden, Einbrüche in alleinstehende Häuser in Bedford County zu verüben. Er beendete seine Gespräche und war gerade auf der Rückfahrt nach Bedford, entschlossen, Feierabend zu machen, als das Geplapper im Sprechfunkgerät seine Aufmerksamkeit weckte. Die Zentrale in Bedford schickte einen uniformierten Deputy zu einer Adresse in Boonsboro, auf der anderen Seite des County, um einen etwaigen Mordfall zu untersuchen.

»Ich habe eine gefunden«, hörte Gardner die Meldung des Deputy aus Boonsboro.

Eine, dachte Gardner. Mein Gott, wie viele Leichen sind denn da? Er hatte die Lautstärke hochgedreht, aber es gab keine weiteren Meldungen mehr. Als die Stille andauerte, hatte Gardner gewußt, daß der Deputy für seinen weiteren Bericht das Telefon benutzte, anstatt die Details per Funk weiterzugeben. Er lenkte den Wagen bereits zum Sheriffsbüro und nicht zu seinem Haus, wie er es vorgehabt hatte, als die Zentrale sich wieder über Funk meldete und Anweisung gab, daß alle verfügbaren Ermittler nach Boonsboro kommen sollten. Die Nachricht klang irgendwie mysteriös, doch Gardner hatte die Anspannung in der Stimme des Deputy deutlich hören können. Er kurbelte an seinem Lenkrad und trat das Gaspedal bis aufs Bodenblech durch.

Er und Chuck Reid, ein anderer Ermittler, waren fast gleichzeitig vor dem Haus in der Holcomb Rock Road eingetroffen.

»Worum geht es denn überhaupt?« fragte Gardner, während er die Tür des Streifenwagens zuschlug.

»Fragen Sie mich nicht«, erwiderte Reid, »aber es klingt ganz schön wild.« Reid, ehemaliger Waffentrainer im Marine Corps, war kleinwüchsig und drahtig, wie ein Turner, mit einem muskulösen Oberkörper und einem ausgeprägten Kinn. Nur drei Jahre älter als Gardner, wies sein braunes Haar bereits graue Strähnen auf, und von den Jahren, die er ständig im Sonnenlicht auf Ziele am anderen Ende eines Schießstandes blinzelnd verbracht hatte, stammten die Pilotenfältchen um seine Augen. Ebenfalls ehemaliger Deputy in Uniform, war Reid nur sechs Monate länger als Gardner in der Ermittlungsabteilung des Police Department.

Zusammen sprinteten sie die Auffahrt hinauf.

Die beiden hatten kaum die Köpfe ins Haus gesteckt, als sie auch schon von den Labortechnikern verscheucht wurden. Der schnelle Blick hatte jedoch für eine Gänsehaut ausgereicht. Reid hatte einen Blick in das blutbespritzte Wohnzimmer und auf Dereks verstümmelte Leiche erhascht und jetzt schon das Gefühl, sich in einem Alptraum zu befinden. Drei Abende vorher hatte er den Gruselfilm *Helter-Skelter* im Fernsehen gesehen, und er hatte es bisher noch nicht geschafft, diese Bilder aus seinem Bewußtsein zu verdrängen.

Der Anblick von Blut hatte Gardner nicht so sehr erschreckt. Der Fall des Farmers, der sich selbst mit Dynamit in die Luft gesprengt hatte, hatte ihn gegen große Blutmengen immun gemacht. Aber dies hier war völlig anders. Es war nicht das Blut, das ihn verwirrte; es war die Vorstellung, daß ein Mensch so etwas einem anderen Menschen antun konnte, die ihm Übelkeit verursachte.

Captain Ronnie Lockland, der stellvertretende Chef der Dienststelle, hatte die beiden Ermittlungsbeamten schnellstens eingespannt. »Gehen Sie zu den Nachbarn und sehen Sie zu, was Sie in Erfahrung bringen können«, ordnete Lockland an. »Gehen Sie in diese Richtung«, wies er Reid an und zeigte dabei die Straße entlang, »und Sie«, sagte er, während er Gardner ansah, »machen sich dort auf die Suche.«

Seitdem waren die Stunden und Tage wie in einen Nebel getaucht verstrichen. Sie hatten praktisch rund um die Uhr ihre Befragungen durchgeführt, doch mit kaum nennenswerten Ergebnissen. Am Montag, dem 8. April, fünf Tage nachdem die Leichen entdeckt worden waren, wußten sie nicht viel mehr als am vorhergehenden Mittwoch.

Am Tag vorher, es war Ostersonntag, hatte ein Gedenkgottesdienst für Derek und Nancy in der St. Paul's Episcopal stattgefunden, der großen alten Kirche in Lynchburg, zu deren Gemeinde die Elite der Stadt gehörte. Derek und Nancy waren niemals in die Kirche gegangen, doch der Pastor, Reverend Alexander Robertson, erklärte sich sofort bereit, für die Familie einen Gedenkgottesdienst abzuhalten. Es gab keine Beerdigung, da Dereks und Nancys Leiche eingeäschert worden waren, nachdem der ärztliche Leichenbeschauer sie freigegeben hatte.

Reverend Robertson sagte ein paar Worte zu den Trauernden und überließ die Kanzel dann Richard Haysom, Nancys einunddreißigjährigem Sohn, dem Architekten aus Calgary, Kanada. Mit einer von innerer Aufgewühltheit bebenden Stimme betete er um Frieden für die Seelen der Verstorbenen. Er war erst sechs Jahre alt gewesen, als seine Mutter und Derek heirateten, daher hatte er Derek immer als seinen Vater betrachtet; Nancy und Derek waren seine Eltern und nicht Mutter und Stiefvater.

»Ich bitte unsere Familie und Freunde, die Erinnerung an ihren Tod auszulöschen und dafür an ihr Leben zu denken«, sagte Richard und blickte in das Meer von Gesichtern, von denen einige offen Zorn und tiefe Enttäuschung zeigten. »Ich bitte euch alle, eure Herzen zu öffnen. Sicherlich hätten sie gewünscht, daß wir diese Tragödie überwinden und die Kraft finden, weiterzuleben, die Kraft, weiter zu lieben, die Kraft, auch in Zukunft zu verzeihen.« Es war eine bewegende Totenrede, und als er endete, gab es kaum ein trockenes Auge in der Kirche.

Unter den über hundert Leuten in den Kirchenbänken befanden sich auch Richards Bruder Howard, ein zweiunddreißig Jahre alter Chirurg aus Houston, und seine Stiefbrüder Veryan, ein sechsunddreißig Jahre alter Strafverteidiger aus Mahone Bay, Nova Scotia, und Julian, der zweiunddreißig Jahre alte Ingenieur, der mit Margaret Louise Simmons verlobt gewesen war. Etwas abseits, als wollte sie nicht bemerkt werden, stand Derek und Nancys Tochter, Elizabeth, Studentin im ersten Jahr an der Universität von Virginia. In genau einer Woche hatte sie Geburtstag und würde einundzwanzig Jahre alt. Ihre Zimmergenossin an der Universität, eine Koreanerin namens Cherlene Song, und Elizabeths Freund, ein dunkelhaariger, achtzehn Jahre alter Deutscher namens Jens Soering, nahmen sie in die Mitte und flankierten sie wie zwei Buchstützen.

An diesem Montag war die Mordkommission mit ihrem Kommandoposten vom Ruritan Club in die zur Zeit leerstehende Grundschule von Boonsboro umgezogen. Obgleich ihre Tätigkeit ausgesprochen ernst war, entwickelten die Ermittlungsbeamten an diesem neuen Arbeitsplatz eine Neigung zu schwarzem Humor. Eine große Gruppe imposanter, bulliger Männer (niemand hätte je daran zweifeln können, daß es sich um Polizisten handelte) in einer Umgebung agieren zu sehen, die eigentlich für Sechs- bis Zehnjährige geschaffen war, erwies sich trotz der Begleitumstände als ausgesprochen spaßig. Sie traten von einem Fuß auf den anderen und versuchten so zu tun, als kämen sie sich nicht so vor wie Gulliver in Lilliput. Sie standen inmitten von winzigen Tischen mit winzigen Stühlen. Winzige Pulte waren an den Wänden aufgestellt. Garderobenhaken für winzige Leute ragten unterhalb Hüfthöhe von den Wänden weg – eine ständige Gefahrenquelle, sich alles mögliche zu ruinieren. In den Korridoren mußten sich die Einsachtziger praktisch hinknien, um die Trinkbrunnen zu benutzen. Aber die Szenen auf den Toiletten waren noch lächerlicher: stämmige ehemalige Footballathleten versuchten Pissoire zu benutzen, die nur einen halben Meter über dem Fußboden angebracht waren – Becken, die einige von ihnen über ihre Bierbäuche hinweg nicht einmal sehen konnten, wenn sie davorstanden.

Aber wenn die Polizisten sich über diese Situation amüsierten, so verflog die Belustigung doch sehr schnell, wenn sie sich ins Gedächtnis riefen, daß sie dorthin umgezogen waren, um einen gemeinen Mörder zu fangen.

Kurz vor ein Uhr am 8. April fuhr der braune Kombiwagen der Haysoms, die Bronze Belle, mit Elizabeth Haysom auf dem Beifahrersitz die Schulauffahrt herauf. Ihr Freund Jens saß am Lenkrad.

Elizabeth stieg aus dem Fahrzeug, sagte ein paar Worte zu Jens und betrat das Gebäude. Jens wartete, bis sie verschwunden war, ehe er wieder losfuhr.

Chuck Reid beobachtete aus dem Korridor, wie Elizabeth ins Gebäude kam. Bei ihrem Anblick war das erste Wort, das ihm in den Sinn kam, das Wort *Hippie*. Sie trug eine ausgebeulte dunkle Hose, eine zerknautschte weiße Bluse und abgewetzte chinesische Pantoffeln aus schwarzem Samt. Ihr Haar, das strähnig war und eine Wäsche nötig hatte, war mittellang und nach hinten gekämmt. Sie trug kein Make-up, und ihre Kleider – nun ja. Wenn sie einen schwarzen Müllsack mit Ärmellöchern gehabt hätte, dann hätte sie den genausogut überstreifen können.

Angesichts ihrer äußeren Erscheinung klappte jedem Anwesenden der Unterkiefer herunter, als sie den Mund öffnete. »Ich suche einen Ermittlungsbeamten namens Gardner«, sagte sie mit einem britischen Akzent, so rein, elegant und entwaffnend wie der eines Nachrichtensprechers der BBC. Die Polizisten in Lynchburg kannten eine solche Stimme höchstens aus dem Kino. Völlig undenkbar, daß derart gepflegte Töne aus dem Mund dieser unordentlich gekleideten jungen Frau drangen.

»Er bat mich, zwecks einiger Fragen herzukommen, die ich ihm beantworten soll«, sagte sie leise und brachte sämtliche Aktivitäten im Raum zu einem abrupten Stillstand.

Reid war zuerst einmal von ihrem Akzent beeindruckt. »Ich hätte ihr den ganzen Tag andächtig zuhören können«, sagte er.

Er wußte es damals noch nicht, aber das war genau das, was er während der folgenden Tage tun würde. An diesem Tag jedoch hatten dieses Privileg Ricky Gardner und eine ältere Ermittlerin der Polizei von Lynchburg namens Debbie Kirkland. Um der Bezeichnung *Regional* bei den Aktionen der Mordkommission Gewicht zu verleihen, wurde, wann immer es möglich war, einem Ermittlungsbeamten von Bedford County, das für die Untersuchungen zuständig war, jemand aus einer der anderen Polizeibehörden zur Seite gestellt.

»Dann kommen Sie mal mit«, sagte Gardner, erhob sich zuvorkommend von seinem Stuhl, auf dem er gemütlich gesessen hatte, und zeigte den Korridor hinunter. »Suchen wir uns ein leeres Klassenzimmer, wo wir uns in Ruhe unterhalten können.«

Diese ›Unterhaltung‹ sollte vier Stunden dauern.

7

Elizabeth Haysom war nicht nur selbst zu dem Gespräch erschienen, sie hatte auch ihr Mittagessen mitgebracht. Sobald sie, Gardner und Kirkland am Lehrertisch in einem Klassenraum Platz genommen hatten, griff Elizabeth in ihre Handtasche und holte ein dickes, in Frischhaltepapier eingewickeltes Sandwich hervor. Sie legte das Sandwich auf den Tisch, wickelte es aus und brach ein Stück davon ab. Nachdem sie es sich in den Mund gesteckt hatte, begann sie zu kauen, zaghaft, aber mit Appetit.

Gardner blickte sie an. Er sah auf das Sandwich, das aus zwei Scheiben alten Weißbrots und einer reichlichen Portion einer dunklen, zähflüssigen Substanz bestand. Dann kehrte sein Blick zu ihr zurück.

»Schmeckt das?« fragte er ungläubig.

»Sehr gut«, erwiderte sie im saubersten Oxfordenglisch.

»Und was ist das?« fragte er.

»Für was halten Sie es denn?« antwortete sie mit einer Gegenfrage.

»Schokoladenpudding.«

Sie lachte. »Schokoladenpudding?«

»Ich habe noch nie jemanden ein Schokoladenpudding-Sandwich essen sehen.«

»Das ist Marmite«, sagte sie.

»Häh?«

»Marmite«, wiederholte sie und erklärte, daß es ein nach Rindfleisch schmeckender Extrakt aus Bierhefe war, ein in Großbritannien beliebter Imbiß. Man konnte es als Brotaufstrich essen, so wie sie es bevorzugte, oder man benutzte es als Grundlage für Suppen oder Eintopfgerichte. Die Konsistenz war eher die von Schmelzkäse, fest genug zum Streichen und nicht flüssig genug, um zu tropfen. Es entsprach in etwa der Definition, die der Texaner für das braune, erdige Wasser des

Rio Grande zu nennen pflegte: zu dick zum Trinken und zu dünn zum Pflügen.

»Es ist einfach nur ein Haufen Vitamine«, sagte sie in ihrem britischen Tonfall.

»Hmm, hm«, murmelte Gardner, schob einen Papierstapel vor sich zurecht und bedachte sie mit einem wachsamen Blick. »Kommen wir zur Sache.«

Während Gardner sein Tonbandgerät aufstellte und Debbie Kirkland einen Notizblock und einen Bleistift bereitlegte, damit sie sich im Verlauf des Gesprächs ein paar Notizen machen konnte, brach Elizabeth sich ein weiteres Stück Brot mit Marmite ab und wirkte dabei genauso gespannt und wachsam wie Maggie Thatcher, wenn sie auf Fragen von Parlamentsmitgliedern wartete.

Als erstes wollten die Ermittlungsbeamten erfahren, wo sich Elizabeth zu dem Zeitpunkt aufgehalten hatte, als ihre Eltern ermordet wurden. Elizabeth hätte nicht auskunftsfreudiger sein können. Mit sorgfältig modulierter Stimme, die ihre uneingeschränkte Bereitschaft zur Mithilfe signalisierte, erklärte Elizabeth den beiden Polizisten, daß sie ihre Eltern zum letztenmal am 23.–24. März, einem Wochenende, gesehen habe. Sie war am Samstag mit dem Bus von Charlottesville gekommen, um den Geburtstag ihres Vaters mitzufeiern. An diesem Abend, so berichtete sie, wären ihre Eltern mit einigen Freunden zum Essen ausgegangen, während sie allein zu Hause blieb. Am Sonntag hätten Derek und Nancy sie mit dem Auto nach Charlottesville zurückgebracht. Seitdem hatte sie nur noch einmal mit ihnen gesprochen, am darauffolgenden Donnerstag, und das auch nur, um sich kurz zu melden und hallo zu sagen. Sie versprach, sie würde am Sonntag, dem 31. März gegen acht Uhr anrufen.

»Ich tat es, aber niemand antwortete. Das war jedoch nicht so ungewöhnlich, wissen Sie, sie taten stets, wozu sie gerade Lust hatten. Und manchmal, wenn irgend etwas wichtiger war, ließen sie das Telefon auch klingeln.«

Sie sagte, sie hätte sie am späten Montagvormittag zu erreichen versucht und zweimal am Abend des gleichen Tages, doch auch diesmal hätte sich niemand gemeldet. Am Dienstag versuchte sie ihr Glück um acht Uhr morgens und am späten Abend, doch ohne Erfolg. Nun, so meinte sie, hätte sie sich doch Sorgen gemacht.

»Am Mittwochmorgen, kurz nachdem ich aufgestanden war, rief ich Annie Massie an, um vielleicht von ihr zu erfahren, was los war.«

Sie hinterließ bei Annies Haushilfe eine Nachricht für Annie und bat sie gleichzeitig, doch einmal bei ihren Eltern vorbeizufahren. Kurz danach begab Annie sich zum Haus, öffnete die Tür und fand die Leiche ihres Vaters.

»Sie sagten, Sie hätten einen Anruf für Sonntagabend um acht Uhr vereinbart«, sagte Kirkland. »Ist das normal? Haben Sie das immer so gemacht?«

Elizabeth lächelte. »Manchmal haben meine Eltern Schwierigkeiten, mich zu erreichen, und auch ich versuchte es manchmal bei ihnen vergebens, deshalb vereinbarten wir eine Zeit für derartige Anrufe, falls sich irgend etwas Wichtiges ergab, worüber wir sprechen mußten. Da dies etwas Wichtiges war, bat ich darum, daß wir uns am Sonntag um acht miteinander in Verbindung setzten.«

»Worüber wollten Sie denn reden?« fragte Debbie Kirkland.

»Ich hatte einige Probleme mit meiner Unterkunft. Es gab Ärger mit unserer Vermieterin. Sie wollte keine Studenten im Haus, und wir mußten sie aufsuchen und sie überzeugen, daß wir in Ordnung waren. Daher wollten sie hören, ob alles wunschgemäß geklappt hatte, denn wenn etwas schiefgegangen wäre, wäre ich in großen Schwierigkeiten gewesen. Ich hatte nämlich keine Unterkunft in der Universität.«

Gardner unterbrach sie und klang leicht ungeduldig. Ihn interessierte vor allem das Motiv. Bisher hatten die Ermittler keine Ahnung, warum Derek und Nancy ermordet worden waren. Wenn sie darüber Aufschlüsse erhielten, so argumentierten die Beamten, dann würde ihnen das bei der Suche nach dem Täter entscheidend weiterhelfen. Doch Gardner erfuhr sehr schnell, daß dies recht schwierig war. So wie Elizabeth erzählte, hatte Derek eine ganze Reihe von Feinden in Kanada zurückgelassen. Während der nächsten Stunde konnte er sich anhören, wie viele Leute mit dem ermordeten Manager in Streit geraten waren, und zwar von gleichrangigen Kollegen bis hin zu Gewerkschaftsvertretern und Angehörigen der örtlichen Nachrichtenmedien.

Als Derek seinen Posten bei Sydney Steel antrat, erzählte Elizabeth, erfand er eine Prozedur namens ›Tauch-Spritz-Verfahren‹, die, wie sie betonte, die Stahlherstellung revolutionierte.

»Es war ein phantastisches Verfahren«, schwärmte sie. »Die Amerikaner, die Japaner, die Deutschen und die Engländer kauften es praktisch sofort.«

War das denn nicht etwas Gutes? fragte Gardner sich. Ehe er die Frage laut stellen konnte, erklärte Elizabeth ihm, warum es das nicht war.

»Die kanadischen Gewerkschaften lehnten dieses Verfahren rundweg ab«, sagte sie. »Ich glaube, sie befürchteten, dadurch ihre Jobs zu verlieren oder sonstige Nachteile zu erleiden.«

Okay, dachte Gardner, die Stahlgewerkschaften konnten ihn nicht leiden. Wer sonst noch? Sie zählte auf.

Die lokalen Politiker hielten auch nicht allzu viel von ihm, meinte Elizabeth. »Unglücklicherweise veränderte sich die politische Situation in Kanada, ein Jahr nachdem Daddy sich dort niederließ. Da Sydney Steel ein Konzern der Krone war, mußte er mit Politikern verhandeln, und das machte ihm überhaupt keinen Spaß. Er betrachtete sie als Abschaum.«

Gardner konnte sich vorstellen, daß eine solche Haltung ihn bei den örtlichen Behörden nicht gerade beliebt machte. Doch Elizabeth war mit ihrer Aufzählung erst am Anfang. Die örtlichen Nachrichtenmedien verstanden sich auch nicht besonders gut mit Derek, fuhr sie fort. Einige übten scharfe Kritik an ihm, erinnerte Elizabeth sich, und warfen ihm seine südafrikanische Herkunft vor. »Sie fragten ganz offen: ›Warum lassen wir uns all das von einem Südafrikaner gefallen? Er wird am Ende auch noch alle Farbigen diskriminieren.‹ Daher erhielt Daddy nichts. Seine Erfindung verschaffte ihm nicht die geringsten Vorteile.«

»Kann man sagen, daß er bei diesem Geschäft übers Ohr gehauen wurde?« fragte Gardner.

»Ja«, erwiderte Elizabeth und nickte heftig. »Und wie er betrogen wurde. Als die Geschäfte immer besser liefen, meinten alle: ›Jetzt, wo es uns immer besser geht, können wir mehr Geld ausgeben und uns alles mögliche leisten‹, und er hielt dem entgegen: ›Nein, unsere Geschäfte laufen deshalb so gut, weil wir genau das nicht tun.‹«

»Ich kann mir denken, daß das nicht besonders gut ankam«, sagte Gardner.

»Sie haben recht«, bestätigte Elizabeth. »Diese Haltung löste eine Reihe von Streiks aus. Am Ende ertrug er das alles nicht mehr. Sie fingen an, ihn direkt anzugreifen, ihn zu treffen, wo sie nur konnten. Es war schlimm. Ich wurde zweimal in der Schule bedroht. Am Ende wurde ich sogar tätlich angegriffen. Man schlug mir die Vorderzähne aus.«

Gardner richtete sich gespannt auf. »Oh«, sagte er. »Wie ist es denn dazu gekommen? Wen hatte er denn so in Rage gebracht?«

»Nun, wie ich sagte«, erklärte Elizabeth, »äußerte er den Gedanken, daß man, wenn man für eine Firma arbeitete, Anteile an dieser Firma erwarb, so daß man diese Anteile vermehrte, wenn die Firma wirtschaftlich erfolgreich war. Den Gewerkschaften gefiel das nicht. Für sie war dieses Modell zu abstrakt, daher riefen sie einfach einen Streik aus. Daddys Büro wurde geplündert. Fenster gingen zu Bruch. Streikposten wurden aufgestellt. Wir erhielten anonyme Telefonanrufe. Ich nahm einige entgegen, hörte gelegentlich Drohungen wie: ›Glaub nur nicht, daß du deinen Daddy noch einmal lebend wiedersiehst.‹ Oder: ›Packt eure Sachen und verschwindet.‹«

Kurz nachdem die Probleme begannen, so erzählte sie, wurde sie tätlich angegriffen. »Ich war in der Schule und hielt mich während der Pause auf dem Spielplatz auf«, sagte sie, »als ein Kerl mir einen Kinnhaken gab und mir die Vorderzähne ausschlug...«

»Sie sagten ein Kerl?« warf Kirkland ein. »Meinen Sie einen Jungen oder einen Erwachsenen?«

Elizabeth hob die Schultern. »Er war sechzehn. Vielleicht auch siebzehn.«

»Und was geschah dann?« fragte Gardner.

»Ich glaube, das war das auslösende Moment«, meinte Elizabeth. »Mummy und Daddy entschieden, daß ich nun doch weggeschickt werden sollte.«

»Wußte die Schule, wer es war?«

Sie nickte. »Die Schule wußte Bescheid. Meine Eltern wußten auch, wer es getan hat.« Sie hielt inne. »Eigentlich doch nicht«, korrigierte sie sich. »Meine Eltern wußten nicht, wer es war. Aber sie ahnten, von wem es ausgegangen war, doch die Schule weigerte sich, irgendwelche Schritte zu unternehmen.«

»Was meinen Sie damit?«

»Nun, die Schule ging sogar so weit zu behaupten, daß das Ganze gar nicht passiert war, daß ich bereits einen gebrochenen Kiefer und ausgeschlagene Zähne hatte, als ich an dem Tag zur Schule kam.«

»Und wie hat Ihr Vater das aufgenommen?«

Sie lächelte knapp. »Mein Vater . . . na ja, seine erste Reaktion war rasende Wut, wissen Sie.«

»Hmm.«

»Aber dann beruhigte er sich und meinte: ›Was passiert ist, ist passiert, und wir können überhaupt nichts mehr tun, und nutzen würde uns das auch nicht. Es bleibt uns eben nichts anderes übrig, als dich wegzuschicken.‹«

»Und damit war die Angelegenheit erledigt?« fragte Gardner.

Elizabeth verneinte. Dieser Vorfall sowie die Unzufriedenheit ihres Vaters über die politische Entwicklung legten ihm die Entscheidung nahe, bei Sydney Steel zu kündigen. »Er räumte einfach das Feld.«

»Na schön«, sagte Gardner. »Er verließ Sydney Steel. Hatte er irgendwelche Animositäten gegenüber der Firmenleitung? War er jemandem speziell feindlich gesinnt? Hatte jemand einen Groll auf ihn?«

Elizabeth nickte heftig. »Ich glaube, es gab damals eine Menge Aggressionen«, erklärte sie mit Nachdruck. »Stellen Sie sich doch nur mal die Situation vor, meine Eltern waren dorthin umgezogen und hatten sich ein Haus gebaut, das auf einem herrlichen Grundstück stand. Es war geradezu paradiesisch. Sie hingen mit ihrem Herzblut daran. Und eines Tages stand er auf und ließ alles hinter sich, gab es einfach auf. Im wahrsten Sinne des Wortes. Er rief uns eines Tages an und sagte: ›Ich hab' das Haus verkauft. Ich werde mit all dem nicht mehr fertig. Ich kann nicht mehr.‹«

Dann wurde die Geschichte noch komplizierter.

Nachdem Derek Sydney Steel verlassen hatte, nahm er für $75000 im Jahr einen Posten als Aufsichtsratsmitglied und Direktor bei der Metropolitan Area Growth Investments, LTD. – kurz MAGI –, einer Anlagekapitalfirma, an, die der staatlichen und der Provinzialverwaltung gemeinsam gehörte. Etwa achtzehn Monate, nachdem er dort angefangen hatte, investierte MAGI fast sechs Millionen Kanadische Dollar in ein unter der Flagge Bermudas laufendes Kreuzfahrtschiff namens *Mercator I.* Angeblich sollte das Schiff eingesetzt werden, um den Tourismus zu fördern. Als jedoch die Einzelheiten des Geschäfts enthüllt wurden, verursachten sie einige Unruhe. Und Derek steckte mittendrin.

Zuerst einmal kostete das Schiff ungefähr eine halbe Million Dollar mehr, als ursprünglich geplant worden war. Dann schoß MAGI weitere hunderttausend Dollar für besondere Umbauten zu. Aber was letztendlich die allgemeine Aufregung auslöste, war die Tatsache, daß so gut wie kein Geld, das für dieses Projekt ausgegeben wurde – Geld der kanadischen Regierung – nach Kanada zurückfloß. Der Umbau wurde in einer deutschen Schiffswerft vorgenommen, und der Proviant und die anderen für die erste Kreuzfahrt notwendigen Güter wurden in Großbritannien gekauft. Schlimmer noch, fast die Hälfte der 110 Besatzungsmitglieder stammte aus Thailand. Speziell dieser Punkt erregte die Gemüter, da die Arbeitslosigkeit gerade in Nova Scotia ein brennendes Problem war.

Laut den Zeitungen in Nova Scotia trug dieser Skandal im Zusammenhang mit dem Schiff bei den Wahlen im Jahr 1978 wesentlich zur Niederlage der damals im Amt befindlichen Provinzregierung bei.

Am Ende wurde der Druck der Öffentlichkeit so groß, daß Derek bei MAGI kündigte. In nur wenigen Jahren hatte er so zwei Spitzenjobs auf Grund politischer Verwicklungen und Differenzen mit einflußreichen Leuten aufgegeben. Und er hatte jemanden derart in Rage gebracht, daß seine Tochter schrecklich verprügelt worden war.

Gardner hatte dieses Gespräch begonnen auf der Suche nach einem möglichen Mordmotiv – nach einem Grund, weshalb jemand hätte den Wunsch haben können, Derek zu töten. Und nun wurde er mit einer Menge von Gründen geradezu überschüttet. Er erhielt sozusagen eine Liste potentieller Feinde, die der Mann sich irgendwann gemacht hatte. Es gab viele Gründe, weshalb irgendwelche Leute auf Derek Haysom Zorn hegten. Aber waren diese Gründe ausreichend für Mord? Würde jemand die lange Reise von Nova Scotia nach Virginia unternehmen, um einen alten Gewerkschaftsstreit zu besiegeln? Oder um zwei Menschen auf Grund einer faulen Kapitalanlage zu zerfleischen?

Gardner seufzte und massierte seine Schläfen. Er spürte die ersten Vorboten heftiger Kopfschmerzen. Und Elizabeth Haysom kam jetzt erst richtig in Schwung.

8

Ebenso wie die Geschichte, die sie erzählte, war Elizabeths Persönlichkeit vielschichtig, komplex, häufig undurchsichtig und offenbarte sich vor den Ermittlern Gardner und Kirkland mit mehr Kurven und Ecken als der Blue Ridge Parkway. Sie hatten bisher kaum die äußere Hülle von Elizabeth Haysom angekratzt.

Nachdem sie den beruflichen Werdegang ihres Vaters geschildert hatte, kam Elizabeth schnell zu den mehr persönlichen Punkten ihres Familienlebens und erzählte den Detectives, daß ihre Mutter und ihr Vater sie geliebt und gefördert und für sie gekämpft hatten, kurz, daß sie die besten Eltern auf der ganzen Welt gewesen waren.

Sobald ihre Eltern sich der Ernsthaftigkeit der Drohungen gegen die Familie nach dem Vorfall in der Schule in Nova Scotia bewußt wurden, beschlossen sie, sie für ihre weitere Schulausbildung nach Übersee zu schicken. Zuerst ging sie auf eine Schule in der Schweiz, die den Namen Sankt Georg trug. Dann folgte eine exklusive Schule in Riddlesworth, England, die gleiche Schule, die auch Prinzessin Di besucht hatte. Danach wechselte sie auf eine der angesehensten Mädchenschulen in Großbritannien, Wycombe Abbey. Danach, so erzählte sie, hätte sie eigentlich zur Universität in Cambridge gehen sollen, aber sie kehrte lieber zu ihren Eltern nach Virginia zurück und schrieb sich an der Universität in Virginia ein.

Als sie erzählt wurde, kam die Geschichte nicht so deutlich heraus. Genauso wie Margaret Louise Simmons neigte Elizabeth dazu, manchmal abzuschweifen, einen anderen Weg einzuschlagen und sich in Gefilden zu bewegen, an die die Ermittler auch nicht entfernt gedacht hatten. Aber Margaret Louises Abschweifungen erfolgten unabsichtlich; Elizabeths jedoch, so erfuhren sie später, waren bewußt gewählt. Mit ihr zu reden war genauso wie Zähne ziehen; als er seine Verhöre mit ihr abschloß, hätte Gardner sich als Zahnarzt niederlassen können.

Als sie sich in Übersee aufhielt, sagte Elizabeth, sah sie ihre Eltern nur sehr selten.

»Was empfanden Sie dabei?« fragte Gardner.

»Na ja«, erwiderte Elizabeth nachdenklich, »was die Schule betraf, so war es schrecklich, denn die Schule hatte totale Verfügungsgewalt über mich. Obgleich ich schulisch gute Leistungen zeigte und sehr viel Sport trieb und mich an ähnlichen Aktivitäten beteiligte, stehen die Briten Fremden mit erheblichen Vorurteilen gegenüber. Ich hatte eine schlimme Zeit in der Schule. Und Mom und Dad wußten das. Sie versuchten, mich zurückzuholen, doch wenn man erst einmal vom System einverleibt wurde, dann ist es wirklich sehr schwierig, die Schule zu wechseln. Die letzten beiden Jahre waren wirklich furchtbar.«

Zum Teil waren sie deshalb so furchtbar, erklärte sie, weil die Schulleitung sie fälschlich in eine Drogenaffäre hineinzog. »Zwei Mädchen wurden mit Drogen erwischt, und aus irgendeinem Grund schoben sie mir die Schuld zu«, sagte sie indigniert. »Also, ich kannte die Leute kaum. Die Polizei kam herein, durchwühlte mein Zimmer, brachte alles durcheinander, fragte mich aus, bedrängte mich, belästigte mich. Dabei hatte ich nichts getan.«

Gardner und Kirkland tauschten vielsagende Blicke aus. Was, zum Teufel, soll das? bedeutete der Blick. Das ist völliges Neuland.

Die Ermittler wußten noch nicht, wie sie Elizabeths Aussagen bewerten sollten. Obgleich Gardner und Kirkland es noch nicht wußten, war das meiste von dem, was Elizabeth ihnen erzählte, eine geschickte Mischung aus Fakten und Phantasie, eine wohlkonstruierte Geschichte, die verwirren und verblüffen sollte. Elizabeth besuchte tatsächlich die Schule in Sankt Georg, sie war auch in Riddlesworth; und sie besuchte Wycombe Abbey. Aber ihre Erlebnisse dort entsprachen in keiner Weise dem, was sie den Detectives erzählt hatte.

Alle Schulen haben ihre Cliquen und Grüppchen, die kleinen Schülergemeinschaften, die eng zusammenhalten und gezielt andere aus ihrem Kreis fernhalten und ausschließen. Das trifft vor allem auf Internate zu, wo die Schüler nicht nur gemeinsam am Unterricht teilnehmen, sondern auch zusammen leben, sich in einem Vakuum in einer eigenen isolierten Welt bewegen. Und wahrscheinlich ist dieses Cliquenwesen in den Internaten bei keiner anderen Nationalität derart ausgeprägt wie im klassenbewußten England.

Die Briten sind berüchtigt für ihren Snobismus. Jedes kleine Detail im englischen Alltagsleben trägt den Klassenstempel, von der Auswahl der Tageszeitung bis hin zur Farbe der Socken. Und für den Fall, daß die äußeren Zeichen nicht deutlich genug sind, gibt es auch noch das untrügliche Unterscheidungsmerkmal der Sprache. Für amerikanische Ohren ist das Sprachmuster in Oxford und Cambridge eine einzige Karikatur, ein manchmal kaum verständlicher Mischmasch von gruppengebundenem Slang und seltsamer Aussprache; eine Welt breiter A, nasaler Ausrufe und verschluckter Vorsilben. Vor allem breiter A.

Das galt besonders für Elizabeth, deren britische Sprechweise besonders ausgeprägt war und von ihr geradezu kultiviert zu werden schien.

Dennoch hatte sie wahrscheinlich die Wahrheit gesagt, als sie den Ermittlern erzählte, die erste Zeit in Übersee wäre hart gewesen. Als Fremde aus Kanada, ein Mädchen ohne enge Verbindungen zu einflußreichen britischen Persönlichkeiten, ungeachtet ihrer Verwandschaft mit Lady Astor, war sie vielleicht kurz abgefertigt worden, als sie zum erstenmal dort erschien. Doch indem sie die Sprache und die Gewohnheiten erlernte, wurde ihr Leben leichter. Als sie nach Wycombe Abbey wechselte und in die Pubertät kam, schien sie sich recht gut an die Umstände angepaßt zu haben.

Wycombe Abbey School befindet sich in der Stadt High

Wycombe, die mitten in einer Gegend namens Chiltern liegt, mit der Eisenbahn eine Dreiviertelstunde von der Marleybone Station in London entfernt. Es ist das Zentrum einer der schönsten ländlichen Gegenden, die man in England finden kann, eine Bilderbuchlandschaft aus wogenden grünen Feldern und sprudelnden Bächen und Flüssen, ein beliebter Ausflugsort für die Stadtbewohner, die dem Lärm und dem Schmutz entfliehen wollen.

Wycombe Abbey School hat seinen Namen zum einen von der Stadt und zum anderen von dem Mittelstück der Anlage, einem imposanten ehemaligen Kloster aus kaltem, grauem Stein komplett mit Türmen und Erkern und gotischen Fenstern mit ihren Spitzbögen. Innerhalb der abweisend wirkenden Anlage gibt es zwei Wohnheime, Ruben House und Pitt House, die beide je vierzig oder mehr Mädchen Platz bieten. Es gibt auch noch acht weitere Wohnheime in der Schule, die ebenfalls mit vierzig oder mehr Mädchen belegt sind. Fünf dieser Wohnheime haben ihre eigenen roten Klinkerbauten, und drei weitere sind in ein größeres Bauwerk namens Daws Hill House eingefügt. Die anderen Gebäude enthalten naturwissenschaftliche Labors, ein Kunstzentrum, ein Musikzentrum und eine Turnhalle. Natürlich gibt es auch eine Kapelle. Die Wohnheime und Schulgebäude werden von 160 Morgen parkähnlicher Landschaft mit blumengesäumten Wegen und Pfaden umgeben, die die Spielplätze, Rasenflächen und verstreuten Waldflecken durchziehen. Es gibt sogar einen kleinen See.

Das einzig störende in diesem paradiesischen Arrangement ist die drei Meter hohe Ziegelmauer, die die Schule von der Stadt trennt. Ganz gleich, wie gut sie von Pflanzen kaschiert wird, so schafft die Mauer es, das Gefühl uneingeschränkter Geräumigkeit zu zerstören, das sich ansonsten so stark bemerkbar macht. Die Mauer bildet, so praktisch sie auch sein mag, sowohl eine psychologische wie auch eine physische Barriere. Das Leben in Wycombe Abbey besteht darin, auf der einen Seite Enge und Beschränkung zu ertragen, während der Geist andererseits Grenzen erweitert und niederreißt. Die Regeln und Vorschriften sind streng, und die in der Schule zu leistende

Arbeit ist umfangreich und geht weit über das hinaus, was normalerweise von amerikanischen Schülern verlangt wird. Die Schulleitung möchte nicht, daß die Schüler sich zu frei fühlen oder über zuviel freie Zeit verfügen. Die Tage sind streng eingeteilt, beginnen mit einem Morgengottesdienst in der Tradition der Kirche von England, und setzen sich bis in die Nacht fort, die einzige Zeit, die vielen Studenten bleibt, um die schwierigen Aufgaben zu bewältigen, die von ihnen erwartet werden.

Für eine Weile schien Elizabeth mit dieser Einteilung keine Probleme zu haben. Während ihrer mittleren Jahre in Wycombe Abbey war sie eine klassische Überfliegerin. Sie schrieb einen langen Essay über Byron, einen anderen über altertümliche Kriegstechnik und einen erschöpfend langen Aufsatz von 140000 Worten über die Geschichte der naturwissenschaftlichen Erfindungen. Dieser allein erforderte mehrere Monate intensiver Arbeit.

Es gab außerdem an den Wochenenden keine Fluchtmöglichkeit aus der Schule. Nur einmal während der drei jeweils zwölf Wochen langen Schultrimester haben die Schüler einen längeren Urlaub. Langer Ausgang genannt, versteht man darunter ein verlängertes Wochenende – drei Tage fern der Schule. Während des Sommer- und Wintertrimesters gibt es ebenfalls eine kurze Erholungsphase. Kurzer Ausgang genannt, gestattet diese Pause jedem Schüler ein Fernbleiben von der Schule, das von Samstagmittag bis Sonntagabend dauert.

Das Schwergewicht in Wycombe Abbey liegt und lag auf schulischer Ausbildung. Da sie sich aufgeschlossen und interessiert zeigte, kam Elizabeth damit sehr gut zurecht. Ihre Stärken waren Englisch, Geschichte und Sprachen, zu denen Latein, Deutsch, Französisch und Griechisch zählten. Ihre Zeugnisse verraten, daß sie in Englisch und in Latein, Griechisch und Französisch mit Auszeichnung abschnitt, sehr gut war sie auch in Geschichte, Handelsfranzösisch und angewandter Mathematik, wo Kurse abgehalten wurden, deren Inhalte in den Vereinigten Staaten erst auf der Universität zu bewältigen sind. Ihre schlechteste Beurteilung war befriedigend.

Bei ihrem Aufnahmeexamen für Cambridge errang sie Auszeichnungen in Englischer Geschichte, Frühgeschichte, Fremdsprachenübersetzung und Allgemeinbildung, wozu Naturwissenschaften, Literatur, Kunst und Musik zählten. Das einzige Fach ohne Auszeichnung war Europäische Geschichte. Seltsamerweise – betrachtet man die Tatsache, daß sie die Leiterin sowohl des Junior- wie auch Senior-Diskussionskreises in Wycombe Abbey war und mit fünfzehn Jahren einen Redewettstreit gewonnen hatte – war das Ergebnis ihrer mündlichen Prüfung für Cambridge nicht zufriedenstellend.

Später, in Virginia, als sie die Abschlußprüfung ablegte, erreichte sie in der Abteilung Mathematik 680 Punkte und 740 in der Abteilung Sprachen. In beiden Kategorien ist 800 die höchste erreichbare Punktzahl. Ihr Gesamtergebnis von 1420 Punkten beförderte sie leicht unter die besten zehn Prozent der Testteilnehmer des Landes.

Bei solchem Druck, beim Studium in Wycombe Abbey hervorragende Noten zu erzielen, und angesichts derart strenger Regeln hinsichtlich der erlaubten Abwesenheit vom Campus, finden die Studenten mögliche Zerstreuung nur im Sport und in von der Schule geförderten außerplanmäßigen Aktivitäten. Elizabeth fand auch daran großen Gefallen und nahm diese Möglichkeiten begeistert wahr.

Zum Beispiel war sie eine Weltklasseskiläuferin, die 1980 einen Platz im nationalen Skiteam erwarb. Sie spielte außerdem sehr gut Tennis und Lacrosse und leitete sogar in einem Jahr das Lacrosse-Team der Schule. In vier aufeinanderfolgenden Jahren errang sie die Trophäe von Wycombe Abbey für außergewöhnliche sportliche Leistungen.

Zudem war sie eine unermüdliche Autorin und Bühnendarstellerin. In ihrer Zeit in Wycombe Abbey schrieb sie drei Einakter und zwei Dreiakter sowie eine beachtliche Menge Lyrik. Als sie fünfzehn war, errang eines ihrer Gedichte, dem sie den Titel ›Narziss‹ gegeben hatte, den fünften Preis in einem englischen nationalen Wettbewerb. Sie war sogar Mitbegründerin und Leiterin eines Lyrikkreises in Wycombe Abbey.

Ihre Mutter hegte eine große Liebe zu Musik und Bühne. Das galt auch für Elizabeth. Sie spielte Klavier und Cello und legte an der Royal Academy of Music erfolgreich Prüfungen auf beiden Instrumenten ab. Auf der Bühne spielte sie Becket in *Becket*, Henry Higgins in *Pygmalion*, die Rosalind in *Was ihr wollt*, die Cleopatra in *Antonius und Kleopatra*, den Faust in *Faust* und den Puck in *Ein Sommernachtstraum*. Welche Ironie in dieser Rollenauswahl steckte, sollte erst später deutlich werden. Kleopatra war eine Intrigantin, und Faust verkaufte seine Seele dem Teufel.

Für die meiste Zeit ihres Aufenthaltes in Wycombe Abbey dürfte Elizabeth Haysom bei der Schulleitung sehr beliebt gewesen sein. Sie war ungewöhnlich intelligent, ungewöhnlich redegewandt, erstaunlich fleißig und geradezu beängstigend ehrgeizig. Während ihres ersten Schuljahres hielt die Schulleitung derart große Stücke auf sie, daß man sie zur Hausleiterin ernannte, womit sie die Verantwortung für die mehr als drei Dutzend Mädchen in ihrem Wohnheim trug.

Dann geschah etwas. Genauer, es geschahen eigentlich mehrere Dinge. Die Folge war, daß Elizabeth Haysom vom Thron der absoluten Musterschülerin stürzte. Und dies war der Teil ihres Lebens, den sie vor Gardner und Kirkland zu verbergen versuchte.

Ironischerweise hatten ihre Probleme ihren Ursprung in der Art und Weise, wie das Wohnheimsystem an einer englischen Internatsschule funktionierte. Wenn ein Mädchen in Wycombe Abbey eintritt, wird sie willkürlich einem bestimmten Haus zugeteilt. Solange keine ungewöhnlichen Umstände eintreten, bleibt sie dort bis zu ihrer Abschlußprüfung. Da nur sehr selten ein Austausch zwischen den Mädchen aus den verschiedenen Häusern stattfindet, hält jedes Mädchen sich in einer ziemlich isolierten Gruppe auf. Das bedeutet, daß ihre Freundinnen, Vertrauten und Helferinnen aus einem extrem kleinen Kreis stammen.

Als Elizabeth im Alter von zwölf Jahren nach Wycombe Abbey kam, wurde sie dem Ruben House, einem der beiden Wohnheime im Hauptgebäude, zugeteilt. Mit achtzehn Jahren war sie noch immer im Ruben House. Sowohl während des Unterrichts als auch außerhalb umgab sie sich stets mit Mitschülerinnen, die ebenfalls die Ruben-House-Farben, eine auffällige rosafarbene Krawatte, trugen. Im Laufe der Jahre betrachteten sie sich mehr und mehr als Rekruten in einem Ausbildungscamp des Marine Corps: Sie litten gemeinsam, arbeiteten gemeinsam, teilten ihre Erfolge und Niederlagen, und gemeinsam brachen sie auf, um die Welt kennenzulernen. Nur als die Zeit für Elizabeths Klassenkameradinnen kam, diesen Schritt zu tun, machte Elizabeth ihn nicht mit.

Ohne sie davon in Kenntnis zu setzten, hatten Derek und Nancy mit der Schulleitung vereinbart, daß Elizabeth an einer Reihe weiterführender Kurse in Naturwissenschaften und Mathematik teilnehmen sollte. Nancy und Derek hatten entschieden, daß ihre Tochter in Dereks Fußstapfen treten und Ingenieurin werden sollte, auch wenn dies ihrem eigenen Wunsch, einen Schulabschluß in Geschichte zu machen, zuwiderlief. Sie glaubten, daß unter sanftem Druck ihre Tochter erkennen würde, wie weise ihre Entscheidung sei.

Unglücklicherweise unterlagen sie einem Irrtum. Für Elizabeth bedeutete die Entscheidung ihrer Eltern eine Katastrophe. Sie war nicht in der Lage, den Standards gerecht zu werden, die sie sich selbst und die ihre Eltern ihr gesetzt hatten. Sie arbeitete unermüdlich, doch ihre Zensuren fielen ab, und sie verlor jegliche Motivation zum Lernen. Nachdem sie mit Klagen sowohl von der Schulleitung als auch von Elizabeth geradezu bombardiert wurden, lenkten Nancy und Derek schließlich ein. Aber es war zu spät, der Schaden war angerichtet. Die einzige Möglichkeit, wieder in gewohnter Weise ins Fach Geschichte einzusteigen, bestand darin, das gesamte letzte Schuljahr zu wiederholen.

Unseligerweise war die Folge nicht nur, daß sie ein weiteres Jahr in Wycombe Abbey bleiben mußte. Sie legte nicht nur keine Abschlußprüfung ab, wie sie es geplant hatte, sondern ihre Freundinnen verließen die Schule ohne sie. Das war ein schwerer Schlag für ihre Selbstachtung; sie fühlte sich bestraft, weil sie zurückbleiben mußte, während ihre Freundinnen auf die Universität gingen. Sie entwickelte eine tiefe Abneigung gegen ihre Eltern wegen dieser Entscheidung und empfand Zorn und Haß auf sie, Gefühlsregungen, die sich in den folgenden Monaten und Jahren noch erheblich vertiefen sollten. Zumindest ist das eine der Rechtfertigungen, die sie später als Erklärung für ihre Handlungsweisen anführte. Tatsächlich war die Beziehung zwischen ihr und ihren Eltern, vor allem zu ihrer Mutter, für mehrere Jahre sehr schlecht gewesen. Die Entscheidung, sie in den Ingenieursberuf zu drängen, empfand sie als eine gezielte, gegen sie gerichtete Haltung. Doch in ihrer Vorstellung war es nur eine von vielen.

Aus bestimmten persönlichen Gründen waren dies Dinge, die Elizabeth Haysom den Detectives nicht erzählte. Es gab Dinge, die die Polizisten auf keinen Fall erfahren durften, zum Beispiel, daß sie eine krankhafte Lügnerin war. Es dauerte eine Weile, bis Kirkland und Gardner das selbst herausfanden.

9

Elizabeth erzählte Kirkland und Gardner, daß die Schulleitung ihr nach dem Zwischenfall mit den Drogen praktisch verbot, sich mit Derek und Nancy in Verbindung zu setzen, und sie von allen Kontakten völlig abschirmte. Das war mehr, als sie ertragen konnte. »Ich flippte aus«, sagte sie. »Ich ging allein nach Europa.« Sie korrigierte ihre Behauptung. »Nun, eigentlich mit einer Freundin«, fügte sie hinzu. »Ich weiß nicht mehr genau, wie lange ich wegblieb, es waren wohl an die fünf Monate. Und dann hatte ich regelrechte Angst, nach Hause zurückzukehren.«

»Haben Sie sich in dieser Zeit mal bei Ihren Eltern gemeldet?« wollte Gardner wissen.

»Nein«, erwiderte sie.

»Kein einziges Mal?«

»Nein.«

»Mit anderen Worten«, meldete Kirkland sich zu Wort, »wußten sie nicht einmal, wann Sie zu Ihrer Reise aufbrachen?«

»Nein«, widerholte Elizabeth mit selbstzufriedenem Gesicht. »O sicher, es gab ein herrliches Theater. Ich meine, es war fast so wie jetzt. Da waren die ICMP, Interpol, Scotland Yard, der militärische Geheimdienst in Europa . . .«

»Die alle haben nach Ihnen gesucht?« unterbrach Gardner sie.

»Ja«, sagte Elizabeth mit einem nervösen Lächeln. »Das französische Innenministerium, jeder. Schließlich tauchte ich bei einem Colonel Herrington auf, und er verfrachtete mich nach London, wo mein Halbbruder Julian mich abholte, und dann kam Dad herüber.«

»Haben Sie versucht, sich aus dem Staub zu machen, einfach zu verschwinden?« fragte Gardner.

»Nein, eigentlich nicht. Aber ich hatte kein Geld und keine Kreditkarten, und ich hatte nichts bei mir, mit dessen Hilfe mich irgend jemand hätte aufspüren können. Ich haute einfach ab.«

»Wie haben Sie denn Ihren Lebensunterhalt bestritten?«

»Damit hatte ich wirklich Glück«, erklärte sie fröhlich. »Ich fand in Paris einen Job. Mein Französisch ist sehr gut, und ich bekam die Stelle in einer Anwaltsfirma. Außerdem arbeitete ich später bei IBM in Berlin.«

Detectives sollten später in Erfahrung bringen, daß diese Angaben völlig falsch waren. In Frankreich hatte sie mehrere kleine Gelegenheitsjobs, mit denen sie kaum genug verdiente, um sich sattzuessen, und in Berlin arbeitete sie überhaupt nicht. Als sie nach Deutschland kam, war sie praktisch mittellos und hielt sich nur über Wasser, indem sie sich einer Schlägerbande anschloß. Man hielt sie die meiste Zeit unter Drogen und bediente sich ihres Körpers, wann immer man wollte. Aber das verschwieg sie Gardner und Kirkland.

Ihre Reise nach Europa sei ein wundervolles Abenteuer gewesen, erzählte sie begeistert. Es war wunderbar, sagte sie, bis zu dem Zeitpunkt, als sie auf einer Treppe stolperte und sich am Kopf verletzte. Das erschreckte sie sehr, wie sie berichtete, und brachte sie dazu, Hilfe zu suchen.

Was tatsächlich geschehen war, wurde nie ganz geklärt. In anderen Verhören erzählte Elizabeth, sie sei überfallen und in einen Fahrstuhlschacht gestürzt worden.

»Mit anderen Worten, sie haben sich sozusagen selbst gestellt?« meinte Gardner, der noch nicht ahnte, wie locker sein Gegenüber mit der Wahrheit umging.

»Ja«, sagte Elizabeth. »Ich hatte eine schwere Gehirnerschütterung. Ich wußte nicht, ob ich am Leben bleiben würde oder nicht. Ich hatte nur plötzlich diesen seltsamen Gedanken, daß ich schwanger war und daß es auf meinem ganzen Körper von Läusen wimmelte. Ich bekam kein Essen mehr herunter, und ich beschloß, endlich mein Leben wieder zu ordnen. Ich begab mich zum Britischen Konsulat, und dort informierte man sofort Colonel Herrington, der schon nach einer halben Stunde erschien. Er nahm mich mit nach Hause, holte einen Arzt und veranlaßte, daß mein Kopf untersucht und verbunden wurde, und dann wurde ich nach England in Marsch gesetzt, wo Julian mich erwartete und wohin Dad auch sehr bald kam.«

Dies zumindest stimmte teilweise. Aber ihre Angst, schwanger zu sein, ›war keine lächerliche Einbildung‹; es war eine durchaus ernstzunehmende Möglichkeit. Auch war es keine Einbildung gewesen, daß Läuse auf ihr herumkrabbelten; sie hatte wirklich welche. Ihre Behauptung, daß Herrington sie gerettet hatte, entsprach den Tatsachen.

Allein in ihrem Zimmer im Ruben House, nachdem all ihre Freundinnen ihre Abschlußprüfungen bestanden hatten, überdachte Elizabeth ihre Situation und ließ zu, daß die Wut auf ihre Eltern hochloderte. Je länger sie vor sich hin brütete, desto wütender und rachsüchtiger wurde sie. Sie zählte die Tiefschläge zusammen, die sie ihrer Meinung nach von ihnen hatte einstecken müssen, und stellte fest, daß es schon eine ganze Menge waren und daß es damit schon sehr frühzeitig angefangen hatte, eigentlich ging es zurück bis zu dem tätlichen Angriff auf dem Schulhof in Nova Scotia.

Sie hatte den Detectives erzählt, daß ein halbwüchsiger Schläger ihr aus Wut über die gewerkschaftsfeindliche Haltung ihres Vaters aufgelauert und sie mit dem Gesicht gegen eine Ziegelmauer gestoßen und ihr dabei die Vorderzähne ausgeschlagen habe. Tatsächlich war es durchaus möglich, daß sie angegriffen worden war; diese Attacke könnte durch die Auseinandersetzungen ihres Vaters mit den Arbeitern ausgelöst worden sein; es war möglich, daß jemand sie mit dem Gesicht gegen eine Mauer geschmettert hatte. Sie hatte eine Schnittwunde am Kinn davongetragen, und zurückgeblieben war eine dünne Narbe, doch ihre Vorderzähne waren nicht ausgeschlagen worden. Erheblich beschädigt, so daß sie einen Zahnarzt hatte aufsuchen müssen, aber nicht ausgeschlagen. Ob sie angegriffen wurde oder nur gestürzt war, das weiß nur sie allein.

Es trifft zu, daß sie kurz danach auf der anderen Seite des Atlantiks zur Schule ging, doch das hatte durchaus ihr eigener genauso wie Dereks und Nancys Wunsch sein können. Nichtsdestoweniger redete sie sich ein, daß es deren Idee gewesen war, und sie fing an, ihre Eltern auch deshalb zu hassen.

Es gab noch einen anderen Vorfall an ihrer ersten europäischen Schule in Sankt Georg in der Schweiz. Später behauptete sie, daß sie, gerade zehn Jahre alt, auf dem Schulgelände von zwei oder mehr französischen Schülern vergewaltigt worden sei. Aber sie hatte ihrem Bruder Howard und offenbar auch ihren Eltern erzählt, daß es kein Fall von Vergewaltigung durch zwei Teenager gewesen war, sondern daß ein Mann sich vor ihr entblößt hatte. Ungeachtet dessen, was in Sankt Georg geschehen war, redete sie sich ein, daß es eine Vergewaltigung gewesen war und daß ihre Eltern sie nachher sehr schlimm behandelten. Sie hatte den Eindruck, daß ihre Mutter sie selbst für diesen Vorfall verantwortlich machte. Sie hatte sie eine kleine Hure genannt, weil sie glaubte, Elizabeth hätte die Jungen animiert. Elizabeth sagte weiter, daß ihr Vater den Vorfall nie erwähnt hätte. Trotzdem veranlaßten Nancy und Derek, daß Elizabeth die Schule wechselte. Das darauffolgende Schuljahr sah sie dann in Riddlesworth in England.

Die beiden Jahre in Riddlesworth verliefen offenbar ereignislos wie auch ihre ersten Jahre in Wycombe Abbey, außer daß sie und ihre Eltern sich in dieser Zeit noch mehr voneinander entfernten. Obgleich Derek und Nancy sie gelegentlich in England besuchten, sah sie ihre Eltern gewöhnlich nur zwischen den Trimestern oder in den großen Sommerferien. Wenn sie bei ihnen war, hatte sie den Eindruck, daß ihre Mutter versuchte, sie mit ihrer Zuneigung zu überhäufen. Sie ließ sie niemals aus den Augen. Nach ihrer Rückkehr in die Schule erzählte sie ihren Klassenkameradinnen, daß sie ein Adoptivkind sein.

In ihrem letzten Jahr wurden die Veränderungen in der Persönlichkeit Elizabeths zu auffällig, um ignoriert zu werden. In dieser Zeit verwandelte sie sich von einer fast perfekten Musterschülerin in eine regelrechte Rebellin. Sie achtete nicht mehr auf ihre Figur und schnitt sich zu einer Zeit die Haare ab, als nur der Pöbel kurze Haare trug. Sie hatte damit ein abgerissenes, punkhaftes Aussehen, das sie noch mehr von den mode- und trendbewußten Schülerinnen absetzte. Es schien, als wäre sie entschlossen gewesen, genauso jämmerlich auszusehen, wie sie sich fühlte.

Zu dieser Zeit wurde auch ihr Drogenkonsum offenbar. Später behauptete sie, daß ihre Neigung zum Drogenmißbrauch schon angefangen hatte, ehe sie auf ein Internat geschickt wurde. Wenn ihre Eltern mal für einige Zeit nicht in ihrem Haus in Nova Scotia weilten, so erzählte sie, ging sie gerne an den Barschrank und bediente sich großzügig vom Scotch ihres Vaters oder vom Gin ihrer Mutter und von ihrem eigenen Lieblingsgetränk, Wodka. Als sie älter wurde und feststellte, daß es schwierig war, in einem Internat an Alkohol heranzukommen, griff sie verstärkt nach chemischen Stoffen, die weitaus einfacher zu beschaffen und zu verstecken waren.

Etwa in dieser Zeit, ausgelöst durch eine verzweifelte Suche nach Freundschaften, tat sie sich gelegentlich mit einer anderen, exzentrisch wirkenden Mitschülerin zusammen, einem Mädchen namens *Melinda Duncan*. Aus völlig anderen Gründen war Melinda mit ihrer Familiensituation genauso unzufrieden, wie Elizabeth es von sich selbst erzählt hatte.

Melinda war lesbisch veranlagt. Ob dies schon frühzeitig in ihrer Beziehung eine Rolle spielte, ist unbekannt, aber gewiß war es kein Hinderungsgrund für eine Freundschaft, soweit es Elizabeth betraf. Elizabeths sexueller Werdegang bis zu diesem Datum ist ziemlich unklar. Später berichtete sie von einem sexuellen Erlebnis mit einem anderen Mädchen, als sie zwölf oder dreizehn Jahre alt war, doch sie tat dies als unwichtig ab und stellte es auf eine Stufe mit den harmlosen Doktorspielen von Jungen und Mädchen im Sandkasten. Da sie ausschließlich Mädchenschulen besucht hatte und es keine Jungen gab, mit denen sie hätte spielen können, wäre es natürlich gewesen, sich einem anderen Mädchen zuzuwenden, um ihre sexuelle Neugier zu befriedigen.

Sowohl sie wie auch Melinda waren damals mit ihren Lebensumständen überaus unzufrieden. Sie sehnten sich beide nach Freiheit und Ungebundenheit und suchten Abenteuer.

Aber etwas hielt sie zurück: ihre sehr ähnlichen Pläne für die Zukunft. Elizabeth hatte das Trinity College an der Universität in Cambridge besuchen und Geschichte studieren wollen. Melinda wollte nach Oxford. Aber ehe sie ihre Absichten in die Tat umsetzen konnten, zerschlug Elizabeths Drogenkonsum ihre sämtlichen Pläne. Eines Tages, praktisch am Vorabend ihres letzten Examens, das sie in Wycombe Abbey ablegen würde, wurde sie erwischt. Sie ging in die Kapelle, um an der Chorstunde teilzunehmen, als Vertreter der Schulleitung erschienen und ihr erklärten, sie müsse die Schule verlassen. Wenn dies auch nicht ganz unerwartet für sie kam, so tat sie doch so, als sei diese Entscheidung ein schwerer Schock für sie. Sie war bereits eine nahezu perfekte Schauspielerin.

Ihre Eltern befanden sich gerade auf einer Afrikareise, als dieser Vorfall stattfand, und die Tatsache, daß sie nicht zu erreichen waren, bewahrte sie davor, ihre Sachen sofort packen zu müssen. Die Schulleitung erklärte sich damit einverstanden, sie noch für die Zeit der Examen dableiben zu lassen, aber man betonte, daß damit ihre Bestrafung lediglich aufgeschoben, aber nicht aufgehoben sei. Sie würde die Schule trotz allem verlassen müssen.

Wycombe Abbey verlassen zu müssen zerschlug ihre Pläne, ihr Studium in Cambridge fortzusetzen. Mit einem derartigen schwarzen Fleck auf ihrem Abgangszeugnis und dem ungenügenden Ergebnis ihrer mündlichen Aufnahmeprüfung würde man sie höchstwahrscheinlich nicht am Trinity College aufnehmen. Unterdessen wurde Melindas Aufnahmeantrag in Oxford abgewiesen, und sie sah sich in der unglücklichen Situation, die Universität von Edinburgh in Schottland besuchen zu müssen, die sie für zweitklassig hielt. Wütend und enttäuscht beschlossen die beiden, Familie und Universität endgültig hinter sich zu lassen. Am 1. Juli 1983, an dem Tag, als sie ihre letzten Prüfungen absolvierten, schlichen Elizabeth und Melinda sich vom Campus von Wycombe Abbey und flüchteten auf den Kontinent.

Ihre Reise war in keiner Weise das sorglose Abenteuer, das Elizabeth Gardner und Kirkland schilderte.

Sich dessen gewiß, daß ihre Eltern sie suchen würden, verwischten sie sorgfältig ihre Spuren. Als sie das Gelände von Wycombe Abbey verließen, taten sie es angeblich mit der Absicht, ein Rockkonzert in Milton Keynes zu besuchen, etwa zwanzig Meilen entfernt. Da sie sich darüber im klaren waren, daß die Behörden ihre Spur sehr schnell aufnehmen würden, verschleierten sie ihre wahren Absichten, indem sie sich bei einem örtlichen Reisebüro beraten ließen. Sie ließen sich eine Reiseroute ausarbeiten, die vorsah, daß sie zuerst nach Harwich fuhren, von dort mit einer Fähre nach Holland übersetzten und schließlich mit der Eisenbahn nach Westberlin weiterreisten.

Statt dessen nahmen sie jedoch eine völlig andere Route. Anstatt nach Harwich, das nordöstlich von London liegt, gingen sie nach Dover, das sich genau entgegengesetzt im Südwesten befindet. Von dort nahmen sie eine Fähre nach Frankreich und reisten weiter nach Paris. Die beiden Exschülerinnen frohlockten über ihren wunderbar raffinierten Trick, über ihren grandiosen Start zu einem großen Abenteuer, das allerdings sehr traurig endete.

Ihre erste Station war Paris, wo sie ihre erfolgreiche Flucht feierten. Von dort fuhren sie nach Nizza. Danach werden die Zeit- und Ortsangaben etwas verschwommen, was im wesentlichen daran liegt, daß Melinda und Elizabeth immer mehr Drogen nahmen.

Während des Juli, August, September und Oktober waren die beiden ständig unterwegs, gewöhnlich per Anhalter. Sie arbeiteten, wo sie gerade einen Job fanden. Für eine Weile halfen sie bei der Weinernte auf einem Gut, das dem Champagnerhersteller Moët-Chandon gehörte. Sie arbeiteten auch kurzzeitig bei einem Winzer in der Nähe der Stadt Ay in Nordfrankreich, setzten jedoch schon bald ihren Weg fort, als der Mann Elizabeth sexuell bedrängte. Das muß für das Paar besonders unangenehm gewesen sein, da sie mittlerweile ein Verhältnis miteinander hatten. Melinda, von Elizabeth ›Melie‹ genannt, und ›Bunnie, wie Melinda zu Elizabeth sagte, teilten mittlerweile das Bett.

»Es war so schade«, vertraute Elizabeth später einer Freundin an, als sie von den Umständen sprach, die sie zwangen, das Weingut Ay zu verlassen. »Die Bezahlung war gut, Zimmer und Verpflegung wurden bezahlt, und wir hatten so viel Champagner, wie wir trinken konnten.«

In dieser Zeit besuchten sie, neben anderen Städten, Bonn und Trier in Deutschland; Luxemburg, Reims und Dijon in Frankreich; und San Remo und Genua in Italien. In Nizza wurden sie von einem mit einem Messer bewaffneten Mann ausgeraubt.

Wenn sie keine Arbeit fanden, dann spendeten sie Blut und verkauften möglicherweise auch ihre Körper. Melinda mußte, als sie in Italien waren, für drei Tage ins Krankenhaus, weil sie an akutem Blutmangel litt. Sie blieben außerdem mehrere Tage in einem Hare-Krishna-Zentrum, während sie sich weiter erholte.

In Paris beantragte Elizabeth, die bisher mit einem englischen Touristenpaß unterwegs war, den sie am Tag erhalten hatte, bevor sie und Melinda Wycombe Abbey verließen, einen sechs Monate gültigen kanadischen Paß. Warum Elizabeth, die bereits einen kanadischen Paß besaß, der noch ein weiteres Jahr lang gültig war, das tat, ist nicht bekannt, es sei denn, sie versuchte damit ihre Spuren zu verwischen und zu vermeiden, daß ihre Eltern sie fanden. Nichtsdestotrotz wurde ihr ein neuer kanadischer Paß, Nummer XR 126047, am 6. Oktober 1983 ausgehändigt, und er war bis zum März des folgenden Jahres gültig. Doch schon lange vor diesem Termin sollte ihre Odyssee längst beendet sein.

Mit dem neuen Paß in der Tasche brachen sie und Melinda wieder auf, diesmal nach Deutschland. Sie gelangten nach Ostdeutschland und fuhren per Anhalter nach Berlin und trafen am 13. Oktober ein. Dort, zumindest anfangs, verhielten sie sich wie gewöhnliche Touristen und wanderten von einer Sehenswürdigkeit zur nächsten. Vor allem die Mauer hatte es ihnen angetan. Doch allmählich wurde ihr Geld knapp und sie konnten, da die deutschen Arbeitsgesetze sehr streng sind, keine Arbeit finden. Beide waren erschreckend abgemagert, und sie hatten sämtliche Möglichkeiten, sich über Wasser zu halten, erschöpft. Der größte Teil ihres Gepäcks war entweder gestohlen oder in einer Gepäckaufbewahrung in Frankreich zurückgelassen worden. Sie hatten noch nicht einmal Mäntel, und der Winter näherte sich mit Riesenschritten. Sie hatten kein Geld, um sich ein Zimmer zu nehmen, daher landeten sie in einem Obdachlosenasyl.

Und was noch schlimmer war, sie hatten sich mit seltsamen Gestalten eingelassen. Darunter war auch eine Gruppe Amerikaner, der es Spaß machte, so zu tun, als seien sie Kommunisten. Eine noch unheimlichere Gruppe war eine Bande von Iren, deren Mitglieder behaupteten, Terroristen der IRA zu sein. Die Iren nahmen die Mädchen mit in ihr Quartier und betäubten sie gründlich mit verschiedenen Substanzen, darunter auch Halluzinogene. Mehrere Tage lang hielten sie die Mädchen in diesem Dämmerzustand und reichten sie untereinander herum, damit jeder an ihnen seine sexuellen Gelüste befriedigen konnte. Nach vier Tagen in diesem Zustand erwachten Elizabeth und Melinda gerade soweit, um zu erkennen, in was für einer schlimmen Lage sie sich befanden. Daher beschlossen sie zu fliehen. Am 25. Oktober schlichen sie sich von den Iren weg und suchten direkt das Britische Konsulat auf. Immer noch zu stolz, um zu betteln, baten sie nur um Eisenbahnfahrkarten für die Rückkehr nach England.

Mittlerweile sahen sie verkommen aus. Elizabeth hatte einen tiefen Riß am Kopf. Die Wunde war deutlich zu sehen, weil der größte Teil ihres Kopfes rasiert war – zu einer Mohikanerfrisur, hellrosa gefärbt. Melinda und Elizabeth hatten erheblich an Gewicht verloren, und ihre Haut hatte eine graue, kranke Farbe. Ihre Kleidung war schmutzig und zerlumpt, aber sie war alles, was sie hatten. Alles andere, darunter auch ihre Unterwäsche, war gestohlen oder zerrissen worden.

Trotz ihrer veränderten äußeren Erscheinung, mit der sie im Konsulat auftauchten, wurden sie sofort von einer Bediensteten erkannt, die sie schon halb erwartet hatte. Sie war nicht lange vorher von einem amerikanischen Armeeoffizier namens Stuart Herrington angesprochen worden, der ihr Elizabeths und Melindas Beschreibung gegeben und sie gebeten hatte, ihm Bescheid zu sagen, wenn sie sich melden sollten. Die Frau hielt die beiden Mädchen hin, bat sie, am nächsten Nachmittag zurückzukommen, um die Fahrkarten abzuholen. Sobald sie gegangen waren, rief sie Herrington an.

10

Als Oberst beim militärischen Geheimdienst hatte Stuart Herrington auf Umwegen in die Suche nach Elizabeth Haysom eingegriffen. Als Derek und Nancy keinen Erfolg hatten, ihre Tochter mit Hilfe konventioneller Methoden aufzustöbern, versuchten sie es auf anderen Wegen.

Zufälligerweise hatte der Ehemann von Nancys alter Freundin, Annie Massie, einen Freund, der beim militärischen Geheimdienst in München beschäftigt war. Am 8. September, gut zwei Monate nach Elizabeths Verschwinden, schrieb Nancy an Massies Bekannten und bat ihn um Hilfe. Sie zählte die Hinweise auf, soweit sie ihr bekannt waren, darunter auch die einzelnen Punkte der falschen Spur nach Harwich, die sie immer noch für zutreffend hielt. Der Mann in München wiederum schaltete Herrington ein.

In ihrem Brief lieferte Nancy auch eine detaillierte Beschreibung von Elizabeth, die auch eine Größenangabe einschloß, die um fast fünf Zentimeter zu klein war. Sie beschrieb Elizabeth als ›gutgebaut‹ und ›aufgeweckt‹ und schilderte ihr Verhalten in einer Weise, die Nancy zweifellos als abstoßend empfand. Sie schrieb, daß Elizabeth sich häufig gehen ließ, ihre äußere Erscheinung vernachlässigte und so verbarg, was für eine ›gebildete‹ und ›gepflegte‹ Person sie in Wirklichkeit war.

So wenig Nancy diese Eigenart ihrer Tochter gefiel, so war diese Feststellung zweifellos zutreffend. Elizabeths Klassenkameradinnen bestätigten später, daß sie mit allen Mitteln zu versuchen schien, so unattraktiv wie möglich auszusehen. Aber *vernachlässigt* war kaum der passende Begriff, um Elizabeths Aussehen zu beschreiben, als Herrington sie fand. Als er zum erstenmal das britische Konsulat aufsuchte, hatte Herrington Farbfotos von Elizabeth bei sich, die Nancy ihm geschickt hatte. Als die Konsulatsangestellte Herrington benachrichtigte, daß Elizabeth aufgetaucht sei, bereitete sie ihn auf ihre derzeitige äußere Erscheinung vor. »Sie werden das zu sehen bekommen, was von ihr noch übrig ist«, warnte sie ihn.

In einem Brief vom 2. November an Nancy, der sechs eng beschriebene Seiten lang war, gestand Herrington, daß er tatsächlich von seinem ersten Eindruck von Elizabeth ›geschockt‹ gewesen war. Als er sich das erste Mal mit ihr unterhielt, starrte sie die meiste Zeit ins Leere und rauchte erbettelte Zigaretten. Ihre Hände zitterten unkontrolliert, und ihr Gesichtsausdruck schien anzukündigen, daß sie jeden Moment in Tränen ausbrechen würde. Es war kein besonders vielversprechender Anfang.

Aus der Sorge heraus, daß die beiden Mädchen, wenn er sich ihnen nicht behutsam näherte, vielleicht Angst bekämen und wieder in Berlin untertauchten, um möglicherweise endgültig von der Bildfläche zu verschwinden, erklärte Herrington ihnen, daß Nancy sich wegen ihnen *beiden* Sorgen mache und nichts anderes wolle, als sie in Sicherheit zu wissen.

Seine Taktik funktionierte. Trotz ihres anfänglichen Zögerns erklärten sie sich einverstanden, mit ihm und seiner Frau nach Hause zurückzukehren. Der Plan sah vor, daß sie sich erst einmal erholten, bis entsprechende Arrangements getroffen werden konnten, sie zu ihren Familien zurückzubringen. Rückblickend gab Herrington zu, daß die Situation sehr heikel gewesen war.

Als er Nancy schrieb, betonte er auch, daß Elizabeth und Melinda nicht nur schlimme Erfahrungen gemacht hätten, daß sie viele nette Episoden zu erzählen hatten und daß Elizabeth ein dickes Notizbuch mit Namen und Adressen von Leuten besäße, die sie auf ihren Reisen kennengelernt hatte. Die Beziehungen, die sie geknüpft hatte, sollten in späteren Jahren noch auf sehr widersprüchliche Art und Weise an Bedeutung gewinnen.

Herrington machte Nancy außerdem darauf aufmerksam, daß Elizabeth ernste Probleme habe, und zwar sowohl physischer wie auch psychischer Art.

Als Elizabeth sich im Britischen Konsulat meldete, so erinnerte er sich, litt sie an vaginalen Blutungen. Die Botschaftsangehörige machte sich derartige Sorgen, daß sie Elizabeth sofort zu einem Arzt brachte, der bei ihr eine besonders heftige Periode diagnostizierte. Bis zu diesem Zeitpunkt, so gestand Elizabeth später, hatte sie befürchtet, schwanger zu sein.

Die Treue und Verbundenheit untereinander, die Elizabeth und Melinda demonstrierten, beunruhigte Herrington jedoch, zumal dieses Verhalten eine sexuelle Bindung zwischen ihnen verriet. Herrington hoffte ursprünglich, Elizabeth in ein Flugzeug direkt nach Virginia oder Nova Scotia setzen zu können, da Derek und Nancy dort Wohnsitze hatten, und Melinda zu ihren Eltern in der Nähe Londons zu schicken. Doch er erkannte, daß eine Durchführung dieses Plans unmöglich war; man konnte nicht erwarten, daß die Mädchen sich so bald voneinander trennen würden. Sie weigerten sich, ihre Gemeinschaft aufzugeben, während sie bei ihm wohnten, und das bereitete ihm einiges Kopfzerbrechen. Vielleicht um Nancy zu beruhigen, schrieb er ihr, daß nach seinem Dafürhalten Melinda die ›aggressive‹ in der Beziehung sei und daß er glaube, sie sei von Natur aus lesbisch veranlagt. Zu seiner Schlußfolgerung war er zum Teil deshalb gelangt, weil sie, als er die Mädchen zu sich nach Hause mitnahm, einen Stapel lesbischer Pornographie in ihrem Gepäck hatte.

Diese Beurteilung schien sich fünf Jahre später zu bestätigen: Klassenkameradinnen der beiden Mädchen in Wycombe Abbey berichteten aufgeregt, daß Melinda mittlerweile die Führerin einer Schwulen- und Lesbengruppe in Edinburgh sei. Dennoch war nicht ganz klar, wer wen verführt hatte. Jahre später leugnete Elizabeth, daß es zu einer körperlichen Beziehung gekommen war, doch einige Leute waren vom Gegenteil überzeugt. Sogar Elizabeth selbst gab zu, daß Melinda die sexuell Aktive gewesen war.

Acht Tage nachdem Elizabeth und Melinda bei Herrington und seiner Frau Unterschlupf gefunden hatten, setzte der Oberst sie in ein Flugzeug nach London. Dort wurden sie am Flughafen von Elizabeths Halbbruder Julian abgeholt, der sich gerade geschäftlich in England aufhielt. Ein paar Tage später, sobald er sich freimachen konnte, kam Derek herübergeflogen, und Julian kehrte nach Kanada zurück. Erst als Derek dort eintraf, wurde ein Treffen zwischen Melinda und ihrem Vater vereinbart, ein Treffen, das während eines Abendessens stattfand und bei dem Derek und Elizabeth ebenfalls zugegen waren. Die Begegnung zwischen Melinda und ihrem Vater war alles andere als freudig; nach dem Essen kehrte ihr Vater ohne sie nach Hause zurück, und Melinda blieb bei Elizabeth und Derek. Ein paar Tage später überredete Elizabeth Melinda, ihre Eltern zu Hause aufzusuchen, und bot ihr als Alternative an, anschließend nach Virginia mitzukommen, falls sie sich nicht mit ihnen einigen könne. Derek bezahlte ihre Eisenbahnfahrkarte. Melinda wurde am Bahnhof von einem anderen Familienangehörigen erwartet, der dafür sorgte, daß sie auf ein örtliches College ging, bis sie sich an der Universität von Edinburgh einschreiben könne.

Die Trennung bedeutete das Ende der Beziehung zwischen Elizabeth und Melinda. Nach ihrer Rückkehr nach Virginia schrieb Elizabeth nur einmal an Melinda.

Falls es eine Fehleinschätzng der Auswirkungen von Melindas und Elizabeths Europareise gegeben hatte, so betraf sie wahrscheinlich die Intensität von Elizabeths Abneigung gegen ihre Eltern, vor allem gegen ihre Mutter. Aber darüber schwieg sich Elizabeth den beiden Detectives gegenüber aus. Sie erzählte hingegen, daß Derek und Nancy selig waren, ein Lebenszeichen von ihr zu erhalten, als sie bei den Herringtons wohnte, und daß sie volles Verständnis für ihr Abenteuer zeigten. »Die meisten Eltern, glaube ich, wären wütend gewesen oder sie hätten einem zu einem schweren Schuldkomplex verholfen«, sagte sie und imitierte eine strenge Mutter. »›Mein Gott, was für Sorgen haben wir uns in den letzten fünf Monaten gemacht. Dreißigtausend Dollar haben wir ausgegeben, um dich suchen zu lassen, aber so bist du ja, alles mußt du kaputt machen‹ . . . blah, blah, blah. Statt dessen hieß es nur: ›Nun, ich bin froh, daß du das alles hinter dir hast und endlich vernünftig geworden bist.‹ Und damit war die Sache erledigt.«

Gardner, der keine Ahnung von den Hintergründen der Geschichte hatte, die Elizabeth ihnen erzählt hatte, wollte noch einmal auf die Drogen zurückkommen und in dieser Richtung weiterforschen. Er beschloß, nach dem Vorfall in Wycombe Abbey einzuhaken und durch Fragen festzustellen, ob sie häufigeren Drogenkonsum zugab, als sie bisher angedeutet hatte.

»Sie sagten, Sie seien regelrecht ausgeflippt, als man Sie des Besitzes von Drogen beschuldigte. Wann hatten Sie denn mit dem Drogenkonsum angefangen?«

»Ich hatte schon mal Drogen genommen«, gestand Elizabeth widerstrebend. »Aber niemals in der Schule«, fügte sie schnell hinzu. »Ich war viel zu sehr an meiner Arbeit interessiert. Geistig zu arbeiten bereitet mir großes Vergnügen. Deshalb hatte ich in der Schule von Drogen nichts wissen wollen.« Sie hielt inne. »Ich habe ab und zu geraucht«, meinte sie dann. »Haschisch, glaube ich, und Gras. Aber das nur außerhalb der Schule. Auf Partys und so. Eben das Übliche.«

»Kokain?«

»Nein«, erklärte sie entrüstet.

»Kein Koks?« hakte Gardner nach.

Sie schüttelte den Kopf. »Kein Koks, ganz bestimmt nicht.«

»Haben Sie jemals Heroin genommen?«

»Ich hab' es ab und zu mal versucht«, gestand sie, »als ich in Italien war.«

»Und wie haben Sie es genommen?«

»Ich habe gespritzt.«

Gardner, der bei ihr eine wachsende Feindseligkeit spürte, beschloß, das Drogen-Thema vorerst fallenzulassen. »Okay«, sagte er freundlich. »Sie erzählten, als Sie aufbrachen, taten Sie das in Begleitung einer Freundin, oder?«

»Ja.« Elizabeth wurde wachsam.

»Haben Sie sich unterwegs auch mal getrennt, oder waren Sie die ganze Zeit zusammen?«

»Wir waren ständig zusammen«, sagte Elizabeth angespannt. Die Richtung, die die Befragung nun einschlug, schien ihr nicht zu gefallen. »Ich hatte furchtbare Depressionen. Es war ein großer Schock für mich. Ich meine, ich war völlig verwöhnt. Ich bin es immer noch. Ich war ja fast so etwas wie ein Einzelkind. Ich war der Liebling meiner Eltern, und meine Brüder sind so viel älter als ich, und alle konzentrierten sich nur auf mich, wenn ich zu Hause war, und ich glaube, daß auch die Schule einiges dazu beigetragen hat . . .«

»Wie das?« wollte Kirkland wissen.

»In einer Gemeinschaft zu schlafen, wissen Sie... ich glaube, das störte mich irgendwann, und ich tat nur das, was man in solchen Situationen zu tun pflegt, ich suchte mir etwas, um den Druck ein wenig zu mildern.«

»Und was haben Sie getan?« fragte Kirkland behutsam.

»Na ja«, erwiderte Elizabeth, »ich fing an, LSD zu nehmen.« Sie hielt inne, dann fuhr sie fort: »Ich denke, ich habe sehr viel Drogen genommen. Auf jeden Fall eine Menge Acid. Und als ich nach Italien kam – ich hatte vorher niemals Heroin genommen –, es erschien mir irgendwie toll, es mal zu versuchen.«

Gardner wollte aber immer noch wissen, was mit Elizabeth in Wycombe Abbey passiert war und ob sie nicht einen Groll gegen ihre Eltern hegte, weil sie sie nicht aus einer, wie sie es nannte, ›unangenehmen‹ Situation befreit hatten.

»Sie haben es versucht«, beteuerte sie. »Sie hätten nicht mehr tun können. Sie kamen rüber nach England und versuchten, die Angelegenheit zu klären, aber sie konnten überhaupt nichts tun. Das war das einzige Mal, daß ich ihnen etwas übelnahm und Zorn auf sie empfand«, sagte sie. »Danach begriff ich schon bald, daß es immer wieder vorkommt, daß Leute Fehler machen. Es sind schließlich Menschen, und die Schule saß am längeren Hebel, und niemand hatte geahnt, daß so etwas passieren könnte. Ich hatte irgend etwas an mir, womit die Schule offensichtlich nicht zurechtkam. Oder ich nicht mit der Schule. Meine Eltern trifft keine Schuld. Wenn ich nach Hause kam, hörten sie mir aufmerksam zu und halfen mir, wo immer es ging.«

Gab es denn, wollte Gardner weiter wissen, in ihrer Beziehung zu ihren Eltern etwas, weshalb Elizabeth sich etwas unbehaglich fühlte oder das ihr nicht paßte?

Vielleicht gebe es da einen Punkt, gab sie zu. Aber das sei wirklich keine große Sache.

»Und was ist das?« fragte Gardner.

»Meine Eltern haben mich wirklich verwöhnt«, sagte sie. »Mein Vater ganz gewiß. Ich war sein kleiner Liebling, und was ich wollte, das geschah. Meine Mutter versuchte, sich ein wenig zurückzuhalten, doch dann endete alles in einer allgemeinen Schmuserei, Küßchen hier und Küßchen da und nur Gelächter.«

Komm endlich zur Sache, dachte Gardner.

»Sie wollten, daß ich eine gute Ausbildung erhielt«, fuhr Elizabeth fort. »Mein Vater war der festen Überzeugung, daß nur eine Ausbildung in England wirklich etwas wert war. Außerdem war es für sie ein heilloser Schrecken, als mir das Gesicht zerschlagen wurde. Und dann glaube ich auch, daß sie meinten, alles würde sich zum Guten wenden, wenn ich nicht mehr zu Hause war, und daß ich mein Benehmen änderte. Aber wenn ich nach Hause kam, war es noch schlimmer. Ich fühlte mich ziemlich eingeengt. Es gab Gelegenheiten, wissen Sie, da tauchten Jungen auf und wollten mit mir ausgehen. Dann meinte Dad plötzlich: ›Tut mir leid, aber ich habe es mir anders überlegt. Ich glaube nicht, daß es gut für dich ist, auszugehen.‹«

»Und wie haben Sie darauf reagiert?«

»Eigentlich, wenn ich ganz ehrlich bin, hat es mir bei den meisten Jungen überhaupt nichts ausgemacht. Im Grunde lag mir nichts an ihnen, und dieses Ausgehen betrachtete ich nur als Zeitvertreib.«

Ist das wirklich alles? fragte Gardner sich im stillen.

»Ich hatte ein wunderbares Verhältnis zu meinen Eltern«, fuhr Elizabeth fort. »Ich erlebte niemals diese Phase, wo man sich gegenseitig anschreit, daß ich zum Beispiel sagte: ›Ich will den Wagen haben‹, und sie erwiderten: ›Nein, den Wagen bekommst du nicht.‹ Sie haben mir auch nie verboten, auf Parties zu gehen. Zwischen uns herrschte ein unendliches Vertrauen. Wenn ich wirklich mal ausging, nun ja, dann wurde mein Vater ein wenig eifersüchtig. Er machte sich natürlich Sorgen. Aber er ging meistens mit einem Lachen darüber hinweg und meinte nur: ›Siehst du, jetzt läßt du deinen alten Vater wegen irgendeinem jungen Burschen stehen.‹ Sie kennen das ja. Wir lachten darüber.«

»Hatten Sie viele Freunde?«

»Ich würde nicht soweit gehen und sagen, daß ich viele *Freunde* hatte, aber ich hatte eine Menge männliche Bekannte. Tatsächlich sind sogar meine meisten Freunde männlich. Sie besuchten mich an den Wochenenden oder ich besuchte sie. Wenn ich in Lynchburg war, dann ging ich schon mal mit dem einen oder anderen aus. Aber an der UVA geht es in meiner Freizeit ziemlich hektisch zu. Und das macht mir eigentlich keinen großen Spaß. Im Grunde bin ich ziemlich ruhig. Am liebsten sitze ich zu Hause und beschäftige mich dort.«

»Denken Sie daran, irgendwann einmal zu heiraten und eine Familie zu haben?« fragte Kirkland.

Elizabeth straffte sich. »Das ist der einzige Punkt, über den ich mit meinen Eltern in Streit geriet«, sagte sie und sprang plötzlich vom Stuhl auf. »Mein Vater glaubte an die Institution der Ehe. Er äußerte sich nicht so sehr gegen voreheliche sexuelle Erfahrungen oder ähnliche Dinge. In dieser Hinsicht war er ziemlich liberal. Er meinte, wenn man jemanden liebte, dann war es die ganz persönliche Sache, was man tat und was man nicht tat. Aber er war überzeugt, daß man, wenn man die Möglichkeit hatte, Kinder in die Welt setzen und eine Familie haben sollte.«

Kirkland und Gardner beobachteten verwirrt, wie Elizabeth im Klassenzimmer plötzlich auf und ab zu gehen begann.

»Lange Zeit«, sagte sie, »verabscheute ich regelrecht die Vorstellung, verheiratet zu sein. Und im Grunde kann ich mich noch immer nicht damit anfreunden. Das heißt nicht, daß ich lieber mit jemandem zusammenleben möchte. Das reizt mich auch nicht so sehr. Ich lege sehr viel Wert auf meine Unabhängigkeit. Im Augenblick denke ich, wenn ich jetzt heiraten würde, wäre es nicht für besonders lange.«

»Wer stand Ihnen denn am nächsten?« fragte Kirkland. »Ihre

Mom oder Ihr Dad? Mit wem konnten Sie am besten reden? Wen konnten Sie am ehesten um Rat fragen?«

»Das kam ganz darauf an«, erwiderte Elizabeth nervös. »Für einige Punkte war ganz ausschließlich mein Vater zuständig. Mit ihm konnte ich über Sex, Drogen und solche Dinge reden. Er hatte dafür ein offenes Ohr, aber wenn es um schulische Angelegenheiten ging, darüber redete ich mehr mit meiner Mutter, glaube ich. Aus irgendeinem Grund, und ich weiß wirklich nicht, warum, fühlte ich mich von meinen Eltern unter Druck gesetzt. Ich glaubte, ich müßte in allem glänzen. Stets an der Spitze zu stehen, die Beste zu sein, war das einzig Akzeptable.«

»Und wie dachten Sie darüber?«

»Ich hatte selbst den Wunsch zur Höchstleistung.«

»Hat Sie das in irgendeiner Weise gestört oder bedrückt?«

»Nein, ich wurde dadurch nur ein wenig unruhiger. Gestört hat es mich eigentlich nicht. Im Grunde brauchte ich sogar immer etwas Druck. Ich war deswegen nie deprimiert, und die Anforderungen waren niemals so hoch, daß ich gezwungen war, mich ungewöhnlich anzustrengen.«

»Hat es Sie jemals gestört, daß das, was Sie in der Schule trieben, für Ihre Eltern wichtiger war als für Sie selbst?«

»Nein«, erklärte Elizabeth mit Nachdruck. »Diese ganze Frage mit dem Druck, der auf mir lastete, war völlig unbegründet. Das habe ich eigentlich nur erfunden. Es war eine Art Paranoia. Etwas nur in meinem Kopf. Wenn überhaupt etwas, so waren meine Eltern ziemlich sorglos. Dauernd versuchten sie mich von der UVA abzulenken. ›Schwänz die Stunde‹, sagten sie. Oder: ›Warum lachst du nicht einfach darüber?‹ Oder: ›Laß uns essen gehen.‹ Oder: ›Gehen wir einkaufen.‹«

»Wir sollten mal eine kurze Pause machen«, schlug Gardner vor und erhob und streckte sich.

Während Elizabeth die Toilette aufsuchte, wandte Gardner sich zu Kirkland um.

»Was halten Sie davon?«

»Ich glaube, sie verbirgt etwas«, antwortete Kirkland.

»Und was könnte das Ihrer Meinung nach sein?«

»Keine Ahnung, aber überlegen Sie nur, wie nervös sie wurde, als wir über die Ehe sprachen und sie über ihre Eltern befragten.«

»Das war tatsächlich etwas sonderbar.«

»Ich glaube, es ist ziemlich offensichtlich, daß da etwas ist, was wir nicht erfahren sollen. Wir müssen herausfinden, was das ist.«

11

Etwas an der Aussage Elizabeths störte Gardner. Es war die Art und Weise, wie sie seine und Kirklands Fragen über Freunde und Ehe beantwortet hatte, nicht so sehr, *was* sie gesagt hatte, sondern *wie* sie es gesagt und welche Worte sie benützt hatte. Gardner nahm sich vor, ganz behutsam weiterzubohren, da er nicht wollte, daß sie ihm feindselig gegenübersaß.

»Als Sie meinten, daß Sie mit dem Begriff Ehe wenig anfangen könnten«, begann er, »ist mir nicht ganz klar geworden, ob Sie dabei an Ihre Unabhängigkeit denken oder daran, daß Sie möglicherweise lesbisch veranlagt sind.«

Sobald er die Frage formuliert hatte, war er froh, daß er nicht noch direkter auf das Thema zugesteuert war. Elizabeth sprang auf, als wäre sie von der Tarantel gestochen. »Nein!« sagte sie laut.

Sie reagierte völlig übertrieben. Gardner war sich nun sicher, daß sie tatsächlich irgend etwas verbarg.

»War das nur eine einmalige Verirrung gewesen?« fragte er.

Elizabeth, die wieder auf und ab ging, antwortete ausweichend und gab zu, daß sie nach dem Zwischenfall auf dem Schulhof in Nova Scotia wegen der Streitigkeiten ihres Vaters mit der Gewerkschaft Männern abweisend gegenüberstand, eine Einstellung, an der auch das zuvorkommende Verhalten ihrer Halbbrüder nichts hatte ändern können.

Ihre Erklärungen sollten lediglich Gardner und Kirkland Sand in die Augen streuen. Elizabeth war noch immer bemüht, die Detectives davon zu überzeugen, daß ihre Familie eine sehr enge Gemeinschaft gewesen war. Um das zu unterstreichen, betonte sie erneut, wie hilfsbereit ihre Eltern gewesen waren und wie dankbar sie ihnen dafür war.

»Niemand ist so wie sie«, sagte sie ernsthaft. »Manchmal kam meine Mutter nachts in mein Zimmer, um nach mir zu sehen und mir einen Kuß zu geben. Meine Eltern waren immer für mich da. Ganz gleich, wie abweisend ich mich ihnen gegenüber verhielt, sie halfen mir stets.«

Immer noch auf und ab gehend, musterte sie die beiden Polizisten mit einem schnellen Blick, um sich zu vergewissern, so dachten Gardner und Kirkland, ob die beiden ihr diesen Auftritt abnahmen.

Sie fielen nicht darauf herein. Doch beide waren erfahren genug, um sich ihre Überlegungen nicht anmerken zu lassen. Während sie einerseits ahnten, daß sie nicht die Wahrheit sagte, hatten sie andererseits keinerlei Vorstellung darüber, was sie ihnen vorgelogen hatte und warum.

Elizabeth erzählte weiter, daß die Ehe ihrer Eltern für sie Vorbildcharakter gehabt habe und daß sie es vorzog, nicht zu heiraten, wenn es ihr nicht gelänge, jemanden zu finden, mit dem sie sich genauso gut verstand wie ihre Mutter mit Derek.

Gardner blinzelte verblüfft. Jetzt redet sie schon fünf Minuten in einem fort, dachte er, aber meine Frage hat sie noch immer nicht beantwortet. Er versuchte es noch einmal. »Der Grund, daß Sie nicht heiraten wollen, ist ganz bestimmt nicht die Tatsache, daß Sie lesbisch sind?«

»O nein«, sagte Elizabeth entrüstet. »Nein, ich bin nicht lesbisch!«

Gardner nickte. Er beschloß, auch diesen Punkt einstweilen ruhen zu lassen, obgleich er überzeugt war, daß er noch nicht die ganze Wahrheit gehört hatte. Er wollte eine andere Frage stellen, aber Elizabeth fiel ihm ins Wort.

»Ich hatte mal so eine Phase«, erklärte sie eilig. »Ich will da ganz ehrlich sein. Ich habe auf dem Gebiet auch Erfahrungen gemacht. Wirklich.«

»Tatsächlich?« meinte Gardner und war nicht sonderlich überrascht. Allmählich entwickelte er ein Gefühl für ihre Persönlichkeit und erkannte, daß äußerste Behutsamkeit bei ihr mehr Erfolg hätte als direkte Konfrontation. Er brauchte sie nur in Ruhe erzählen zu lassen, und über kurz oder lang würde sie ihm schon verraten, was er wissen wollte. »Ich denke, das ist eine völlig normale Sache, wenn man eine reine Mädchenschule besucht«, meinte er mit gespieltem Verständnis.

»Nun, das hatte eigentlich nichts mit der Schule zu tun«, erklärte Elizabeth und fügte hinzu, daß der Vorfall, auf den sie anspielte, nicht in der Schule, sondern während der Ferien passiert war. »Es war nur ein kleines Abenteuer«, meinte sie.

Sie kommt allmählich zur Sache, sagte Gardner sich. Das ist noch nicht alles, aber sie meint, daß es ausreicht, um mich zu überzeugen. »Wie war das denn, als Sie und Ihre Freundin zu Ihrer Reise aufbrachen?« fragte er. »War sie wirklich nur eine Freundin?«

Das war offensichtlich bei Elizabeth ein wunder Punkt. Ihre Augen blitzten wütend, und Gardner hatte für einen kurzen Moment Angst, zu weit gegangen zu sein.

»Melinda war lesbisch«, fauchte Elizabeth und fügte eilig an, daß das noch lange nicht bedeutete, daß auch sie selbst lesbisch sei. Auch wenn Melinda bei ihr Annäherungsversuche gemacht hatte, so hätte sie selbst Distanz gewahrt und sich entsprechend ihrer heterosexuellen Ausrichtung verhalten. »Ich mag Männer, müssen Sie wissen. Außerdem«, so erklärte sie, »war es zu jener Zeit in Europa modern, bisexuell zu sein, und es war überhaupt nichts Ungewöhnliches, wenn eine heterosexuelle Frau eine homosexuelle Affäre hätte, nur um zu sehen, wie sie darauf reagierte.«

Gardner fragte, ob das auch auf ihre eigene Situation zutraf. Hatte Melinda ihr Avancen gemacht aus der Überzeugung heraus, daß sie sich aus Neugier darauf einlassen würde?

»O ja«, erwiderte Elizabeth, die erkannte, daß sich hier ein möglicher Ausweg bot. »Wir hatten deshalb unsere Probleme. Aber sie begriff, daß es mir eigentlich egal war, ob sie lesbisch war oder nicht, so lange sie nur ihre Hände bei sich behielt.«

Waren Derek und Nancy genauso liberal? fragte Gardner. Oder machten Sie sich Sorgen wegen der sexuellen Veranlagung ihrer Tochter?

Wie üblich antwortete Elizabeth nicht direkt auf diese Frage. Statt dessen erzählte sie, daß eine Reihe von Leuten annahmen, daß sie lesbisch sei, weil sie sich mit einem lesbischen Mädchen angefreundet hatte. Andere Leute äußerten jedoch die Vermutung, daß sie, weil sie während ihrer Europareise mit Melinda kein nachweisbares Einkommen gehabt hatte, wahrscheinlich der Prostitution nachgegangen war. Einige Leute vermuteten sogar, daß sie gezielt versucht hatte, schwanger zu werden.

Die meisten Lügner glauben, daß eine Geschichte um so glaubhafter erscheint, je verrückter sie klingt. Elizabeth schien diese Theorie ebenfalls zu vertreten. »Tatsächlich«, sagte sie mit unbewegtem Gesicht zu Gardner und Kirkland, »habe ich totale Enthaltsamkeit geübt.«

»Haben Sie nicht vorhin erklärt«, erinnerte Gardner sie, »daß Sie geglaubt haben, Sie wären schwanger?«

Elizabeth hielt inne. Wie hatte sie das nur vergessen können? Aber nie um eine Ausrede verlegen, machte sie sofort wieder Boden gut.

»Irgendwie hatte ich mir eingeredet, ich sei schwanger. Wenn man so lange auf Reisen ist, kann es passieren, daß man auf die verrücktesten Ideen kommt. Es verwirrt einem schon mal den Kopf.«

Gardner verdrehte die Augen. Aber es war nicht ihre Schwangerschaft, die ihn im Augenblick interessierte. Er wollte mehr über ihre möglichen homosexuellen Beziehungen wissen. »Elizabeth«, begann er, wurde jedoch von einem Summen unterbrochen, welches das Ende des Tonbands signalisierte. Während er die Kassette wechselte, erklärte er Elizabeth, er wolle noch einmal auf die homosexuelle Veranlagung zu sprechen kommen, wenn die Sitzung weiterging.

In dieser Weise vorgewarnt, war Elizabeth gewappnet. »Ich hielt diese Mode, bisexuell zu sein, für aufregend«, begann sie. »Es machte mir Spaß, mich auffällig zu kleiden, mich herauszuputzen. Ich besuchte mit besonderer Vorliebe Homosexuellenlokale und hatte dort meinen Spaß.« Es war sehr unreif und kindisch, gestand sie, aber andererseits war Homosexualität nicht etwas, was sie besonders ernst nahm.

Als er sich nach der Reaktion ihrer Eltern erkundigt hatte, war Elizabeths Antwort ausweichend gewesen. Daher wollte Gardner es erneut versuchen. Homosexualität war vielleicht für sie eine Nebensache, meinte Gardner, aber Derek und Nancy hatten vielleicht ganz anders darüber gedacht. Sie müßten doch angenommen haben, daß sie lesbisch ist. Hat ihnen das etwas ausgemacht?

Elizabeth lachte. Sie seien sehr verständnisvoll gewesen, erwiderte sie. Sie hätte sich mit ihnen zusammengesetzt und ihnen erklärt, daß, auch wenn Melinda lesbisch war, es auf keinen Fall bedeutete, daß sie und Melinda eine sexuelle Beziehung unterhielten.

»Haben sie Ihnen geglaubt?« fragte Gardner.

»O ja«, meinte Elizabeth. »Sie machten sich viel mehr Sorgen darüber, ob ich schwanger war.«

Gardner warf einen Blick auf seine Notizen. Er und Kirkland unterhielten sich schon ziemlich lange mit Elizabeth, und während die Unterhaltung durchaus interessant war, erhielten sie doch nicht die Antworten, die sie hören wollten. Gardner hatte gehofft, Elizabeth würde ihnen Hinweise geben, weshalb jemand den Wunsch gehabt haben könnte, ihre Eltern zu ermorden. Bisher war er einer Antwort auf diese Frage keinen Schritt näher gekommen. Er beschloß, nun einen direkten Weg einzuschlagen.

»Führten Ihre Eltern eine glückliche Ehe?« fragte er Elizabeth.

»O ja«, erwiderte Elizabeth und war offensichtlich erleichtert, daß sie nun über etwas anderes sprachen.

»War sie sehr glücklich?«

»Ja.«

»Von Anfang an?«

»Das war das Seltsame. Sie erzählten mir, daß sie, als sie getraut wurden, sich gegenseitig ein Versprechen machten: Mein Vater sagte zu meiner Mutter, daß sie, ganz gleich, wieviel man ihnen auch abschneiden mochte, immer in einem Bett schlafen würden.«

Gardner krümmte sich innerlich bei der Formulierung, daß etwas von ihnen abgeschnitten werden könnte. Eine sehr schlimme Wortwahl, wenn man bedachte, was mit ihnen passiert war, sagte er sich.

Elizabeth war das offenbar nicht bewußt. Sie redete weiter,

sorgsam bemüht, den Detectives zu vermitteln, wie glücklich ihre Eltern gewesen waren.

»Sie redeten sich stets mit Kosenamen an«, fuhr Elizabeth fort. »Ruden und Druden. Diese Namen hatten sie irgendwo in Europa aufgeschnappt.« Ansonsten, so meinte sie, benahmen sie sich wie Jungverliebte.

Gardner wollte wenigstens die Möglichkeit ausschließen können, daß sie von einem eifersüchtigen Liebhaber getötet worden wären. »War einer von beiden zu irgendeinem Zeitpunkt mal eifersüchtig gewesen?«

»O nein«, antwortete Elizabeth schnell.

Und wie war das mit dem Altersunterschied? fragte Gardner War das ein Problem? Neunzehn Jahre sind ja doch eine ganze Menge.

»Sie waren wie ein Paar in den Flitterwochen«, beteuerte Elizabeth. Ihr Vater war sehr aufmerksam. Häufig kam er mit einer Flasche Champagner nach Hause, oder er brachte Nancy das Frühstück ans Bett.

»Demnach könnte man sagen, daß sie eine glückliche Ehe führten?« fragte Gardner.

»Nicht nur das, es war eine Bilderbuchehe«, bestätigte Elizabeth.

Gardner seufzte. Wieder eine Sackgasse. Es wurde Zeit, einen anderen Weg einzuschlagen. Er fragte Elizabeth nach der finanziellen Situation ihrer Eltern.

Finanziell betrachtet, sei es ihnen sehr gut gegangen, versicherte Elizabeth. Sie hatten das Haus, in dem sie wohnten, als sie ermordet wurden, bar bezahlt, $ 165000. Außerdem überlegten sie gerade, sich in Nord-Carolina ein weiteres Haus zuzulegen. Es sollte $ 225000 kosten, und sie nahm an, daß sie den größten Teil dieser Summe ebenfalls bar bezahlen wollten.

»Waren Ihre Eltern sehr reich?« fragte Gardner.

»Ich würde nicht sagen, daß sie sehr reich waren. Ich würde eher meinen, daß sie sehr gut mit Geld umgehen konnten. Mein Vater verteidigte das Prinzip des Barzahlens. Er hielt nicht viel von Krediten. Er kaufte nichts, was er nicht sofort bezahlen konnte.«

Gardner hob eine Augenbraue. Von der Vorliebe der Haysoms, mit Bargeld zu hantieren, hatte er nichts gewußt. Hatten sie denn immer viel Geld im Haus? wollte er wissen. War es möglich, daß ein Einbrecher die Morde begangen hatte? Besaßen sie einen Safe?

Gardner lieferte Elizabeth eine Gelegenheit nach der anderen, die Ermittlungsarbeiten zu stören und in die Irre zu leiten. Langsam, zögernd, weil sie sich die einzelnen Punkte ausdachte, während sie antwortete, berichtete Elizabeth, daß ihre Mutter häufig Wertsachen, darunter auch Bargeld, an einem geheimen Platz hinter dem Heißwasserboiler versteckte.

Welche Art von Wertsachen? fragte Gardner.

Neben Bargeld versteckte ihre Mutter schon mal Antiquitäten, etwas Silberschmuck und wahrscheinlich auch noch einige andere Dinge. Sie habe das Versteck selbst nie gesehen, fügte sie hinzu, weil ihre Mutter damit sehr geheimnisvoll tat. Aber sie wußte von seiner Existenz. Ihre Mutter habe ihr einmal gesagt, daß, wenn sie aus irgendeinem Grund einmal dringend Geld brauche, sie es sofort von ihr bekommen könne.

Wer wußte sonst noch davon? fragte Gardner.

Nach kurzem Nachdenken nannte Elizabeth den ersten Namen, der ihr einfiel. Annie Massie, sagte sie.

Gardner schwieg dazu, aber er war geschockt. Warum zum Teufel sagte sie so etwas? fragte er sich. Wir haben das ganze Haus regelrecht auseinandergenommen und keinen einzigen Hinweis auf einen Safe oder ein Versteck gefunden. Warum versucht Elizabeth jetzt, uns weiszumachen, daß so etwas dort existierte? Und warum zog sie jetzt Annie Massie mit hinein? Das müßte er sich gründlich durch den Kopf gehen lassen, dachte er. Im Augenblick war er etwas müde. Kirkland war auch erschöpft, und Elizabeth war ebenfalls nicht mehr ganz frisch. Es war ein langes, ermüdendes Verhör gewesen. Aber über eine Sache wollte er noch reden, ehe er Schluß machte.

»Wenden wir uns mal Margaret Louise zu«, sagte Gardner. »Sind Sie und Margaret Louise befreundet?«

»Ja«, antwortete Elizabeth sofort.

»Ich habe Gerüchte gehört, und ich kann mich total irren, aber so wie ich es verstanden habe, hatte sie . . .«

»Ja, ja«, unterbrach Elizabeth ihn. »Sie befand sich in psychiatrischer Behandlung, weil es ihr einige Zeit nicht gut ging. Sie haben sie in ein Sanatorium gesteckt und sie mit Elektroschocks und starken Medikamenten behandelt.«

Hatte das irgendwelche Auswirkungen auf sie? fragte Gardner. Bleibende?

»Ich denke, so etwas hinterläßt bei jedem gewisse Spuren«, sagte Elizabeth. Dann fügte sie hinzu: »Aber sie ist völlig normal, wenn man mit ihr redet. Vielleicht ein wenig verträumt. Sie ist sehr still und denkt etwas anders als die meisten Menschen. Doch sie ist völlig gesund.«

»Ist sie nicht doch noch etwas durcheinander?« fragte Gardner. »Denkt sie langsam?«

»Ganz sicher nicht«, entgegnete Elizabeth. »Sie hat einen absolut wachen Verstand und hat einen Studienabschluß in Mathematik und versteht eine Menge von Computern. Außerdem hat sie Humor. Sie ist ganz wach. Sie weiß, was um sie herum vorgeht. Sie verhält sich normal. Sie hat die gleichen Hobbies wie andere Menschen, und sie geht gerne tanzen.«

Gardner wollte etwas über Margaret Louises Beziehung zu Julian, Elizabeths Halbbruder, wissen.

Sie waren verlobt, erzählte Elizabeth, aber Julian löste die Verlobung, als er in Kanada eine andere Frau kennenlernte. Unglücklich für Margaret Louise war, daß die Trennung sehr unerwartet kam. Margaret Louise hatte keine Ahnung, daß Julian die Verbindung lösen wollte, bis er ihr mitteilte, daß er eine andere Frau geheiratet habe.

Das muß ja ein schlimmer Schlag gewesen sein, bemerkte Gardner.

Das war es auch, gab Elizabeth ihm recht, aber es wäre erstaunlich gewesen, wie leicht Margaret Louise das aufgenommen und sich davon erholt hatte.

Wie reagierten denn Nancy und Derek darauf? fragte Gardner.

Elizabeth sagte, ihre Eltern hätten sich sehr über Julian aufgeregt, denn auch sie konnten Margaret Louise sehr gut leiden. Sie konnten einfach nicht glauben, daß Julian sich so häßlich verhalten konnte. Insgesamt sei sie erstaunt, wie gut Margaret Louise sich erholt habe.

»Ich dachte, sie würde völlig ausflippen«, sagte Elizabeth. »Wir machten uns Sorgen, daß sie Selbstmord begehen würde. Sie war extrem deprimiert, aber sie blieb mit uns in Verbindung. Zu Weihnachten besuchten wir sie. Sie hatte Geschenke für uns alle, und die Atmosphäre war normal und angenehm.«

Sie hege also nicht den Verdacht, fragte Gardner weiter, daß Margaret Louise vielleicht aus Zorn auf Julian auf die Idee gekommen war, sich an Elizabeths Eltern zu rächen?

Elizabeth verneinte das mit aller Entschiedenheit. »Ein solcher Gedanke ist einfach lächerlich«, sagte sie.

Gemeinsam verließen die drei Personen das Klassenzimmer und kehrten in die Vorhalle zurück. Dort wurden sie von dem dunkelhaarigen Jungen erwartet, der Elizabeth zur Schule gebracht hatte. Elizabeth ging zu ihm hin, und die beiden stiegen in den Kombiwagen. Kirkland und Gardner begaben sich ins Direktorzimmer, das als Kommandozentrale benutzt wurde.

»Wer war das?« fragte Debbie Kirkland, die die abstoßende Überheblichkeit zu spüren schien, die von dem jungen Mann ausging, der Elizabeth abgeholt hatte.

»Ach, wie heißt er noch?« sagte Gardner und kratzte sich am Kopf. »Es fällt mir nicht ein. Das ist ihr Freund. Dieser Junge aus Deutschland.«

12

Am nächsten Morgen, als die Angehörigen der Mordkommission zusammenkamen, um ihre Aufzeichnungen miteinander zu vergleichen, äußerte Debbie Kirkland sich über Elizabeth Haysom.

»Ich mochte sie nicht«, begann sie.

»Warum nicht?« fragte einer der Beamten.

»Vielleicht bin ich voreingenommen. Mir gefiel die Art und Weise ihres Auftretens nicht. Für meinen Geschmack war sie zu hochnäsig.«

»Hochnäsig zu sein ist kein Verbrechen«, meinte der Ermittler.

»Ich weiß. Ich glaube, ich hatte bei ihr nur ein ungutes Gefühl. Ich wurde mißtrauisch, als sie anfing umherzugehen.«

»Was meinen Sie?«

»Als die Fragen etwas heikler wurden, konnte sie nicht mehr stillsitzen. Sie mußte aufstehen und auf und ab gehen. Ich bin schon zwölf Jahre in diesem Job, und das ist lange genug, um zu erkennen, daß sie irgend etwas verbirgt. Ich weiß, daß sie log, ich weiß nur nicht, wo.«

»Ist das nicht nur eine persönliche Abneigung?«

»Nein, es ist mehr. Mein Instinkt sagt mir, daß sie viel mehr weiß, als sie preisgibt. Zum Beispiel fiel mir auch auf, daß sie nicht besonders bewegt zu sein schien. Schließlich wurden gerade erst ihre Eltern getötet, und man merkte ihr davon nicht das geringste an. In ihren Augen war keine Trauer. Nichts an ihr verriet, daß sie leidet.«

»Na ja, deshalb kann man sie kaum verhaften«, sagte Gardner.

»Nein, ich glaube, das kann man nicht«, gab Kirkland ihm recht.

Dieses Gefühl mußte auf Gegenseitigkeit beruhen. Sobald Elizabeth von dem Verhör mit Gardner und Kirkland zurückkehrte, suchte sie ihre Brüder auf und erzählte ihnen, die Polizei belästige sie in unerträglicher Weise. Howard, der Chirurg aus Boston, rief einen bekannten Strafverteidiger in Charlottesville, John Lowe, an. Dieser wiederum meldete sich bei Sheriff Wells und erklärte ihm, seine Ermittler dürften keine Angehörigen der Familie Haysom mehr verhören, ohne daß er zugegen wäre.

»Na, kommen Sie schon, John«, wiegelte Wells ab. »Sie wissen doch, was los ist. Wenn Ihre Klienten nicht mit unseren Leuten reden wollen, dann müssen sie uns das selbst mitteilen, nicht Sie.«

Danach hörte Wells von dem Anwalt nichts mehr. Und auch nicht von den Haysoms.

Am 12. April, vier Tage nach dem Gespräch, schrieb Elizabeth eine kurze Notiz an Colonel Herrington und informierte ihn von den Morden. Sie schrieb, so sagte sie, mit erheblicher ›Verärgerung‹ und großer Wut über die beiden Morde und über die Tatsache, daß sie verhört worden war. Ihre Mutter und ihr Vater wären ›niedergemetzelt‹ worden, typisch für amerikanische ›Roheit‹ und ›Brutalität‹. Sie fügte hinzu, daß die Vereinigten Staaten wohl der einzige Ort seien, wo Gesetzesvertreter die Tochter ermordeter Eltern ›belästigen‹ und als Hauptverdächtigen behandeln dürften, weil die Opfer ›ihr kein Auto schenken wollten‹.

Die Tage verstrichen, aber die Detectives kamen nicht weiter. Als nach einer Woche noch niemand verhaftet worden war, wurden die Bewohner des Ortes allmählich nervös. Da Gerüchte gerade in solchen Kleinstädten schnellstens die Runde machen, waren viele überzeugt, daß Margaret Louise die Mörderin war, obgleich die Polizei die Namen der Leute geheimzuhalten versuchte, mit denen sie sich unterhielt. Wohin die Ermittler sich auch wendeten, so schien es, tauchte Margaret

Louises Name auf, manchmal sogar aus völlig unerwarteten Quellen.

Der öffentliche Ankläger von Bedford County, Jim Updike, ging eine Woche nach Auffinden der Leichen durch das Gerichtsgebäude, als ein Anwalt aus Lynchburg ihn auf dem Korridor anhielt.

»Warum haben Sie noch niemanden verhaftet?« wollte der Mann wissen.

Updike musterte ihn verblüfft.

»Jedermann weiß, daß Margaret Louise es getan hat«, fuhr der Anwalt fort.

Updike verbiß sich eine Erwiderung.

»Sie sollten sie lieber verhaften und einsperren«, fügte der Anwalt kampflustig hinzu, »ehe sie noch jemand anderen tötet.«

Auch die Zeitungen wurden unruhig. Drei Tage nach dem Gedenkgottesdienst für die Haysoms, eine Woche nachdem die Leichen gefunden worden waren, griff der *News & Daily Advance* in Lynchburg mit einem Leitartikel in die Diskussion ein, der ungewollt die gleiche Ratlosigkeit und Enttäuschung ausdrückte, mit der die Ermittlungsbeamten sich auseinandersetzen mußten bei ihrem Bemühen, die Verbrechen aufzuklären. Unter der Überschrift ›Wo ist das Motiv für derartige Bluttaten?‹ hieß es in dem Leitartikel:

Das Bizarre der Morde ist, gelinde gesagt, beunruhigend. Die Ermordung eines friedlichen Ehepaares durch einen unbekannten Messerstecher ist etwas, was man in einer Großstadt aus der Zeitung erfahren kann, aber nicht in Lynchburg. Dieser Gemeinde ist ein derartiger Ausbruch von Gewalt bisher erspart geblieben.

Wer könnte auf so brutale Art und Weise das Leben dieses wortgewandten Paares auslöschen, dessen Weltläufigkeit sie größeren Gefahren ausgesetzt hat, als sie in ihrer ruhigen

Nachbarschaft jemals hätten erwarten können? Was für eine menschliche Bestie ist zu einem derartigen sinnlosen Gemetzel fähig? Und warum? Was könnte einen Menschen dazu bringen, sich in derartiger Weise an seinem Nächsten zu vergreifen? Rache? Oder der Wunsch nach Befriedigung eines krankhaften Mordtriebes?

Die Polizei sucht genauso verzweifelt nach Antworten auf diese Fragen wie wir. Wir hoffen, daß die Antworten schnell gefunden werden, und wenn auch aus keinem anderen Grund, um in die Gemüter der Familienangehörigen und Freunde der Haysoms wieder Frieden einkehren zu lassen.

Während Sheriff Wells zuerst jeden verfügbaren Mann in seinem Dienstbereich dem Fall zugeteilt hatte, begriff er schon bald, daß die Ermittlungsarbeiten sehr viel länger dauern würden. Er brauchte nicht lange, um zu erkennen, daß er das Haysom-Team verkleinern müsse, um einige Beamte für die alltägliche Routinearbeit freizustellen. Es war wohl an der Zeit, war Wells überzeugt, den Fall einem speziellen Ermittlungsteam zuzuweisen. Er und sein ranghöchster Assistent, Captain Lockland, setzten sich an einem Nachmittag zusammen, um zu entscheiden, wer zu diesem Team gehören solle. Sie wählten Gardner und Reid aus.

Am späten Abend, als Gardner nach einem langen, harten Tag, den er damit zugebracht hatte, tote Spuren zu verfolgen, ins Büro zurückkehrte, fand er auf seinem Schreibtisch eine Notiz, die besagte, er solle Lockland anrufen.

»Kommen Sie morgen früh als erstes in die Zentrale«, riet der Captain ihm. »Sie finden auf Ihrem Schreibtisch etwas, das Sie sich unbedingt ansehen müssen.«

Früh am nächsten Tag machte Gardner einen Umweg über Bedford und ging direkt zu seinem Platz. Mitten auf dem Tisch, so daß er es überhaupt nicht übersehen konnte, befand sich ein Papierstapel, etwa einen halben Meter hoch. Gardner stürmte in Locklands Büro. »Was ist dieses Zeug?« fragte er ungehalten.

»Das ist alles, was bis heute im Haysom-Fall zusammengetragen wurde.«

»Und was hat das auf meinem Schreibtisch zu suchen?«

»Es ist jetzt Ihr Fall.«

»Wie bitte?« fragte ein verblüffter Gardner, dienstjüngster Ermittler im Polizeibezirk.

»Sie haben richtig verstanden«, sagte Lockland. »Es ist Ihr Fall. Ihrer und Reids.«

»Mein Gott«, stöhnte Gardner. »Der Tag fängt ja gut an.«

Lockland grinste. »Viel Glück, und nichts wie ran.«

13

Ricky Gardner blätterte seine Notizen zum x-tenmal durch, als ihm etwas ins Auge sprang, das er aufgeschrieben hatte. An einer Stelle während der Befragung am 8. April hatte Elizabeth erwähnt, daß sie und ihr Freund das Wochenende der Morde in Washington, D. C., zugebracht hätten. In der Uni schleppte die Zeit sich dahin, sagte sie, und sie hatten sich für zwei Tage eine Luftveränderung verpaßt. Wohl wissend, daß keiner der beiden einen Wagen hatte, fragte Gardner, wie sie dorthin gelangt waren. Er hatte Elizabeths Antwort aufgeschrieben. Sie sagte, sie hätten in Charlottesville einen Wagen gemietet und wären damit raufgefahren. Verdammt! schalt er sich selbst. Warum hatte er nicht schon längst daran gedacht?

Am nächsten Tag fuhr er nach Charlottesville und begab sich direkt zu Pantops Texaco, dem örtlichen Agenten der National Autovermietung, und bat um Rechnungskopien einer Vermietung an Elizabeth Haysom. Als der Angestellte sie ihm reichte, verfluchte Gardner sich selbst.

Daraus ging hervor, daß der 1985 Chevette, der E. R. Haysom am 29. März vermietet worden war, einen Tachostand von 20073 Meilen aufwies, als er am 31. März zurückgegeben wurde. Das waren 669 Meilen mehr als bei der ersten Übergabe an den Mieter.

Das ist nicht möglich, dachte Gardner zuerst, 669 Meilen? Wie konnten sie während eines Wochenendtrips nach Washington so viele Meilen zurücklegen, wo es bis dort doch weniger als 230 Meilen hin und zurück waren?

Je mehr er darüber nachdachte, desto wahrscheinlicher wurde es, daß es dafür nur eine einzige Erklärung gab. Wenn sie nun nicht nur nach Washington gefahren waren, sondern einen Abstecher nach Lynchburg gemacht hatten?

Er zog sich Bleistift und Papier heran. Ungefähr 120 Meilen waren es von Charlottesville nach Washington. Dann mußten sie, wenn sie nach Lynchburg gefahren waren, wieder nach Charlottesville zurückkehren, daher wären es weitere 120 Meilen. Dann 80, großzügig berechnet, von Charlottesville nach Lynchburg. Die Rückfahrt wären weitere 80 plus 120. Dann mußten sie immer noch nach Charlottesville zurückfahren, daher wären es weitere 120 Meilen. Er addierte die kleine Zahlenkolonne. Verdammt noch mal! Es waren 640 Meilen. Bedachte man noch einige Spazierfahrten durch Washington, dann kam man auf 669. Er legte den Bleistift beiseite. Ich glaube, es ist Zeit, sich noch einmal gründlich mit Elizabeth Haysom zu unterhalten, sagte er sich.

Gardner rief den Polizeiposten an der Universität von Virginia an und bat die Beamten, sich mit Elizabeth in Verbindung zu setzen und so bald wie möglich ein Treffen zu vereinbaren.

Am Dienstag, dem 16. April, um 10.40 Uhr, wartete Gardner im Polizeigebäude der Universität am Rand des Campus auf Elizabeth. Obwohl Elizabeth immer noch behauptete, sie wolle nach Kräften bei der Aufklärung helfen, verlief das Gespräch erheblich verkrampfter als das erste. Elizabeth hatte sich bei ihrem Bruder über die angeblichen Belästigungen Gardners beschwert, was Gardner bekannt war. Das trug nicht gerade zu besonders freundlichen Gefühlen auf beiden Seiten bei. Überdies hatte Elizabeth gespürt, daß Debbie Kirklands Reserviertheit sich gegen Ende des letzten Verhörs zu offener Abneigung gesteigert hatte. Diesmal wurde Gardner von einer anderen Beamtin begleitet, Sergeant Carroll Baker von der Polizei in Lynchburg.

Als sie in dem kleinen Büro im hinteren Teil des Gebäudes zusammentrafen, verzichtete Gardner im wesentlichen auf die Freundlichkeit, die er bei ihrem ersten Gespräch an den Tag gelegt hatte; seine Fragen wurden schärfer, seine Haltung war nicht mehr so umgänglich.

Um das Gespräch zu eröffnen, erkundigte Gardner sich bei Elizabeth nach ihrem Freund und der Zeit vor den Morden mit der Absicht, weiterzubohren bis zum Wochenende in Washington und zu dem ungewöhnlichen Tachostand des Mietwagens.

»Hat Ihr Freund ebenfalls im Haus Ihrer Eltern gewohnt?«

»Ja«, erwiderte Elizabeth schnippisch. »Eine Menge Leute aus der Uni haben mich besucht.«

»Wer sind ›eine Menge Leute‹?«

»Seit ich hier bin, habe ich Freunde gewonnen, so daß es wohl ein ständiger Strom von Leuten war, der nur zum Essen kam.«

Gardner erwog kurz, ob er diesen Punkt weiterverfolgen sollte. Er entschied sich dagegen.

»Okay«, sagte er, »das war also das letzte Mal, daß Sie Ihren Vater und Ihre Mutter besuchten. Es war der Geburtstag Ihres Vaters, am 23. März, und Sie kamen am 24. zurück. Ihre Eltern fuhren Sie. Wurden Sie von Ihrem Freund begleitet?«

»Nein, ich war allein dort.«

»Okay. Wann war denn das letzte Mal?«

»Daß er dort war?«

»Ja.«

»Hmm.« Sie überlegte. »Mal sehen. Es war in der Woche, ehe ich nach Colorado ging. Demnach lag es zwei oder drei Wochen zurück.« Sie sah sich im Büro um. »Ich wünschte, ich hätte einen Kalender.«

»Ich habe einen«, sagte Gardner und griff in seinen Aktenkoffer.

»Okay, das war der Geburtstag«, sagte sie und zeigte auf den Kalender. »Ich war in Colorado vom 9. bis zum 10., dann am 17., am 2. und am 3.« Sie hielt erneut inne und war offenbar etwas verwirrt. »Es muß im Februar gewesen sein, am 23. oder am 24., etwa in dieser Zeit. Ja, ich glaube, es war der 23. und der 24.«

»Februar?«

»Ja.«

»Wann machten Sie sich auf den Weg nach Colorado?«

»Am Freitag, dem 8.«

»März?«

»Ja. Und ich kam am 17. zurück. Am 17. März.«

»Okay. Und am 29. mieteten Sie und Jens einen Wagen, um nach Washington zu fahren?«

»Hmm, hm.«

»Und Sie kamen am 31. zurück?«

»Hmm.«

»Okay. Laut dem Tachometer im Wagen legten Sie damit 669 Meilen zurück von dem Augenblick an, als Sie Charlottesville verließen, bis zu Ihrer Rückkehr dorthin. Sie müssen sehr viel herumgefahren sein.«

»Ja«, erwiderte Elizabeth und wirkte nervös. »Wir haben einige Dinge getan.«

Gardner hob fragend eine Augenbraue.

»Zuerst machten wir einen Umweg.«

»Einen Umweg?« fragte Gardner mit einem Ausdruck des Unglaubens in der Stimme.

»Ja«, sagte Elizabeth und baumelte mit den Beinen, die in einer dunkelblauen Stretchhose steckten. »Wir fuhren nach Warrenton. Dabei verirrten wir uns. Ich hatte nicht aufgepaßt. Wir fuhren eine Weile kreuz und quer und ...« Sie hielt inne. »Ja, weil wir hier losfuhren gegen ...« Sie hielt erneut inne. »Ich glaube, wir starteten hier um halb vier, und wir waren nicht vor sieben dort.« Sie lachte nervös. »Wir fuhren auch sehr viel in Washington herum. Wir umrundeten die Stadt mehrmals. Und wir waren auch in der Umgebung unterwegs.«

Gardner sagte nichts.

»Wo waren wir sonst noch?« fragte Elizabeth sich laut. »Wir haben uns des öfteren einen Wagen gemietet.«

Sie machte ein aufmerksames Gesicht. »Es muß auf der Fahrt gewesen sein, als wir zuerst nach Lexington runterfuhren.« Dann korrigierte sie sich. »Nein, bei dieser Gelegenheit war es nicht. Nein. Wir fuhren direkt nach Washington. Und wir verfuhren uns unterwegs und suchten dann in der Gegend herum.«

Gardner wartete lange, bis er die nächste Frage stellte, er wollte ihr Gelegenheit geben, die Geschichte noch zu vervollständigen. Als sie es nicht tat, verfolgte er weiter seinen Kurs. »Okay«, sagte er, »Sie haben es uns schon mal erzählt, aber warum sind Sie nach Washington gefahren?«

»Ach, wir waren dort, um das Wochenende gemeinsam zu verbringen. Außerdem mußte ich mir in einer der Kunstgalerien etwas ansehen. Und dann besichtigten wir einige Denkmäler. Wir waren auch im Kino und so weiter.«

Erneut wartete Gardner ab. »Ich wollte Sie das eigentlich schon neulich fragen, und ich hatte es ganz vergessen. Kamen Ihre Eltern mit Ihrem Freund Jens gut aus?«

Elizabeth wich der Frage aus. »Sie gaben mir das Geld, um nach Washington zu fahren. Sie wollten dann runterkommen, und dann wollten wir gemeinsam essen gehen.«

»Aber sie hatten nichts dagegen, daß Sie sich trafen, Sie und Jens, meine ich?«

»Nein, überhaupt nicht«, log sie. Aber Gardner wußte nicht, daß es eine Lüge war.

Da er mit ihren Antworten nicht zufrieden war, ließ er sich von ihr noch einmal die Reise nach Washington erklären, doch die Geschichte blieb grundsätzlich die gleiche. Da er sie nicht aus dem Konzept bringen konnte, kam er auf andere Themen zu sprechen. Wer in der Familie besaß Tennisschuhe? Wie viele Paare gab es, und welche Größen hatten sie? Trug ihr Vater eine Brieftasche bei sich? War es üblich, daß ihre Mutter einen fremden Besucher zum Essen einlud? Ohne Vorwarnung kam er wieder auf Washington zu sprechen.

»Als Sie im Washington Marriott abstiegen, haben Sie sich unter Ihrem richtigen Namen eingetragen?«

Elizabeth dachte einen Moment lang nach. »Ich weiß nicht, wie es im einzelnen funktionierte, aber es war seine Visa-Karte, mit der alles bezahlt wurde. Und ich gab ihm das Geld dann zurück.«

Erneut wechselte Gardner das Thema. »Reden wir mal über Margaret Louise.«

»Das ist für mich ein heikles Thema«, sagte Elizabeth abwehrend.

»Ja, das hatte ich mir neulich schon gedacht. Aber die Ermittlerin Kirkland und ich unterhielten uns darüber, und jetzt habe ich noch ein paar Fragen. Ihre Mutter hatte sie richtig gern, nicht wahr?«

»Ja, sehr. Wir unternahmen sehr viel gemeinsam.«

»Sie hatten ein nettes Verhältnis zueinander?«

»Mein Vater konnte sie auch sehr gut leiden«, meinte Elizabeth unaufgefordert. »Ihm gefiel nicht, wie Julian sich in dieser Situation verhielt.«

»Können Sie das vielleicht etwas genauer erklären?«

»Wir alle hatten den Eindruck, daß Julian mit Margaret Louise ziemlich überstürzt vorging, daß er sie zu häufig sah. Ich meine, Julian war sich der Tatsache bewußt, daß Margaret Louise ihre Probleme hatte, ihre emotionalen oder psychischen Probleme. Er wußte, daß sie in einem Sanatorium gewesen war und so weiter, und meine Eltern meinten, um fair zu ihr und zu sich selbst zu sein, sollte er es behutsam angehen und sie gründlich kennenlernen. Und dann verschwand er nach Nova Scotia und verlobte sich. Meine Eltern konnten Margaret Louise sehr gut leiden, und sie machten sich große Sorgen, daß Julian ihr furchtbar weh tat und daß sie wieder einen Zusammenbruch erleiden würde.«

Gardner wartete ab.

Elizabeth fügte hinzu: »Er löste die Verlobung und heiratete jemand anderen, und Margaret Louise schaute in die Röhre.«

»Wissen Sie etwas über Margaret Louises Reaktion, als sie erfuhr, daß Julian geheiratet hatte?«

»Sie wußte es nicht.«

»Sie wußte es nicht?«

»Sie wußte nur, daß Julian möglicherweise mit einer Frau zusammenlebte. Und als sie es erfuhr, trug sie es mit Fassung.«

Länger als eine halbe Stunde befragte Gardner sie zur Beziehung zwischen Nancy Haysom und Margaret Louise. Elizabeth erzählte, es sei wunderbar gewesen, bis sie und Julian sich trennten.

Danach war das Verhältnis abgekühlt. Im voraufgegangenen Interview hatte sie Margaret Louise begeistert verteidigt, aber unter Gardners Fragen nahm sie diesmal eine überhebliche Haltung ein, indem sie andeutete, daß Margaret Louise zwar nett, aber verwirrt war, daß sie vielleicht sogar zu einem Doppelmord fähig war.

»Können Sie sich erinnern, daß Margaret Louise mal mit

einem Fahrrad zu Ihrem Vater und Ihrer Mutter kam?« fragte Gardner.

»Mit einem Fahrrad?« fragte Elizabeth überrascht. »Nein, ich glaube nicht, daß ihre Koordinationsfähigkeit ausreicht, um Fahrrad zu fahren.«

»Sie fährt«, sagte Gardner nüchtern.

»Sie fährt!« rief Elizabeth. »Himmel, das muß ja ein Schreck sein, ihr auf der Straße zu begegnen. Sie fährt nämlich entsetzlich.«

»Ich glaube, sie hat eins zu Weihnachten bekommen.«

»Tatsächlich? Das kann ich mir kaum vorstellen.«

Gardner blätterte seine Notizen von ihrer ersten Unterhaltung durch, hielt inne und blickte auf. »Sie erwähnten, daß Ihre Mutter in einem Fach hinter dem Heißwasserboiler einige Wertsachen aufbewahrte. Haben Sie mal darüber nachgedacht, um was es sich dabei handeln könnte?«

»Nun, ich weiß ganz sicher, daß sie dort für Notfälle Bargeld aufbewahrte. Und sie hatte dort Tafelsilber und etwas Schmuck versteckt. Sie und mein Vater hatten genügend politische Unruhen erlebt, um zu wissen, daß sich jederzeit eine Situation ergeben konnte, in der man gut daran tat, Bargeld im Haus zu haben.«

»War es ein großer Betrag?« fragte Gardner und erwartete, daß sie einen Betrag von einigen hundert Dollar nannte.

»Ich glaube, es waren zwischen fünf- und zehntausend Dollar«, sagte Elizabeth.

Gardner staunte. »In bar?«

Elizabeth lächelte. »In bar.«

»Und es war im Haus?«

»Ja. Sie dachten dabei an Flugtickets und solche Dinge. Ich weiß nicht, ob es amerikanische oder kanadische Dollar oder englische Pfund waren. Auf jeden Fall hatten sie sich einen ansehnlichen Betrag zurückgelegt.«

Gardners Gedanken jagten sich. Entgegen Elizabeths Aussage hatte die Polizei im Haus der Haysoms kein solches Versteck gefunden, weder hinter dem Heißwasserboiler noch sonstwo. Dabei hatten sie das Haus auf den Kopf gestellt. Wenn zutraf, was Elizabeth erzählte, dann war Raub als Motiv nicht auszuschließen, auch wenn Nancys Goldkette und Dereks Armbanduhr nicht entwendet worden waren.

»Wußte Ihr Vater von dem Versteck?«

»Ich denke schon, aber ich glaube nicht, daß er wußte, was sich darin befand. Mummie tat immer sehr geheimnisvoll.«

»Könnte Margaret Louise etwas gewußt haben? Vertraute Ihre Mutter ihr so weit, daß sie ihr davon erzählt hätte?«

»Das weiß ich nicht«, erwiderte Elizabeth. »Ich weiß, daß meine Eltern sie manchmal baten, sich in ihrer Abwesenheit um das Haus zu kümmern, aber ich weiß nicht, ob sie Margaret Louise auch informierten, daß dort ein solches Versteck existierte.«

Gardner war sich bei Elizabeth Haysom über eines sehr schnell klar: Sie steckte voller Überraschungen. Sich mit ihr zu unterhalten war genauso, als habe man eine jener großen russischen Puppen vor sich, die man öffnet, um immer neue, kleinere zu finden. Wenn Gardner ihr eine vermeintlich simple Frage stellte, benutzte sie sie unweigerlich, um abzuschweifen und Richtungen einzuschlagen, mit denen Gardner niemals gerechnet hätte. Er ging davon aus, daß er den Mord an zwei respektablen Angehörigen der gehobenen Mittelschicht untersuchte. Elizabeth ließ ihn frösteln.

Wenn man ihr glauben konnte, dann hatten ihre Eltern nicht nur ein oder zwei Leichen im Keller, sondern einen ganzen Friedhof. Das wurde ihm besonders klar, als er seine nächste Frage stellte.

»Wissen Sie, wer der erste Mann Ihrer Mutter war?« fragte er beiläufig.

Elizabeth nannte einen Namen.

»Und wo ist er?«

Elizabeth lachte. »Wenn nicht im Gefängnis, dann wahrscheinlich in England.«

Diese Behauptung war der Auftakt zu einer der unglaublichsten Schilderungen, die Gardner je gehört hatte. Die Geschichte, die sie erzählte – und Gardner hatte keine Möglichkeit, ihren Wahrheitsgehalt zu überprüfen –, war nicht nur völlig unwahrscheinlich, sondern auch erschreckend. Wie Gardner bald erkannte, versuchte Elizabeth die Ermittlungen völlig in die Irre zu lenken, indem sie eine Story erfand, die zu verrückt war, um völlig ignoriert zu werden. Er mußte sich anhören, was sie zu sagen hatte. Er mußte wissen, wie weit sie zu gehen imstande war, um falsche Fährten zu legen.

»Warum soll er denn im Gefängnis sein?« fragte er.

»Er hatte seine Finger in einigen Betrugsaffären. Er machte alten Damen schöne Augen und knöpfte ihnen dann ihre Ersparnisse ab.«

»Wo haben er und Ihre Mutter sich kennengelernt?«

»In Südafrika.«

»Und wie verhielt er sich ihr gegenüber?«

Je mehr sie erzählte, desto unglaubwürdiger wurde ihre Geschichte.

»Schlimm. Sehr schlimm. Er schlug sie. Er hatte homosexuelle Liebhaber. Er machte einige sehr unschöne Dinge mit den Kindern. Abstoßende Dinge.«

»Sie sagen, er hatte homosexuelle Neigungen?«

»Hmm. Er soll ein ausgesprochen gutaussehender Mann gewesen sein. Sehr charmant. Liebenswürdig. Er verzauberte meine Mutter auf Anhieb. Sie war damals sehr jung, achtzehn oder neunzehn. Ihre Eltern waren entschieden gegen diese Ehe. Ihr Vater weigerte sich, an der Hochzeit teilzunehmen, und ich glaube, ihre Mutter auch. Es war sehr seltsam.«

Gardner fragte sie, wann die Schwierigkeiten anfingen.

»Wahrscheinlich noch während Mummie schwanger war. Er fing an, sie zu schlagen. Und er brachte Männer nach Hause.«

»Demnach war er bisexuell?«

»Ja, ich denke schon. Er wollte Kinder, aber darüber hinaus zeigte er an meiner Mutter wenig Interesse. Später vergriff er sich dann auf ziemlich widerliche Art an den Kindern.«

»Folgte er seinen homosexuellen Neigungen?«

»Na ja, ich weiß nicht, wie ich es beschreiben soll.« An diesem Punkt bekam Elizabeths ohnehin schon unglaubliche Geschichte den Charakter eines Horrormärchens. »Meine Mutter erzählte, daß, als es das erste Mal passierte, sie glaubte, eine Ratte habe das Kind gebissen. Sie brachte den Jungen ins Krankenhaus, und dort konnte man auch nicht feststellen, was genau geschehen war. Es war kein Tier, das Stücke aus dem Baby herausgebissen hatte. Nicht nur einmal, sondern öfter. Vier- oder fünfmal. Ich rede von einem drei Monate alten Baby. Es war so schlimm, daß das Kind auf die Intensivstation kam. Es war nämlich regelrecht angenagt worden.«

Gardner war wie vor den Kopf gestoßen.

»Reden wir hier etwa von Kannibalismus?« erkundigte er sich fassungslos.

»Ja. Es stellte sich heraus, daß er es getan hatte, und meine Mutter erwischte ihn dabei. Dann versuchte er das gleiche auch bei ihr.«

»Er hat sie gebissen?«

»Ja. Er hat mit den Zähnen Fleischstücke herausgerissen und sie verzehrt. Wissen Sie, es ist so schrecklich, so abstoßend, daß man kaum begreifen kann, warum jemand so etwas tut.«

»Meine erste Frage ist, meinen Sie nicht, daß dieser Kerl zurückgekommen ist, um sich zu rächen?«

»Ich weiß außer diesen wenigen Einzelheiten so wenig über ihn, daß ich nicht sagen könnte, ob er im Gefängnis sitzt oder ob er Alkoholiker ist oder ob er sich mittlerweile in ein gefährliches Monster verwandelt hat.«

Dann äußerte Elizabeth den Verdacht, den sie mit ihrer Geschichte zu untermauern versucht hatte.

»Es wäre vielleicht von Nutzen, nach ihm zu suchen und in Erfahrung zu bringen, was er zur Zeit treibt«, sagte sie. »Es ist schließlich alles möglich. Ich meine, wenn jemand sich in dieser Weise an Kindern vergreifen kann, dann dürfte er auch zu etwas wie einem Mord fähig sein, oder?«

Es war lange nach Mitternacht, als Elizabeths Geschichte endete, doch Gardner hatte noch eine Frage. »Wie schwierig ist es, sich mit Jens in Verbindung zu setzen?« fragte er.

Diesmal war es Elizabeth, die nervös reagierte. »Ich weiß es nicht. Ich habe keine Ahnung von seinen Aktivitäten«, stotterte sie.

14

Zuerst hatte Ricky Gardner leichte Schwierigkeiten, den ausländischen Namen richtig auszusprechen. Allerdings war die richtige Aussprache des Namens einer der unwichtigeren Punkte bei Jens Soering.

Am 1. August 1966 in Bangkok geboren, war Jens das erste Kind von Klaus Soering, einem dreißigjährigen Angestellten der Deutschen Botschaft in der Hauptstadt Thailands, und Anne-Claire, Tochter einer reichen und angesehenen Familie aus der norddeutschen Stadt Bremen.

Soerings Familie gelangte kurz nach dem Zweiten Weltkrieg aus dem Osten nach Westdeutschland, und die ersten Jahre in der neuen Heimat verliefen ziemlich unruhig. Klaus Soering ging gleich nach dem Abschluß der höheren Schule in den Auswärtigen Dienst und schaffte es, dank seines Ehrgeizes und seiner organisatorischen Fähigkeiten, sehr schnell aufzusteigen. Wie es für Angestellte im deutschen Auswärtigen Dienst typisch ist, war Soering ausgesprochen konservativ, fleißig und reserviert – ein Mensch, der Gefühle wie Zuneigung niemals offen zeigte. Er verlangte Spitzenleistungen, Gehorsam und Effizienz. Vielen erschien er als hart und gefühllos, doch diejenigen, die ihn etwas näher kannten, meinten, er sei ein herzlicher, freundlicher, mitfühlender Mensch.

Anne-Claire war das Produkt anderer Lebensumstände als denen ihres Mannes. Sechs Jahre älter als Klaus, war sie in beachtlichem Wohlstand aufgewachsen. Ihr Vater starb, als sie noch sehr jung war, doch ihre Mutter, eine beherrschende Frau mit starkem Willen, heiratete sehr schnell wieder. Ihr zweiter Mann war der Gründer und Inhaber einer großen und erfolgreichen deutschen Elektronikfirma. Das Vermögen der Familie eröffnete Anne-Claire Möglichkeiten, die ihrem Ehemann versagt gewesen waren. Als Teenager kam sie in die Vereinigten Staaten und besuchte eine angesehene Privatschule im Mittleren Westen, ehe sie sich an einer deutschen Universität einschrieb. Nach dem Collegeabschluß kehrte sie nach Europa zurück und arbeitete in einem holländischen Konsulat, als sie Klaus kennenlernte. Sie heirateten 1958, zwei Jahre vor Derek und Nancy Haysom. Klaus war zweiundzwanzig, Anne-Claire ging schon auf die Dreißig zu.

1967, als Jens ein Jahr alt war, zog die Familie nach Zypern um. Ein Jahr später bekamen Klaus und Anne-Claire einen zweiten Sohn, Kai. Die Familie blieb bis 1972 auf Zypern, als Klaus nach Bonn versetzt wurde, wo er im Außenministerium arbeitete.

Von Anfang an waren die Kinder der Mittelpunkt in Klaus' und Anne-Claires Leben. Die Eltern waren vernarrt in sie und kauften ihnen schöne Kleider, bezahlten aufwendige Geburtstagsparties und schickten sie auf hervorragende Schulen. Der jüngere Sohn, Kai, war freundlich und entgegenkommend; er gewann schnell Freunde. Der ältere Sohn, Jens, war ein schwieriger Junge, der dazu neigte, seinen Altersgenossen abweisend und spöttisch zu begegnen. Er wurde wegen seiner Intelligenz respektiert, doch er hatte nur wenige Freunde.

1977, als Jens elf und Kai neun Jahre alt war, wurde Klaus Soering auf seinen ersten Posten in den Vereinigten Staaten versetzt, und zwar in das Westdeutsche Konsulat in Atlanta. Eher Administrator als Diplomat, wurde Soering zum Büroleiter ernannt. Die Produktivität steigerte sich enorm, aber das Arbeitsklima litt. Klaus trieb das Personal unbarmherzig zu Höchstleistungen an und brachte gelegentlich sogar die Frauen im Büro zum Weinen. Wenn es jedoch soweit gekommen war, dann entschuldigte er sich stets, und das Arbeitspensum wurde für ein paar Tage verringert.

Die Soerings kamen in einer sehr günstigen Zeit nach Atlanta. Obgleich die Hauptstadt von Georgia eher eine Hinterwäldlerstadt war, was den Auswärtigen Dienst anging, so hatte sie doch ihre Vorteile. Die Wirtschaft blühte, und Grundstücke waren unglaublich billig zu bekommen. Klaus und

Anne-Claire kauften ein komfortables zweistöckiges Haus am Cochise Drive in einem Vorort namens Vinings im wohlhabenden nordwestlichen Teil der Stadt, praktisch am Ufer des idyllischen Chattahoochee River. Das Haus stand außerdem in der Nähe der Lovett School, einer Privatschule, die einen hervorragenden Ruf besaß. Klaus und Anne-Claire hatten jedoch keine Ahnung, daß die Schule snobistisch bis zur Lächerlichkeit geführt wurde; ihr Ruf war völlig übertrieben. Doch mit der Absicht, ihren Kindern eine gediegene Ausbildung zu bieten, meldeten sie Jens in der fünften und Kai in der dritten Klasse an. Sie wohnten nahe genug, daß sie zu Fuß zur Schule gehen konnten.

Rein äußerlich unterscheidet Lovett School sich nicht wesentlich von Wycombe Abbey, zumindest in der Hinsicht, daß beide Anlagen aus hübschen Gebäuden bestehen, die von idyllischer Natur umgeben sind. Während die Gebäude von Wycombe Abbey der Hauch der Geschichte umweht und das Gelände des Campus vorwiegend aus weiten, offenen Grünflächen besteht, ist der Grund von Lovett dicht bewaldet, und die Anlagen – die Klassenzimmer, die moderne Turnhalle, das Footballstadion mit seiner Flutlichtanlage und die Tennisplätze – erwecken den Eindruck, als besetzten sie nur vorübergehend die zwischen den Bäumen geschaffenen Lichtungen, Zonen, die sich über Nacht wieder in dichten Wald verwandeln würden, wenn die Gärtner das nicht wachsam verhinderten. Wycombe Abbey ist ein verschachteltes britisches Anwesen, wohingegen Lovett School eine wohlhabende höhere Schule im Stil des mittleren Westens von Amerika ist.

Vom Intellektuellen gibt es nur wenige vergleichbare Punkte. Die Mädchen von Wycombe Abbey gehen zum größten Teil nach Cambridge oder Oxford, während die Schulabgänger von Lovett vorwiegend die Universität von Georgia besuchen. Das ist ein kleiner Wermutstropfen für die Freunde Lovetts, die ihre Institution gerne als eine der besten Vorbereitungsschulen für die großen Universitäten des Landes betrachten.

Wie das intellektuelle Niveau von Lovett auch aussehen mag, es kann kein Zweifel bestehen, daß Jens Soering über eine hohe Intelligenz verfügte. »Er war sehr, sehr klug«, sagte einer seiner früheren Lehrer, der mittlerweile nicht mehr an der Lovett beschäftigt ist. »Sein Geist war wendig, er begriff schnell und war sehr selbstsicher.«

Wie klug er wirklich war, läßt sich schwer feststellen. Die Schulleitung von Lovett weigerte sich, irgendwelche Informationen über Jens' schulische Entwicklung bekannt zu geben, und Lehrern wurde untersagt, über ihn zu reden, wenn sie nicht ihre Stelle verlieren wollten. Ganz gewiß gehörte er jedoch zu den Besten seiner Klasse. Er stand jedes Jahr von der neunten Klasse an auf der Bestenliste des Direktors, und er war in den letzten beiden Jahren Angehöriger sowohl der National Honor Society wie auch der Cum Laude Society. In seinem letzten Studienjahr gelangte er im Wettkampf um das Nationale Leistungsstipendium immerhin bis ins Halbfinale.

Als er an die Universität von Virginia kam, wurde er als einer von 150 Studienanfängern für das Echols-Scholars-Programm ausgesucht. Ein anderer Echols-Stipendiat in der gleichen Klasse war Elizabeth Haysom.

Abgesehen von seiner Ernennung zum Echols-Stipendiaten, wurde Jens auch zum Jefferson-Stipendiaten gewählt, was einen nicht unbeträchtlichen Vorteil bedeutete: ein vierjähriges volles Stipendium. Diese beiden Auszeichnungen verschafften Jens endgültig einen Platz unter den Besten der Universität.

Was Jens an intellektuellen Fähigkeiten besaß, das fehlte ihm jedoch an persönlichen Qualitäten. Er war als Streber, als Knilch, als Würstchen verschrien. Als ein Student, der von der Idee besessen war, perfekt zu ein, und das bis zu dem Punkt, daß er sich weigerte, sich von einem Lehrer korrigieren zu lassen.

»Er stritt sich mit den Lehrern herum, weil er immer glaubte, recht zu haben«, sagte einer seiner Klassenkameraden von der High-School. »Er war wie besessen.«

»Ich kann ihn jetzt noch hören«, sagte ein anderer, fünf Jahre nachdem er Jens Soering zum letztenmal gesehen hatte. »Er legte immer die Haltung an den Tag, daß er mehr wußte als alle anderen, sogar die Lehrer. Dabei schlug er stets einen überheblichen Ton an.«

Jens war ungewöhnlich intelligent, aber er war auch arrogant, sarkastisch, streitsüchtig, hochnäsig und besserwisserisch. Es erübrigt sich wohl, zu erwähnen, daß er nicht besonders beliebt war. Die Tatsache, daß er in seinem ersten Jahr im Ehrenrat der Schule saß, ist bemerkenswert; daß er im zehnten Jahr zum stellvertretenden Sprecher seiner Klasse gewählt wurde, ist geradezu sensationell.

»Er wirkte sehr kalt«, meinte ein weiterer Mitschüler. »Er ging niemals aus sich heraus und hatte nichts Liebenswürdiges an sich.«

Die Mutter eines seiner Mitschüler brachte die Meinung vieler Klassenkameraden, Lehrer und anderer Eltern auf den Punkt, als sie sagte: »Er war ein richtiger kleiner Scheißkerl.«

Als Jens zum erstenmal nach Lovett kam, war sein Englisch holperig und hatte einen starken Akzent. Im Laufe der Jahre schliff der Akzent sich allmählich ab.

Im ersten und zweiten Schuljahr fungierte er als Reporter für die Schülerzeitung. In seinem letzten Jahr ernannte man ihn zum Chefredakteur. Seine journalistischen Fähigkeiten, ganz gleich, welche Kontroversen seine Artikel auch hervorriefen, waren einzigartig.

Aber er hatte auch schon in diesem jungen Alter seine auffälligen Eigenwilligkeiten. Obwohl er nun schon mehrere Jahre in den Vereinigten Staaten lebte, klammerte er sich stur und geradezu aggressiv an seine Nationalität. In den ersten Jahren hänselten seine Mitschüler ihn oft und nannten ihn ›Nazi‹, doch im Laufe der Zeit nutzte dieser Scherz sich ab, und der Spott hörte auf. Das hielt Jens jedoch nicht davon ab, ständig auf seine Herkunft und seine ungewöhnlichen Ideen hinzuweisen. Eine Mutter kann sich noch deutlich an eine Umschlagillustration der Schülerzeitung erinnern, als Jens ihr Chefredakteur war: Es war das Foto vom Grabstein seines Großvaters.

Jens war sich der inneren Distanz zu seinen Klassenkameraden durchaus bewußt, und er pflegte diesen Zustand sogar. Oft stellte er groteske Behauptungen auf, nur um zu sehen, wie andere darauf reagierten. Eines seiner Spottziele war das politische System Amerikas, das Jens besonders gerne angriff, sowohl um zu schockieren als auch um seine eigenen politischen Überzeugungen kundzutun. Solche Angriffe kamen bei den anderen Schülern nicht besonders gut an, meist aufstrebende Yuppies und Kinder strammer Republikaner. Sein Zynismus paßte nicht an diesen Ort und in diese Zeit, die immerhin den Höhepunkt der Präsidentschaft Ronald Reagans darstellte, als nämlich Patriotismus nicht nur wieder salonfähig, sondern, vor allem in Lovett, geradezu eine heilige Pflicht war.

Manchmal jedoch schien es, als wünschte Jens sich sehnlichst, ein anerkanntes Mitglied der Gemeinschaft zu sein. Obgleich er schon frühzeitig eine Ausbildung in klassischer Musik erhalten hatte, fand er für seine Talente eine viel profanere Verwendung: Er spielte Gitarre in einer Schülerband namens ›Ground Zero‹. Seine Lieblingsrockbands waren die Talking Heads, die Doors und die Deutsche Band Trio.

Für einen Einzelgänger, Rebellen und scharfzüngigen Ausländer, der seine Fremdheit geradezu zelebrierte, trat er einer ungewöhnlichen Vielzahl schulischer Organisationen bei. Er war im Fremdsprachenclub, in der deutschen Abteilung (als Präsident), im Gitarrenclub (drei Jahre lang als zweiter Vorsitzender), im Fotoclub, in der Naturwissenschaftlichen und Mathematischen Gesellschaft und in der Bühnen-AG.

Dem Theater galt sein Hauptinteresse. Ihn reizte weniger die Möglichkeit, als Schauspieler aufzutreten, sondern ihm gefiel besonders das Wirken hinter den Kulissen. Regie führen, Schreiben, die Arbeit bei den Proben. Er beteiligte sich an der Inszenierung von *Jonathan* und *Arsen und Spitzenhäubchen*, doch seinen großen Triumph erlebte er in seinem letzten Schuljahr, als er und einige Klassenkameraden beschlossen, einen Horrorfilm zu drehen. Jens war der Regisseur. Der Drehort war der Hausgarten bei einem seiner Klassenkameraden, der ausgesucht wurde, weil er direkt am Chattahoochee lag und weil die

Atmosphäre dort, wenn der Nebel vom Fluß aufstieg, besonders gespenstisch sein konnte.

»Es war alles sehr improvisiert«, erinnerte sich einer, der damals dabei war. »Wir hatten Grabsteine aus Pappe und einen falschen Sarg und alles mögliche dieser Art. Die Story sah vor, daß eine der Schauspielerinnen schwanger sein mußte, und sie sollte ihr Kind auf dem Friedhof zur Welt bringen. Es war ein Stück Tradition von *Rosemarys Baby*. Es war ein echter Heuler.«

Doch der Vater eines der Teilnehmer sah es ganz anders. »Es war makaber«, sagte er. »Was mich erschütterte, war, wie ernst Jens die ganze Sache nahm. Den anderen Kids schien das Ganze gar nicht so wichtig zu sein.«

Trotz all seiner Intelligenz gab es drei Dinge, die Jens nicht besaß. Das eine war Humor. »Man könnte wohlwollend sagen, daß sein Humor trocken war«, sagte ein Mitschüler. »Sehr trocken. S-e-h-r trocken. Er war so trocken, daß er praktisch gar nicht vorhanden war.« Das Jahrbuch der Schule von 1984, der *Leonid*, brachte eine Bemerkung von Jens, die für seine Verhältnisse wahrscheinlich das äußerste an Witzigkeit darstellte: ›Das Licht am Ende des Tunnels ist nur ein heranrasender Zug.‹

Das zweite, was er nicht besaß, war körperliche Kraft oder so etwas wie sportliche Fähigkeiten. Auf die Frage, ihn treffend zu beschreiben, benutzten viele seiner Mitschüler das Wort: *schlaff*. Mit seinen ein Meter siebzig bis eins fünfundsiebzig Körpergröße war er nicht besonders groß, und er hatte auch keine besonders gute Figur. Ein Klassenkamerad verglich ihn mit einem Kartoffelsack. Soweit seine Klassenkameraden sich erinnern können, nahm er außerhalb des Unterrichts an keinerlei sportlichen Aktivitäten teil. Ein Mitschüler erinnert sich, daß Jens mal erzählte, er habe Fechtstunden genommen, jedoch mußte das in einer Zeit gewesen sein, ehe die Familie in die Vereinigten Staaten kam.

Das dritte, was er nicht hatte – sehr wichtig für einen jungen Amerikaner an der High-School –, war eine Freundin. Soweit seine Klassenkameraden sich entsinnen können, hatte Jens zu keiner seiner Mitschülerinnen irgendeine emotionale Beziehung. Eine Mutter weiß sogar noch, daß er einmal eine Verabredung für ein Schulfest hatte, weil er einer anderen Mutter leidtat und sie ihrer Tochter befahl, ihn zu dem Fest zu begleiten.

»Er schien mit Sex überhaupt nichts im Sinn zu haben«, meinte eine Mitschülerin. »Ich hatte zumindest nicht den Eindruck, daß er sich sonderlich dafür interessierte. Er achtete weder auf mich noch auf meine Freundinnen.«

»Er hätte durchaus schwul sein können«, sagte ein Mitschüler. »Und selbst wenn, dann hätte das wahrscheinlich niemanden interessiert.«

Später gab es doch jemanden. Elizabeth Haysom sollte sich brennend für ihn interessieren.

Soweit alle Beteiligten sich erinnern können, war Elizabeth die erste Frau, die ihn auch als sexuelles Wesen betrachtete. Für Jens ergaben sich dadurch völlig neue Perspektiven.

15

Elizabeth Haysom lernte Jens Soering während eines Schulfestes im August 1984 kennen. Er war gerade achtzehn und sah aus wie sechzehn. Sie war zwanzig, und das sah man ihr auch an.

An der UVA werden die Echols-Stipendiaten, die ausnahmslos das College of Arts and Sciences besuchen, im ersten Jahr in ein Studentenheim namens Watson Hall eingewiesen, das sie mit den Rodman-Stipendiaten aus der School of Engineering teilen. Watson Hall ist ein vierstöckiger Klinkerbau an der Westgrenze des Geländes, nahe genug am Scott Stadium, um den Jubel der Cavalier-Fans an den Sonntagnachmittagen zu hören. Es ist ein gemischtes Studentenheim, die Frauen bewohnen den ersten und den dritten Stock, die Männer den zweiten und den vierten. Zu Beginn jedes Studienjahres veranstaltet die Universitätsleitung ein kleines Fest, damit Studenten sich gegenseitig besser kennenlernen.

Seltsamerweise, betrachtet man ihre spätere enge Gemeinschaft, funkte es überhaupt nicht zwischen ihnen, als Elizabeth und Jens sich zum erstenmal begegneten. Als Jens' dunkle Augen in Elizabeths blaue schauten, sprühten keine Funken. Später gestand Elizabeth ihrer Zimmergenossin, Charlene Song, daß sie Jens, als sie mit ihm bekannt gemacht wurde, für einen Schlappschwanz hielt. »Nein«, sagte sie, »das nehme ich zurück. Ich hielt ihn für einen gemeinen kleinen Schlappschwanz.«

Etwa um Thanksgiving herum änderte ihre Haltung sich allmählich. Jens kam ab und zu vorbei und unterhielt sich mit ihr über Frauen im allgemeinen. Vor allem redete er über französische Frauen, die auf seiner Werteskala weit unten standen. Anfangs leicht amüsiert, brachte Elizabeth auch andere Themen bei ihren Unterhaltungen zur Sprache, und sehr bald entdeckten sie eine Menge Gemeinsamkeiten.

Was Elizabeth an Jens besonders anzog, war genau das, weswegen er sich stets brüstete: seine Fremdheit. Er war von einem europäischen Flair umgeben, das Elizabeth einfach unwiderstehlich fand. Was sie außerdem reizte, war genau das, wovon die Mädchen in Lovett sich abgestoßen fühlten: seine Verschrobenheit. Er trug sie wie ein Abzeichen; er genoß es, anders zu sein. Sie hing geradezu an seinen Lippen.

Denn auch Elizabeth war seltsam. Als sie aus Europa nach Virginia kam, brachte sie die Denkmuster mit, die sie sich in England angeeignet hatte. Ihr Verhalten unterschied sich von dem der amerikanischen Studenten, und genauso wie Jens genoß sie ihre Andersartigkeit. Sie schmückte ihr Zimmer im Studentenheim mit ihren eigenen Bildern und hängte Teppiche an die Wände. Stets lief im Hintergrund auf dem Plattenspieler eine Platte von David Bowie. Genauso wie Jens sagte sie irgendwelche verrückten Dinge, nur um damit zu schockieren, konnte aber andererseits ihre Mitbewohnerinnen stundenlang mit Geschichten, wahren oder erfundenen, von ihrer Europareise mit Melinda unterhalten.

Mit zwanzig war sie zwei Jahre älter als die meisten weiblichen und männlichen Erstsemestler und hatte eindeutig andere Ideen und Ziele. Während die meisten jungen Frauen an der UVA in dieser Zeit sehr modebewußt waren, zeigte sich Elizabeth ausgesprochen schlampig. Sie zog stets das an, was ihr morgens zufällig in die Hände fiel. Am liebsten trug sie Röcke mit langen Trikothosen und weite Blusen, und ob die einzelnen Teile zueinander paßten oder nicht, war eigentlich unbedeutend. Sie war wie ein Hippie, der zwanzig Jahre zu spät auf die Welt gekommen war.

Abgesehen von ihren seltsamen Gewohnheiten, unterschied sie sich von ihrer Umwelt besonders deutlich durch ihren Akzent. Er war wunderschön, und die Frauen von Watson Hall beneideten sie darum. Er machte sie zu einer exotischen Erscheinung und verschaffte ihr Respekt, da sie als ›Frau mit Erfahrung‹ galt.

Obgleich sie bemüht war, es nicht offen zu zeigen, verachtete sie die Amerikaner.

Sie fühlte sich ihnen unendlich überlegen. In einem Brief, den sie während der Weihnachtsferien 1984 in Jugoslawien an ihren Wohltäter und Retter, Colonel Herrington, schrieb, wurde ihre Abneigung deutlich. Sie brüstete sich mit ihrer britischen Kultur, genauso wie Jens es mit seiner deutschen Herkunft tat.

Elizabeth, die sich stets an außerschulischen Aktivitäten beteiligt hatte, schaffte es auch, ins Beurteilungskomitee der Erstsemestler aufgenommen zu werden; da sie wußte, daß nur elf Studenten von dreiundsiebzig Bewerbern zugelassen wurden, scheute sie keine Mühe, sich für den Posten zu bewerben. Doch kaum gehörte sie dem Komitee an, schien sie jegliches Interesse zu verlieren. Wenn sie an Versammlungen teilnahm, verbrachte sie die meiste Zeit damit, anderen Komiteemitgliedern Zettel mit albernen Notizen zuzustecken und hinter dem Rücken ihrer Vorderleute Grimassen zu schneiden.

Während Elizabeth sich häufig verabredete und sehr viel Zeit mit Freunden verbrachte, blieb Jens die meiste Zeit völlig allein. In Watson Hall genauso wie in Lovett erinnerte man sich an Jens vorwiegend wegen seiner Arroganz, seines Ungestüms beim Kundtun einer Meinung und seiner zynischen Betrachtungsweise des Collegelebens. An der UVA ist Football nach Basketball die beliebteste Sportart. Dennoch machte Jens sich immer wieder über die Cavalier-Fans lustig und verspottete das Spiel wegen seiner ›Gewalttätigkeit‹. Genauso wie in Lovett schuf diese negative Haltung ihm unter seinen Kommilitonen nicht gerade Freunde. Ein Student erklärte einem Reporter der Studentenzeitung: »Er stieß eine ganzen Reihe von Leuten mit seiner ›Ich-bin-der-Größte‹-Haltung vor den Kopf.«

Obwohl er, zusammen mit einem anderen Studenten, seinen Plan verkündete, eine Version des Spiels Trivial Pursuit zu entwickeln, in der Fragen zur Universität und ihrer Umgebung gestellt würden, wurde dieses Projekt niemals in die Tat umgesetzt. Doch das konnte auch daran liegen, daß er anfing, sich mit Elizabeth zu verabreden.

Sobald sie sich etwas näher kennengelernt hatten, klammerten Jens und Elizabeth sich als verwandte Geister aneinander, sozusagen als Verbündete in einem Ozean oberflächlicher Amerikaner. Nichts hätte Jens glücklicher machen können.

Ihre Beziehung vertiefte sich im November. Für Jens war es das erste richtige Verhältnis. Elizabeth sah nicht nur gut aus, und sie war nicht nur klug, sondern sie zeigte auch Selbstsicherheit und Witz und Weltläufigkeit. Sie war jemand, der in gleicher Weise über Literatur, Filmkunst und Bisexualität reden konnte. Als die Klassen sich vor den Weihnachtsferien trennten, hatten sie beschlossen, wie Elizabeth es ausdrückte, ›ein Liebespaar zu sein‹.

Sie waren kein besonders ansehnliches Paar, dieser pausbäckige Achtzehnjährige und die blasse, zurückhaltende Zwanzigjährige. Elizabeth war etwas dick, und ihr Haar war kurz, wahrscheinlich noch eine Folge ihrer Mohikanerfrisur vom vergangenen Herbst. Jens hatte mit einem intensiven Hanteltraining begonnen und erheblich abgenommen. Er war nicht mehr so schwammig wie auf der High-School, aber niemand ging so weit, ihm ein sportliches Aussehen zu bescheinigen. Dennoch, Jens war knapp zehn Zentimeter größer als Elizabeth, daher paßten sie ganz gut zusammen. Sie war blond mit blauen Augen und einem gleichmäßigen Gesicht. Nicht schön, aber durchaus ansehnlich. Jens hatte helle, weißliche Haut. Sein dunkles Haar hing ihm tief in die Stirn und berührte fast seine buschigen Augenbrauen. Wenn er lächelte, schien sein ungemein breiter Mund sein Gesicht in der Mitte zu teilen und entblößte große, lückenhafte Zähne. Elizabeths Lächeln dagegen war schüchtern und bezaubernd und wurde durch tiefe Grübchen noch unterstrichen. Ihre Zähne leuchteten schneeweiß und waren makellos gleichmäßig geformt, das Werk eines teuren Zahnarztes.

Als die beiden anfingen, sich regelmäßig zu sehen, fand mit Jens ein merklicher Persönlichkeitswandel statt. Sein Zynismus und seine Überheblichkeit verschwanden praktisch über Nacht. Es war fast so, als hätte seine Seele zum erstenmal das Licht der Sonne gesehen. In Lovett und im Wohnheim hatten seine Mitschüler und Kommilitonen ihn als mißgelaunt und streitsüchtig kennengelernt. Doch nach seiner Bekanntschaft mit Elizabeth kam er ihnen wie eine völlig andere Person vor. Er wurde viel toleranter, neigte sogar zu Späßen und beteiligte sich an Unterhaltungen. Das lag hauptsächlich an Elizabeth, die er um jeden Preis mit seinem Witz und seinem Wissen beeindrucken wollte. Das war überhaupt nicht der Jens, der auf der High-School kaum ein Dutzend Worte mit seinen Mitschülerinnen gewechselt hatte. Bei Elizabeth konnte er seinen Redestrom kaum zügeln, und er sprach stundenlang über Literatur, Psychologie, Philosophie, Kunst, internationale Beziehungen und die Probleme, die man als Ausländer im amerikanischen System hat. Sie sei noch nicht lange in Amerika, sagte er zu ihr, doch er halte sich schon lange genug im Lande auf, um aus erster Hand zu wissen, wie korrupt das ganze System war. Es war vermutlich der einzige Punkt in ihren Gesprächen, wo er mehr Erfahrung hatte als sie.

Elizabeth, die zuerst in Cambridge hatte Geschichte studieren wollen, hatte eine völlig andere Richtung eingeschlagen. Ihr Hauptinteresse galt jetzt dem Schreiben. Nicht lange nachdem sie sich kennengelernt hatten, vertraute sie Jens an, daß sie an einem Roman arbeitete. Er war außer sich vor Freude. Stundenlang unterhielten sie und Jens sich nun über literarische Werke, die sie gelesen hatten, und welche, die sie schreiben wollten. Sie beschäftigten sich stundenlang mit den Werken Shakespeares, schrieben einige der großen Szenen um, damit sie, wie sie meinten, besser ins zwanzigste Jahrhundert paßten.

Das weckte in Jens alte Ambitionen. Er war an die UVA gekommen mit der Absicht, Psychologie zu studieren, doch als die Beziehung zu Elizabeth sich vertiefte, richtete sein Interesse sich auf den Film und das Drehbuchschreiben. Er trug sich sogar in einen Fortgeschrittenen-Kurs für Drehbuchschreiben ein und äußerte Pläne, einen Film zu produzieren.

Doch eines erschien seltsam: Obgleich sie sich so ähnlich waren und einen ähnlichen Hintergrund hatten, unterschieden sich ihre Studienleistungen erheblich. Elizabeths Leistungen waren enttäuschend. Vielleicht lag es daran, daß sie älter war, daß sie ein zusätzliches Jahr an der High-School verbracht und ein Jahr lang keine Schule mehr besucht hatte, ehe sie sich an der UVA anmeldete. Vielleicht lag es auch daran, wie sie später behauptete, daß sie sich mehr für Drogen interessierte als für ihre Bücher. War sie in Wycombe Abbey noch eine hervorragende Schülerin gewesen, so schaffte sie an der UVA gerade noch den Durchschnitt. Ihr Studienberater führte mit ihr ein ernstes Gespräch und mahnte bessere Leistungen an. Jens hingegen stand während der ersten beiden Semester auf der Bestenliste seines Jahrgangs.

Betrafen ihre gemeinsamen Interessen vorwiegend intellektuelle Themen, so hatten sie jedoch noch zwei andere Leidenschaften. Die eine war der Wunsch, ein Superauto zu entwerfen. Sie verbrachten Wochen mit dem Studium von Diagrammen und Plänen für ein Fahrzeug, das sie sich als Kreuzung aus einem Porsche und einem Ferrari vorstellten. Das war seltsam, da keiner von beiden bisher großes Interesse an Automobilen bekundet hatte. Sie besaßen kein Auto, schienen auch nicht den Wunsch zu haben, eines zu besitzen, außer wenn es für ihre jeweiligen Pläne eine Annehmlichkeit darstellte. Elizabeth konnte nicht einmal ein Auto fahren, das kein automatisches Getriebe hatte. Nichtsdestotrotz verfolgten sie ihre Konstruktionspläne wie ernstzunehmende Entwicklungsingenieure und redeten sich gegenseitig zu, daß ihr Superauto eines Tages wirklich gebaut würde.

Ihre andere Leidenschaft war die Leidenschaft an sich, was etwas seltsam anmutete. Obgleich Jens eine Menge zu erzählen wußte und sich in ausgiebigen Details von dem erging, was er seine ›bizarren sexuellen Phantasien‹ nannte, war er als Akteur eher unbedeutend. Er war impotent. Doch das störte nur wenig. Elizabeth bevorzugte sowieso orale Sexpraktiken, und Jens machte seine Unfähigkeit, eine Erektion zu haben, dadurch wett, daß er bei Elizabeth den Cunnilingus praktizierte. Am besten war es für ihn, wenn er an sie dachte und dabei masturbierte.

So wie junge Liebespaare verbrachten sie auch Stunden damit, von ihren Familien, ihren Hoffnungen, ihren Zielen zu erzählen. Es überrascht nicht, daß Jens seine Seele bloßlegte und seine geheimsten Gedanken offenbarte. Er erzählte Elizabeth, wie er ständig mit seinem Vater aneinandergeriet, den er als einen jähzornigen Leuteschinder, einen arbeitsbesessenen Schmarotzer bezeichnete, der seine Mutter in den Alkoholismus und fast in den Selbstmord getrieben hatte. Seine Mutter tue ihm leid, so gab er zu, wegen der Ungeheuerlichkeiten, die sie sich von seinem Vater gefallen lassen müsse.

Auch er konnte den Beleidigungen nicht entfliehen, erzählte er und berichtete, daß sein Vater ihn ständig kritisierte, weil er nichts anderes wollte, als seine Individualität zu entfalten. Diese verbalen Züchtigungen erstreckten sich auch auf seinen jüngeren Bruder, erzählte Jens, der im Grunde seines Herzens ein Künstler sei, der jedoch von seinem Vater völlig zerbrochen worden war.

Auch wenn er sehr ablehnend über Klaus Soering sprach, reservierte Jens seinen wahren Haß für seine Großmutter mütterlicherseits, die er, wie er sagte, wegen der Art und Weise verabscheute, wie sie Anne-Claire behandelte. »Meine Mutter wollte sich von meinem Vater scheiden lassen und zu ihr ziehen, doch sie sagte nein«, erzählte Jens seiner Freundin. »Dann bat sie ihre Mutter, ihr etwas Geld zu geben, damit sie sich eine eigene Existenz aufbauen könne, doch auch dazu war die Alte nicht bereit.«

»Vielleicht kann sie es sich nicht leisten«, meinte Elizabeth.

»Natürlich kann sie es sich leisten«, sagte Jens bitter. »Sie hat etwa eine Million Dollar auf der Bank, und das ist noch gar nichts im Vergleich zu dem, was sie im Laufe der Jahre verschleudert hat. Ein Teil davon gehört meiner Mutter und mir. Eines Tages«, so schwor er, »werden wir alles bekommen.«

Elizabeth revanchierte sich für diese Bereitschaft, die Leichen der Familie aus dem Keller zu holen. Sie vermute wohl, daß sie ihre Eltern liebe, sagte sie, vor allem ihren Vater, jedoch sei ihre Zuneigung durch Wut vergiftet über die Art und Weise, wie er sie als Kind behandelt hatte. Oft, so berichtete Elizabeth, hätten

Derek und Nancy sie alleingelassen, während sie auf Parties gingen oder Freunde besuchten. Einmal, kurz vor ihrem zehnten Geburtstag, gingen Derek und Nancy für einen Nachmittag aus dem Haus und ließen sie mit ihrem großen, wilden Hund zurück. Der Hund biß sie und riß ihr eine furchtbare Wunde an ihrer Wange. »Sieh mal«, sagte sie zu Jens und wies auf ihr Gesicht, »die Narbe ist noch zu sehen.«

Mit blutüberströmtem Gesicht rannte sie zum Haus eines Nachbarn und schrie um Hilfe. Der Nachbar brachte sie ins Krankenhaus, wo die Wunde gesäubert und genäht wurde. Doch dieser Vorfall ließ sich nicht so einfach vertuschen. Er führte zu einer Untersuchung durch das Jugendamt, sagte Elizabeth, und die Sozialarbeiterin, die mit dem Fall betraut war, empfahl, daß Derek und Nancy das Sorgerecht für sie entzogen werden solle.

Kurz danach, fuhr Elizabeth fort, schickten sie sie in ein Internat, wo sie mit weitaus schlimmeren Dingen konfrontiert wurde als mit beißenden Hunden. In der ersten Schule, einem Internat in der Schweiz, sei sie von drei Franzosen vergewaltigt worden, behauptete sie. Schlimmer noch als die Tat an sich wären die Reaktionen ihrer Eltern gewesen. Derek versuchte so zu tun, als hätte der Vorfall niemals stattgefunden, während Nancy sie eine Hure schimpfte und sie beschuldigte, die Vergewaltigung provoziert zu haben.

Von da an, sagte Elizabeth, sei die Beziehung zu ihrer Mutter endgültig in die Brüche gegangen. Immer wenn sie in den Ferien aus der Schule nach Hause kam, betrat ihre Mutter jeden Abend ihr Zimmer, zog sich aus und legte sich zu ihr ins Bett. Dann, so sagte Elizabeth, näherte Nancy sich ihr mit sexuellen Wünschen.

Elizabeth erzählte einem völlig entgeisterten Jens, daß die Situation sich noch verschlimmerte, nachdem sie von ihrem Abenteuer mit Melinda zurückgekehrt war. Kurz nachdem sie zu Derek und Nancy nach Virginia umgezogen war, drängte Nancy sie in ihrem Zimmer in eine Ecke und zwang sie, sich auszuziehen. Dann befahl Nancy ihr, seltsame Posen einzunehmen, und fotografierte sie nackt. Später, sagte Elizabeth, habe

Nancy die Fotos mit besonderem Vergnügen ihren Freundinnen gezeigt. Eine von ihnen habe sich während einer Party an sie herangemacht und ihr grinsend gestanden, wie sehr ihr die Fotos gefallen hätten. Während sie die Frau noch mit weit offenem Mund anstarrte, habe die Frau ihr zugezwinkert und ihr in eine Brustwarze gekniffen.

»Wie hast du all das nur ertragen können?« fragte Jens, »Deine Eltern scheinen ja die reinsten Monster zu sein.«

»Das sind sie auch«, meinte Elizabeth ruhig. »Ich wünschte, sie wären tot.«

16

Diese Seelenentblößung dauerte während der Weihnachtsferien an. Dann allerdings per Post anstatt von Angesicht zu Angesicht.

Wochenlang hatte Elizabeth Jens' Ego aufgebaut. Trotz seiner Arroganz war Jens tief in seinem Innern bemerkenswert unsicher. Elizabeth nutzte diese Schwäche aus und erklärte ihm, er sei intelligent, klug und weltmännisch. Gleichzeitig appellierte sie an sein deutsches Männlichkeitsverständnis und versuchte ihn davon zu überzeugen, wie sehr sie sich auf ihn verließ, vor allem als Zuflucht vor ihren Eltern, die sie grausamer behandelten als je zuvor.

Genauso wie sie von ihrer Bitterkeit gegenüber Derek und Nancy während ihres letzten Jahres in Wycombe Abbey gezehrt hatte, animierte sie Jens nun dazu, ebenfalls Groll gegen ihre Eltern zu entwickeln. Anfangs noch zaghaft und undeutlich begann sie Bemerkungen einzuflechten, wie schön ihr Leben doch ohne Eltern wäre. Solange sie am Leben seien, sagte sie, würden sie und Jens niemals miteinander glücklich werden. Sie sagte, ihre Eltern hielten ihn nicht gut genug für sie. Laut Elizabeth wollten sie, daß sie sich trennten. Sie sagten, es gefiele ihnen nicht, daß sie deutsche Sprachkurse belegt habe, denn das würde das Band zwischen ihnen nur noch fester knüpfen. Um noch eins draufzusetzen, behauptete sie, ihre Eltern wollten sie wegschicken, um die Beziehung zu zerstören.

Mehr und mehr fanden die Begriffe Tod und Mord Eingang in ihre Gespräche. Zuerst behandelten sie das Thema rein hypothetisch, verfuhren damit ähnlich wie mit ihren Plänen von dem Superauto. Sie dachten sich verschiedene Methoden aus, wie man ihre Eltern töten könnte.

Aber nach und nach wurden ihre Gespräche ernsthafter. Was als intellektuelles Spiel für sie beide begonnen hatte, nämlich über Methoden zu reden, wie man Menschen töten kann, näherte sich allmählich der Realität an. Zuerst ergriff Elizabeth in den Gesprächen die Initiative, doch sie entdeckte schnell, was sie später als Jens' ausgesprochenen Hang zur Gewalt bezeichnete.

Anfangs entwickelte sich die Diskussion auf grundsätzlich unterschiedlichen Ebenen: Die eine war eine abstrakte Debatte darüber, wie man jemanden ermorden könne; die andere war eine von Bitterkeit geprägte Betrachtung des Leids, das ihre Eltern ihr zufügten, und wie sie versuchten, das verliebte Paar zu trennen. Doch bald vermischten die Themen sich. Als sie Charlottesville verließen, um in die Weihnachtsferien zu gehen, hatte Elizabeth ein solides Fundament für ihre späteren Forderungen gelegt.

Sie unternahm eine kurze Fahrt nach Boonsboro; Jens ging zu seinen Eltern nach Detroit, wo sein Vater mittlerweile tätig war. Sie telefonierten miteinander.

In Loose Chippings begann Elizabeth ein ›Journal‹, das sie später per Post an Jens schickte. Halb Tagebuch, halb Brief, war das Dokument neun Seiten lang und enthielt eine ganzseitige Zeichnung mit dem Titel ›Stilleben‹. Es stellte Elizabeth dar als ein amorphes Wesen, eine gespenstische Gestalt, nur erkennbar an ihren großen Augen und ihrer geraden Nase. Ihre Eltern waren jedoch genau dargestellt. Derek war im Profil zu sehen mit einem englischen Jagdhut und einem Pullover mit V-Ausschnitt. Er blickte über seine knochige rechte Schulter, weg von Nancy und Elizabeth, und schien sich selbst von der Szene zu distanzieren. Er hatte lange, klauenähnliche Hände. Eine lag auf Nancys Schulter, während die andere ihren Arm streichelte. Nancy trug ein Kleid oder einen Pullover mit tiefem Ausschnitt, und ihr Haar war zu einem geflochtenen Zopf auf ihrem Kopf arrangiert. Ihr Gesicht war lang und schmal mit übergroßen Augen und Brauen, die fast vertikal im Gesicht standen. Die Zeichnung zeigte ihre Nase breit und flach, und ihre Ohren waren spitz zulaufend wie die von Mister Spock in *Raumschiff Enterprise*. Mit einer eisigen Miene blickte Nancy ohne sichtbare Gefühlsregung auf das Bild von Elizabeth.

Die Zeichnung trug das Datum vom 21. Dezember 1984, von

dem Tag, nachdem sie ihr ›Journal‹ begonnen hatte. Der letzte Eintrag stammte von Heiligabend.

Anstatt die Aufzeichnung nacheinander an Jens zu schicken, nachdem sie sie aufgeschrieben hatte, sammelte sie sie und schickte das gesamte Dokument am 28. Dezember ab, als sie zu einem kurzen Skiurlaub nach Jugoslawien aufbrach. Später sollte sie leugnen, daß dieses Dokument ein Brief an Jens war, und behaupten, es wäre nur als Tagebuch gedacht und für ihren persönlichen Gebrauch bestimmt gewesen.

Elizabeths Dokument muß für Jens eine höchste Qual gewesen sein. Wäre kein Brief angekommen, dann hätte es ihm sicherlich das Herz gebrochen. Doch um den Text, den er erhalten hatte, zu entziffern, brauchte er mehrere Stunden. Elizabeths Handschrift war, schlicht gesagt, unleserlich. Sie hatte die seltsame Angewohnheit, bestimmte Buchstaben miteinander zu verbinden oder ineinander zu schreiben. Diese einmalige Schreibweise empfindet sie als ganz besonderes Merkmal ihrer Persönlichkeit, worauf sie ausgesprochen stolz ist.

Ihr Eintrag vom 20. Dezember war kurz und rätselhaft und besagte nur, daß sie einsam sei. Aber am nächsten Tag füllte sie anderthalb Seiten, die Zeichnung nicht eingeschlossen, und beklagte sich über den Alkoholkonsum ihrer Eltern, vor allem ihrer Mutter. Aber an diesem Tag nahm sie Derek speziell aufs Korn. Sie bemerkte, daß Nancy bereits ihren sechsten Drink hatte, und Elizabeth hoffte, daß ihre Mutter danach genügend Mut hätte, ihren Vater zu töten. Dann folgte ein Hinweis darauf, daß ihre Eltern sie mit Nettigkeiten geradezu überschütteten, sowie die Nachricht, daß sie ein Wandgemälde begonnen habe. Anschließend erwähnte sie noch, daß es in der Nachbarschaft in letzter Zeit verstärkt zu Einbrüchen gekommen sei.

Der Eintrag vom 22. Dezember begann mit einer kurzen Schilderung der Vorbereitungen für das Weihnachtsfest. Aber dann schrieb Elizabeth darüber, wie sehr sie sich wünschte, endlich von ihren Eltern befreit zu sein, und stellte Überlegungen an, daß übernatürliche Hilfsmittel wahrscheinlich vorzuziehen seien.

Ehe sie den Eintrag des Tages mit einem Sonett beendete,

bemerkte sie noch, daß ihr Konzentrieren auf schlimme Dinge, die ihnen zustoßen könnten, anscheinend erste Erfolge zeige wegen einer Reihe von Beinahunfällen, von denen sie später meinte, daß sie sich diese ausschließlich ausgedacht habe.

Der Text vom 23. Dezember beschäftigte sich, abgesehen von einem kurzen Hinweis, daß ihre Mutter ständig an ihr herumnörgle und offenbar keine Lust habe, im Haus zu putzen, im wesentlichen mit Gedichten, ihren eigenen und denen von T. S. Eliot. Hinzu kamen zwei weitere Anspielungen auf den Tod ihrer Eltern. Einmal drückte sie aus, daß sie sich wünschte, sie wären tot. Und später deutete sie an, daß dazu wahrscheinlich ein Mord nötig sei.

Zum größten Teil waren ihre Weihnachtsbotschaften Sinnlosigkeiten mit nicht ganz eindeutigen Hinweisen auf David Bowie und Jens' seelischen Zustand. Nachdem sie ihn mit Anspielungen auf den Rockstar und ihre mögliche verborgene lesbische Veranlagung gehänselt hatte, beteuerte sie ihm ihre unsterbliche Liebe. Polizeidetektive sollten später einen undatierten Brief finden, wahrscheinlich während der Weihnachtsferien geschrieben, in dem sie sich ausführlich zu ihren bisherigen sexuellen Erfahrungen sowohl mit Männern wie mit Frauen äußerte. Aber das läge in der Vergangenheit, fügte sie hinzu. Seit sie Jens kennengelernt habe, gelte ihm allein ihr ganzes Interesse.

Ebenso wie Elizabeth verpackte Jens seine Antwort ebenfalls in ›Journal‹-Form. Sein Brief war neununddreißig Seiten lang und praktisch ganz maschinengeschrieben. Er wollte nicht, daß Elizabeth sich abmühen mußte, um sein Gekritzel zu entziffern. Seine Handschrift, wenn auch besser als die von Elizabeth, glänzte nicht gerade durch große Lesbarkeit. Doch selbst darin bemühte er sich, ihr zu gefallen. In seinem Bett im Haus seiner Eltern in einem Vorort von Detroit sitzend, arbeitete Jens die ganze Nacht hindurch und hielt seine Gedanken in Langschrift fest, ehe er den fertigen Brief abtippte.

Jens' Briefe beschäftigten sich weitaus mehr mit ihm selbst

und seinen Gefühlen als mit denen um ihn herum. In diesem Stadium war der Gedanke, Elizabeths Eltern zu töten, offenbar nichts, was er so ernst nahm wie Elizabeth, obgleich er mehrere verschleierte Anspielungen auf diese Möglichkeit gemacht hatte. Seine Briefe waren, insgesamt betrachtet, allgemeiner gehalten, allerdings ausgesprochen egozentrisch.

Vorwiegend beschäftigten sie sich mit zwei Themen: Selbstzweifel und sexuelles Erwachen. Doch im Gegensatz zu Elizabeth, deren Sprache eine gewisse Ordnung und eine Richtung enthielt, waren Jens' Briefe völlig undiszipliniert. In ihnen gab es Hinweise auf Literatur, Hemmungslosigkeit, Intellektualismus, Unsicherheit, Wissenschaft und ein Dutzend andere Themen.

Obgleich später behauptet werden sollte, daß es ein reiner Zufall war, daß sowohl Elizabeth wie auch Jens mehr oder weniger gleichzeitig vom Tod ihrer Eltern schrieben, war in Jens' Worten ein gewisses Muster zu erkennen. Er schien auf das zu reagieren, was Elizabeth über ihre Eltern geschrieben hatte, anstatt seine eigenen Gedanken zu äußern. Elizabeths Erwähnung von Einbrüchen in ihrer nächsten Nachbarschaft in Boonsboro wurde von Jens mit einem vorsichtigen Hinweis beantwortet, daß es noch schlimmere Dinge gebe als Diebstahl, die sich aus einem Einbruch ergeben konnten. Nachdem sie auf Voodoo verwies, erwiderte Jens, daß es durchaus möglich war.

Jens und Elizabeth waren kaum an die Universität zurückgekehrt, als sie schon wieder getrennt wurden. Anfang März fuhr Elizabeth mit ihrem Halbbruder Howard für eine Woche nach Colorado zum Skilaufen. Mittlerweile war die Diskussion über den Tod ihrer Eltern über allgemeine Erwägungen hinaus und beschäftigte sich bereits mit ersten Einzelheiten: Sie unterhielten sich nun offen über Derek und Nancy. Dennoch mußte Elizabeth den Eindruck haben, daß Jens noch einen letzten, winzigen Anstoß brauchte. Der Skiurlaub verschaffte ihr diese Möglichkeit.

In einem achtseitigen Brief vom 8. März 1985, geschrieben

auf Briefpapier des Ramada Inn in der 3737 Quebec Street in Denver, lieferte Elizabeth eine komplizierte, aber im großen und ganzen erdachte Zusammenfassung ihrer Situation.

Sie sagte, daß ihre Cousine, Lady Astor, ihr in London ein Haus als Taufgeschenk gegeben habe. (Das ist zwar nicht völlig unmöglich, aber es ist unwahrscheinlich. Lady Astor starb siebzehn Tage nach Elizabeths Geburt.) Das Geschenk, so erzählte sie Jens, gehörte ihr, wenn sie nach Cambridge oder Oxford gehe. In der Geschichte teilte sie Jens mit, sie habe sich entschlossen, Ingenieur zu werden (und nicht, daß Derek es von ihr verlangt habe, wie sie es in anderen Versionen behauptete), doch ihre mathematischen Kenntnisse seien nicht ganz ausreichend, daher sei sie auf Geschichte umgeschwenkt.

In dieser Version hieß es weiterhin, daß sie ein Stipendium in Cambridge bekommen habe und daß sie sich tatsächlich angemeldet hatte. Für ein paar Ferientage, so fuhr sie fort, reiste sie mit Melinda auf den Kontinent. Doch, so sagte sie, diese Entscheidung paßte den Verwaltern von Lady Astors Erbe nicht, die befürchteten, daß sie sich zu irgendeinem unbedachten Akt hinreißen ließ. Die Reaktion der Treuhänder bewirkte, daß sie ihre weiteren Pläne aufschob und ihre Situation überdachte. Auf der einen Seite standen ihre Eltern, schrieb sie an Jens, die wollten, daß sie in Cambridge weiterstudierte, weil sie das Haus in London haben wollten, das Elizabeth vererbt worden war.

Andererseits, schrieb sie Jens, wünschte sie sich ihre Freiheit mehr als das Haus. Daher reiste sie ein zweites Mal auf den Kontinent. Als Folge verlor sie alles, denn die Treuhänder zogen das Erbe zurück.

Als sie von diesem Ausflug zurückkehrte, sagte sie, daß ihre Eltern sich bereit erklärt hätten, ihr zu verzeihen, wenn sie sich an der Universität von Virginia anmeldete. Als Gegenleistung würde sie weiterhin testamentarisch bedacht sein. Am Ende, meinte sie, wenn sie erst einmal gestorben waren, wäre sie reich. Unterdessen würden die Gebühren an der UVA von ihrem eigenen Geld bezahlt, einem Buchvertrag für $ 25 000, den sie ausgehandelt hatte. Außerdem, so meinte sie, könnten ihre Eltern sie gar nicht aus dem Testament streichen.

Dann ließ sie einen saftigen Köder vor Jens' Nase herumbaumeln. Weil sie ihn liebe, so sagte sie, würde sie die Collegeausbildung seines Bruders von dem Geld bezahlen, das von dem Buchvertrag noch übrig war. Wenn das nicht ausreichen sollte, sagte sie, würde sie ihren Schmuck verkaufen und den ihrer Mutter stehlen und ebenfalls verkaufen. Zudem würde sie in diesem Sommer mit Jens nach Europa gehen, worum er sie gebeten hatte, obgleich sie ihn zunächst abschlägig beschieden hatte mit dem Hinweis, daß ihre Eltern ihm unverändert feindselig gegenüberstanden. Doch er wollte ihre Opferbereitschaft nicht annehmen. Wenn sie das täte, so schrieb er, würde sie ihr Erbe aufs Spiel setzen.

Dann stürzte sie ihn in ein Dilemma: Die Entscheidung läge ganz bei ihm.

Was für eine Entscheidung. Elizabeth sagte Jens, sie wolle ihn, doch ihre Eltern stünden im Weg. Sie sagte, sie wolle deren Geld, nicht für sich, sondern für Jens und dessen Bruder. Jens brauchte kein Echols-Stipendiat und Inhaber eines Jefferson-Stipendiums zu sein, um zu begreifen, was sie sagte: Der einzige Weg zum Glück, so behauptete sie, führe über die Leichen ihrer Eltern.

17

Elizabeth irrte sich in einem Punkt: Derek und Nancy standen wirklich dicht davor, sie aus ihren Testamenten zu streichen, vor allem, was das Bargeld betraf.

Die Dokumente wurden vom Nachlaßgericht in Lunenburg County, Nova Scotia, am 7. Mai 1985 öffentlich bekanntgemacht. Obwohl sie zu verschiedenen Zeitpunkten aufgesetzt wurden – Nancys am 27. Oktober 1978 und Dereks am 4. Juli 1984 –, waren die Bedingungen praktisch gleich. Es hieß in den Testamenten: Falls sie innerhalb von dreißig Tagen nacheinander sterben sollten, würde ein vorher hinterlegtes Treuhandvermögen herangezogen, um Elizabeths Ausbildung zu finanzieren und ihr beim Start ihrer Karriere zu helfen. Nachdem die Verfügung erfüllt worden sei, sollte das Geld gleichmäßig unter den sechs Kindern aufgeteilt werden.

Die Höhe des Treuhandvermögens wurde nicht bekanntgegeben, doch die Haysoms hatten erstaunlich wenig an persönlichen Gütern. Laut den Dokumenten, die beim Gerichtsdiener von Bedford County am 8. November 1985 hinterlegt wurden, bestand Nancys Nachlaß aus Schmuck im Wert von $ 10000, Haushaltsmöbeln für $ 7000 und $ 821 auf der Bank. Dereks Besitztum war sogar noch kleiner. Er hatte die Bronze Belle und den zwölf Jahre alten BMW, beide im Schätzwert von $ 1000; nicht weiter aufgeführte persönliche Güter im Wert von $ 3000 und $ 3000 Dollar auf der Bank. Das Haus, das sie bar bezahlt hatten, wurde auf $ 150000 geschätzt. Ihr gesamtes Vermögen wurde auf $ 175000 geschätzt, weit entfernt von dem Reichtum, auf den Elizabeth so protzig angespielt hatte.

Ein Jahr nach den Morden wurde das Haus bei einer Versteigerung von dem Mann erworben, dem Derek und Nancy es ursprünglich abgekauft hatten. Er machte ein sehr gutes Geschäft. Die Haysoms hatten es 1983 für $ 150000 erstanden.

Drei Jahre später kaufte der alte Eigentümer, Tanny Ferry, es zurück, zusammen mit fünf Morgen Land, und zahlte dafür $ 101000.

18

Wenn Ricky Gardner und Chuck Reid die Briefe Elizabeths und Jens' gekannt hätten, vor allem ihre Anspielungen auf Voodoo und Schwarze Magie, wären sie wohl noch verwirrter gewesen.

In Boonsboro waren Reid und Gardner derart frustriert, daß sie hätten weinen können. Nach und nach hatten die Sheriffs der umliegenden Counties angefangen, ihre Leute aus der Spezialtruppe abzuziehen, weil es keine merklichen Fortschritte gab und weil sie kein Personal hatten, auf das sie für eine unbestimmte Zeit hätten verzichten können.

Im Juni waren nur noch Reid und Gardner mit den Ermittlungen beschäftigt sowie gelegentliche Helfer der Polizeibehörde in Lynchburg. Die regionale Mordkommission hatte einen Rekord an Bestandsdauer aufgestellt, doch die Ergebnisse waren eher enttäuschend. Ganz gleich, in welche Richtung die Ermittlungen vorangetrieben wurden, immer endeten sie in einer Sackgasse. Die Männer waren mittlerweile so weit, praktisch alles zu versuchen, was sie weiterbringen konnte.

Es war daher ein Indiz für ihre Verzweiflung, als Reid und Gardner eines heißen Nachmittags im Frühsommer in die Court Street einbogen und vor dem Klinkerbau des Lynchburg Police Department anhielten. Sie stiegen die Eingangstreppe hinauf und suchten Sergeant Carroll Baker auf.

»Kommen Sie«, sagte Reid und winkte ihm zu. »Sie wurden ausgewählt, uns zu begleiten.«

»Schon wieder der Haysom-Fall?« Baker seufzte.

»Sie haben's erfaßt«, erwiderte Reid, und Gardner erzählte, sie wollten einen Hellseher aufsuchen.

»Einen was?« fragte ein erstaunter Baker.

»Einen Hellseher«, wiederholte Gardner. »Sie wissen doch, einen von diesen Typen, die in die Zukunft schauen können.«

»Habt ihr jetzt endgültig den Verstand verloren?«

»Was soll's denn?« Reid zuckte die Achseln. »Wir haben nichts zu verlieren.«

Sie fuhren etwa eine halbe Stunde lang und hielten schließlich vor einem Haus in einer kleinen Stadt nicht weit von Lynchburg an. Ehe sie aus dem Wagen stiegen, wandte Gardner sich an Baker.

»Wir haben Sie aus einem ganz speziellen Grund mitgenommen«, sagte er.

»Und?« Baker hob fragend eine Augenbraue.

»Wir wissen, daß Sie zum Anti-Terror-Team gehören und gut mit allen möglichen Waffen umgehen können«, erklärte Gardner. »Daher wollen wir, daß Sie uns den Rücken freihalten. Während wir dort mit geschlossenen Augen sitzen, sollen Sie Ihre Augen offenhalten. Sehen Sie sich um, damit dort nichts passiert.«

»Das glaube ich nicht«, murmelte Baker und suchte in Gardners Gesicht nach einem Zeichen, daß er einen Scherz gemacht hatte. Er fand keins. »Okay. Dann mal los.«

Anstatt das Haus zu betreten, umrundeten sie es und klopften an die Tür eines kleinen Apartments im rückwärtigen Teil. Ein kleinwüchsiger Mann Mitte Dreißig, der eine Arbeitshose aus Khakistoff und ein am Hals offenes Sporthemd trug, öffnete, bat sie herein und forderte sie auf, Platz zu nehmen.

Überall standen und lagen Gegenstände amerikanischer Eingeborenenkunst herum, von handgeknüpften Teppichen bis zu handgeformten Vasen. Der Mann arbeitete nur bei Bedarf als Hellseher; die übrige Zeit betrieb er einen Laden für indianisches Kunsthandwerk.

Gardner hatte telefonisch ihr Erscheinen angekündigt, so daß der Mann wußte, was sie wollten. Er hatte sie gebeten, Teile der Kleidung von den Opfern mitzubringen und, wenn sie so etwas hatten, Bilder von einigen potentiellen Tatverdächtigen. Er hatte verlangt, daß die Bilder in einen dicken Umschlag gesteckt werden sollten, da er ihre Gesichter nicht sehen wolle; er würde sich der Bilder in einer eher esoterischen Weise bedienen.

Als Reid ihm das Päckchen reichte, stand der Mann auf und

schaltete ein Tonband mit indischer Sitarmusik ein. Die Detectives saßen steif auf ihren Stühlen, während die Musik aus den Lautsprechern ringsum dröhnte.

»Das hilft mir dabei, mich zu konzentrieren«, rief der Mann. Reid verdrehte die Augen.

Die drei Polizisten saßen schweigend da, während der Mann das Päckchen auspackte und einen Gegenstand herauszog. Es war Dereks Hemd. »Schließen Sie die Augen und denken Sie an das Verbrechen«, befahl er den Beamten. »Dadurch entsteht die Szene in meinem Geist.«

Gardner warf Baker einen vielsagenden Blick zu. Reid biß krampfhaft die Zähne zusammen, um nicht zu lachen.

Während er das blutbefleckte Hemd festhielt, wiegte sich der Hellseher vor und zurück. Mit fest geschlossenen Augen begann er zu summen, dann zu zittern, und schließlich wand er sich wie in Krämpfen. Baker sah zu Reid, der im Gesicht rot anlief, weil er sich bemühte, ein schallendes Gelächter zu unterdrücken. Gleichzeitig schaute er auf Gardner, der aussah, als würde er schlafen. Während sie ihn fixierten, schlug er ein Auge auf und erwiderte ihren Blick. Reid preßte sich eine Hand auf den Mund, und Baker schaute weg.

»Ich sehe einen Mann in dunkler Kleidung«, sagte der Hellseher in einem trägen Singsang. »Er blickt durch die Fenster.«

Drei Augenpaare zuckten herum zu den Fenstern des Apartments. Sie schienen überrascht zu sein, daß niemand dort war.

Der Hellseher stieß einen schrillen Schrei aus. »Ich spüre ein Messer!« kreischte er. »Oh! Oh! Oh! Oh! Ich spüre Schmerzen«, stöhnte er. »Ooooohhhh, es tut so weh!«

Baker, Reid und Gardner rutschten unbehaglich auf ihren Plätzen hin und her.

Unvermittelt sackte der Mann in sich zusammen. »Ich hab's verloren«, sagte er schwach. »Das ist alles, was ich Ihnen dazu mitteilen kann.«

Im Grunde hatte er ihnen überhaupt nichts verraten.

Aber das traf auch auf alle anderen zu, die sie bisher befragt hatten.

Wieder im Wagen, sahen die Polizisten einander unsicher an.

»Junge, das war ein Schauspiel«, meinte Baker.

»Besser als Fernsehen«, fügte Reid hinzu.

»Und was haben wir nun erfahren?«

»Überhaupt nichts.«

»Wir haben erfahren, daß der Mörder, so wie er ihn gesehen hat, ein Mann ist, der dunkle Kleidung trug und durch die Fenster ins Haus schaute, ehe er hineinging.«

»Was für eine Überraschung.«

»Verdammt«, sagte Reid niedergeschlagen, »wir haben nur fast einen ganzen Nachmittag vergeudet.«

Einige Ermittler, die an dem Fall arbeiteten, wären bereit gewesen, eidesstattliche Erklärungen zu unterschreiben, daß ihrer Meinung nach auch ein völlig verwirrter Hellseher wahrscheinlich bessere Hinweise liefern würde als Margaret Louise Simmons. Chuck Reid gehörte nicht dazu. Während sie die meisten der Detectives dazu brachte, sie nicht mehr ernstzunehmen, bewahrte Reid sich einen stillen Glauben an ihre Fähigkeiten.

»Wenn Sie sich nur die Zeit nähmen und ihr genau zuhörten«, erklärte ein geduldiger Reid seinem Kollegen Gardner, »dann ergibt, was sie sagt, durchaus einen Sinn.«

Gardner musterte ihn kopfschüttelnd. »Stimmt, und ich bin der König von Bayern.«

»Ich meine es ernst«, beharrte Reid. »Der Trick besteht darin, Margaret Louise nicht zu bedrängen. Sie sollte von selbst auf verschiedene Dinge kommen.«

Mittlerweile hatten die beiden Polizeibeamten ihr Rollenspiel vom bösen und vom guten Cop verfeinert. Reid war der gute Cop, der ruhige, hilfsbereite, der behutsame Fragen stellte und immer anbot, eine Tasse Kaffee zu holen. Gardner war der böse Cop, der stets die unangenehmen Fragen stellte und seine Nase in Dinge steckte, wo sie nach Meinung der Leute nichts zu suchen hatte.

Immer wenn die beiden mit Margaret Louise redeten, verlor Gardner schnell die Geduld. Nicht lange, und er fand eine andere Beschäftigung, während Reid sich weiter mit ihr unterhielt.

Eines Morgens tranken Reid und Margaret Louise eine Tasse Kaffee und plauderten.

»Meinen Sie, ich war es?« fragte Margaret Louise.

Die Frage traf Reid völlig unvorbereitet. Er dachte einen Moment nach, dann antwortete er bedächtig: »Nein, Margaret Louise, ich glaube es nicht. Aber jemand muß es getan haben.«

»Ja, das ist wohl klar.«

Reid spürte, daß sie ihm irgend etwas mitteilen wollte, aber nicht wußte, wie sie anfangen sollte. Er mimte Gleichgültigkeit, streckte sich, schaute in seine Kaffeetasse. Sie war leer.

»Möchten Sie noch etwas Kaffee?« erkundigte er sich bei ihr.

»Ich glaube nicht«, erwiderte sie etwas geistesabwesend.

»Wissen Sie«, sagte Reid behutsam, »wir hören, daß der oder jener es getan haben soll, und dann erleben wir, daß ein anderer verdächtigt wird. Es ist total verwirrend. Aber Sie haben in diesen Dingen einen ziemlich scharfen Blick, Margaret Louise. Was meinen Sie denn, wer der Täter ist?«

Zuerst glaubte er, sie habe ihn gar nicht gehört. Sie begann leise von sich und Elizabeth zu erzählen und wie sie früher immer zusammensaßen und sich unterhielten.

Hmm-hm, dachte Reid, und schon geht's wieder los. Werde ich denn niemals schlau?

Margaret Louise erzählte gerade, daß es neulich fast so wie in den alten Zeiten gewesen sei, weil sie und Elizabeth sich für ein paar Minuten in aller Ruhe hatten unterhalten können. Sie tranken ein Glas Orangensaft, und Elizabeth war die Gastgeberin.

Reid schob seine leere Tasse hin und her und überlegte, ob er sich noch einmal nachschenken sollte.

»Ich glaube, Elizabeth hat es getan«, meinte Margaret Louise plötzlich.

Reid ließ die Plastiktasse fallen. »Wie bitte?« fragte er und beugte sich vor.

»Ich sagte«, wiederholte sie in einem Ton, als redete sie mit einem Fünfjährigen, »daß ich glaube, Elizabeth hat es getan.«

»Tatsächlich?« sagte Reid betont beiläufig. »Wie kommen Sie denn darauf?«

»Ich habe es Ihnen doch gerade erzählt«, erklärte Margaret Louise geduldig. »Elizabeth schenkte mir ein Glas Saft ein, und mittendrin brach sie ab und meinte: ›Weißt du, Margaret Louise, ich bin der Satan, und du bist das Opferlamm.‹«

Später, als er und Gardner Gelegenheit hatten, sich über das zu unterhalten, was Margaret Louise ausgesagt hatte, waren sie sich einig, daß Elizabeths Bemerkung eine sehr interessante Information war, die sie aber erst in einen Zusammenhang bringen müßten. Sie beschlossen, die Worte im Gedächtnis zu behalten, doch das reichte kaum aus, um Elizabeth des Mordes an ihren Eltern zu beschuldigen.

»Ich meine«, sagte Reid zu Gardner, »wer gibt schon etwas für eine Aussage von Margaret Louise?«

Ein paar Wochen später trafen einige Laborberichte ein. Einer schloß in aller Form Margaret Louise als Tatverdächtige aus, da ihr Fußabdruck mit keiner der Spuren übereinstimmte, die am Tatort gefunden worden waren. Ein zweiter Bericht sagte das gleiche über Elizabeth aus.

19

Da Reid und Gardner noch nicht die Triebkräfte kannten, die in der Beziehung zwischen Jens und Elizabeth vor den Morden wirksam waren, konnten sie auch nicht die Veränderungen einschätzen, die nun in diesem Verhältnis stattfanden. Vor den Morden war Elizabeth die dominante Rolle zugefallen, indem sie Jens durch Sex und die Aussicht auf größere Geldsummen manipulierte. Nach den Morden hingegen nahm Jens mehr und mehr die überlegene Position ein.

Sobald seine sexuellen Fähigkeiten geweckt waren, begann Jens immer neue Forderungen an seine Geliebte zu stellen. Gab er sich vorher noch damit zufrieden, über seine sexuellen Phantasien vorwiegend zu reden, so ging er jetzt dazu über, sie in die Realität umzusetzen. Er wurde zu einem Porno-Freak und brachte stapelweise einschlägige Magazine nach Hause, von denen viele besonders das Element der Gewalt behandelten.

Die Beziehung veränderte sich auch in anderer Hinsicht. Aus praktischen Gründen war Jens aus seinem Zimmer in Watson Hall ausgezogen und war in das Haus übergewechselt, das Elizabeth zusammen mit ihrer ehemaligen Zimmergenossin, Charlene Song, gemietet hatte. Damit befand Elizabeth sich praktisch unter seiner Kontrolle, und das gefiel ihr nicht. Sie stritten sich häufig, rangen miteinander um die Oberhand in der Beziehung. Gegenseitige Drohungen und Forderungen wechselten sich mit Versprechungen ab und mündeten schließlich in einen unsicheren Waffenstillstand. Sie redeten nicht über die Morde, und wenn, dann nur indirekt. In Zukunft, so kamen sie überein, würden sie die Morde nur noch als ihre ›kleine Schweinerei‹ bezeichnen.

Nicht viele Wochen, nachdem sie sich in dieser Weise geeinigt hatten, brachen die beiden auf Jens' Betreiben zu einer Ferienreise nach Europa auf. Sein Vater hatte ihn schon seit einem Jahr immer wieder dazu gedrängt. Er wollte, daß Jens in diesem Sommer für einige Zeit nach Deutschland ging. Jens hatte sich gesträubt, weil er glaubte, Elizabeth würde wegen ihrer Eltern nicht mitkommen. Nun, da sie tot waren, gab es niemanden mehr, der das verhindern konnte.

Eine der ersten Städte, die sie besuchten, war Berlin.

Dort rief sie Colonel Herrington an, teilte ihm mit, daß sie und ein Freund gerade in der Stadt seien und daß sie gerne vorbeischauen würden. Herrington lud sie zum Abendessen ein.

»Elizabeth hat angerufen«, erzählte Herrington seiner Frau. »Sie und ein Freund sind gerade hier. Ich habe sie morgen zum Abendessen eingeladen.«

»Was für ein Freund ist das denn?«

»Keine Ahnung«, erwiderte Herrington. »Warten wir einfach mal ab.«

Später fragte Herringtons Frau, wie er das Gespräch auf die Morde an Derek und Nancy bringen wolle.

»Darüber mache ich mir noch keine Gedanken«, erwiderte er. »Ich warte ab und sehe, was geschieht.«

Am nächsten Abend, als Elizabeth mit Jens vor der Tür stand, zwinkerte Herrington seiner Frau zu. Sie hat also einen festen Freund, sagte dieser Blick. Das ist eine gute Neuigkeit. Als Elizabeth sie das letzte Mal besucht hatte, war sie noch mit einem Mädchen eng befreundet gewesen.

Weder Jens noch Elizabeth erwähnten die Morde, daher schwiegen auch die Herringtons dazu. Es war, alles in allem, erinnerte Herrington sich später, ein angenehmer, ruhiger Abend. Allerdings war er etwas betroffen über Elizabeths und Jens' sorgloses, lässiges Auftreten, wenn er daran dachte, daß ihre Eltern vor weniger als drei Monaten ermordet worden waren. Das einzige, was er seit den Morden von Elizabeth dazu erfahren hatte, war ein kurzer, bitterer Brief, den sie nach ihrem Verhör durch Gardner und Debbie Kirkland geschrieben hatte. Er war außerdem nicht wenig geschockt von der Intensität von Elizabeths und Jens' Verhältnis.

»Es tat gut, Elizabeth so glücklich und zufrieden zu sehen«, sagte er zu seiner Frau, nachdem sie sich verabschiedet hatten. »Sie benehmen sich wie ein Paar in den Flitterwochen.«

»Findest du es denn nicht seltsam, daß sie kein einziges Mal ihre Eltern erwähnten?« fragte seine Frau.

»Ja, das schon. Aber ich glaube, das ist ihre Methode, um mit dieser Tragödie fertig zu werden. Es war schon seltsam, sie so gleichgültig und gelassen zu erleben.«

Er war immerhin derart betroffen über ihr Verhalten, daß er Nancys alter Freundin, Annie Massie, einen Brief schrieb und von Elizabeths und Jens' Besuch berichtete und abschließend meinte, sie wären ›unanständig glücklich‹ gewesen.

Annie war ebenfalls über Elizabeths Verhalten beunruhigt. Diese Unruhe erfüllte sie tatsächlich schon längere Zeit, nämlich seit Elizabeth mit Melinda nach Europa ausgerissen war. Sie hatte deutlich gesehen, was das bei Nancy bewirkt hatte, und sie nahm es Elizabeth fast persönlich übel, daß sie ihre Mutter so grausam behandelte. Danach war sie verwirrt gewesen über Elizabeths Hartnäckigkeit, mit der sie ihre Reise nach Jugoslawien zu Weihnachten des vergangenen Jahres durchgesetzt hatte, als Nancy ganz eindeutig wünschte, daß sie zu Hause blieb und die Ferien bei ihr und Derek verbrachte.

Am seltsamsten aber war Elizabeths Reaktion im vergangenen April gewesen, als sie von der Ermordung ihrer Eltern erfahren hatte. Nachdem Annie der Polizei geschildert hatte, wie sie die Leichen gefunden hatte, fuhr sie nach Charlottesville, um Elizabeth die traurige Nachricht zu bringen.

Annie war erst einmal verblüfft über Elizabeths Reaktion, als sie von der Tragödie erfuhr. Alles andere als von Trauer bedrückt, nahm sie alles recht gleichgültig zur Kenntnis. Dann war Annie schockiert, als Elizabeth darauf bestand, daß zwei weitere Menschen sie auf ihrer Fahrt nach Boonsboro begleiten sollten – Jens Soering und ihre Zimmergenossin, Charlene Song. Annie dachte, daß Jens und Charlene doch weitgehend Fremde waren und daß Elizabeth vor allem in so einem

Moment sicherlich soviel Zeit wie möglich im Kreise ihrer Familie verbringen würde, die sich zur Beerdigung einfinden würde.

Annie, die glaubte, Elizabeth ganz gut zu kennen, fand keine Erklärung für das seltsame Verhalten der jungen Frau. Unglücklicherweise erzählte sie Gardner und Reid nichts von ihren Eindrücken und Empfindungen.

Im Sommer 1985, während Elizabeth und Jens in Deutschland unterwegs waren, stöhnten in Boonsboro die beiden Polizeidetektive unter der Last der unaufgeklärten Morde. Für eine Weile gingen sie noch davon aus, daß diese Taten irgendwie einen rituellen Hintergrund hatten. Sie suchten den Hellseher noch ein zweites Mal auf, doch auch dieser Besuch erwies sich als genauso unproduktiv wie der erste, daher verfolgten sie diese Richtung nicht weiter. Doch je intensiver sie die Tatumstände betrachteten, desto weniger waren sie überzeugt, daß Satanismus oder irgendein anderer Kult dabei eine Rolle gespielt hatte. Natürlich, wenn sie Elizabeths Brief, in dem sie den Voodoo-Kult erwähnte, und Jens' rätselhafte Antwort darauf gekannt hätten, wären sie vielleicht viel eher darauf gekommen, diese beiden mal unter die Lupe zu nehmen.

An einem heißen Nachmittag im Juni sagte Gardner zu Reid: »Wir wissen, daß Elizabeth in dieser Mietwagensache lügt. Es ist völlig unmöglich, daß sie sich ›verfahren‹ hat und mehr als 400 Meilen ziellos herumgeirrt sein soll.«

»Vor allem wenn die Strecke genau der entspricht, die sie hätten zurücklegen müssen, wenn sie nach Boonsboro gefahren wären«, fügte Reid hinzu.

»Aber wie sollen wir beweisen, daß sie lügt?«

»Keine Ahnung«, sagte Reid nachdenklich. »Ich weiß nicht, wie es bei Ihnen ist, aber dieser Fall bringt mein ganzes Leben durcheinander. Meine Frau verliert allmählich die Geduld. Ich kann nur noch an diese Morde denken. Ich kann nicht mehr ruhig schlafen. Jedesmal, wenn ich mich hinlege, fange ich an davon zu träumen, wie diese Menschen niedergemetzelt wurden, und dann mache ich mir Vorwürfe, daß ich nicht klug genug bin, herauszufinden, wer es getan hat.«

»Sie dürfen nicht so denken oder empfinden«, sagte Gardner.

»Tun Sie es denn nicht? Beeinflußt Sie das denn nicht genauso?«

»Na ja«, gab Gardner widerstrebend zu. »Auch ich schrecke mitten in der Nacht schon mal aus dem Schlaf hoch. Es macht mich verrückt, manchmal liege ich nur da und gehe immer wieder sämtliche Fakten im Kopf noch einmal durch. Und ich komme immer wieder auf die Überlegung zurück, daß das Ganze ohne Elizabeth überhaupt keinen Sinn ergibt. Irgendwo hier drin«, sagte er und klopfte sich auf den Bauch, »weiß ich, daß sie etwas mit der Sache zu tun hat.«

»Haben Sie in letzter Zeit mal von ihr gehört?«

»Nein, sie ist zur Zeit irgendwo in Europa. Sie und dieser unheimliche Freund von ihr.«

»Wann kommen sie zurück?«

»Das weiß ich nicht, aber das läßt sich doch leicht feststellen.«

Am 2. Juli erhielten Reid und Gardner einen Bericht aus dem staatlichen kriminaltechnischen Labor, aus dem hervorging, daß die beiden Fingerabdrücke auf einer Wodkaflasche in Loose Chippings eindeutig von Elizabeth Haysom stammten.

»Na und?« polterte Gardner. »Es wäre seltsam, wenn ihre Fingerabdrücke *nicht* dort wären.«

Am 29. August folgte ein Gutachten zu den Fußabdrücken von Julian Haysom. »Aufgrund ähnlicher charakteristischer Merkmale bei dem bekannten und den in Frage stehenden Fußabdrücken, kann Julian Haysom nicht als Tatverdächtiger ausgeschlossen werden«, hieß es da.

»Aber wir wissen, daß Julian sich zu der Zeit in Kanada aufhielt«, meinte Reid, als er den Bericht gelesen hatte.

»Ja«, gab Gardner zu. »Das ist eins der Probleme bei diesen Laborberichten. Der Bursche, der die Fußabdrücke untersucht, weiß nicht, was wir wissen.«

Am 12. September trafen zwei weitere Berichte ein. Einer besagte, daß einige der bisher nicht identifizierten Fingerabdrücke von einem der Beamten stammten, die als erste am Tatort eintrafen. Der andere Bericht bestätigte, daß der Versuch, mit Hilfe eines Lasergeräts Fingerabdrücke von einem Kuvert, das vermutlich mit der Tat in Zusammenhang stand, zu sichern, erfolglos geblieben war.

Erst am 8. November traf ein Laborbericht ein, der feststellte, daß Elizabeths Fußabdrücke mit keinem der am Tatort gefundenen übereinstimmten.

Soweit es Reid und Gardner betraf, war dieser Bericht unwichtig. Elizabeth und Jens waren längst über alle Berge.

20

Als Jens und Elizabeth aus Deutschland zurückkamen, bezogen sie ein Haus in der Nähe des Universitätsgeländes und meldeten sich für die Sommerkurse an. Sie teilten sich das Haus mit zwei anderen Studenten, hielten sich jedoch für sich. Abgesehen von gelegentlichen Störungen durch einen von Jens' regelmäßigen Wutanfällen, erfuhren die anderen Mieter kaum, daß es sie gab. Zu Beginn des Herbstsemesters zogen Jens und Elizabeth erneut um und führten ein noch zurückgezogeneres Leben.

Zwei Wochen nach Beginn der Vorlesungen beschlossen Gardner und Reid, Jens zu verhören. Sie hatten es vorher nicht so deutlich bemerkt, aber er erwies sich als extrem schwer zugänglich. Immer wenn sie mit ihm reden wollten, schien es, als müßte er gerade irgendwo anders sein. Die Ermittler hatten dem wenig Bedeutung beigemessen, bis sie erkannten, daß er der einzige wichtige Beteiligte war, der noch nicht seine Fingerabdrücke, Fußabdrücke oder Blutproben hatte nehmen lassen. Anfangs schien er vom Geschehen viel zu weit entfernt zu sein, um direkt damit in Verbindung zu stehen, doch als die Tests und Vergleiche einen potentiellen Tatverdächtigen nach dem anderen ausschlossen, wurde der Kreis größer gezogen.

Als Margaret Louises Tests sie aus dem Kreis der Verdächtigen ausscheiden ließen, lächelte Reid selbstzufrieden. »Wie ich es von Anfang an gesagt habe«, meinte er grinsend zu Gardner. »Ich hatte nie den Verdacht, daß sie es gewesen ist. Jetzt ist sie draußen.«

»Julian auch«, fügte Gardner hinzu. »Und den Satanismus können wir vorerst wohl auch vergessen.«

»Damit bleiben nur noch zwei andere Möglichkeiten«, sagte Reid.

»Ja, ich glaube, jetzt wird es Zeit, Elizabeth und Jens zu suchen. Vor allem Jens. Üben wir mal ein wenig Druck auf sie aus und warten ab, was geschieht.«

Ende September stöberten sie Jens auf. Als er in Bedford erschien, verfielen Reid und Gardner wieder in ihre Rollen des guten und des bösen Cops, als wäre es zu ihrer zweiten Natur geworden. Reid war sehr zuvorkommend und servierte Jens Kaffee wie ein Kellner in einem Privatclub. Gardner, immer schon eine polternde Natur, spielte den kurzangebundenen, bohrenden Inquisitor. Ehe Jens sich verabschiedete, wollte Gardner von ihm einen Termin erfahren, damit sie seine Finger- und Fußabdrücke nehmen und sich eine Blutprobe holen könnten, um sie mit dem ›unbekannten Blut‹, das in Loose Chippings gefunden worden war, vergleichen zu können.

Jens wich aus, indem er darauf hinwies, daß seine Prüfungen kurz bevorstünden und daß er deshalb sehr viel zu tun habe.

»Wir können damit auch bis nach dem Examen warten«, bot Reid ihm großzügig an. »Wann es Ihnen am besten paßt.«

Jens schlug einen Tag in der Mitte des Monats vor.

»Die Monatsmitte ist gut«, meinte Reid freundlich. »Wir erwarten Sie dann am 15. oder am 16. Wir rufen Sie noch an, um eine Uhrzeit zu vereinbaren.«

Als er wieder in Charlottesville eintraf, war Jens wütend und mißgestimmt. Sie hätten ihn ausgetrickst, sagte er, indem sie ihm eine Tasse Kaffee angeboten hatten. Nun machte er sich Sorgen, daß sie seine Fingerabdrücke von der Kaffeetasse abnehmen könnten. Er sprang auf und stampfte durch den Raum. »Warum habe ich nicht daran gedacht?«

»Also, jetzt ist es passiert. Du kannst sowieso nicht mehr viel tun«, sagte Elizabeth.

Jens schlug sich mit der Faust in die andere Hand. »Ich könnte sie fertigmachen. Vor allem diesen Gardner. Mein Gott, wie gerne würde ich ihm ans Leder. Ich könnte ihm zu Hause auflauern und ihn abservieren.«

Ehe sie nach Europa aufgebrochen waren, hatte Jens schon die Absicht geäußert, Howard Haysom zu töten, doch Elizabeth hatte ihm das ausgeredet. Nun hatte sie Angst, er könnte einen Polizisten angreifen. »Du kannst nicht einfach durch die Gegend rennen und Leute umbringen, Jens«, sagte sie geduldig. »Laß uns lieber überlegen, welche Alternativen wir haben.«

Zwei Tage später rief Howard Haysom seine Schwester Elizabeth an und teilte ihr mit, er sei am folgenden Mittwoch, dem 16. Oktober, in Charlottesville, und er würde sie gerne treffen. Er sagte, Gardner und Reid hätten ihm mitgeteilt, sie hätten gute Neuigkeiten; es sei möglich, daß sie bald eine erste Verhaftung vornehmen könnten. Als Elizabeth das Jens erzählte, geriet er in Panik. Am nächsten Vormittag traf er Vorbereitungen, nach Europa zu fliegen.

Am Samstag ging Jens methodisch durch die Wohnung und wischte seine Fingerabdrücke von jeder Fläche, die er berührt haben könnte. Dann stieg er in den roten Scirocco, den sein Vater ihm im vergangenen Sommer geschenkt hatte, und fuhr nach Washington und parkte den Wagen auf dem Dauerparkplatz am National Airport. Nachdem er den Wagen genauso sorgfältig abgewischt hatte wie das Apartment, ließ Jens das Fahrzeug einfach stehen.

Vierundzwanzig Stunden später folgte Elizabeth ihm.

In Bedford überlegten Gardner und Reid an diesem Mittwoch, ob sie nicht nach Charlottesville fahren sollten, um in Erfahrung zu bringen, weshalb Jens sich nicht zu ihrer Verabredung eingefunden hatte, als das Telefon klingelte. Es war Howard Haysom, der aus Lynchburg anrief. »Sie sind weg«, meldete er Gardner.

»Was meinen Sie mit ›Sie sind weg‹?« fragte Gardner.

»Sie sind verschwunden. Ich habe versucht, Elizabeth zu erreichen, und ihre Mitbewohnerin sagte, sei seien abgereist. Sie haben die Koffer gepackt und das Haus verlassen. Sie sind geflüchtet, wahrscheinlich zurück nach Europa.«

»Bleiben Sie, wo Sie sind«, sagte Gardner. »Wir kommen sofort.«

Howard hatte aufgeregt geklungen, aber überhaupt nicht überrascht. »Er ist nicht dumm«, meinte Reid während der Fahrt nach Lynchburg zu Gardner. »Er ließ sich nicht täuschen. Ich vermute, er hat schon lange den Verdacht, daß Elizabeth in die Sache verwickelt ist, doch es geht ihm genauso wie uns: Er kann es nicht beweisen.«

»Das bedeutet im Grunde noch gar nichts«, erklärte Gardner. »Selbst wenn sie hiergeblieben wären, könnten wir sie nicht verhaften. Jedenfalls nicht ohne einen handfesten Beweis.«

»Ich weiß«, gab Reid ihm düster recht. »Und wie ich das weiß.«

Auf der Fahrt von Lynchburg nach Charlottesville war Howard Haysom weitaus ruhiger, als die Detectives von ihm erwartet hatten. Es sei die reinste Ironie, sagte Howard, während sie auf der U.S. 29 nach Norden jagten und jedes Tempolimit überschritten, wie sehr Derek immer betont hatte, Jens nicht leiden zu können, doch wie sehr er Elizabeth vertraute. Kurz vor seiner Ermordung hatte Derek einen Brief geschrieben und Howard gebeten, er solle sich, falls ihm, Derek, irgend etwas zustoßen sollte, um Elizabeth kümmern, denn sie sei ein ›liebenswertes und umgängliches Kind‹.

Als sie in Charlottesville eintrafen, nachdem sie für die Fahrt eine halbe Stunde weniger gebraucht hatten, als üblich war, begaben sie sich direkt zu dem Haus, das Elizabeth und Jens zusammen mit Charlene Song bewohnten. Die Koreanerin, die überheblich zu lächeln schien, erwartete sie mit zwei Briefkuverts in der Hand. Eines reichte sie Howard. Es war von Elizabeth. Das andere, es kam von Jens, reichte sie Gardner.

Howard riß seinen Umschlag auf. Darin befanden sich zwei Bogen weißes Schreibpapier, die mit Elizabeths prägnanter Handschrift bedeckt waren. Es war ein undatierter, ziemlich zusammenhangloser Brief mit der Anrede ›Liebe Leute‹. Darin teilte sie mit, sie verreise auf unbestimmte Zeit mit Jens. Sie bat die Familie, nicht nach ihr zu suchen.

Howard seufzte, als er die Worte las. Er sah die beiden Detectives mit einem resignierten Ausdruck an und biß die Zähne aufeinander.

Reid und Gardner, die über Howards Schulter mitgelesen hatten, öffneten nun ihren eigenen Umschlag. Auch er enthielt einen zweiseitigen Brief und trug das Datum ›10/85‹. Der Brief war handgeschrieben, und Jens zeigte den Detectives darin in jeder erdenklichen Weise den Finger.

Er empfahl ihnen spöttisch, sie sollten bei der Durchsuchung seiner Habseligkeiten kein zu großes Durcheinander anrichten, weil seine Eltern sie vielleicht haben wollten. Dann riet er ihnen, sie sollten nur ›wie bisher weiter ermitteln‹. Er sagte, er sei unfähig, eine Tat wie die an Derek und Nancy zu begehen, da er der geborene ›Pazifist‹ sei. Er erklärte, er reise nicht wegen der Morduntersuchung ab, sondern weil er sich an der UVA nicht wohl fühle. Er fügte hinzu, er bedaure, daß Elizabeth ihnen gestattet hätte, ihre Finger- und Fußabdrücke sowie eine Blutprobe zu nehmen.

Nachdem er sich in ihrem Zimmer umgesehen hatte, teilte Howard den Detectives mit, er glaube, daß Elizabeth einen Teil von Nancys Schmuck mitgenommen habe, den sie vermutlich verkaufen wolle, doch ansonsten sei ihm nicht aufgefallen, daß irgend etwas fehle. Obgleich sie seine Schwester sei, meinte Howard, hoffe er, daß sie, wenn sich herausstellen sollte, daß sie irgend etwas mit Dereks und Nancys Tod zu tun hätte, möglichst bald verhaftet und verurteilt würde. Es war sehr aufschlußreich, dachte Reid, daß Howard nicht um Nachsicht für Elizabeth bat.

Gardner und Reid verfluchten sich während der ganzen Rückfahrt nach Bedford. Ihre Vögel waren ausgeflogen, und es gab wenig, was sie jetzt noch tun könnten. Sie hatten nicht genug Beweise, um sie anzuklagen, sonst hätten sie sie längst verhaftet. Und ohne plausible und untermauerte Anklage könnten sie keine internationale Fahndung auslösen. Das einzige, was sie tun konnten, war warten und sehen, was geschah.

»Haben Sie Vertrauen«, riet Gardner seinem Kollegen, kurz bevor sie nach Bedford kamen.

»Wie schön«, sagte Reid mißgelaunt.

»Nein, es ist mein Ernst«, sagte Gardner. »Alles wird sich aufklären. Ich bin mir ganz sicher. Was kommen muß, das kommt. Ich glaube, wir werden sie bald wiedersehen.«

Reid knurrte etwas und rutschte noch tiefer in seinen Sitz. Sein Glaube und seine Zuversicht gingen acht Monate später zur Neige, als er seinen Dienst im Sheriff's Office quittierte und einen besser bezahlten Job bei einer Speditionsfirma annahm. Er kapitulierte drei Wochen zu früh.

21

Missis Selfton Weldon ahnte, daß etwas nicht stimmte, sobald das Paar hereinkam. Die Hausdetektivin im Marks-&-Spencer-Kaufhaus in Richmond, England, beobachtete sie, als sie durch die Glastür traten. Es war nicht ihr Aussehen, das in keiner Weise auffällig war. Der Mann hatte kurzes braunes Haar und einen schmalen Schnurrbart, und er war mit einer Anzughose und einem nicht zerknautschten, neuen Anorak bekleidet. Die Frau trug sehr modische Kleidung, nämlich ein elegantes Kostüm und einen teuren Seidenschal, den sie um den Hals geschlungen und über die rechte Schulter drapiert hatte. Das dunkelbraune Haar fiel auf ihre Schultern herab. Was Weldon seltsam fand, war, daß die beiden zusammenzugehören schienen, jedoch so zu tun versuchten, als würden sie einander nicht kennen. Das und die Tatsache, daß jeder eine der auffälligen grünen Einkaufstüten des Kaufhauses trug. Das heißt, sie kamen *mit* Waren von Marks & Spencer ins Kaufhaus.

Marks & Spencer ist eine bekannte englische Kaufhauskette. Sie ist bei englischen Kunden sehr beliebt wegen ihres beständigen Warenangebots und ihrer Kundenfreundlichkeit. Damals gab es auch noch zwei Punkte, die sie von anderen vergleichbaren Unternehmen unterschieden: zum einen war es die Bereitschaft der Geschäftsleitung, für zurückgegebene Ware Bargeld auszuzahlen, solange der Kunde eine Quittung vorweisen konnte; zum anderen akzeptierte man Schecks als Bezahlung.

Das Unternehmen hat vierzig Filialen, verteilt über ganz London. Der Laden in Richmond, einer Schlafstadt der gehobenen Mittelklasse südwestlich der City, nahm zwei Stockwerke ein. Im Parterre gab es Lebensmittel, Spirituosen und Kurzwaren, während das obere Stockwerk der Bekleidung vorbehalten war, Herrenbekleidung im vorderen Teil, Damenbekleidung im hinteren. Hinter der Damenabteilung gab es einen kleinen Bereich für den Kundendienst.

Während Weldon sie beobachtete, steuerte das Paar direkt auf diese Abteilung zu, wo sie ihre Einkaufstaschen leerten und um die Rückerstattung in bar baten. Ihre Quittungen waren in Ordnung, daher lächelte der Angestellte sie freundlich an und zahlte ihnen das Geld aus.

Dann trennten sie sich, der Mann ging in die Damenabteilung, und die Frau verschwand zu den Herren. Während sie durch den Laden schlenderten, suchten sie Artikel aus, die sie offenbar kaufen wollten: der Mann nahm Schlüpfer, Höschen und Blusen; die Frau Unterhosen, Socken und einen blauen Blazer. Weldon bemerkte, daß sie jedesmal, wenn sie sich in den engen Gängen begegneten, was häufiger geschah, weil der Laden nicht besonders groß ist, betont aneinander vorbeisahen. Sie fand das besonders seltsam. Nach etwa einer halben Stunde suchten sie verschiedene Kassen auf und holten Scheckhefte und Ausweiskarten hervor.

In Großbritannien wie auch in den Vereinigten Staaten geben die Banken, wenn jemand ein neues Konto eröffnet, neutrale Schecks aus, die der neue Kunde benutzen kann, bis seine mit seinem Namen bedruckten Scheckformulare zur Verfügung stehen. In Großbritannien sind das gewöhnlich zwei Hefte mit je fünfzig Scheckformularen. Da keine Namen auf die Schecks gedruckt sind, händigen die Banken für jedes Konto eine Ausweiskarte aus. Mit dieser Karte hat ein Kunde gewöhnlich keine Schwierigkeiten, einen Scheck bis fünfzig Pfund Höhe einzulösen. Fünfzig Pfund entsprachen zum damaligen Zeitpunkt etwa einhundertfünfzig Mark.

Aus einiger Entfernung beobachtete Weldon, wie der Mann und die Frau Schecks in Höhe des Kaufpreises für die ausgesuchten Kleidungsstücke ausfüllten. Die Beträge bewegten sich knapp unter der 50-Pfund-Grenze. Immer noch einander ignorierend, fuhren sie mit der Rolltreppe nach unten und gingen aus dem Laden hinaus. Jeder trug neue Ware im Wert von etwa 50 Pfund sowie 50 Pfund in bar bei sich, die sie erhalten hatten, als sie die Ware zurückgaben, die sie in einer anderen Marks-&-Spencer-Filiale erstanden hatten.

Immer noch mißtrauisch, folgte Weldon dem Pärchen auf die

belebte Straße hinaus. Sie gingen vier Blocks weit und betraten dann Dixon's, einen Elektronikladen. Während Weldon von draußen hineinblickte, wurden die beiden plötzlich wieder ein Paar, durchquerten händchenhaltend den Laden und sahen sich interessiert eine offenbar ziemlich teure Stereoanlage an.

Sie verließen den Laden, ohne etwas zu kaufen, und gingen weiter bis zur U-Bahn-Station. Da Richmond sich am Ende der sogenannten District Line Londons befindet, stehen immer Züge im Bahnhof. Passagiere dürfen jederzeit einsteigen, jedoch fahren die Züge erst ab, nachdem ein anderer in der Station eingetroffen ist. So kann es vorkommen, daß man zehn Minuten oder länger in einem Zug sitzt und auf die Abfahrt wartet.

Mittlerweile war Weldon überzeugt, daß irgendeine betrügerische Sache im Gange war, doch sie sah keine Möglichkeit einzugreifen. Sie hatte nicht die Befugnis, das junge Paar zu verhaften. Zufälligerweise wartete in der Station ein Polizist, den sie persönlich kannte. Obgleich er in Zivil war und dienstfrei hatte, erzählte sie ihm von ihrer Beobachtung und zeigte ihm den Mann und die junge Frau. Sie saßen beide im Zug, unterhielten sich angeregt und hatten ihre grünen Marks-&-Spencer-Einkaufstüten zwischen ihren Füßen auf den Boden gestellt. Der Polizist sprang in den Zug, als er gerade abfahren wollte. Er sprach das Paar an, stellte sich vor und sagte, es gäbe einige Fragen, die er gerne mit ihnen klären würde, wenn sie nichts dagegen hätten. Sie waren einverstanden, und sie stiegen an der nächsten Haltestelle, Kew Gardens, aus. Er suchte mit ihnen das Polizeirevier von Richmond auf, wo sie sich ungestört unterhalten konnten. Er übergab sie an Detective Sergeant Kenneth Beever und Detective Constable Terry Wright.

Der zweiundvierzigjährige Beever, der seit zweiundzwanzig Jahren der Metropolitan Police angehörte, war ein wenig überrascht. Gutmütig, dunkelhaarig und mit wachen, dunklen Augen, war Beever nach außen ausgesprochen freundlich und locker. Hinter dieser Fassade steckte jedoch ein harter Kern. Beevers Sprache verriet, daß er niemals in Oxford gewesen war, und er würzte seine Rede mit einer kräftigen Prise Straßenslang. Außerdem war er ein guter Menschenkenner, und seine Erfahrungen mit einigen der schlimmsten Kriminellen Londons, von chinesischen Bandenmitgliedern bis zu internationalen Drogenschmugglern, hatten seinen Instinkt geschärft. Der Mann und die Frau, die der Kollege hereinführte, gehörten jedoch nicht zu dem Menschentyp, den er in seinem Arbeitsbereich anzutreffen pflegte.

Sein erster Eindruck von der Frau war der, daß sie ein Sloane Ranger war, jener Londoner Typ des weiblichen Yuppies, der seinen Namen der Gewohnheit verdankte, regelmäßig durch die teuren Boutiquen zu streifen, die sich rund um den Sloane Square in Chelsea niedergelassen hatten. Dann betrachtete Beever den Mann. Mittelgroß und recht stämmig, trug er eine dunkle, wuchtige Brille mit starken Gläsern, die seine dunklen Augen vergrößert erscheinen ließen und dem Gesicht einen eulenhaften Ausdruck verliehen. Beever musterte ihn und stufte ihn sofort als Weichling ein.

Nach den ersten Fragen wurde sein Eindruck bestätigt. Sie drückte sich im gepflegten, leicht amerikanisch gefärbten Internatsenglisch aus, während der Akzent des Mannes auf amerikanische oder kanadische Herkunft schließen ließ.

Sie erzählte Beever, sie sei Tara Lucy Noe, eine dreiundzwanzigjährige Kanadierin, die nach England gekommen sei, um für einen amerikanischen Verlag ein Buch zu schreiben. Der Mann gab sich als ihr Ehemann aus, Christopher Platt Noe, der sich an der Universität in Bath für das Herbstsemester einschreiben wolle.

Bis dahin, so meinten sie, wollten sie sich noch ein wenig umsehen und einige Einkäufe tätigen.

Sie wohnten in einem möblierten Einzimmerapartment, wie man sie in England für die Ferien kurzzeitig mieten kann, am Glouster Place unweit der Marleybone Road, fast in Sichtweite von Westminster. Einen Steinwurf entfernt war 221B Baker Street, die Adresse von Sherlock Holmes; Madame Tussauds Wachsfigurenkabinett und das Planetarium lagen ebenfalls in der Nähe. Die Wohnung war allerdings von Richmond weit entfernt, und Beever fragte sich, warum zwei Touristen ausgerechnet in einer Marks-&-Spencer-Filiale in einem ziemlich uninteressanten Londoner Vorort landen konnten.

Der Detective überprüfte ihre Papiere und fragte, ob er sich auch mal ihre Scheckbücher ansehen dürfe. Er blätterte sie durch und stellte verblüfft fest, daß jeder Scheck auf einen einzigen Laden ausgestellt worden war. »Sie scheinen eine besondere Vorliebe für Marks & Spencer zu haben, oder?« meinte er trocken.

Beever ging mit Wright in einen Nebenraum und äußerte seinen Eindruck.

»Irgend etwas Seltsames geht hier vor, Terry. Ich weiß nicht, was, aber es scheint irgendwas im Busch zu sein.«

»Das kommt mir auch so vor«, erwiderte Wright, hochgewachsen, dunkelhaarig und mit einem Bart und einer ausgeprägten Hakennase.

»Durchaus möglich, daß sie völlig harmlos sind. Sie sind gut angezogen, wirken gepflegt und scheinen aus gutem Hause zu stammen. Aber woher stammt das Geld, mit dem sie einkaufen? Und warum ausschließlich bei Marks & Spencer? Warum in Richmond?«

»Du hast recht«, sagte Wright.

»Das ist schon komisch. Willst du der Sache auf den Grund gehen?«

»Warum nicht? Wir haben nichts zu verlieren.«

Nachdem er zu dem Paar zurückgekehrt war, stellte er weitere Fragen zu ihrem Aufenthalt in England. Der Mann war sehr freundlich, doch die Frau wirkte kalt. Sie benahm sich, so Beevers Eindruck, wie jemand aus einer exklusiven britischen Eliteschule, indem sie Verärgerung mimte, mit einer unwilligen Geste das Haar nach hinten warf, eine Zigarette aus ihrer Handtasche holte und ungeduldig darauf wartete, daß jemand ihr Feuer gab. Sie ist eine Schauspielerin, entschied er, und eine verdammt gute dazu.

Je länger er sich mit ihnen unterhielt, desto mißtrauischer wurde er. Ehe er der Dienststelle in Richmond zugeteilt wurde, hatte Beever im Drogendezernat gearbeitet und den Polizeiposten im Heathrow Airport geleitet. Er hatte dort ein Gespür für Drogenschmuggler entwickelt, und er gewann mehr und mehr den Eindruck, daß der Mann und die Frau in den Drogenhandel verwickelt waren.

»Haben Sie etwas dagegen, wenn wir uns mal kurz in Ihrer Wohnung umsehen?« erkundigte er sich.

»Das wäre vergeudete Zeit«, antwortete die Frau hochnäsig.

»Wahrscheinlich«, meinte Beever und schlüpfte in die Rolle des unangenehmen Cops, die sie von Ricky Gardner in Virginia kannten. »Aber wir haben heute nachmittag sowieso nichts Besonderes vor.«

»Brauchen Sie dafür nicht eine spezielle Genehmigung?« fragte sie.

»Nicht, wenn Sie einverstanden sind«, erwiderte er.

»Ich glaube, das bin ich nicht«, sagte sie.

»Warum nicht?« wollte Beever wissen. »Wir fragen Sie sehr höflich. Muß ich Sie daran erinnern, daß Sie ein Gast dieses Landes sind? Wir wissen nicht, woher Sie kommen und seit wann Sie hier sind. Sie könnten durchaus Drogen geschmuggelt haben.«

Die Frau und der Mann wechselten einen schnellen Blick.

»Wir dürften kaum Schwierigkeiten haben, einen entsprechenden Durchsuchungsbefehl zu bekommen, wenn Sie uns dazu zwingen«, drängte Beever. Er bluffte wahrscheinlich, doch er verließ sich darauf, daß sie sich in den Gepflogenheiten der englischen Gerichtsbarkeit nicht so gut auskannten und andererseits den Verdacht, in den Drogenschmuggel verwickelt zu sein, schnellstens aus der Welt räumen wollten. »Es wäre weitaus einfacher, wenn Sie uns die Erlaubnis geben«, fügte er hinzu. »Wir könnten schnell hinfahren, uns bei Ihnen umsehen, und Sie wären uns gleich wieder los.«

»Ich glaube, wir sollten es tun«, sagte der Mann nach einer Pause.

Die Frau nickte zustimmend.

Die Wohnung war eine typische Londoner Unterkunft, ein kleines Apartment im Parterre eines vierstöckigen Hauses. Sein Sockel aus Klinker war nachträglich verputzt und dann weiß gestrichen worden. Ein schmiedeeiserner Zaun vor dem Haus war ebenfalls frisch gestrichen. Ein Tor in dem Zaun versperrte eine kurze Treppe, die vom Gehsteig nach unten führte. Sie endete vor einer blauen Tür mit einem Türklopfer aus Messing, dem Eingang zum Apartment.

Damals wußte Beever noch zu wenig von den beiden Bewohnern, um die besondere Bedeutung der Adresse würdigen zu können. Schräg gegenüber des Apartmenthauses gab es eine schmale Straße, die auf den Glouster Place mündete. Sie hieß Salisbury Place. Und in Salisbury, Rhodesien, war Elizabeth Haysom geboren worden. Zu Fuß fünf Minuten entfernt war die Marleybone Station, Endstation für Züge in die Chilterns, wo auch die Stadt High Wycombe liegt, die Elizabeth aus ihren Internatsjahren vertraut war.

Wenn man vor der Wohnung am Glouster Place stand, dann lag die Marleybone Station links davon. Ebenfalls auf der linken Seite befand sich die U-Bahn-Station Edgware Road, die zur District Line gehört. Man konnte also in der Edgware Station in einen Zug steigen, zwei Haltestellen weit bis zur Kensington High Street fahren, wo sich die nächste Marks-&-Spencer-Filiale befand, dann wieder in den Zug steigen und bis zur Endstation nach Richmond fahren.

»Wie lange sind Sie schon hier?« fragte Beever, während der Mann nach seinem Schlüssel suchte.

»Etwa eine Woche«, sagte er. »Wir waren zuerst in einer Pension, doch dort wimmelte es von Ungeziefer. Wir sind schnellstens ausgezogen und haben sogar unsere Kleider zurückgelassen.«

Nachdem Jens die Tür geöffnet hatte, bat er sie herein. Beever und Wright traten über die Schwelle und blieben abrupt stehen. Überall im Zimmer standen grüne Einkaufstüten von Marks & Spencer.

Wright stieß einen Pfiff aus. »Ich sehe, Sie scheinen für Marks & Spencer ja eine Menge übrig zu haben«, meinte er lachend und begann zu zählen. Er kam auf zweiunddreißig Tüten, jede mit Kleidung im Wert von annähernd 50 Pfund gefüllt. Jede Tüte war außerdem mit einem Zettel versehen, der die einzelnen Kleidungsstücke in der Tüte aufführte sowie das Kaufdatum und die Adresse der jeweiligen Filiale. Außerdem war auf den Zetteln vermerkt, welche Kleidung die beiden bei ihrem Einkauf in der Filiale getragen hatten.

»He, Terry«, rief Beever quer durch das Zimmer, »sieh dir das mal an.« Er stand vor dem Bett. Auf der Tagesdecke lagen ein Hut, eine Perücke und etwas, das aussah wie ein Tagebuch. Wright betrachtete die Perücke, dann sah er den Mann an. Dann ging er mit schnellen Schritten auf ihn zu. »Nehmen Sie das verdammte Ding ab«, sagte er und faßte nach dem Schnurrbart des Mannes. Mit einer schnellen Geste riß er ihn herunter. Die Augen des Mannes begannen zu tränen, aber er sagte kein Wort.

»Hier ist noch mehr«, rief Beever und schaute in eine Kommodenschublade. Darin lag ein Stapel Scheckbücher, vorwiegend von ländlichen Bankfilialen. Jedes Heft trug einen anderen Namen. Es gab außerdem einen Stapel Ausweiskarten, deren Namen denen auf den Scheckheften entsprachen. Ganz hinten in der Schublade lag eine dicke Lederbrieftasche, die Beever herausholte und aufklappte. Darin befand sich ein deutscher Reisepaß mit dem Bild des Mannes darin. Der Name in dem Paß lautete Jens Soering. Außerdem befanden sich englische Pfundnoten in der Brieftasche. Beever zählte sie, und nun stieß er einen Pfiff aus. »Fast achthundert Pfund«, stellte er fest. »Das ist eine Menge Geld. Woher stammt es?«

»Ich denke, wir sagen jetzt nichts mehr«, meinte der Mann ungehalten.

»Wie Sie wollen«, sagte Beever. »Die Situation sieht für Sie nicht allzu gut aus. Terry«, sagte er dann und wandte sich an seinen Partner, »würdest du mal einen Transporter anfordern? Wir bringen das alles am besten nach Richmond, wo wir die Sachen in Ruhe untersuchen können.«

Während sie auf die Ankunft des Fahrzeugs warteten, öffnete Wright den Wandschrank. Auf dem Boden unter einer Reihe

Kleider auf Bügeln, darunter einige elegante Kostüme und drei blaue Blazer, entdeckte er vier große Reisekoffer. Neugierig öffnete er einen und sah, daß er mit Papier gefüllt war. Warum, so fragte er sich, schleppten sie einen ganzen Koffer voller Schriftstücke mit sich herum?

22

Im Polizeirevier von Richmond rief Beever den Leiter der Bank an, die die jüngsten Schecks ausgestellt hatte. Während er darauf wartete, daß am anderen Ende abgehoben wurde, breitete er einiges von dem Material, das sie aus der Wohnung mitgenommen hatten, vor sich auf dem Schreibtisch aus. Er sah mehrere Fotos der beiden in verschiedenen Posen und mit unterschiedlichen Frisuren. Allein für Elizabeth gab es eine Handvoll Ausweise. Da war der Studentenausweis von 1985 der Universität von Virginia mit dem Foto einer bemerkenswert jung aussehenden Elizabeth Haysom. Ein ähnlicher Ausweis vom darauffolgenden Jahr zeigte eine deutlich reifer wirkende Elizabeth. Da war ein kanadischer Personalausweis, der ein Bild von Elizabeth mit kurzgeschnittenen Haaren und einem unwirschen Gesichtsausdruck trug. Und es gab einen Führerschein des Staates Virginia auf Elizabeths Namen. Es gab auch kanadische Ausweise mit dem Bild Elizabeths, aber die Namen lauteten nicht Elizabeth Haysom. Es waren Caroline Jane Ferrell, Christina May Clarke, Catherine Lynne Peake, Melissa Anne Taylor, Sarah Elizabeth McKensie, Julia Alexandra Holte und Tara Lucy Noe. Zu jedem Personalausweis gehörte ein Führerschein auf den gleichen Namen. Auf einem der Führerscheine stand eine Adresse in Quebec; die anderen nannten als Adressen verschiedene Straßen in Montreal. Auch die Geburtsdaten waren unterschiedlich und lagen zwischen dem März 1962 und dem Juli 1964, womit sie zu jenem Zeitpunkt entweder vierundzwanzig oder einundzwanzig Jahre alt war. Tatsächlich hatte sie zwei Wochen vorher ihren zweiundzwanzigsten Geburtstag gefeiert.

Als der Bankier sich am Telefon meldete, stellte Beever sich vor und fragte ihn, ob es mit dem Konto, dessen Nummer er von dem Scheckheft ablas, irgendwelche Besonderheiten gebe.

Der Bankmanager schaute in seinen Unterlagen nach, und als er sich wieder meldete, klang er erregt.

»Das Konto ist völlig überzogen«, sagte er. »Lassen Sie diese Leute ja nicht laufen.«

Das reichte Beever, um zu empfehlen, die beiden wegen des Verdachts auf Scheckbetrug festzuhalten. Unterdessen wühlte Wright den Papierstapel durch. Zwischen anderen Dokumenten stieß er auch auf ein Bündel Briefe, die mit einem Gummiband zusammengehalten wurden. Einige der Briefe waren mit ›Elizabeth‹ unterschrieben, andere mit ›Jens‹. Dies half ihnen, die Identitätsfrage eindeutig zu klären: Die beiden Personen waren mit an Sicherheit grenzender Wahrscheinlichkeit Elizabeth Haysom und Jens Soering. Doch zu diesem Zeitpunkt hatten die Namen für die Polizisten nicht die geringste Bedeutung.

Neben den Briefen gab es auch noch eine Schreibkladde, in der sich mit Datum versehene Eintragungen in chronologischer Folge befanden. Der erste Eintrag mit dem Datum Samstag, 5. Oktober, weckte Wrights Interesse. In einer Handschrift, die er schon bald als die Elizabeths identifizierte, hieß es dort, daß Jens nach ›Bedford‹ gefahren sei, um die ›Beamten Reid und Gardner‹ zu treffen. Weiterhin stand da, daß die Beamten irgendwelche Tests und Proben verlangten und daß eine Antwort in vier Tagen erfolgen müsse.

Wright begann schneller zu lesen. Unter dem Datum vom 12. Oktober entdeckte er eine Notiz, die besagte, daß Jens sein Zimmer und seinen Wagen sorgfältig mit einem Lappen abgewischt habe, um seine Fingerabdrücke zu entfernen. Offenbar war dies für Jens sehr wichtig, der sich außerdem Sorgen machte, daß er seine Fingerabdrücke bereits auf einer Kaffeetasse hinterlassen hatte, aus der er während eines Verhörs getrunken hatte.

Nicht alle Eintragungen ergaben für den Detective einen Sinn. Einmal erwähnte Elizabeth etwas von einem Telefonanruf von jemandem namens ›Howard‹, der ihr mitteilte, daß der ›Fall‹ so gut wie ›gelöst‹ sei. Welcher Fall? fragte Wright sich.

Dann folgte ein Hinweis auf ein anderes Telefongespräch, diesmal mit jemandem namens ›Rover‹. Dann las er drei Initialen, die ihn geradezu elektrisierten: ›IRA‹. Er war verwirrt. Die Intitialen mußten für ›Irish Republican Army‹ stehen, die gefürchtete Terrororganisation, die seit Jahrzehnten in Nordirland und später auch in England selbst Krieg gegen die Briten führte. Aber was hatte diese Frau mit der IRA zu tun?

Der nächste Satz beseitigte sämtliche Zweifel darüber, was die Initialen bedeuteten. Der Schreiber stellte fest, daß die IRA glaube, ihre Position in London sei durch ›E.‹ bedroht. Das war für ihn die Bestätigung, daß der Schreiber die Terroristen meinte und daß die Person, die er ›E‹ nannte (es muß Elizabeth sein, sagte er sich), damit in Verbindung stand. Aber was bedeutete dieser Hinweis auf die Vereinigten Staaten, speziell auf einen Ort namens ›Bedford‹ und auf ›Howard‹ und einen ›Fall‹, der bald gelöst sei?

Etwas ratlos las er weiter.

Der nächste Eintrag war in Paris vorgenommen worden. Dort überprüften Elizabeth und Jens die Möglichkeit, nach Simbabwe auszuwandern, in das Land, in dem Elizabeth geboren worden war. Aber die Botschaft von Simbabwe wies ihr Ersuchen mit der Begründung ab, daß sie dort keine Arbeit finden würden.

Unverzagt fuhren sie mit der Eisenbahn nach Brüssel, wo sie sich um Arbeitsgenehmigungen für Botswana bemühten. Auch das ohne Erfolg. Anschließend reisten sie weiter nach Luxemburg und ernährten sich dort hauptsächlich von Hamburgern. Ruhelos faßten sie als neues Ziel Thailand ins Auge, wo Jens zur Welt gekommen war. Doch Thailand lag praktisch auf der gegenüberliegenden Seite der Erdkugel, und ein Flugticket nach Asien war sehr teuer. Daher beschlossen sie, auf dem Landweg und per Automobil wenigstens bis nach Indien zu gelangen.

Am 22. Oktober verließen sie Luxemburg mit einem gemieteten Fiat und machten in Bern Halt, wo Elizabeth sich einen internationalen Führerschein besorgte. Sie sprachen außerdem in der Iranischen und der Türkischen Botschaft vor und beantragten Reisevisa.

Von da ab erfolgten die Eintragungen in einer anderen Handschrift, die Wright später als die von Jens erkannte. Für den

Detective war dieser Wechsel angenehm, da Jens' Handschrift leichter zu lesen war. Außerdem änderte sich der Stil der Eintragungen. Bis zu diesem Punkt bestanden die Vermerke im wesentlichen aus Stichworten – kurze, prägnante Phrasen wie von einem Studenten, der sich während einer Vorlesung Notizen gemacht hatte. Doch mit der anderen Person des Schreibers gewann der Text einen mehr erzählenden Charakter. Die Sätze wurden länger, die einzelnen Bemerkungen genauer und detaillierter. Die Daten sprangen von der Schweiz nach Bulgarien und weiter nach Jugoslawien. Dort, so konnte Wright nachlesen, hätte die Reise beinahe mit einer Katastrophe geendet. Auf einer schmalen Straße, kurz vor Pirot und mit Elizabeth am Steuer, entgingen sie um Haaresbreite einem Frontalzusammenstoß. Ihr Wagen kam von der Straße ab, überschlug sich, gelangte wieder zurück auf die Fahrbahn und kollidierte mit einem anderen Fahrzeug. Dabei trugen Jens und Elizabeth Kopfverletzungen davon.

Nach einigen Schwierigkeiten, im wesentlichen bedingt durch die Sprachbarriere, wurden Jens und Elizabeth in ein Krankenhaus gebracht, wo Jens' Kopfwunde genäht wurde. Die Schäden am Wagen waren jedoch viel schlimmer als die Verletzungen der Insassen. Sie ließen das Automobil liegen, fuhren mit der Eisenbahn nach Belgrad und von dort über Triest nach Wien.

Mittlerweile war ihnen das Geld ausgegangen, und sie fingen an, sich mit Hilfe einer Visa-Kreditkarte Bargeld zu beschaffen. Aus den Aufzeichnungen ging nicht eindeutig hervor, ob die Karte Jens' Vater oder Julian Haysom gehörte, aber auf jeden Fall kamen sie mit ihrer Hilfe an Geld.

In Wien nahmen sie einen Zug nach Salzburg und kauften großzügig ein: eine Gitarre, einen teuren Fotoapparat, einen Radiorecorder und Schuhe für Jens; Schuhe, Strümpfe, eine Handtasche und eine Flasche blonde Haartönung für Elizabeth. Sie rührten ihr Bargeld nicht an, sondern bezahlten die Rechnung mit der Kreditkarte.

Am nächsten Tag, dem 5. November, hoben sie weiteres Geld ab. Sie unternahmen außerdem den ersten ernsthaften

Versuch, ihre Spur zu verwischen. Sie ließen einen ›vordatierten‹ Brief im Hotel zurück, der lange nach ihrer Abreise zur Post gebracht würde, so daß sie nicht mit Hilfe des Poststempels gefunden werden konnten. Um weiterhin jeden in die Irre zu leiten, der sie suchte, schickten sie einen anderen Brief an eine Postnachsendungsagentur in Frankfurt, deren Adresse sie aus dem Magazin *Soldiers of Fortune* herausgeschrieben hatten. In dem Brief erklärten sie, daß sie beabsichtigten, ihre Europarundreise fortzusetzen. In Wirklichkeit flogen sie nach Bangkok.

Thailand erwies sich jedoch als völlig anders, als sie es sich vorgestellt hatten. Während der ersten Tage benahmen sie sich wie Touristen, besichtigten die Sehenswürdigkeiten, während sie halbherzige Versuche machten, sich um Jobs zu bemühen. Sie hatten keinen Erfolg damit.

Obgleich sie keine Arbeit fanden, um sich ein lebensnotwendiges Einkommen zu sichern, gaben sie weiterhin großzügig Geld aus. Nicht lange, und sie waren so gut wie bankrott. In dem verzweifelten Bemühen, ihr Überleben zu sichern, schickten sie bündelweise Briefe an alle möglichen Banken auf der ganzen Welt und beantragten Kreditkarten. Doch ihre Anträge wurden abgelehnt. Infolgedessen waren sie Anfang Dezember praktisch auf dem Nullpunkt angelangt. Und zu diesem Zeitpunkt, so las Wright nach, kamen sie auf die Idee des Reisescheck-Betrugs.

Die Idee war eigentlich recht simpel. Sie kauften sich mit ihrem noch vorhandenen Bargeld Reiseschecks, meldeten sie als gestohlen oder verloren, um ihr Geld zurückzubekommen, und lösten dann schnellstens die Schecks ein, die sie als gestohlen gemeldet hatten. Auf diese Art und Weise hätten sie am Ende den Gegenwert der Schecks sowie das zurückgezahlte Geld und damit ihren Einsatz sozusagen verdoppelt.

Um dies erfolgreich in die Wege zu leiten, brauchten sie jedoch eine ganze Reihe falscher Personalausweise. Dieses Problem lösten sie sehr einfach. Mehrere Tage lang pendelten sie zwischen Druckereien und Fotografen und Schreibbüros hin und her und hatten gefälschte Dokumente bei sich, die kopiert werden konnten, damit sie echt aussahen. Am Ende hatten sie mehrere Sätze glaubwürdiger Identitätspapiere.

Etwa zu dieser Zeit entdeckten sie ein Buch über Computerverbrechen, welches ihnen noch abenteuerlichere Möglichkeiten für einen Betrug aufzeigte. Doch die meisten in dem Buch dargestellten Methoden waren sehr zeitaufwendig, dabei spielte die Zeit gegen Jens und Elizabeth. Ihnen ging wieder das Bargeld aus.

Verzweifelt setzten sie ihren Plan vom Reisescheck-Betrug in die Tat um. Schon ihr erster Versuch verlief erfolgreich. Nachdem sie die Schecks als gestohlen gemeldet hatten, erhielten sie sofort als Rückerstattung 500 Dollar. Doch ihre Freude versiegte schnell. Als sie sich die Reiseschecks auszahlen lassen wollten, für die sie bereits entschädigt worden waren, landeten sie bei der unüberwindlichen thailändischen Bürokratie. Sie gerieten in Panik. Überzeugt, daß ihr Betrugsversuch schon bald entdeckt würde, kehrten sie zu der Agentur zurück, wo man ihnen die Entschädigung ausgezahlt hatte, und erklärten, sie hätten die Schecks ›wiedergefunden‹. Sie gaben das Geld zurück und verschwanden und schworen sich, die Idee noch einmal in einem anderen Land zu versuchen, wo die Bestimmungen für Geldwechselgeschäfte nicht so streng waren.

In der Zwischenzeit unternahmen sie einen Versuch, Klaus Soerings Kreditkarte ein zweites Mal zu benutzen, mußten jedoch erfahren, daß sie nun gesperrt war. Elizabeth versuchte ihr Glück mit Julians Karte, doch auch diese war nicht mehr gültig.

Entschlossen, sich irgendwie Geld zu beschaffen, zogen sie ihre Reisescheck-Nummer noch einmal durch. Jens kaufte für ihr gesamtes noch verbliebenes Bargeld, insgesamt 900 Dollar, Travellerschecks. Doch anstatt sie in Thailand einzulösen, brachen sie sofort, noch am Weihnachtsabend, nach Singapur auf. Die Reise legten sie auf die billigste und unbequemste Art und Weise zurück; sie fuhren mit dem Bus.

In Singapur erlitt Jens beim Einlösen der Schecks beinahe einen Nervenzusammenbruch. In diesem Land ergab sich praktisch das genau entgegengesetzte Problem zu dem in Bangkok. War die Bürokratie in Thailand unglaublich umständlich und träge, so erschien sie in Singapur außerordentlich leistungsfähig und schnell. Er fürchtete, ihre Schecks würden so schnell bearbeitet, daß ihr Betrug bemerkt werden könnte, ehe sie das Land verlassen hätten. Während er sie dort einlöste, entschied er, sie nicht als gestohlen zu melden. Statt dessen beschloß er, mit Elizabeth nach Europa zu fliegen und den Verlust der Schecks dort zu melden. Nur wenige Minuten nach Einlösen der letzten Schecks stiegen sie in die Maschine nach Zürich über Moskau.

Der Plan funktionierte, wenn auch erst nach einem gehörigen Schrecken. Als sie die Schecks als gestohlen meldeten, erfuhren sie, daß sie nur 500 Dollar sofort zurückerstattet bekamen. Sie müßten später noch einmal zurückkommen, um sich die fehlenden 400 Dollar abzuholen. Jens bildete sich ein, daß der Angestellte der Bank sie mißtrauisch beäugte, und befürchtete, daß die Polizei schon auf sie wartete, wenn sie zurückkämen. Trotz ihrer Bedenken erschienen sie später noch einmal am Schalter und bekamen das restliche Bargeld ausgehändigt.

Laut Tagebuch wirkte dieser ständige Kitzel der Gefahr wahre Wunder auf ihre Libido. Sie feierten ihre Erfolge mit einem ausgedehnten Festmahl und einer endlos langen Sexorgie. Vielleicht übertrieben sie ein wenig, denn anschließend war Jens für einige Tage krank.

Physisch und psychisch erschöpft und ausgebrannt, aber mit neuem Bargeld und neuen Ideen, verließen sie Zürich am 8. Januar und flogen nach England. Ziel: Canterbury. Dort wollten sie einen anderen Plan in die Tat umsetzen.

Unter dem Namen M. T. Holte eröffnete Jens ein Bankkonto, erfuhr jedoch bald, daß sie zwei Wochen lang kein Geld vom Konto abheben könnten. Bis dahin beschafften sie sich Geld, indem sie den Fotoapparat und die Gitarre verkauften, die sie sich einige Zeit vorher angeschafft hatten. Sie zahlten einen Teil des Geldes, das sie aus dem Verkauf erhielten, bei einer zweiten

Bank ein und benutzten den Rest, um davon zu leben. Am 18. Januar verkauften sie Elizabeths Schmuck und brachten einen Teil dieses Erlöses zu einer dritten Bank. Den Rest investierten sie in ihr bevorzugtes Unternehmen, den Reisescheckbetrug.

Während er die Lektüre fortsetzte, lächelte Wright vor sich hin; er kannte das System inzwischen. Jens und Elizabeth wollten mehrere Bankkonten unter verschiedenen Namen eröffnen. Dann überzogen sie die Bankkonten gewaltig und verschwanden, ehe man sie fassen konnte. Mit normalen Methoden waren sie nicht aufzuspüren, denn sie benutzten bei jedem Konto falsche Ausweispapiere. Und sobald eine falsche Identität benutzt worden war, das heißt, sobald sie so viele faule Schecks eingelöst hatten, wie sie für ungefährlich hielten oder bis ihnen die Scheckformulare ausgingen, wurde diese ›Person‹ aus ihrem Repertoire entfernt.

»Verdammt clever«, murmelte Wright.

Er blätterte die nächsten Seiten schnell durch. Sie enthielten im wesentlichen genaue Auflistungen darüber, wo und wann Elizabeth und Jens Reiseschecks gekauft und eingelöst hatten. Aber er hielt inne, als er zu den Einträgen von Mitte Februar kam. Zu diesem Zeitpunkt hatten sie sich, wie er sehen konnte, etwas Neues ausgedacht: Sie traten als Almosensammler auf. Jens überredete einen Angestellten der Königlichen Gesellschaft zur Verhinderung von Grausamkeiten gegenüber Tieren, ihm eine Sammelbüchse auszuhändigen, und Elizabeth holte sich eine vom Roten Kreuz. Sie gingen von Tür zu Tür und baten um Spenden.

Innerhalb von drei Stunden hatte Elizabeth 35 Pfund gesammelt. Jens' Bemühungen hingegen waren nicht annähernd so erfolgreich. Innerhalb von anderthalb Stunden bekam er nur 5 Pfund zusammen. Schlimmer noch, er wurde beinahe erwischt. Während er von einem Haus zum nächsten ging, wurde er von zwei Bobbies angehalten, die seinen Ausweis sehen wollten. Jens zeigte ihnen seine Sammelbüchse, doch sie meinten, das reiche nicht aus, er müsse auch ein Abzeichen haben. Er spielte den Unwissenden, damit konnte er verhindern, daß man ihn auf das nächste Revier mitnahm. Aber diese Episode brachte ihn derart aus der Fassung, daß er seine Kollekte abbrach und in ihre Unterkunft zurückkehrte, um dort auf Elizabeths Rückkehr zu warten. Der Tagebucheintrag für den nächsten Tag offenbarte, daß sie beschlossen, weitere Sammlungen zu unterlassen, weil es zu ›gefährlich‹ sei.

Wright stellte fest, daß das Tagebuch nur noch wenige Einträge enthielt und daß sie noch nicht beschrieben hatten, wie sie auf die Idee gekommen waren, Marks & Spencer zu betrügen. Leider endete das Dokument, das so interessant begonnen hatte, mit einer Klage. Am 18. Februar schrieb Jens über seine Befürchtung, Elizabeth könnte schwanger sein. Dann, am 23. Februar, schrieb er erleichtert, daß es nur ein falscher Alarm gewesen sei.

Wright lehnte sich in seinem Schreibtischsessel zurück. »Kenny«, sagte er zu Beever, »ich glaube, wir haben genug Material, um sie wegen Betrugs dranzukriegen.«

Nachdem Wright das Tagebuch beiseite gelegt hatte, begann er den Stapel Briefe durchzugehen, die sie in einem Koffer in ihrer Wohnung gefunden hatten. Als er darin zu lesen anfing, fielen ihm fast die Augen aus dem Kopf. Wie gebannt starrte er auf Elizabeths und Jens' ›Weihnachtsbriefe‹, las mit zunehmender Spannung ihren Dialog über die möglichen Methoden, Elizabeths Eltern ›loszuwerden‹.

»Weißt du was, Kenny?« sagte Wright und wandte sich zu seinem Kollegen um, »ich glaube, sie haben sie ermordet. Ich bin mir fast sicher, daß sie es getan haben. Sieh doch«, sagte er erregt und hielt ihm Elizabeths ›Colorado-Brief‹ vor die Nase, »lies das mal.«

Beever kniff die Augen zusammen und versuchte, die Schrift zu entziffern. Wright beschäftigte sich nun schon seit vier Tagen mit den Briefen und hatte mit Elizabeths Handschrift kaum noch Probleme. Beever brauchte einige Minuten, um aus dem Gekritzel etwas zu erkennen, doch dann reagierte auch er erregt. Laut las er die Passage vor, in der Elizabeth schrieb, daß sie reich sein könnten, wenn ihre Eltern nur erst tot wären. Dann las er mit erhobener Stimme Elizabeths Bemerkung, daß ihre Eltern sie nicht völlig enterben könnten.

23

Es war Freitag, der 30. Mai, kurz vor Mittag. Ricky Gardner arbeitete sich gerade durch einen Berg von Papierkram und versuchte sein Bestes, sich zu konzentrieren, als das Telefon klingelte. Ehe es ein zweites Mal klingeln konnte, hatte der Polizist schon den Hörer abgenommen.

»Ricky Gardner.«

»Ricky«, sagte die Telefonistin, »hier ist jemand mit einem seltsamen Akzent, der Sie unbedingt sprechen will.«

Genau das, was ich jetzt gebraucht habe, dachte Gardner und drückte auf den blinkenden Knopf.

»Ist dort Detective Gardner?« fragte eine Stimme mit derart starkem Akzent, daß es sich wohl um einen Witz handeln mußte.

»Ja ja«, antwortete Gardner wenig begeistert.

»Hier spricht Detective Constable Terry Wright in Richmond, England.«

»Aber klar doch«, sagte Gardner träge. Und danach murmelte er, ich war schon mal in Richmond, und das liegt verdammt noch mal, nicht in England.

»Ich hab' Sie nicht verstanden«, sagte die Stimme.

»Na, komm schon Chuck, ich habe zu tun«, sagte Gardner und glaubte, dies sei ein Schabernack, den sein Expartner ihm spielen wollte. Nun, da Chuck Reid nicht mehr im Sheriff's Office arbeitete, nahm er das Leben von der lustigen Seite, zumindest so lustig, wie es einem aus der Sicht eines Zivilisten erschien.

»Sind Sie der Mr. Gardner, der nach einem Jens Soering und einer Elizabeth Haysom sucht?« wollte die Stimme weiterhin wissen.

»Wer ist da?« fragte Gardner in scharfem Ton. »Bist du das, Chuck?«

»Hier ist Detective Constable Wright in England«, sagte Wright geduldig, »und ich habe zwei Fragen an Sie.«

»Okay«, murmelte Gardner. »Ich glaub's Ihnen. Schießen Sie los.«

»Sind die Eltern von Elizabeth Haysom tot?«

Gardner verdrehte die Augen. »Das sind sie.«

»Wurden sie ermordet?«

Gardner nahm den Hörer vom Ohr und starrte ihn an. Hör sich mal einer diesen Kerl an, sagte er sich. Der scheint heute ja ganz schön aufgedreht zu sein. »Wie lange soll dieses Spiel denn noch weitergehen?«

»Das ist kein Spiel«, erwiderte die Stimme. »Ich bin Polizeidetektiv in England, und ich glaube, wir haben Ihre Mörder verhaftet.«

Plötzlich klickte es in seinem Kopf. Der Polizeichef von Charlottesville hatte sich vor zwei Tagen bei Sheriff Wells gemeldet und mitgeteilt, er habe gehört, daß Jens und Elizabeth in London wegen Ladendiebstahls verhaftet worden seien. Wells hatte sich sofort an Interpol gewandt, wo man ihn bat, sich noch etwas zu gedulden, während man sich um weitere Angaben bemühte. Wells hatte es nicht besonders eilig, denn sie hatten nicht mehr Beweise als zu dem Zeitpunkt, als Elizabeth und Jens geflüchtet waren – sie hatten noch immer nichts gefunden, was die beiden direkt mit den Morden in Verbindung brachte. Aber woher wußte dieser Typ in England etwas von Mord?

»Wie kommen Sie darauf, daß sie ermordet wurden?« fragte Gardner vorsichtig.

»Aus den Briefen«, antwortete Wright.

Gardner war wie vor den Kopf geschlagen. »Briefe?« stotterte er. »Was für Briefe?«

»Briefe, die sie sich geschrieben haben«, sagte Wright. »Wir haben sie in ihrer Wohnung gefunden.«

Gardners Herz begann plötzlich heftig zu klopfen, als wäre er gerade fünf Treppenabsätze hochgerannt.

»Was sagten Sie gerade, wo sind Sie?« fragte er aufgeregt und sprang auf.

»Ich bin in Richmond, bei London. Ich denke, Sie sollten schnellstens herkommen.«

Klar, dachte Gardner. Ich bin schon unterwegs. Erklären Sie mir nur schnell mal den Weg. »Hören Sie«, sagte er und bemühte sich, ruhig zu bleiben, »ich kann nicht so einfach alles stehen- und liegenlassen und nach England verschwinden. Ich muß erst mal mit meinem Chef reden.«

»Das leuchtet ein«, erwiderte Wright.

»Können Sie mir mal Ihre Telefonnummer geben?« fragte Gardner und griff nach einem Bleistift. »Okay«, sagte er dann und schrieb eilig. »Ich hab' sie notiert. Wie spät ist es bei Ihnen?«

Wright sagte, etwa fünf Uhr nachmittags.

»Gehen Sie nicht weg«, rief Gardner erregt. »Gehen Sie nicht weg. Ich rufe Sie gleich zurück. Bleiben Sie am Telefon. Ja? Bitte, gehen Sie nicht weg!«

Nachdem er aufgelegt hatte, wählte er die Nummer des Leitenden Staatsanwaltes von Virginia, Jim Updike.

»Jim«, brüllte er, »hier ist Ricky. Was treibst du gerade?«

»Ich gehe gerade eine Anklageschrift durch«, antwortete Updike und klang wegen der Störung leicht gereizt.

»Laß sie liegen«, sagte Gardner. »Ich komme gleich rüber, und du wirst nicht glauben, was ich dir zu erzählen habe.«

Drei Minuten später stürmte ein nach Luft ringender Gardner in Updikes Büro und knallte die Tür so heftig hinter sich zu, daß beinahe die Glasscheibe herausgefallen wäre.

»Sie haben Elizabeth und Jens«, rief er. »Sie haben sie mit den Morden in Verbindung gebracht, und sie wollen, daß wir rüberkommen.«

»Nun mal langsam«, sagte Updike. »Immer mit der Ruhe. Wer hat Elizabeth und Jens? Und was ist mit Mord?«

»Die Polizei in England.«

»Wo in England?«

»In einem Ort namens Richmond. Da drüben gibt es auch ein Richmond. Ich glaube, es liegt in der Nähe von London. Sie wollen, daß wir gleich rüberkommen. Sie haben sie mit den Morden in Verbindung bringen können. Sie haben Briefe, die, wie sie meinen, auf ihre Täterschaft hinweisen. Mein Gott, ich kann es nicht glauben. Nach so vielen Monaten!«

Updikes blonde Augenbrauen rutschten hoch.

»Was für Briefe?«

»Ich weiß nicht, was für Briefe das sind. Er sagte nur ›Briefe‹. Aber sie wissen von den Morden, also muß in den Briefen etwas darüber stehen.«

Updike spürte, wie ihm das Blut ins Gesicht schoß. »Ist das dein Ernst?«

»Mein tödlicher.«

Der Staatsanwalt lehnte sich in seinem Sessel zurück und verschränkte die Hände hinter dem Kopf. Länger als Gardner die Luft anhalten konnte, saß Updike da und starrte ins Leere. Von früheren Gelegenheiten wußte Gardner, daß es besser war, ihn nicht zu stören, wenn er nachdachte. Aber dann konnte er das Schweigen nicht mehr ertragen.

»Sieh mal«, sagte er und hielt Updike den Zettel unter die Nase. »Da ist die Nummer. Sie warten auf unseren Rückruf. Sie wollen, daß wir sofort hinkommen.«

Updike griff nach dem Telefonhörer, nahm ihn von der Gabel, ließ ihn dann wieder zurückfallen. »Rufen wir aus deinem Büro an«, sagte Updike und stemmte sich hoch. »Für den Fall, daß sie irgendwelche Fragen haben, können wir gleich in deinen Akten nachschauen.«

Während Updike mit Wright redete und so viele Einzelheiten wie möglich zu erfahren versuchte, ging Gardner nervös in seinem kleinen Büro auf und ab. Er hatte kaum Platz, einen Schritt zu machen, weil sich immer mehr neugierige Kollegen hereindrängten.

»Aha«, sagte Updike gerade. »Okay. Tatsächlich? Hmm-hm. Ist das möglich?«

Schließlich legte Updike auf. »Na, Alter«, sagte er und blickte Gardner an, »bist du bereit, nach England zu düsen?«

»Ist das dein Ernst?« fragte Gardner. »Du meinst, sie haben wirklich etwas, womit wir sie festnageln können?«

»Es scheint so«, antwortete Updike. »Ich kann es kaum erwarten, mir diese Briefe anzusehen.«

»Und wann sehen wir sie?«

»Das ist eines der Probleme. Sie wollen, daß du so bald wie möglich rüberkommst.«

»Ich?« fragte Gardner. »Ich war noch nie im Ausland. Allein fliege ich nicht. Du kommst mit.«

»Moment mal«, sagte Updike. »Zuerst einmal weiß ich nicht, ob ich kann. Ich muß mir erst mal meinen Terminkalender ansehen. Dann ist da die Geldfrage. In meinem Budget sind Reisen nach England nicht vorgesehen.«

»Verdammt noch mal«, brüllte Gardner. »Wir können uns doch jetzt von ein paar Dollars nicht zurückhalten lassen!«

»Vielleicht kann ich den Verwaltungsrat zu einer außerordentlichen Sitzung überreden, damit wir uns die nötigen Gelder beschaffen können . . .«

»Der Sheriff könnte doch den Flug bezahlen.«

»Der Sheriff ist nicht in der Stadt«, meinte einer der Detectives zu Gardner. »Er ist in Las Vegas auf dem Kongreß.«

»Verdammt, stimmt ja. Und wo ist Ronnie Lockland?«

»Er hat heute frei.«

»Na los, suchen wir ihn. Jetzt ist jede Minute kostbar.«

Ein Deputy fand den Chief Deputy auf einer Weide bei seiner Farm, erklärte ihm die Situation und fragte, ob er irgendeine Idee habe. »Zur Hölle, sagen Sie ihnen, sie können fliegen«, sagte Lockland und kratzte die Reste eines Kuhfladens von seinen Stiefeln ab. »Wir werden das Geld schon irgendwie auftreiben.«

Diese Entscheidung stürzte Updike und Gardner in einen Wirbel heftiger Aktivitäten. Da keiner von ihnen schon mal im Ausland gewesen war, hatten sie keine Pässe. Das war jetzt vorrangig. Sie holten einen Fotografen aus dem Ort, verdonnerten ihn zu totalem Stillschweigen und ließen sich fotografieren. Nachdem sie auch den Urkundsbeamten bei Gericht zum Schweigen verpflichtet hatten, machten sie sich auf die Suche nach den Dokumenten, die sie brauchten, um die Hindernisse in der Paßabteilung schnellstens zu überwinden. Geheimhaltung war wichtig, darin waren sich Gardner und Updike einig, denn sie wollten nicht, daß die Medien Wind von der Sache bekamen. Sie wollten unangekündigt in London auftauchen und Jens und Elizabeth aufsuchen. Sie hofften nämlich, daß der Schock, Gardner und Updike plötzlich wiederzusehen, ihnen die Zunge löste. Es war ein guter Plan, aber sie hatten keine Chance, ihn in die Tat umzusetzen.

Sie hatten von Anfang an mit Problemen zu kämpfen. Gardner eilte nach Hause und kehrte umgehend mit seiner Geburtsurkunde zurück. Updike öffnete sein Bankschließfach und tauchte ebenfalls mit einem Dokument auf, das er für seine Geburtsurkunde hielt. Tatsächlich war es eine Registrierung seiner Geburt, eine Bestätigung des Krankenhauses für seine Eltern, daß Missis Updike ein Kind zur Welt gebracht hatte. Es war kein amtliches Zeugnis; es reichte der Paßbehörde nicht.

Enttäuscht und ungehalten rief Updike den örtlichen Congressman an und bat um seine Hilfe, den Behördenweg zu verkürzen. Das würde er auch gerne tun, meinte er, doch zuerst müsse Updike in der Lage sein zu beweisen, daß er Amerikaner sei. Updike suchte jedes Dokument zusammen, das er finden konnte: seinen Trauschein, eidesstattliche Erklärungen seiner Eltern, Kopien seiner Einstellungsurkunde, Universitätsdiplome... Schließlich hatte er alles beisammen. »Das müßte eigentlich ausreichen«, sagte er zu Gardner. »Drück uns die Daumen.«

Sie verließen Bedford am Sonntag, dem 1. Juni, und verbrachten die Nacht in Washington, damit sie am Montagmorgen als erste auf dem Paßamt erschienen. Lockland hatte für sie Plätze in einer Maschine gebucht, die am Spätnachmittag starten würde. Es war ziemlich knapp kalkuliert.

Zu ihrer großen Erleichterung erhielten sie die Dokumente kurz nach Mittag ausgehändigt. Da sie noch ein paar Stunden Zeit bis zum Start ihrer Maschine hatten, machte Updike noch einige Einkäufe.

»Weißt du, was man mir von London erzählt hat?«

»Nein, was denn?«

»Dort soll es ständig regnen. Ich besorge uns lieber einen Regenschirm.« Er kaufte auch ein Reisebügeleisen. Und einen Haarfön. Und dann war er reisefertig.

Als er angeschnallt auf seinem Sitz im Raucherabteil des Jets der British Airways saß, griff Updike nach seiner gewohnten Zigarre, doch dann fiel ihm ein, daß Zigarrenrauchen in Flugzeugen verboten war.

»Weißt du«, gestand er Gardner, »bis zu diesem Anruf hatte ich tatsächlich geglaubt, daß wir sie nie wiedersehen würden. Ist es dir nicht genauso gegangen?«

Gardner überlegte. »Nein«, sagte er langsam. »Ich glaube, ich hatte immer damit gerechnet, daß sie irgendwann auf die Nase fallen würden. Ich redete mir ein, daß dieser Fall eines Tages gelöst würde, aber erst, wenn der liebe Gott es wollte. Es lag allein in seiner Hand.«

Updike nickte. »Ich wünschte, ich hätte dein Gottvertrauen. Im Augenblick muß ich davon ausgehen, daß die Sache irgendein Ende haben wird.«

»Das denke ich auch«, sagte Gardner. »Und wie gehen wir vor?«

»Ich werde sie nicht verhören. Das darf ich nicht. Ich bin nur als dein juristischer Berater mitgekommen. Wir müssen uns erst mal die Briefe ansehen und dann eine Taktik entwickeln.«

»Kein schlechter Plan. Aber ich schlafe jetzt erst mal eine Runde.«

»Ehe du endgültig weg bist«, sagte Updike, »kannst du mir wenigstens eine Zigarette geben.«

Gardner reichte ihm sein Päckchen, dann machte er es sich in seinem Sitz bequem. Schon nach wenigen Minuten schnarchte er leise. Aber Updike saß da, bekam kein Auge zu und rauchte eine Zigarette nach der anderen. Während der Film *Der junge Sherlock Holmes* über die Leinwand des Bordkinos flimmerte, ging Updike in Gedanken noch einmal die einzelnen juristischen Schritte durch, die seiner Meinung nach nötig waren, um Elizabeth und Jens in Virginia vor ein Gericht zu bringen. Wie sich wenig später herausstellte, unterschätzte er gründlich die Verwicklungen des Auslieferungsverfahrens, zumal eine der beteiligten Parteien plötzlich machtpolitische Anwandlungen bekam.

24

Gardner und Updike stiegen auf dem Heathrow Airport mit roten Augen, trockenem Mund, leicht benommen und mit so viel Adrenalin und Kaffee aufgeputscht aus, daß sie auch ohne die British Airways direkt nach Washington hätten zurückfliegen können.

»Nehmen wir eine schnelle Dusche, ziehen uns um und sehen wir zu, daß wir mit Jens und Elizabeth reden«, sagte Updike, sobald sie zu Beever und Wright in den Wagen gestiegen waren.

»Das geht nicht«, sagte Beever.

»Wie meinen Sie das?« fragte Updike verblüfft.

»Englisches Gesetz. Sie dürfen sie nicht verhören, ehe sie nicht per Gerichtsbeschluß in die Untersuchungshaft zurückgeschickt wurden.«

»Und wann geschieht das?«

»Am Donnerstag.«

»Aber heute ist doch erst Dienstag.«

»Ich weiß. Ich habe auch ein schlechtes Gewissen, vor allem, da Sie diese weite Reise gemacht haben. Aber ich kann nichts tun. So verlangt es das Gesetz.«

»Was genau bedeutet denn dieses Zurückschicken in die Untersuchungshaft?« wollte Gardner wissen.

Beever erklärte, daß laut englischem Gesetz Verdächtige in Strafsachen unbegrenzt lange in Untersuchungshaft festgehalten werden können, solange ihr Fall zur Überprüfung regelmäßig vor Gericht gebracht wird. Dies muß einmal wöchentlich geschehen. Beever sagte, er wolle beantragen, Elizabeth und Jens für zweiundsiebzig weitere Stunden festzuhalten, obgleich es eigentlich 96 Stunden seien, da der Sonntag nicht mitgerechnet würde. Man würde am Donnerstag über sie verhandeln, so daß die Amerikaner bis zum Montag Zeit hätten, sie zu verhören.

In ihrem Fall war die Wahl des Ortes mindestens ebenso wichtig wie der Zeitfaktor. Normalerweise, so erzählte Beever,

Derek Haysom in seiner Zeit als Geschäftsführer einer kanadischen Stahlfirma (Foto Abbass Studios Ltd.)

Nancy Haysom in spielerischer Laune anläßlich einer Geschäftsreise ihres Mannes (Foto Abbass Studios Ltd.)

Wycombe Abbey in England, die Privatschule, die Elizabeth besuchte (Foto Ken Englade)

In seiner High School Zeit griff Jens Soering als Rockgitarrist oft in die Saiten (Foto Margret Haverstein)

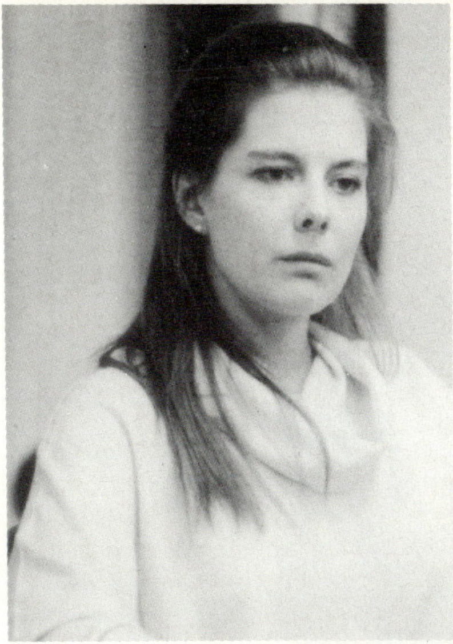

Elizabeth Haysom
(Foto Bill Hoy,
The Bedford Bulletin)

Jens in seinem ersten Jahr als Student der Universität von Virginia (Foto Lynchburg, News and Daily Advance)

Derek Haysom
(Foto Abbass
Studios Ltd.)

Nancy Haysom
(Foto The Halifax
Herald)

Loose Chippings – das Landhaus, das Derek und Nancy bewohnten, einen Tag nach der Entdeckung ihrer Leichen (Foto Mark Bailey, Lynchburg, News and Daily Davance)

In dieser Londoner Mietwohnung lebten Jens und Elizabeth, bevor sie zum ersten Mal wegen Betruges verhaftet wurden (Foto Ken Englade)

Ricky Gardner
(Foto Bill Hoy)

Chuck (Foto Bill Hoy)

Jim Updike
(Foto Bill Hoy)

Die Brüder Haysom am ersten Tag der
Zeugenvernehmung von Elizabeth' Prozeß.
Erste Reihe von links nach rechts:
Richard Haysom, Howard Haysom.
Hinter ihnen sitzt Veryan Haysom
(Foto Dan Doughtie, Roanoke Times & World News)

Elizabeth Walton, eine alte Freundin der Haysoms,
im Zeugenstand (Foto Bill Hoy)

Updike konfrontiert Elizabeth im Gerichtssaal mit ihren alten Tagebuchaufzeichnungen (Foto Lynn Hoy)

Richter William Sweeney verurteilt Elizabeth zu zweimal fünfundvierzig Jahren Gefängnis wegen der Rolle, die sie bei der Ermordung ihrer Eltern gespielt hat (Foto Bill Hoy)

würden Verdächtige jeweils in das Gefängnis eingewiesen, das gerade über ausreichend Platz verfüge. Zu jener Zeit befand Elizabeth sich im Holloway Prison, dem Hauptfrauengefängnis, und Jens saß auf der anderen Seite der Stadt im Ashford Remand Centre. Es wäre einfacher für die Ermittlungsbeamten, ihre Verhöre durchzuführen, wenn beide sich am gleichen Ort befänden, daher wollte Beever das Gericht um Erlaubnis bitten, beide in die Strafanstalt Richmond zu schicken. Updike, dem der britische Detective auf Anhieb sympathisch war, fragte, ob bereits ein Richter ausgewählt sei, um die Verhandlung zu führen. Beever lachte verhalten. In der englischen Gerichtsbarkeit würden Entscheidungen zur Fortdauer der Untersuchungshaft in einem Fall wie dem von Elizabeth und Jens nicht von einem Richter gefällt, sondern von einem Gremium aus drei Magistratsmitgliedern. Er fügte hinzu, daß diese Leute keine ausgebildeten Juristen seien, sondern hochrangige Bürgervertreter, die ihre Tätigkeit bei Gericht ehrenamtlich ausübten.

Updike war sprachlos. Wenn es keine Rechtsexperten waren, wollte er wissen, wer achtete dann auf die Einhaltung und Anwendung der Gesetze?

Das sei die Aufgabe des Protokollführers, erklärte Beever.

Updike sank niedergeschlagen in seinen Sitz zurück. In vieler Hinsicht, so entdeckte er allmählich, unterschied sich das britische Rechtssystem, das die Grundlage des amerikanischen darstellte, so gründlich von dem, woran er gewöhnt war, wie Baseball von Cricket.

»Haben die beiden irgendeine Vorstellung, was auf sie zukommt?« fragte Gardner.

»Nicht die geringste«, sagte Beever. »Sie glauben noch immer, daß wir nur an der Betrugssache interessiert sind. Sie haben keine Ahnung, daß es um Mord geht.«

Gardner und Updike grinsten einander an. »Ich hoffe, daß es vorerst so bleibt«, sagte Updike.

Bis zu der Anhörung gab es nicht viel, was Updike und Gardner tun konnten, außer die Dokumente zu überprüfen, die in Jens' und Elizabeths Wohnung gefunden worden waren, und mit ihren britischen Kollegen eine Strategie auszuarbeiten.

In den sechsunddreißig Stunden, die sie bis zu der Verhandlung über die Fortdauer der Untersuchungshaft ausharren mußten, entdeckten die beiden Amerikaner, daß die berüchtigte britische Reserviertheit ein Mythos war, zumindest, was Polizisten anging. An ihrem ersten Abend in England zwangen Jetlag und allgemeine Erschöpfung Updike und Gardner, ihr Freudenfest zu verschieben. An ihrem zweiten Abend jedoch warfen sie ihre Hemmungen über Bord; sie landeten in einem von Polizisten bevorzugten Pub, und Updike ertappte sich dabei, wie er die Ehre der Vereinigten Staaten in einem Wetttrinken gegen einen stämmigen Engländer verteidigte. Niemand konnte sich nachher daran erinnern, wer diesen Kampf gewonnen hatte.

Trotz ihrer sorgfältig entwickelten Pläne, ihre Anwesenheit in London geheimzuhalten, gelangte die Geschichte doch in die Presse. Am Morgen des Hearings veröffentlichte der sensationshungrige *Daily Mail* einen Bericht darüber, daß Updike und Gardner nach London gekommen seien, um das junge Paar zu einem blutigen ›Voodoomord‹ zu befragen. Bis zu diesem Augenblick hatte Jens und Elizabeth niemand Beachtung geschenkt, doch diese Meldung holte sie aus ihrer Anonymität heraus. Sie verdarb außerdem den von Gardner und Updike geplanten Überraschungseffekt.

Als der Anwalt des Paares mit Jens wenige Minuten vor Beginn der Verhandlung vor dem Magistratsgericht in Richmond zusammentraf, drückte er ihm eine Ausgabe des *Daily Mail* in die Hand. »Das sollten Sie sich mal ansehen«, sagte er.

Jens überflog den Artikel, dann schrieb er hastig eine Nachricht an Elizabeth, sie solle alle Beweise vernichten. Er steckte ihr den Zettel zu, als sie einander wenig später im Korridor der Polizeistation begegneten. Sie las den Zettel, dann gab sie ihn zurück. Er riß ihn in winzige Fetzen und warf diese auf den Boden. Wenige Minuten später sammelte ein Polizeibeamter die Schnipsel auf und setzte sie in stundenlanger Arbeit wieder zusammen. Es sollte ein weiteres Glied in der Beweiskette sein.

Das Magistratsgericht in Richmond befindet sich in einem modernen zweistöckigen Gebäude, einem kalt aussehenden seelenlosen Bauwerk, grellweiß gestrichen mit schwarzen Eisenverzierungen. Am Vormittag des Donnerstags fuhr ein weißer Kleinbus mit einem roten Streifen, in dem Elizabeth und Jens saßen, vor dem massiven schmiedeeisernen Tor vor, das die Einfahrt zur Tiefgarage versperrte. Sobald das Fahrzeug hineingefahren und das Tor geschlossen worden war, wurden sie durch eine blaue Stahltür geführt und in separate Wartezellen gesperrt, wo sie so gut wie gar nicht miteinander kommunizieren konnten. Nach rein funktionalen Gesichtspunkten entworfen, enthielten die Zellen eine Holzbank, die in die hintere Zellenwand eingelassen war, und einen Klingelzug, um einen Wächter herbeizurufen.

Wenige Minuten nachdem sie eingetroffen waren, wurden sie zwei Stahltreppen hinauf und in den Gerichtssaal geführt. Ebenso wie die Zellen sind die Gerichtssäle klein und auffallend spartanisch, möbliert mit etwa fünfzig Klappstühlen für Zuschauer und Bänken und Tischen für die Anwälte. In England werden Häftlinge auf die Anklagebank verwiesen, einen kleinen Kasten mit brusthohen Seitenwänden. Elizabeth und Jens betraten die Box und blieben stehen, entsprechend den britischen Gewohnheiten, während Detective Inspector Peter Shepperdson die Begründung für die Forderung vorbrachte, die beiden in Untersuchungshaft zu belassen, und zwar, um zur Aufklärung der Morde an Derek und Nancy Haysom mitzuwirken. Elizabeth, die sehr bleich und weitaus dünner aussah als zum Zeitpunkt ihrer Verhaftung fünf Wochen vorher, hielt den Blick ständig auf den Fußboden gerichtet. Jens schaute einmal hoch und sah kurz zu Gardner. Er ließ seinen Blick weiterwandern, ohne so etwas wie Erkennen zu zeigen. Updike hatte er bisher noch nicht zu Gesicht bekommen.

Das Gericht bestand aus einer Frau, die als leitender Magistrat fungierte, sowie zwei Männern. Nach Shepperdsons Rede argumentierte der Verteidiger, der Jens und Elizabeth vertrat, etwa eine halbe Stunde lang gegen den Staatsanwalt. Danach zogen sich die Magistratsrichter für zehn Minuten in ein Hinterzimmer zurück und kehrten dann mit ihrer Entscheidung zurück: Elizabeth und Jens könnten für zweiundsiebzig Stunden im Richmond Polizeirevier festgehalten werden, wonach ein weiteres Hearing stattfinden sollte.

Gardner atmete erleichtert auf. Er lehnte sich zu Beever hinüber und flüsterte: »Wann kann ich mit ihr reden?«

Bis zu diesem Moment hatten Jens und Elizabeth sich hinsichtlich ihrer Fähigkeit, der Vergangenheit zu entfliehen, sicher gefühlt. Seit ihrem Aufbruch von Virginia hatten sie nicht mehr über ihre ›kleine Schweinerei‹ gesprochen, und allem Anschein nach hatten sie auch nicht mehr erwartet, jemals wieder vom Tod der Eltern Elizabeths zu hören. Auch während ihres Aufenthaltes in englischen Gefängnissen dachten sie offensichtlich so gut wie gar nicht an die Möglichkeit, daß Ricky Gardner sie aufstöbern könnte.

Rückblickend kann man sagen, daß der Monat Mai für die beiden nicht über Gebühr gemütlich gewesen war. Ein Gefängnis ist zwar kein angenehmer Ort, doch in dieser Zeit hatten die beiden immer noch die Hoffnung, daß sie schon bald wieder freigelassen würden. In einem sechs Seiten langen Brief an Jens äußerte Elizabeth ihre Frustrationen und Ängste, beschrieb ihre stimmungsmäßigen Hochs und Tiefs und beklagte sich über den ein oder anderen Punkt. Sie erwähnte an keiner Stelle die Möglichkeit einer Mordanklage.

Obgleich der Brief kein Datum trug, notierte sie die Wochentage. Und wie sie es schon in ihrem Brief von Loose Chippings während der Weihnachtsferien 1984 getan hatte, faßte sie die Gedanken und Überlegungen mehrerer Tage zu einem einzigen Schriftstück zusammen. Nach einer zweiseitigen Hymne auf den Sex mit Jens, die offener waren als die Briefe in *Penthouse*, wandte sie sich der eher praktischen Seite ihrer Situation zu, nämlich wie und wann sie wieder aus dem Gefängnis kämen.

Da sie beide eine andere Staatsangehörigkeit hatten, konnten sie sich jederzeit mit der Bitte um Hilfe an ihre Botschaften wenden. Elizabeth, die ohne politische Verbindungen war, erreichte herzlich wenig mit ihren Appellen an die Kanadier. In ihren ›Freitags-Bemerkungen‹ ließ sie verlauten, daß die Botschaft nicht allzuviel tun könne und daß im Grunde niemand sonderlich an der Sache interessiert sei.

Jens, als Sohn eines Berufsdiplomaten, hatte hingegen in der deutschen Botschaft einigen Einfluß und gelangte in den Genuß umfangreicher Unterstützung, an der er auch Elizabeth teilhaben ließ. In dieser Phase ihrer Beziehung war Elizabeth ganz zufrieden, daß diese Dinge von Jens arrangiert wurden; sie sagte, sie habe großes Vertrauen in seine Maßnahmen.

Am Dienstag schrieb sie über die Möglichkeit, ausgewiesen zu werden, vielleicht nach Kanada, aber, noch besser, nach Deutschland, zusammen mit Jens. Zweifellos war sie sich des Unterschieds zwischen Ausweisung und Auslieferung bewußt. Eine Ausweisung bedeutet, daß sie nicht mehr in Großbritannien bleiben dürfe und in ein anderes Land abgeschoben würde. Eine Auslieferung hingegen war ein Verfahren, mit dem sie aus Großbritannien ausgewiesen würde, um woanders vor ein Gericht gestellt zu werden. In Kanada hatte sie aber keine Straftat begangen, also hatte sie nichts zu befürchten. Mit keinem Gedanken erwog sie die Gefahr einer eventuellen Auslieferung in die USA. Ihre Hauptsorge schien zu sein, was sie in Kanada anfangen sollte und wo sie dort leben würde. Seltsam, daß sie ihre drei Halbbrüder und ihre Halbschwester, die in Kanada lebten, nicht erwähnte. Als letzten Strohhalm hoffte sie, daß die deutschen Behörden sie als Jens' Verlobte anerkannten.

Am nächsten Tag, Mittwoch, beschäftigte sie sich noch immer mit Kanada. In einer etwas deprimierten Stimmung dachte sie darüber nach, ob es nicht besser wäre, wenn sie freiwillig anbot, dorthin zu gehen. Wenigstens, so klagte sie, wäre sie dann frei.

Unterdessen, so schrieb sie, solle Jens weiter darum kämpfen, gegen Kaution entlassen zu werden, weil er angesichts seiner beneidenswerten Regierungskontakte weitaus bessere Chancen habe. Im gleichen Atemzug beklagte sie sich jedoch über eben jene Beziehungen, indem sie die Vertreterin der westdeutschen Botschaft, die ihr ein paar Kleider gebracht hatte, wütend als eine ›dumme Person‹ beschimpfte, die so gedankenlos gewesen war und auch einen weißen Pullover mitgebracht hatte, wo sie doch eigentlich hätte wissen müssen, wie schnell ein weißes Kleidungsstück in einer Gefängniszelle schmuddelig wurde. Die restlichen Kleider, so beschwerte sie sich, bestanden aus einer Hose von Jens und einem rosafarbenen T-Shirt.

Jens hatte seine eigenen Probleme. Während er weiterhin in Briefen an Elizabeth seine Liebe und Hingabe beteuerte, schien er seine Meinung über ihre Beziehung allmählich zu ändern. Am 18. Mai, wahrscheinlich in der gleichen Zeit, als Elizabeth über ihre wilden sexuellen Begierden schrieb, begann er einen elf Seiten langen Brief an Neil Woodall, einen Freund, den Jens kennengelernt hatte, als sie zwei Wochen lang in einer gemeinsamen Zelle untergebracht waren.

Im typischen Jens-Stil abgefaßt, war der Brief introspektiv, pseudophilosophisch und ichbezogen. Er lieferte jedoch einige wertvolle Erkenntnisse darüber, wie seine Beziehung zu Elizabeth sich entwickelte.

Die Tatsache, daß er im Gefängnis saß und von seiner Geliebten getrennt war, hatte ihn dazu gebracht, ihre Lage etwas genauer zu betrachten. Dabei entdeckte er, daß jeder nun in überaus ungünstiger Weise vom anderen abhängig war. Aus unterschiedlichen Gründen suchten beide Liebe, er, weil seine Mutter ihn immer selbstlos geliebt hatte und er Angst hatte, diese Bindung zu verlieren, Elizabeth, weil sie glaubte, niemals richtig geliebt worden zu sein. Er fragte sich, ob er und Elizabeth – während sie sich gegenseitig das Lippenbekenntnis lieferten, daß sie sich gegenseitig liebten – auf lange Sicht nicht einen Kurs der gegenseitigen Zerstörung eingeschlagen hatten.

Sogar das Vergnügen, das der Sex ihnen bot, war zweifelhaft. Tatsächlich, so meinte er, sei er gezwungen zuzugeben, daß ihre ausgedehnten Sexübungen wahrscheinlich doch nicht so befriedigend gewesen waren, wie er zuerst angenommen hatte. Aber, so schränkte er ein, vielleicht lag es daran, daß sie bisher die einzige war, mit der er geschlafen hatte, und daß er daher keine Vergleichsmöglichkeit hatte.

Ehe er den Brief beendete, äußerte er einen weiteren verwirrenden Gedanken: eine Andeutung, daß er auf einer Ebene, die er sich selbst gegenüber noch nicht eingestehen wollte, sein eigenes Gewaltpotential auslotete. Er entschied, daß er seine geheimsten Gefühle noch eingehender untersuchen müsse, um in Erfahrung zu bringen, wo der Ursprung für seine mögliche Gewalttätigkeit lag und wie sich diese äußerte, das heißt, ob sie sich in Aktionen, Gedanken oder seinem Auftreten entlud.

Seltsamerweise berührte der Brief nicht den Stand der Ermittlungen gegen ihn oder Elizabeth, was er tun könnte, um seine Verteidigung vorzubereiten, oder ob er sich Sorgen mache, daß die Polizei mittlerweile die Briefe gelesen hatte, die sie, wie er wußte, aus der Wohnung herausgeholt hatte. Elizabeth sagte später aus, daß sie nicht gewußt habe, daß die Briefe noch existierten, daß sie geglaubt habe, sie seien längst vernichtet worden. Jens jedoch mußte wissen, daß sie vorhanden waren und welche Folgen sie haben würden, sobald die Polizei sie gelesen hatte. Vielleicht hatte er sich in seiner Überheblichkeit eingeredet, daß die Polizei die Briefe nicht finden würde, daß sie sich nicht die Zeit nehmen würde, sie zu lesen, oder daß sie ihre Bedeutung nicht erkannte, selbst wenn sie sie las. Warum er sie überhaupt aufbewahrt hatte, ist und bleibt ein Rätsel.

Anstatt einen Hinweis auf seine Überlegungen in diesem Bereich zu liefern, beschäftigte Jens' Brief sich fast ausschließlich mit seiner ›Philosophie‹, seiner ›Isoliertheit‹ und der Notwendigkeit, daß er zuerst einmal an sich selbst denken müsse. Mehr als ein Jahr später bekam Elizabeth eine Kopie des Woodall-Briefes zu Gesicht und geriet darüber derart in Zorn, daß diese Reaktion enorme Auswirkungen auf ihre eigene Position vor Gericht hatte und damit auch auf Jens' Stand in der Verhandlung.

25

Ricky Gardner und Ken Beever wollten unbedingt mit Elizabeth Haysom reden.

Und Elizabeth Haysom wollte genau das unbedingt vermeiden.

Am Vortag hatten Beamte ihre Zelle durchsucht und Briefe konfisziert, die Jens ihr seit ihrer Verhaftung geschickt hatte. Sie war darüber ungehalten. Sie war auch noch etwas aus dem Gleichgewicht über das unerwartete Erscheinen von Gardner und über die Tatsache, daß die Polizei das Tagebuch ihrer Reisen durch Europa und Asien und die Briefe gefunden hatte, die sie einander geschickt hatten, als sie noch die UVA besuchten.

In Virginia war sie kooperativ und zugänglich gewesen, bereit, sich gegenüber Gardner zu fast jedem Thema zu äußern. Als er sie am Freitagnachmittag traf, war sie mürrisch und einsilbig, entschlossen, so wenig wie möglich von sich zu geben. Als sie das Verhörzimmer betrat, erhob Gardner sich und bot ihr einen Stuhl an. Sie lehnte ab. Er las ihr ihre Rechte vor und bat sie, ein Schriftstück zu unterschreiben, worin sie bestätigte, daß er entsprechend der amerikanischen Gesetze handle. Sie lehnte auch das ab. Er zuckte die Achseln und nickte Beever zu, der ihr ihre Rechte nach den britischen Gesetzen erklärte. »Sie sind nicht verpflichtet, irgendeine Aussage zu machen, es sei denn, Sie wollen es«, sagte er ruhig. »Alles, was Sie sagen, wird protokolliert und später als Beweismittel verwendet. Haben Sie das verstanden?«

»Das habe ich«, antwortete Elizabeth unwirsch.

Beever fragte sie, ob sie ihm von ihren Eltern erzählen würde, wo diese sich Anfang 1985 aufgehalten hätten und wo sie selbst in der Zeit gewesen sei. Sie fauchte, daß sie das bereits mit den Polizisten in Virginia durchgehechelt habe. Beever ging über ihre heftige Reaktion hinweg und erinnerte sie mit Nachdruck daran, daß sie sich nicht in Virginia befinde, sondern in England.

Elizabeth verlangte, ihren Anwalt zu sprechen. Beever ignorierte die Bitte und machte sie darauf aufmerksam, daß sie ihn erst vor einer halben Stunde gesehen habe. »Sie können sich doch denken, worüber wir mit Ihnen reden wollten. Ich denke, wir können mit Recht verlangen, daß wir ohne Unterbrechung weitermachen.«

Trotzig, wie ein ungehorsames Kind, bestätigte Elizabeth die Angaben zu ihrer Familie.

»Würden Sie mir kurz darstellen, wie gut Sie sich mit den Angehörigen Ihrer Familie verstanden haben?« fragte Beever.

»Nein«, antwortete sie scharf.

Er schaffte es, überrascht auszusehen. »Vermuten Sie hinter dieser Frage irgendeinen Hintersinn?« fragte er unschuldig und mit der Absicht, sie zu überlisten und zu einem Geständnis zu bewegen.

»Nein«, erwiderte sie in einem Ton, der ihm klarmachte, daß sie seine Absicht durchschaut hatte. Das Katz-und-Maus-Spiel hatte begonnen.

»Erinnern Sie sich, daß Sie sich im letzten Gespräch dazu geäußert haben, wie gut Sie sich mit Ihren Brüdern und Schwestern verstehen?« fuhr er fort.

Sie sah ihn ausdruckslos an und sagte, sie könne sich nicht entsinnen.

Durch eine Reihe von Fragen, die Elizabeth knapp beantwortete, hielten Beever und Gardner für das Protokoll fest, daß sie etwa neun Monate bei ihren Eltern gewohnt hatte, ehe sie zur UVA ging.

»War in dieser Zeit Ihre Beziehung in Ordnung?« wollte Beever wissen.

»Ich . . .« setzte sie an und verstummte dann.

»Hatten Sie irgendwelchen Streit?«

»Kein Kommentar«, sagte sie betont. Die Ermittler sollten diese beiden Worte noch hassen lernen.

»Erinnern Sie sich daran«, schaltete Gardner sich ein, »wie Sie mir von Ihrem sehr, sehr liebevollen Verhältnis zu Ihren Eltern erzählt haben, wie sehr Sie die beiden liebten?«

»Ich versuche es, aber es ist schon so unendlich lange her«, meinte sie sarkastisch.

Beever versuchte es etwas behutsamer. »Vielleicht wollte ich in dieser Hinsicht nur eine Bestätigung von Ihnen angesichts diverser Meinungsverschiedenheiten mit Ihren Eltern«, sagte er. »Sie haben Ihre Eltern geliebt, nicht wahr?«

»Ich liebte meine Eltern«, erklärte sie pathetisch.

»Wir alle haben Eltern«, sagte er besänftigend. »Und wir alle hatten schon mal Auseinandersetzungen mit ihnen, und wir waren sicherlich auch mal ein, zwei Tage wütend auf sie, aber dann war alles wieder in Ordnung. Das ist es, was ich von Ihnen hören will.«

Sie ließ sich nicht von ihrer Aussage abbringen. »Ich habe meine Eltern immer geliebt«, wiederholte sie.

»Immer?« hakte Beever nach.

»Immer!«

Da sie erkannten, daß sie sich in einer Sackgasse verrannten, näherten die Detectives sich dem Thema aus einer anderen Richtung.

»Hatten Sie die Absicht, Jens zu heiraten?« fragte Beever unvermittelt.

Elizabeth war nicht überrascht. »Wann?«

»Irgendwann. Wenn Sie mir ein Datum nennen wollen, dann nehme ich das zur Kenntnis.«

»Wir haben über die Möglichkeit gesprochen, ja.«

»Nur Sie und Jens?«

»Wie viele sind denn nötig, um zu heiraten?« fragte sie ironisch.

»Tut mir leid«, entschuldigte Beever sich. »Als Sie von ›wir‹ sprachen, habe ich gedacht, Sie hätten vielleicht mit Mom und Dad darüber gesprochen.«

»Nein, eine Heirat ist zwischen uns niemals zur Sprache gekommen.«

»Wußten Ihre Eltern von Ihrer Beziehung zu Jens?«

»Ja.«

»Haben Sie eine Ahnung, was sie von dieser Verbindung hielten?«

»Ich weiß, was sie dazu sagten, aber nicht, was sie wirklich dachten.«

»Und was haben sie dazu gesagt?«

»Ich glaube nicht, daß das hier von Bedeutung ist.«

»Nun, für Sie vielleicht nicht«, sagte Beever mit einem Unterton leichter Verzweiflung, »aber es könnte für mich wichtig sein. Möchten Sie die Frage nicht doch beantworten?«

»Nein.«

Von Elizabeths Halbbruder Howard wußten die Detectives, daß Derek gegenüber Jens eine tiefe Abneigung verspürte und daß er und Nancy Mittel und Wege suchten, die beiden jungen Liebenden zu trennen, auch wenn es bedeutet hätte, Elizabeth wieder wegzuschicken. Ganz bestimmt hatten Derek und Nancy ihrem Sohn Howard nichts erzählt, worüber sie nicht auch mit Elizabeth gesprochen hatten, daher war sie über ihre Einstellung ganz sicher informiert.

Seit sie und Jens nach Europa geflüchtet waren, hatte Elizabeth keinerlei Kontakt mehr mit ihren Geschwistern. Diese hingegen hatten Howard dazu bestimmt, die Verbindung zu den Behörden in Virginia aufrechtzuerhalten, und der Arzt aus Houston zeigte reges Interesse an dem Fall und telefonierte in der Woche zwei- bis dreimal mit dem Bezirksstaatsanwalt Updike, um sich über den Stand der Ermittlungen zu informieren.

Beever und Gardner setzten Elizabeth weiterhin zu, und das nicht immer sehr sanft. Sie reagierte weiterhin schroff und ausweichend. Als sie zu dem Wochenende kamen, an dem ihre Eltern getötet wurden, erwies Elizabeth sich als ausgesprochen störrisch. Beever wurde dabei heftiger als beabsichtigt.

»Eigentlich wollte ich mich ausschließlich über Ihre Herkunft und Ihre Vergangenheit unterhalten«, sagte Beever. »Na schön, das habe ich aufgegeben, und jetzt stelle ich Ihnen vorwiegend Fragen darüber, weshalb Sie hier sind. Sie wurden unter dem Verdacht verhaftet, am Tod Ihrer Eltern beteiligt zu sein. Ich möchte von Ihnen lediglich wissen, wo Sie sich an diesem Wochenende aufgehalten haben. Wenn Sie darauf nicht antworten wollen, so liegt das allein bei Ihnen. Darf ich denn erfahren, ob Sie das ganze Wochenende in Washington geblieben sind?«

»Kein Kommentar«, schnappte sie.

»Waren Sie das ganze Wochenende mit Jens zusammen?«

»Kein Kommentar.«

Beever hielt inne. »Ich kann das Verhör beenden«, sagte er geduldig, »und Ihnen die Aussage vorlesen, die Sie im April 1985 gemacht haben. Haben Sie diese Fragen bereits vor Polizisten in Virginia beantwortet?«

»Ja.«

»Und Sie haben die Wahrheit gesagt?«

»Ja.«

»Demnach haben Sie über Ihre Aktivitäten von Freitag, dem 19., bis zu Ihrer Rückkehr zur UVA Rechenschaft abgelegt?«

»Kein Kommentar.«

»Würden Sie mir vielleicht schildern, wie Sie nach Washington gelangt sind?«

»Kein Kommentar.«

»Ist es für Sie eine Zumutung, diese Fragen zu beantworten?«

»Kein Kommentar.«

»Kann ich davon ausgehen, daß Sie auf jede Frage zu diesem Wochenende mit ›kein Kommentar‹ antworten werden?«

»Kein Kommentar.«

»Haben Sie zum gegenwärtigen Zeitpunkt irgendeine Aussage zu machen?«

»Nein, Sir.«

Beever und Gardner tauschten einen Blick. »Wir sollten abbrechen«, schlug Beever vor. Gardner war einverstanden. Er sah, daß die Uhr sieben Minuten nach halb sechs zeigte. Der erste Teil des Verhörs hatte lediglich zweiundvierzig Minuten gedauert.

Nachdem sie sich fast eine halbe Stunde mit ihrem Anwalt beraten hatte, erklärte Elizabeth sich einverstanden, die Vernehmung fortzusetzen. Aber sie erwies sich als nicht kooperativer als vorher. Sie hatte von Anfang an gespürt, daß Beever härter sein würde als Gardner, aber sie hatte nicht geahnt, wieviel härter.

Gardner war in der Durchführung von Verhören relativ unerfahren. Beever hingegen nicht. Gardner hatte immer in einer ländlichen, überschaubaren Umgebung gearbeitet. Beever stammte aus einer völlig anderen Welt. Beever war ein City-Cop, der sich einem ganzen Katalog von Verbrechen und einem Heer von Kriminellen gegenübersah. Im Laufe der Zeit hatte er einen gewissen Zynismus entwickelt, doch er hatte auch gelernt, Verdächtige zu durchschauen und genau einzuschätzen, wie weit er sie unter Druck setzen konnte.

Elizabeth spielte die harte Nuß, aber Beever wußte, daß es nur Fassade war; wenn man ihr Zeit ließ und die richtigen Anstöße gab, würde sie ihnen am Ende doch erzählen, was sie wissen wollten. Es gab aber auch noch einen anderen Faktor zu beachten: Beever hatte den unschätzbaren Vorteil, Jens' und Elizabeths Briefe gelesen zu haben – und zwar die in Virginia geschriebenen wie auch die während ihrer Londoner Inhaftierung –, ehe er mit der Vernehmung der beiden begann, ein Vorzug, den Gardner und Reid nicht hatten, als Elizabeth sich in Virginia in ihrer Reichweite befand. Beever war entschlossen, diesen Vorteil voll auszuschöpfen.

Zu diesem Zeitpunkt war das einzige Vergehen, wegen dem Elizabeth und Jens in England angeklagt werden konnten, Betrug, was im Vergleich zu Mord geradezu lächerlich erschien. Sie konnten wegen des Mordes an Derek und Nancy nicht im Vereinigten Königreich belangt werden, doch die britische Polizei meinte, daß Jens und Elizabeth, wenn ihnen klar war, daß weitaus schwerwiegendere Anschuldigungen auf sie warteten, vielleicht eher bereit waren, über ihre Aktivitäten in London zu reden. Die britische Polizei war noch nicht überzeugt, daß Elizabeth und Jens nicht in Drogenschmuggel verwickelt waren oder keinerlei Verbindung zur IRA hatten.

Beever zeigte ihr Kopien der einzelnen Dokumente und brachte sie dazu einzugestehen, daß es sich um ihre Handschrift handelte. Dann las Beever ihr Auszüge vor, in denen sie sich zu Voodoozauber bei ihren Eltern, zu Todeswünschen und zum Einsatz Schwarzer Magie äußerte; in denen sie unter anderem den Wunsch formulierte, die Eltern sollten sich hinlegen und einfach sterben, damit sie sie endlich los sei.

»Begreifen Sie nun, worauf ich hinaus will?« fragte Beever. »Sie haben mir vorhin erzählt, daß Sie Ihre Eltern immer geliebt hätten. Aber hier steht schwarz auf weiß, wie sehr Sie sie verabscheut haben, wie sehr Sie ihren Tod wünschten. Welche Ihrer Aussagen ist denn nun gelogen?«

»Kein Kommentar.«

Beever fuhr fort. »Nehmen wir uns mal die anderen Auszüge vor. All die Briefe, von denen Sie zugegeben haben, daß sie von Ihnen stammen. Da ist zum Beispiel einer zum Tod Ihrer Eltern. Er hat das Datum vom 18. April 1985, etwa zweieinhalb Wochen nach ihrem Tod – und Sie schreiben an Jens und werfen ihm vor, daß er damit droht, sich zu stellen, Selbstmord zu begehen. Was bedeutet das?«

»Kein Kommentar.«

»Dann fahren Sie fort und schreiben, daß der Tod Ihrer Eltern es Ihnen erleichtert, sich einen Liebhaber auszusuchen.« Er sah sie an und wartete auf eine Reaktion. Als keine erfolgte, fügte er hinzu: »Das klingt für mich so, als hätten Ihre Eltern etwas dagegen gehabt, daß Sie mit Jens zusammen sind. Stimmt das?«

»Kein Kommentar.«

Beever blieb bei diesem Punkt. Was meinte sie damit, als sie Jens voller Zorn vorwarf, ohne Grund auf sie eifersüchtig zu sein? Warum schrieb sie, daß der Tod ihrer Eltern die Freiheit für sie bedeute? »Wie hat er darauf reagiert?« fragte Beever. »Würden Sie mir dazu jetzt eine Erklärung geben?«

»Kein Kommentar.«

»Er hat Ihre Eltern ermordet, nicht wahr?« fragte Beever laut.

Elizabeth hob den Kopf und war vom Tonfall des Detectives sichtlich überrascht.

»Kein Kommentar«, erwiderte sie mit fester Stimme.

»Und das wußten Sie, nicht wahr?«

»Kein Kommentar.«

»Und dann drohten Sie Jens beinahe, glaube ich. War das so von Ihnen gemeint?«

»Kein Kommentar.«

»Und schließlich, was meinten Sie damit, als Sie schrieben, Sie wollten nicht, daß sein ›Opfer‹ zu einer Last würde? Haben Sie das tatsächlich so gemeint?«

»Kein Kommentar.«

Ein längeres Schweigen trat ein, dann stellte Beever ihr wieder detaillierte Fragen zu den Eintragungen im Tagebuch. Sie beantwortete jede Frage mit ›Kein Kommentar‹. Er warf die Papiere auf den Tisch, mimte Zorn und erklärte ihr, er habe keine Lust mehr, sich weiterhin mit ihr zu unterhalten. »Wenn Sie mir jetzt nicht antworten wollen, dann bitte ich Sie, wieder nach unten zu gehen und sich Ihre Lage vor Augen zu halten«, sagte er. Er, Gardner und Wright gingen hinaus. Es war 6.20 Uhr nachmittags. Nur achtzehn Minuten waren seit Wiederaufnahme des Verhörs verstrichen. Insgesamt hatten sie eine Stunde und fünfundzwanzig Minuten mit Elizabeth verbracht.

26

Während Elizabeth sich gegenüber den Ermittlern mürrisch verhalten hatte und sich in ihrer Gegenwart nicht gerade wohl zu fühlen schien, reagierte Jens völlig anders.

Zu Beginn war Jens wie immer: überheblich, streitlustig und ichbezogen. Sobald er das Verhörzimmer betrat und sich setzte, musterte er Beever trotzig und verlangte von ihm, das Tonbandgerät auszuschalten. Er machte ihnen von Anfang an klar, daß er mehr daran interessiert war, Informationen zu erhalten, als welche zu geben. »Was passiert mit mir?« fragte er.

»Machen Sie sich deswegen Sorgen?« entgegnete Beever mit eisiger Stimme.

»Ja«, sagte Jens.

»Warum?«

»Weil ich zwei Menschen ermordet habe«, sagte er wie selbstverständlich. »Das wissen Sie doch, oder etwa nicht?«

Nachdem er das ausgesprochen hatte, schien er sich zu entspannen und das Verhör als eine Art Spiel oder intellektuelle Übung zu betrachten. Er schob die Brille auf seiner Nase hoch, als wollte er sagen: Okay, dann seht doch mal, wie ihr damit zurechtkommt.

Beever freute sich insgeheim, aber sein Gesicht zeigte keine Reaktion. Er beugte sich vor, begann das Gespräch und versuchte Zugang zu dem eulenhaft aussehenden jungen Mann auf der anderen Seite des Tisches zu finden.

Jens war wachsam und ausweichend, doch auf ganz andere Art und Weise als Elizabeth. Ihre Taktik war die Verdunkelung, der Rückzug ins totale Schweigen. Aber Jens war verbal aggressiv, er wollte mit den Polizisten spielen, wollte sie herausfordern.

Was Beever auf Anhieb auffiel, war Jens' irritierende Gewohnheit, auf jede Frage mit einer Gegenfrage zu antworten, was ziemlich störend war, bis die Polizisten sich darauf einstellten. Verfolgte Elizabeth die Absicht, die Detectives in die Irre zu führen, so versuchte Jens, sie anzugreifen. Er konnte dabei sehr umgänglich sein, doch nur dann, wenn er glaubte, den Gang der Vernehmung unter Kontrolle zu haben.

Jens hatte eins übersehen: In seiner Verachtung für Polizisten hatte er sie furchtbar unterschätzt. Sie hingegen mußten sich erst einmal in Jens einfühlen; sie mußten eine Taktik entwickeln, womit sie ihn locken konnten. Es war für beide Seiten ein Lernprozeß.

Nicht lange nachdem Beever seine Unterhaltung mit Jens begonnen hatte, brachte der Detective die Rede auf Dereks und Nancys Ermordung. Und schnell wurde aus der Diskussion ein Frage-und-Antwort-Dialog. Jens schien sehr gut auf Beevers Fragen zu reagieren, und der Detective glaubte, er locke Jens nach und nach in seine Falle. Schließlich kam der Polizist zu der großen Frage: »Sie haben die Haysoms ermordet, nicht wahr?« fragte er für das Protokoll und erwartete, daß Jens dies bestätigte.

Jens hingegen grinste breit. »Das haben Sie wirklich sehr schön eingefädelt«, sagte er mit einem Ton aufrichtiger Anerkennung. »Aber Ihnen ist doch wohl klar, daß ich darauf keine Antwort geben kann, oder?«

27

Zwei Tage lang ließen die Detectives Elizabeth in ihrer Zelle in Ruhe, während sie sich mit Jens befaßten. Dann, am späten Sonntagvormittag, holten Wright und Beever sie zu einer weiteren Vernehmung. Gardner war nicht zugegen, denn die britischen Polizisten wollten sie nur zu den Tagebucheintragungen über ihre Betrugsmanöver und zu der Möglichkeit befragen, daß Jens und Elizabeth Drogen nach England geschmuggelt hatten. Beever und Wright wollten außerdem etwas über ihre Erwähnung von ›Rover‹ und die IRA wissen. Die britische Polizei zeigt vor allem im Zusammenhang mit der IRA stets großes Interesse.

Sobald Elizabeth Platz genommen hatte, wies Beever auf eine Eintragung im Tagebuch. »Hier steht: ›Besuch bei Faulkner, um Stoff abzuholen‹, dann folgt ein nach links gerichteter Pfeil und die Zahl *803*. Was bedeutet *Stoff*?«

Elizabeth zuckte die Achseln und erwiderte, ›Stoff‹ beziehe sich auf Kuchenteig und Schokolade, die sie und ihre Zimmergenossin, Charlene Song, in der Wohnung einer Freundin vergessen hätten. Sie wären dorthin gegangen, um die Sachen abzuholen, und dann in ihre Wohnung in der 803 Rugby Road zurückgekehrt. Sie schüttelte heftig den Kopf, als Beever wissen wollte, ob Jens zu dieser Zeit mit ihr zusammengewesen war. Jens wäre bereits nach Europa abgereist, versicherte sie.

Beever glaubte das nicht. »Das Wort *Stoff* könnte auch Drogen heißen, nicht wahr?« fragte er.

»Ja«, räumte sie ein. »Es könnte auch alles andere bedeuten.«

»Das Problem ist nur, daß Jens mir zu diesem ›Stoff‹-Eintrag eine ganz andere Erklärung geliefert hat«, sagte Beever und gab ihr einen ersten Hinweis, daß Jens sich gegenüber den Ermittlern recht offen äußerte.

Nun machte Elizabeth ein ungläubiges Gesicht. »Ich weiß

nicht, warum er so etwas erzählt«, sagte sie. »Er war noch nicht einmal dort. Er weiß überhaupt nichts darüber.«

Einstweilen beließ Beever es dabei. Statt dessen erkundigte er sich nach den Bemerkungen über Rover.

Elizabeth lächelte verkniffen. Rover, so sagte sie, wäre ein Produkt ihrer Phantasie gewesen.

Als Beever sie fragte, warum sie sich denn irgend etwas ausgedacht hätte, um es in ihrem Tagebuch unterzubringen, entgegnete Elizabeth, daß sie und Jens die Absicht gehabt hätten, dieses Dokument als Grundlage für ein Buch zu verwenden, das sie später schreiben und so prall wie möglich mit Stoff füllen wollten.

»Soll das heißen, daß all diese Eintragungen und Notizen zu einem Buch verarbeitet werden sollten?« fragte Beever ungläubig.

»Nein, ich sage nicht, daß *alle* Eintragungen zu einem Buch gehören«, widersprach Elizabeth trotzig. »Ich sage lediglich, daß ich mich mit der Möglichkeit beschäftigte, einen Abenteuerbericht zu schreiben und daß die Eintragungen dafür als Grundlage herangezogen werden sollten.«

Sie erzählte ihm, daß sie eine rege Phantasie habe, daß sie sehr oft Dinge sage oder schreibe, die nicht den Tatsachen entsprächen. Sie fügte hinzu, daß das Tagebuch in Wirklichkeit einige Wochen vor den Ereignissen geschrieben wurde und daß sie und Jens gemeinsam Informationen dazu geliefert hätten. Sie hätten sich sogar bei der Niederschrift abgewechselt. Einige der Details, die sie über die Zeit aufgeschrieben hatte, nachdem Jens nach Europa abgeflogen war, seien reine Fiktion, doch davon wisse Jens nichts.

»Leiden Sie nicht manchmal unter derartigen Phantasien?« wollte Beever wissen.

»Ja«, gab sie zu. »Meine Phantasie hat mich schon immer herumgescheucht.«

Beever war immer noch skeptisch und fragte sie erneut nach der Bedeutung des Wortes *Stoff* und versuchte, ihr das Geständnis zu entlocken, daß es ein anderer Begriff für Drogen war.

Sie schüttelte den Kopf. »In Amerika wird dieses primitive Wort für alles mögliche verwendet«, behauptete sie. »Zum Beispiel in der Bedeutung von Zeug oder Sachen, und damit kann alles gemeint sein, Bücher, Kleidung oder auch ein Fahrrad. Es können Vorlesungsnotizen sein oder ein Auto. Was immer sich gerade anbietet.«

Beever fragte sie, warum sie, da sie ja beide die Absicht gehabt hätten, gemeinsam wegzugehen, getrennt gereist seien.

Mit einem knappen Lächeln erwiderte sie, sie wären übereingekommen, daß es ziemlich seltsam aussähe, wenn sie beide gleichzeitig verschwinden würden.

Indem er die entsprechende Stelle im Tagebuch aufschlug, fragte Beever, ob sie, wie sie aufgeschrieben hatte, von Amerika direkt nach Paris geflogen sei oder ob sie vorher in London gewesen war. Der Hintergedanke war, wie sie sofort erkannte, daß sie in England gewesen sein und ein Päckchen mit Drogen, vielleicht für die IRA, abgegeben haben könnte.

Elizabeths Augen blitzten wütend. »Werfen Sie doch einen Blick in meinen Paß«, sagte sie. »Sie werden sehen, daß ich nicht vor 1986 in England oder London war.«

Beever tastete sich unverdrossen weiter. Wenn sie und Jens mit Drogen nichts zu schaffen hatten, meinte er, warum hatten sie dann im Tagebuch geschrieben, daß sie in Thailand festgestellt hätten, die einzige Möglichkeit, dort Geld zu verdienen, sei das Drogengeschäft.

»Das war wohl eher zusammenphantasiert«, meinte sie lässig.

Obgleich das Verhör noch zwanzig Minuten andauerte, schafften Beever und Wright es nicht, sie zum Eingeständnis anderer bedeutsamer Widersprüche in dem, was sie und Jens aufgeschrieben hatten, zu bewegen. Abgesehen von dem Bekenntnis, daß sie unterschiedslos und oft log, und zwar in Worten wie auch in schriftlicher Form, hatte Beever kaum etwas Verwertbares aus ihr herausgeholt. Tatsächlich hatte er ihr vielleicht sogar mehr verraten, als er von ihr erfahren hatte. Als sie in ihre Zelle zurückkehrte, mußte Elizabeth, völlig zu Recht, angenommen haben, daß Jens wild drauflos plauderte, während sie bisher noch gar nichts gesagt hatte. Und das war etwas, das sie *wirklich* nachdenklich werden ließ.

28

Elizabeth mochte sich vielleicht geweigert haben, sich kooperativ zu zeigen, doch Jens gab sehr bald seine ablehnende Haltung auf. Tatsächlich unterhielt er sich mit seinem alten Feind, Ricky Gardner, fast freundschaftlich. Als Gardner den jungen Mann fragte, ob er bei dem Kampf mit Derek irgendwelche Wunden davongetragen habe, leuchteten Jens' Augen auf. »O ja«, sagte er und hob die linke Hand hoch. »Sehen Sie dort.« Er wies auf zwei dünne Narben. »Die habe ich aus Loose Chippings.«

Nach einigen Sitzungen mit den Ermittlern überwand Jens seine Abneigung gegen das Tonbandgerät und weigerte sich auch nicht mehr, über seine Rolle beim Tod von Derek und Nancy zu reden. Ehe der Sonntag zu Ende war, hatte Jens den Detectives praktisch alles erzählt, was sie über die Vorgänge im Haus der Haysoms am 30. März 1985 wissen wollten. Was er ausgesagt hatte, wurde nicht veröffentlicht, und aus verschiedenen rechtlichen Gründen wurden die Protokolle seiner Aussagen unzugänglich gemacht. Es besteht jedoch kein Zweifel, daß er die Morde gestanden hat. Ausführlich und mit allen Details. Obgleich ihnen verboten wurde, darüber zu sprechen, *was* er über die Morde erzählt hatte, erklärten die Ermittler bereitwillig, daß er sehr mitteilsam gewesen sei.

Es gab jedoch etwas, worüber er nicht reden wollte, und das war Elizabeths Rolle.

»Sie wußte doch, warum Sie ihre Eltern aufsuchten, nicht wahr?« fragte Gardner.

Jens schwieg lange. Schließlich sagte er langsam. »Ich könnte sagen, daß wir darüber geredet haben, aber ich denke, daß keinem von uns beiden in dem Augenblick klar war, was geschehen würde.«

Er bat Jens um eine Erklärung.

»Nun«, sagte er nach einer weiteren Pause, »wir wußten, daß ich über kurz oder lang mit Mister und Missis Haysom über ihre Einstellung zu mir reden mußte. Aber ich weiß nicht, was Elizabeth davon hielt, daß ich hinfuhr, oder welche Motive sie bei mir vermutete. Ich weiß nicht, was in ihr vorging.«

Als Gardner ihn fragte, warum er es getan hatte, meinte Jens, die Antwort darauf sei sehr einfach. »Ich hatte mich in das Mädchen verliebt«, sagte er, als erklärte er einem Elfjährigen eine schwierige Rechenaufgabe. »Wir haben darüber gesprochen, ihre Eltern zu töten. Ich wollte es nicht, aber ich fuhr zum Haus, um sie zu töten und wurde erwischt.«

Für Elizabeth war die Erklärung nicht so klar.

29

Elizabeth dachte den ganzen Sonntagnachmittag und den größten Teil des Abends darüber nach, was Jens den Polizisten erzählt haben mochte. Je länger sie darüber nachdachte, desto mehr war sie überzeugt, daß sie verraten worden war. Sie hatte geschwiegen, während Jens alles ausplauderte. Um fünf vor zehn drückte sie auf den Rufknopf in ihrer Zelle. Als der diensthabende Beamte erschien, teilte sie ihm mit, sie wolle Beever sprechen.

Beever hatte darauf gewartet, daß sie sich meldete. Scharfsinnig hatte er geschlossen, daß sie es sich anders überlegen würde. Aber als er vor ihrer Zellentür stand, wollte sie nur Jens sehen. Er lehnte ab. »Das kann ich Ihnen nicht erlauben«, sagte er. »Ich stecke mitten in der Aufklärung eines Mordfalles, und es ist absolut unzulässig, daß Sie jetzt mit ihm reden.«

Elizabeth ließ sich das für einen Moment durch den Kopf gehen. »Hat er Ihnen die Morde schon gestanden?« fragte sie leise.

»Dazu werde ich Ihnen nichts sagen«, erwiderte Beever innerlich jubilierend. »Aber ich kann sagen, daß ich absolut zufrieden bin mit der Art und Weise, wie die Ermittlungen vorankommen.«

Nach diesen Worten machte er kehrt und ging davon, wobei er erfreut den sorgenvollen Ausdruck bemerkte, der über ihr Gesicht huschte. Sie wird sich bei mir melden, prophezeite er. Er hatte recht.

Fünfzehn Minuten später ließ sie ihn erneut zu sich kommen. »Ich möchte gerne mit Ihnen allein reden«, sagte sie.

Diesmal wurde nicht von Jens gesprochen. Sie ging offenbar davon aus – richtigerweise, wie sich herausstellte –, daß Jens seine Fassung der Geschichte erzählt hatte. Nun wollte sie ihre beisteuern. »Ich will mir das endlich von der Seele reden«, begann sie.

Beever ließ sie rund zehn Minuten lang reden, ehe er sie stoppte. Ihre Aussage wäre nutzlos ohne einen Zeugen und eine Aufzeichnung. Sie sagte, sie habe nichts dagegen, aber sie habe eine Bitte: Aus Gründen, die sie Beever nicht nennen wollte, bestehe sie darauf, daß nicht Gardner als Zeuge anwesend sein sollte. Beever nickte und rief Wright, der ebenfalls in den Kulissen wartete. Nachdem er für jeden Kaffee bestellt hatte, schaltete Beever das Tonbandgerät ein und sprach Datum und Uhrzeit aufs Band: 8. Juni 1986, 11.15 Uhr abends. Elizabeth schluckte krampfhaft und fing mit Version Nr. 1 der Geschichte vom Tod ihrer Eltern an.

Eigentlich hatten Gardner und Reid bereits in den voraufgegangenen Monaten das Grundmuster der Vorgänge rekonstruiert, doch für Beever und Wright lieferte sie die Einzelheiten nach. Jedenfalls einige.

Sie und Jens seien nach Washington gefahren, erzählte sie, genau wie sie es auch den Ermittlungsbeamten in Bedford mitgeteilt hatte. Aber sie hätten sich nicht verfahren, und sie hätten auch nicht die ganze Zeit gemeinsam in Kinos verbracht. Sie trafen am Freitagabend, dem 29. März 1985, in Washington ein und stiegen im Marriott Hotel ab, wo sie vorher ein Zimmer reserviert hatten. Am nächsten Tag, Sonnabend, gingen sie und Jens einkaufen und ein Geburtstagsgeschenk für Jens' kleinen Bruder aussuchen. Jens wollte ihm ein Messer schenken, sagte sie, ein Butterflymesser, das man nur in einem Fachgeschäft für Kampfsportarten finden konnte.

Sie suchten einen Laden in Washington auf und erfuhren, daß die Bezirksgesetze den Verkauf von Butterflymessern verboten. Der Verkäufer empfahl ihnen einen Laden in Maryland. Sie fuhren hin, fanden das Messer, das sie suchten, sagte Elizabeth, und weil es Mittag geworden war, gingen sie essen.

Während des Essens, so erzählte sie, teilte Jens ihr mit, daß er ein paar Freunde aus Atlanta treffen wollte, die zu einem Basketballspiel nach Washington kämen. Sie sei überrascht gewesen, denn sie hätten die Fahrt von Charlottesville eigentlich nur deshalb unternommen, um etwas Zeit für sich zu haben. Aber sie machte keine Einwände und überließ ihm den Wagen.

Jens setzte sie an einem Kino ab. Unterwegs erklärte er ihr, falls er noch nicht zurück sei, wenn sie aus dem Kino kam, sollte sie ins Hotel zurückkehren und für sie beide Essen beim Zimmerservice bestellen. Wenn er auch dann noch nicht zurück sei, solle sie sich die Nachtvorstellung der *Rocky Horror Picture Show* ansehen, und er würde sie dort abholen. Als sie aus dem Wagen gestiegen war und zum Kartenschalter ging, habe er ihr noch nachgerufen: »Nimm zwei Karten.« Sie habe sich gefragt, warum er das verlange, doch sie hätte die Karten gekauft.

Nach dem Film habe sie vor dem Kino gewartet in der Hoffnung, daß Jens jeden Moment zurückkäme. Nach ein paar Minuten habe sie es aufgegeben und sich für den nächsten Film an der Kinokasse angestellt. Der Titel des Films, so erklärte sie Beever lächelnd, war *Witness*. Auch für diesen Film hatte sie zwei Karten gekauft.

»Warum haben Sie das getan?« unterbrach Beever sie.

»Einfach so«, sagte sie mit einem Achselzucken. »Ich war ein bißchen durcheinander. Ich hatte erwartet, daß Jens nachkommen würde.«

»Ein kleiner Punkt ist da noch«, fügte Beever hinzu. »Er wußte nicht, daß Sie sich *Witness* ansahen, oder?«

»Nein«, gab sie zu.

Nach dem zweiten Film war Jens noch immer nicht zurückgekommen, erzählte Elizabeth, daher sei sie ins Hotel zurückgegangen.

Sie duschte, zog sich um und bestellte beim Zimmerservice zwei Essen und etwas zu trinken. Während sie auf Jens' Rückkehr wartete, bediente sie sich aus der Flasche und nahm ein paar Happen von dem Essen. Um 11.30 Uhr, als er noch immer nicht da war, habe sie das Hotel verlassen und sei mit einem Taxi zu dem Kino in Georgetown gefahren, wo ständig *The Rocky Horror Picture Show* lief.

Nachher habe sie wieder auf dem Gehsteig gestanden und auf Jens gewartet, überzeugt, daß er jeden Moment auftauchen würde. Als sie schon ins Hotel zurückfahren wollte, kam er endlich.

Als sie die Wagentür öffnete, ging die Innenbeleuchtung des Wagens an, und sie sah, daß Jens ein Laken über seinen Schoß gebreitet hatte. Es war voller Blut.

Elizabeth schrie aufgeregt: »Bist du in Ordnung? Ist alles klar? Was ist passiert?«

Anstelle einer Antwort musterte er sie mit einem wilden Blick und brüllte: »Halt den Mund!« Dann brüllte er noch einmal: »Halt den Mund! Sei still!«

»Ich war still«, sagte sie.

Sie stieg in den Wagen, schloß die Tür, und sie fuhren schweigend zum Hotel. Als sie zum Parkhaus kamen, stoppte er außerhalb des Lichtkreises über der Einfahrt und wies sie an, zum Schalter zu gehen und ein Ticket zu ziehen, damit sie sofort durch die Sperre fahren könnten, ohne anhalten zu müssen. Er fuhr zügig hindurch und wartete auf der anderen Seite auf sie. Sie stieg wieder in den Wagen, und Jens suchte sich einen besonders dunklen Winkel in der Garage und setzte den Wagen in eine Parktasche.

Beever und Wright hörten sich ihre Geschichte gespannt an und hatten den Kaffee vergessen, der auf dem Tisch stand und kalt wurde. Bis auf die eine Zwischenfrage hatten sie sie nicht unterbrochen.

Jens hatte den Motor abgestellt und wandte sich ihr zu. »Er sagte zu mir: ›Ich habe deine Eltern getötet.‹«

Ehe sie darauf etwas erwidern konnte, befahl er ihr auszusteigen. Geh aufs Zimmer, wies er sie an, und hol frische Kleider. Statt dessen schlüpfte Elizabeth aus dem Regenmantel, den sie trug, und bot ihn Jens an. Er reichte ihm bis zu den Knien. Zusammen gingen sie durch die Garage und fuhren mit dem Fahrstuhl bis in ihre Etage.

An diesem Punkt unterbrach Beever sie erneut.

»Haben Sie ihm geglaubt?« fragte er und meinte, ob sie tatsächlich geglaubt habe, daß er ihre Eltern getötet hatte.

Elizabeth ließ sich die Frage durch den Kopf gehen. »Überall war Blut«, sagte sie und schluckte einen Kloß in ihrem Hals hinunter. »Ich hatte noch nie so viel Blut gesehen.« Kopfschüttelnd fügte sie hinzu: »Ich wußte damals nicht, ob ich ihm glauben sollte oder nicht.«

Sie hielt inne, erinnerte sich. Etwas von dem Blut stammte von ihm, meinte sie und erzählte den Detectives, daß Jens Schnitte an seiner linken Hand davongetragen hatte. Soweit sie sich entsinnen konnte, waren die Schnitte am Daumen und am kleinen Finger. Im Zimmer habe Jens sich ohne weitere Erklärungen ausgezogen und sei unter die Dusche gegangen, wobei er ihr Anweisungen zurief, während er sich abseifte. Geh runter und mach den Wagen sauber, habe er von ihr verlangt.

Das hatte sie getan. Als sie wieder nach oben kam, war er eingeschlafen.

»Hat er Ihnen erzählt, was in Loose Chippings passiert ist?« fragte Beever.

»Er sagte ein paar Dinge. Zum Beispiel: ›Mein Gott, dein Vater hat sich furchtbar gewehrt.‹ Und er erzählte von Unmengen von Blut.«

»Was dachten Sie in diesem Moment von ihm?«

»Ich hatte Angst.«

»Angst vor ihm?«

»Ich denke, es ging mir schon durch den Kopf, daß er sich auf mich stürzen und mich töten könnte.«

Während Beever sie nach einigen weiteren Einzelheiten fragte, beendete Elizabeth ihren Bericht. Sie sagte, am nächsten Morgen hätten sie seine blutigen Kleider zusammengepackt und in einen Abfallbeutel gestopft, um sie wegzuwerfen. Das meiste wanderte in den Müllschlucker in ihrem Wohnheim, als sie wieder zur UVA zurückkamen. Sie sagte, sie habe das Messer, das sie an dem Morgen gekauft hatte, nicht mehr gesehen. Jens hatte ihr erzählt, er hätte es weggeworfen.

Beever wollte mehr über das Messer wissen. »Hat er Ihnen gesagt, daß er das Butterflymesser benutzt hatte, um Ihre Eltern zu töten?« fragte er.

»Nein, das hat er nicht gesagt«, erwiderte Elizabeth. »Er meinte nur, er habe es weggeworfen.«

Beever dachte über etwas nach, das sie ihm kurz vorher mitgeteilt hatte. Dann erkundigte er sich nach einem Punkt, der ihn von Anfang an beschäftigt hatte. »Ich möchte gerne wissen, warum Sie, nachdem Jens Ihnen gestanden hatte, er habe Ihre Eltern ermordet, bei ihm geblieben sind. Warum haben Sie mit ihm die Europareise unternommen und sind bei ihm geblieben, ohne die Polizei zu informieren?«

Elizabeth schien diese Fragen für durchaus begründet zu halten, für Fragen, die sie sich selbst schon unzählige Male selbst gestellt hatte. Ein Grund, so meinte sie, sei sicher eine Art Schuldgefühl gewesen, das Gefühl, für das, was geschehen war, verantwortlich zu sein. »Ich liebte ihn aufrichtig, und ich brauchte ihn sehr, vor allem, als meine Eltern nicht mehr da waren.« Außerdem wollte sie nicht, daß Jens wegen der Morde hingerichtet würde. Und letztendlich hatte sie Angst, daß, wenn sie das Verbrechen meldete, die Polizei sie wenigstens teilweise dafür verantwortlich machen würde.

Beever fragte, ob es denn zuträfe, wie sie in einem ihrer Briefe geschrieben hatte, daß Jens gedroht habe, sich der Polizei zu stellen oder Selbstmord zu begehen, wenn sie jemals versuchen würde, ihn zu verlassen.

Das bejahte sie. Jens habe sich sehr aufgeregt, als er erkannte, wie sehr sie ihre Eltern tatsächlich geliebt habe. Jens habe ihr erklärt, wenn er jemals verhaftet würde, wäre sie genauso verantwortlich für das Verbrechen und würde ebenso hingerichtet.

Beever fragte sie nach den Eintragungen im Tagebuch, in denen sie vermerkt hatte, daß sie und Jens zusammen ihre Wohnung mit einem Staublappen gereinigt hätten mit der Absicht, alle Fingerabdrücke zu entfernen.

Sie ging flüchtig darüber hinweg und meinte, daß Jens das tatsächlich getan habe, sie sei aber nicht beteiligt gewesen. Außerdem habe sie freiwillig ihre Fingerabdrücke, Fußabdrücke und Blutproben der Polizei überlassen. Was hätte sie mit dem Entfernen ihrer Fingerabdrücke in der Wohnung erreichen sollen?

Beever hatte noch eine entscheidende Frage an sie. »Sie erklären also jetzt, daß Sie nicht am Schauplatz des Todes Ihrer Eltern waren?«

»Nein«, sagte sie und meinte damit, daß sie nicht dort gewesen war.

Beever wollte es eindeutig und unmißverständlich wissen. »Meinen Sie das auch so? Daß Sie nicht dort waren?«

»Ja«, erwiderte sie.

Immer noch nicht sicher über den wahren Umfang ihrer Beteiligung, erkundigte Beever sich, ob die beiden jemals über einen Plan, ihre Eltern zu töten, beraten hätten.

»Nein, wir haben es niemals so eindeutig besprochen. Ich meine in der Art wie, hör mal, warum gehen wir nicht einfach hin und schaffen deine Eltern weg, also ganz offen und unmißverständlich. Wir haben einige Male über ein Leben ohne Eltern gesprochen und was sich ändern würde, und wir haben auch über seine Eltern gesprochen und darüber, was wohl geschehen würde, wenn sie sich scheiden ließen, und das gleiche spielten wir auch mit meinen Eltern durch, aber es geschah nie in Form einer Verschwörung, einer Verabredung, tatsächlich jemanden zu töten.«

Beever war mit ihren Antworten über ihre Rolle beim Tod ihrer Eltern nicht zufrieden. Je mehr er darüber wissen wollte, desto ausweichender reagierte sie. Schließlich bat er Wright, die Briefe zu holen, die er in Jens' und Elizabeths Apartment gefunden hatte. Während Wright hinausging, fragte Beever sie, warum sie solche Dinge geschrieben hatte, wenn sie angeblich gar nicht ernsthaft meinte, ihre Eltern umzubringen.

Elizabeth sagte, sie benutze viele der gleichen Formulierungen, wenn sie ihrem Tagebuch anvertraue, daß sie selbst sich auch manchmal den Tod wünschte. Aber sie habe niemals einen Selbstmordversuch unternommen, betonte sie, also warum sollte sie dann versucht haben, Jens dazu zu überreden, ihre Eltern zu töten?

Andererseits, so gestand sie, täte es ihr sehr, sehr leid, daß sie die Briefe überhaupt je geschrieben hatte. »Ich hasse mich selbst dafür, solche Dinge gedacht zu haben, und ich werde mich deswegen immer schuldig fühlen.«

Beever wollte wissen, was ihre Eltern von Jens gehalten hätten. Mochten sie ihn nicht?

Es wäre keine Frage von Mögen oder Nichtmögen gewesen, sagte Elizabeth. Sie hätten gemeint, er sei zu jung für sie. Zu besitzergreifend. Sie dachten, er raube ihr wertvolle Zeit. Und sie dachten, sie solle mehr als nur einen Freund haben. Einige seiner Eigenschaften hätten ihnen nicht gefallen. Sie respektierten seine Intelligenz, und sie erkannten, daß er, der Deutsche, wahrscheinlich ein besserer Begleiter für sie sei als ein Amerikaner es gewesen wäre, denn sie wußten, daß sie Probleme hatte, mit Amerikanern auszukommen.

Doch dann kehrte Wright mit den Briefen zurück. Was, so wollte er wissen, hatte Jens ihr über den Mord an ihren Eltern erzählt? Antworten Sie so genau wie möglich, bat er sie.

»Ich weiß nicht sehr viel, denn ich konnte es nicht ertragen, darüber zu reden«, sagte Elizabeth. »Ich meine, es war schon schwer genug, so zu tun, als sei nichts passiert, in den Vorlesungen zu sitzen und im gleichen Bett zu schlafen und sich zu sagen: ›Diese Person neben dir, mit der du zusammenlebst, hat deine Eltern getötet.‹«

Wright gab sich nicht zufrieden. Er fragte sie, ob er ihr Einzelheiten darüber erzählt habe, was er ihnen angetan hatte.

Elizabeth zündete sich eine frische Zigarette an und wollte Zeit gewinnen. »Einer der ersten Sätze, die er sagte, war: ›Mein Gott, dein Vater hat sich vielleicht gewehrt.‹ Und dann fuhr er fort mit dem, was Dad gesagt hatte. ›Mein Gott, was fällt Ihnen ein? Was tun Sie da?‹ Er sagte, daß er meine Mutter zuerst getötet habe. Sie hatten sich eine Dreiviertelstunde lang unterhalten, und dann sei er aufgestanden und habe ihr die Kehle durchgeschnitten.«

Beever fragte, ob er erwähnt habe, in welchem Zimmer sie sich aufgehalten hatten, als die Dinge passierten.

Sie seien im Eßzimmer gewesen, sagte sie. Jens habe ihr erzählt, nachdem er ihrer Mutter die Kehle aufgeschlitzt hätte, sei sie in die Küche gestolpert, und er habe weiterhin mit ihrem Vater gekämpft. »Er sagte zu mir, daß mein Vater sehr stark gewesen sei und daß . . . daß er einfach . . . er sagte wieder und wieder: ›Er wollte einfach nicht sterben.‹«

Sie seufzte. »Er sagte, mein Vater habe bis zu seinem Ende

gekämpft und geschrien und sich furchtbar gewehrt.« Ihre Schultern sackten herab, und sie machte einen erschöpften Eindruck. »Andere Einzelheiten weiß ich nicht«, fügte sie hinzu.

Beever starrte sie ungläubig an. »Und Sie sind bei ihm geblieben, nachdem Sie das alles gehört haben?« fragte er.

Elizabeth schwieg lange, ehe sie etwas darauf erwiderte. Und dann meinte sie mit zaghafter Stimme: »Ich hatte schreckliche Angst.«

Beever studierte sie. Sie ist eine gute Schauspielerin, dachte er – nicht zum erstenmal. Er empfand ein wenig Erleichterung, denn sie hatte sich endlich geöffnet. Aber er hatte auch heftige Zweifel. Was sie ihm erzählt hatte, dessen war er sicher, war nur ein Teil der Wahrheit. Sie war bei einigen Punkten ehrlich gewesen, vermutete er, und bei anderen nicht. Während sie sich sehr frei und offen über Jens' Beteiligung geäußert hatte, hatte sie über sich selbst nur wenig verraten. Nun, da sie in redseliger Laune war, war es nicht ratsam, sie zu bremsen. Er beschloß, mehr Druck auf sie auszuüben. Wie er erwartet hatte, gab sie nach und erzählte mehr, doch ihr zuzuhören war genauso, als fasse man mit der Hand in einen Wasserbottich: sie taucht tiefer und tiefer ein, und man hat keine Ahnung, wann sie endlich den Boden berührte. Ohne auch nur für einen winzigen Moment aus dem Konzept zu geraten, wechselte sie über in die Version Nr. 2 der Geschichte vom Mord an ihren Eltern.

30

»Hatten Sie Angst?« fragte Beever. »Oder wußten Sie, daß es sowieso irgendwann passieren würde?«

Elizabeth war überrascht. »Ich verstehe Sie nicht richtig.«

»Wußten Sie, daß es passieren würde?« wiederholte Beever seine Frage.

»Was? Der Mord an meinen Eltern?«

»Ja.«

»Nein.«

»Nicht, als er an diesem Morgen ein Butterflymesser kaufte?«

»Nein«, sagte Elizabeth indigniert. »Ich meine, es ist mir niemals in den Sinn gekommen, daß er losfahren und meine Eltern ermorden würde.«

Elizabeth spann ihre Geschichte weiter und wußte sehr wohl, daß sie ganz gezielt Fakten und Fiktion miteinander mischte und den Detectives Dinge erzählte, von denen sie wollte, daß sie sie glauben sollten. Vielleicht dachte sie, daß sie jedes Wort schlucken würden, das sie sagte. Oder vielleicht testete sie auch nur das Gelände, um zu sehen, wie leichtgläubig die Detectives waren. Auf jeden Fall wollte Beever kein Spiel spielen. Sie redeten hier von Mord, von kaltblütigem Mord, und Beever hatte keine Lust mehr, weiterhin den freundlichen Polizisten zu mimen.

»Fangen wir mal von vorne an«, sagte er kalt. »Wann ist der Geburtstag von Jens' Bruder?«

Elizabeth gab zu, daß sie keine Ahnung hatte. Er nickte und glaubte, damit wäre ihre Behauptung, ein Geschenk für Jens' Bruder gekauft zu haben, als Lüge entlarvt. Danach wandte er sich dem Punkt der Kinokarten zu. Was hatte sie dazu gebracht, für jeden Film zwei Eintrittskarten zu kaufen?

Darauf hatte Elizabeth keine Antwort.

Beever ließ nicht ab und zeigte ihr, daß das, was sie erzählte, jeder Logik entbehrte. »Sie wissen genau, worauf ich hinauswill, nicht wahr? Sie wußten, was passieren würde. Sie wußten schon den ganzen Tag genau, was Sie taten, oder?«

Sie schwieg, daher fragte er sie erneut: »Nicht wahr?«

»Nein«, sagte sie langsam, »ich wußte es nicht.«

»Sie haben ein Alibi konstruiert.«

»Das stimmt nicht.«

»Warum stimmt das nicht?«

»Weil es kein Alibi ist, das einer Überprüfung standhält«, sagte sie und bewies ihm, daß auch sie logisch denken konnte. »Das ist überhaupt kein Alibi. Sie wissen das. Ich weiß das. Es ist nichts. Sie sagen also, Sie gingen ins Kino. Schön. Sie haben zwei Eintrittskarten gekauft. Donnerwetter! Schön! Niemand glaubt so was.«

»Warum haben Sie denn nun die zwei Karten gekauft?«

»Ich weiß es nicht«, erwiderte sie, nun etwas ruhiger. »Weil er es von mir verlangt hat.«

Beever war nicht überzeugt. »Warum haben Sie denn zwei Essen bestellt, als er nicht da war?«

»Ich hatte erwartet, daß er jeden Augenblick zurückkommt.«

»Sie haben nicht erwartet, daß er reinkommt und sich mit Ihnen *Witness* ansieht. Damit haben sie nicht gerechnet. Jetzt habe ich Sie erwischt. Sie lügen. Was soll das alles? Sie wußten Bescheid, als er vormittags das Messer kaufte. Sie wußten Bescheid, als sie die Eintrittskarten holten. Sie wußten Bescheid, daß er zu Ihren Eltern wollte, daß es zu einer Auseinandersetzung kommen würde.«

»Das wußte ich nicht«, behauptete sie beharrlich.

Aber er wich nicht von seinem Weg ab. »Und Sie wußten, daß Ihre Eltern im Verlauf der Auseinandersetzung wahrscheinlich sterben würden«, sagte er anklagend. »Es war Ihnen völlig klar, Elizabeth.«

»Das war es nicht«, sagte sie stur.

»Nach all diesen Briefen an ihn?«

»Sehen Sie«, sagte Elizabeth wütend, »ich habe schon genug Schuld auf mich geladen, weil ich ihn mit diesen schlimmen Briefen dazu gedrängt habe.«

»Sie haben ihn dazu animiert, sicher«, erwiderte Beever.

»Und nicht nur mit den Briefen. Sie haben es auch sonst getan, nicht wahr, Elizabeth? Sie wußten genau, was geschehen würde, und sie konstruierten ein Alibi, während er das Verbrechen beging. Das stimmt doch, oder? Sagen Sie mir die Wahrheit, Elizabeth.«

Sie schwieg.

»Bekomme ich eine Antwort von Ihnen?«

Stille.

»Wollen Sie nicht antworten? Sie haben ihm Briefe geschrieben, in denen Sie den Tod Ihrer Eltern wünschten. Sie haben ihn höchstwahrscheinlich dazu animiert. Oder waren Sie beide direkt beteiligt?«

»Na schön«, zischte Elizabeth. »Ich habe ihn dazu gebracht. Ich habe alles vorbereitet.«

»Sie wußten, daß er es tun würde, nicht wahr?«

»Ich habe es selbst getan.«

»Seien Sie nicht albern.«

»So etwas macht mich richtig an.«

Diese Bemerkung verblüffte ihn. »Was tut es? Was meinten Sie?«

»Ich habe nur einen Scherz gemacht.«

Beever musterte sie enttäuscht. »Okay«, sagte er. »Dann erzählen Sie mir endlich die Wahrheit, ohne Scherze zu machen. Sie haben Ihre Eltern gehaßt.«

Elizabeth reagierte beleidigt. Sie beteuerte, sie habe ihre Eltern *nicht* gehaßt.

Beever fuhr fort, wenn sie ihre Eltern nicht gehaßt hätte, warum hatte sie dann zugelassen, daß Jens sie ermordet? Und warum hatte sie das Alibi konstruiert, wohl wissend, daß es geschehen würde? »Na los, antworten Sie«, drängte er sie. »Machen Sie den Mund auf!«

Elizabeth starrte ihn wortlos an.

Für wie dumm sie ihn eigentlich halte, fragte er. Erwartete sie denn tatsächlich, daß er ihr glaube, sie haben für jeden Film nur deshalb zwei Eintrittskarten gekauft, weil Jens es ihr zugerufen hatte, ehe er losfuhr? Meinte sie, er glaube ihr, daß sie nicht etwas ganz anderes im Sinn hatte, als sie beim Zimmerservice zwei Essen bestellte, nämlich daß man sich nachher erinnern würde, sie hätte zwei Essen bestellt und bezahlt? »Was wollen Sie mir weismachen?« fragte er.

Sie schwieg.

»Und dann ist da noch dieses angebliche Geburtstagsgeschenk am Vormittag, dieses Butterflymesser. Ich bitte Sie. Sagen Sie mir jetzt endlich die Wahrheit oder nicht?«

Keine Antwort.

»Wollen Sie nicht? Ich kann nicht die ganze Nacht hier herumsitzen und auf eine Antwort warten.«

»Ja«, sagte sie leise.

»Ja was?«

»Ja, ich sage die Wahrheit.«

Beever entspannte sich ein wenig. »Dann los«, sagte er. »Erzählen Sie. Mit Ihren eigenen Worten.«

Elizabeth sagte nichts.

Beever mimte Verzweiflung. »Kommen Sie, Elizabeth«, drängte er sie. »Machen Sie schon. Sie sagten doch, Sie wollten mir die Wahrheit erzählen. Erklären Sie mir zuerst einmal, warum Sie dieses Alibi konstruiert haben.«

»Weil er zu meinen Eltern fahren und mit ihnen reden wollte.«

»Schön« meinte er. »worüber?«

Und wieder schwieg sie.

»Über was wollte er mit Ihren Eltern reden?«

»Über ihr Verhalten mir gegenüber.«

»Ja?« sagte er hoffnungsvoll.

»Und gegenüber Jens.«

Er atmete tief ein. »Schön«, sagte er langsam. »Das klingt, als sei es endlich die Wahrheit. Ich habe darüber schon mit Jens gesprochen. Machen Sie weiter.«

»Er fuhr mit dem Messer hin und der Überlegung, daß er sie vielleicht töten würde.«

»Und Sie wußten das?«

Schweigen.

»Ja oder nein?«

»Ja, ich wußte es.«

»Wie lange hatten Sie es geplant? Lange? Oder nur kurze Zeit? Mehrere Monate? Ein paar Tage?«

Sie schüttelte den Kopf. »Es war nicht sehr lange«, sagte sie. »Ungefähr einen Monat lang.«

Beever schüttelte verwirrt den Kopf. Er wollte wissen, wie es überhaupt dazu kommen konnte. Warum hatte sie es für nötig angesehen, einen derart drastischen Schritt zu tun?

Elizabeth hielt für einige Sekunden inne, um sich eine Antwort zu überlegen. »Mein Vater war auf jeden eifersüchtig, mit dem ich engeren Kontakt hatte«, sagte sie. »Er lehnte jeden ab, den ich kannte. Er betrachtete mich als sein Eigentum. Wenn sie zu irgendeinem Anlaß eingeladen waren, bei dem ich eigentlich nichts zu suchen hatte, bestanden sie darauf, daß ich mitging. Sie ließen mir nur wenig Freiraum. Wenn ich nach oben auf mein Zimmer ging, wollten sie dauernd wissen, was ich tat, verboten es mir dann und verlangten, daß ich wieder nach unten kommen solle. Mein Vater ließ mich noch nicht einmal in Ruhe arbeiten. Er wollte, daß ich die ganze Zeit bei ihnen war.«

Beever war skeptisch. »Sie haben gegen all das eine solche Abneigung aufgebaut, daß für Sie ein Mord die einzige Lösung erschien?«

»Es gab Dinge, die sich über einen langen Zeitraum hinweg aufgebaut hatten«, sagte Elizabeth und führte die Entscheidung an, sie auf ein Internat zu schicken und wie sie versucht hatten, ihre Studienpläne zu durchkreuzen, indem sie sie für weitere Kurse in Mathematik und Physik anmeldeten, ohne sie zu fragen. Schließlich habe das ja dazu geführt, daß sie noch ein Jahr länger in Wycombe Abbey bleiben mußte.

»Sie behaupten also, daß es eine Vielzahl von Ereignissen im Verlauf Ihres Lebens war, die Sie und Jens Soering dazu bewegten, von Weihnachten 1984 bis Ende März 1985 gemeinsam einen Plan zur Ermordung Ihrer Eltern zu entwickeln? Stimmt das?«

Nein, wehrte Elizabeth hastig ab. So lange war es gar nicht. »Wir haben, eher scherzhaft, schon früh darüber gesprochen, aber ernsthaft daran gedacht haben wir erst im März.«

Beever wollte sich noch mehr Klarheit über das Motiv verschaffen. Glaubte sie vielleicht, sie würde eine größere Geldsumme erben?

Sie schüttelte den Kopf. Das sei niemals ein Thema gewesen, antwortete sie. Sie habe gewußt, daß sie nichts anderes erben würde als das Geld, das nötig wäre, um ihr Studium zu bezahlen.

Beever gab sich damit zufrieden. Doch da war noch immer die Unklarheit mit dem Messer. Da er sich in Washington und Umgebung nicht auskannte, wollte er wissen, warum sie bis nach Maryland gefahren waren, um es zu kaufen.

Elizabeth lächelte verhalten und erklärte, so weit läge es nicht entfernt.

»Aber warum haben Sie sich für eine solche Waffe entschieden?« fragte Beever.

»Ich kann verstehen, warum Sie keine Pistole nehmen wollten, denn die hätte Lärm und Aufsehen verursacht. Aber warum speziell dieses Butterflymesser?«

»Ich habe keine Ahnung«, sagte Elizabeth. »Das war Jens' Entscheidung.«

»Haben Sie solche Messer vorher schon mal gesehen?«

»Nein, niemals.«

»Ich verstehe«, sagte Beever. »Und wie sieht es aus?«

Elizabeth begann es zu beschreiben, aber Beever unterbrach sie. »Nehmen Sie doch ein Blatt Papier von dem Stapel da und zeichnen Sie es auf.« Was Elizabeth auch tat.

Es war 0.36 Uhr am Morgen des 9. Juli, einem Montag. Sie hatten sich eineinviertel Stunden lang unterhalten, doch es kam ihnen viel länger vor. Dennoch gab es einige Punkte, die Beever noch klären wollte. Als Antwort auf seine entsprechende Frage gab Elizabeth zu, daß sie die Idee mit dem Ausflug nach Washington gehabt hatte und daß sie ursprünglich sogar zweimal hatten hinfahren wollen, das erste Mal, um eine Art Präzedenzfall zu schaffen, so daß ein zweiter Ausflug dorthin nicht zu sehr auffiele. Aber sie hatten nicht genug Geld, um die Reise zweimal zu machen, daher mußten sie ihren Plan schon beim ersten Mal durchführen.

Warum, so fragte er, war sie denn überrascht, als Jens blutbesudelt zurückkam?

»Ich hatte nicht erwartet, daß er es wirklich tun würde«, sagte sie. »Ich wußte zwar, daß es geschehen könnte, schön, aber grundsätzlich hatte ich nicht geglaubt, daß er dazu fähig war. Ich nahm eher an, er würde zurückkommen und berichten, er habe sich eingehend mit ihnen unterhalten und sei dann wieder weggefahren. Ich ging nicht davon aus, daß er es tun würde.«

»Aber der Grund, weshalb Sie bei ihm blieben und ihn auch weiterhin liebten, der wahre Grund ist doch der, daß er Ihre Wünsche ausführte, daß Sie beide den Tod Ihrer Eltern wollten«, sagte Beever.

»Das ist nicht der Grund, weshalb ich ihn liebe!«

Das könne schon sein, gab Beever zu. Aber es war gewiß der Grund, weshalb sie ihn nicht haßte. Wie hätte sie ihn auch hassen können, wenn er doch nichts anderes getan hatte, als ihre Wünsche in die Tat umzusetzen?

Elizabeth reagierte erbost. »Ich denke, das ist überhaupt nicht fair«, fauchte sie.

»Okay«, lenkte Beever ein. »Vielleicht ist es nur eine wilde Vermutung von mir. Es war auch eigentlich keine Frage. Tatsache ist, daß Ihre Eltern jetzt tot sind und daß Sie entweder beteiligt waren an dieser Tat oder gar ihr Urheber sind, nicht wahr?«

»Ja«, gab sie zu.

Beever, der betrübt und müde wirkte, drückte auf die Stopptaste des Tonbandgeräts. »Ich glaube, ich will jetzt dieses Gespräch nicht mehr fortsetzen«, verkündete er, erhob sich und verließ das Zimmer.

Für Beever mochte das Verhör beendet sein, doch nicht für Elizabeth. Sie kehrte in ihre Zelle zurück, dachte etwa eine Stunde lang über alles nach, dann drückte sie wieder auf den Rufknopf. »Bitte, würden Sie die Detectives Beever und Wright noch einmal rufen?« fragte sie den diensthabenden Beamten. »Und«, so fügte sie hinzu, »den Ermittlungsbeamten Gardner?«

Um 2.06 Uhr am Montagmorgen, nur wenige Stunden bevor sie wieder vor dem Magistratsgericht erscheinen sollte, traf Elizabeth mit Gardner, Beever und Wright zusammen, um eine weitere Erklärung abzugeben. Alles andere als trotzig, erschien sie in diesem Moment verschüchtert und einsam und dicht davor, in Tränen auszubrechen.

»Ich bat darum, noch eine Erklärung abgeben zu dürfen«, sagte sie mit schwacher Stimme, nachdem sie aufgefordert worden war, Platz zu nehmen, »denn ich hatte den Eindruck, daß ich meine Liebe zu Jens verraten habe – meine Loyalität zu ihm, und daß ich ihm einen schlechten Dienst erwiesen habe. Ich weiß nicht, was man mir vorwirft, wie die Anklage gegen mich lautet, aber wie ich in einem meiner Briefe ausdrückte, haben wir es gemeinsam getan, und in vieler Hinsicht ist meine Schuld größer als seine. Er liebte mich gegen alle Vernunft«, sagte sie zögernd. »Und ich liebe ihn wahrscheinlich genauso wahnsinnig.«

Nachdem sie tief Luft geholt hatte, fügte sie leise hinzu: »Ich glaube, ich habe diese Liebe benutzt. Da ich selbst einen schwachen Charakter habe, versuchte ich immer wieder, mich aus dieser Verantwortung herauszustehlen und die Schuld zu verdrängen, ihn in diese Lage gebracht zu haben. Doch das kann ich nicht mehr. Ich kann meine letzte Erklärung nicht so einfach stehenlassen. Ich glaube, Mr. Beever bezeichnete Jens mal als ›armen Jungen‹. Ich finde, das trifft genau zu, denn es war allein mein Wille, der ihn meine Eltern ermorden ließ. Er hätte es ganz sicher nicht getan, wenn er mich nicht so sehr geliebt hätte und ich ihn.«

Lange Zeit herrschte Stille im Zimmer. Dann fragte Gardner: »Haben Sie sonst nichts mehr zu sagen?«

»Ich glaube nicht«, entgegnete sie.

Wright bat sie, ihre Formulierung, daß sie es ›gemeinsam taten‹, genauer zu erklären.

Elizabeth dachte einen Moment lang nach, dann meinte sie,

sie habe dieses Gefühl am besten in dem Brief an Jens ausgedrückt, in dem sie ihm Vorwürfe machte wegen seiner Drohung, sich zu stellen oder Selbstmord zu begehen. Der Vorwurf entstand, so erinnerte sie sich, nach einer Diskussion über ihre Empfindungen zum Tod ihrer Eltern. »Er hatte gesehen, wie sehr mich das Ganze aufgeregt hat, und er hatte den Eindruck, daß ich mich irgendwie gegen ihn wandte und ihm vorwarf, etwas getan zu haben, was ich nicht gewollt hatte. Daher versuchte ich in meinem Brief, ihm zu versichern, daß ich das Bewußtsein hatte, wir hätten die Tat gemeinsam ausgeführt. Auch wenn ich körperlich nicht anwesend war, so habe ich wahrscheinlich in Gedanken neben ihm gestanden.«

Sieben Stunden später wurde Elizabeth in ihrer Zelle geweckt und aufgefordert, sich für die kurze Fahrt zurück zum Magistratsgericht bereitzuhalten. Sie sollte ihr gesamtes Eigentum mitnehmen, weil sie wahrscheinlich nicht mehr nach Richmond zurückkommen werde. Als sie den Zellentrakt verließ und zum Transport ging, blieb sie vor dem Pult in der Aufnahme stehen und suchte in ihren Taschen herum. Sie hatte nicht viel Geld bei sich, doch sie holte alles, was sie besaß, heraus und steckte es in einen Schlitz im Pult. Darunter stand eine Sammelbüchse für den Witwen- und Waisenfonds der Metropolitan Police.

31

Elizabeth blieb standhaft bei ihrer Aussage, daß sie nicht in Loose Chippings dabei war, als ihre Eltern ermordet wurden, so daß sie auch nicht schildern könne, was dort passiert war. Aber Jens war dort. Obgleich seine Aussagen gegenüber Polizeibeamten über die Vorgänge innerhalb des Hauses an jenem Abend für unbegrenzte Zeit für die Öffentlichkeit nicht zugänglich sind, trifft das auf eine Darstellung gegenüber einem Psychiater nicht zu.

Jens unterhielt sich mit Dr. John Hamilton, dem Chefarzt und beratenden gerichtsmedizinischen Psychiater des Londoner Broadmoor Hospital, sechs Monate nachdem er vor der Polizei sein Geständnis abgelegt hatte, und berichtete eine Version der Ereignisse. Inwieweit sich diese Schilderung von der unterscheidet, die er Gardner, Beever und Wright und später seinem deutschen Anwalt erzählte, ist nicht bekannt. Er berichtete Hamilton folgendes:

Die Haysoms waren nicht gerade beglückt gewesen, als er vor ihrer Tür auftauchte, doch sie baten ihn trotzdem ins Haus. Nancy bot ihm ein Abendessen an, während sie bereits beim Dessert waren. Sie alle tranken Alkohol. Während sie noch am Tisch saßen, begannen Derek und Nancy von ihren Plänen für Elizabeth zu reden. Sie wollten, daß sie sich von ihm trennte. Während Nancy meinte, sie könnten ja trotzdem befreundet bleiben, vertrat Derek eine härtere Linie. Er sagte, er wolle nicht, daß Elizabeth und Jens sich weiterhin sahen. Derek erklärte Jens, er ›gehöre nicht zu ihrer Schicht‹, und daß er, wenn Jens weiterhin Kontakt zu Elizabeth unterhalte, seine Tochter von der Universität nehme und versuchen würde, Jens relegieren zu lassen.

Als Derek das sagte, so erzählte Jens, sei er aufgesprungen. Derek sei ebenfalls aufgesprungen. Derek habe ihn dann heftig vor die Brust gestoßen und gebrüllt: »Sitzenbleiben, junger

Mann!« Derek habe ihn aus dem Gleichgewicht gebracht, und er sei zurückgestolpert. Mit Kopf und Schultern prallte er gegen die Wand. Sofort habe er sich, wie er dem Psychiater erzählte, auf Derek gestürzt, der sich bereits von ihm abgewandt hatte. Jens hatte ein Messer in der Hand und führte einen Stoß gegen Derek und fügte ihm eine tiefe Wunde an der linken Halsseite zu. Ohne einen Laut von sich zu geben, sackte Derek auf einem Stuhl zusammen.

Vom Anblick des Blutes wie erstarrt, stand Jens regungslos da und blickte auf Derek. Plötzlich schaute er hoch. Nancy kam auf ihn zu, auch sie mit einem Messer in der Hand. Er rang mit ihr und entwand ihr das Messer. Doch während er sich mit ihr beschäftigte, erholte Derek sich. Er kam von seinem Stuhl hoch und griff Jens brüllend an.

»Sind Sie wahnsinnig?« Immer wieder brüllte er diese Worte: »Sind Sie wahnsinnig?«

Die beiden gerieten in ein Handgemenge. Während des Kampfes verlor Jens seine Brille und konnte nicht mehr allzu deutlich sehen, was geschah. Mittlerweile war der Fußboden mit Blut bedeckt, und er und Derek hatten Schwierigkeiten, sich auf den Beinen zu halten, denn sie rutschten in der Nässe immer wieder aus. Während des Kampfes verletzte Jens sich selbst mindestens zweimal an der Hand, und sein Blut vermischte sich mit dem auf dem Fußboden.

Irgendwann, so erzählte Jens, habe Nancy auch wieder in den Kampf eingegriffen. Aber er schaffte es, hinter sie zu gelangen, und schnitt ihr die Kehle durch. Sie sei dann weggestolpert und zu Boden gestürzt.

Schließlich endete der Kampf mit Derek. Elizabeths Vater sank auf den Boden und rührte sich nicht mehr. Jens sah nach unten und bemerkte, daß er selbst mit Blut bedeckt war. Einiges stammte von ihm, das meiste von Derek und Nancy.

Weil er Fußabdrücke hinterließ, zog er seine Schuhe aus und ging in seinen weißen Socken umher. Er verband seine Hand und versuchte einige Fußabdrücke wegzuwischen, damit man sie nicht zur Identifikation benutzen konnte. Er nahm an, daß Derek und Nancy tot waren. Als er sie das letzte Mal sah, lagen sie im rechten Winkel zueinander und dicht zusammen. Er stritt ab, irgendwelche Voodoosymbole hinterlassen zu haben.

Als die Polizei die Haysoms fand, lagen sie in verschiedenen Zimmern, und beide Körper lagen in Nord-Süd-Richtung, wobei die Köpfe nach Norden wiesen.

Nachdem er die Schuhabdrücke so gut wie möglich entfernt hatte, stieg Jens in seinen Wagen und fuhr nach Lynchburg. Nach kurzer Fahrt überrollte er einen Hund. Das habe ihn furchtbar aufgeregt, sagte er Hamilton. Er hielt wenig später an und entledigte sich seiner blutigen Kleidung auf einer Müllkippe.

Hinter Lynchburg, während er auf dem Highway nach Washington jagte, schaltete er das Radio ein und suchte einen Rocksender. Als erstes hörte er einen Song von den Talkin Heads mit dem Titel ›Psycho Killer‹.

Weniger als einen Monat nach der Sitzung mit dem Psychiater unterhielt Jens sich mit einem Staatsanwalt, der aus Bonn angereist war. Als deutscher Staatsbürger hatte Jens das Recht, mit einem deutschen Rechtsvertreter zu sprechen.

Die Version, die Jens ihm erzählte, ließ ihn in einem weitaus günstigeren Licht erscheinen als alles, was er vorher von sich gegeben hatte. Laut dem Staatsanwalt erklärte Jens ihm, daß ›er niemals die Absicht gehabt habe, Mister und Missis Haysom zu töten, und . . . daß er sich nur daran erinnern könne, Mister und Missis Haysom Wunden am Hals zugefügt zu haben, die wahrscheinlich ihren späteren Tod ausgelöst haben könnten.« Er behauptete außerdem, daß es keinerlei Gespräche (zwischen ihm und Elizabeth) darüber gegeben habe, Elizabeths Eltern zu töten.

32

Sobald er nach Virginia zurückgekehrt war, unter der Zeitverschiebung und an einem von zu starkem Zigarettenkonsum hervorgerufenen Husten leidend, verlangte Jim Updike, dessen einziges dauerhaftes Andenken an seinen ersten und wahrscheinlich letzten Ausflug nach England die neue Sucht des Zigarettenrauchens war, daß so schnell wie möglich eine Grand Jury zusammengestellt werde, um über die Anklage gegen Jens Soering und Elizabeth Haysom zu verhandeln. Die fünfköpfige Gruppe trat noch vor Ende der Woche zusammen, nämlich am Freitag, dem 13., und hörte sich eine Stunde lang Ricky Gardners Ausführungen an. Wenig später erhoben sie formell Anklage gegen Jens und Elizabeth wegen Mordes ersten Grades an Derek und Nancy. Da Jens vermutlich die Verbrechen verübt hatte, wurde er außerdem wegen vorsätzlichen Mordes angeklagt, was bedeutete, daß Updike die Todesstrafe fordern konnte.

Trotz der schnellen Reaktion durch die Grand Jury gab es nicht viel, was Jim Updike oder sonst jemand in Bedford County tun konnte, um den Fall zu einem schnellen Abschluß zu bringen. Jens und Elizabeth mußten sich erst einmal wegen Betrugs in England verantworten. Und dann mußten die Schwierigkeiten eines Auslieferungsverfahrens überwunden werden. Dies würde sich wegen Jens' Verbindungen zu Regierungskreisen und der Möglichkeiten einer umfangreichen Rechtsberatung als sehr heikel erweisen.

Für Ricky Gardner, der vierzehn Monate lang mit den Haysom-Morden gelebt und gelitten hatte, war der lange Kampf so gut wie vorbei. Für Jim Updike fing er gerade erst an. Seine Bemühungen, die beiden ehemaligen Verliebten vor ein Gericht zu bringen, sollte dreimal so lange dauern wie die eigentlichen Ermittlungsarbeiten.

Selbst wenn er gewußt hätte, was für eine mühsame Aufgabe

auf ihn wartete, hätte Updike sich gewiß kopfüber hineingestürzt. Er mochte zwar leise und freundlich reden und einen harmlosen Eindruck machen, doch in diesem Jungen vom Lande steckten ein scharfer Geist und eine Entschlossenheit, die jedem Politiker zur Ehre gereichen würde.

Die Familien von James Wilson Updike jr. lebt schon seit Generationen in Virginia, möglicherweise genauso lange wie Elizabeths Familie. Während ihre Vorfahren aber der gehobenen sozialen Schicht angehörten, waren die Updikes Vertreter der Mittelschicht; sie waren vorwiegend Farmer und Bauarbeiter. Sein Vater war Elektriker, seine Mutter leitete einen Lebensmittelmarkt.

In seiner Jugend wohnte die Familie zwei Jahre lang in Pittsburgh. Davor, in der High-School in Bedford, spielte Updike Klavier in einer Band. Der Schlagzeuger der Gruppe war Chuck Reid.

Updike, der mit zehn Jahren anfing, auf der Orgel seiner Großmutter zu spielen, interessierte sich ernsthaft für Musik. Kurz vor Beendigung seiner High-School bewarb er sich um einen Studienplatz am Konservatorium in Cincinnati, wurde aber nicht angenommen. Ein Jahr später erhielt er die Mitteilung, er könne einen Platz im Konservatorium für eine musiktheoretische Ausbildung bekommen, doch zu diesem Zeitpunkt hatte er sich bereits für ein Jurastudium entschieden.

Nach zwei Jahren an der Universität von Cincinnati wechselte Updike auf die UVA über und legte 1975 sein Examen ›mit Auszeichnung‹ sowie eine Prüfung in Englisch ab. Im nächsten Herbst wurde er von der Rechtsakademie angenommen. Während der Sommerferien arbeitete er schon im Büro des Staatsanwaltes in Roanoke County. Nach seiner Abschlußprüfung bot man ihm eine Stelle beim Staatsanwalt in Virginia in Bedford County an.

Noch bis in die späten siebziger Jahre war Bedford ein derart verschlafenes County, daß der Staatsanwalt mehr Zeit in seiner Privatkanzlei verbrachte als in seinem Regierungsamt. Das änderte sich jedoch im Zuge des Bevölkerungszuwachses und der damit einhergehenden wachsenden Kriminalitätsrate. 1980, als Jim Updike gerade vierundzwanzig Jahre alt war und die Rechtsakademie zwei Jahre hinter ihm lag, beschloß der Verwaltungsrat, den Teilzeitjob des staatlichen Anklägers zu einem vollwertigen zu machen. Da der Mann, der den Posten bisher innehatte, in seiner Privatkanzlei zu sehr gebunden war, um ernsthaft in Erwägung zu ziehen, in eine Countystelle überzuwechseln, quittierte er seinen Dienst und empfahl seinen Assistenten als Nachfolger. Updike übernahm den Job kommissarisch, bis eine Wahl abgehalten werden konnte. Diese gewann er im Handumdrehen, ebenfalls die Neuwahl vier Jahre später, und zwar einstimmig. Als er und Gardner im Juni 1986 nach London flogen, war er seit sechs Jahren Staatsanwalt und hatte bisher noch keinen Mordfall bearbeitet. Im darauffolgenden Jahr geschah es jedoch gleich zweimal, und er brachte beide Anklagen durch.

Schlank, mittelgroß, mit schütteren blonden Haaren, blauen Augen und einem ingwerfarbenen Fu-Man-Chu-Bart, ähnelt Jim Updike entfernt Robert Redford. Mit der Zigarrenkiste wohlgefüllt und in Reichweite links neben sich und einer hellroten Thermosflasche mit starkem Kaffee auf der rechten Seite, ist Updike bereit und überzeugt, jede Krise zu meistern.

Sein Büro in der zweiten (und obersten) Etage des Countygerichtsgebäudes ist genau wie sein Insasse, schlicht und unauffällig.

Er ist anspruchslos genug, um Anzüge von der Stange, kurzärmelige Hemden, konservative Krawatten und weiß abgesetzte Schuhe zu tragen, aber eitel genug für Kontaktlinsen anstelle einer Brille.

Er und Jens Soering haben übrigens am gleichen Tag Geburtstag, am 1. August.

Für Updike wurde der Prozeß gegen Elizabeth Haysom und Jens Soering zu einer alles beherrschenden Aufgabe; seit April 1985 beschäftigte er sich intensiv mit dem Fall. Das hat ihn beträchtlich verändert, erzählt seine Frau Marilyn. Er verwandelte sich von einem fröhlichen, ausgelassenen Partner, der seine freien Abende und die Wochenende fern von seinem Büro stets auskostete, zu einem Menschen, der davon besessen war, die beiden vor Gericht zu bringen.

Als Elizabeth und Jens in England verhaftet wurden, hatte Updike keine Ahnung von internationalem Recht, und er interessierte sich auch nicht dafür. Seine Welt bestand praktisch ausschließlich aus Bedford County und Bedford City, einer überschaubaren Gemeinde mit sechstausend Einwohnern und schattigen Straßen und herrlichen alten Häusern, die auf sanft gewölbten Hügeln im Schatten der Blue Ridge Mountains stehen; einer Stadt mit sauberen Straßen und stattlichen Villen und alten Bäumen, mit alten Kirchen, neuen Schulen, freundlichen Menschen und angenehmen Nachbarn. Die machtpolitischen Verwicklungen zwischen dem britischen Parlament und dem Europarat waren von Updikes Welt vor 1986 unendlich weit entfernt.

Er erwies sich als guter Schüler und lernte schnell, aber während er sich in die Feinheiten des Auslieferungsverfahrens einarbeitete, entwickelte sich der Fall auf der anderen Seite des Atlantiks in seinem eigenen Tempo.

33

In den alten Zeiten gab es in den Gefängnissen Ihrer Majestät nur eine Art von ›Freiheitvergnügen‹: Gehen. Es war obligatorisch. Jedes Gefängnis verfügte über ein Oval, ähnlich einer kleinen Pferderennbahn, wohin an bestimmten Tagen zahlreiche Gefangene gebracht wurden. Maskiert und mit Ketten zusammengeschlossen, wurden sie in entgegengesetzten Richtungen um das Oval geführt, eine Gruppe im Uhrzeigersinn, die andere im Gegenuhrzeigersinn. Gewöhnlich wuchsen auf der Fläche im Innern des Ovals Maulbeerbüsche. Diese Praxis sollte die Grundlage zu einem Kinderspiel werden, das sich stets großer Beliebtheit erfreute...

In den englischen Gefängnissen gibt es die Laufbahnen noch. Und die Wächter tragen auch immer noch den alten Namen, *screws*. Sie bewachten damals ein Gerät, *crank*, das sich jemand ausgedacht hatte, der sich wohl Sorgen machte, daß die Gefangenen bei zuviel Nichtstun unter Langeweile litten. Das Gerät bestand aus einem Getriebekasten auf einem Podest mit einer herausragenden Kurbel, eben der *crank*. Jeder Gefangene mußte die Kurbel am Tag zehntausendmal drehen. Wenn der Wächter den Häftlingen die Arbeit erschweren wollte, dann konnte er den Drehwiderstand der Kurbel erhöhen, indem er eine Schraube, die *screw*, auf der Rückseite des Kastens anzog.

Nach ihrer Anhörung vor dem Magistratsgericht in Richmond wurden Jens und Elizabeth getrennt, um die weiteren rechtlichen Schritte abzuwarten. Sie sahen sich einer Anklage wegen Scheckbetrugs gegenüber, und Updike wollte sie schnellstens nach Virginia zurückholen, um gegen sie wegen der Morde an Derek und Nancy Haysom zu verhandeln. Außerdem waren Beever und Wright noch auf der Suche nach irgendwelchen Verbindungen zur Drogenszene sowie zur IRA, welche zum damaligen Zeitpunkt noch als durchaus möglich betrachtet wurden.

Unterdessen wurde Elizabeth in das neue Gefängnis verlegt, ein Bauwerk, das erst 1985 fertiggestellt worden war. Auf dem gleichen Gelände erbaut wie das ursprüngliche Gefängnis, das im Norden Londons und fern aller touristischen Sehenswürdigkeiten steht, fast in Camden Town, besteht das neue Holloway aus einer Reihe verschachtelter, moderner Klinkerbauten, die mitten in einer Wohngegend stehen. Es verfügt über eine Schwimmhalle, eine Turnhalle und großzügige Sportanlagen sowie über das traditionelle Oval. Auf jeder Etage gibt es einen Farbfernseher, und neben den drei Mahlzeiten pro Tag erhalten die Insassen jeden Nachmittag gegen vier Uhr ihren Tee.

Nach ihrer Ankunft kam Elizabeth in eine Einzelzelle in einem der oberen Stockwerke in Block D, einem der vier Bauten, die strahlenförmig um den Zentralbau angeordnet sind. Sie war recht komfortabel nach Gefängnismaßstäben: groß genug für ein Eisenbett, einen kleinen Tisch, einen Stahlspind und ein Waschbecken. In einer Nische befand sich eine Toilette. Elizabeths wertvollstes Möbelstück war, natürlich, der Tisch. Dort saß Elizabeth meistens, schrieb und schrieb, füllte Seite um Seite mit Notizen, Erklärungen und Rechtfertigungen.

Jens hatte mit seinem Gefängnis nicht soviel Glück. Es ist offenbar eine der Launen des englischen Haftsystems, daß männliche Gefangene weitaus öfter verlegt werden als weibliche. Zumindest traf das auf Jens zu. Während Elizabeth direkt nach Holloway gebracht wurde, wanderte Jens mehrere Monate lang von Gefängnis zu Gefängnis, ehe er endlich seinen Platz im Gefängnis Ihrer Majestät in Brixton fand, einem früher einmal eleganten Vorort von London.

1819 als Countygefängnis erbaut, sollte es das ›Modellgefängnis‹ sein, wie es kürzlich in Milbank fertiggestellt wurde. 1852 verkaufte das County die Anlage an die Regierung. Früher bestand der Plan, es als Heim für Gemütskranke zu verwenden, doch er wurde nicht in die Tat umgesetzt, und der Bau kam unter den Hammer. Ein Architekt namens Sir William Tite kaufte es für 8400 Pfund mit der Absicht, es abreißen zu lassen und alle verwertbaren Teile und Trümmer zu verkaufen. Ehe er jedoch damit begann, kaufte die Regierung es zurück, um es zu einem Frauengefängnis umzufunktionieren. Tite machte bei dem Geschäft saubere 50 Prozent Gewinn.

Es diente diesem Zweck von 1853 bis 1892, als das eigentliche Holloway erbaut wurde. Als die Frauen verlegt wurden, wandelte man Brixton in ein Militärgefängnis um. Dann, um die Jahrhundertwende, wurde es vergrößert und umgebaut zum wichtigsten Prozeß- und Anhörungsgefängnis für London und Umgebung. Das ist es auch heute noch, und die meisten seiner an die tausend männlichen Insassen werden dort nur vorübergehend festgehalten.

Vorübergehend ist jedoch ein weitgefaßter Begriff. Jens Soering wurde einer dieser ›vorübergehenden‹ Insassen.

Brixton Prison hat ein zentrales Gebäude, das einen mehreckigen Grundriß hat, damit der Chefaufseher, in den USA *warden* genannt und in England *governor*, darin umhergehen und in alle Richtungen blicken konnte, um sich zu vergewissern, daß die Häftlinge arbeiteten. Die Zellenblocks, wo die Gefangenen wohnten, waren in einem Halbkreis um das Hauptgebäude angeordnet. Die originalen Zellenblocks in Brixton, die immer noch benutzt werden, sind zweistöckige Bauten mit insgesamt 149 Einzelzellen und zwölf Doppelzellen. Nach modernen Maßstäben sind es winzige Kabinen. Jede Einzelzelle ist gerade groß genug, daß ein Insasse darin aufrecht stehen und ausgestreckt liegen kann, und breit genug, damit er die Arme ausstrecken kann, ohne die Wände zu berühren. Im Vergleich dazu sind die Todeszellen im Mecklenberg Correctional Center, dem Hochsicherheitsgefängnis in Virginia, wahre Ballsäle.

Jens wurde in eine der alten Brixton-Zellen eingewiesen. Als Gefangener der Kategorie A, also mit besonderem Sicherheitsstatus, wurde er in eine erstickend enge Kabine mit einem winzigen Fenster gebracht, das zwar etwas Licht spendete, aber so gut wie keinen Blick nach draußen. Da das Gefängnis vor der

Erfindung innenliegender Wasserleitungen geplant wurde, gibt es keine entsprechenden Vorrichtungen in den Zellen. Wenn Jens den Ruf der Natur zwischen den Verschlußzeiten am Abend, gegen acht Uhr, bis zum nächsten Morgen, auch gegen acht Uhr, verspürt, gibt es nur einen Abortkübel. Wenn er sich waschen will, muß er eine Kanne und eine Schüssel benutzen. Er kann sich auf dem Oval bewegen oder auch andere Einrichtungen nutzen, aber Jens ist niemals besonders sportlich gewesen. Aufgrund des Bewegungsmangels und der stärkehaltigen Gefängnisverpflegung, die viermal täglich verteilt wird – drei Mahlzeiten sowie Tee (und ein Krug Bier, wenn er es wünscht) –, legte Jens schnell an Gewicht zu. Als er im Juni 1986 in Richmond verhaftet wurde, wog er ungefähr 145 Pfund, die seiner Körpergröße von einsfünfundsechzig entsprachen. Doch innerhalb kürzester Zeit erreichte er, dank der Gefängniskost, 180 Pfund. Er wurde zu einem wandelnden Kloß, blaß und weich und schwammig.

Doch seine äußere Erscheinung entsprach nicht seinem Geist. Ebenso wie Elizabeth war er ein exzessiver Briefschreiber. Zusammen verlangten sie so viel Schreibpapier, daß sicherlich ein kleiner Wald abgeholzt werden mußte, um ihren Ansprüchen gerecht werden zu können.

Die Menge an Text, die sie untereinander austauschten, ist allein schon beeindruckend. Fügt man die Familie, Freunde und Anwälte dieser Liste hinzu, dann ist der Umfang der Korrespondenz geradezu atemberaubend. Nur ein Computer hätte den genauen Überblick über die einzelnen Schreiben bieten können. Unglücklicherweise gab es keinen, so daß die Auflistung darüber, wer wem und wann geschrieben hat, etwas ungenau ausfallen muß. Briefe gingen verloren, wurden vernichtet oder entwendet. Aber eines ist sicher. Mit fortschreitender Zeit zerfiel ihre Beziehung. Sie war nicht stark genug, um den Belastungen und dem Druck der Trennung, der Inhaftierung und den Konflikten, die sich aus den Prozeßvorbereitungen ergaben, standzuhalten. Sie sahen sich plötzlich in die gegnerische Ecke gedrängt, und ihre Positionen wurden immer gegensätzlicher, als weitere Tage und Wochen verstrichen.

Gelegentlich sahen sie einander, sei es bei gemeinsamen Gerichtsterminen oder wenn sie sich mit ihrem Anwalt trafen, der sie in dem Betrugsverfahren verteidigte. Aber das reichte nicht aus. Sie begannen zu streiten und sich gegenseitig zu beschuldigen. Die Aussagen bei solchen Gelegenheiten zu überprüfen ist noch schwieriger, als ihre Korrespondenzen genau nachzuvollziehen. Jeder hatte seine eigene Version von dem, was der andere gesagt, vorgeschlagen oder verlangt hatte. Nur selten stimmten diese Versionen überein. Dennoch wird sehr schnell eine Entwicklung deutlich: Die große Liebe zwischen Elizabeth und Jens zerbrach von Tag zu Tag mehr.

Grundsätzlich bestand das Problem darin, daß jeder eine völlig andere Vorstellung von dem hatte, was als nächstes geschehen sollte. Elizabeth, die unter der Last ihrer Schuld litt, wollte in die Vereinigten Staaten zurückkehren und vor Gericht gestellt werden. Je härter die Strafe ausfiele, desto besser wäre es für sie. Sie hatte mittlerweile einen Märtyrer-Komplex entwickelt: Sie verhielt sich, als wollte sie zur besten Sendezeit im Fernsehen auftreten und sich an die Brust schlagen und *mea culpa* rufen und dieses Bekenntnis auch noch auf die Titelseiten der *Washington Post* und der *New York Times* bringen.

Die Vereinigten Staaten waren hingegen der allerletzte Ort, an den Jens sich begeben wollte. Der Gedanke, auf den elektrischen Stuhl zu müssen, verursachte ihm sogar tagsüber Alpträume. Während Elizabeths Instinkt ihr riet, zu gestehen, hieß es für Jens nur noch kämpfen – kämpfen um jeden Preis, entweder um in England zu bleiben oder nach Deutschland ausgeliefert zu werden, denn in beiden Fällen erwartete ihn nicht die Todesstrafe.

Jens begann, den Grundstein für seine Strategie kaum einen Monat nach ihrem Wochenende im Polizeirevier von Richmond zu legen. Er fing behutsam an, indem er beiläufig in seinen Briefen an Elizabeth erwähnte, daß er glaube, er würde in Deutschland vor ein Gericht gestellt. Dort, so rechnete er sich aus, würde er wahrscheinlich eine Strafe von sechs Jahren Gefängnis erhalten. Die abzusitzen würde nicht allzu schwierig, fügte er hinzu, denn deutsche Gefängnisse seien sehr ›gemütlich‹.

Zwei Wochen später wurde ihm jedoch klar, daß ihm wahrscheinlich ein heftiger Kampf bevorstand. In einem Brief an Elizabeth bat er sie, mit jedem Verbindung aufzunehmen, der irgendwelchen Einfluß hatte. Bei einer anderen Gelegenheit deutete er an, daß seine Eltern ihn in jeder Hinsicht unterstützen würden.

Nach seiner Verhaftung waren Jens' Eltern sehr hilfreich. Elizabeths Familie hingegen ignorierte sie völlig. Abgesehen von einigen Briefen an einen Onkel mütterlicherseits in Kalifornien hatte sie praktisch keinen Kontakt mit ihren Angehörigen.

34

Diese taktischen Manöver wurden durch die Tatsache erschwert, daß die beiden praktisch zusammengeschweißt waren. Wenn Elizabeth allein gehandelt hätte und in die Vereinigten Staaten zurückkehren wollte, dann war das die eine Sache. Wenn Jens alleine gehandelt hätte und nun versuchen wollte, nach Deutschland zu kommen, dann war das etwas anderes. Aber sie waren unauflösbar miteinander verbunden; keiner der beiden konnte frei und unabhängig handeln. Sie waren untrennbar durch die Morde an Derek und Nancy Haysom verbunden.

Jens befürchtete, Elizabeth könnte seine Anstrengungen vereiteln, nach Deutschland ausgeliefert zu werden. Denn falls er in die Vereinigten Staaten ausgeliefert würde, könnte sie gegen ihn aussagen und dazu beitragen, ihm ein Rendezvous mit dem Henker zu verschaffen.

Elizabeth wiederum hatte Angst, Jens könnte bewirken, daß sie eine hohe Strafe erhielt, wenn er ihr die Verantwortung für die Morde zuschob. Er könnte versuchen, sie als böse Hexe abzustempeln – die ältere Frau, die einen harmlosen Schuljungen zu Verbrechen und Laster verführt hatte.

Es braucht sicher nicht betont zu werden, daß angesichts derart gegensätzlicher Interessen die Situation sehr bald häßlich wurde.

Es ist schwierig zu entscheiden, was genau passierte und wann. Elizabeth hob einige von Jens' Briefen auf. Einige, so sagte sie aus, wurden gestohlen als Teil eines Komplotts von Jens, in das auch deutsche Regierungsvertreter verwickelt seien. Und dann gab es auch Briefe, die von der Gefängnisverwaltung abgefangen wurden, behauptete sie.

Am 11. August schrieb Jens ihr, sein Vater habe in einer Zeitung aus Virginia gelesen, Elizabeth habe während einer Anhörung vor Gericht in einem fort gekichert. Er ermahnte sie, sich stets tadellos zu benehmen.

Am 30. August schrieb Jens aufmunternd und meinte, das amerikanische Rechtssystem behandle Gewaltverbrecher sehr nachsichtig, und da sie bisher noch keiner gewalttätigen Handlung angeklagt sei, stünde sie ganz hervorragend da. Elizabeth faßte das als massiven Hinweis auf, sie solle kein Aufsehen erregen.

In einem Nachsatz fragte er sie, ob Ricky Gardner sie nach Annie gefragt habe. Elizabeth interpretierte das als eine Taktik, Annie Massie in den Fall hineinzuziehen, anzudeuten, sie könnte bei den Morden eine Rolle gespielt haben. Jens hatte Elizabeth schon vorher erzählt, daß er glaube, Annie Massie sei in dem Haus gewesen, nachdem Nancy und Derek getötet wurden. Das heißt, richtig im Haus, nicht nur in der offenen Tür, von wo sie Dereks Leiche auf dem Boden gesehen hatte, um dann gleich die Polizei zu benachrichtigen. Jens hatte Elizabeth geschworen, daß er Nancys und Dereks Leiche nicht mißhandelt habe. Wenn *er* es nicht getan hat, so argumentierte er, dann muß jemand anderer nach ihm gekommen sein und es getan haben. Während eines Streits hatte er sogar Elizabeth beschuldigt, jemanden engagiert zu haben, der sich an den Leichen vergriff.

Diese Erinnerung fiel bei Elizabeth auf fruchtbaren Boden, denn sie war immer noch verwirrt über eine Sache, die Annie Massie kurz nach den Morden getan hatte. An dem Abend, nachdem die Morde entdeckt worden waren, fuhren Annie und ihr Mann nach Charlottesville, um Elizabeth die schreckliche Nachricht zu überbringen.

Elizabeth sagte aus, daß Annie ihr Nancys altes Adreßbuch gegeben habe. Als sie einige Zeit später noch einmal darüber nachdachte, fiel ihr ein, daß Annie irgendwann im Haus gewesen sein mußte, da dieses Buch immer auf einem Tisch auf der anderen Seite des Raums, also weit weg von Dereks Leiche, gelegen hatte.

Dann schrieb Jens wütende Angriffe gegen die Behörden von Virginia. Das könnte eine Reaktion auf den formellen Auslieferungsantrag an die englische Regierung ein paar Wochen vorher gewesen sein, von dem eine Kopie irgendwie den Weg zu

Jens gefunden haben könnte. Er erwartete, daß die Gerichte in Virginia versuchen würden, die Todesstrafe zu verhängen. Er prophezeite jedoch, daß er trotzdem nach Deutschland ausgeliefert und wegen Totschlags angeklagt würde. Wenn sich das als zutreffend erweisen sollte, so sagte er, dann würde es für die Leute in Virginia sehr schwierig, sie als Komplizin in einem Mordkomplott zu verurteilen.

Im Kampf gegen die Auslieferung hielt Jens es für die beste Vorgehensweise, alles zu unternehmen, daß er nach Deutschland zurückgeschickt würde. Wenn er dort verurteilt werden könnte, ehe er in Virginia vor Gericht käme, dann wäre ihr Prozeß nicht mehr so aufsehenerregend, und sie würde glimpflich davonkommen, denn er, die ›Hauptperson‹, würde nicht auftreten.

Elizabeth andererseits fühlte sich mehr und mehr an der Nase herumgeführt. Jens' ganze Energie wurde ausschließlich für das Ziel eingesetzt, seine Auslieferung nach Deutschland zu erreichen. Sicher, er erzählte ihr ständig, daß damit auch ihr geholfen wäre, aber der Hauptzweck war doch, ihn zu retten.

Am 10. Oktober trafen sie bei einem gemeinsamen Anwaltstermin zusammen, und Jens intensivierte seine Forderungen an sie, indem er ihr empfahl, sie solle um ein Gespräch mit Angehörigen der British Special Branch bitten, eine Organisation ähnlich dem amerikanischen FBI, um sich über ihre möglichen Kontakte zur IRA zu unterhalten. Das gehörte zu einer weiteren Kriegslist, die Jens sich ausgedacht hatte. Falls sein Plan, nach Deutschland geschickt zu werden, schiefgehen sollte, so dachte er, daß sie die Auslieferung in die Vereinigten Staaten dadurch aufschieben konnten, indem sie dafür sorgten, daß sie den Engländern zu wertvoll erschienen, um sie außer Landes zu lassen. Mit anderen Worten, bedachte man, welche Aufmerksamkeit die Engländer terroristischen Aktivitäten schenkten, brauchten Jens und Elizabeth nur auf derartige Kontakte hinzuweisen, damit die Engländer mehr daran interessiert waren, sie bei sich zu behalten als sie nach Virginia zurückzuschicken. Das könnte ihnen eher gelingen, so dachte Jens, wenn sie Kontakte zur IRA andeuteten. Sie hatten solche Planspiele schon in dem Tagebuch anklingen lassen, das in ihrer Wohnung konfisziert worden war.

Zwölf Tage später schickte Jens ihr wieder ermutigende Neuigkeiten. Seine Regierungskontakte zahlten sich allmählich aus, und seine Anwälte hätten einige wichtige Verbündete in den Vereinigten Staaten gefunden, darunter auch einen Bundesrichter und einen Bezirksstaatsanwalt in Virginia. Die Namen der beiden nannte er nicht.

Drei Wochen später war seine Stimmung nicht mehr so fröhlich, nachdem er eine Fernsehsendung über die Todesstrafe in den USA gesehen hatte. Eine der Personen, die in einem Interview zu Wort kamen, war der Henker des Staates Virginia. Jens teilte Elizabeth in allen Einzelheiten mit, was der Mann gesagt hatte, darunter auch die Information, daß Zeugen der Hinrichtung manchmal Vaseline in ihre Nasenlöcher schmierten, um den Geruch verbrannten Fleisches nicht ertragen zu müssen. Jens fügte an, sie brauche sich keine Sorgen zu machen, da sie sicherlich viel milder behandelt würde.

Letzteres machte auf sie einen nachhaltigen Eindruck. Jens wußte genau, welche Knöpfe er bei ihr bedienen mußte.

Je mehr sie über den Komplex Auslieferung nachdachte, desto mehr erkannte sie, daß sie nicht bereit war, so vehement zu kämpfen wie Jens. Sie war zu sehr von ihrer Schuld überwältigt. Am 11. Dezember schrieb sie ihm einen Brief von anderthalb Seiten, in dem sie ihm mitteilte, sie habe sich entschlossen, sich nicht gegen die Auslieferung zu wehren, daß sie die Absicht habe, nach Virginia zu gehen und sich in den gegen sie vorgebrachten Punkten schuldig zu bekennen.

Es gäbe noch eine ganze Reihe von Dingen, fügte sie hinzu, derer sie sich schuldig gemacht habe, die aber niemals vor einem Gericht zur Sprache kommen würden. Was besonders schwer auf ihrem Gewissen lastete, war etwas, das Jens wahrscheinlich bisher noch kein einziges Mal in den Sinn gekommen sei, nämlich das, was sie ihm angetan, wie sie sein Leben ruiniert habe. Da er geradezu ›heiligmäßig‹ sei, schrieb sie, habe er über diesen Punkt sicherlich noch nicht nachgedacht, aber früher oder später würde er das bestimmt tun, und dann hoffe sie, daß er von ihr nicht zu schlecht dächte.

Jens hatte das natürlich längst erkannt. Er war überhaupt nicht ›heiligmäßig‹. Und seine Gedanken an sie waren längst nicht mehr so freundlich.

35

Am 17. Dezember erschienen Elizabeth und Jens vor dem Kingston Crown Court, um ihr Urteil in der Anklage wegen Scheckbetrugs entgegenzunehmen. Sie und Jens wurden zu einem Jahr Gefängnis verurteilt. Die Untersuchungshaft wurde angerechnet. Sobald die Urteile verlesen worden waren, präsentierten Detectives von Scotland Yard Haftbefehle wegen Mordes an Derek und Nancy Haysom.

Monate später erzählte Elizabeth dem Detective Ricky Gardner, daß an diesem Tag, während sie sich auf der Anklagebank befand, eine Frau, die sie nie gesehen hatte, sie tätlich anzugreifen versuchte, daß jedoch ein Justizbeamter dazwischentrat und die Angreiferin abwehrte. Sie glaubte, dieser Zwischenfall sei von Jens inszeniert worden, um ihr angst zu machen. Seltsamerweise wurde in der Meldung der *London Times* am folgenden Tag nichts von der versuchten Attacke erwähnt. Es könnte daher auch eine von Elizabeths Phantasien gewesen sein.

Jens' Antwortbrief auf Elizabeths Nachricht war jedoch kein Phantasieprodukt. Am 18. Dezember 1986 bestürmte er sie, abzuwarten und ihre Aktionen noch einmal zu überdenken und aufzuhören, sich so dumm zu verhalten.

Die Anklage gegen sie, schrieb Jens, könne nicht noch schwerer ausfallen, und so ausweglos sie auch erscheinen mochte, die Situation sei völlig unter Kontrolle. Es war eine verwirrende Erklärung, und Elizabeth konnte nur annehmen, daß Jens leicht verwirrt war und unter dem Eindruck stand, daß sie wegen Mordes zweiten Grades und nicht ersten Grades angeklagt war.

Was den Hinweis betraf, sie habe sein Leben ruiniert, so meinte er, das sei lächerlich. Er sei nicht so dumm, sagte er, daß er nicht erkannte, wie er in diese Klemme geraten war.

Es war jedoch das Totengeläut für ihre Beziehung. Als sie im Februar 1987 zusammen vor Gericht erschienen, knurrte Jens sie an: »Das wird dir noch verdammt leid tun.« Er mußte sogar noch etwas Schlimmeres gesagt haben, denn als sie das nächste Mal vor Gericht erschienen, war er mit einer Handschelle an einen Polizisten gefesselt und wurde von ihr ferngehalten.

Das war das letzte Mal, daß sie ihn sah, aber es war nicht der letzte Kontakt.

Zwei Wochen später besuchte eine Frau Elizabeth, die erzählte, sie habe schlechte Nachrichten von Jens. Er liebe sie nicht mehr und tue es schon seit längerer Zeit nicht mehr, doch er mache sich Sorgen, daß sie versuchen würde, die Schuld an den Morden auf ihn abzuwälzen. Jens wolle ihr einen Handel vorschlagen. Wenn Elizabeth die Verantwortung für die Morde auf sich nehme, damit er nicht zum Tode verurteilt würde, wolle er sie mit Geld entschädigen, sobald sie aus dem Gefängnis kam. Das sei ganz einfach, denn Elizabeth habe ja sowieso vor, auf schuldig zu plädieren. Da dies geschähe, ehe Jens ausgeliefert würde, könne sie bei seinem Prozeß aussagen, daß alles allein ihre Schuld gewesen sei. Das würde bewirken, daß eine Jury ihn etwas wohlwollender beurteilte.

Elizabeth war zu geschockt, um direkt darauf zu antworten. Am 19. März schrieb sie Jens einen knappen Brief, in dem sie fragte, was eigentlich los sei.

Jens antwortete, er sei überrascht über ihre Feindseligkeit. Er selbst empfände überhaupt keinen Haß. Er liebe sie noch immer, sagte er, auch wenn sie überhaupt nicht begreife, was geschehe.

Ob sie es nun am 14. April, dem Tag vor ihrem dreiundzwanzigsten Geburtstag, verstand oder nicht, sie erschien jedenfalls vor Gericht, als es um ihre Auslieferung ging. Der Richter ordnete ihre Rückführung in die Vereinigten Staaten an. Sie wehrte sich nicht gegen die Entscheidung.

Das Holloway Prison hatte drei größere Zentren für soziale Aktivitäten. Das eine war der Speisesaal. Ein anderes war der Aufenthaltsraum in jeder Etage, wo die Häftlinge Poolbillard spielen oder Videofilme ansehen konnten. Und das dritte war das Fenster. Jedes der Zellenfenster hatte Barrieren anstelle von Gittern. Sie waren als Fenster kaschiert und geschickt ins Mauerwerk eingelassen, so daß es nicht den typischen ›Gefängnislook‹ gab. Mehr noch, die Insassen konnten die schräggestellten Scheiben sogar öffnen und die Fenster als Kommunikationskanäle nutzen.

Eine der beliebten Freizeitbeschäftigungen für die weiblichen Insassen bestand in Holloway darin, den männlichen Insassen, die zur Gartenarbeit abgestellt waren, Grüße zuzurufen. Häufig entwickelten sich durch diese hin und her gehenden Rufe richtige Freundschaften. Namen und Adressen wurden ausgetauscht, und Brieffreundschaften entstanden.

Elizabeth lernte auf diese Weise etwa nach der Hälfte ihres Aufenthalts einen männlichen Insassen aus dem Pentonville Prison kennen. Sie legte die Hände zu einem Trichter zusammen und rief ihm ihren Namen und ihre Adresse zu. Er schrieb ihr. Sie antwortete. Aber das war auch schon alles. Die Beziehung erwies sich als sehr kurzlebig.

Insgesamt erregte Elizabeth wenig Aufsehen unter den Gefangenen und konzentrierte sich mehr auf ihr Lesen und Schreiben als auf Freundschaften. In der Gefängnisbibliothek galt die Regel, daß Insassen pro Besuch nur drei Bücher ausleihen durften. Doch Elizabeth überredete die Bibliothekarin, daß sie ihre Ration verdoppeln durfte, und sie arbeitete sich gierig durch die Regale.

Was das Schreiben betrifft, so mußte Elizabeth Rekorde in der Disziplin Briefe aufgestellt haben. In zehn Wochen, von Anfang Februar und Ende April, schickte sie 76 Briefe ab, fast jeden Tag einen, und erhielt annähernd so viele, wie sie geschickt hatte, nämlich 65. Außer Jens waren ihre Korrespondenten ziemlich unterschiedlich und reichten von ihrer früheren Zimmergenossin an der UVA, Charlene Song, die mittlerweile in Cambridge studierte, bis zu einer alten Freundin in Belgien. Die Gefängnisvorschriften beschränkten die Briefe der Insassen auf vier Seiten, und dies erwies sich für die zwanghafte Schreiberin als sehr wenig. Häufig versuchte Elizabeth, diese Vorschrift zu umgehen, indem sie sehr klein schrieb, ein Verstoß, der ihr wiederholt Tadel einbrachte. Neben den Briefen schrieb

Elizabeth auch Kurzgeschichten und Aufsätze. Eine ihrer Kurzgeschichten, die den Titel ›Die Schläferin erwacht‹ trug, gewann sogar einen gefängnisinternen Wettbewerb.

Mehr Lyrik als Prosa, hat die Geschichte im wesentlichen autobiographischen Charakter und beschreibt die Gedanken einer Erzählerin, die unter schweren Schuldgefühlen leidet. Mit einem Kugelschreiber in ihrer typischen, schwer zu entziffernden Handschrift auf einem linierten Schreibblock aufgeschrieben, ist die Geschichte teils Tatsache, teils Fiktion. Aber das ist eigentlich nicht so wesentlich. Sie ist durch und durch Elizabeth Haysom, eine junge Frau, für die Fakt und Fiktion sich ständig miteinander vermischten.

Die Protagonistin der Kurzgeschichte litt unter Schlaflosigkeit, konnte wegen der Erinnerungen, die sie quälten, nicht einschlafen und wurde von dem Wissen verfolgt, daß es unzählige Dinge gab, die sie unterlassen hatte.

Ihre Protagonistin hatte einen physisch abstoßenden Geliebten, der ebenfalls seelisch gestört war. Obgleich dieser Mann sie ›bis zum Wahnsinn‹ liebte, erwiderte sie diese Liebe nicht, und ihre Hemmung, ihm das zu gestehen, war ein Beispiel für ihr sündhaftes Unterlassen.

Eine andere Unterlassungssünde bestand darin, daß sie ihrem Vater nie offenbart hatte, daß sie ihn liebte.

Ihrer Mutter gegenüber empfand die Hauptperson der Geschichte eine heftige Abneigung, weil die Frau versuchte, sie völlig zu kontrollieren. Nichtsdestoweniger befreite dies die Protagonistin nicht von der Sünde, die darin bestand, für die Schwächen der Mutter kein Verständnis aufgebracht und ihr verziehen zu haben.

Nun waren ihre Eltern tot, und sie konnte nichts tun, um ihre Vergehen wiedergutzumachen.

Was sie selbst betraf, meinte ihre Heldin, so war sie selbst auch ihr eigenes Opfer. Indem sie es unterlassen hatte, für ihr Recht der Selbstbestimmung zu kämpfen, hatte sie es ihren Eltern gestattet, ihre Wünsche und Sehnsüchte auf sie zu übertragen. Das war weder zu ihnen noch zu ihr selbst fair gewesen, und sie haßte sich dafür.

Nachdem die Protagonistin der Geschichte diese Gedanken niedergeschrieben hatte, war ihr Gewissen gereinigt; ihre Schlaflosigkeit war kuriert.

Im richtigen Leben war Elizabeths Reue eher zweifelhaft. Nachts, wenn die männlichen Insassen in ihre jeweiligen Anstalten zurückgebracht worden waren, benutzten die Frauen von Holloway ihre Zellenfenster als ihr eigenes internes Kommunikationssystem, versammelten sich dort und riefen ihre Gedanken in die Nacht hinaus. Die Kommunikation auf diese Art war natürlich sehr eingeschränkt, da eine Stimme nur eine bestimmte Entfernung überwinden kann, vor allem, wenn mehrere Stimmen durcheinanderrufen. Aber es erwies sich als günstig, wenn eine Insassin eine Freundin in der Nebenzelle hatte. Elizabeth hatte eine solche Freundin, eine der wenigen, die sie während ihres Aufenthaltes in Holloway fand. Ihr Name lautete *Joan Alexander*, die eine Strafe wegen eines Drogenvergehens absaß. Sie und Elizabeth hatten einen ähnlichen Hintergrund und ähnliche Interessen. Sie verbrachten Stunden an ihren Fenstern, lachten, schwatzten und vertrauten sich gegenseitig in ungestörter Fast-Abgeschiedenheit ihre Geheimnisse an. Kurz bevor sie in die Vereinigten Staaten zurückkehrte, bekamen die Gespräche Elizabeths mit ihrer Freundin einen ernsten Unterton. Wenn sie von dem Schicksal redete, das sie erwartete, äußerte Elizabeth sich optimistisch. »Sie haben nichts gegen mich in der Hand«, flüsterte Elizabeth in die Dunkelheit und meinte Gardner und Updike. »Es gibt nichts, wodurch sie mich direkt mit den Morden in Verbindung bringen können.«

Obgleich sie ausdrücklich betonte, vor allem gegenüber Jens, über den Tod ihrer Eltern zutiefst zerknirscht zu sein, äußern viele von denen, die mit ihr im Laufe der Jahre Verbindung gehabt haben, darunter auch Angehörige ihrer Familie, schwerwiegende Zweifel. Dieser deutliche Mangel an Reue und Zerknirschung war einer der drei Punkte, an die eine ihrer Wärterinnen in Holloway sich am deutlichsten erinnerte. Der zweite

Punkt war, daß sie sich nie die Haare waschen wollte und sie lieber in fettigen Strähnen herabfallen ließ. Der dritte Punkt war, daß sie davon überzeugt war, in Virginia von allen Anklagen freigesprochen zu werden. Als sie Holloway im Mai 1987 verließ, sagte sie ihren Mitinsassinnen, daß sie darauf vertraute, den Richter in den Vereinigten Staaten überzeugen zu können, und daß sie nur eine geringe Strafe bekäme.

36

Elizabeth war nicht die einzige, der Jens von seiner Theorie erzählte, sie sei für die Morde verantwortlich.

Zusätzlich zu Dr. Hamilton unterhielt er sich auch mit der Psychiaterin Dr. Henrietta Bullard von der West Berkshire Health Authority. Ihr erzählte er das, was er auch Hamilton erzählt hatte. Er entwickelte bei ihr auf raffinierte Weise die Version, daß er, obgleich er die Haysoms getötet hatte, eigentlich nicht dafür verantwortlich zu machen sei. Die Schuld läge, so deutete er an, allein bei Elizabeth. Sie habe ihn schließlich dazu überredet.

Jens erklärte Hamilton, daß Elizabeth ihn lange ›beeinflußt‹ habe, ihre Eltern zu töten, doch zuerst, soweit er es sah, sei der Gedanke an Mord ›reine Phantasie‹ gewesen. Wenn es allein nach ihm gegangen wäre, sagte Jens, dann hätte er eine Pistole als Mordwaffe gewählt. Und er wisse auch, wie man einen Schalldämpfer baut, offenbar ein Ergebnis seines regen Interesses für Söldner-Magazine.

Ehe es ihm richtig bewußt geworden sei, so sagte er, habe Elizabeth ihn schon davon überzeugt, daß ihre Eltern ermordet werden müßten, und sie hatte ihm das Messer dazu geliefert.

Jens wandelte diese Geschichte leicht ab, als er sich mit Dr. Bullard unterhielt. Ihr erzählte er, daß er, als er am 30. März nach Loose Chippings fuhr, darauf vorbereitet war, ›Gewalt anzuwenden‹.

Wie er es auch Hamilton gegenüber getan hatte, verneinte Jens bei Dr. Bullard, daß er irgendwelche kultischen Symbole im Haus hinterlassen hatte. Er sagte außerdem, er könne das umfangreiche Blutbad nicht erklären, das die Ermittler angetroffen hatten, als sie die Leichen von Derek und Nancy vier Tage nach ihrer Ermordung entdeckten.

Jens' Taktik war erfolgreich. Bullard und Hamilton stellten unabhängig voneinander fest, daß Jens unter einer Krankheit namens *Folie à deux* leide, welche dadurch gekennzeichnet ist, daß die kranke Person ihre Persönlichkeit einer anderen völlig unterwirft.

»Es kommt gar nicht so selten vor, daß jemand, der einer psychotischen Person nahesteht oder engen Kontakt mit ihr pflegt, ihre Wahnvorstellungen übernimmt«, schrieb Hamilton. »Es ist möglich, daß Jens Soering, auf Grund bestimmter abhängiger und unreifer Charaktermerkmale in seiner Persönlichkeit, die pathologischen Lügen, die Elizabeth ihm erzählte, für wahr hielt und glaubte, entsprechend handeln zu müssen.«

Seiner Meinung nach, so erklärte er, sei Jens, zumindest zum Zeitpunkt der Tat, geisteskrank gewesen. Er leide, so führte Hamilton aus, »unter einer seelischen Abnormität, bei der das vorherrschende Merkmal eine verminderte Wahrnehmung der Realität in diesem eng begrenzten, aber wesentlichen Bereich ist.« Mit anderen Worten, er war geistig in einer Weise gestört, daß sein Urteilsvermögen ausgeschaltet war und er keine Verantwortung für das trägt, was geschehen ist.

Bullard stellte praktisch das gleiche fest. Jens »hatte das Pech gehabt, eine sehr starke, einnehmende und gestörte junge Frau getroffen zu haben, der er glaubte und blind vertraute«, schrieb Bullard. »Er verfing sich in ihrem Netz aus Lug und Trug und fing an, mit ihr ein Leben in Phantasie und Unwirklichkeit zu führen. Er schien bar jeder Urteilsfähigkeit und war nicht nur von ihren phantastischen Geschichten überzeugt, sondern stimmte auch mit ihr hinsichtlich der letzten möglichen Lösung überein. Er fühlte sich geschmeichelt durch Miss Haysoms offensichtliche emotionalen und sexuellen Erwartungen an ihn, und ihr Leiden wurde zu seinem.«

Die Beziehung war krankhafter Natur, sagte sie, und der am meisten gestörte Partner war Elizabeth, die sie als am Rand der Psychose stehend beschrieb. »Man kann leicht nachvollziehen, wie ein unreifer, sensibler und hilfsbereiter junger Mann die Beute einer Frau wie Miss Haysom werden kann«, schrieb Bullard.

»Die Tiefe und Bedeutung dieser Beziehung kann nicht stark genug hervorgehoben werden«, fügte sie hinzu. »Miss Haysom übte eine betäubende und geistig lähmende Wirkung auf Soering aus, die zu einem abnormen psychischen Stadium führte, in dem er unfähig war, rational zu denken oder die absurden Ansichten Miss Haysoms in bezug auf ihr Leben und den Einfluß ihrer Eltern in Frage zu stellen. Sie waren nicht die beherrschenden und zerstörerischen Menschen, als die sie sie beschrieb, und Soering konnte nicht die ganz normalen Prinzipien von Vernunft und Logik beachten.«

Es sei ihre Meinung als Expertin, schloß sie ihre Beurteilung, daß Jens' Gemütszustand sich dergestalt verändert hatte, daß sein Urteilsvermögen in einem Maße beeinträchtigt gewesen war, daß man ihn für seine Handlungen nicht verantwortlich machen könne.

Es war genau das, was auch Hamilton festgestellt hatte, und wenn Jens in England vor Gericht gestellt würde, dann hätte das eine grundlegende Bedeutung. Laut den britischen Gesetzen war das Folie-à-deux-Syndrom eine gerichtlich anerkannte Form einer Geisteskrankheit. Falls Jens im Vereinigten Königreich abgeurteilt würde, dann konnte er sich mit einer psychiatrischen Verteidigung retten, auch bekannt unter dem Begriff verminderte Schuldfähigkeit, die auf den Diagnosen basierte. Falls eine britische Jury sich den Fall anhörte und übereinkäme, daß er tatsächlich unter diesem Syndrom litt, dann wurde der Vorwurf des Mordes abgemildert zu Totschlag.

Unglücklicherweise für Jens galt das nicht für Virginia, wo es den Milderungsgrund der verminderten Schuldfähigkeit nicht gab. Eine Jury in Virginia, die über Jens' Fall zu entscheiden hätte, könnte die Anklage gegen ihn nicht wegen einer Geisteskrankheit mildern. In Virginia würde er dem elektrischen Stuhl aus solchen Gründen nicht entgehen, egal, wie viele Psychiater erklärten, daß er von Elizabeth Haysom regelrecht verhext worden war. Da Updike sich weigerte, über eine andere Anklage als wegen vorsätzlichen Mordes auch nur nachzudenken, die ausschließlich mit dem Tod auf dem elektrischen Stuhl bestraft würde, geriet Jens in Panik. Es war absolut lebensnotwendig, daß er nicht nach Virginia ausgeliefert wurde.

37

Ricky Gardner traf Elizabeth im Flur des Bedford County Jail. Sie saß auf einem Stuhl mit hohem Rücken, hatte ein Bein unter das Gesäß gezogen und sah etwas ungepflegt aus. Ihre weiße Bluse war zerknautscht, ihr Haar war ungekämmt, und sie trug kein Make-up. Doch ihr physischer Zustand entsprach in keiner Weise ihrem mentalen. Obwohl sie mehr als neunzehn Stunden unterwegs gewesen war, machte sie einen hellwachen Eindruck.

Sie hatte Holloway an diesem Morgen in aller Herrgottsfrühe, englische Zeit, verlassen, war nach Washington und weiter nach Roanoke geflogen, wo Sheriff Wells wartete, um sie für die letzte Etappe von fünfunddreißig Meilen ihrer Reise abzuholen. Das erste, was sie dem Sheriff sagte, als sie nach Bedford kamen, war, daß sie mit Gardner reden wolle. Es war zehn nach zehn am 8. Mai, einem Freitagabend. Gardner hatte schon frei, aber Wells rief ihn zurück.

Gardner war nur gelinde überrascht und überhaupt nicht ungehalten über die Bitte. Es war fast auf den Tag genau elf Monate her, seit er das letzte Mal mit ihr geredet hatte. Aber er hatte nicht aufgehört, über den Fall nachzudenken. Er hatte die Niederschriften ihrer Unterhaltungen mit Beever und Wright gelesen. Er wollte ihr eine ganze Reihe Fragen stellen.

Nach einer Begrüßung, die nicht so kühl wie erwartet ausfiel, begab Gardner sich mit ihr in ein kleines, ruhiges Zimmer und besorgte ihr eine Tasse schwarzen Kaffee. Nachdem er sein unvermeidliches Tonbandgerät auf dem Tisch aufgebaut hatte, bat er sie, zu erzählen, was ihr durch den Kopf ging.

Elizabeth hatte seit ihrer letzten Begegnung mit polizeilichen Ermittlern sehr viel nachgedacht. In den Monaten hatte sie Zeit gehabt, die Dinge zu überdenken, die sie gesagt hatte, und, was noch wichtiger war, die Dinge, die sie jetzt aussagen wollte. Sie hatte immer noch den Wunsch, ihre Schuld kundzutun, doch sie wollte nicht zu schuldig erscheinen. Sie war bereit, die

Strafe für die Rolle zu empfangen, die sie bei dem Mord an ihren Eltern gespielt hatte, doch sie wollte nicht, daß die Staatsanwälte und die Öffentlichkeit dachten, daß Jens ein Heiliger war und sie das personifizierte Böse.

Mittlerweile hatte sie Kopien der Gutachten Bullards und Hamiltons über Jens' psychiatrischen Zustand erhalten, und diese erfüllten sie mit rasender Wut. Wenn sie für ihre Aktionen zur Rechenschaft gezogen werden sollte, dann wollte sie, daß das gleiche auch mit Jens geschah. Schließlich war trotz allem er es gewesen, der die Morde ausgeführt hatte. Außerdem war da noch ihre Korrespondenz mit Jens, daher wußte sie, zumindest in groben Zügen, wie seine Strategie aussah. Sein vordringlichster Wunsch war, nach Deutschland ausgeliefert zu werden. Falls das nicht möglich wäre, war da noch seine Ausweichtaktik, die vorsah, sie für alles verantwortlich zu machen. Letzteres erfüllte sogar einen doppelten Zweck, denn er konnte die Behauptung, unter ihrem Einfluß gestanden zu haben, auch vor einem deutschen Gericht verwenden, wo die mögliche Höchststrafe fünfzehn Jahre Gefängnis betrug, im Gegensatz zu einem möglichen Todesurteil in Virginia.

Elizabeth hatte beschlossen, ihre Strafe anzunehmen, und sie wollte, daß Jens das auch tat, auch im Hinblick darauf, wie er sie nach den Morden behandelt hatte. Oder zumindest die Art und Weise, wie sie die Leute glauben machen wollte, daß er sie behandelt hatte. Einer der möglichen Gründe, daß sie um ein Gespräch mit Gardner bat, könnte der gewesen sein, daß sie die Grundzüge einer Geschichte festlegen wollte, die ihr Verhalten abschwächte. Sie wußte, daß sie es nicht entschuldigen konnte, aber wenn sie erklären konnte, warum sie in die Position gelangt war, in der sie sich befand, dann erschiene sie sicherlich als positivere, sympathischere Gestalt. Während sie steif in dem winzigen Büro saß, eine Tasse lauwarmen Kaffees in der Hand, begann sie mit der Version Nr. 3 von dem, was im März 1985 und in den darauffolgenden Monaten passiert war.

Sie erzählte ihm, wie auch schon den englischen Detectives, daß sie die Morde etwa einen Monat lang geplant hätten und dann nach Washington gefahren seien, um sich ein Alibi zu verschaffen. An diesem Sonnabend hätten sie sich in den Geschäften nach einem Messer umgesehen.

»Und jetzt, eigentlich nur um meine Neugier zu befriedigen und weil die Frage auf der Hand liegt, warum wollten Sie ein Messer kaufen?« erkundigte Gardner sich.

»Um meine Eltern zu töten«, sagte sie.

Zuerst war ihre Geschichte mit der identisch, die sie schon vorher erzählt hatte. Dann, unerwarteterweise, machte sie eine scharfe Wendung. Als sie zu der Stelle kam, wo sie davon gesprochen hatte, sich zwei Filme angesehen zu haben, nachdem Jens sie vor dem Kino abgesetzt hatte, machte sie eine wichtige Einschränkung. Sie erzählte Gardner, daß sie an dem Nachmittag überhaupt nicht im Kino gewesen sei. Tatsächlich, so sagte sie, habe sie eine Bar aufgesucht.

Das überraschte Gardner nun doch. Mit einem verwirrten Gesichtsausdruck fragte er sie, warum sie das getan habe.

Sie mußte die Frage erwartet – wenn nicht gar erhofft – haben. Elizabeth sagte, sie habe eine Quelle für Drogen gesucht.

Da haben wir ja etwas völlig Neues, dachte Gardner. Doch seine Neugier war geweckt. Was sie denn gesucht habe. Koks? Pot? Hasch?

Nein, sagte sie, sie habe das richtig harte Zeug haben wollen: Heroin. Schließlich hatte sie Erfolg und bekam, wonach sie gesucht hatte, doch es stellte sich als derart verdünnt heraus, daß es nicht ausreichte, sie in den erwarteten Hochzustand zu versetzen.

Gardner war sich nicht sicher, ob er richtig hörte, was sie ihm erzählte. Während ihr Freund unterwegs und im Begriff war, ihre Eltern zu töten, bestand Elizabeth' einziges Interesse darin, high zu werden: War es tatsächlich das, was sie damit sagen wolle? Habe sie denn keine Minute daran gedacht, ihre Eltern zu warnen?

Elizabeth verzog reumütig das Gesicht. »O ja«, sagte sie. »An diesem Nachmittag hätte ich beinahe jemanden angerufen. Ich wollte mit meinen Eltern telefonieren, doch je mehr ich trank, vor allem nachdem ich Drogen genommen hatte, erschien es einfach albern. Wie hätte ich sie anrufen und ihnen sagen können, daß Jens nach Loose Chippings unterwegs sei, um sie zu töten?«

Von da an stimmte ihre Geschichte teilweise wieder mit der überein, die sie Beever und Wright erzählt hatte. Aber wenn sie versuchte, irgendwelche Entschuldigungen für sich selbst zu finden, dann hätte sie keine bessere finden können als Drogen. Ihre Bemerkung über ihren Abstecher in eine Bar in Georgetown war dabei nur ein kleiner Schlenker gewesen. Sie würde sich später noch ausgiebig zu diesem Thema äußern. Und wenn sie ihre Geschichte erzählte, stand sie da wie eine ausgewachsene Süchtige.

Es dauerte auch jetzt nicht lange, bis sie ihrer Geschichte eine weitere Neuheit hinzufügte. Als sie zu der Stelle kam, als Jens sie abholte und sie beide ins Marriott Hotel zurückkehrten, ging Jens nach ein paar undeutlichen Flüchen und Bemerkungen sofort unter die Dusche. Nachdem er sich abgewaschen und abgetrocknet hatte, äußerte er ein paar Einzelheiten darüber, was geschehen war. Er erzählte ihr etwas, das ihn tatsächlich zu bedrücken schien: Er hatte einen Hund überfahren und ihn offenbar sogar getötet. Elizabeth war sprachlos. Er hatte soeben ihre Eltern niedergemetzelt, aber er verschwendete an sie keine Gedanken; dafür ging ihm nahe, einen Hund getötet zu haben.

Er machte sich außerdem Sorgen, daß sie ihre Rolle richtig spielte. Ehe er ins Bett stieg, befahl er ihr, in die Garage zu gehen und sich um den Wagen zu kümmern. »Mach den Sitz sauber.« Sie solle sich auch die Pedale, das Lenkrad und alle Armaturen, das Radio, das Armaturenbrett, den Rückspiegel und den Kühler des Wagen vornehmen, wo er den Hund erwischt hatte. Er drängte darauf, sagte sie, daß sie auf jeden Fall die Überreste des Hundes vom Kühlergrill des Wagens entfernte.

Gardner staunte. So genau er über den Fall Bescheid zu wissen glaubte, so gut er Elizabeth zu kennen glaubte, ihre Fähigkeit, ihn zu verblüffen, schien wirklich grenzenlos zu sein.

»Als Sie wieder zurückkamen, schlief Jens schon, oder war er noch wach?« fragte er.

»Er schlief«, sagte sie.

»Und Sie?« wollte Gardner wissen. Hatte sie sich neben ihn ins Bett gelegt und war sie ebenfalls eingeschlafen?

Nein, sagte sie. Sie sei zwar ins Bett gestiegen, aber sie habe nicht schlafen können. Sie habe die ganze Nacht wach gelegen. Kurz vor dem Morgengrauen sei sie aufgestanden, sei wieder in die Garage zurückgekehrt und habe noch einmal den Wagen auf Spuren überprüft. Sie habe nicht gewollt, daß Jens erneut in Zorn geriet.

»Waren Sie zu diesem Zeitpunkt erleichtert, daß Ihre Eltern tot waren?« fragte er.

»Nein«, entgegnete sie. »Ich war nie erleichtert, daß sie tot waren. Nachher hätte ich vielleicht erleichtert sein müssen, aber das war ich nicht. Mein erster Gedanke war nur, daß Jens lebte. Und mein nächster Gedanke war, daß wir nun unsere Haut retten mußten.«

Gardner, der Jens' erste Fassung von den Morden gehört hatte, wollte wissen, was Jens darüber Elizabeth erzählt hatte. Ob Jens am nächsten Morgen mehr über das Geschehen in Loose Chippings gesagt habe, fragte er.

Elizabeth biß sich auf die Unterlippe. Ja und nein, erwiderte sie. Er habe ihr mehr erzählt, doch seine Schilderungen seien nicht allzu klar gewesen. Er sei sich während der ganzen Fahrt nicht schlüssig gewesen, ob er sie wirklich töten würde, hatte er Elizabeth gesagt.

»Aber Sie und er hatten ein Messer gekauft«, gab Gardner zu bedenken.

»Ja, aber er wußte nicht, ob ... nun, ob er es schaffen würde, eine solche Tat auszuführen.«

»Na schön«, sagte Gardner, »und was hat er Ihnen nun erzählt?«

Jens sei ins Haus gegangen und habe sich etwa eine Dreiviertelstunde lang mit ihren Eltern unterhalten. Trotz intensiver Bemühungen habe er von ihnen nicht die Zusage erhalten, daß sie dem jungen Paar in Zukunft etwas mehr Freiraum lassen würden. Daher habe er sich während einer Gesprächspause entschieden, ›endlich zu handeln‹.

Er erzählte ihr, er habe zuerst Nancy angegriffen und danach mit ihrem Vater ›furchtbar gekämpft‹. Wie Jens auch schon bei Hamilton und Bullard erwähnt hatte, habe er während des Kampfes seine Brille verloren, und alles sei vor seinen Augen verschwommen, so daß er keine genaue Schilderung geben könne, was genau passiert sei. Er habe wohl auch kurzzeitig das Messer verloren, es aber dann irgendwie wieder in die Hand bekommen und weiterhin damit zugestochen und um sich geschlagen.

»Er sagte, mein Vater habe einfach nicht sterben wollen«, erklärte Elizabeth. »Das wiederholte er ständig.«

Als Gardner wissen wollte, wie Jens sich über den Angriff auf Nancy geäußert habe, zuckte Elizabeth die Achseln. Sehr viel habe er dazu nicht gesagt, meinte sie, außer, daß er versucht habe, ihr die Kehle durchzuschneiden, und daß es wohl doch nicht so einfach sei, wie es im Kino immer aussieht.

Während sie über die Vorgänge in Loose Chippings sprachen, fügte Elizabeth noch einen Punkt hinzu. Jens sei gegangen und dann noch einmal zurückgekommen. Warum er das getan hätte, habe er ihr nicht verraten. Er habe irgendwie geglaubt, es tun zu müssen. Er habe angenommen, jemand könne ihn beobachtet oder er könnte irgend etwas vergessen haben. »Ich glaube, er sagte auch, er habe sich nur überzeugen wollen, daß sie wirklich tot waren.«

Bis zu diesem Zeitpunkt hatte Elizabeth noch nie richtig Gelegenheit gehabt, sich darüber zu äußern, wie sie Jens' Rolle beurteilte, und anzudeuten, daß er überhaupt nicht so unschuldig war, wie er alle glauben machen wollte. Sie bekam ihre Chance, als Gardner sie zu einer Meldung befragte, die in einer Londoner Boulevardzeitung erschienen war.

Elizabeth erzählte, daß der Reporter ein Freund ihrer Cousine gewesen sei. Als der Journalist sie aufgesucht habe, sagte Elizabeth aus, habe sie naiverweise geglaubt, sie könne sich sehr persönlich und offen äußern, wie Freunde es untereinander zu tun pflegen, und nicht wie Interviewte und Reporter.

Aber der Journalist habe sie belogen und veröffentlicht, was sie gesagt hatte. Darüber habe sie sich furchtbar aufgeregt.

Tatsächlich hatte sie dem Reporter erzählt, sie hätte den Eindruck, die Öffentlichkeit sei allzu bereit, ihr vorzuwerfen, sie hätte Jens dazu getrieben, ihre Eltern zu ermorden, doch das sei nicht die ganze Geschichte. Sie könne verstehen, daß die Leute eine schlechte Meinung von ihr hätten, sagte sie, denn sie sei älter und erfahrener, während Jens so unschuldig erschiene und sich so charmant geben könne. Er hatte außerdem eine makellose Vergangenheit, während es bei ihr Drogenkonsum, Streit mit den Eltern und homosexuelle Episoden gegeben hatte. »Die Leute sehen mich als die große Verführerin«, sagte sie.

»Und das waren Sie nicht?« fragte Gardner.

Elizabeth nickte. »Zu irgendeinem Zeitpunkt traf das sicherlich zu, doch die Rollen wurden sehr schnell vertauscht.« Nach den Morden, so erzähle sie, habe Jens festgestellt, daß das Töten von Menschen ›ein hübsches Gewerbe‹ sei. Er habe tatsächlich eine Liste von Leuten aufgestellt, die er aus dem Weg schaffen wollte. Auf dieser Liste standen unter anderem ihr Halbbruder Howard, Jens' Großmutter und seine Eltern. Elizabeth machte ein nachdenkliches Gesicht. »Seine Eltern würden mir sicherlich nicht mehr so zusetzen, wenn sie wüßten, daß ich ihn davon abhielt, mit ihnen ebenso zu verfahren, wie er es mit meinen Eltern getan hat«, sagte sie.

Warum er denn Howard habe töten wollen, fragte Gardner.

»Er konnte ihn nicht leiden«, antwortete Elizabeth wie selbstverständlich.

Warum seine Eltern?

»Die mochte er auch nicht. Ich glaube, er fand sie zu schwierig.«

Jens habe einmal sogar sie selbst bedroht, fügte sie hinzu. Außerdem habe noch eine andere Person auf seiner Liste gestanden: Ricky Gardner.

Der Polizeibeamte war wie vom Donner gerührt. »Ich?« fragte er.

Elizabeth nickte. »Es war eine drastische Veränderung seiner Persönlichkeit«, sagte Elizabeth. »Ich weiß noch, wie ich einmal zu ihm meinte: ›Du kannst nicht einfach Leute umbringen, wenn sie dir nicht passen.‹ Ich versuchte ihm klarzumachen, daß das, was er getan hatte, wirklich etwas Schlechtes ist, aber er wollte das nicht einsehen. Er mußte es irgendwie rechtfertigen. Ich auch. Es wurde schlimmer.«

Nachdem sie Virginia verlassen hätten, berichtete sie weiter, habe Jens die Kontrolle über ihre Beziehung mehr und mehr an sich gerissen. Er begann sich verstärkt für Gewalt zu interessieren, vor allem für gewaltbetonte Pornographie. Diese habe er als besonders reizvoll empfunden, sagte sie, denn schon seit den Anfangstagen ihrer Beziehung sei Jens impotent gewesen. Später habe er seine Potenz gefunden, doch nur, wenn Gewalt im Spiel war. Er habe schon eine Erektion bekommen, offenbarte sie, wenn er nur an Gewalt dachte.

»Hat er jemals bei Ihnen Gewalt angewendet?« fragte Gardner.

Er habe es mal vorgeschlagen, doch sie habe sich geweigert.

»Meinen Sie, er sei während der Morde sexuell erregt gewesen?«

»Keine Ahnung«, erwiderte sie. »Aber ich kann Ihnen sagen, daß er mich am Tag der Beerdigung attackierte. Wir hielten uns im Haus von Freunden meiner Eltern auf. Jens schlief in einem anderen Zimmer. Er kam zu mir und sagte, er habe schreckliche Angst und ob ich nicht zu ihm ins Bett kommen könne. Bis zu diesem Zeitpunkt war er völlig impotent gewesen. Also legte ich mich zu ihm ins Bett. Ich nahm damals ständig Beruhigungsmittel, und ich mußte mich öfters übergeben. Ich wachte irgendwann auf, und er lag auf mir.«

»Haben Sie in dieser Nacht miteinander geschlafen?«

»Ja.«

Elizabeths größte Begabung bestand darin, immer total glaubwürdig zu klingen. Sie konnte die abstrusesten Behauptungen aufstellen und trotzdem den Eindruck erwecken, als entsprächen sie den Tatsachen. Mittlerweile kannte Gardner diese Fähigkeit, doch er schien von der Vielzahl von Überraschungen, die sie auf Lager hatte, wie verzaubert zu sein. Sich mit ihr zu unterhalten war so, als öffnete man eine geheimnisvolle Kiste nach der anderen. Niemals konnte man von außen erkennen, was darin steckte. Bei jedem Gespräch fügte sie irgendeine neue Kleinigkeit hinzu, verwarf andere Punkte mit einer Selbstverständlichkeit, als sage sie einem die Tageszeit. Dann schmückte sie andere Dinge immer weiter aus, bis sie größer und wichtiger erschienen und plötzlich ein Eigenleben zu führen begannen. Gardner hatte das Gefühl, daß er sie bis ans Ende seiner Tage würde verhören können und dennoch nie ans Ende ihrer Erzählungen käme. Damit traf er in einer Weise ins Schwarze, die ihm überhaupt nicht bewußt war.

38

In ihrer Aussage bei Beever und Wright in Richmond hatte Elizabeth sich über ihren Vater beklagt, jedoch kaum ein Wort über Nancy verloren. Diesmal wollte Gardner das Gespräch in diese Richtung lenken. Nach und nach brachte er sie dazu, über ihre Mutter zu reden.

Im Laufe der Jahre, gestand Elizabeth, habe sie eine immer stärkere Abneigung gegen ihre Eltern entwickelt. Es habe Zeiten gegeben, in denen sie sie nicht habe ertragen können, vor allem wenn sie Alkohol getrunken hätten. »Mein Vater wurde dann sehr, sehr kalt und abweisend. Er achtete dann überhaupt nicht mehr auf seine Umgebung, nahm keine Rücksicht. Er wurde unerträglich und gemein.« Aber ihre Mutter sei anders gewesen. Es habe Zeiten gegeben, erzählte sie, da habe sie sie innig geliebt, aber jetzt, wenn sie sich an sie erinnerte, denke sie nur an die Qualen, die sie ihr bereitet habe. Sie sei oft hysterisch gewesen, meinte Elizabeth kopfschüttelnd, und sie habe sie regelmäßig verspottet, speziell dann, wenn sie unter Alkoholeinfluß stand. Bei diesen Gelegenheiten habe Nancy sie immer beschimpft, weil sie mit Melinda nach Europa geflohen war oder weil sie irgendwelche Charaktermängel bei ihr zu finden glaubte.

Indem er an die Nacktfotos dachte, die er in Nancys Schreibsekretär gefunden hatte, Bilder, die, wie er jetzt wußte, Elizabeth zeigten, fragte Gardner, ob sie irgendeine besondere Bedeutung hätten. »Unterhielt Ihre Mutter jemals lesbische Beziehung?« fragte er so behutsam wie möglich.

Das wisse sie nicht, sagte Elizabeth, doch sie habe oft erklärt, wie sehr sie die Männer hasse. Und Elizabeth erinnerte sich, daß ihre Mutter ihr erzählte, wie sie als junges Mädchen eine Schule besucht habe, wo sie und ihre Klassenkameradinnen die Rektorin öfter belauscht hätten, wenn sie mit einer anderen Frau zusammen war.

Gardner griff die Bemerkung auf, sie habe Männer gehaßt. Alle Männer konnte sie wohl kaum gemeint haben, dachte er. »Ihren Vater hat sie doch geliebt, oder?« Er war überrascht, als Elizabeth mit einem heftigen »Nein!« antwortete.

»Hat sie Ihnen das jemals gesagt?« fragte Gardner.

»Ja«, antwortete sie. »Meine Mutter und mein Vater haben mir unabhängig voneinander mehrfach erklärt, der einzige Grund, weshalb sie zusammenblieben, sei ich.«

»Elizabeth«, sagte Gardner, und man sah ihm sein Unbehagen an, »wir haben einige Fotos von Ihnen gefunden, als wir das Haus nach den Morden durchsuchten. Sie sind darauf zu sehen. Nackt. Wissen Sie, welche Fotos ich meine?«

»Ja.«

»Können Sie mir erzählen, wie sie entstanden sind? Hat Ihre Mutter sie aufgenommen?«

»Ja.« Sie führte aus, es sei im Sommer 1984 gewesen. Ihr Vater sei geschäftlich nach Nova Scotia gereist. Gegen Ende des Sommers seien sie nach Rochester, New York, gegangen, damit Elizabeth an einem Schriftsteller-Seminar teilnehmen konnte. Als sie wieder zurückkehrten, sei ihre Mutter sehr unruhig und traurig gewesen, daß es für Elizabeth Zeit wurde, zur UVA zu gehen, und sie haben nach Wegen gesucht, wie sie ihre Tochter davon abhalten könnte, ihr Elternhaus zu verlassen. »Sie sagte dann«, erinnerte Elizabeth sich offenbar ungern, »sie wolle mir beweisen, wie absolut schmutzig und verdorben ich sei.«

Eine längere Stille trat ein. Gardner spielte mit seinem Feuerzeug, und Elizabeth starrte die Wand an. Schließlich redete sie weiter. »Sie meinte, sie könne mir beweisen, wie schmutzig und verkommen ich sei, wenn ich ihr gestattete, diese Fotos zu machen.« Sie hielt inne. »Wir hatten einen heftigen Streit«, sagte Elizabeth und lachte dann nervös, als ihr das Widersinnige ihrer Feststellung bewußt wurde. »Das war besonders seltsam, weil ich eigentlich niemals mit meiner Mutter stritt.«

»Erinnern Sie sich noch an die Posen?« fragte Gardner, um zum Kern seiner Frage zu kommen.

»Ich erinnere mich, daß ich mich hinknien sollte.«

»Das stimmt«, meinte Gardner und nickte. »Aber warum tat

sie das? Warum verlangte sie das von Ihnen? Wollte sie Ihr sexuelles Selbstwertgefühl zerstören? Hatte sie sexuelle . . .«

Elizabeth unterbrach ihn. »Sie hat mit mir geschlafen«, sagte sie und blickte Gardner in die Augen. »Seit meiner frühen Jugend.«

Gardner machte ein gequältes Gesicht. »Wann war das zum letztenmal geschehen?« wollte er wissen.

Elizabeth nannte den Samstag, bevor ihre Eltern ermordet wurden. Es war der 23. März 1985. Sie erinnere sich deshalb so deutlich daran, weil dies der zweiundsiebzigste Geburtstag ihres Vaters gewesen sei. Ihre Eltern wären ausgegangen. Sie hätten beide viel getrunken. Als sie nach Hause kamen, sei Nancy zu ihr ins Zimmer gekommen, wie sie es immer tat. Dann habe Nancy sich ausgezogen und sei zu ihr ins Bett gestiegen.

»Kam es zu irgendwelchen sexuellen Aktivitäten?« fragte Gardner.

»Nein«, sagte Elizabeth zögernd. Es sei nicht das gewesen, was man gemeinhin unter sexuellen Aktivitäten versteht, führte sie aus. Aber ihre Mutter küßte sie sehr gerne. Und sie umarmte sie. Und sie liebte es, sie zu berühren und berührt zu werden.

»Liefen diese Aktivitäten in einem Mutter-Tochter-Verhältnis ab?« fragte Gardner.

Elizabeth ließ sich die Frage durch den Kopf gehen und gab dann eine für sie typische Antwort, nämlich eine Antwort, die eigentlich keine war. »Es war sehr gefühlvoll und zärtlich«, sagte sie. »Meine Mutter sehnte sich nach Zärtlichkeiten. Darin war sie geradezu maßlos.«

Gardner war froh, das Thema endlich fallenzulassen. Doch er hatte noch eine Frage. Als sie und Nancy miteinander schliefen, wollte er wissen, waren sie da bekleidet oder unbekleidet?

Beides, meinte Elizabeth. »Manchmal war ich angezogen. Bei anderen Gelegenheiten trug ich nichts am Leib. Meine Mutter war gewöhnlich nackt.«

Gardner sah auf die Uhr, um seine Verlegenheit zu überspielen. Was Elizabeth erzählt hatte, schockierte ihn, doch der Eindruck wurde etwas gemildert, weil er sich nicht ganz sicher war, ob er ihr glauben sollte oder nicht. Allmählich begann er sie zu durchschauen. Er erkannte, wie leicht sie zwischen Wahrheit und Lüge hin und her sprang, und er hatte keinerlei Anzeichen, um zu entscheiden, was er jeweils von ihr zu hören bekam. Nur zwei Menschen wußten genau, was an den Abenden geschehen war, als Nancy und Elizabeth das Bett geteilt hatte, und einer dieser Menschen war tot.

Es war schon spät, und Gardner wurde allmählich müde. Seine Schultern schmerzten, und seine Augen brannten, als sei er lange in einem Becken mit stark chlorhaltigem Wasser geschwommen. Es war bereits nach zwei Uhr nachts. Elizabeth mußte ebenfalls müde sein; sie war schließlich seit mehr als vierundzwanzig Stunden auf den Beinen. Wir sind ein gutes Stück weitergekommen, sagte er sich, und vielleicht sollten wir wirklich Schluß machen. Aber es gab noch einen Bereich, den Gardner behandeln wollte. Er erinnerte sich, wie gründlich die Ermittler in die Irre geleitet worden waren durch Spuren, die auf Satanismus bei den Morden hinwiesen. Deshalb brachte er die Sprache auf ihre Weihnachtsbriefe, vor allem auf jenen, in dem sie Jens geschrieben hatte, sie denke sogar daran, Voodoo gegen ihre Eltern anzuwenden. »Was haben Sie damit gemeint?« fragte er.

Elizabeth lachte. »Es sollte eigentlich nur ein Scherz sein, okay?

Jens interessierte sich sehr für Psychologie. Er studierte das Fach auch an der UVA, und er hatte alle möglichen Dinge gelesen. Ich machte mich manchmal über Dinge lustig, von deren Existenz er fest überzeugt war.«

Wie denn ihre Bemerkung über Schwarze Magie zu verstehen sei? hakte Gardner nach.

»Ich habe keine Ahnung von Schwarzer Magie«, sagte Elizabeth müde.

Gardner, Reid und die anderen Ermittler waren lange diesem Phantom des Satanismus hinterhergelaufen. Jetzt wollte Gardner nur wissen, ob sie ihre Zeit vergeudet hatten. »Haben Sie oder Jens sich irgendwann einmal intensiver mit Okkultismus beschäftigt?« fragte er.

»Nein«, sagte sie. »Niemals.« Sie habe überhaupt keine Ahnung von Okkultismus, fügte sie hinzu. Das einzige Mal, daß sie damit in Berührung gekommen sei, habe sich im Holloway-Gefängnis ergeben, als eine ihrer Mitgefangenen ein Ouija-Brett aufgestellt hätte. Sie habe sich dabei sehr unbehaglich gefühlt. »Es hat mich völlig fertiggemacht«, sagte sie. »Ich hatte eine fürchterliche Angst.«

Mit dieser Auskunft zufrieden, wechselte Gardner das Thema. »Haben Sie eine Ahnung, wie oft auf Ihren Vater eingestochen wurde?« fragte er und achtete gespannt auf ihre Reaktion.

»Ja«, sagte Elizabeth bedrückt. Sie habe nämlich die Fotos von den Leichen ihrer Eltern gesehen. Sie gehörten zu den Akten, die man ihr zur Verfügung gestellt habe, damit sie ihre Verteidigung vorbereiten konnte.

»Meinen Sie, Jens hat die Tat ganz allein ausgeführt?« fragte er.

»Nein«, sagte Elizabeth.

Gardners Kopf zuckte hoch. Seine Müdigkeit war wie weggeblasen. Er machte den Mund auf, um etwas zu sagen, doch Elizabeth kam ihm zuvor. »Jens und ich haben es getan«, sagte sie.

Gardner entspannte sich. Ob sie annehme, daß jemand anderer im Haus gewesen sei, während ihre Eltern ermordet wurden?

Elizabeth bedachte ihm mit einem Blick, als wollte sie sagen, daß das eine absolut lächerliche Frage sei. »Nein«, erwiderte sie mit Nachdruck. Sie habe keinen Grund anzunehmen, daß sich zu jenem Zeitpunkt noch jemand anderer im Haus aufgehalten hatte.

»Fassen wir zusammen«, begann Gardner, »Sie und Jens Soering redeten mehrere Wochen lang davon, Ihre Eltern zu töten . . .«

»Es war ein Vorsatz da.«

». . . nämlich vor dem 29. März, und er fuhr zu dem Haus

und ermordete Ihre Eltern, und Sie halfen ihm, indem Sie ein Alibi für die Zeit vor und nach den Morden konstruierten.«

»Ja«, sagte Elizabeth.

Aber sie meinte es nicht so.

39

Als Gardner sich am 9. Mai um 2.30 Uhr morgens von Elizabeth verabschiedete, glaubte er, daß er sich das letzte Mal mit ihr unterhalten hatte. Er irrte sich. Drei Tage später bat sie ihn, noch einmal zu ihr zu kommen. Sie zeigte ihm einen Stapel Briefe von Jens, die sie mit ihm zusammen durchgehen wolle, wenn dieses Gespräch nicht auf Tonband mitgeschnitten würde. Nachdem sie sich mit dem Polizisten über die Briefe unterhalten hatte und er sich anschickte, den Raum zu verlassen, blieb sie an der Tür stehen. »Da ist noch etwas, das ich Ihnen mitteilen möchte.«

Gardner sah sie fragend an.

»Ich sage das nicht, um meine Schuld zu mindern oder davon abzulenken.«

»Und was ist das?« fragte er.

»Ich erzählte Ihnen, daß ich mit Jens zusammen war, als er das Butterflymesser kaufte. Das stimmt nicht. Wir entschieden erst nachher, daß ich das aussagen wollte. Jens bestand darauf, denn dadurch würde ich noch mehr als Komplizin erscheinen, als ich es tatsächlich war.«

Gardner war etwas verwirrt. Sie hatte doch bereits zugegeben, bis zum Hals in der Mordaffäre drinzustecken. »Warum sagen Sie mir das?«

»Ich dachte, daß es Sie interessieren könnte.«

Er glaubte ihr nicht. Sie hatte Beever und Wright erzählt, sie habe das Messer gekauft. Das hatte sie auch ihm erklärt. Jens hatte es bestätigt. Er hatte keine Ahnung, warum sie ihre Aussage jetzt änderte, doch er glaubte, es sich denken zu können. Er nahm an, daß sie verzweifelt nach einer Möglichkeit suchte, ihre eigene Verantwortung soweit wie möglich herunterzuspielen, um vielleicht eine mildere Strafe zu bekommen. Er war überzeugt, daß ihre ersten Aussagen zu dem Messer der Wahrheit entsprachen und daß sie ihm jetzt nur Sand in die Augen streuen wollte.

Drei weitere Tage verstrichen, und Elizabeth bat um eine weitere ›offizielle‹ Sitzung mit dem Ermittlungsbeamten. Am Vormittag dieses Tages, es war Donnerstag, der 14. Mai, hatte Elizabeth vor Richter William W. Sweeney gestanden, um sich vom Gericht einen Verteidiger zuweisen zu lassen. Nach der kurzen Prozedur ließ sie Gardner bestellen, sie wolle ihn wieder sprechen. Diesmal hatte er sein Tonbandgerät bei sich. Sie hätte es sich anders überlegt und sei jetzt bereit, das Gespräch über die Briefe aufnehmen zu lassen.

Die Lektüre der Briefe und die Gedanken, die sie sich während der vergangenen beiden Tage dazu hatte machen können, hatten offenbar in Elizabeth eine rasende Wut erzeugt. »Er hat mich manipuliert«, beklagte sie sich bei Gardner. »Er wußte, daß ich ihn liebte und sehr viel für ihn getan hätte. Ich meine, ich habe es auch wirklich gemacht. Ich habe ihm geholfen und ihn angetrieben. Ich habe Spuren verwischt. Ich habe gelogen. Ich habe meine Familie und meine Freunde betrogen. Ich habe mit ihm Virginia verlassen, was ich eigentlich überhaupt nicht wollte. Ich war einverstanden mit seinen Betrügereien, weil er es für eine aufregende Sache hielt. Ich habe ihm gestattet, die Kreditkartennummer meines Bruders zu benutzen, und er hat Schreckschußpistolen oder wer weiß was gekauft . . .«

Gardner unterbrach sie. »Kommen wir auf die Briefe zurück«, sagte er. Die Schlinge lag bereits um Elizabeths Hals, dachte er bei sich, aber er wollte die Anklage gegen Jens hieb- und stichfest machen. Der Deutsche erwies sich als ungewöhnlich schwer faßbar, und Gardner war überzeugt, daß Jim Updike sich über jeden noch so kleinen Beweis für seine Schuld freuen würde.

Elizabeth kam auf die Briefe zu sprechen, aber schon wenige Minuten später schweifte sie wieder ab und schimpfte über Jens' Kaltblütigkeit. Es habe bis zum vergangenen Frühjahr gedauert, bis sie ihn endlich durchschaut hätte, sagte sie aus. Damals habe sie erfahren, daß er praktisch jeden anlog.

Jens suchte nach einer Möglichkeit, die Morde zu rechtfertigen. Sie sei voller Reue wegen der Morde, Jens aber nicht. »Er rechtfertigt sie«, wiederholte sie erbost.

Dann machte sie einen kleinen Rückzieher. »Um ganz ehrlich zu sein, ich weiß nicht, was er denkt und fühlt, ja?« Aber sie glaube, eine recht gute Vorstellung davon zu haben. »Ich weiß nur, daß wenn die Tür sich für ihn und für mich öffnen würde, ich wohl sitzenbliebe, er aber sofort verschwände. Er wird alles versuchen, um aus dem herauszukommen, was er getan hat.« Ungehalten warf sie ihm vor, die Morde als einen ›gutgläubigen Irrtum‹ zu bezeichnen. Ihre Augen wurden eisig. »Ich glaube nicht, daß ein vorsätzlicher Mord ein Irrtum ist. Irgendwo hier drin«, sagte sie und wedelte mit dem Bündel Briefe, »deutet er an, es wäre ein dummer Fehler gewesen, oder wie immer er es ausdrückt. Ich betrachte es nicht als das. Ich denke, es war schrecklich.«

Gardner war fasziniert von dem Einblick in Jens' Persönlichkeit, den sie ihm lieferte. Er wollte wissen, wie weit Jens ihrer Meinung nach gehe, um sich seiner Verantwortung zu entziehen. »Sie sagten, wenn die Tür aufginge, dann würden Sie bleiben, und er würde fliehen. Meinen Sie denn, er würde sogar noch einen weiteren Mord begehen, wenn es sich als notwendig erweisen würde, um ihm die Flucht zu ermöglichen?«

Dies bot Elizabeth erneut Gelegenheit, sich darüber auszulassen, daß Jens in keiner Weise der unschuldige Junge war, für den viele ihn hielten, sondern daß tief in seinem Innern sein überlegener Intellekt sehr schlimme Gedanken ausbrütete. »Das weiß ich nicht«, gab sie zu. »Aber ich weiß wohl, daß er nach dem Tod meiner Eltern Mord für eine an sich triviale Angelegenheit hielt.«

»Sozusagen für eine mögliche Problemlösung?« hakte Gardner nach.

»Genau!« rief Elizabeth eifrig. »Er liebte Gewalt. Er hielt sie für ein legitimes Mittel, um sich Geld zu beschaffen oder um jedes Problem zu lösen, das sich einem in den Weg stellt.«

Es war die ideale Gelegenheit für Gardner, auf das zurückzukommen, was Elizabeth am vergangenen Freitag über die Leute erzählt hatte, die Jens angeblich hatte töten wollen, weil sie für ihn ein Hindernis darstellten. Er forderte sie auf, etwas mehr über Jens' Mordpläne zu erzählen.

Sie überlegte, ordnete ihre Gedanken. »Nehmen wir nur mal seine Großmutter«, begann Elizabeth. »Er wollte ihr Geld.« Er habe einen Plan gehabt, erzählte sie, der vorsah, daß sie und Jens sich im Haus seiner Großmutter in Deutschland einschließen sollten. »Dann wollte er sie mit irgendeiner elektrischen Apparatur verbinden und sie so lange foltern, bis sie uns das Geld gegeben hätte. Anschließend hätten wir sie natürlich getötet.«

»Aber er ist nie dort gewesen«, erinnerte Gardner sie.

Das gab sie zu. Aber das habe Jens nicht davon abgehalten, den Plan zu entwickeln.

»Dann erzählen Sie mal«, sagte Gardner, »wie weit er mein Ableben vorbereitet hat.«

»Er brachte in Erfahrung, wo Sie wohnen«, sagte Elizabeth.

Das überraschte den Polizisten. »Und was noch?« fragte er.

Elizabeth zögerte. Jens habe ihr gesagt, daß sie wieder als sein Alibi herhalten müsse. »Ich meine, wenn man Sie gefunden hätte, wären wir die Hauptverdächtigen gewesen.«

Das klang einleuchtend, stimmte Gardner zu und spürte einen eisigen Schauer auf dem Rücken. »Und was ist passiert?«

Elizabeth antwortete, sie habe ihn von seinem Vorhaben abbringen können. Sie habe ihm eine wilde Geschichte erzählt, man habe bei ihr einen Hirntumor festgestellt und daß ihr Arzt ihn mit einer neuen Lasertechnik entfernen wolle, anstatt zu operieren. Er habe sich daraufhin solche Sorgen wegen ihrer angeblichen Krankheit gemacht, daß er vorerst nicht mehr an Gardner gedacht hätte. Damals hätten Gardner und Reid ihn unter Druck gesetzt und von ihm Blutproben und Fingerabdrücke haben wollen, und er sei in Panik geraten. Dann hätten sie die Flucht beschlossen, und Gardner sei endgültig vergessen worden.

Gardner fragte sich, ob er ihr dankbar sein sollte, daß sie ihm das Leben gerettet hatte, oder ob sie nur wieder eine neue Geschichte zusammengestrickt hatte, damit sie in einem besseren Licht stand.

»Was denken Sie jetzt über Jens?« fragte er. »Lieben Sie ihn noch?«

»Ja, das tue ich«, antwortete sie schnell. »Schön, ich bin sehr wütend auf ihn, aber ich glaube, ich würde mir nicht so schlecht vorkommen, wenn ich über ihn rede, wenn ich ihn nicht liebte. Ich fühle mich von ihm verraten. Ich glaube nicht, daß ich die ganze Zeit hätte bei ihm bleiben können, wenn da nicht diese blinde Besessenheit, diese Liebe zu ihm gewesen wäre. Aber ich bin überwältigt und erschlagen durch das, was ich getan habe, und durch das Leid und den Schrecken, den ich verursacht habe, so daß ich glaube, daß dies jedes Gefühl, das ich für ihn noch hegen könnte, absolut überwiegt.«

Gardner wollte sie warnen, sich von ihren Gefühlen nicht zu sehr hinreißen zu lassen. »Vergessen Sie nicht, daß er als erster den Mund aufgemacht hat«, sagte er und erinnerte sie daran, daß Jens gegenüber den Ermittlern geständig war, während Elizabeth sich immer noch verschlossen gab.

»Ach ja«, sagte sie bitter. »Das war auch eine List, ganz bestimmt. Ich glaube, er hat es ganz gezielt so geplant. Ich log und machte mich zur totalen Idiotin, verriet nichts und weigerte mich, irgend etwas von mir zu geben und bemühte mich, so unzugänglich zu sein wie nur irgend möglich, während er plötzlich den lieben Jungen spielte.«

Und es gab noch etwas, das sie lieber bedenken sollte, sagte Gardner. Wie käme sie sich denn vor, wenn Jens nur eine kurze Gefängnisstrafe absitzen müsse?

Sie brauchte nicht lange, um diese Frage zu beantworten. Oder zumindest eine Antwort zu geben, von der sie glaubte, daß Gardner sie hören wollte. »Darum wünsche ich mir doch ein Lebenslänglich«, behauptete sie. »Ich möchte nicht mehr frei durch die Straßen laufen, wenn ich Jens dort begegnen könnte. Deshalb habe ich schon Alpträume. Ich würde mich meines Lebens nicht mehr sicher fühlen.«

»Eines müssen Sie mir noch verraten«, sagte Gardner. »Ein Punkt ist da noch, über den ich Klarheit suche, seit Sie beide verhaftet wurden.« Er hielt inne. Sie wartete auf seine Frage, »Warum hat er diese Briefe aufbewahrt?«

Elizabeth lächelte. Jens habe ihr versichert, daß er sie vernichtet hätte, sagte sie, und sie habe nicht daran gezweifelt, weil sie ihn liebte. Jens sammelte schon immer allen möglichen Papierkram, erklärte sie. Es war fast so etwas wie eine Manie bei ihm. Ständig legte er Akten an, heftete Schriftstücke in Ordnern ab, klebte Papiere zusammen und sammelte alles, was bedruckt oder beschrieben war. Regelmäßig habe er in seinen Akten aufgeräumt und große Mengen Papier vernichtet. Eines Tages habe er auch einen beachtlichen Stapel Dokumente weggeworfen, die sie für ihre Briefe gehalten hätte. Warum er sie nicht vernichtet habe, könne sie sich nicht erklären.

Sie hob ratlos die Schultern. Vielleicht habe es seinem Ego geschmeichelt. Er sei wohl stolz auf die Morde gewesen. »Lange Zeit sagte er immer wieder, es sei die bemerkenswerteste Tat, die er je vollbracht habe. Es war so, als habe er sich einen kleinen Bereich persönlicher Freiheit erkämpft. Es war etwas, das er ganz allein getan hatte.«

Gardner schüttelte verständnislos den Kopf. Die Menschen tun schon seltsame Dinge, sagte er sich.

Als Elizabeth in ihre Zelle zurückkehrte, dachte Gardner, er habe nun endlich ein umfassendes Bild von den Ereignissen rund um die Morde an Derek und Nancy Haysom. Und wieder irrte er sich. Nicht zum erstenmal – und nicht nur er allein – hatte Ricky Gardner diese Frau total unterschätzt. Bisher hatte sie nur drei Versionen von den Vorgängen geliefert, die zu den Morden führten und mit diesen in Zusammenhang standen. Aber es gab noch mehr zu erzählen.

40

In Virginia vermittelte Elizabeth den Eindruck totaler Bereitschaft zur Zusammenarbeit. In England hatte Jens die entgegengesetzte Position bezogen; er kämpfte gegen die Auslieferung so heftig und entschlossen, wie er und seine Phalanx von Verteidigern es vermochten.

Zu dieser Zeit bestand Elizabeths Verteidigung aus zwei vom Gericht zugewiesenen Anwälten. Jens' Hilfstruppe umfaßte einen Pflichtverteidiger aus London, ein oder zwei zusätzliche Londoner Anwälte, die sein Vater engagiert hatte, und ein Team deutscher Anwälte, die hinter den Kulissen als Berater fungierten. Sein Vater suchte sich außerdem in Detroit einen Anwalt, einen bekannten ehemaligen Staatsanwalt, der im Laufe des Verfahrens zwei weitere Anwälte aus Virginia anheuerte. Zweifellos war dies eine einzigartige Ansammlung juristischer Intelligenz.

Jens hatte gute Gründe, um sich gegen die Auslieferung zu wehren. Wenn er nach Virginia zurückkehrte, könnte er zum Tod auf dem elektrischen Stuhl verurteilt werden. Als Alternative könnte er nach Deutschland ausgeliefert werden, wo es keine Todesstrafe gibt. Als allerletzte Möglichkeit hoffte er, in England bleiben zu können. Sein Hauptinteresse bestand jedoch darin, nach Deutschland zurückzukehren. Obgleich Jens seit seinem elften Lebensjahr nicht mehr dort gelebt hatte, hatte er immer noch seine deutsche Staatsbürgerschaft und verlangte, daß sein Fall nach deutschem Recht und vor einem deutschen Gericht verhandelt werden sollte. Die deutschen Gesetze räumen nämlich jedem Deutschen das Recht ein, sich vor einem deutschen Gericht verantworten zu können, ganz gleich, wo das jeweilige Verbrechen begangen wurde. Da er zur Zeit der Morde erst achtzehn Jahre alt gewesen war, würde er in Deutschland als Jugendlicher behandelt, und die Strafe würde noch milder ausfallen, nämlich höchstens fünfzehn Jahre

Gefängnis. In Virginia galt er als Erwachsener. Außerdem könnte er sich in Deutschland auch einem psychiatrischen Gutachter stellen und auf verminderte Schuldfähigkeit plädieren, ein Schachzug, der ihm in Virginia versperrt wäre.

Im August 1986, zwei Monate nachdem Jens vor Beever und Wright und Gardner sein Geständnis abgelegt hatte, ersuchten die Vereinigten Staaten offiziell um die Auslieferung, um ihn in Virginia vor Gericht stellen zu können. Aber das war nur der Anfang. Ein Hindernis nach dem anderen tauchte auf. Das erste ergab sich, weil Updike darauf bestand, Jens wegen vorsätzlichen Mordes anzuklagen, damit er die Todesstrafe fordern konnte. Die britische Abteilung von amnesty international, eine Bürgerrechtsvereinigung, deren Opposition gegen die Todesstrafe bekannt ist, verkündete, man werde sich so lange vehement gegen eine Auslieferung wehren, wie eine Todesstrafe und Jens' mögliche Hinrichtung im Raum stünden. Um dieses Dilemma zu lösen, bat die britische Regierung die Vereinigten Staaten um die Zusicherung, daß Jens nicht hingerichtet würde, auch wenn er schuldig gesprochen und verurteilt werden sollte. Solche Zusicherungen konnten ausschließlich von Updike kommen, der sie verweigerte. Updike wollte für Jens Soering die Todesstrafe.

Diese ausweglose Situation war vor allem deshalb interessant, weil es nebenbei auch um Angelegenheiten ging, die weit über Jens Soerings Fall hinausreichten. Während die englische Regierung ebenfalls gewisse Bedenken hinsichtlich der Todesstrafe hatte, war sie andererseits sehr daran interessiert, Jens auszuliefern. Das hatte weniger mit Jens zu tun und auch nicht mit der Todesstrafe. Das Home Office wollte ihn über den Atlantik schicken, weil sich damit die Chancen der Engländer entscheidend verbesserten, einen Terroristen der IRA in ihren Gewahrsam zu bekommen, der in einem amerikanischen Gefängnis saß. Es war ein reines Gegengeschäft, über das beide Parteien sich im klaren waren.

Monate nachdem die Diskussion über die Todesstrafe begonnen hatte, erklärte Updike sich zu einem kleinen Zugeständnis bereit.

Er versprach, wenn auch widerstrebend, daß er, wenn Jens zurückkäme und wegen vorsätzlichen Mordes vor ein Gericht gestellt würde, dem Richter zur Zeit der Urteilsverkündung – falls er im Sinne der Anklage für schuldig erklärt würde und die Jury ihn zum Tode verurteilte – erklären wolle, daß es ausdrücklicher Wunsch der Briten sei, ›daß nicht die Todesstrafe verhängt oder ausgeführt werden solle‹.

Das reichte aus, um die verfahrene Situation zu lösen; es war eine das Gesicht wahrende Alternative, der alle zustimmen konnten.

Die Briten hätten damit ihre Auffassung vertreten. Updike brauchte keine größeren Versprechen abzugeben; er konnte immer noch die Todesstrafe anstreben, und der Richter wäre nicht gezwungen, der Bitte der Engländer nachzukommen. Doch während noch über diesen Vorschlag beraten wurde, verstärkte Jens seine Bemühungen, nach Deutschland geschickt zu werden.

Unterdessen gingen die Aktivitäten unvermindert weiter. Während das Home Office und die amerikanische Justiz um einen Kompromiß rangen und Jens für seine Auslieferung nach Deutschland kämpfte, wurde von einem Londoner Revisionsgericht ein weiterer Kampf ausgefochten. Im Juni 1987, während Elizabeth im Bedford County Jail saß und auf den Beginn ihres Prozesses wartete, zog Jens, der mittlerweile seine einjährige Strafe wegen Scheckbetrug abgebüßt hatte, vor das Bow-Street-Magistratsgericht, um eine Entscheidung herbeizuführen in der Frage, ob die Briten das Recht hatten, ihn so lange im Gefängnis festzuhalten, bis über das Auslieferungsersuchen der USA entschieden sei. Das Gericht warf einen kurzen Blick auf die Beweise gegen ihn und verfügte, daß er weiterhin in Haft bleiben müsse. Jens' Anwälte legten gegen diese Entscheidung Einspruch ein mit der Begründung, daß das Gericht Jens' psychische Situation nicht entsprechend gewürdigt habe. Es war nichts anderes als ein Tarnmanöver, und ein englisches Revisionsgericht, das die Taktik schnell durchschaute, wies den Einspruch ab. Das hieß aber nicht, daß diese Frage damit endgültig geklärt war. Nicht einmal annähernd.

41

Es war einer dieser Zufälle, die man nicht vergißt. Niemals. Soweit der in Lynchburg praktizierende Rechtsanwalt Hugh Jones sich erinnern konnte, saß er viele Jahre vorher in seiner Sonntagsschulklasse, und man diskutierte gerade über das Böse, ob es existierte und ob es wirklich durch und durch böse Menschen auf der Welt gebe. Da man sich in Lynchburg befand und die brutalen Morde an Derek und Nancy Haysom in aller Mund waren – und da jeder der Anwesenden die Gerüchte kannte, daß die Morde einen rituellen Hintergrund hätten –, stellte man Vermutungen über die Person des Mörders an. Waren die Haysoms von einem solchen ›bösen‹ Menschen ermordet worden? Aus irgendeinem Grund, erinnerte Jones sich, wahrscheinlich weil sich mehrere Rechtsanwälte unter den Anwesenden befanden, kam man auch auf Strafverteidiger zu sprechen und darauf, daß sie durch ihren Eid gebunden waren, für alle möglichen Leute tätig zu sein, seien sie nun böse oder nicht. Mitten in der Debatte ging blitzartig ein Gedanke durch Jones' Kopf: Wäre es nicht ein tolles Ding, wenn ich den Fall bekäme?

Er bekam ihn.

Ein massiger Mann von mehr als zweihundert Pfund Gewicht, war Jones Anfang der sechziger Jahre aus dem Süden gekommen, weil er mal ›etwas anderes anfangen wolle‹. Er schrieb sich am Virginia Military Institute ein und meldete sich zum Football. Er spielte vier Jahre lang bei den Kaydets sowohl im Angriff als auch in der Verteidigung. Nach der Graduierung besuchte er die Rechtsakademie in Washington und Lee und meldete sich dann zur Armee, wo er ausschließlich als Strafverteidiger tätig war. Als er 1974 wieder ins Zivilleben zurückkehrte, nachdem er vier Jahre seines fünfjährigen Dienstes in Deutschland verbracht hatte, kehrte er nach Virginia zurück und eröffnete in Lynchburg eine allgemeine Rechtsanwaltpraxis. Dort war er vor allem im Bereich des Vermögens- und des Immobilienrechts tätig, wickelte Konkurse ab und nahm genügend Strafsachen an, um auch in diesem Bereich auf dem laufenden zu bleiben. Im Gegensatz zu anderen Anwälten war Jones gerne in Strafprozessen tätig. Diese Fälle waren zwar nicht allzu lukrativ, aber sie machten ihm das Leben interessant.

Als Elizabeth Richter Sweeney um einen Pflichtverteidiger bat, griff er nach der Liste der verfügbaren Anwälte, und der Name Jones sprang ihm ins Auge. Doch da Sweeney ein vorsichtiger Mann war und auch nicht das geringste Risiko eingehen wollte, daß dieser Fall aus formalen Gründen in die Revision ging, beschloß er, auch noch einen zweiten Anwalt zu benennen. Das war für ihn nichts Ungewöhnliches; in besonders wichtigen und schwierigen Fällen nannte er immer zwei Strafverteidiger. Als zweiten Mann entschied er sich für R. Andrew ›Drew‹ Davis, einen schlanken und athletisch aussehenden Einunddreißigjährigen, der einen ordentlich gestutzten Schnurrbart und kurzes dunkles Haar ohne Koteletten hatte. Davis' Vater war Kreisrichter in Franklin County, das im Südwesten an Bedford grenzte, daher war er schon in früher Jugend mit der Juristerei in Berührung gekommen. Nachdem er an der Rechtsakademie der Universität von Richmond studiert hatte, arbeitete Davis drei Jahre als Staatsanwalt und als Assistent Jim Updikes, bevor er seine Privatkanzlei eröffnete. Er verließ das Büro des Bezirksstaatsanwaltes sechs Monate bevor die Haysoms ermordet wurden.

Als er und Davis Ende Mai 1987 zum erstenmal Elizabeth aufsuchten, war Jones überrascht, wie abgezehrt sie aussah, wie angespannt und verängstigt sie wirkte. Aber ihre äußere Erscheinung war in keiner Weise ein Spiegelbild ihrer mentalen Verfassung. Von Anfang an machte sie ihnen klar, daß sie ihre Entscheidung getroffen hatte. Immer noch voll bitterer Gefühle über das Hin und Her, das sie mit ihrem Verteidiger in London erlebt hatte, der ihrer Meinung nach vorwiegend auf Jens Rücksicht nahm und wenig Interesse an ihr zeigte, sagte sie Jones und Davis sofort, daß sie die Entscheidung über ihr weiteres Schicksal behalten wolle. »Ich möchte auf schuldig plädieren«, waren praktisch die ersten Worte aus ihrem Mund.

Jones und Davis bestürmten sie, keine vorschnelle Entscheidung zu treffen. »Lassen Sie uns wenigstens einmal alle Möglichkeiten durchgehen«, bat Jones. Aber ganz gleich, wie eindringlich sie auf sie einredeten, sie weigerte sich, von ihrer Entscheidung abzurücken.

Ob sie auf Kaution entlassen werden konnte, war niemals ein Thema gewesen; ganz gleich, wie klein die Summe gewesen wäre, die vom Gericht festgesetzt würde, Elizabeth hätte sie sowieso nicht aufbringen können. Sie war mittellos und konnte sich nicht mit der Bitte um Hilfe an ihre wohlhabenden Geschwister wenden, die jeglichen Kontakt zu ihr abgebrochen hatten. Daher blieb sie im Gefängnis, in einer Einzelzelle, und verbrachte ihre Zeit damit, die Dokumente durchzuarbeiten, die zu ihrer Verteidigung gebraucht wurden, und Bücher zu lesen, die ihr von einigen wenigen Freunden gebracht wurden, und, wie üblich, einen Brief nach dem anderen zu schreiben.

Während der nächsten zweieinhalb Monate trafen Jones und Davis sich Dutzende Male mit Elizabeth in einem winzigen Beratungszimmer im Bedford County Jail. Bis tief in die Nacht, bei heißem Kaffee und faden Sandwiches, gingen sie wieder und wieder jeden Aspekt des Falles durch. Warum waren ihre Aussagen gegenüber der Polizei so uneinheitlich? Warum widersprach sie sich so häufig? Was hatte sie zu Jens gesagt? Was hatte er zu ihr gesagt? Was hatten sie getan? Wen kannten sie?

Ganz gleich, in welche Richtungen sie vorstießen, sie kamen immer wieder auf das Schuldig zurück. Das war es, was Elizabeth wollte. Da sie die Mandantin war und da sie die Folgen ihrer Entscheidung zu tragen hatte, fügten die Anwälte sich. Das Beste, was sie im Augenblick tun konnten, war, ihr dabei zu helfen, Sympathie zu wecken, wenn sie sich schuldig bekannte.

Elizabeth war zweimal wegen Mordes angeklagt, wobei in

beiden Fällen durchaus ein Lebenslänglich als Strafe möglich war. Sie war bereit und gewillt, sich für schuldig im Sinne der Anklage zu bekennen, doch Jones und Davis legten ihr die Überlegung nahe, ob sie nicht lieber das Geständnis dahingehend abändern sollte, daß sie sich als Anstifterin bekannte. Die Strafe sei zwar die gleiche, doch gebe es einen feinen Unterschied. Wenn Updike dieses Geständnis akzeptierte – Anstifterin und nicht Mittäterin –, dann bestätigte er damit, daß Elizabeth nicht in Loose Chippings war, als Nancy und Derek ermordet wurden. Das war für die Verteidigung ein ganz wichtiger Punkt.

Es war bekannt, daß Angehörige einer bestimmten Partei, darunter auch Elizabeths Bruder Howard und die Freundin ihrer Mutter, Annie Massie, glaubten, daß sie zugegen war, als Nancy und Derek getötet wurden.

Davis und Jones hielten Elizabeths Absichten geheim. Ein Grund war der, daß diese Entscheidung bis zum Ende des Prozesses allein bei Elizabeth lag und daß sie nicht für sie reden konnten. Bis zu dem Augenblick, in dem ein Angeklagter vor einem Richter stand und ›schuldig‹ sagte, mußte man mit allem rechnen. Das traf vor allem auf Elizabeth zu, die fähig war, sich innerhalb von Sekunden um hundertachtzig Grad zu drehen.

Als sie am 24. August 1987 vor Richter Sweeney erschien, eingerahmt von Jones und Davis, und sich als Anstifterin für schuldig erklärte, war Staatsanwalt Updike nicht sonderlich überrascht. Alle anderen, darunter auch Richter Sweeney, waren es jedoch. Als der sanfte Jurist, ein nicht unfreundlich wirkender hagerer Mann in den Fünfzigern mit kurzen grauen Haaren, Updike fragte, ob er den Spruch annehme, klang er verblüfft.

Ohne daß die Verteidigung davon etwas ahnte, hatte Updike schon vor längerer Zeit jeden Plan fallengelassen, zu beweisen, daß Elizabeth sich am Abend der Morde in Loose Chippings aufgehalten hatte. Soweit es ihn betraf, untermauerte keiner der gefundenen Beweise eine solche Annahme, und am Ende machte es sowieso keinen Unterschied, es sei denn, er könnte gleichzeitig beweisen, daß sie aktiv an dem Verbrechen beteiligt gewesen war. Er war überzeugt, daß ihre Anwesenheit oder Abwesenheit völlig irrelevant war. Als Sweeney ihn fragte, ob er gegen den Spruch irgendwelche Einwände habe, verneinte Updike und meinte, daß ein Schuldbekenntnis auf die Anklage der Anstiftung genauso zu werten sei wie ein Geständnis auf die erste Anklage, die auf Mord lautete.

»Sie sagen also, daß es ein anderes Geständnis ist, das aber mit der gleichen Strafe geahndet wird wie die ursprünglichen Anklagen. Ist das Ihre Position?«

Updike bejahte das.

Nachdem er sich bei Davis und Jones erkundigt hatte, daß sie den Spruch genauso verstanden, wandte Sweeney sich an Elizabeth.

»Wurden Sie darüber aufgeklärt, welche Strafen nach dem Gesetz von Virginia für diese beiden Vergehen verhängt werden können?«

»Ja, Euer Ehren«, antwortete sie leise.

»Ist Ihnen klar, daß Sie durch Ihr Schuldbekenntnis, wie Sie es gerade abgegeben haben, auf das Recht verzichten, sich vor einem Geschworenengericht zu verantworten?«

»Ja, Euer Ehren.«

»Ist Ihnen klar, daß ein Schuldbekenntnis eine selbstgeäußerte Verurteilung ist, die praktisch ein Recht auf Revision ausschaltet?«

»Ja, Euer Ehren.«

»Na schön.« Sweeney nickte. »Und wurde Ihnen schließlich auch erklärt, daß bei einem solchen Schuldbekenntnis ich derjenige sein werde, der Ihre Strafe festsetzt?«

Elizabeth senkte das Kinn auf die Brust und murmelte, ja, das sei ihr klar.

Ihr Schuldbekenntnis beendete aber die Verhandlung nicht. Auch wenn sie ihre Schuld gestanden hatte, mußte Richter Sweeney sich noch einen Eindruck von ihrer Tatbeteiligung verschaffen, damit er die Höhe ihrer Strafe bestimmen konnte. Das geschah in der Form, daß beide Parteien ihre Beweise vorlegten, so als fände der eigentliche Prozeß statt. Zeugen wurden aufgerufen, Argumente wurden vorgebracht, und Elizabeth trat auf, um ihre Version des Geschehens zu liefern. Der Unterschied zwischen diesem Verfahren und einem Prozeß war der, daß nicht eine Jury über ihr Schicksal befinden würde; auf dieses Recht hatte sie verzichtet. Nachdem alle Beweise vorgelegt wären, würde Richter Sweeney die Strafe verkünden.

Ehe Updike mit seiner Eingangserklärung begann und die Beweise aufzählte, die er für den Staat während des Verfahrens präsentieren wolle, wollte er einen Punkt ausdrücklich klären: Im Zusammenhang mit Elizabeths Schuldbekenntnis hatte es keinen Handel gegeben. »Weder ich noch mein Büro haben mit der Angeklagten oder ihrer Verteidigung irgendwelche Absprachen getroffen«, sagte er für das Protokoll.

Updike betonte vor allem die Grausamkeit der Morde und beschrieb zum Beispiel ausführlich die Wunden, die Derek und Nancy zugefügt worden waren. Bedachte man, daß die Theorie über okkulte Elemente bei der Tat von den ermittelnden Beamten am Ende verworfen worden war, hielt Updike sie überraschenderweise für wichtig genug, um mehr als nur flüchtig in seiner Eröffnung darauf einzugehen.

»Ich möchte das Ganze nicht über Gebühr sensationalisieren, aber ich möchte es auch nicht ignorieren«, sagte er und machte seine Äußerungen vorwiegend für Richter Sweeney. »Wir haben hier eine Fotografie von einer Stelle an Dereks Leiche, die ein V-Zeichen und ein darin eingetragenes Symbol zeigt. Der Autopsiebericht ergibt, daß es am Kinn einen Einschnitt gab, der auch als V interpretiert werden kann. Es gab eine Mausefalle, eine eigentlich ganz gewöhnliche Mausefalle, doch sie wirkte an diesem Ort sehr auffällig, und auch sie trug dieses V-Zeichen. Es gibt auch eine Zeichnung, die ich vorlegen werde, die, und ich bin wirklich kein Kunstkenner, ziemlich bizarr, wenn nicht gar dämonisch genannt werden kann, und das V-Motiv ist auch dort zu finden. Wir behaupten nicht«, hob er hervor, »daß dies für die Morde selbst irgendeine Bedeutung gehabt haben könnte, oder meinen auch nicht, daß es sich um ein Zeichen handelt, das am Tatort zurückgelassen wurde, um die Polizei in die Irre zu führen. Es sollte, wie ich eingangs meinte, nicht überschätzt oder aus dem Zusammenhang gerissen werden, aber auf Grund der Beweise, die uns vorliegen, sollte es auch nicht vergessen werden.«

Er sprach ihr ungewöhnliches Verhalten nach den Morden an. Als Annie Massie und ihr Mann nach Charlottesville fuhren, um ihr die Nachricht zu überbringen, hatte Elizabeth sehr seltsam reagiert. »Ihr Verhalten war sehr ruhig«, sagte Updike. »Ich glaube, sie vergoß keine Träne und zeigte keine sonstwie geartete heftige Gefühlsregung.«

Als sie am Tag nach dem Gedenkgottesdienst von Gardner und Kirkland verhört wurde, hatte sie fast im lockeren Konversationston mit ihnen geplaudert, und sie habe sogar mehrmals im Laufe der Unterhaltung gelacht.

Aber was er noch ungewöhnlicher fand, war Elizabeths ausdrücklicher Wunsch, das Blut in Loose Chippings wegzuwischen, obgleich andere Familienangehörige sich darauf geeinigt hatten, eine Reinigungsfirma mit der Erledigung dieser schrecklichen Arbeit zu beauftragen. Ehe die Gebäudereiniger mit ihrer Arbeit begannen, war Elizabeth bereits eingetroffen und an der Arbeit.

»Wir haben einen Zeugen vorgeladen, der aussagen wird, daß Elizabeth gerade eine Stelle in der Nähe des Kamins säuberte, wo, wie die Fotos zeigen, Mr. Haysoms Leiche gefunden wurde, als sie eine Bemerkung wie ›Hier liegt Daddys Hirn‹ oder so ähnlich machte, während sie den Boden aufwischte. Sie hat außerdem eine der Fußspuren, die sich dort auf dem Fußboden befanden, entdeckt und hat, nachdem sie ihren Schuh ausgezogen hatte, ihren Fuß auf diesen Abdruck gestellt, um zu vergleichen, nehme ich an. Dr. Howard Haysom wird aussagen, daß er das für ungewöhnlich hielt und sie aufforderte, das zu unterlassen.«

Der Zweck dieser Aussage sei der, so sagte er, aufzuzeigen, daß Elizabeth sehr wenig Trauer an den Tag legte. »Andererseits«, so fügte er hinzu, »wissen wir, daß sie sehr gut schauspielern kann.«

Er werde beweisen, versprach er, daß Elizabeth mit Jens den

Plan geschmiedet habe, ihre Eltern zu ermorden, und daß sie als Teil dieses Plans am Tag vor den Morden nach Washington, D. C., gefahren seien. »Unsere Beweisstücke werden ergeben, daß sie dort hingefahren sind, weil sie vorher die Ermordung von Derek Haysom und Nancy Haysom geplant hatten, daß Miss Haysom tatsächlich eine Anstifterin gewesen ist, indem sie sich an der Planung der Morde beteiligte und Jens Soering ermutigte, ihre Eltern zu töten, und daß sie nachher daran mitwirkte, ein Alibi zu konstruieren.«

Elizabeth habe den Wagen gemietet, habe die Zimmerreservierung in dem Hotel in Washington vorgenommen und habe mitgeholfen, eine Reihe von Vorfällen zu inszenieren, die den Eindruck erwecken sollten, daß die beiden in Washington waren, während Jens sich tatsächlich in Boonsboro aufhielt. Nach den Morden habe sie versucht, die Polizei in die Irre zu führen, doch als sie und Jens merkten, daß die Ermittlungen sich mehr und mehr auf sie konzentrierten, seien sie aus dem Land geflüchtet und hätten durch nichts angedeutet, daß sie jemals wieder zurückkehren wollten.

Es war ein dramatischer Vortrag. Als er ihn beendet hatte, war es im Gerichtssaal still wie in einer leeren Schule. Als Updike sich setzte, begann leises Gemurmel im Saal. Sweeney schlug mehrmals mit dem Hammer auf sein Pult, um für Ruhe zu sorgen. »Das ist eine gute Gelegenheit für eine Pause«, stellte er fest. »Zehn Minuten.«

In der Aufregung dieses Augenblicks und in Erwartung der sensationellen Enthüllungen, die man bald zu hören bekäme, hatte niemand bemerkt, daß es eine Sache gab, die beizubringen Updike nicht versprochen hatte. Das war ein Motiv. Noch lange nach dem Prozeß sollte Updike darüber klagen, daß er zu keinem Zeitpunkt eine Begründung für die Morde an Derek und Nancy gehört habe, die ihn wirklich überzeugte. »Wenn ich Elizabeth nur eine einzige Frage mit der sicheren Überzeugung stellen könnte, die sie absolut wahrheitsgemäß beantworten müßte, dann würde diese Frage lauten: ›Warum mußten Ihre Eltern sterben?‹«

42

Das zweistöckige Gerichtsgebäude aus Holz und rotem Klinker, in dem der Prozeß abgehalten wurde, stammte aus dem Jahr 1930. Es war das letzte einer Reihe von Bauwerken, in denen die Justiz von Bedford County untergebracht war, seit die Stadt 1782 zum Verwaltungszentrum des County bestimmt worden war. Im ersten Stock des Gebäudes befinden sich das Büro des Urkundsbeamten und verschiedene administrative Zimmer. Etwa ein Viertel des zweiten Stocks wird von den Büros des Bezirksstaatsanwaltes und seines Assistenten eingenommen. Der Rest ist für den Gerichtssaal und die damit verbundenen Funktionen reserviert: das Richterzimmer, das Geschworenenzimmer, ein Schreibzimmer, ein Zimmer für Deputies und Gerichtsbeamte sowie drei Zeugenzimmer, die allesamt an den Hauptsaal angrenzen. Der Gerichtssaal selbst, inzwischen umgebaut und renoviert, war ein fast quadratischer Raum, erleuchtet von versenkten Lampen an der Decke und sechs großen Fenstern, je drei auf jeder Seite des Richtertisches. Ein amtlicher Innenausstatter hatte versucht, dem Saal etwas Wärme zu verleihen und hatte Ölgemälde von früheren Richtern, einige, die sogar noch aus der Kolonialzeit datierten, an den beigefarbenen Wänden aufgehängt. Der Versuch war nur andeutungsweise erfolgreich gewesen; der Ort hatte noch immer eine fast greifbare Museumsatmosphäre. Es war kein gemütlicher Raum, aber er war nicht annähernd so streng und kahl wie das Magistratsgericht in Richmond, wo Elizabeth zum erstenmal erfahren hatte, daß die Polizei in Bedford ihre und Jens' Spur aufgenommen hatte.

Traditionellerweise hat in amerikanischen Strafprozessen der Staatsanwalt das erste Wort. In diesem Fall, in dem Elizabeth sich bereits für schuldig bekannt hatte, beschränkte Updikes

Rolle sich drauf, ihren Umfang an Schuld zu demonstrieren.

Die Rolle der Verteidigung bestand darin, Elizabeths Schuldanteil gering darzustellen und mildernde Umstände zu präsentieren. Je überzeugender Jones und Davis ihre Mandantin als Opfer zeichnen konnten, desto verständnisvoller wäre Richter Sweeney. Wenn sie ihn überzeugen konnten, daß sie eine widerwillige Schachfigur von Jens Soering war, würde ihre Bestrafung milder ausfallen.

Indem sie sich für schuldig erklärte, nahm Elizabeth der Verhandlung einen großen Teil ihrer Spannung. Aber was folgte, sollte fast genauso fesselnd werden. Die Öffentlichkeit würde miterleben, was eine junge Frau, die anscheinend alles hatte, was man sich wünschen konnte, dazu brachte, systematisch auf ihren Freund einzuwirken, gnadenlos ihre Eltern zu töten, und dann zu lügen, um ihn zu schützen.

Updike musterte Elizabeth, die knapp drei Meter von ihm entfernt war und zusammengesunken in ihrem Sessel am Ende des langen Tisches vor dem Richtertisch neben ihren Verteidigern saß. Sie trug ein schlichtes, hellfarbenes, bodenlanges Kleid, das ihre Figur verhüllte und ihr ein asexuelles Aussehen verlieh. Soweit Updike es beurteilte, war es das erste von mehreren Jean-d'Arc-Gewändern, die sie abwechselnd trug, damit sie hausbackener und weniger wie eine Verführerin aussah. Sie trug kein Make-up, und ihr Haar fiel bis auf ihre Schultern herab und war nach strenger Schulmädchenmanier glatt nach hinten gekämmt.

Und auch diesmal staunte Updike über ihre Fähigkeit, sich im vorteilhaftesten Licht zu präsentieren. Er erinnerte sich an die allgemeine Stimmung in der Umgebung kurz nach den Morden, als die Leute ihn auf der Straße ansprachen und forderten, daß er endlich etwas tue, um den oder die Mörder vor Gericht zu stellen. Und je strenger man mit ihnen verfahre, desto besser würde es ihnen allen gefallen. Aber diese Einstellung hatte sich deutlich gewandelt. Nun, da er eine der für die Morde verantwortlichen Personen in Gewahrsam hatte, konnte Updike eine unterschwellige Woge der Sympathie für sie spüren. Im Geiste schüttelte er den Kopf über die Unwägbarkeiten der öffentlichen Meinung, dann räusperte Updike sich und rief seinen ersten Zeugen auf.

Ricky Gardner kam durch die schmale Tür am Ende des Saales herein und schritt zügig durch den Mittelgang nach vorn. Seine Schritte hallten in dem nur halb gefüllten Saal wider. Richter Sweeney, in Erwartung eines Prozesses, hatte eine Schar wahlberechtigter Countybewohner zusammengerufen, aus denen die Anwälte die Geschworenen hätten aussuchen sollen. Als Elizabeth sich schuldig bekannte und somit eine Jury überflüssig war, hatte Sweeney die Anwesenden entlassen, ihnen jedoch freigestellt, im Gerichtssaal zu bleiben, wenn sie sich die Verhandlungen ansehen wollten. Einige von ihnen waren tatsächlich dageblieben. Die Öffentlichkeit, die davon ausging, daß die ersten beiden Tage mit der ermüdenden Befragung potentieller Jurymitglieder verstreichen würden, war zu Hause geblieben. Sie würde sich auch später kaum blicken lassen, weil die Verhandlungen vom örtlichen Fernsehsender übertragen wurde, ein Versuch für Live-Reportagen aus dem Gerichtssaal. Sogar die Reporterschar war kleiner als erwartet. Einige von ihnen hatten sich ebenfalls entschlossen, die Phase der Juryauswahl auszulassen. Infolgedessen waren viele der 175 Plätze frei.

Gardner trat durch die Sperre, die die Zuschauer von den Gerichtsbediensteten trennte, in diesem Fall eine niedrige Barriere aus poliertem Mahagoni, und begab sich direkt in den Zeugenstand rechts neben dem Richtertisch. Seine Aussage war klar und erstaunlich kurz. Obgleich Abschriften und Tonbänder seiner zahlreichen Vernehmungen Elizabeths dem Gericht als unterstützende Dokumente zur Verfügung gestellt worden waren, wünschte Updike sich von dem Ermittler eine Interpretation. Die Aufzeichnungen sprachen für sich selbst, doch der Staatsanwalt wollte, daß Gardner die Erkenntnisse in einen Zusammenhang brachte.

Als er fragte, was ihn zuerst gegenüber Elizabeth mißtrauisch gemacht habe, erwiderte Gardner, es sei der abrupte Wechsel ihrer Aussagen über Margaret Louise gewesen. Während ihres ersten Gesprächs habe Elizabeth sie geradezu verteidigt, doch im Verlauf des zweiten Verhörs acht Tage später sagte sie, daß vielleicht Margaret Louise die Morde begangen habe. Gardner berichtete, er habe sie zwei Jahre später, nach ihrer Rückkehr aus England, gefragt, warum sie über ihre Freundin derart widersprüchliche Aussagen gemacht habe.

»Und was hat sie geantwortet?« fragte Updike.

»Sie sagte, sie habe nur versucht, ihre Haut zu retten.«

Gardner sagte außerdem aus, daß er es für seltsam hielt, daß Elizabeth wenig schlüssige Aussagen über Nancy Haysoms ersten Ehemann und seine angeblichen Perversitäten gemacht habe, und daß sie, als sie wußte, daß die Ermittler nach einem Motiv suchten, sie diese völlig in die Irre führte, indem sie behauptete, ihre Mutter habe heimlich im Haus eine Menge Geld versteckt und daß Annie Massie das Versteck gekannt habe. Aber was ihn und seinen Kollegen Reid erst richtig auf ihre Spur gebracht habe, sagte Gardner, sei der hohe Meilenstand des Wagens gewesen, den sie für die Fahrt nach Washington gemietet hatten.

Updike ließ sich von Gardner eine kurze Zusammenfassung des Falles bis zu dem Zeitpunkt geben, als Elizabeth und Jens nach Europa flohen. Dann rief er seinen zweiten Zeugen auf, Detective Constable Wright.

Ein schlaksiger bärtiger Mann mit hoher Stirn und einem starken Akzent, berichtete Wright weitaus detaillierter als Gardner über den Beginn der Ermittlungen zu Jens und Elizabeth, während sie wegen Scheckbetruges in Untersuchungshaft saßen. Da Wright es gewesen war, der sich mühsam durch die Briefe gekämpft hatte, die in Jens' und Elizabeths Kleiderschrank gefunden wurden, bat Updike ihn, wegen des Protokolls zahlreiche Dokumente zu verlesen. Eine der bemerkenswertesten Neuigkeiten, die Wright zu Elizabeths und Jens' Geschichte beisteuern konnte, war, daß die beiden es tatsächlich beinahe geschafft hätten, sich aus dem Staub zu machen.

An jenem Aprilnachmittag im Jahr 1986, als Elizabeth und Jens wegen Betrugsverdachts aufgegriffen wurden, hätte niemand sie festhalten können, wenn Jens nicht einverstanden gewesen wäre, daß die Detectives ihre Wohnung durchsuchten. Wenn er nicht eingewilligt hätte, sagte Wright, hätten er und Beever niemals erfahren, wo sie wohnten, und sie hätten niemals die belastenden Briefe und das Tagebuch sowie die Tüten mit den Waren von Marks & Spencer, die Scheckbücher, die falschen Personalausweise und die Reisedokumente gefunden, die ihre wahre Identität enthüllten.

Updikes dritter und letzter Zeuge in dieser ersten Phase der Anhörung war Detective Constable Beever. Als er in den Zeugenstand trat, hallte seine Stimme melodiös durch den Gerichtssaal, und sein harter Akzent bildete einen deutlichen Kontrast zu Elizabeths flüssiger, runder Sprechweise.

Knapp und konzentriert setzte Beever den Bericht an der Stelle fort, als Updike und Gardner in London eintrafen und Jens und Elizabeth für ein langes Wochenende in das Gefängnis in Richmond zurückgeschickt wurden. Da Beever derjenige gewesen war, vor dem Elizabeth ihr Geständnis abgelegt hatte, forderte Updike ihn auf, die Aussagen vom 8. und 9. Juni Satz für Satz wiederzugeben. Es war ein langwieriger Prozeß, der den ganzen restlichen Nachmittag in Anspruch nahm.

Am nächsten Tag, Dienstag und bei einem dichter besetzten Zuschauerraum, wurde Gardner von Updike aufgerufen, um mit ihm die lange Aussage durchzugehen, die Elizabeth ihm gegenüber an dem Abend gemacht hatte, an dem sie aus England zurückgekehrt war. Updike wollte wissen, ob Gardner Elizabeth auch die Frage gestellt hätte, auf die er bisher noch keine zufriedenstellende Antwort erhalten habe: Warum mußten Ihre Eltern sterben?

Ja, er hätte das gefragt, antwortete Gardner. »Okay«, sagte Updike, »würden Sie Ihre entsprechende Frage und die Antwort darauf bitte vorlesen?«

Gardner las:

Frage: Na schön, kommen wir mal wieder zu der ursprünglichen Frage zurück, und die betraf den Grund, weshalb Ihre

Eltern tot sind. War das Hauptmotiv für ihre Ermordung die Tatsache, daß Sie und Jens einander liebten und daß Ihre Eltern strikt gegen eine gemeinsame Zukunft von Ihnen und Jens waren?

Antwort: Ja. Und ich dachte auch . . . Wenn ich meine Brüder betrachtete, obgleich sie längst das Haus verlassen hatten und meine Eltern weit weg waren, so wurden sie dennoch von meinen Eltern ständig manipuliert, und ich wollte, glaube ich, daß sie mich endlich in Ruhe ließen.

Als schließlich das Kreuzverhör begann, setzte Davis dem Zeugen Gardner heftig zu und versuchte nachzuweisen, daß Elizabeths Erklärungen ihm gegenüber lediglich Versuche waren, sich vor Jens zu schützen. Habe sie ihm denn nicht des öfteren erklärt, fragte Davis den Polizeibeamten, daß sie sich von Jens unter Druck gesetzt fühlte, daß sie vor ihm Angst hatte und daß sie ständig gelogen hatte, um ihn zu schützen?

Das treffe zu, sagte Gardner. Davis blätterte eine Kopie von Gardners Vernehmungsprotokoll mit Elizabeth vom 14. Mai durch und fand eine Bemerkung Elizabeths, die ihre Reaktion auf Jens' Briefe nach der Verhaftung deutlich machte. Sie hatte Gardner gegenüber erklärt, sie habe das Gefühl, sie verrate Jens, indem sie die Wahrheit sage, aber sie wolle nun nicht mehr lügen.

Als Gardner seine Aussage beendete, machte Davis schnell darauf aufmerksam, daß Elizabeth Jens' Briefe freiwillig zur Verfügung gestellt habe. Er wollte dafür sorgen, daß Richter Sweeney erkannte, daß sie sich bemühte, bei der Aufklärung des Verbrechens nach Kräften mitzuwirken.

Nachdem er dies getan hatte, zog Davis einen Bogen Papier aus dem Stapel. Es sei, so verkündete er, ein Brief, den Jens am 11. November 1986 an Elizabeth geschickt hatte, ehe sie ihm mitteilte, daß sie seinen Wünschen nicht entsprechen wolle und sich nicht gegen eine Auslieferung wehren würde. »Jens schrieb«, begann Davis und las langsam vor, »›Ich glaube nicht, daß du dir ernsthafte Sorgen machen mußt, da du ja nicht einmal schuldig bist.«« Er hielt inne und sah Gardner fragend an und wartete auf dessen Bestätigung.

»Das stimmt«, sagte Gardner. »Das ist richtig.«

»Und soweit Sie sich erinnern können, ist dies ein genaues Zitat aus seinem Brief vom 11. November 1986 an sie?«

»Ja, Sir.«

Davis forderte Gardner außerdem auf, zu bestätigen, daß Elizabeth in einem nicht per Tonband aufgenommenen Gespräch zugegeben habe, daß sie gelogen hätte, als sie meinte, sie sei mit Jens zusammen gewesen, als er das Butterflymesser am Morgen des Tages kaufte, an dem ihre Eltern getötet wurden.

Das habe sie getan, gab Gardner zu.

»Hat sie gezittert, als sie mit Ihnen über Jens Soering sprach?« fragte Davis und gab sich alle Mühe zu demonstrieren, daß Elizabeth vor ihrem Exliebhaber eine tödliche Angst hatte. »Bebte sie?«

Gardner nickte. »Ja, Sir, sie war sehr nervös.«

»Hat sie gezittert?« hakte Davis nach. Er wollte speziell diese Bestätigung im Protokoll haben.

»Ja, Sir«, antwortete Gardner.

Sowohl der Vortrag des Staatsanwaltes wie auch das Kreuzverhör der Verteidigung wurden sehr schnell abgehandelt, weitaus schneller als in einem normalen Prozeß, jedoch auch sehr viel detaillierter als nach einem normalen Schuldbekenntnis. Gewöhnlich präsentierte Updike in Fällen, bei denen ein Schuldbekenntnis vorlag, gerade genug Beweise, um die Anklage zu untermauern, wie ein Kartenspieler, der kurz seine Eröffnungskarten zeigt, um zu demonstrieren, daß er längst gewonnen hat. Aber diesmal brachte Updike weitaus mehr vor, als notwendig war. Zum einen wollte er sich eine gute Basis für die Fragen schaffen, die er Elizabeth während des Kreuzverhörs stellen wollte. Zum andern sammelte er damit Material für den irgendwann stattfinden Prozeß gegen Jens. Er brauchte anderthalb Tage, um die gewünschten Antworten zu erhalten. Als er fertig war, kam die Verteidigung an die Reihe.

Sobald Jones und Davis den Gerichtssaal verließen, begannen sie eine hektische Suche nach weiteren Fakten, was weitere durch Kaffee stimulierte Sitzungen mit Elizabeth und einen Flug nach England erforderlich machte.

Nicht alle waren so zufrieden wie Jones und Davis. Eine Reihe Beobachter fühlten sich betrogen, als der Prozeß unterbrochen wurde. Sie hatten die dramatischen Beweise der Ermittler Gardner, Beever und Wright gehört, und sie hatten gebannt verfolgt, wie die Beamten den Prozeß schilderten, in dessen Verlauf sie Elizabeths Beteiligung an der Ermordung ihrer Eltern untersuchten. Doch der Appetit der Öffentlichkeit war erst geweckt worden und noch nicht gesättigt. Sie hatten noch nichts von Elizabeth selbst gehört. Sie hatte nur verschüchtert und stumm während der Anhörung dagesessen, eingeklemmt zwischen ihren beiden Beschützern, Jones und Davis, wie eine seltene Blume, die zwischen zwei Glasscheiben gepreßt wird. Und vom Standpunkt der Beobachter aus war ihre Reaktion auf die Darstellung der Anklage einfach enttäuschend. Nur sehr selten zeigte sie den Anflug eines Gefühls, ganz gleich wie niederschmetternd die jeweilige Aussage auch sein mochte. Obgleich ihre schauspielerischen Fähigkeiten bestätigt wurden, hatte sie es bisher vorgezogen, ihre Begabung nicht zu demonstrieren.

Sogar Updike war verwirrt über ihre Fügsamkeit. Nach dem, was er von ihr wußte und was er sich unter ihr vorstellte – zu diesem Zeitpunkt hatten er und Elizabeth noch kein einziges Wort gewechselt –, hatte er eine lebhaftere, aggressivere Frau erwartet. Aber wenn er nach dem ging, was er gesehen hatte, war ihre Unterwürfigkeit absolut total. Er traute seinen eigenen Reaktionen nicht; er wußte tief in seinem Innern, daß in ihr weitaus mehr steckte, als sie bisher herausgelassen hatte.

43

Am Dienstag, dem 6. Oktober, ging der Prozeß des Staates Virginia gegen Elizabeth Haysom wegen Mordes an ihren Eltern in seine letzte Phase. Dreißig Monate und vier Tage nachdem die Leichen Nancys und Dereks gefunden wurden, sechzehn Monate und eine Woche nachdem sie in einem Londoner Vorort verhaftet wurden, näherte Elizabeth sich dem Ende ihres Abenteuers. Sie war fast, aber noch nicht ganz, dort angelangt. Ehe sie in den Zeugenstand treten und zu ihrer eigenen Verteidigung aussagen konnte, mußte sie darauf warten, daß sie an die Reihe kam.

Der erste Zeuge an diesem hellen, frühen Herbstmorgen war Ricky Gardner, der noch einmal von Staatsanwalt Jim Updike aufgerufen wurde. Updike wollte drohendes Unheil abwenden und einen ganz bestimmten Komplex zu Protokoll gebracht sehen, nämlich das Butterflymesser: Wer hatte es gekauft und wann, und spielte ein solches Messer überhaupt in dem Haysom-Fall eine Rolle?

Butterflymesser, manchmal auch *balisongs* genannt, sind in vielen Staaten verboten. Es sind gefährliche Gegenstände, nach dem gleichen Prinzip gebaut wie Springmesser, so daß die Klinge schnellstens einsatzfähig ist. Anders als ein Springmesser, das über eine Feder verfügt, um die Klinge in Position springen zu lassen, wird ein Butterflymesser ausschließlich mit der Bewegung des Handgelenks bedient. Die Klinge eines Butterflymessers befindet sich in einem längsgeteilten Griff, dessen Hälften sich um ein Scharnier an einem Ende drehen. Mit einer schnellen Handbewegung klappt eine Griffhälfte auf und gibt die Klinge frei. Die beiden Hälften lassen sich dann gegeneinander klappen und bilden einen soliden Griff. Es ist keine Waffe für Amateure; man braucht einige Übung, um mit einem Butterflymesser umgehen zu können.

Auf Updikes Befragung sagte Gardner, er habe keine blasse

Ahnung gehabt, daß ein Butterflymesser benutzt worden sein könnte, um Derek und Nancy zu töten, bis Elizabeth die Sprache darauf gebracht habe. Elizabeth sagte, sie und Jens seien am 30. März 1985 zusammen nach Maryland gefahren und hätten in einem Fachgeschäft für Kampfsportarten eine solche Waffe gekauft. Sie erzählte den Ermittlern, daß Jens das Messer bei sich gehabt habe, als er nach Boonsboro gefahren war, was ihr die Vermutung nahelegte, daß es sehr gut die Mordwaffe hätte sein können. Sie habe hinzugefügt, Jens hätte ihr nie eindeutig mitgeteilt, mit welcher Waffe er ihre Eltern getötet hatte. Sie habe sich jedoch bereiterklärt, für die Detectives eine Zeichnung von dem Messer anzufertigen, das Jens angeblich ausgesucht und für das sie bezahlt habe.

Im Kreuzverhör durch Drew Davis gab Gardner zu, daß Elizabeth später während eines nicht aufgezeichneten Gesprächs zugegeben habe, die ganze Geschichte mit dem Butterflymesser erfunden zu haben.

Gespräche mit Jens warfen kein Licht auf diese Angelegenheit, gab Gardner zu, denn er weigerte sich standhaft, mit Polizisten über ein Messer zu reden, und wies darauf hin, daß das Eingeständnis, daß er bei seinem Besuch in Loose Chippings ein Messer bei sich hatte, als Hinweis auf einen vorsätzlichen Mord gedeutet werden könnte.

Nach Gardners drittem und letztem Auftritt im Zeugenstand rief die Verteidigung eine Reihe eher nebensächlicher Zeugen auf, um etwas über die positiven Seiten von Elizabeths Charakter zu erzählen oder Punkte anzusprechen und zu bestätigen, die sie später selbst vorbringen würde.

Zuerst erschien Cheetah Haysom, Dereks Nichte und Elizabeths Cousine. Sie war eine attraktive Frau mit kurzen blonden Haaren und übergroßen Ohrringen. Sie erklärte in einem gepflegten Oxfordenglisch, das fast genauso rund und weich klang wie das von Elizabeth, daß sie Elizabeth nicht sehr gut kannte, bis ihre Eltern einige Zeit mit Derek und Nancy zusammen waren, als Elizabeth etwa achtzehn Jahre zählte. Nachdem sie sich eine Weile dort aufgehalten hatte, sagte Cheetah, sie sei von ihr ›stark beeindruckt‹ gewesen. Sie hätte in Elizabeth einen bemerkenswert ›verantwortungsvollen und wohlerzogenen Teenager‹ gesehen.

Davis, der versuchte, Elizabeths Charakter als den einer gehorsamen Tochter darzustellen, fragte Cheetah Haysom nach dem Verhältnis zwischen Elizabeth und ihrer Mutter.

»Sie schien eine sehr pflichtbewußte und respektvolle Tochter zu sein«, sagte Cheetah Haysom. »Sie verstand sich mit ihrer Mutter sehr gut.«

Elizabeth saß regungslos neben Jones und schaute gleichmütig ihre Kusine an.

Mit dem Wechsel der Zeugen wechselten auch die Verteidiger. Jones, dessen blondes Haar ihm in die Stirn fiel, erhob sich langsam und rief die zweite Zeugin auf, Elizabeth Watson, eine Frau mit tiefen Falten und Linien im Gesicht und auffälligen silbergrauen Haaren. Sie nahm schwerfällig auf dem Zeugenstuhl Platz, spielte nervös mit ihrer Perlenkette und erzählte von einer Dinnerparty bei Elizabeth und ihren Eltern.

»Elizabeth erzählte mir aus ihrer Schulzeit, daß damals ein orientalischer Scheich ihrem Vater eine Anzahl Kamele für ihre Hand geboten und ihr Vater abgelehnt hatte.«

Sie und Elizabeth freundeten sich an, erzählte sie, und sie standen einander schließlich sogar so nahe, daß Elizabeth keine Hemmungen hatte, ihr zu schreiben und sie in einer Liebesangelegenheit um Rat zu fragen.

»Sie studierte an der Universität von Virginia, und sie schrieb mir, sie habe einen Mann kennengelernt, an dessen Seite sie am liebsten den Rest ihres Lebens verbringen würde, aber daß die Beziehung zu ihm das Verhältnis zu ihren Eltern vernichten würde und umgekehrt. Das bereitete ihr sehr große Sorgen, und sie bat mich um Rat, denn es müsse irgend etwas geschehen. Ich antwortete ihr und schrieb, daß wir mit zunehmendem Alter immer häufiger eine andere Meinung als unsere Eltern vertreten, daß wir jedoch am Ende meistens feststellen können, daß das, was sie für uns gewollt haben, stets das beste war, was sie sich vorstellen konnten.«

Während des Kreuzverhörs fragte Updike sie, ob sie über Elizabeths schauspielerische Fähigkeiten Bescheid wisse.

»Sie ist eine sehr talentierte junge Dame«, antwortete sie. »Sie ist sehr wandlungsfähig.«

»Gab es nicht auch Gelegenheiten«, fuhr Updike fort, »bei denen Ihnen Zweifel hinsichtlich des Wahrheitsgehaltes dessen kamen, was sie Ihnen erzählte?«

»Das war ganz bestimmt der Fall«, gab Watson zu, »aber das lag wahrscheinlich an den Drogen.«

»Sie vermuten also Drogen als Ursache«, wiederholte Updike und klang fast niedergeschlagen.

»Ja«, sagte sie, »aber ich glaube, daß sie heute darüber hinweg ist und stets die Wahrheit spricht.«

Der Drogen-Komplex wurde von dem nächsten Zeugen eingehender erläutert, einem früheren Nachbarn und Freund der Haysoms namens Jeff Taylor. Er war ein großer, kompakter Mann mit einem runden Gesicht und dunklem Bart. Taylor sagte aus, er habe vor drei Monaten von Elizabeth einen Brief bekommen. Sie saß damals im Bedford County Jail und wartete darauf, daß sie sich wegen Mordes vor Gericht verantworten müsse. Auf Jones' Aufforderung hin las Taylor aus dem Brief vor, der in Stil und Tenor auf gespenstische Weise der Korrespondenz Nancys mit Colonel Herrington ähnelte:

Lange Zeit war ich sehr drogensüchtig. Sogar nach meiner Verhaftung im April '86 konsumierte ich noch. Die Mengen, die ich nahm, steigerten sich noch, da Drogen und Alkohol in englischen Gefängnissen sehr leicht zu beschaffen sind. Es dauerte acht Monate, bis ich endlich begriff, daß ich süchtig war ... Daher trat ich den Narcotics Anonymous bei und bin seit dem 2. Januar 1987, also seit sieben Monaten, völlig clean. Das war und ist etwas, worauf man stolz und wofür man dankbar sein kann. Es war nicht leicht, aber, mein Gott, es geht mir viel besser.

Dank der psychologischen Betreuung, die das Programm anbot, betrachtete sie das Leben nun aus einer anderen Perspektive. Sie schrieb in diesem Juli, daß sie ungeduldig auf die gerichtliche Anhörung im August warte, da sie dadurch in die Lage versetzt würde, einen Teil ihres Lebens ›endlich und endgültig abzuschließen‹, der damals begann, als sie zum erstenmal in ein Internat gesteckt wurde, und sich zu einem reißenden Strudel entwickelte, der sie hinabzog und im Tod ihrer Eltern mündete. Sie erhalte so die Möglichkeit, schrieb sie, ›eine reale und positive und aktive Zukunft aufzubauen, ohne Zorn und Bitterkeit, Angst und Haß‹. Sie würde wohl niemals die Schuld und die Scham überwinden, die sie empfinde, schrieb sie, aber sie habe es gelernt, anstelle eines destruktiven endlich ein konstruktives Leben zu führen. ›Wie es bei den NA immer heißt‹, schrieb sie. ›Für meine Krankheit bin ich nicht verantwortlich, aber für meine Genesung.‹

Taylor machte einen guten Eindruck, dachte Jones. Er war ein glaubwürdiger Zeuge, und seine Aussage war positiv für seine Klientin. Jones hatte nur noch eine einzige Frage an ihn. »Wenn Sie sich auf Ihren persönlichen Kontakt besinnen, haben Sie dann den Eindruck, daß die Gedanken, die sie in diesem Brief zum Ausdruck brachte, aufrichtig und ehrlich waren?« fragte Jones.

»Ja«, antwortete Taylor. Er glaubte, daß sie es ehrlich gemeint hatte.

Elizabeths angebliches Drogenproblem wurde durch Johnny Horton, den nächsten Zeugen der Verteidigung, noch etwas eingehender beleuchtet. Horton war ein kleiner, magerer Mann mit beginnender Glatze und einem dunklen Schnurrbart. In einem manchmal schwer zu verstehenden englischen Slang erzählte er, er sei mal Patient in einer geschlossenen Anstalt, drogensüchtig und Alkoholiker gewesen. Mehr als ein dutzendmal sei er wegen bewaffneten Raubes, einfachen Raubes und wegen Drogenvergehen und einmal sogar wegen versuchten Mordes verhaftet worden. Dann, so erzählte er, habe er seine Sucht besiegt, sich einen anständigen Job gesucht und arbeite nun nebenher als Berater und helfe anderen, sich von ihrer Sucht zu befreien. Er sei, so sagte er aus, einer der Gründer des in England unter der Bezeichnung Narcotics Anonymous bekannten Antidrogenprogramms.

Ein Mitglied der NA im Holloway Prison machte Horton mit Elizabeth bekannt, und er besuchte und beriet sie regelmäßig. »Was mich bei Elizabeth beeindruckte«, sagte er, »war, daß sie sich wirklich bemühte. Ich erkannte, daß sie sehr reif und sehr aufrichtig war, und ich glaubte ihr.« Insgesamt habe er sich etwa dreißigmal mit ihr getroffen.

»Haben Sie und ich mal darüber gesprochen, ob Elizabeth Ihnen und jedem anderen etwas vorgespielt haben könnte?« fragte Davis, der Jones abgelöst hatte.

»Ja«, erwiderte Horton.

»Und was haben Sie mir dazu gesagt?«

»Was ich dazu meinte? Na ja, jetzt bin ich es nicht mehr, aber ich war mal ein Betrüger und Schwindler. Das heißt, ich konnte andere Leute manipulieren und belügen. Und ich kann sehr wohl erkennen, ob jemand das gleiche tut, und ich denke, daß das, was Elizabeth mir erzählte, den Tatsachen entsprach und daß sie ehrlich zu mir war.«

Im Kreuzverhör bekam Updike heraus, daß Elizabeth erst mit der NA Verbindung aufgenommen hatte, nachdem ihre Auslieferung in die Vereinigten Staaten angeordnet worden war.

Updike fuhr fort. »Und Sie sagten, daß Sie selbst ein Betrüger und Schwindler waren. Elizabeth saß im Gefängnis, weil sie eine Schwindlerin war, nicht wahr? War es nicht wegen Betrugs, wegen Scheckreiterei, wegen anderen Schwindeleien?«

»Tut mir leid, Sir«, sagte Horton, »aber ich verurteile niemanden.«

»Das verlange ich auch nicht von Ihnen. Aber die englische Justiz hat sie doch deswegen schuldig gesprochen, nicht wahr?«

»Ja«, murmelte Horton.

»Und man hat sie deswegen ins Gefängnis gesteckt, oder?«

»Ja.«

»Demnach ist sie selbst auch so etwas wie eine Schwindlerin, oder? Ich meine, ich habe Sie nach Ihrer fachmännischen Meinung als ehemaliger Betrüger und Schwindler gefragt.«

»Richtig. Und was ich sehe ist, daß wir alle mal einen Fehler machen.«

»Ja, das stimmt. Manchmal kommen Menschen auf Grund solcher Fehler ums Leben, nicht wahr?«

Horton nickte.

Der fünfte Zeuge der Verteidigung war ein modisch gekleideter dreiundzwanzigerjähriger früherer Studienkollege namens Christopher Keland, der später mit Jens und Elizabeth ein Haus bewohnte, ehe sie nach Europa verschwanden.

Elizabeth sei eine ›ausgesprochen nette Lady‹ gewesen, sagte Keland mit wohltönender Rundfunksprecherstimme.

Auf die Frage, ob er Derek und Nancy jemals kennengelernt habe, meinte Keland, ja, im Winter 1985, als sie nach Charlottesville kamen, um Elizabeth bei der Wohnungssuche behilflich zu sein. Sie hätten sich mit seiner Mutter unterhalten, die mehrere Wohnungen zu vermieten gehabt hatte.

»Würden Sie bitte erzählen, was Sie bei dieser Begegnung beobachtet haben?« bat Jones. »Speziell in welchem Verhältnis Elizabeth zu ihren Eltern zu stehen schien.«

»Es war sehr interessant«, sagte Keland, »denn sie tat genau das, was sehr viele Collegestudenten tun, wenn ihre Eltern in der Nähe sind, sie benehmen sich dann nämlich fast genauso wie ihre Eltern. Sie schien aufrichtig froh zu sein, daß sie da waren, aber es waren auch Leute, die vor Nettigkeit geradezu überflossen. Wenn man zum Beispiel einen Raum betrat, in dem sie sich aufhielten, dann straffte man sich, hielt sich betont gerade und aufrecht und beschloß, sehr witzig und sehr klug und sehr charmant zu sein. Ich denke, Elizabeth reagierte genauso. Sie benahm sich in vieler Hinsicht wie ihre Mutter und ihr Vater.«

»Haben Sie zwischen ihnen irgendwelche Spannungen, Animositäten entdeckt?«

»Nein, ganz bestimmt keine Animositäten«, erklärte Keland.

Zwei oder drei Monate vor den Morden, fügte Keland hinzu, unterhielt er sich mit Elizabeth, und das Thema Eltern bot sich schließlich an. Er fragte, wie sie mit ihren Eltern auskomme. »Und sie meinte: ›Na ja, vor ein oder zwei Jahren konnte ich sie überhaupt nicht leiden, aber jetzt fange ich an, sie richtig liebzugewinnen, und wir kommen immer besser miteinander aus.«

Was den Drogenkonsum anging, so meinte Keland, daß weder Jens noch Elizabeth etwas nahmen, als sie miteinander befreundet waren. »Davor, da bin ich mir ziemlich sicher, nahm sie Drogen, aber nichts richtig Ernstes oder gar Gefährliches. Es gab in den Wohnheimen andere Leute, die mehr Drogen nahmen, als sie je in ihrem Leben konsumiert hat.«

In dieser Zeit teilten er und seine Freundin sich ein Haus mit Elizabeth und Jens, erzählte Keland. Dabei fiel ihm auf, daß Jens nicht in der Lage war, seine Zornesausbrüche zu zügeln. »Er veranstaltete wilde Szenen, tobte herum, aber er wurde niemals gewalttätig.«

Jones bat um ein Beispiel.

»Nun«, sagte Keland, »wenn an irgendeiner Apparatur oder Maschine irgend etwas nicht klappte. Wenn die Toilette verstopft war oder irgend etwas in der Küche nicht so wollte wie er, dann drehte er fast durch. Er regte sich manchmal ohne einen ersichtlichen Grund schrecklich auf.«

Wenn er an die Zeit dachte, die er sie kannte, fragte Jones, welcher der beiden hatte wohl die dominantere Persönlichkeit?

»Ich glaube nicht, daß es in dieser Beziehung eine spezielle beherrschende Persönlichkeit gab«, sagte Keland. »Sie arbeiteten als Team sehr gut zusammen, und sie hatten beide klare Ziele für ihr Leben. Sie arbeiteten sehr fleißig, um diese Ziele zu erreichen. Ich habe nicht sehen können, daß der eine den anderen irgendwie beherrschte, und zwar weder in privaten Augenblicken noch bei ihrer Arbeit an der Universität. Ich würde meinen, sie waren in ihrer Beziehung durchaus gleichberechtigte Partner.«

Der letzte Zeuge der Verteidigung, ehe Elizabeth aufgerufen wurde, war ihr Halbbruder Veryan, Dereks erstes Kind aus seiner ersten Ehe. Von allen Geschwistern hatte er wahrscheinlich die wenigste Gelegenheit, Elizabeth richtig kennenzulernen, denn er war zwölf, als sein Vater und Nancy heirateten, und sechzehn, als Elizabeth geboren wurde.

Seines Zeichens Strafverteidiger in Mahone Bay, Nova Scotia, sagte Veryan Haysom aus, er habe in der Zeitung von Elizabeths Reaktion auf die Morde gelesen und sei besorgt über ihren offensichtlichen Mangel an Trauer. Er sei wieder etwas beruhigter gewesen, als sie beschloß, sich nicht gegen die Auslieferung zu wehren, und als sie sich der Morde schuldig bekannte.

»Könnte man es so formulieren«, fragte Jones, »daß ihre Aktionen Ihnen mehr verraten als Worte?«

»Nun, so ausgiebig haben wir uns nie unterhalten«, schränkte Veryan Haysom ein, »aber ich habe es als sehr positives Zeichen gedeutet, wie sie ihre Schuld eingestanden hat.«

Jones holte sich von Updike einen Einspruch, als er Veryan Haysom fragte, wie seiner Meinung nach die Strafe für Elizabeth ausfallen sollte.

Judge Sweeney meinte, im großen und ganzen stimme er mit Updike überein. »Genau betrachtet ist das nämlich mein Job.« Allerdings meinte er zu Jones, er finde es durchaus zulässig, wenn Veryan Haysom seine Eindrücke in dieser Sache äußere.

Veryan Haysom schob seinen Stuhl näher an das Mikrofon heran und sah schnell zu seiner Halbschwester, die reglos dasaß und geradeaus blickte. »Ich gehe davon aus«, sagte er, »daß sie eines Tages wieder in die Gesellschaft zurückkehren wird, und ich frage mich nur, was es wohl sein wird, was da in die Gesellschaft zurückkehrt. Ob es dort eine Person gibt, die zur Rehabilitation fähig ist. Das würde ich wirklich gern erleben. Ich möchte nicht, daß sie für einen längeren Zeitraum ins Gefängnis muß. Das nutzt im Grunde niemandem. Ich denke, man erweist niemandem einen Dienst, wenn man sie einfach vergißt und in ein Gefängnis steckt.«

Als Updike sich zum Kreuzverhör erhob, interessierte ihn die Frage der Strafzumessung am wenigsten. Der Staatsanwalt wollte viel lieber mit Elizabeths Halbbruder über die Andeutungen über ihre sexuellen Beziehungen zu ihrer Mutter reden und über die Zeitungsmeldungen, die sich mit diesen Andeutungen beschäftigten.

»Könnte nach Ihrem Wissen und Verständnis an diesen Andeutungen irgend etwas den Tatsachen entsprechen?« fragte er.

»Sie sind völlig unbegründet«, erwiderte er mit Nachdruck, »nach allem, was ich und was meine Familie weiß.«

44

Für ihren ersten Auftritt wählte Elizabeth aus einer Handvoll Kleider, die ihr treue Freunde gebracht hatten, ein beigefarbenes Kleid mit langen Ärmeln und einem hohen Kragen aus, das einer Mönchskutte ähnlich war. Ihr Haar war glatt zurückgekämmt. Es fiel lose auf ihre Schultern herab, so daß ihre Ohren freiblieben und kleine Ohrclips mit Perlen zu sehen waren. Ihre buschigen Augenbrauen ließen ihre Augen noch eingesunkener erscheinen. Sie trug kein Make-up, so daß die Narben aus ihrer Kindheit an Kinn und Wange überdeutlich auf ihrer blassen Haut zu erkennen waren. Mit leiser Stimme und auf entsprechende Fragen ihres Verteidigers Jones schilderte sie ihr Leben, angefangen mit ihrer Geburt in Rhodesien, das jetzt Simbabwe heißt.

Je länger sie erzählte, desto mehr Selbstvertrauen gewann sie. Ihre Stimme wurde fester, und sie schluckte seltener, biß sich nicht mehr so oft auf die Lippen und hörte auf, ihre linke Hand zu massieren. Ihr Ton war anders als der, den sie gegenüber den Ermittlern angeschlagen hatte. Im Gerichtssaal war sie unterwürfiger, kooperationsbereiter, mehr darauf bedacht, zu gefallen. Ihre Geschichte veränderte sich ebenfalls, manchmal nur unbedeutend, dann wieder radikal, doch stets bedeutsam sowohl in bezug auf Inhalt als auch auf ihre Darstellungsweise. Dies war das erste Mal, daß sie ihre Geschichte unter Eid erzählte, und von jetzt an würde sie sie nicht mehr verändern können. Die Fragen, die ihr gestellt wurden, und die Art und Weise, wie sie sie mit fester Stimme beantwortete, ließen sie unschuldig erscheinen. Wenn sie konnte, dann würde sie alles auf Jens schieben.

Die Abweichungen von dem, was sie vor der Polizei vorher ausgesagt hatte, begannen mit ihrer Erklärung zu den Aussagen, die sie in dem tagebuchähnlichen Brief an Jens während der Weihnachtsferien 1984 und in einem anderen Brief aus

Colorado, mehrere Wochen später, gemacht hatte. In ihren Aussagen stellte sie sich selbst als unfreiwillige Anstifterin zum Mord dar. Sie habe sich in ihren Briefen völlig arglos geäußert, sagte sie. Sie habe sich rein metaphorisch mit gewissen Themen beschäftigt. Doch Jens habe alles wörtlich verstanden. Auch als sie schrieb, daß sie und Jens entweder warten könnten, bis sie die Universität abgeschlossen hätten und ihre Eltern zurückließen oder ›sie bald loszuwerden versuchten‹, hatte sie niemals daran gedacht, daß Jens das wörtlich nehmen würde. »Was ich meinte«, erklärte Elizabeth, »ist, daß wir entweder warten könnten, bis wir das Studium beendet hätten, und sie dann verlassen könnten, oder daß wir gleich weggingen.«

Sie sah zu Jones, wartete auf seine Hinweise. Seine Aufgabe war die eines Führers, der sie durch das Labyrinth von Worten navigierte, die sie geschrieben und gesagt hatte, und ihr einen Weg wies, auf dem sie möglichst vorteilhaft erschien. Was sie damit gemeint habe, wollte er jetzt wissen, als sie von Voodoo schrieb, den man bei ihren Eltern anwenden könne.

Die Antwort darauf hatte Elizabeth schon parat. Wie sie Gardner bereits erklärte hatte und wie sie jetzt auch der Welt kundtun wolle, hatte sie damit Jens nur etwas hänseln wollen, da er immer wieder irgendwelche verrückten Ideen äußerte und mit halbgaren Theorien über Pop-Psychologie und psychologische Kriegsführung aufwartete. »Ich nahm ihn und seine Theorien auf den Arm und dachte überhaupt nicht daran, das Ganze zu meinen Eltern in Beziehung zu bringen.« Ihr fiel ein, aufrichtiges Bedauern zu demonstrieren, also fügte sie hinzu: »Allerdings muß ich zugeben, daß ich meine Eltern niemals auf diese Weise hätte mit hineinziehen dürfen.«

Jones nickte zufrieden. So weit so gut. Seine nächste Frage zielte etwas tiefer. Als sie diese Briefe schrieb, hatte sie da jemals den Tod ihrer Eltern in Erwägung gezogen?

»Nein«, sagte Elizabeth mit Nachdruck.

»Sie haben niemals daran gedacht?«

»Nein.« Es sei Jens gewesen, so fügte sie an, der mißverstanden habe, was sie gesagt hatte.

»Ehe Sie die Weihnachtsferien antraten, hatten Sie mit Jens

irgendwelche Gespräche über Ihre Eltern und Ihre Gefühle ihnen gegenüber geführt?« fragte Jones.

»Ich hatte mit ihm allgemein über meine Eltern gesprochen«, gab Elizabeth zu. »Er sprach zum Beispiel ausgiebig über seine Eltern, und irgendwann meinte ich wohl, wir hätten eben alle schon mal Probleme.« Mit einem leicht verlegenen Gesichtsausdruck murmelte sie lahm: »Ich äußerte wohl so etwas wie Abneigung und Zorn.«

»Warum?« wollte Jones wissen. »Hatten Sie denn Probleme?«

Elizabeth schien über diesen Verdacht schockiert zu sein. »Nun«, erwiderte sie, »ich sagte, wir hätten alle mal Probleme zu Hause und nannte wohl ein paar, mit denen ich mich herumschlug.«

Jones wollte eine etwas klarere Antwort. Was sie damit meinte, fragte er ermutigend.

Sie überlegte einen Moment lang. »Sie konnten keinen der jungen Männer leiden, mit denen ich mich schon mal verabredete.« Als Beispiel erzählte sie, wie sie einmal einen Mitschüler an einem Wochenende in ihr Haus in Boonsboro eingeladen hatte, damit ihre Eltern ihn kennenlernen konnten. »Meine Mutter war sehr nett zu ihm«, sagte sie, »aber sie mochte ihn nicht, weil er Jude war.«

Jones ließ einstweilen von den Briefen ab, während er sich einem anderen Punkt zuwandte, nämlich Jens' zunehmender emotionaler Abhängigkeit von Elizabeth, die seine Haltung gegenüber seinen und ihren Eltern bestimmte. Um diese Sache zur Sprache zu bringen, erwähnte er eine Bemerkung, die sie in einer Nachricht vom 6. Januar 1985 gemacht hatte: sie schlug vor, sie beide sollten eher Freunde sein als Liebhaber.

Jens habe darauf sehr heftig reagiert, sagte Elizabeth, und habe ihr erklärt, er wolle von ihrer Liebe überschüttet werden. Rückblickend sei ihr nun klar, daß Jens sie eher ›brauchte‹, als daß er sie liebte. »Er wollte bedingungslos geliebt werden. Und zu diesem Zeitpunkt, als ich den Brief schrieb, deutete ich an, daß ich ihn nicht bedingungslos liebte.«

Im Laufe der Zeit jedoch wurde ihre Beziehung immer enger. »Ich versuchte immer noch, mich von Zeit zu Zeit von ihm zurückzuziehen. Ich brauchte noch immer einen gewissen Freiraum für mich allein, und es gab deswegen Streit mit meiner Mitbewohnerin. Aber es stimmt, wir waren irgendwann regelrecht besessen voneinander.«

Elizabeth bereitete es Vergnügen, Beispiele aufzuzählen, ihre Aussagen mit Anekdoten zu belegen. Um zu zeigen, wie unberechenbar und unzugänglich Jens in seiner Bindung an sie geworden war, erzählte sie, wie sie einmal in ihrem Zimmer saß und lernte, als Jens unerwartet durch die Tür hereinstürmte. Ohne Einleitung oder Vorwarnung brüllte er: »Ich könnte ihnen den verdammten Schädel von den Schultern blasen!«

»Was hat diesen Ausbruch ausgelöst?« fragte Jones.

»Ich weiß es nicht genau«, erwiderte Elizabeth und meinte, es könne passiert sein, weil ihre Eltern ihr befohlen hätten, mit ihrem Halbbruder Howard nach Colorado zum Skilaufen zu fahren, nachdem sie Jens versprochen hatte, während der Frühlingsferien an der Universität zu bleiben und mit ihm zusammen an einem Klassenprojekt zu arbeiten. Das könnte der Auslöser gewesen sein, sagte sie. Aber Jens sei ja so unberechenbar gewesen, daß es genauso gut etwas ganz anderes habe sein können.

Jens sei noch etwa für eine halbe Stunde dageblieben, sagte sie, und sie habe ihn beruhigt. Aber dieser Anfall ärgerte sie. Später sagte sie sich, sie hätte ihm empfehlen sollen, sich helfen zu lassen. Vielleicht hätte sie zur Polizei gehen sollen, sagte sie, oder wenigstens zu ihren Eltern. Aus irgendeinem Grunde lagen sie und Jens nicht auf der gleichen geistigen Wellenlänge.

»Es ist mir immer klarer geworden, als ich noch einmal Jens' Briefe durchging, daß er nicht in der gleichen Weise dachte wie ich. Ich erging mich in einigen grotesken, kindischen Phantasien. Ich verspürte Haß und Abscheu und einen großen Frust«, sagte sie in einer grandiosen Untertreibung, »aber ich dachte nicht an Mord. Und es scheint, als hätte er daran gedacht.«

Mit der ihr eigenen Naivität sagte sie, sie habe wahrscheinlich Jens' Probleme verschlimmert. Ein Beispiel dafür sei ein langer Brief, den sie ihm aus Colorado schrieb, wo sie den Skiurlaub verbrachte, gegen den er sich so sehr gewehrt habe. In dem Brief, sagte sie, habe sie ihrer Phantasie die Zügel schießen lassen, indem sie Jens eine ganze Reihe von Umständen und Begebenheiten schilderte, die überhaupt nicht den Tatsachen entsprachen.

In dem Brief teilte sie Jens mit, sie werde wohl eine größere Summe Geldes von ihren Eltern erben, aber nur dann, wenn sie genau das täte, was die Eltern von ihr verlangten. Jens hätte sie gedrängt, mit ihm während der Sommerferien nach Europa zu gehen, doch sie habe gemeint, daß ihre Eltern das niemals gestatten würden. Wenn sie mit ihm ginge, riskiere sie, das Erbe zu verlieren. Daher überlasse sie die Entscheidung ihm und appelliere an seinen Wunsch nach finanzieller Sicherheit. »Wenn du reich werden willst, dann können wir nicht nach Europa gehen«, hatte sie ihm geschrieben. Im Zeugenstand gab sie zu, daß der Brief ein komplettes Hirngespinst gewesen sei, ein Versuch von ihr, Jens dazu zu bewegen, die Universität zu verlassen und mit ihr wegzugehen.

»Wollten Sie durch die Niederschrift dieses Briefs in irgendeiner Form auf ihn einwirken, daß er Ihre Eltern töten solle?« fragte Jones.

Elizabeth zögerte nicht. »Nein«, sagte sie, »überhaupt nicht.«

Jones ließ sich mit seiner Befragung Zeit und beschritt mit Elizabeth erst den einen Weg, dann einen anderen. Einmal begab er sich mit ihr zu dem Wochenende, an dem ihr Vater Geburtstag hatte. Es war das Wochenende, bevor Derek und Nancy ermordet wurden. Jones wollte versuchen zu beweisen, daß dieses Wochenende für Elizabeth ein schönes Erlebnis gewesen war, daß es derart harmonisch verlaufen war, daß der letzte Gedanke, der ihr durch den Kopf hätte gehen können, der gewesen wäre, wie sie schnellstens ihre Eltern loswerden könne.

»Das war ein wunderschönes Wochenende«, sagte sie. »Ich konnte mich endlich mal in Ruhe mit meinen Eltern zusammensetzen und mit ihnen reden. Wir sprachen über vieles, was zwischen uns geklärt werden mußte. Und die Diskussionen waren nicht immer angenehm, es gab gewisse Probleme. Aber irgendwie kamen wir doch weiter. Mein Vater und ich waren uns am Ende in vielen Dingen, die die Zukunft betrafen, einig.«

Sie waren einverstanden, fügte sie hinzu, daß sie aus dem Studentenheim auszog und sich ein Apartment nahm. Ihr Vater versprach ihr außerdem, für sie ein Bankkonto einzurichten und ihr in Zukunft ihr Taschengeld nicht mehr in bar zu geben. Am schönsten war, so erzählte sie, daß sie auch darüber sprachen, was sie im Sommer unternehmen könne. Sie wolle entweder bei einer Organisation namens Goethe Institut arbeiten oder sie lernte Deutsch oder sie arbeitete bei den Vereinten Nationen in Wien.

Sobald sie an die Universität zurückgekehrt war, erzählte sie Jens die guten Neuigkeiten. »Ich war selig. Ich war außer mir vor Freude. Ich lief durch das Haus und rief: ›Es ist einfach phantastisch. Das ist es, wofür ich die ganze Zeit gearbeitet habe. Alles, was wir uns ausgemalt haben, tritt jetzt ein.‹«

Jens hingegen war nicht so begeistert. Er fühlte sich irgendwie bedroht, sagte sie, weil sie ohne ihn ein Apartment beziehen wollte. »Er war sehr wütend«, sagte sie. »Er hatte das Gefühl, ich wolle ihm den Laufpaß geben, ihn auf irgendeine Weise loswerden.«

Zufrieden, daß er nun die grundsätzlich lauteren Absichten seiner Klientin hatte demonstrieren können, während er gleichzeitig den Blick auf Jens' Unberechenbarkeit gelenkt hatte, wandte Jones sich nun dem Wochenende mit den Morden zu und kam auf Jens' und Elizabeths Entschluß zu sprechen, nach Washington, D. C., zu fahren.

Ursprünglich, so berichtete Elizabeth mit einem Minimum an Führung durch Jones, hätte sie vorgehabt, an diesem Wochenende in Charlottesville zu bleiben, weil sie einen Mietvertrag für ihr neues Apartment habe unterschreiben müssen. Als dieser Termin verschoben wurde, habe Jens vorgeschlagen, daß sie zusammen nach Washington fahren. Jens, so sagte sie, sei wegen seiner Impotenz sehr bedrückt gewesen, und er habe geglaubt, er könne dieses Manko überwinden, wenn sie mal für ein paar Tage für sich allein sein könnten. Da sie in der Universität praktisch keine Privatsphäre hatten, könnte es sich für ihre Beziehung vielleicht als segensreich erweisen, wenn sie sich ein Zimmer in einem Motel nähmen, weit weg von der Hektik und den Belastungen der Universität.

Sie war sofort einverstanden, gab sie zu, nicht nur, weil sie Jens helfen wollte, sondern weil ihr Geld knapp wurde und sie einen Teil ihres Schmucks verkaufen wollte, damit sie die Zeit bis zum nächsten Scheck ihres Vaters überbrücken konnte. In Washington würden sie für die Teile mehr erzielen als in Charlottesville.

Als sie das sagte, sackte Jim Updikes Unterkiefer herab. In keiner ihrer Aussagen gegenüber den Polizeibeamten hatte sie etwas davon erwähnt, Schmuck verkaufen zu wollen.

Fast ohne Vorbereitung, erzählte sie, seien sie und Jens am Freitagnachmittag, dem 29. März, nach Washington aufgebrochen.

Kein Wort davon, was sie den Ermittlern erzählt hatte, nämlich daß sie und Jens die Fahrt länger im voraus geplant hätten, dachte Updike. Kein Wort davon, daß die Fahrt ausschließlich dem Zweck gedient habe, ein Alibi zu konstruieren. Er biß die Zähne aufeinander. Er wußte, was als nächstes kommen würde: Sie würde alles leugnen, was sie darüber ausgesagt hatte, wie Jens und sie ein Messer gekauft hätten, um ihre Eltern zu töten.

Er hatte recht.

Am Samstagmorgen, sagte Elizabeth aus, machten sie die Runde durch die Pfandhäuser am Capitol. Als sie ihren Rundgang beendet hatte, befanden sich mehrere hundert Dollar in ihrer Handtasche.

Überaus erfreut habe sie Jens zum Essen eingeladen, um ihren neuen Wohlstand mit ihm zu feiern und das Geld mit ihm zu teilen, weil sie alles miteinander zu teilen pflegten. Anstatt sich darüber zu freuen, war er jedoch wütend und schimpfte, daß ihre Eltern ihr nicht genug Geld gaben, so daß sie gezwungen sei, ihren Schmuck zu verkaufen, um sich über Wasser halten zu können.

»Er sagte, meine Eltern gäben mir nicht genug zum Leben, und sie seien doch angeblich so reich. Was nicht stimmte. Er regte sich maßlos darüber auf, und unsere Unterhaltung drehte sich danach um andere unangenehme Aspekte meiner Beziehung zu meinen Eltern«, sagte sie.

Man muß sie einfach bewundern, dachte Updike, der von ihrer Erzählung gefesselt war. Ihre Erfindungsgabe ist einfach phantastisch.

Jens sei derart wütend gewesen, erzählte Elizabeth, daß er darauf bestand, sie sollten noch am gleichen Nachmittag nach Boonsboro fahren und Nancy und Derek ihre Meinung sagen, was er von ihrem Geiz halte. Anfangs versuchte sie ihm das auszureden, denn zum einen gingen ihn die Geldangelegenheiten ihrer Eltern überhaupt nichts an. Aber was noch schlimmer wäre: Wenn sie jetzt nach Boonsboro führen, würden ihre Eltern erfahren, daß sie und Jens die Nacht gemeinsam in Washington verbracht hätten, und dann wären sie erst recht wütend, denn sie hätten sehr strenge moralische Ansichten. Aber je mehr sie darüber nachdachte, desto sinnvoller erschien es ihr, ihn nicht von seinem Vorhaben abzubringen. Wenn er nicht da wäre, könnte sie sich freier bewegen und einen Teil ihres neuen Wohlstands für Drogen ausgeben. Das würde sie nicht tun können, wenn Jens bei ihr wäre, denn er mißbilligte ihren Drogenkonsum heftig.

»Sobald ich an Drogen dachte, konzentrierte ich mich nur noch auf mich selbst. Ich sah nur noch mich und meine Gier und wollte schnellstens einen Schuß, so daß ich mir sehnlichst wünschte, er möge doch schnell abfahren, damit ich mir Stoff besorgen könne. Daher war es mir eigentlich gleichgültig, was er vorhatte. Hauptsache, er war aus dem Weg.«

Jens habe sich für einige Zeit nicht beruhigen können, sagte sie. Dann sei er vom Tisch aufgestanden und zum Wagen gegangen und habe gesagt, er würde sie zur Rede stellen. Während er sich entfernte, habe er noch gemurmelt: »Ich könnte sie auf der Stelle umbringen.«

Jones stoppte sie an diesem Punkt. Habe das nicht eine Alarmglocke in ihrem Kopf erklingen lassen? fragte er. Habe sie das nicht beunruhigt?

Elizabeth zuckte die Achseln. »Damals war ich derart gefangen in meinen eigenen, dummen Gedanken und in meiner Sucht nach Drogen, daß ich wahrscheinlich nur ›Ja, Liebes‹ sagte und mich nicht mehr um ihn kümmerte.«

Ehe sie mit ihrer Geschichte fortfuhr, wollte Jones aus ihrem Erlebnis eine Schlußfolgerung ziehen. Ob darin eine Moral stecke, wenn sie ihre Handlungsweise jetzt betrachte, fragte er.

Sie antwortete schnell. »In Kenntnis dessen, was damals und nachher passierte, hätte ich es eigentlich wissen müssen, oder vielleicht hatte ich es auch gewußt und nur nicht reagiert, nämlich daß ich etwas hätte tun können, um das Folgende zu verhindern.« Als Jones ihr aufmunternd zunickte, fuhr sie fort: »Ich glaube, ich hätte einschreiten sollen, und gerade wegen meines Versagens in vielen anderen Situationen, bin ich sicherlich für das verantwortlich, was passiert ist.«

Er wollte, daß sie in dieser Richtung weitermachte. »Sie betrachten es also als einen großen Fehler, damals nichts unternommen zu haben, oder?« fragte er. »Ist das vielleicht einer der Gründe, warum Sie Ihr Schuldbekenntnis abgegeben haben?«

»Zum Teil ganz gewiß, ja, Sir«, sagte sie. »Und offensichtlich fühlte ich mich auch schuldig auf Grund der heftigen Worte in meinen Briefen. Es war unverantwortlich. Es war unfair, was ich gesagt habe, die Tatsache, daß ich meine Eltern haßte . . .« Sie korrigierte sich. »Nun, ich haßte damals meine Mutter sehr. Dieses Haßgefühl belastet mich jetzt und auch die Tatsache, daß ich Jens mit hineingezogen habe und ihm dann, in gewisser Weise, gestattete, meine Eltern zu töten.«

Jones machte ein Gesicht, als wolle er jeden Moment in lauten Jubel ausbrechen. Updike ließ den Kopf hängen.

45

Jones war ganz zufrieden, wie die Dinge sich entwickelten, doch es mußten noch einige Dinge geklärt werden, ehe er Elizabeth an Updike übergab. Da war zum einen der sehr wichtige Punkt mit Jens' und Elizabeths Alibi.

Elizabeth ignorierte bequemerweise alles, was sie vorher den Ermittlungsbeamten darüber erzählt hatte, wie sie und Jens die Reise nach Washington geplant hätten, damit sie nicht als Mordverdächtige in Frage kämen. Die Geschichten, die sie der Polizei erzählt habe, so meinte sie, als sie im Zeugenstand war, waren das, worauf Jens und sie sich *nach* den Morden geeinigt hatten, nicht *vorher.*

Als Jens nach Washington zurückkam und ihr erzählte, was er getan hatte, war ihre erste Reaktion gewesen, ihn zu beschützen. Daher zimmerten sie sich eine Geschichte zusammen, die sie der Polizei erzählen wollten, falls sie jemals gefragt würden. Das vermittelte ihr das Gefühl, ihre Liebe und Loyalität zu Jens zu demonstrieren. Aber nun war es nicht mehr nötig, diese Haltung einzunehmen. Um sich selbst zu schützen, mußte sie ihre früheren Aussagen revidieren. Wenn sie weiterhin zugab, daß sie und Jens die Fahrt gezielt geplant hatten, dann war sie für die Ereignisse mindestens ebenso verantwortlich wie Jens.

Sie widerrief nicht alles. Einiges von dem, was sie der Polizei über dieses Wochenende erzählt hatte, überstand ihren Auftritt im Zeugenstand unversehrt. Für das Protokoll wiederholte sie, wie Jens sie auf der Straße nach der Kinonachtvorstellung aufgegriffen hatte, wie er mit Blut besudelt gewesen sei und wie schockiert sie reagiert habe. Es war im Grunde genau das, was sie auch Gardner, Beever und Wright erzählt hatte. Bis auf eine wichtige Variante. Was sie der Polizei nicht gesagt hatte, meinte sie, sei gewesen, daß sie zu dem Zeitpunkt, als Jens sie aufgriff, derart *stoned* gewesen sei, daß sie die Situation überhaupt nicht begriffen habe. Sie erinnere sich noch an einen Gedanken: »Das ist ein schlechter Trip. Er versucht, mich fertigzumachen.« Sie sei derart high gewesen, sagte sie, daß sie gar nicht begriffen habe, was er zu sagen versuchte. Zuerst, so dachte sie, sagte er, er habe eine Person getötet. Dann meinte sie, er hätte von einem Hund gesprochen, den er überfahren habe. Schließlich drang zu ihr durch, daß er sagte, er habe ihre Eltern getötet.

Ihr Zeitgefühl und ihr Organisationstalent waren unerreicht. Mit ihrer neuen Geschichte, Version 4, wenn man mitzählte, brachte sie sich nicht nur selbst in Sicherheit, indem sie die gesamte Schuld Jens zuschob, während sie gleichzeitig von ihrer Verantwortung sprach, die sie übernehmen wolle, sondern sie entschuldigte ihre Handlungen sogar, indem sie sagte, sie seien unter Einfluß von Drogen erfolgt. Im Grunde schlug sie sich an die Brust und sagte aus dem einen Mundwinkel, daß es ihr furchtbar leid tue, während sie aus dem anderen verlauten ließ, es gäbe gar nichts, was ihr leid tun mußte, denn sie trage an den Ereignissen sowieso keine Schuld.

Dann fügte sie zu ihren durch und durch erstaunlichen Eigenschaften noch eine hochentwickelte Neigung zur Selbsterhaltung hinzu. Nachdem sie wieder ernst geworden war und sich beruhigt hatte, fragte Jones sie, warum sie nicht zur Polizei gegangen sei.

»Um ganz ehrlich zu sein«, erwiderte sie, »meine ersten Gedanken waren, Jens und mich selbst zu retten. Ich war wie betäubt. Die Situation war so groß, so überwältigend, so endgültig, so außerordentlich. Ich meine, Jens ist eine Memme. Man kann sich gar nicht vorstellen, daß er so etwas tun würde.«

Je mehr Zeit verstrich, sagte sie, desto größer wurde ihr Drang, Jens zu beschützen. Aber es gab dabei auch eine unglückliche Seite. Indem sie ihn beschützte, steigerte sie ihre Abhängigkeit von ihm, sie wurde zu einem emotionalen Krüppel, weil sie sich in allem auf ihren Liebhaber verließ. »Es war geradezu pathetisch, mein Bedürfnis nach seiner Person, meine totale Hingabe und meine Sehnsucht nach ihm«, sagte sie. »Es war wie eine physische Sucht; sie beherrschte alles. Sie überlagerte alle Werte, alle Sorgen. Ich hätte alles für ihn getan, und ich habe es getan. Ich habe alles verraten. Ich habe meine Familie betrogen. Ich betrog meine Freunde, und ich betrog meine Eltern. Und ich verkaufte für ihn meine Seele wegen dieses außerordentlichen Bedürfnisses nach ihm. Und es klingt sehr seltsam, aber nachdem er meine Eltern getötet hatte, brauchte ich ihn noch mehr.«

Es lief ganz gut, dachte Jones, aber er wollte Elizabeth helfen, Jens noch tiefer hineinzureiten. So undramatisch wie möglich fragte er sie, ob Jens' Persönlichkeit sich nach den Morden verändert habe.

Und genauso begeistert, wie sie bei Gardner über dieses Thema geredet hatte, stürzte Elizabeth sich auch jetzt auf dieses Thema. Ja, sagte sie eifrig, er habe sich sogar enorm verändert. Zum einen habe er seine Impotenz verloren. Zum anderen sei er außerordentlich beherrschend geworden. Erneut benutzte sie eine Anekdote, um klarzumachen, was sie meinte.

»Es gab Probleme, als meine Familie zur Beerdigung kam«, sagte sie. »Es war für mich sehr wichtig, bei meiner Familie zu sein, doch Jens war nervös und mißtrauisch, weil ich die ganze Zeit bei meinen Leuten war. Er drohte mir mit den verschiedensten Dingen, die er tun würde, wenn ich nicht mehr Zeit mit ihm verbrachte. Er drohte mir, sich zu stellen und dafür zu sorgen, daß ich mit ihm verhaftet würde. Er drohte damit, Selbstmord zu begehen und eine Nachricht zu hinterlassen, die mich verriet. Er drohte damit, mich zu verlassen, was furchtbar war.«

Was die Situation so besonders schwierig machte, sagte sie, war die Tatsache, daß sie allein litt. »Im Auge der Öffentlichkeit war er mein liebevoller Freund, der in der Stunde der Not an meiner Seite stand. Aber in Wirklichkeit traute er mir so wenig, daß er mich nicht aus den Augen lassen wollte.«

Was sie bis zu diesem Punkt ausgesagt hatte, war nur ein kleiner Test gewesen, eine Aufwärmübung. Ohne lange zu zögern, stürzte Elizabeth sich nun auf den entscheidenden Punkt: das Messer.

Das Messer war wichtig, denn es war ein wesentliches Element für ihre eigene Verstrickung und Beteiligung. Wenn sie, wie sie den Polizeidetektiven erzählt hatte, zusammen mit Jens nach dem Messer gesucht und es tatsächlich selbst gekauft hatte, dann stimmte ihre ganze im Gerichtssaal geäußerte Geschichte darüber nicht, wie Jens den Mord an ihren Eltern ganz allein geplant und durchgeführt hatte. Wenn sie zugab, daß sie das Messer gekauft hatte, dann würde sie damit ihre Schuld eingestehen. Damit würde sie auch gleichzeitig einen möglichen Beweis dafür liefern, daß sie Jens zu den Morden animiert hatte. Und genau das war es ja, was sie eigentlich leugnen wollte.

In einer Hinsicht war Jens sehr viel cleverer gewesen als sie. Jens hatte sich von Anfang an geweigert, sich zu einem Messer zu äußern, außer anzudeuten, daß Elizabeth eins gekauft hatte. Er schloß nämlich zu Recht, daß er den Beweis für einen Vorsatz lieferte, wenn er gegenüber den Ermittlern zugab, mit einer Waffe in der Tasche nach Loose Chippings gefahren zu sein. Elizabeth hatte andererseits bei Beever und später auch bei Gardner gestanden, daß sie das Messer gekauft hatte. Das machte sie eindeutig zu einer Komplizin. Zugegebenermaßen hatte sie sich in diesem Punkt für schuldig erklärt, doch wenn sie sich von Richter Sweeney Nachsicht erhoffte, dann müßte sie ihre Verantwortung herunterspielen. Sie hatte beschlossen, das zu tun, indem sie jegliche Beteiligung an der Beschaffung des Messers leugnete und auch jeden bewußten Versuch, Jens zur Ausführung der Morde zu bewegen. Der einzige Grund, warum sie ursprünglich die Rede auf das Messer gebracht hatte, so sagte sie, sei der gewesen, daß Jens es von ihr verlangt habe.

Dann erzählte sie eine Geschichte, die sie vorher noch nicht erzählt hatte. Als sie und Jens zum erstenmal über die Mordwaffe redeten, so sagte sie, habe Jens ihr erzählt, er habe ihre Eltern mit einem Steakmesser ermordet. Doch sie unterhielten sich über die Situation, und Jens hatte das Gefühl, sie müsse an dem Verbrechen und allem, was damit zusammenhing, noch enger beteiligt sein. Daher habe er die Geschichte konstruiert, die sie erzählt hatte und in der sie ein Messer gekauft habe, was gar nicht der Wahrheit entsprach. Am Ende, so meinte sie, war dies ein wesentlicher Teil ihrer Version. Aber was den speziellen Messertyp anging, der zur Diskussion stand, so wurde darüber erst entschieden, als sie schon einige Monate auf der Flucht waren. »Das geschah in England«, sagte sie. »Dort erzählte er mir zum erstenmal von einem Butterflymesser.«

Als sie in London waren, sagte sie, habe Jens ihr eine Annonce im Magazin *Soldier of Fortune* gezeigt. Zu der Annonce gehörte auch die Abbildung eines Messers. »Das ist ein Butterflymesser«, habe er ihr gesagt. »Falls jemand danach fragen sollte, dann antworte, daß dies der Messertyp ist, den du gekauft hast.«

Später, als Beever sie nach Einzelheiten über die Waffe fragte, mit der die Morde ausgeführt wurden, zeichnete sie für ihn, aus dem Gedächtnis, ein Bild von dem Butterflymesser, das sie in dem Magazin gesehen hatte.

»Haben Sie jemals ein Butterflymesser in natura gesehen?« fragte Jones.

»Nur auf einem Bild«, erwiderte sie. »Ein echtes habe ich noch nie gesehen, ganz bestimmt nicht.«

»Konnten Sie mit Jens sprechen, nachdem Ihre Aussagen in London zu Protokoll genommen worden waren?«

»Sie meinen am 9. Juni?«

»Hmm-hm.«

»Ja, das konnte ich.«

»Und was interessierte ihn bei dieser Gelegenheit besonders?«

»Er fragte mich, ob ich von dem Messer erzählt habe.«

Man konnte in Jones vielleicht ebenso eine Art Chefkoch wie auch einen Führer sehen. Er mußte darauf achten, daß die richtigen Gewürze in der richtigen Menge in den Topf kamen, wenn seine Kreation ein Erfolg sein sollte. Zu diesem Zeitpunkt glaubte er, es sei an der Zeit, eine Prise Trauer hinzuzufügen, nur um sicherzugehen, daß es Richter Sweeney nicht entgangen war, wie Elizabeth ihre Haltung geändert hatte, sobald sie ihre Verbindung mit Jens gelöst hatte.

Nun, da sie ausreichend Zeit gehabt hatte, sich alles durch den Kopf gehen zu lassen, wollte Jones wissen, wie sie denn ihr eigenes Verhalten während der ganzen unseligen Affäre beurteile.

Elizabeth schlug sich im übertragenen Sinn heftig an die Brust. »Ich war einfach widerlich«, gestand sie. »Ich habe nicht nur die Polizei über die ganzen Vorgänge angelogen, obgleich ich genügend Gelegenheit hatte, die Wahrheit zu sagen – ich habe sie nicht nur angelogen, als ich eigentlich die Wahrheit hätte sagen müssen. Ich habe auch meine Familie betrogen.« Betrübtes Kopfschütteln. »Es war nicht nur dieser Betrug, es war meine ganze Handlungsweise.« Ein heftiges An-die-Brust-Klopfen. »Ich habe alles verraten.« Leidvolles Aufseufzen. »Mein Verhalten war unmöglich.« Schuldbewußter, leidender Blick.

Jones war zufrieden. Die Befragung lief ab wie ein Uhrwerk, doch er spürte, daß es allmählich Zeit wurde, aufzuhören. Wenn sie ihre Position bis jetzt nicht klargemacht hätten, dann würden sie es nicht mehr schaffen. Aber ehe er seine Zeugin dem Staatsanwalt überließ, wollte Jones Jens Soering noch einen letzten Stoß versetzen. Erzählen Sie noch einmal, drängte er Elizabeth, wie Jens sich praktisch über Nacht in einen brutalen Kerl verwandelte.

Elizabeth kam dieser Aufforderung nur zu gern nach. »Er machte mir unmißverständlich klar, daß ich auch nicht im Traum daran denken solle, jemandem zu erzählen, was passiert war«, sagte sie, »obgleich ich gestehen muß, daß ich das damals noch gar nicht in Erwägung gezogen hatte. Ich liebte ihn, ich brauchte ihn, und ich wollte ganz einfach nur verdrängen, was er getan hatte. Aber er war besessen von der Vorstellung, daß ich mit jemandem reden könnte. Und er meinte, wenn er aufflöge, wäre ich ebenfalls geliefert.«

Gleichzeitig sei er jedoch ungemein stolz auf das gewesen,

was er getan hatte. »Er hielt sich sogar für eine Art Helden.« Wenn er sich in dieser Stimmung befand, fügte sie hinzu, dann prahlte er damit, daß er alles ganz allein getan habe: wie er die Morde geplant und ausgeführt habe; wie er sogar die Polizei überlistet habe. »Er hielt sich für unglaublich clever, weil er Detective Gardner ausgetrickst hatte.«

Wie es bei allen polizeilichen Ermittlern der Fall ist, gab es Dinge, die Gardner seiner Frau erzählte, und andere, über die er schwieg. Was er ihr nicht erzählt hatte, zumindest anfangs nicht, war Elizabeths Behauptung, daß Jens vorgehabt habe, ihn zu ermorden. Er hatte das seiner Frau nicht erzählt, weil er sie nicht beunruhigen wollte. Jens saß jetzt in sicherem Gewahrsam, und die Chance war äußerst gering, daß er in absehbarer Zeit in die Freiheit entlassen würde. Doch als sich der Tag näherte, an dem Elizabeth aussagen sollte, begann Gardner sich zu fragen, ob er sich seiner Frau nicht anvertrauen sollte. Er wollte nicht, daß sie diese Neuigkeit zuerst von Elizabeth erfuhr. Am Abend, bevor Elizabeth in den Zeugenstand gerufen wurde, nach dem Essen, hatte er ihr erzählt, sie könne am nächsten Tag unter Umständen im Gerichtssaal etwas hören, was sie zutiefst überraschen würde. Dann berichtete er, was Elizabeth ihm erzählt hatte. Nachher war er froh, das getan zu haben. Denn Elizabeth, die Jens mit allem treffen wollte, was ihr zur Verfügung stand, brachte selbst die Rede darauf.

»Er fühlte sich von Detective Gardner bedroht«, sagte sie. »Er ahnte, daß er irgendwie wußte, was er getan hatte. Daher schmiedete er Pläne, ihn in seinem Heim umzubringen, und ich sollte in Charlottesville für sein Alibi sorgen.«

Elizabeth hätte an dieser Stelle abbrechen können, aber sie tat es nicht. Sie wollte Jens nicht nur so nachteilig wie möglich schildern, sondern sie wollte ihren Namen auch so hell wie möglich erstrahlen lassen. So machte sie sich selbst zu einer Quasi-Heldin.

»Es war sinnlos, mit Jens über seine Absicht zu diskutieren, jemanden umzubringen«, sagte sie. »Es war völlig unmöglich, ihm vor Augen zu halten, daß es etwas Schlechtes war, den Tod anderer Menschen zu planen. Er hatte schließlich zu diesem

Zeitpunkt schon getötet, und ich war nicht gerade in der Position, um ihm Moralpredigten zu halten.« Daher störte sie seine Pläne in einer Weise, die sie perfekt beherrschte. Sie erfand eine Situation, um ihn von seinem Versuch abzubringen. Sie berichtete, wie sie auf die Idee mit dem Hirntumor kam und wie sie Jens damit so nachhaltig hatte ablenken können, daß er Gardner vergaß. Als sie diese Geschichte beendete, machte sie einen sehr zufriedenen und zuversichtlichen Eindruck.

46

Jones versuchte, zum Ende zu kommen. Es war später Nachmittag, und Elizabeth befand sich seit vier Stunden im Zeugenstand. Doch ehe er aufhörte, wollte er noch einmal deutlich machen, wer wen in der Jens-Elizabeth-Beziehung manipuliert hatte.

Für Elizabeth wäre es günstig, wenn Jones mithalf, Jens zum Übeltäter abzustempeln. Dies jedoch auch zu beweisen erforderte sehr viel Geschick. Seine Klientin hatte sich selbst in eine heikle Ecke manövriert, indem sie mehrfach zugegeben hatte, daß sie glaube, in der Anfangszeit ihrer Beziehung Jens manipuliert zu haben. Wenn man dies weiterverfolgte, war es nicht schwierig, die Schlußfolgerung zu ziehen, daß sie ihn sogar so weit getrieben hatte, ihre Eltern zu ermorden. Aber Jones wollte eine große Kehrtwendung vollziehen und jeglichen Eindruck ausräumen, daß Elizabeth die treibende Kraft gewesen war. Er beabsichtigte, Richter Sweeney zu überzeugen, daß Elizabeth, obgleich sie annahm, Jens manipuliert zu haben, in Wirklichkeit von ihm manipuliert wurde – daß sie es war, die ihr Handeln nicht frei bestimmen konnte. Es war eine sehr machiavellistische Taktik, und dieses Argument überzeugend vorzubringen, bedeutete, den Richter, mittels Elizabeth, zu der Auffassung zu bringen, daß Jens in der Tat ein sehr schlauer Bursche war. Überdies müßte Jones greifbare Beweise vorlegen, um seine Behauptung zu untermauern. Da in diesem Fall Briefe als wesentliches Beweismittel in Hülle und Fülle vorhanden waren, überraschte es nicht, daß er einen Brief als Beweis für Elizabeths Naivität heranzog.

Behutsam bereitete er diesen Schachzug vor. Ob sie denn glaube, daß Jens infolge ihres Wollens aktiv geworden sei? fragte er Elizabeth.

»Ganz gewiß sogar«, antwortete sie. »Ich dachte, daß ich für Jens' Handeln in vollem Umfang verantwortlich war. Praktisch für sein Leben. Für alles, was geschah. Ich glaubte, daß ich ihn manipuliert, ihn kontrolliert hatte. Daß ich ihn irgendwie dazu gebracht hatte, die Taten auszuführen.«

Hervorragend, dachte Jones. »Aber«, sagt er, »wenn Sie bedenken, was seitdem geschehen ist, glauben Sie dann immer noch, daß Ihr Wille hinter allem stand?«

»Nein«, sagte Elizabeth. Seitdem, fügte sie hinzu, habe sie Briefe und andere Dokumente aus Jens' Feder gelesen, die sie zu der Überzeugung gebracht hätten, daß sie diejenige gewesen war, die gesteuert wurde. »Mittlerweile gehe ich davon aus, daß ich über ihn nicht die geringste Kontrolle hatte.«

Was sie endgültig in ihrer neuen Erkenntnis bestärkt habe, sei ein Brief von Jens, den er während der ersten Tage seiner Inhaftierung einem jungen Mann namens Neil Woodall geschickt hatte. Der Brief trug das Datum des 18.-19. Mai 1986, weniger als drei Wochen nach ihrer Verhaftung und etwa zwei Wochen, bevor Jens und Elizabeth sich darüber klar wurden, daß Beever und Wright anfingen, Informationen zusammenzutragen, die sie mit der Ermordung von Derek und Nancy in Verbindung brachten. Das Datum, an dem der Brief geschrieben wurde, war besonders bedeutsam, weil es zeigte, wie Jens, obgleich sie nur noch kurze Zeit getrennt voneinander waren, bereits Vorbereitungen traf, sich psychisch von ihr zu lösen.

Das in einem weitschweifigen Ton geschriebene Dokument war elf Seiten lang und beschäftigte sich vorwiegend mit Gesprächen, die Jens und Woodall geführt hatten, während sie für ein paar Tage die Zelle geteilt hatten. Darin untersuchte Jens, der in seinen Briefen in extremem Maße zum Philosophieren neigte, eingehend seine Beziehung zu Elizabeth und beschäftigte sich mit einem Punkt, den er ›Isoliertheit‹ nannte, sein Euphemismus für Ego. Das ›Selbst‹ sei sehr wichtig, so hatte er geschrieben, und das war es, was Elizabeth und er in ihrer Beziehung völlig vergessen hätten.

Als er und Elizabeth das ›Selbst‹-Motiv in ihrer Beziehung leugneten, hätten sie sich gegenseitig etwas vorgemacht, indem sie nicht wahrhaben wollten, daß letztendlich jeder von ihnen auf seine Art versuchte, vom anderen zu bekommen, was zu kriegen war. An einer Stelle beschrieb er seine große Freude, die er verspürte, als er jemandem etwas abgab, ohne sich dazu gedrängt oder verpflichtet zu fühlen. Das, so spürte er, sei ein Akt vollkommener Freundschaft gewesen. Es sei ein Beispiel für eine total ›selbstlose‹ Handlung. Neben diesen Ausdruck hatte Elizabeth auf den Rand ihrer Briefkopie notiert, daß es genau das war, was Jens über den Mord an ihren Eltern gesagt habe – es sei ein absolut ›selbstloser‹ Akt gewesen.

Die Erwähnung dieses Briefs brachte Elizabeth sichtlich in Rage, oder zumindest mimte sie erfolgreich ihre Wut darüber. Sie hätte ihn zum erstenmal gesehen, als sie ein paar Tage vorher das Material durchging, das man ihr für ihre Verteidigung zur Verfügung gestellt hatte, und sie habe sich von dem Schock noch immer nicht ganz erholt. Bis zu diesem Moment habe sie angenommen, daß sie der große Manipulator gewesen sei, und habe diese Rolle in den Gesprächen mit den Polizisten auch bereitwillig gespielt. Doch als sie las, was ihr Geliebter diesem Woodall geschrieben hatte, erkannte sie, daß sie benutzt worden war. Sie begann sofort Dinge, die Jens zu ihr und auch zu den ermittelnden Beamten gesagt hatte, in einem anderen Licht zu sehen. Rückblickend hätte sie erste Hinweise auf die wahre Natur ihrer Beziehung vor einem Jahr erkennen können, im November 1986, als sie und Jens sich nicht einig werden konnten, welche Taktik sie bei ihrer Verteidigung anwenden sollten. »Plötzlich war er gar nicht mehr so hilflos«, sagte sie.

Aber der eigentliche Auslöser sei der Woodall-Brief. Er habe ihr gezeigt, daß Jens sie die ganze Zeit manipuliert hatte. »Er benutzte mich. Aber es war auch noch mehr als das. Er wußte ganz genau, was er tat. Es ist nicht einmal so, daß er selbst an das glaubt, was er mir erzählt. Er stellt ganz offen fest, wie ich am besten zu beeinflussen bin. Er wußte, wohin er mich steuerte. Es war alles genau geplant.« Sie seufzte. »Und jetzt, neben allem anderen, stehe ich auch noch als totale Idiotin da.«

Obgleich Jens' Brief an Woodall so etwas wie eine Offenbarung war, hätten ihre Gefühle für Jens sich im voraufgegangenen

November ins Gegenteil verkehrt, als sie zum erstenmal die Fotos betrachten konnte, die in Loose Chippings von den Polizisten aufgenommen worden waren und auf denen eindeutig zu erkennen war, wie brutal ihre Eltern zu Tode gekommen waren. Man habe ihr damals ein Protokoll vorgelegt, sagte sie, und die Fotos seien an einem anderen Dokument befestigt gewesen, das ihr gleichzeitig gezeigt wurde. Es wäre für sie ein tiefer Schock gewesen.

»Ich habe mit diesen Fotos gelebt«, sagte sie voller Bitterkeit. »Sie waren in meiner Zelle. Sie klebten an mir. Sie begleiteten mich, wohin ich auch ging, und sie standen dauernd vor meinem geistigen Auge. Soweit es mich betraf, gab es absolut keine Rechtfertigung für das, was er und was ich getan hatten. Alles andere war plötzlich völlig irrelevant – die Frage, wer was mit wem getan hatte. Er hatte meine Eltern niedergemetzelt. Es war dort zu sehen, es lag vor mir. Und es waren nicht nur die Worte, sondern es war die Tat an sich. Und ich spielte auch eine Rolle, war Teil dieses Bildes. Ich trug ebenfalls Verantwortung dafür.«

Sie holte tief Luft. Das Schlimme, so meinte sie, sei, daß sie sich bis zu diesem Moment ihm gegenüber stets loyal verhalten habe. Doch nachdem sie die Fotos sah, änderte sich alles für sie. »Es gab keine Möglichkeit mehr, absolut keine, ganz gleich, was ich für Jens empfand, die Beziehung aufrechtzuerhalten oder mich seinen Bitten und Forderungen zu fügen. Und wenn ich mich am Ende schrecklich einsam fühlen sollte, dann ist das bedauerlich, aber es wurde Zeit, daß ich endlich den Tatsachen ins Auge sah.«

Und das war auch der Moment, so erzählte sie, als sie sich entschloß, sich schuldig zu bekennen. Sobald sie sich zu dieser Entscheidung durchgerungen hatte, beschloß sie weiterhin, daß sie dafür sorgen würde, daß auch Jens seinen Anteil an der Schuld trüge. Deshalb habe sie auch in ihrem Verhör durch Gardner am 8. Mai die Vorsätzlichkeit betont, deshalb habe sie den Ermittler angelogen. »Ich kannte Jens' Verteidigungsstrategie. Ich wollte, daß dies Detective Gardner unmißverständlich klar war, denn ich wollte, daß Jens hierher zurückkam, um sich vor Gericht zu verantworten. Ich wollte bewirken, daß Jens verurteilt wird.«

Jones fragte, ob sie bereit wäre, der Staatsanwaltschaft bei der Vorbereitung des Prozesses gegen Jens Soering behilflich zu sein.

»Aber sicher«, sagte sie mit Nachdruck.

»Wenn die Staatsanwaltschaft Sie in den Zeugenstand rufen sollte, wären Sie dann auch zur Aussage bereit?«

»Gewiß.«

Jones und Elizabeth wirkten erschöpft. Fast gleichzeitig blickten sie zu Richter Sweeney.

»Das sind alle Fragen, Richter.«

Sweeney beugte sich vor und machte die Anwälte darauf aufmerksam, daß sie Sorge tragen sollten, daß ihre Zeugen, die an diesem Tag nicht hatten aufgerufen werden können, sich für die Sitzung am nächsten Tag bereithielten. Dann beendete er die Sitzung und setzte den Neubeginn auf 9.30 Uhr am Mittwochmorgen fest.

Er brauchte den Termin für die Zuschauer nicht zu wiederholen. Am nächsten Tag würde stattfinden, was niemand sich entgehen lassen wollte: das Kreuzverhör Elizabeth Haysoms durch Jim Updike.

47

Im Frühjahr 1985 herrschte in Bedford County große Wut über die Morde. Damals dachte praktisch jedermann, daß der elektrische Stuhl für den, der Derek und Nancy ermordet hatte, eigentlich noch viel zu milde sei. Aber nach zweieinhalb Jahren hatte sich diese Einstellung geändert. Als sich herausstellte, daß die Beschuldigten die Tochter des Paares, eine junge Frau, Opfer sexuellen Mißbrauchs durch ihre Mutter gewesen sein konnte, und der außergewöhnlich intelligente Sohn eines deutschen Diplomaten waren, bröckelte die Front. Die Tatsache, daß die Tochter sich schuldig bekannt hatte – sich praktisch der Gnade des Gerichts unterwarf –, half erheblich. Während des Prozesses im vergangenen August hatte Elizabeth tatsächlich einen reuevollen Eindruck gemacht, war sie eine zurückhaltende junge Frau, die ihre Mitwirkung bei der Tat eingestanden hatte und bereit war, die Strafe dafür zu empfangen. Aber jetzt gab es mehr als nur Sympathie für sie. Ganz gleich, wie tragisch Nancys und Dereks Tod gewesen waren, so dachte man, es gab nichts, was sie hätte wieder zum Leben erwecken können. Vielleicht, so sagte man sich, gab es ja wirklich Umstände, die ein gewisses Verständnis für die Morde wecken konnten. Nicht, daß die Morde zu rechtfertigen wären, aber man könnte vielleicht verstehen, was dazu geführt hatte. Vielleicht war es an der Zeit, außer an Gerechtigkeit auch an Gnade zu denken.

Jim Updike teilte diese Auffassung nicht.

Den ganzen Montagnachmittag saß er da und verfolgte mit ohnmächtigem Zorn, wie Elizabeth ihre Geschichte ein weiteres Mal veränderte, damit sie ihren Absichten dienlich war. Im Verlauf der Untersuchung hatte er staunend mit angesehen, wie sie ihre Version des Tathergangs, immer auf ihren Vorteil bedacht, zurechtbog, dabei geschickt Wahrheit und Unwahrheit zu einem glaubwürdigen Gesamtwerk miteinander verflocht. Er bewunderte ihre Fähigkeit, daß sie Aussagen machen konnte, die sie fünf Tage oder fünf Minuten später total widerrief, um das genaue Gegenteil zu behaupten. Und mit ihrer leisen, schüchternen Mädchenstimme und dem exotischen Akzent vorgetragen, klangen beide Versionen absolut glaubwürdig.

Zuerst versuchte Updike, sich an Elizabeths Stelle zu versetzen, zu verstehen, warum sie bei ihren Eltern so unglücklich war. Es war eine Position, die ihm völlig fremd war. Seine Eltern waren Angehörige der Arbeiterklasse, die sich abrackerten, damit er studieren konnte, und dafür war er ihnen dankbar. Er konnte nicht verstehen, wie jemand, der alle Privilegien genoß, wie Elizabeth sie zur Verfügung hatte, diese so gering achten konnte. Von Anfang an allein von der Grausamkeit des Verbrechens angeekelt, stieß ihr ihr Motiv noch zusätzlich ab, oder, wie er es betrachtete, die Tatsache, daß sie überhaupt kein Motiv zu haben schien.

Als die Verteidigung schließlich ihre Befragung abschloß und Elizabeth an ihn weiterreichte, erhob Updike sich und betrachtete sie, taxierte sie ab, als sehe er sie tatsächlich zum erstenmal. Sein Gesicht war ausdruckslos, doch sein Rücken war kerzengerade und steif, und jeder Muskel war angespannt.

Er trug einen hellgrauen dreiteiligen Anzug, ein weißes Oberhemd mit Buttondownkragen und eine dunkelblaue Krawatte mit kleinen weißen Figuren darauf. Eine goldene Uhrkette war unter dem Jackett zu sehen. Er musterte Elizabeth, sah ihr blaues, kurzärmeliges Kleid mit Pattentaschen auf dem Vorderteil, die ihre Brüste optisch kleiner erscheinen ließen. Sie trug wieder ihre Perlenohrclips, und um den Hals lag eine goldene Kette mit einer einzigen tränenförmigen Perle. Sie erwiderte seinen Blick und begriff, daß ihre schwerste Prüfung noch bevorstand, daß von diesem Mann keine freundlichen, leitenden Fragen kommen würden. Sie biß die Zähne aufeinander, spannte ihre Lippen zu einem dünnen, rosafarbenen lippenstiftlosen Strich. Ihre Augen waren kalt und wachsam. Sie schien innerhalb von Sekunden zu altern, wie eine böse Hexe in einem Horrorfilm, die sich durch ein geheimnisvolles Serum hatte jung erhalten können, nun jedoch dieses Serum nicht mehr zur Verfügung hatte. Vor den Augen aller verwandelte Elizabeths Gesicht sich von dem einer unterwürfigen Fünfzehnjährigen in das einer abgebrühten Veteranin der Straße, der man jeden Tag ihrer vierzig Jahre ansah.

Updike räusperte sich. Dann begann er, anfangs höflich, in einem freundlichen, gemütlich gedehnten Ton. »Miss Haysom«, sagte er, »die Umstände haben dafür gesorgt, daß wir beide bisher noch keine Gelegenheit hatten, uns miteinander zu unterhalten. Es wäre bis zu diesem Moment auch nicht ratsam gewesen. Aber im Hinblick auf Ihre ausführliche Aussage am gestrigen Tag können Sie sich sicherlich vorstellen, daß ich Ihnen eine ganze Reihe Fragen stellen möchte.« Es war die Rede eines Anglers an die Forelle, die er zu fangen versuchte.

Schon bald würde der Ton hitziger; dann würden Updike und Elizabeth Haysom ihre wahren Persönlichkeiten offenbaren. Sie waren Menschen mit gleich starkem Willen, die an entgegengesetzten Fronten kämpften: Er wollte sie dazu bringen, sich selbst zu belasten, während sie sich bemühte, ihre letzte erklärte Position, nämlich die einer naiven jungen Frau, die von einem furchtbaren Mörder mißbraucht worden war, zu bewahren und zu festigen. In einer Art und Weise, die durch die Umgebung und die Begleitumstände diktiert wurde, begannen die beiden eine geradezu grotesk höfliche, mit leiser Stimme geführte Schlacht, einen verbissenen Zweikampf, von dem beide wußten, daß er auf Biegen und Brechen geführt würde.

Updikes gedehnter Tonfall klang sogar für Virginia übertrieben; seine Stimme war leise und ruhig, aber sie troff vor Sarkasmus. Geduldig wiederholte er Einzelheiten aus ihrer Vergangenheit. Trotz ihrer Vorteile betrachtete Elizabeth sich selbst als ein unterprivilegiertes armes reiches kleines Mädchen, dem man alles zur Verfügung gestellt hatte, die aber am Ende mit leeren Händen dastand. In ihrer Aussage versuchte sie Sympathie für ihre Not zu wecken.

Eine große Not, wirklich, dachte Updike. Eine elegante Schule in der Schweiz. Noch feinere Institute in England. Skiferien in Europa und in den Rocky Mountains. Sommerferien in Kanada. Schriftstellerseminar in England. Zugang zu den besten Häusern. Eigentlich sollte es jedem mal so schlecht gehen, stellte er fest. Und was hatte sie hingegen getan? Sie lügt, sagte er. Sie intrigiert. Sie hatte Abneigung und Haß gegen ihre Eltern entwickelt, die ihr das Beste zukommen ließen, was sie sich leisten konnten. Sie log ihre Eltern an. Sie belog ihren Freund. Sie belog alle und jeden, sogar die Polizeibeamten. Sie erschuf sich ihre eigene Welt, die nur zum Teil mit der Wirklichkeit verhaftet war. Sie lebte ein Schauspiel aus, ein Bühnenstück, aber sie nannte es Leben. Tatsächlich galt ein großer Teil ihres Interesses dem Theater; und eines ihrer liebsten Hobbies war die Schauspielerei.

»Als Sie in Wycombe Abbey ware, haben Sie doch sehr oft auf der Bühne gestanden, nicht wahr?« fragte Updike.

Wachsam bejahte sie das.

»Sie haben sehr viel Shakespeare gespielt, wie ich sehe«, sagte er und blätterte seine Notizen durch. *»Antonius und Kleopatra* mit Ihnen in der Rolle der Kleopatra.« Aber das sei doch seltsam, meinte er und blickte auf. »Ich sehe Macbeth nicht auf der Liste.« Wie das kam? »In einer Ihrer Aussagen bezeichneten Sie sich selbst als Lady Macbeth, oder nicht?«

Er versuchte sie herauszufordern, versuchte sie aus der Reserve zu locken, sie in eine Verteidigungshaltung zu drängen, sie ausreichend in Wut zu bringen, damit sie etwas sagte, was sie ansonsten nicht über die Lippen gebracht hätte. »Haben Sie sich selbst als Lady Macbeth gesehen?« wollte er wissen.

Elizabeth funkelte ihn wütend an, bewahrte aber ihre ruhige Stimme und zügelte ihren Zorn. »Ja, Sir, das tat ich«, sagte sie.

»Sie kennen Ihren Shakespeare sicherlich viel besser als ich«, sagte Updike, dessen zweites Prüfungsfach englische Literatur gewesen war, »aber ich glaube, wenn ich mich recht erinnere, daß Lady Macbeth ihren Mann zum Mord angestiftet hat, oder nicht?«

Die Antwort kam wie eine Gewehrsalve.

»Ja, das hat sie«, gab Elizabeth ihm recht.

»Sie drängte ihn dazu . . .«

»Ja.«

»Ermutigte ihn ...«

»Ja.«

»Und genauso haben Sie sich selbst gesehen«, sagte Updike abschließend, »in Beziehung zu Jens Soering.«

Elizabeth mußte auch dies bejahen, sonst hätte sie ihrer eigenen Aussage widersprochen. Doch sie war schneller, als Updike erwartet hatte. »Damals fühlte ich mich dafür verantwortlich, daß ich ihn manipulierte«, gab sie zu. Später erkannte sie, daß sie ihre Position falsch eingeschätzt habe und entdeckte, wer in Wirklichkeit wen manipuliert hatte.

Updike nickte. Die erste Runde endete unentschieden.

Der Commonwealth Attorney, wie der Staatsanwalt in Virginia genannt wird, ist gewöhnlich ein aus dem Süden stammender Gentleman der alten Schule, ein Mann, der in einer Kultur aufgewachsen ist, die großen Wert auf Höflichkeit und Respekt legt. Vor allem Respekt. Und noch genauer, Respekt vor den Eltern. Eine der schwersten Sünden, derer sich ein Bewohner des amerikanischen Südens schuldig machen kann, ist die Verleumdung der eigenen Eltern. Für Updike war es völlig unbegreiflich, daß Elizabeth solche üblen Dinge über ihre Mutter und ihren Vater, speziell über ihre Mutter, sagen konnte. Vor allem dann, wenn das, was sie sagte, überhaupt nicht zutraf.

Nun war Updike nicht nur einer dieser südlichen Gentlemen der alten Schule, er war auch noch Staatsanwalt. Er war nicht so naiv anzunehmen, daß es niemals vorkam, daß Eltern sich gegenüber ihren Kindern grausam verhielten, daß es auch Eltern gab, die sich an ihren Kindern versündigten. Inzest, das wußte er sehr wohl, konnte durchaus ein Mordmotiv sein. Aber in diesem Fall? Elizabeth hatte eine ganze Reihe Vorwürfe und Beschuldigungen gegen ihre Eltern vorgebracht, und sie hatte sich vor allem über Nancy kritisch geäußert. Updike konnte nicht entscheiden, ob das, was sie von ihrer Mutter erzählt hatte, den Tatsachen entsprach. Aber er würde nichts unversucht lassen, das herauszufinden.

Er blätterte seine Notizen durch und erklärte Elizabeth, daß er einen vorprozessualen Bericht vorliegen habe, der auf Richter Sweeneys Anweisung hin angefertigt worden war. Er stützte sich auf Aussagen, die Elizabeth gegenüber einem Überwachungsbeamten gemacht hatte, der diese Bemerkungen protokolliert und daraufhin eine Empfehlung gegeben hatte, wie ihre Strafe aussehen solle. In einigen Staaten sind solche vorprozessualen Berichte frei zugänglich und stehen jedem zur Verfügung, der sich die Zeit nimmt, ins Gericht zu gehen und sie einzusehen. In Virginia ist das nicht der Fall; dort werden sie als vertrauliche Dokumente behandelt. Trotzdem können sie sowohl von der Anklage als auch von der Verteidigung benutzt werden, um die Strafzumessung zu beeinflussen. Updike war überaus interessiert daran, diesen Bericht über Elizabeth zu verwenden, denn er lieferte zusätzliche Hinweise zur Beziehung zwischen Elizabeth und ihrer Mutter – aus der Sicht Elizabeths.

Nacktfotos von Elizabeth waren im Schreibsekretär ihrer Mutter gefunden worden. Elizabeth hatte Gardner erzählt, daß ihre Mutter des öfteren nackt zu ihr ins Bett gestiegen war und mit ihr ›sehr zärtliche‹ Küsse und Umarmungen ausgetauscht hatte. Aber Elizabeth hatte Gardner nicht erzählt, was sie gegenüber dem Gerichtsbeamten geäußert hatte, der den Bericht anfertigte. Updike blätterte das Dokument durch, bis er fand, was er sucht. Er las es noch einmal stumm durch, dann beugte er sich vor und sah Elizabeth in die Augen. »Sie haben zu diesem Mann gesagt«, begann er und wies mit einer Hand vage dorthin, wo der Überwachungsbeamte saß, »daß Sie von Ihrem achtzehnten bis zu Ihrem neunzehnten Geburtstag ein intensives sexuelles Verhältnis zu Ihrer Mutter hatten. Ist das richtig?«

Elizabeth erschien eher wütend als peinlich berührt. »So habe ich es nicht ausgedrückt«, sagte sie und erklärte, daß sie sich gegenüber Ricky Gardner ausführlich über die Beziehung ausgelassen habe.

Updike schüttelte den Kopf. Das sei nicht seine Frage gewesen. Er rede nicht über Ricky Gardner, sagte er, sondern über den Überwachungsbeamten. »Haben Sie ihm gegenüber diese Aussage gemacht?«

Elizabeth verharrte auf ihrem Standpunkt und leugnete, daß sie jemals von einem ›intensiven sexuellen Verhältnis‹ gesprochen habe. Was sie ihm jedoch erzählt hätte, habe im wesentlichen dem entsprochen, was sie auch Gardner mitgeteilt habe – nämlich daß ihre Mutter eine ›aggressive Zärtlichkeit‹ gezeigt habe und daß sie gierig nach jeder Art von Zärtlichkeit gewesen sei.

Updike wurde allmählich zornig. Er wollte das Thema fallenlassen. Ihn ärgerte die Art und Weise, wie leicht Elizabeth die Schuld ihrer Mutter zuschob, und er wollte nur für das Protokoll festhalten, ob es eine konkrete Basis für ihre Behauptung gegeben habe. Aber er hatte Schwierigkeiten bei seinen Bemühungen, denn Elizabeth weigerte sich, seine Fragen direkt zu beantworten. Er legte den Bericht beiseite und suchte zwischen seinen Unterlagen, bis er die Niederschrift der Vernehmung durch Gardner fand. »Frage«, las er laut vor und legte den Finger auf die entsprechende Stelle. »›Kam es zu sexuellen Handlungen?‹ Antwort: ›Nein, ich glaube nicht, daß man dies als sexuelle Handlung bezeichnen kann.‹ Das haben Sie zu Detective Gardner gesagt, oder nicht?«

»Das ist richtig«, gab Elizabeth zu. »Und es stimmt.«

»Warum«, fragte Updike und erhob seine Stimme, »haben Sie dem Überwachungsbeamten etwas anderes erzählt? Nachdem Sie erklärt haben, daß es von seiten Ihrer Mutter keine sexuellen Handlungen gegeben hat, was soll diese Behauptung dann in diesem Bericht?«

Elizabeth senkte den Blick und starrte auf ihren Schoß. Sie hätte nur gesagt, antwortete sie, daß sie und ihre Mutter miteinander geschlafen hätten.

Updike nickte. Das wolle er gelten lassen. Es gab Zeiten, wie er wußte, wenn Elizabeth von der Universität nach Hause kam, daß im Haus kein Bett mehr frei war und sie und ihre Mutter sich eins teilen mußten. Aber das sei doch weit entfernt von einem ›intensiven sexuellen Verhältnis‹. Updike wollte aufzeigen, daß Elizabeth den Beamten angelogen hatte, aber nicht so sehr, um Elizabeth als Lügnerin zu überführen – dazu gab es eine Menge anderer Möglichkeiten –, sondern um den Ruf einer Frau zu schützen, die brutal ermordet worden war und sich nicht mehr verteidigen konnte. »Es war doch völlig unschuldig, nicht wahr?« fragte er und wünschte sich, daß sie das bejahte.

Statt dessen fauchte sie ihn an. »Das ist ein Thema, das ich hier nicht zur Sprache bringen will«, sagte sie knapp.

Updike sah sie verblüfft an. »Das möchte ich auch nicht, Ma'am.«

»Ich will nicht darüber reden«, sagte Elizabeth hitzig. »Ich glaube nicht, daß es von Bedeutung ist. Meine Mutter ist nicht da . . .«

Updike hatte jetzt genug. »Genau!« rief er.

»Und ich möchte mich in der Öffentlichkeit nicht dazu äußern. Es ist eine sehr persönliche Angelegenheit, und wenn die Zeitungen und die Leute hinter dem, was ich über meine Mutter gesagt habe, irgend etwas Anzügliches vermuten, dann liegt das an ihrer schmutzigen Phantasie.«

Updike wollte das Thema endlich abschließen, doch er hatte noch immer keine direkte Antwort erhalten. Er habe nur noch eine Frage an sie, sagte er. Hat Nancy sie sexuell mißbraucht? »Wenn sie es nicht getan hat«, verlangte er, »dann waschen Sie um Gottes willen jetzt ihren Namen rein!«

Elizabeth hielt inne, dann antwortete sie mit leiser, aber fester Stimme und artikulierte sorgfältig jedes Wort: »Sie . . . hat . . . mich . . . nicht . . . sexuell . . . mißbraucht.«

Updike atmete erleichtert auf. Er griff wieder nach seinen Notizen und wollte sich einem anderen Punkt zuwenden. Aber unabsichtlich rutschte er in den Sumpf zurück. Er meinte es als eine Fußnote zu dem Thema, über das sie soeben gesprochen hatten, doch seine Frage hatte einen Unterton, den er nicht beabsichtigt hatte. »Wenn es überhaupt eine lesbische Beziehung bei Ihnen gab, dann war es die mit Melinda Duncan im Sommer 1983, nicht wahr?« fragte er und wollte damit nur Nancys Namen von jedem Verdacht befreien. Statt dessen sprang Elizabeth sofort darauf an.

»Das ist Ihre Terminologie«, sagte sie indigniert.

Updike war verwirrt.

Er hatte bei diesem Punkt nicht mit Widerspruch gerechnet. »Wie bitte?« fragte er.

»Das ist Ihre Terminologie«, wiederholte Elizabeth ungehalten.

»Haben Sie mit ihr geschlafen?«

»Ja, genauso wie ich mit meiner Mutter geschlafen habe.«

So kehrten sie wieder zu dem Punkt zurück, wo alles angefangen hatte: Gab es eine sexuelle Beziehung zwischen Elizabeth und ihrer Mutter? Wie es bei Elizabeth üblich war, führte das, was sie sagte, einen immer wieder im Kreis herum. Oft hatte es nur einen eher flüchtigen Bezug zur Wirklichkeit. Da niemand daran zweifelte, daß die Beziehung zwischen ›Bunnie‹ und ›Melie‹ sexueller Natur gewesen war, könnte dies Elizabeths Technik sein, zuzugeben, daß die Beziehung zu ihrer Mutter ebenfalls sexuell gewesen war?

Updike suchte krampfhaft nach einem Ausweg. Er schien sich selbst gegenüber einzugestehen, daß die Linie, die er verfolgt hatte, ihm kaum irgendwelche Pluspunkte einbrachte. Er hatte sich alle Mühe gegeben, dem Rätsel auf den Grund zu gehen, hatte dabei jedoch keinen Erfolg gehabt, und er konnte es sich nicht leisten, noch mehr Zeit damit zu verschwenden. Er ließ daher das Thema Inzest fallen und kam im weiteren Verlauf des Prozesses nicht mehr darauf zurück.

48

Statt dessen attackierte Updike ihre Glaubwürdigkeit. Ihm bereitete ihre Unstetigkeit Verdruß, erklärte er ihr, vor allem die unterschiedlichen Versionen, mit denen sie ihre Beziehung zu ihren Eltern beschrieb. Bei ihren ersten Verhören durch die Polizei, so erinnerte er sie, habe sie erklärt, ihre Eltern seien wunderbar. Dann, angefangen mit Andeutungen, die sie gegenüber der Polizei in London gemacht hatte, waren sie plötzlich schrecklich. Und, nach einer weiteren Kehrtwendung, nämlich im Zeugenstand einen Tag vorher, waren sie wieder wunderbar. Beides sei wohl kaum möglich, sagte Updike. Was stimme denn nun endgültig?

Updike lebte in jeder Hinsicht in einer Welt, in der es nur weiß oder schwarz gab. Das Gesetz kennt keine Zwischentöne. Es gibt nur richtig oder falsch. Legal oder illegal. Schuldig oder unschuldig. Elizabeth hingegen lebte in einer Welt der Grauschattierungen, in einer Traumwelt. Es gab richtig (vielleicht) und falsch (vielleicht). Schuldig (in einigen Punkten) und unschuldig (ebenfalls in einigen Punkten). Ihre Eltern waren vielleicht nicht grausam zu ihr, so erklärte sie, aber sie glaubte, daß sie es waren, und das sei doch genauso wichtig. »Eine Menge Abneigung und Haß und Ressentiments existieren nur in meinem Kopf«, sagte sie. »Meine Eltern waren wunderbar, und sie gaben sich wirklich alle Mühe. Manchmal versuchte meine Mutter es zu krampfhaft. Ich glaube, einer ihrer Fehler war, daß sie mich zu sehr liebte.«

Elizabeth meinte das eher nebenbei. Updike stürzte sich jedoch darauf. Er schüttelte den Kopf und wiederholte mit betont trauriger Stimme: »Sie liebte Sie also zu sehr.«

Elizabeth demonstrierte, wie schnell sie schalten konnte. Sie erkannte, in welche Richtung sie sich bewegte, und lenkte sofort ein: »Ja«, sagte sie, entschlossen, dies zum Vorteil für sich auszunutzen. »Und ich glaube, daß die Tatsache, daß sie mich zu sehr liebte, bei mir ein Schuldgefühl auslöste, weil ich sie so schrecklich enttäuscht hatte. Sie hatte so viele Erwartungen in mich gesetzt, und ich war so furchtbar unvollkommen und so weit von dem entfernt, was sie sich von mir erhofft hatten, daß ich ein schlechtes Gewissen hatte. Ich will nur ausdrücken, daß Sie im Grund völlig recht haben. Das Problem lag allein bei mir, nicht bei meinen Eltern.«

Updike erkannte eine Lücke. »Und trotz all dieser Behauptungen, die wir gehört haben und über die wir geredet haben, vor allem in bezug auf Ihre Mutter, erklären Sie jetzt, der größte Fehler Ihrer Mutter sei gewesen, daß sie Sie zu sehr geliebt hat?«

»Ich glaube, das trifft tatsächlich zu, Sir.«

Er lieferte daraufhin seine Pointe. »Und deshalb mußte sie sterben.«

Elizabeth hielt inne, dann flüsterte sie kaum hörbar: »Wahrscheinlich.«

Updike hatte am vorhergehenden Tag ungläubig zugehört, als Elizabeth ihr Spiel inszeniert hatte, ob sie Jens oder ob Jens sie manipuliert hatte. Anfangs war ersteres der Fall, dann plötzlich war es wieder umgekehrt. Er hatte wenig Interesse an ihren intellektuellen Turnübungen. So wie er es sah, hatte Elizabeth sich an Jens herangemacht und ihn mit einem erstaunlichen Repertoire von Lügen und Halbwahrheiten gelockt und hatte ihm zugesetzt, bis sie ihn davon überzeugt hatte, daß er ihre Eltern töten müsse. Ihre Erklärung, daß Jens sie ganz einfach falsch verstanden habe, erschien Updike genauso glaubwürdig, als wenn sie behauptet hätte, es habe in Bedford am 4. Juli geschneit. Aber das, was er dachte, war noch lange nicht das, was er aus ihr herausholen konnte.

Er beschloß, ganz vorne anzufangen, in die Anfangstage ihrer Beziehung zurückzukehren und zu sehen, ob er sie zu dem Eingeständnis bringen könnte, daß Jens sich total unter ihrer Kontrolle befunden hatte. Aber Elizabeth war darauf vorbereitet. Als Updike sie fragte, ob sie nicht schon vor Weihnachten

1984 mit Jens darüber gesprochen habe, Derek und Nancy zu töten, verneinte sie das ausdrücklich. Sie meinte, sie habe Jens nur von ihren ›Frustrationen‹ erzählt.

Updike glaubte, eine Lücke zu erkennen, aber sie ließ ihn erneut ins Leere laufen. Als er sie aufforderte, genauer zu erklären, was sie mit ›Frustrationen‹ meine, fand sie sofort eine Gelegenheit, sich an die Brust zu klopfen. Sie habe gedacht, das Problem wären ihre Eltern, sagte Elizabeth aus, doch in Wirklichkeit habe das Problem bei ihr gelegen. »Es war meine Einstellung, die nicht stimmte«, sagte sie. Mea culpa.

Der Punkt, ob Elizabeth Jens manipuliert habe oder nicht, geriet kurzfristig in Vergessenheit, als Staatsanwalt und Zeugin sich über Dereks und Nancys Umgang mit Elizabeth stritten.

»Für mich klingt es, als hätten Ihre Mutter und Ihr Vater sowieso niemals gegen Sie gewinnen können«, sagte Updike. »Es gefiel Ihnen nicht, wenn sie Sie nicht beachteten, und Sie hatten etwas dagegen, wenn sie es taten.«

Das habe daran gelegen, daß sie immer von einem Extrem ins andere gefallen seien, erklärte Elizabeth. Entweder schickten sie sie aus dem Haus, oder sie erdrückten sie mit ihrer Zuneigung und Fürsorge.

»Wie können Sie so etwas behaupten?« fragte Updike. Ihre Eltern hätten ihr alle Möglichkeiten geboten. Hätten sie auf die besten Schulen geschickt. Hätten alles unternommen, um ihr ein reiches, erfülltes Leben zu ermöglichen. »Was haben sie denn getan, das so schlimm und falsch war?« fragte er entgeistert.

Elizabeth schaltete ihre Haltung sofort um von streitbar auf unterwürfig. »Wahrscheinlich nicht sehr viel, Sir«, sagte sie.

Updike wollte diesen Komplex noch etwas eingehender unter die Lupe nehmen. Er wiederholte seine Frage. »Nun, was haben sie getan, das nach Ihrem Dafürhalten so falsch war?«

Elizabeth erkannte das Schlupfloch sofort. Was ihr wirklich nicht gepaßt habe, sagte sie, sei die Tatsache gewesen, daß sie allen möglichen Leuten erzählt haben, sie sei so perfekt, und daß sie bei ihr ein Schuldgefühl auslösten, weil das nicht stimmte.

Updike schloß daraus, daß sie gerne mit ihren Erfolgen prahlten. Wenn das zutraf, was war so falsch daran? Hatten Eltern nicht das Recht, sich voller Stolz über ihre Kinder zu äußern? Hatten sie nicht das Recht, stolz auf sie zu sein?

»Ja, Sir«, antwortete Elizabeth schwach. »Das hatten sie gewiß. Außer daß sie meine Erfolge übertrieben und ich mich anstrengen mußte, in der Realität diesen Übertreibungen gerecht zu werden. Das«, sagte sie, »war schwierig.«

Elizabeth Haysom ins Kreuzverhör zu nehmen, so stellte Updike bald fest, war eine frustrierende Erfahrung. Sie war sehr geschickt im Verschleiern, Ausweichen und im Nichtbeantworten seiner Fragen. Er hatte mit der Hoffnung begonnen, sie darauf festzunageln, wie sie Jens unter Kontrolle gehabt hatte, und am Ende ließ er sie den Dialog lenken und zu ihrem Vorteil umfunktionieren.

»Kehren wir zu Jens zurück«, sagte er schließlich mit einem Seufzer. »Unterhalten wir uns über das, was Sie ihm während der Weihnachtsferien schrieben.«

Trotz seiner Absichten schaffte er es gerade, ein oder zwei Fragen zu stellen, ehe sie eine Debatte darüber vom Zaun brach, ob ihre Weihnachtskorrespondenz an Jens ein ›Brief‹ gewesen war oder nur ein Eintrag in ihr Tagebuch. Updike wollte sie dazu bringen, ihre vorher gemachten Aussagen zu verteidigen, daß sie nur einige zufällige, persönliche Gedanken über ihre Beziehung zu ihren Eltern aufgeschrieben habe, daß Jens hingegen sie als ihren Wunsch gedeutet hatte, sie töten zu lassen. Updike betrachtete diese Theorie als Quatsch, und er wollte sie zerpflücken. Aber er hatte Schwierigkeiten, sein Vorhaben in die Tat umzusetzen. Augenblicklich widersprach sie seiner Annahme, sie habe von Anfang an geplant, Jens diese Überlegungen mitzuteilen. Sie behauptete, daß ihre ›Gedanken‹ niemals ein ›Brief‹ hätten sein sollen.

Updike konnte nicht fassen, was da ablief. Was sie damit meinte, daß das Dokument nicht als Brief gedacht war? fragte er. Es war mit einem Datum versehen, oder nicht? Darin stand die Anrede ›Mein liebster Jens‹. Sie hatte die Blätter in einen Briefumschlag gesteckt, oder etwa nicht? Jens' Name und Adresse standen auf dem Kuvert. Sie hatte eine Briefmarke daraufgeklebt. Und sie hatte den Umschlag in einen Briefkasten geworfen. Was also meinte sie damit, es sei kein Brief gewesen?

Elizabeth war eine gerissene Zeugin. Sie wußte genau, wann sie Boden gutmachen konnte und wann sie sich zurückziehen mußte. Sie hatte gesagt, was sie hatte sagen wollen, also entschloß sie sich, nachzugeben. Aber nur ein bißchen. »Zuerst einmal weiß ich nicht, wann ich mich entschloß, die Blätter an ihn abzuschicken«, sagte sie. »Am Ende ließ ich ihm alle zukommen, was ich eigentlich niemals hätte tun dürfen.«

Updike verdrehte die Augen.

Er versuchte erneut, sie festzunageln. Einmal mit Sarkasmus; dann mit Höflichkeit, dann mit rasendem Zorn. Er drehte sich hin und her, bohrte hier, stocherte da. Aber er kam so gut wie gar nicht weiter.

Die meiste Zeit antwortete sie ausweichend, versuchte seine Fragen abzulenken. Wenn das nicht klappte, wählte sie wieder die Pose der armen Sünderin, die sich an die Brust klopft.

»Warum haben Sie derart häßliche Dinge über Ihre Eltern an jemanden geschrieben, den Sie erst so kurze Zeit kannten. Was für ein seltsamer Brief ist das?«

»Es ist ein widerlicher, schlimmer Brief«, gestand sie ein.

Updike hielt inne. Wie zum Teufel sollte er darauf reagieren? »Dann sind wir uns ja einig«, sagte er schließlich. »Aber warum haben Sie ihn geschrieben?«

Sie begann abzuschweifen. Er versuchte sie festzuhalten. »Ich verstehe noch immer nicht, warum, Miss Haysom«, sagte Updike.

Sie wiederholte, was sie Hugh Jones bei der direkten Befragung gesagt hatte. All ihre Hinweise und Anspielungen auf Voodoo und ihr Wunsch, daß ihre Eltern tot wären, waren scherzhafte Nadelstiche gegen Jens, nicht mehr.

Updike wollte, daß sie gestand, sie habe Jens beeinflussen

und sich nicht über seine intellektuellen Absurditäten lustig machen wollen. Sie wollte aber diese Richtung nicht einschlagen. Die Schuld läge einzig und allein bei ihr. »Ich war furchtbar selbstsüchtig und sah nur mich in dieser Situation.«

Updike seufzte. Er würde es noch ein einziges Mal versuchen.

»Na schön, Ma'am«, sagte er geduldig. »Sie bleiben also dabei, daß diese Hinweise auf ihren Tod, den man beschleunigen müsse, reine Phantasie gewesen seien. Nur Ihre Phantasie?«

»Ja, Sir.«

»Wußte er, daß es sich lediglich um Auswüchse Ihrer Phantasie handelte?«

»Nun, das ist eines der Probleme, die wir offenbar hatten. Er unterhielt sich mit mir über seine Phantasien, wie er sie in seinen Briefen festhielt, einige davon sehr bizarr und eindeutig sexueller Natur, und ich schilderte ihm meine.«

So weit, so gut, dachte Updike.

Eine ihrer bizarren Phantasien, erklärte Elizabeth, war die von einem Leben ohne Eltern. Das Problem war nur, daß Jens sie darin ernstgenommen hatte. Er hatte nicht gewußt, daß sie nur einen Gedanken durchspielte. Als sie von einem ›Leben ohne Eltern‹ sprach, hätte er sie so verstanden, daß sie ein Leben meine, in dem ihre Eltern gestorben seien. Er habe sie ›fehlinterpretiert‹.

»Das ist aber eine erhebliche Untertreibung«, meinte Updike lakonisch. »Meinen Sie nicht auch?«

»Ja«, gab sie zu.

Updike wollte sie dazu bringen zuzugeben, daß sie sich mit einem Plan beschäftigten, daß sie gemeinsam angefangen hatten, über die Ermordung Nancys und Dereks nachzudenken. »Als sie nämlich vom Tod Ihrer Eltern herumphantasierten, redete er von einem Instrument zur speziellen Behandlung von bestimmten Angehörigen, stimmt's nicht?«

Elizabeth versuchte, sich davonzuschleichen, indem sie Zuflucht zu Jens' intellektuellen Kapriolen nahm. »Ich glaube, er beschäftigte sich eher theoretisch mit dieser Waffe, oder dem Instrument, und das Ganze ist, wie hat er es genannt? Neurolinguistische Programmierung. Psychologie. Hypnose. Eben seine pseudopopuläre Psychologisiererei.«

Updike wollte sie nicht so leicht davonkommen lassen. Irgendwann habe Jens geschrieben, daß Elizabeths Vater ›durchaus auch durch eine Konfrontation ums Leben kommen könne‹. In einem weiteren Brief habe er geschrieben, daß er ›die Abendbrot-Szene genau durchgeplant habe‹. Alle Anwesenden im Gerichtssaal wußten, daß Derek und Nancy während des Abendessens ermordet worden waren. »War es vielleicht nur ein Zufall, daß er über ihren Tod nachdachte, während Sie das gleiche taten?« fragte er.

Elizabeth wich aus. »Ich denke, Sie werden feststellen, daß er in dem Brief auch über den Tod seiner Eltern nachdachte.«

Sie geht wieder in Deckung, dachte Updike. Er versuchte, sie zurückzuholen. »Das beschäftigt mich hier und jetzt überhaupt nicht, Miss Haysom. Ich interessiere mich nur dafür, warum Ihre Mutter und Ihr Vater auf so bestialische Weise umkommen mußten und warum Sie beide all diese Dinge praktisch zum gleichen Zeitpunkt geschrieben haben. In seinem Tagebuch wimmelt es von Hinweisen auf Waffen, die gegen Ihre Eltern gerichtet sein sollen, oder etwa nicht?«

Elizabeth weigerte sich, das einzugestehen. »Wenn Sie genau untersuchen, was er als Waffen beschreibt«, sagte sie, »dann stoßen Sie auf so etwas wie emotionale Erpressung.«

Updike ärgerte sich zunehmend über das fruchtlose Hin und Her. Es gab andere Dinge, die er untersuchen wollte. Elizabeth jedoch hatte eine ganz andere Idee. Sie beschloß, Jens' Worte dazu zu benutzen, um das Gegenteil von dem zu beweisen, was Updike unterstellte. Der Staatsanwalt wollte um jeden Preis herausstellen, daß zwischen Jens und Elizabeth eine Verschwörung existiert hatte mit dem Ziel, Derek und Nancy zu ermorden. Elizabeth wollte zeigen, daß sie nichts anderes getan hatte, als ihr Recht wahrzunehmen, sich bei ihrem Freund über ihre Beziehung zu ihren Eltern zu beklagen, und daß Jens von da an seine eigenen Ziele verfolgt habe. Er habe etwas in ihre Worte hineingelesen, was sie überhaupt nicht gemeint hatte, und das dann benutzt, um sie zu manipulieren.

»Jens Soering bediente sich meiner Ressentiments und meiner Enttäuschungen«, begann Elizabeth ihr Klagelied. »Er sprach schon von der Abendbrot-Szene, drei oder vier Monate ehe es überhaupt dazu kam.«

Updike nickte.

»Daher kann ich nicht erkennen, wie ich ihn dazu gebracht haben soll, derartige Dinge zu planen, wenn er sie bereits geplant hatte«, sagte sie und war bereit, sich mit ihren Gedanken treiben zu lassen. »Wir hatten über diese Dinge gesprochen, über meinen Haß, meine Abneigung, und er geht gleich noch einen Schritt weiter«, fügte sie hinzu und entwickelte so etwas wie heiligen Zorn. »Ich sagte Ihnen doch, ich gebe zu, daß ich jahrelang diese makabren, schlimmen Phantasien hatte . . .«

Updike schnitt ihr das Wort ab. Das führe zu nichts, stellte er fest. »Wenn wir jetzt weitermachen könnten«, sage er ungeduldig. »Die Briefe sind hiermit erledigt.« Es war eine überaus verwirrende Stunde gewesen.

49

Jim Updikes Absicht war es, Elizabeth Haysom zu entlarven. Ihre Eltern, so war er überzeugt, waren wegen ihr gestorben. Sie mochte sie nicht getötet haben. Tatsächlich hatte er bereits zugegeben, daß sie nicht einmal zugegen gewesen war, als sie ermordet wurden. Jedoch minderte das nicht ihre Verantwortung, die rein rechtliche wie auch die moralische. Die Eltern waren wegen ihr gestorben. Sie war eine Lügnerin, eine Manipulatorin, eine Intrigantin, eine Verführerin und eine egoistische, undankbare Tochter, ganz zu schweigen davon, daß sie auch eine Mordkomplizin war, wie sie selbst zugegeben hatte. Sie erwies sich außerdem als sehr wortgewandte und scharfsinnige Zeugin. Während Jens, wie Beever festgestellt hatte, gewöhnlich auf jede Frage mit einer Gegenfrage reagierte, war Elizabeths Technik anders. Sie schien eine Frage zu beantworten, doch wenn sie ihre Ausführungen beendet hatte, wurde offenbar, daß sie überhaupt nicht geantwortet hatte. Sie war im Ausweichen einfach Weltklasse.

Updikes Plan, sie zu entlarven, sah vor, daß er demonstrierte, daß man von dem, was sie von sich gab, so gut wie nichts für bare Münze nehmen konnte. Nicht einmal die unwichtigsten Dinge, so trivial sie auch erscheinen mochten. Zum Beispiel, wessen Idee es gewesen war, während der Weihnachtsferien 1984 zum Skilaufen nach Jugoslawien zu fliegen. Wenn Updike zeigen konnte, daß sie in solchen Dingen die Unwahrheit sagte, dann könnte er auch beweisen, daß sie anderen Dingen bezüglich des Todes ihrer Eltern genauso zur Lüge fähig war.

Elizabeth behauptete, sie habe die Reise nicht unternehmen wollen, daß hingegen ihre Mutter sie dazu gezwungen habe. Updike wollte zeigen, daß sie log. Annie Massie hatte nämlich der Polizei anvertraut, daß Nancy ihr gesagt habe, Elizabeth habe sie inständig um diese Urlaubsreise gebeten. Updike wollte dieser Sache auf den Grund gehen.

»Wenn nun eine Freundin Ihrer Mutter, Missis Massie zum Beispiel, aussagt, daß Ihre Mutter den Wunsch hatte, daß Sie nicht nach Jugoslawien fliegen, daß Sie aber unbedingt die Reise unternehmen wollten . . .«

»Ich bin sicher, daß meine Mutter diese Reise wollte . . .«

»Hat Ihre Mutter zu Missis Massie nicht die Wahrheit gesagt? Hat sie mit anderen Worten gelogen?«

»Ja«, meinte Elizabeth.

Updike hakte sofort nach. »Würden Sie mir recht geben, wenn ich meine, daß Sie Ihre Mutter damit eine Lügnerin nennen?«

»Ich würde nicht sagen, daß sie eine Lügnerin war, sondern sie war jemand, die . . .«

»Nicht die Wahrheit sagte.«

»Öfter phantasierte.«

Updike erinnerte daran, daß Elizabeth ihrem Retter aus Berlin, Colonel Herrington, von der Jugoslawien-Reise geschrieben habe und daß sie in dem Brief erklärt habe, es sei ihre Entscheidung gewesen, nicht die ihrer Mutter.

Elizabeth erwiderte, sie sei gezwungen gewesen, das zu behaupten, da ihre Mutter stets ihre Briefe las.

Updike sah sie ernst an. Er dachte, daß er sein Ziel erreicht hatte. »Miss Haysom«, meinte er gelassen, »mir scheint, daß Sie die Verantwortung für alles stets auf jemand anderen abwälzen, nicht wahr?«

Elizabeth wollte unbedingt das letzte Wort haben. »Das ist früher wirklich so gewesen«, bekannte sie.

Updike interessierte sich nun für einen Vorfall, den sie während ihrer direkten Befragung erwähnt hatte: Als Jens angeblich in ihr Zimmer gekommen war und offenbar ohne äußeren Anlaß erklärt hatte, daß er zu ihren Eltern fahren wolle, weil er ›ihnen am liebsten die Schädel von den Schultern blasen würde‹. Elizabeth hatte diese Episode in keiner ihrer vorherigen Vernehmungen erwähnt. War das wieder mal eine ihrer Phantasien? Wenn es wirklich so passiert war, wie sie es beschrieben hatte, fragte er sie, was hatte sie damals unternommen, um ihn davon abzuhalten?

»Absolut nichts, Sir, und deshalb bin ich ja auch schuldig.«

Ihre Antwort überraschte ihn, aber Updike wollte sich nicht noch weitere Selbstkasteiungen von ihr anhören. Wie hatte sie reagiert?

Elizabeth wiederholte nur, was sie vorher schon des öfteren hatte verlauten lassen. »Ich wollte nicht, daß meine Eltern ermordet wurden«, beteuerte sie. »Aber irgend etwas in mir war da, das meine Eltern aus dem Weg, aus meinem Leben haben wollte.«

Updike betrachtete das als eine weitere ihrer Nicht-Antworten. Er wollte, daß sie sich genauer äußerte. »Hätten Sie nicht zu Jens Soering sagen können: ›Sieh mal, Jens, ich möchte nicht, daß sie sterben. Sie sollen zwar aus meinem Leben verschwinden, aber nicht durch ihren Tod. Ich liebe dich, aber sag nie mehr so etwas über meine Mutter und meinen Vater . . .‹«

Elizabeth gab zu, daß diese Bemerkung sie sehr erbost hatte und daß sie zu Jens meinte, es sei ›widerwärtig‹, so etwas zu erklären. Dann fügte sie hinzu: »Aber er wußte offenbar aus meinen Briefen, daß ich sie nicht mehr in meinem Leben haben wollte.«

Das war es, worauf Updike hinauswollte. Sie hatte ihn bereits mit ihren Briefen, in denen sie ihren Tod gewünscht hatte, vorbereitet, und deshalb war er bereit gewesen, entsprechend dieser Wünsche zu handeln. »Demnach geben Sie zu, daß Sie es waren, die die Idee vom Tod Ihrer Eltern in Jens Soerings Kopf gepflanzt hat?« fragte er und war überzeugt, sie endlich in die Enge getrieben zu haben.

Aber sie entwischte. »Nein, Sir«, sagte sie.

Er atmete aus. »Sie haben absolut nichts getan. Sie haben auch nichts gesagt. Und Sie behaupten, Sie hätten nicht ihren Tod gewollt. Demnach ignorieren Sie diesen Ausspruch, ja?«

»Bis zu einem gewissen Grad.«

»Bis zu einem gewissen Grad?«

»Wie lautet denn Ihre Frage, Sir?« wollte sie in verletztem Ton wissen. »Entschuldigen Sie, vielleicht habe ich Sie mißverstanden.«

»Machen wir einfach weiter, Miss Haysom«, murmelte Updike in hilfloser Enttäuschung. »Ich denke, dieses Feld habe ich lange genug beackert, und ich hole nichts als Steine heraus.«

Er hoffte, in Colorado ergiebigeren Boden zu finden. Er holte die Kopie eines Briefs hervor, den Elizabeth während der Ferien im Frühjahr 1985, kurz vor dem Mord an Derek und Nancy, an Jens geschickt hatte. Geschrieben auf Briefpapier des Ramada Inn in Denver, hatte Elizabeth eine Geschichte zusammengestrickt darüber, daß sie in London wertvolles Land von ihrer Cousine, Lady Astor, geerbt habe und daß ihre Eltern reich, aber geizig seien und daß sie niemals etwas von ihrem Geld bekäme, bis sie gestorben wären. Das hatte sie geschrieben, hob Updike hervor, wohl wissend, daß Jens von der Vorstellung finanzieller Sicherheit geradezu besessen war.

Sie nickte. »Ich habe versucht, ihn mit dem Brief zu manipulieren«, gab sie zu.

»Aha.« Updikes Miene hellte sich auf. »Sie sagten, Sie hätten versucht, zu manipulieren.«

»Allerdings ohne Erfolg«, fügte sie hastig hinzu.

»Wie dem auch sei. Sie stellten ihm ein Ultimatum, nicht wahr? Daß die einzige Lösung für dieses Dilemma, der einzige Weg, wie Sie alles bekommen können, der ist, Ihre Eltern zu töten. Das ist es doch, was Sie ausdrückten, oder?«

»Nein, Sir«, erwiderte sie und weigerte sich, nachzugeben. »Ich versuchte in dem Brief nur, ihn in eine bestimmte Richtung zu steuern, ihn zu manipulieren.«

»Um was zu tun?«

»Mit mir zusammen die Universität zu verlassen. Deshalb diese unglaublich verrückte und unsinnige Erklärung, daß es völlig okay ist wegzugehen, daß sich alles klären wird, daß man irgendwo schon zu Geld kommt, daß man tun kann, was notwendig ist.«

Updike ging auf und ab. Er mußte einen Weg finden, ihre Verschlossenheit aufzubrechen, ihre Ausflüchte zu unterbinden, sie nicht zu beachten. »Sie haben auf Ihre Herkunft hingewiesen, auf Ihr Erbe, auf Ihren potentiellen Reichtum, und das zu diesem jungen Mann, dessen wesentliches Prinzip im Leben die finanzielle Sicherheit ist, nicht wahr?«

»Nein, Sir«, begann sie, dann hielt sie inne. Sie machte eine kleine Konzession. »Nun ja, schön, in gewisser Weise haben Sie recht«, sagte sie zu Updike, der diesen kleinen Sieg freudig begrüßte. »Ich hob nur die Tatsache hervor, daß dort eine Menge Geld wartet. Aber ich hob auch hervor, daß mir dieses Geld niemals zur Verfügung stehen würde.«

»Es sei denn, Ihre Eltern würden sterben?« bedrängte er sie.

Sie hatte genug nachgegeben. »Nein«, sagte sie knapp.

Updike zog sich etwas zurück und bereitete sich auf einen neuerlichen Sturm gegen die Festungswand vor. Er meinte, sie manipuliere Jens.

Das gab sie zu, und Updike betrachtete dieses Geständnis als einen enormen Schritt vorwärts. Ermutigt drängte er weiter. »Das Ziel, das Sie für den jungen Mann hatten, der davon sprach, Ihren Eltern das Hirn aus dem Kopf zu blasen, bestand darin, Sie zu befreien, damit Sie beide die Freiheit und den Reichtum hatten, tun und lassen zu können, was Sie wollen.«

Sie wehrte den Angriff ab und leugnete, daß das ihre Absicht war.

Nun, warum hatte sie dann den Brief geschrieben? Updike hätte am liebsten seine Frustration laut hinausgeschrien.

»Ich habe ihm geschrieben, um ihn zu überreden, die Universität mit mir zu verlassen«, sagte sie und schien mit sich selbst überaus zufrieden zu sein.

Updike fluchte in Gedanken. Elizabeth festzunageln war genauso, als wolle man eine Handvoll Rauch festhalten.

»Zwei Wochen später, Miss Haysom, waren Sie im Mariott Hotel in Washington, und Jens Soering war unterwegs nach Loose Chippings.« Mit dem Ziel, ihre Eltern zu ermorden, fügte er hinzu. »Und nun behaupten Sie, dieser Brief und die Aussagen, die er im Februar machte, und die Briefe, die Sie im Dezember schrieben, hätten nichts damit zu tun?«

Elizabeth ließ sich nicht in die Enge treiben. »Ich wollte nicht, daß sie ermordet werden«, wiederholte sie und beharrte darauf, daß es einen Unterschied ausmachte, ob sie tot waren oder ermordet wurden. »Ich weiß, daß das für Sie, der Sie offenbar sehr logisch und sehr scharfsinnig sind, überhaupt keinen Sinn ergibt«, sagte sie vorsichtig. »Ich wollte, daß meine Eltern aus meinem Leben verschwanden. Ich hatte dazu diese unreife, abseitige Vorstellung, daß sie tot sein könnten. Nicht ermordet. Ganz gewiß nicht. Jedenfalls nicht in der Realität. Meine Briefe, mein Schreiben, das alles war eher surrealistischer und phantastischer Natur. Es war ausschließlich in meinem Kopf, und Jens setzte es in die Wirklichkeit um. Aber es war nicht die Realität, die ich mir wünschte.«

»Sie wollten, daß sie tot sind«, erinnerte Updike sie.

»Für mich sollten sie tot sein«, schränkte sie ein. »Sie sollten keine Verbindung mehr zu mir haben. Ich wollte, daß sie aus meinem Leben verschwanden.«

Updike reagierte gereizt. »Demnach ist das Ganze nur ein Mangel an Kommunikation zwischen Ihnen und Jens Soering gewesen, nicht wahr?« fragte er sarkastisch.

Elizabeth reagierte beleidigt. »Ich denke, das ist eine krasse Untertreibung.«

Updike zuckte die Achseln. Auf ein Neues, sagte er sich.

Er appellierte an ihr logisches Denkvermögen. Die Geschichte, die er und alle anderen glauben sollten, machte er sie aufmerksam, sei einfach nicht logisch. Ob sie ihm denn wenigstens darin zustimme?

Ja, räumte sie ein. Dann zog sie sich wieder in ihre Bescheidenheit zurück. »Sie sagten mehrmals, ich sei entsetzlich intelligent. Vielleicht überschätzen Sie meine Fähigkeiten?«

Updike überging diese Bemerkung. Indem er mühsam ihre letzte Version über das, was in Washington geschehen war, auseinanderpflückte, holte er mehrere Punkte heraus und konnte sie zu dem Eingeständnis bewegen, daß sie die Polizisten angelogen hatte.

»Ich weiß, Sir«, gab sie zu. »Ich habe gelogen.«

Das war ein Schritt in die richtige Richtung, dachte er. »Sie sind fähig zu lügen und zu betrügen, hat sich das damals nicht als hilfreich für Ihre Absichten erwiesen?«

»Ich habe gelogen und betrogen«, gab sie zu.

»Um bestimmte Dinge zu erreichen, oder?«

»Ja, Sir.«

Aber im Grunde konnte er sie nicht erschüttern. Sie beharrte weiterhin standhaft auf dem Unterschied, daß sie zwar gewollt hatte, daß ihre Eltern sterben sollten, sie aber nicht wollte, daß sie ermordet würden. »Sicherlich erkennen Sie in meinen Briefen, daß ich weitgehend in einer von Phantasie bestimmten Welt lebte«, sagte sie. »Ich habe Leute betrogen. Habe sie angelogen. Ich habe Dinge übersteigert dargestellt. Ich bin in verschiedene Rollen geschlüpft. Aber ich habe niemals jemanden gekannt, der besonders gewalttätig oder kriminell war. Jemanden zu töten – das ist so endgültig und so schrecklich real. Ich hatte mir einfach niemals vorgestellt, daß jemand das tun kann. Daß jemand es tun *würde*.«

Updike war überzeugt, daß sie wieder abschweifte, daß sie genau wußte, was Jens im Schilde führte, als er sie in Washington zurückließ und nach Boonsboro fuhr. »Sie wußten ganz genau, was er tun würde, nicht wahr?«

Elizabeth lehnte sich vor und sah ihn eindringlich an. »Ich möchte, daß Sie eines begreifen«, begann sie in einem schulmeisterlichen Ton. »Ich will nicht meine Schuld mindern oder verniedlichen, nämlich daß das, was ich tat, was ich sagte, was ich zu tun vergaß – meine Verantwortungslosigkeit, meine Einflußnahme auf Jens – ja, in dieser Hinsicht bin ich voll und ganz schuldig. Ich bin auch für den Tod meiner Eltern verantwortlich. Das akzeptiere ich. Aber was Ihnen gleichzeitig klar sein muß, ist, daß Jens aus freiem Willen handelte. Er konnte sich entscheiden. Er war schließlich vier Stunden lang mit dem Wagen unterwegs. Ganz gleich, was ich ihm vorher erzählt hatte, ganz gleich, was ich in den voraufgegangenen Monaten geschrieben habe, er hatte die freie Wahl, ob er meine Eltern töten sollte oder nicht. Er ist zu ihnen gefahren und hat sich mit ihnen unterhalten. Er hat wohl mit ihnen gegessen. Er brauchte überhaupt nichts zu tun, als seinem Vater zu gehorchen. Niemand hat ihn zu irgend etwas gezwungen. Und ich habe niemals geglaubt, daß jemand wie Jens so etwas tun könnte.«

Nun war die Reihe an Updike, seine Position klarzustellen.

»Bitte, mißverstehen Sie mich nicht«, sagte er. »Ich will Jens Soerings Schuld nicht vergessen. Sein Tag wird kommen. Daher versuche ich gar nicht, seine Verwicklung in die Affäre hinunterzuspielen. Ich versuche, für das Gericht eine Basis zu schaffen, damit das Gericht Ihre Beteiligung richtig einschätzen kann. Deshalb sind wir hier.«

Elizabeth nickte. »Das verstehe ich, Sir.«

50

Updike ließ sich die Situation durch den Kopf gehen und blickte auf die Wand über Richter Sweeneys Schulter, während er seine Gedanken ordnete. Dies war seine erste und letzte Chance, Elizabeth zu befragen. Das Gesetz räumte großen Spielraum ein, wenn es um Strafmilderung ging, daher konnten seine Fragen und Nachforschungen ausführlich und weitreichend sein. Aber wie ausführlich, wie weitreichend wollte er seine Untersuchungen anstellen? Sein Ziel war, zu beweisen, daß Elizabeth in die Ermordung ihrer Eltern tief verwickelt war. Auch wenn sie sich schuldig bekannt hatte, so waren ihre Aussagen dazu angetan, sie von Schuld freizusprechen. Updikes Absicht war es, zu beweisen, daß dies nicht zutraf – daß es für Richter Sweeney keinen Grund gab, Milde zu zeigen. Der einzige mildernde Umstand, der bisher noch nicht zur Sprache gekommen war, betraf ihren Gemütszustand. Was noch fehlte, war die Aussage eines Psychiaters, der sie untersucht hatte, aber Updike erwartete, daß dies nichts anderes war als der übliche Versuch, eine Strafmilderung zu erreichen. Sie würde nicht erklären, daß sie in einem strafvereiteltenden Maß verrückt sei, auch wenn der Psychiater zweifellos erklären würde, daß sie unter einer gewissen Instabilität leide, die ausreiche, um ihre Verantwortung für ihre Handlungen zumindest fraglich werden zu lassen. Was Updike tun mußte, ehe er sie aus dem Zeugenstand entließ, war, ihr noch etwas heftiger zuzusetzen und zu sehen, ob er sie derart aus dem Konzept bringen konnte, daß sie ihre Geschichte noch ein weiteres Mal veränderte.

Er beschloß, mit dem Messer und ihrer sich ständig ändernden Geschichte über die mögliche Mordwaffe zu beginnen. Zweifellos waren Derek und Nancy mit einem Messer getötet worden. Aber da die Waffe nicht aufgefunden worden war, konnten die ermittelnden Beamten darüber nur Vermutungen anstellen. Sie glaubten, eine gute Spur zu haben, als Elizabeth freiwillig aussagte, sie habe am Morgen des Mordtages für Jens ein spezielles Kampfmesser gekauft. Dann, unerklärlicherweise, kippte sie um. Im Zeugenstand sagte sie aus, daß ihre ursprüngliche Geschichte eine Lüge gewesen sei, ein Märchen, das sie und Jens zusammen erfunden hatten als eine Art Loyalitätstest für sie beide.

Updike war noch immer verwirrt darüber. Wie sollte er oder jemand anderer zweifelsfrei wissen, was den Tatsachen entsprach und was nicht? fragte er sie. Hatte sie die Geschichte anfangs als einen Teil ihres Alibis betrachtet? fragte er.

Elizabeth dachte einige Sekunden über die Frage nach. Nein, sagte sie schließlich, die Geschichte über das Messer hatte nichts mit dem Alibi zu tun. »Es war ein Schuldeingeständnis«, sagte sie und erklärte, daß Jens, als er befürchten mußte, verhaftet zu werden, sie bat, einen Teil der Schuld an diesem schweren Verbrechen zu übernehmen. Der beste Weg dazu, den er sich denken könne, bestand darin, sie an den Ereignissen zu beteiligen, die stattfanden. »Ich sollte aussagen, daß ich das Messer gekauft habe und daß ich eine Dose Tränengas mitbrachte und daß ich ihm beides gab und daß ich ihn dazu brachte, runterzugehen und es zu tun.«

Sie hielt inne und sah Updike an, der fast auf Armeslänge von ihr entfernt stand und geduldig darauf wartete, daß sie fortfuhr. »Das hätte ich sagen sollen«, fügte sie hinzu. »Aber als ich schließlich so weit war und mein Sprüchlein aufsagen sollte, redete ich nur irgendeinen Unsinn über den Geburtstag seines Bruders und endete damit, daß ich erklärte, wir beide hätten es gekauft, aber daß ich es bezahlt hätte.«

Updike schüttelte den Kopf. »Helfen Sie mir, es zu verstehen«, bat er. Für ihn ergab es keinen Sinn, denn ihre angebliche Beteiligung trug nicht dazu bei, Jens' Verantwortung zu mindern. Selbst wenn sie es gekauft hatte, war immer noch er derjenige, der es benutzt hatte. Wie sollte diese Geschichte ihm helfen?

Elizabeth versuchte erneut, Jens' verwickelte Argumentation zu erklären. Ihr Drang, in diesem Punkt für Klarheit zu sorgen, war offensichtlich. Sie bewies jetzt mehr Geduld, als sie bei einem der Ermittler an den Tag gelegt hatte. Jens nahm die Position ein, sagte sie, daß sie ihn gezwungen habe, die Morde zu begehen. »Er glaubt – wie er überzeugend dargelegt hat –, daß er ein unschuldiger junger Bursche ist, der von einer älteren, erfahreneren Frau auf Abwege geführt wurde.« Das müsse man im Gedächtnis behalten, sagte sie, während sie ihre Erklärung fortsetzte, daß er die Idee entwickelte, sie solle in irgendeiner Form ihre Schuld eingestehen. »Er meinte, ich sollte die Verantwortung für das übernehmen, was er getan hatte, daß ich sozusagen seine Aktionen unter Kontrolle hielt.« Das könne sie am besten tun, so meinte er nach einigem Überlegen, wenn sie durch den Kauf des Messers direkt an den Morden beteiligt wäre.

Updike nickte. Er begreife genau, was sie sagte, meinte er, aber diese Geschichte brach auseinander, als sie auch noch einen anderen Teil ihrer Geschichte veränderte. Ihre ›Messer‹-Geschichte funktionierte nur so lange, wie sie bereit war zuzugeben, daß sie Jens manipuliert hatte. Wenn Jens sie seinerseits tatsächlich beeinflußt hatte, wie sie später anzunehmen begann, warum hatte er dann auf dieser Messergeschichte bestanden?

Elizabeth schüttelte den Kopf. Das war ja die Ironie an der Sache, sagte sie. Als sie und Jens später einen Rollentausch durchmachten und er zum dominanten Teil der Beziehung wurde, war er es auch, der anfing, sie zu manipulieren. Zu diesem Zeitpunkt erst gelangte er zu der Überzeugung, daß es ihm helfen würde, wenn sie zugäbe, das Messer gekauft zu haben. Aber er sagte ihr, es geschehe nur, weil sie ihn manipuliert habe. »Ich glaubte fest daran, daß ich ihn beeinflußt hatte«, sagte sie. »Ich war überzeugt, daß ich die Ursache für seine Handlungen war.« Aber dann, fügte sie hinzu, habe sie erkannt, daß dem nicht so war. Ihr Versuch, ihn zum Verlassen der Universität zu bewegen, war nicht erfolgreich gewesen, daher sei ihr klar geworden, daß ihr Einfluß sich doch in Grenzen gehalten habe. »Seither habe ich Briefe von ihm bekommen, in denen er schreibt, mich dahingehend beeinflußt zu haben, daß ich all diese Dinge glaube.«

Lieber Himmel, dachte Updike. Komplizierter geht es wohl nicht mehr – das war ja ein furchtbares Durcheinander. »Ich verstehe«, meinte er zu ihr und wandte sich dann einem Komplex zu, über den er sich von Anfang an den Kopf zerbrochen hatte: das Motiv.

Falls Jens sie tatsächlich manipuliert hatte, dann hatte er auch einen Grund für seine Handlungsweise haben müssen. Was für einen könne sie sich denn denken?

Diese Frage schien Elizabeth nicht so bereitwillig beantworten zu wollen wie seine Fragen nach dem Messer. Zuerst einmal, so sagte sie, sei sie davon überzeugt, daß Jens früher oder später sowieso einen Menschen ermordet hätte. Es war eine Laune des Schicksals gewesen, daß ihre Pfade sich gekreuzt hatten und daß sie ihm von ihren Problemen mit ihren Eltern erzählt hatte. Das hätte ihm Ziel und Vorwand beschert.

Updike schüttelte den Kopf. Ihre Story klang ihm zu seltsam. Er meinte, sie solle es sich lieber noch einmal überlegen und es aufs neue versuchen.

Auch diesmal wich sie ihm aus. »Das habe ich ihn sehr oft gefragt«, sagte sie, als reiche das als Erklärung aus.

Updikes Geduld ließ allmählich nach. Er bedachte sie mit einem vernichtenden Blick. Na los, drängte er sie, Ihnen wird doch wohl etwas mehr dazu einfallen, oder? Sie wären schließlich mal ein Liebespaar gewesen, erinnerte er sie. Sie wären zusammen in Europa und in Asien gewesen. Sie hätten in einem Bett geschlafen und sämtliche Geheimnisse geteilt. Ganz bestimmt hätten sie sich in der Zeit irgendwann einmal darüber unterhalten, was passiert war. »Ist es Ihnen denn niemals in den Sinn gekommen«, fragte er mit sarkastischem Unterton, »Jens Soering zu fragen: ›Warum hast du das getan?‹«

Ja, meinte sie widerstrebend, das habe sie ihn schon gefragt. Zum erstenmal in Lynchburg kurz nach den Morden.

Und was hat er geantwortet? fragte Updike ungeduldig. Wie hat er reagiert?

Er habe gar nichts gesagt, meinte sie. Er habe nur in seine

Tasche gegriffen und ein Bündel Papiere herausgeholt. Es waren die Briefe, die sie ihm geschrieben hatte.

Updike lächelte verhalten. »Dann waren es also Ihre Briefe, die ihn dazu gebracht haben?« sagte er und hatte Mühe, seine Freude nicht zu offen zu zeigen. »Okay, darin will ich Ihnen nicht widersprechen.«

In seiner Einführungsansprache hatte Updike erwähnt, es gebe einen Zeugen, der gehört habe, wie Elizabeth eine bizarre Bemerkung darüber gemacht habe, daß sich Spritzer vom Gehirn ihres Vaters auf dem Kamin befanden, den sie gerade reinigte. Wenn er es schaffen könnte, daß sie zugab, so wenig Trauer empfunden zu haben, dann würde es aufzeigen, wie wenig ihr die Ermordung ihrer Eltern im Grunde zugesetzt hatte; es würde ihre Aussage vor Gericht darüber, wie betroffen sie vom Tod Nancys und Dereks gewesen war, Lügen strafen. Hatte der Zeuge mit seiner Beobachtung recht? Hatte sie tatsächlich so etwas gesagt?

Nicht genauso, sagte Elizabeth wachsam. Sie versuchte, eine Antwort zu umgehen, indem sie erklärte, sie habe an der Tür gestanden und nicht am Kamin. Als Updike sie darauf aufmerksam machte, wichtig sei in diesem Fall, *was* sie gesagt habe und nicht, wo sie sich in dem Augenblick aufgehalten habe, übte sie Kritik an seiner Art, mit den Fakten umzugehen. »Ich hatte angenommen, ich solle mich immer genau an das halten, was wirklich geschah«, belehrte sie ihn.

Updike reagierte angesichts einer solchen Arroganz mit Fassungslosigkeit.

»Vielen Dank, Ma'am«, sagte er und deutete eine Verbeugung an. »Aber diese Bemerkung haben Sie doch gemacht, oder?«

»Nein«, erwiderte sie kühl. »Ich habe nichts Derartiges gesagt.«

Und schon geht es wieder los, dachte Updike. Indem er seine Hände auf das Geländer des Zeugenstandes legte, fixierte er sie. »Wenn Sie diese Bemerkung nicht gemacht haben«, meinte er genauso kühl, »woher wissen Sie dann so genau, wo sie gefallen ist?«

Elizabeth reagierte überhaupt nicht verwirrt. Sie sagte, ihr Bruder Howard habe sie gebeten, nach Loose Chippings zu kommen, um beim Entfernen der Blutflecken mitzuhelfen. Sie arbeitete gerade in der Nähe der Tür, als sie einige Haare ihres Vaters mit getrocknetem Blut verklebt auf dem Fußboden entdeckte. Bei dem Anblick habe sie krampfhaft schlucken müssen und gemeint, ihr würde gleich schlecht.

Updike sah sie aufmerksam an. »Wie konnte es nur zu einem solchen Hörfehler kommen?« fragte er. »Wie kam es, daß etwas ganz anderes verstanden wurde? ›Ich wische gerade Daddys Gehirn weg‹, sollen Sie gesagt haben.«

»Ich habe wohl gemeint, es seien Haare meines Vater«, gab sie zu. »Danach ging ich schnell ins Badezimmer, wo ich mich übergeben mußte.«

Ungeachtet des genauen Wortlauts ihrer Bemerkung, sagte Updike, sei er doch neugierig zu erfahren, warum sie überhaupt dort war. Als Updike sich mit Howard Haysom unterhielt, habe Howard ihm erzählt, daß die Reinigung des Hauses Elizabeths Idee und nicht seine gewesen sei. Obgleich Howard Chirurg war und ständig Blut sah, hatte er doch Hemmungen, das Blut seiner Mutter und seines Stiefvaters wegzuwischen. Er hätte den Einsatz einer Reinigungsfirma vorgeschlagen, doch Elizabeth habe darauf bestanden, daß sie es selbst tun. »Ich möchte das nur eindeutig klarstellen«, sagte er. »Sie bleiben also dabei, daß Howard Haysom, Ihr Bruder, Sie gebeten hat, diese Arbeit zu übernehmen?«

»Ja«, sagte sie mit Nachdruck.

Updike nahm sich vor, Howard danach zu fragen, wenn er in den Zeugenstand treten würde.

Updike war fasziniert von Elizabeths Aussagen über Jens' Persönlichkeitsmetamorphose. Er glaubte einfach nicht, daß eine Person sich so schnell verändern konnte, daß praktisch über Nacht aus einer unterwürfigen Persönlichkeit eine dominierende werden konnte, daß Jens nach Monaten sexueller Unfähigkeit plötzlich seine volle Potenz erlangte. Ob es denn zuträfe, fragte er sie, daß sie und Jens in der Nacht, die auf den Gedenkgottesdienst folgte, zum erstenmal miteinander schliefen?

So wäre es gewesen, bestätigte Elizabeth, doch nur wenn man das, was sie taten, als miteinander schlafen bezeichnen könne. Nach dem Gedenkgottesdienst seien sie zum Haus einer Freundin gefahren, um dort zu übernachten, weil sie nicht nach Loose Chippings zurückkehren konnten. Sie habe in einem separaten Zimmer bei ihrer College-Bekannten geschlafen, als Jens sie weckte und bat, mit in sein Bett zu kommen. Er sagte, er sei einsam und habe Angst. Sie habe sich nichts dabei gedacht und sei mitgegangen, weil er bis zu diesem Moment impotent gewesen sei. Weil die Ereignisse sie ziemlich aufgeregt hätten, habe sie ein Beruhigungsmittel genommen, und als sie in Jens' Bett lag, sei sie sofort eingeschlafen. Einige Zeit später, sagte sie, sei sie aufgewacht, und da habe Jens sie geliebt.

»Er hat mit Ihnen geschlafen?« hakte Updike nach.

»Na ja«, erwiderte sie, »da es keinen besseren Ausdruck dafür gibt, können Sie ruhig sagen, daß er mit mir geschlafen hat.«

»Wollen Sie etwa andeuten, daß er Sie vergewaltigt hat?« fragte Updike, animiert durch ihre seltsame Antwort.

»Nein«, erwiderte sie, von Vergewaltigung könne eigentlich keine Rede sein, weil sie sich nicht gewehrt habe.

Updike schüttelte etwas ratlos den Kopf. »Und das mit dem Mann, von dem Sie wußten, daß er der Mörder Ihrer Eltern ist«, sagte er. »Die Totenfeier, die allgemeine Trauer, der Gottesdienst für Ihre Eltern, hat all das denn auf Sie keinen Eindruck hinterlassen? Keine Wirkung gehabt?«

Im Gegenteil, antwortete Elizabeth heftig, es habe sogar eine tiefgreifende Wirkung auf sie gehabt.

»Dann möchte ich wissen, wie Sie es schaffen konnten, mit dem Mann, der sie getötet hat, in einem Bett zu liegen und mit ihm zu schlafen.«

Sie schlug sich wieder verbal an die Brust. »Ich weiß es nicht,

Sir. Ich werde mir das niemals verzeihen, und ich erwarte auch von allen anderen kein Verständnis.«

Updike glaubte zu wissen, weshalb es so gewesen war. »Die einzige logische Erklärung ist die, daß Ihr Geliebter genau das getan hat, was Sie von ihm verlangten«, sagte er. »Ist es so?«

Aber sie ließ sich nicht überlisten. »Nein, Sir«, sagte sie und spießte ihn mit ihren Blicken geradezu auf.

Es war fast zwei Uhr, und sie hatten noch keine Mittagspause eingelegt. Elizabeth befand sich seit vier Stunden im Zeugenstand. Updike war überzeugt, daß er wohl kaum weitere direkte Antworten von ihr bekäme, aber er hatte noch eine Frage, die ihm auf der Zunge brannte, ein Komplex, der ihn regelrecht verfolgte. Er wollte wissen, weshalb ihrer Meinung nach Derek und Nancy ermordet wurden. »Warum mußten Ihre Eltern sterben?« fragte er.

Sie zögerte keine Sekunde. »Meine Eltern starben, weil Jens und ich voneinander besessen waren und weil er auf alles in meinem Leben zutiefst eifersüchtig war.«

War das der Grund, weshalb er sie getötet habe? fragte Updike. Aus Eifersucht?

Ja, sagte sie. Er tötete sie, weil er wußte, wie wichtig sie ihr waren und weil sie ihm erklärt habe, sie wolle sich wieder mit ihnen versöhnen. Daraufhin hatte er Angst, er könnte sie, Elizabeth, verlieren.

Updike blätterte die Niederschrift ihrer Vernehmung vom 8. Mai durch Ricky Gardner durch. Was sie gerade gesagt habe, sei sehr interessant, meinte er, aber es sei nicht das gewesen, was sie Gardner erzählt hatte, als er ihr die gleiche Frage stellte. Sie hatte damals dem Polizisten erklärt, sie glaube, Jens habe sie getötet, weil er damit rechnete, daß Derek und Nancy entschlossen waren, ihre Beziehung zu trennen.

Auch das sei richtig, warf Elizabeth schnell ein. »Sie trafen Vorbereitungen, daß wir alle Virginia verlassen, und Jens gefiel das nicht.«

Updike blätterte weiter. Zu einem anderen Zeitpunkt habe sie ausgesagt, fuhr Updike fort, daß ihre Eltern ermordet worden seien, weil sie endlich frei sein wollte. Sie habe behauptet, daß ihre Eltern das Leben ihrer Geschwister ständig kontrollierten und daß sie das gleiche auch bei ihr versuchten. Dabei wolle sie von ihnen in Ruhe gelassen werden.

Das sei ebenfalls richtig, meinte Elizabeth. Das habe sie ja auch schon früher an diesem Tag ausgesagt.

»Sie meinten also, daß sie sich in Ihr Leben einmischten, und Sie glaubten, die einzige Lösung wäre, sie zu ermorden?« hakte Updike nach, um für das Protokoll eine klare Antwort zu erhalten.

»Nein«, fauchte Elizabeth. »Von Mord habe ich nichts erwähnt. Ich sagte nur, ich habe gewünscht, daß sie mich in Ruhe lassen.«

Das könnte auch Jens' Motiv gewesen sein, fügte sie hinzu, oder zumindest eines von mehreren. Aber ihres ganz bestimmt nicht. Sie bleibe dabei, daß sie niemals den Wunsch gehabt habe, ihre Eltern zu töten.

Updike schluckte. Er wußte, daß sie ihm keine ehrliche Antwort geben würde. »Sie versuchen doch nur, Ihre Beteiligung herunterzuspielen«, stellte er erbost fest. »Das ist es doch, was Sie die ganze Zeit tun, nicht wahr?«

»Nein«, schnappte sie, »genau das tue ich nicht.«

Den ganzen Tag hatte Updike versucht, sie zu einer unkontrollierten Reaktion zu animieren. Nun, als er schon im Begriff war, sich geschlagen zu geben, hatte er Erfolg. Sie sprudelte einen Wortschwall hervor, wie sehr sie sich wünsche, daß Jens wegen des Todes ihrer Eltern verurteilt werde, und daß sie vor allem bei der Geschichte mit dem Messer gelogen habe.

Updikes Augen weiteten sich verblüfft. Ehe er sie unterbrechen konnte, um sich nach dem Messer zu erkundigen, erzählte sie es von sich aus.

Sie habe Gardner von dem Butterflymesser berichtet, sagte sie, weil Jens ihr gesagt habe, er hätte ein Steakmesser benutzt, um ihre Eltern zu töten. Sie befürchtete, wenn Jens vor Gericht käme und er ihr die Wahrheit über den Gebrauch des Steakmessers gesagt hatte, könnten seine Anwälte argumentieren, daß er mit dem Mord nichts zu tun habe, weil die Wunden an den Leichen ihrer Eltern nicht von dem Messer erzeugt worden sein können, das sie beschrieben hatte. Deshalb könnte Jens wahrscheinlich wegen einer technischen Kleinigkeit unbehelligt davonkommen.

Updikes Kopf summte. Elizabeth Haysom war völlig unberechenbar, sagte er sich wieder einmal. Sie konnte ihre Stories schneller als der Blitz verändern. Wie sollte jemand feststellen können, wann sie die Wahrheit sagte?

Egal, was die Mordwaffe war, fuhr Elizabeth fort, sie sei überzeugt, daß Jens geplant hatte, ihre Eltern zu töten. »Als ich hierher kam, glaubte ich, wenn ich wegen vorsätzlichen Mordes zusammen mit ihm verurteilt würde, könnte er sich nicht auf verminderte Schuldfähigkeit oder gar Notwehr herausreden. Ich habe nur versucht, Ihnen zu helfen«, sagte sie wütend zu Updike.

Das stimmt ja gar nicht, dachte Updike. Sie versucht nicht, mir zu helfen. Sie will nur dafür sorgen und sichergehen, daß Jens verurteilt wird. Und daß sie selbst so glimpflich wie möglich davonkommt.

»Es tut mir leid, wenn es so aussieht, als wolle ich meine Schuld verniedlichen«, sagte sie. »Ich glaube, daß ich grundsätzlich schuldig und grundsätzlich genauso für das verantwortlich bin, was passiert ist. Ich wäre sicherlich nicht hier, wenn ich mich nicht all dieser Vergehen schuldig gemacht hätte.«

Updike wußte sehr wohl, wann es am besten war, aufzuhören. Er könnte ihr noch wochenlang seine Fragen stellen, und sie würden trotzdem der Wahrheit nicht näher kommen. Er glaubte, einige Punkte gesammelt zu haben, wenn auch nicht annähernd so viele, wie er es sich gewünscht hatte. Ich muß den Prozeß objektiv betrachten, sagte er sich. Die einzige Meinung, die in diesem Saal Bedeutung hat, ist die von Richter Sweeney. Ich kann nur hoffen, daß er sich nicht hat hinters Licht führen lassen.

Sie können gehen, sagte er. Er habe keine weiteren Fragen

mehr. Er ließ sich auf seinen Stuhl sinken. Er brauchte eine Atempause. Noch stand der Auftritt von Elizabeths Psychiater bevor, und für den wollte er so frisch wie möglich sein. Er wußte, daß ihm ein weiterer Kampf bevorstand.

51

Am frühen Nachmittag, als bei vielen die Nachtischmüdigkeit ausbrach, beschloß Drew Davis, ein bißchen Leben in den Prozeß zu bringen. Er rief den Psychiater C. Robert Showalter auf.

Auf Davis' Bitte schritt der Autor einer ausführlichen psychiatrischen Beurteilung Elizabeth Haysoms zackig in den Zeugenstand, schob entschlossen das Kinn vor und schwang mit den Armen wie ein Soldat bei der Parade. Showalter war ein stämmiger Mann mit ungewöhnlich weiß leuchtendem Haar, das seine Ohren zur Hälfte verdeckte. Hinzu kam ein scheinbar von langen Aufenthalten an frischer Luft gerötetes Gesicht, das in einem auffälligen Kontrast zu seinem dunklen Maßanzug stand. Seine Stimme war angenehm und wohlmoduliert, doch wenn er den Mund aufmachte, dann war seine Sprache genauso eigentümlich wie die Elizabeths, allerdings auf andere Weise. Elizabeth sprach ein reines Englisch; Showalters Rede hingegen bestand aus typischem Psychiaterjargon und war reich gewürzt mit Begriffen wie *Antriebsreiz* und *Schwellenkriterien*.

Zu Beginn jedoch war er gut zu verstehen, als er nämlich ausführte, daß er seit vierundzwanzig Jahren als praktizierender Psychiater tätig sei, in Hunderten von Gerichtsprozessen als Gutachter aufgetreten sei und zur Zeit den Posten des außerordentlichen medizinischen Direktors des Instituts für Recht, Psychiatrie und Rechtsordnung an der Universität von Virginia bekleide.

Soweit es Jones und Davis betraf, war Showalter ein echter Star. Er könnte sich für ihren Fall als unbezahlbar erweisen, wenn er, wie sie inständig hofften, Richter Sweeney überzeugen konnte, daß Elizabeth aufgrund eines seit langer Zeit bestehenden psychischen Leidens nicht in vollem Umfang für ihre Taten verantwortlich gemacht werden dürfe. Neben Elizabeth selbst war er der wichtigste Zeuge der Verteidigung.

Updike hingegen stufte ihn nicht so hoch ein. Während der

Psychiater mit sonorer Stimme für das Protokoll seine Referenzen auflistete, saß Updike nur ein paar Meter weiter und blätterte stirnrunzelnd in Showalters neununddreißig Seiten starkem Bericht. Die Verteidigung hatte gewartet, bis der Psychiater im Zeugenstand Platz genommen hatte, ehe sie dem Staatsanwalt eine Kopie des Berichtes gab. Diese Strategie erzeugte bei Updike nicht gerade die beste Laune.

Das erste, was er feststellen wolle, begann Showalter, sei, daß Elizabeth psychisch nicht in dem Maße aus dem Gleichgewicht geraten sei, daß ihr nicht der Prozeß gemacht werden könne. Es seien auch keine Hinweise gefunden worden, daß sie zu dem Zeitpunkt, als die Verbrechen begangen wurden, Störungen gezeigt hätte, die sie als schuldfähig erscheinen ließen. Er und andere Experten im Institut, die Elizabeth untersucht oder mit ihren Freunden und Familienangehörigen gesprochen hatten, seien zu der Überzeugung gelangt, daß sie eine sehr intelligente und wortgewandte junge Frau ist. Das heiße nicht, daß sie nicht doch gewisse Probleme habe. Ernste Probleme. Sie zeige nämlich Symptome einer schwerwiegenden psychischen ›Dysfunktion‹, allgemein bekannt als *latente Persönlichkeitsstörung*.

Laienhaft ausgedrückt bedeutet *latent* nichts anderes, als daß sie weder ganz gesund noch ganz krank ist. Es ist ein Zustand, der in der Mitte liegt. Eine latente Persönlichkeitsstörung, erklärte der Psychiater, ist ein Zustand, der sich recht früh heranbildet, jedoch erst zutage tritt, wenn die Person in die Pubertät kommt oder sogar noch später. Eine Person, die unter einer latenten Persönlichkeitsstörung leidet, hat im allgemeinen Schwierigkeiten, persönliche oder soziale Beziehungen zu unterhalten. Im allgemeinen funktioniert die betreffende Person nicht sehr gut im allgemeinen Alltagsleben. Sie leidet unter einer Reihe von Störungen.

Persönlichkeitsstörungen unterscheiden sich hinsichtlich der Symptome von Person zu Person. Alle Symptome aller Störungen sind in einem umfangreichen Nachschlagewerk zusammengefaßt, dem *DSM III*, der dritten Auflage des *Diagnostic and Statistical Manual*. Es ist so etwas wie die Bibel des Psychiaters.

Die Symptome einer Person, bei der der Verdacht auf eine Persönlichkeitsstörung besteht, werden von einem Psychiater aufgelistet, dann werden die Symptome mit denen verglichen, die im *DSM III* zusammengefaßt sind. Das Buch führt acht eindeutig identifizierbare Kriterien für eine latente Persönlichkeitsstörung auf. Psychiater sind sich einig, daß jeder, bei dem fünf oder acht Kriterien erfüllt sind, als persönlichkeitsgestört angesehen werden kann. Bei Elizabeth, meinte Showalter, seien sieben Kriterien festgestellt worden.

Zum Beispiel neige sie dazu, andere sehr streng zu beurteilen. Entweder könne die betreffende Person nichts richtig oder nichts falsch machen. »Ihre Mutter wurde als verführerisch aufmerksam, aber gleichzeitig unangenehm abweisend gesehen«, sagte Showalter. »Melinda war eine verständnisvolle, wenngleich besitzergreifende Freundin, mit der Elizabeth zusammenlebte und umherreiste und von der sie sich ziemlich abrupt trennte. Jens war ihr leidenschaftlicher Geliebter, mit dem sie physisch wie emotional eng verbunden war. In jeder der Beziehungen schwankte Elizabeth zwischen unterwürfig und abhängig oder abweisend und manipulativ.

Sie war außerdem extrem impulsiv; sie litt häufig unter Depressionen; sie mißhandelte ihren eigenen Körper – einmal, im Alter von elf Jahren, indem sie versuchte, sich ein Muttermal auf der Brust herauszuschneiden, und bei anderen Gelegenheiten, als sie sich ihre Pulsadern aufschnitt oder sich Nadeln in die Füße stach. Sie litt unter Minderwertigkeitskomplexen und einer gestörten sexuellen Orientierung; sie fühlte sich oft einsam und gelangweilt; und sie hatte das Gefühl, sich nicht gegen ihre Mutter behaupten zu können. Diese letzte Empfindung war für Elizabeth besonders tiefgreifend, sagte Showalter. Anstatt sich gegen Nancy aufzulehnen, fühlte Elizabeth ›sich dazu verpflichtet, sich ihr zu unterwerfen und ihr zu gehorchen und das sogar so weit, daß sie auf ihre Aufforderung hin nackt posierte‹. Der gleiche Zwang, fügte er hinzu, brachte sie dazu, sich von Jens ›schlagen zu lassen‹ und an seinen ›bizarren sexuellen Phantasien‹ teilzuhaben.

Das einzige Kriterium der latenten Persönlichkeitsstörung,

das sich bei ihr nicht beobachten lasse, meinte Showalter weiter, sei eine Unfähigkeit, ihren Zorn unter Kontrolle zu halten. Auf entsprechende Fragen von Drew Davis meinte Showalter, daß dies wahrscheinlich bedeute, daß Elizabeth im Grunde eine nicht gewalttätige Person sei.

Trotz einer solchen Vielzahl psychischer Störungen begannen Elizabeths Probleme erst richtig, als sie Jens Soering kennenlernte.

Jens und Elizabeth paßten intellektuell sehr gut zusammen, meinte Showalter. Mehr noch, eigentlich harmonisierten sie sogar besser, als gut für sie war. Eine ihrer Lieblingstätigkeiten waren sogenannte ›Kopfspiele‹, in deren Verlauf sie versuchten, extrem schwierige, vielleicht sogar unlösbare Probleme zu bewältigen. Eines dieser Kopfspiele bestand darin, mehrere Morde zu planen, wie zum Beispiel an ihren oder an Jens' Eltern. Indem sie über diese Dinge redeten, wurden bei Elizabeth ›Spannungen‹ gelöst, sagte Showalter. Damit gelangte sie wieder auf eine ›Ebene vernünftigen psychischen Funktionierens‹.

Trotz ihrer Gespräche darüber, führte Showalter aus, hätte Elizabeth niemals ernsthaft angenommen, daß Jens tatsächlich ihre Eltern töten würde. Mord war für sie nichts Wirkliches, Mord war ›etwas, das in einem metaphorischen, bizarren mentalen Leben geschah‹.

Davis fragte Showalter, weshalb Elizabeth sich nach den Morden derart loyal zu Jens verhalten hatte, warum sie bei ihm geblieben war und ihm sogar Alibis verschaffte.

Der Psychiater erwiderte, daß diese Verhaltensweise ein grundlegendes Dogma der Psychiatrie bestätige – daß für einige Menschen negative Aufmerksamkeit besser sei als überhaupt keine. »Sie sehnte sich und hungerte so sehr nach irgendeiner Form von Beziehung, daß die negativen Aspekte dieses Verhältnisses entweder geleugnet oder in einem Maße heruntergespielt wurden, daß man sie tolerieren konnte«, sagte er. »Ihre Angst, allein zu sein, ihre Angst, nicht geliebt zu werden, war derart intensiv und beherrschend, daß sie praktisch jeden Preis bezahlt hätte, um einen Freund zu haben.«

Wer, fragte Davis, sei denn nach Showalters Meinung der dominante Partner in der Beziehung gewesen?

Showalter zögerte nicht. »Darüber gibt es bei mir keinen Zweifel«, sagte er. »Während der gesamten Dauer des Verhältnisses war Mr. Soering die dominante, die stärkere der beiden Persönlichkeiten.« Dies, so fuhr er fort, sei vor allem in dem Brief an Neil Woodall deutlich geworden. Darin habe Jens ganz klar seine Philosophie und seine Beziehung zu Elizabeth dargestellt. »Ich glaube, daß dieser Brief deutlich macht, daß Mister Soering sich als den großen Lenker und als selbstsicheren jungen Mann betrachtete, der fähig war, alles auszuführen und zu erreichen, was er wollte«, sagte er.

Showalter hatte auch eine Meinung hinsichtlich Jens Soerings Motiv, aus dem er Derek und Nancy tötete. »Ich denke, nach ausgiebigen Untersuchungen und Studien sagen zu können, daß nach meinem Dafürhalten Mister Soering die Morde im wesentlichen deshalb beging, weil er fürchtete, Elizabeth zu verlieren.«

Jim Updike konnte in seinem Sessel kaum still sitzen. Nachdem er Showalters Bericht überflogen hatte, hörte er skeptisch zu, als der Psychiater sich so gut wie möglich für Elizabeth einsetzte. Was den Staatsanwalt besonders verwunderte, sagte Updike später im Gerichtssaal, sei die frappierende Ähnlichkeit zwischen dem, was Showalter in seinem Bericht geschrieben hatte, und den Punkten, die Elizabeth in ihrer Aussage angeführt hatte. Einerseits verärgert und frustriert durch Elizabeth' ständiges Ausweichen, erbost über die List der Verteidigung, ihm Showalters Bericht erst zukommen zu lassen, als der Psychiater im Zeugenstand Platz nahm, und irritiert durch die Parallelen zur Aussage Elizabeths, konnte Updike es kaum erwarten, mit Showalter die Klinge zu kreuzen.

52

Einen scheinbar endlos langen Moment sahen Updike und Showalter einander nur stumm an. Es war keine Liebe auf den ersten Blick. Als erfahrener Prozeßgutachter hatte Showalter es schon mit einer ganzen Menge überaus aggressiver Staatsanwälte zu tun gehabt. Er fühlte sich durch Jim Updike nicht eingeschüchtert.

Updike war nicht überzeugt von Showalters Analyse der psychischen Verfassung von Elizabeth Haysom. Der Psychiater war einfach zu glatt, um Updike zu gefallen, seine Beurteilungen waren zu oberflächlich.

Updike ging um den Tisch herum und blieb dicht vor dem Psychiater stehen, der ihn unfreundlich musterte. »Sie haben heute einige ziemlich weitreichende Erklärungen abgegeben, nicht wahr?« sagte Updike gedehnt. »Ich meine, Sie haben uns nicht nur eine psychologische Analyse der Angeklagten geliefert, sondern Sie haben auch die Fakten unseres Falles beurteilt und gewertet, oder?«

Showalter war angespannt, aber nicht unruhig. »Nein«, widersprach er und erwiderte Updikes Blick. »In keinster Weise.«

Es versprach eine blutige Schlacht zu werden.

Es gab in Showalters Bericht nicht viel, was Updike nicht angriff, und zwar von der Gliederung und vom Aufbau des Berichts bis hin zu den Schlußfolgerungen, die darin gezogen wurden. Updike kritisierte vor allem die Art und Weise, wie der Psychiater Elizabeths Position in allzu einfachen Begriffen beschrieben hatte. Showalter war zu sehr darauf bedacht gewesen, sagte Updike, den Nachweis zu führen, daß der gesamte Plan, Derek und Nancy zu töten, allein von Jens entwickelt und ausgeführt worden war. »Mir kommt es so vor, als wollten Sie ausdrücken, daß Miss Haysom mit der ganzen Sache nichts zu tun hatte, außer durch ein paar bizarre Phantasien«, meinte Updike. Ihm käme es so vor, fuhr er fort, als meine Showalter, daß Elizabeth gar nicht aktiv an dem Versuch beteiligt gewesen war, ein Alibi zu beschaffen. Falls Showalter mit dieser Auffassung durchkam, glaubte Updike, würde er die Anklage der Staatsanwaltschaft gegen Elizabeth als Anstifterin zu Fall bringen. Er beugte sich zu Showalter vor. »Meinen Sie denn, sie habe überhaupt in irgendeiner Verbindung zu den Taten gestanden?« fragte er kampflustig.

Der Psychiater ließ sich nicht aus der Ruhe bringen. Nach seinem Dafürhalten beschränke sich Elizabeths Beteiligung lediglich auf die ›Kopf-Spiele‹, doch auch das beließe ihr eine große Ladung Schuld. »Sie fühlt sich unendlich schuldig«, fügte er hinzu.

Updike begann auf und ab zu wandern. Während er auf dem Absatz kehrt machte, schoß er seine nächste Frage ab. »Sie sagen also, daß sie einige Ideen in Gedanken durchspielte und daß Mister Soering sie falsch interpretierte. Ist das richtig?«

Showalter, der jeden Schritt Updikes im Saal genau verfolgt hatte, äußerste sich zustimmend. So könne man es ausdrücken. Entweder das, oder er habe ihre gemeinsamen Phantasien in die Tat umgesetzt, als Elizabeth nicht damit gerechnet hatte.

»Demnach meinen Sie, daß sie ihn in keiner Weise zu seiner Tat ermutigt hat?« fragte Updike.

»Nun ja«, meinte Showalter, »das hängt davon ab, was Sie unter ermutigen verstehen.«

Updike kochte vor Wut. Er konnte nicht begreifen, wie Showalter die ganze Dokumentation des Falles hatte überprüfen, die daran beteiligten Personen, speziell Elizabeth, hatte befragen und trotzdem zu derartigen Schlußfolgerungen hatte gelangen können. Es war für seine Position von entscheidender Bedeutung, daß er Showalters Erkenntnisse als unglaubwürdig darstellte. Das wollte er erreichen, indem er zuerst einmal nachwies, daß das vom Doktor für seinen Bericht verwendete Material unvollständig war.

Mit langen Schritten kehrte er zum Anklagetisch zurück und

griff nach seiner Kopie des psychiatrischen Gutachtens. Er verlas die Namen der Leute, die im Zusammenhang mit der Studie befragt worden waren. Als er den Bericht wieder zuklappte, sah er Showalter an und fragte, ob er selbst mit den Genannten gesprochen habe. Showalter verneinte das, sie seien von Angestellten des Instituts befragt worden. Updike nickte. Er verlas nun die Liste der verwendeten Dokumente. Er kam auf insgesamt fünfunddreißig Quellen. Er fragte Showalter, ob er wisse, was in den Dokumenten stehe, wobei er speziell eine eidesstattliche Erklärung aus seinen Unterlagen identifizierte. Showalter erwiderte, daß er sich nicht daran erinnern könne.

»War es vielleicht mein Einkaufszettel für den Supermarkt?« bellte Updike ungehalten. »Oder hatte das Schriftstück irgendeine Bedeutung für diesen Fall?«

Alles, was in dem Bericht aufgeführt worden sei, habe Bedeutung für den Fall, entgegnete Showalter. »Deshalb haben wir es ja am Ende genannt.«

Genau das war es, was Updike zu hören gehofft hatte.

»Nein, Sir«, schoß er zurück. »Das ist nicht der Grund, warum es hier auftaucht. Diese Erklärung wurde vom Außenministerium angefordert im Zusammenhang mit dem Auslieferungsverfahren. Das Dokument hatte nicht das geringste mit dem psychischen Zustand der Angeklagten zu tun. Dennoch wird es hier aufgeführt, und es sieht so aus, als wüßten Sie nicht einmal, was darin steht.«

Updike schaute wieder auf die Liste. Wie es denn mit Ricky Gardner sei? fragte er. Im Bericht werde auch eine eidesstattliche Erklärung des Ermittlungsbeamten genannt. Ob Showalter wisse, welchen Inhalt diese Erklärung habe?

Showalter gab zu, daß er keine Ahnung habe. »Aber ich habe keine Lust, dieses Spiel weiter fortzusetzen«, meinte er wütend zu Updike.

Updike funkelte ihn an. »Das ist kein Spiel«, sagte er. »Ich wollte mich nur darüber informieren, auf welcher Basis Sie zu den eingehenden und weitreichenden Erklärungen gelangt sind, die sich in Ihrem Bericht finden.«

Nachdem er den Komplex der Quellen abgehandelt hatte, ging Updike auf den wohl wesentlichsten Punkt ein: nämlich darauf, daß Showalter seine Beurteilung von Elizabeths Gemütszustand fast ausschließlich auf dem begründete, was Elizabeth ihm selbst erzählt hatte. Wenn er Showalter dazu bringen könnte, das zu bestätigen, dann würde er den ganzen Bericht regelrecht zerfetzen können, denn jeder im Gerichtssaal hatte gesehen, was für eine wankelmütige und unzuverlässige Zeugin Elizabeth war. Aber Showalter war ein gewiefter Experte und wäre sicherlich nicht so leicht aufs Glatteis zu führen. Unvermittelt fragte er den Psychiater, warum er zu der Annahme gelangt sei, daß Nancy ihre Tochter gezwungen habe, für die Nacktfotos zu posieren, die man in Nancys Schreibsekretär gefunden hatte.

Das habe Elizabeth ihm so erzählt.

Genau das meine er ja, rief Updike. »Elizabeth hat es Ihnen erzählt. Und Sie haben sofort angenommen, daß sie die Wahrheit sagte, und haben ihre Aussage benutzt, um sich Ihre Meinung über sie zu bilden, nicht wahr?«

Showalter ließ sich nicht so leicht in die Enge treiben. Das sei doch nur ein winziger Teil an Information, der in dem Bericht verwendet wurde, sagte er.

Fast eine Stunde lang rangen Updike und Showalter miteinander. Die Animosität zwischen ihnen war unverkennbar.

Irgendwann befragte Updike den Psychiater über seinen häufigen Gebrauch des Wortes *metaphorisch* bei der Beschreibung von Elizabeths Handlungen. Sie habe rein metaphorisch die Morde geplant. Sie habe ihren Vater rein metaphorisch gehaßt. Sie habe Jens metaphorisch zu seinen Taten ermutigt. »Wollen Sie, Dr. Showalter«, meinte Updike sarkastisch, »damit etwa andeuten, daß alles, was passiert ist, rein metaphorisch war? Daß Mister und Missis Haysom tot sind, das ist auf jeden Fall nicht metaphorisch.«

Showalter mußte ihm darin zustimmen.

Ein anderes Mal äußerte Updike sich zu der Frage, nach welchen Gesichtspunkten Showalter entschieden habe, daß Elizabeth stets die Wahrheit sagte. Woher konnte er das genau wissen? fragte der Staatsanwalt.

Showalter meinte, er habe sein Urteil nach mehrstündigen Gesprächen gefällt und nachdem er ihre Antworten analysiert und gewertet hätte.

Updike erinnerte Showalter daran, daß er sie stundenlang im Zeugenstand befragt habe und am Ende eine ganze Anzahl unterschiedliche Antworten vorliegen hatte. »Mir scheint, von Wahrheit kann man sprechen«, sagte Updike, »wenn man eine Version des Geschehens wiederholt, und wenn man davon abweicht, dann erzählt man eine Lüge.« Um dem Psychiater den entscheidenden Stoß zu versetzen, schickte Updike noch eine Frage hinterher. »Und sie ist doch zur Lüge fähig, nicht wahr?«

Ein Lächeln spielte um Showalters Lippen. »Jeder ist zur Lüge fähig.«

Sie unterhielten sich nun schon eine halbe Stunde, als Showalter mindestens zum zweitenmal zugab, daß ein großer Teil der Informationen, auf denen seine Schlußfolgerungen basierten, direkt von Elizabeth gekommen waren. Als er das sagte, schien Updike erleichtert aufzuatmen. Sein Tonfall wurde umgänglicher. Wenigstens nicht mehr so streitlustig. »Sie sehen vor sich diese ungewöhnlich intelligente junge Frau«, sagte er fast in einem verschwörerischen Ton, »die genau weiß, weshalb sie angeklagt ist, die weiß, daß sie sich schuldig bekannt hat, und die auch weiß, daß Sie eines Tages vor Gericht erscheinen werden, um zu ihrer Entlastung auszusagen. Und die eine besondere Fähigkeit zur Lüge und zum Betrug besitzt. Nachdem man sich mehrere Stunden mit ihr unterhalten hat, fällt es einem schwer zu entscheiden, wann sie einen anlügt und wann nicht, oder?«

»Das kann schwierig sein«, gab Showalter ihm recht. Dann modifizierte er seine Antwort: »Aber für einen Arzt ist es weitaus weniger schwierig als für jemand anderen.«

Das brachte Updike wieder in Rage. »Was soll das mit dem Arzt«, fragte er aggressiv. »Woran wollen Sie denn erkennen, daß sie lügt?«

»Ein Arzt hat eine besondere Art, sich einen Fall anzuhören, bestimmte Fakten und Informationen zu beurteilen, zusammenzufügen und so etwas wie einen Sinn darin zu erkennen«, sagte Showalter.

»Ich dachte immer«, meinte Updike trocken, »daß dafür der Richter zuständig ist.«

Ein Punkt an Showalters Bericht, der Updike keine Ruhe gab, war die Tatsache, wie genau seine Meinung zu den Vorgängen sich mit Elizabeths deckte. Updike erklärte Showalter, der sich während Elizabeths Aussage nicht hatte im Gerichtssaal aufhalten dürfen, daß Elizabeth ihre Geschichte gegenüber dem, was sie den Ermittlungsbeamten erzählt hatte, gründlich geändert habe. Anstatt ihre Mitwirkung beim Manipulieren Jens Soerings, bei der Konstruktion eines Alibis und beim Kauf des Messers einzugestehen, wie sie es gegenüber Beever, Gardner und Wright getan hatte, habe sie ausgesagt, alles sei Jens' Schuld gewesen. Und das, so meinte Updike, klänge doch fast genauso wie das, was Showalter ausgesagt hatte. Der Grund, daß sie ihre Geschichte verändert hatte, so meinte Updike, könne vielleicht der sein, daß sie Gelegenheit hatte, mit dem Psychiater zu reden.

Showalter reagierte zornig. »Das hat damit überhaupt nichts zu tun«, sagte er wütend. »Das ist eine hervorragende Demonstration, eine Art *in vivo*-Vorstellung von dem, worüber ich den ganzen Nachmittag gesprochen habe, Mister Updike. Sie haben ein klinisches Phänomen gesehen!«

Updike wußte nicht, ob er darüber lachen oder weinen sollte. »Nun gut«, sagte er nach einer Weile. »Warum denn, glauben Sie, hat Elizabeth ihre Geschichte verändert?«

»Das frage ich mich auch«, sagte Showalter, »denn sie bittet gar nicht um Gnade oder Nachsicht. Sie fühlt sich schuldig und meint, daß sie den Rest ihres Lebens sozusagen als Opfer darbringen soll, als Opfer für ihre Beteiligung an der Ermordung ihrer Eltern.«

Ihm käme es so vor, sagte Updike, als ob die Antwort direkt auf Elizabeths Gespräch mit Showalter zurückzuführen sei. Möglich, daß der Psychiater nicht willentlich versucht hatte, sie zu beeinflussen, meinte Updike, aber da Elizabeth so intelligent sei, habe sie vielleicht geahnt, welche Auffassung in dem Psychiater herangereift sei.

Diese Unterstellung weckte erneut Showalters Zorn. »Damit stimme ich nun überhaupt nicht überein«, sagte er eisig.

Updike war überrascht. Warum es denn so unmöglich sei, daß er seine Empfindungen nach außen hin zeige, wollte Updike wissen.

»Ganz einfach deshalb, weil wir keine Verteidigungsstrategien anbieten«, sagte Showalter in überheblichem Ton. »Das ist nicht mein Job.«

Updike war zufrieden, wie dieser Dialog verlaufen war. Nach einem letzten Blick auf den Psychiater schlenderte er zu seinem Platz zurück. »Vielen Dank, Dr. Showalter. Ich habe keine Fragen mehr.«

Sobald Updike sich hingesetzt hatte, sprang Drew Davis auf die Füße. Darum bemüht, seinen Zeugen zu verteidigen, erklärte er, daß Elizabeth gegenüber Gardner am 11. Mai zugegeben habe, die Geschichte vom Messerkauf gemeinsam mit Jens erfunden zu haben. Und das war Wochen, bevor sie Showalter zum erstenmal gesehen hatte. »Offenbar trifft nicht alles, was die Anklage zu dieser geänderten Geschichte sagt, so genau zu, wie sie es möchte, oder?«

»Natürlich nicht«, sagte Showalter. »Ich würde mich mit aller Vehemenz gegen jeden Verdacht wehren, der in dieser Vermutung zum Ausdruck kommt.«

Stellen Sie sich nur mal vor, fuhr Davis fort, Elizabeth wäre als normale Patientin zu ihm gekommen und nicht als Frau, die der Mitwirkung an der Ermordung ihrer eigenen Eltern angeklagt ist. Wie hätte die Diagnose denn dann gelautet?

»Natürlich habe ich dazu eine Meinung«, sagte Showalter, »und die beruht auf reiner Spekulation, und das möchte ich besonders betonen. Aber hätte ich Miss Haysom als behandelnder Psychiater in der Studentenberatung an der Universität von Virginia in ihrem ersten Semester kennengelernt, dann hätte ich wohl unwidersprochen und eindeutig bei ihr eine latente Persönlichkeitsstörung diagnostizieren können.«

Das brachte Updike gleich wieder auf die Beine. Er stürzte sich erneut in die Schlacht. Was hat eine latente Persönlichkeitsstörung mit dem Mord an ihren Eltern zu tun? wollte Updike wissen, während er aufsprang.

»Sie dient als Erklärung«, sagte Showalter kühl.

Aber Updike ließ sich nicht so leicht bremsen. Er sei vorher so erregt gewesen, daß er ganz vergessen habe, Showalter nach seiner Meinung über Jens zu fragen. Als der Psychiater die Aussage machte, daß er Jens für die dominante Persönlichkeit in der Beziehung halte, meinte er damit die Zeit vor oder nach den Morden?

Showalter erwiderte, daß er keinen Unterschied mache.

Das fände er aber seltsam, entgegnete Updike. Elizabeth selbst habe doch ausdrücklich auf diesen Unterschied hingewiesen, indem sie meinte, sie habe Jens vor den Morden manipuliert, wohingegen er sie nachher manipuliert habe. Es sei schon wichtig, diesen Unterschied hervorzuheben, meinte Updike, denn Elizabeth habe sich schuldig bekannt, Anstifterin gewesen zu sein. Das bedeutete doch eindeutig, daß sie zugab, vor den eigentlichen Morden an der Tat beteiligt gewesen zu sein. Er fragte Showalter, warum er diesen Unterschied nicht mache.

Showalter machte einen Rückzieher. »Ich kann diesen Unterschied nicht machen«, sagte er. »Es wäre von mir völlig unangemessen, weitere Spekulationen über die Charaktereigenschaften von Mister Soering abzugeben. Ich habe ihn nie persönlich kennengelernt.«

Diese Antwort machte Updike selig. Das war genau der Punkt, den er hatte klarstellen wollen. Showalter hatte soeben

Updike geholfen, seine eigene Aussage abzuschwächen. Updike machte darauf aufmerksam, daß der Psychiater zwar niemals mit Jens gesprochen hatte, aber trotzdem aussagte, er glaube, daß Jens die Haysoms ermordet hatte, weil er befürchtete, Elizabeth zu verlieren.

»Das war eine durchaus vernünftige Interpretation«, konterte Showalter. »Es paßt zu diesem Schwanken zwischen Kontrolle, dem Erhalten der Kontrolle, ihrem Verlust usw. Rein klinisch paßt es bestens zusammen.«

»Klinisch?« fragte Updike.

Showalter nickte.

»Klinisch nutzt Nancy und Derec Haysom nicht viel, oder?« fragte Updike.

»Unglücklicherweise nicht«, gab Showalter zu. »Da haben Sie natürlich recht.«

53

Dr. Showalter war der letzte Zeuge der Verteidigung, aber Updike hatte noch Zeugen, die er zur Entgegnung aufrufen konnte. Der erste war Dr. Howard Haysom, Nancys ältester Sohn aus erster Ehe und Elizabeths Halbbruder. Updike rief ihn auf, damit er zwei Behauptungen widersprechen konnte, die Elizabeth abgegeben hatte. Die erste betraf ihre Behauptung, daß sie vergewaltigt worden war, als sie als Zehnjährige die Schule in der Schweiz besuchte.

Howard erzählte, er habe erst im März 1985 mit ihr darüber gesprochen, als sie mit ihm zum Skilaufen nach Colorado gefahren war. Er und Elizabeth fuhren mit der Seilbahn einen Berg hoch, sagte Howard aus, als er sich an den Vorfall in der Schweiz erinnerte. Er hatte die Geschichte noch nicht direkt von ihr gehört, und er wollte die Bindung zu ihr intensivieren, deshalb fragte er sie danach. Sie erzählte ihm, daß der Mann sich vor ihr unzüchtig entblößt habe. Sie sagte, der Mann habe auf der anderen Seite eines Zauns gestanden.

»Sie hat keine Andeutung gemacht, daß sie vergewaltigt wurde?« fragte Updike.

»Nein«, antwortete Howard nachdrücklich.

Der andere Punkt, den der Staatsanwalt mit Howard Haysom klären wollte, war die Erklärung Elizabeths, daß Howard sie gebeten hatte, bei der Reinigung des Hauses zu helfen, in dem ihre Eltern getötet worden waren.

»Elizabeth Haysom sagte aus, daß sie hinging und sich am Hausputz beteiligte, weil Sie sie darum gebeten hätten«, sagte Updike. »Stimmt das?«

Er verneinte. »Ich verlangte überhaupt nicht, daß Elizabeth ins Haus kam.« Er sagte, daß er und Elizabeths anderer Halbbruder, Veryan, darüber gesprochen hätten, eine Gebäudereinigungsfirma zu engagieren, als Elizabeth sich einmischte. »Sie sagte: ›Warum holen wir uns nicht ein paar Eimer und Schrubber?‹ Ich war darüber ziemlich entsetzt. Ich bin Arzt und eigentlich an den Anblick von Blut gewöhnt. Ich habe mehr als genug davon gesehen, aber nun hörte ich einen Vorschlag von meiner zwanzigjährigen Schwester, der mich wirklich verblüffte.«

Er sagte, sie hätten die Reinigungsfirma engagiert, doch Elizabeth sei mit deren Arbeit nicht zufrieden gewesen und selbst ins Haus gegangen, um die Haustür noch einmal nachzuputzen.

»Wenn sie also aussagt, daß sie sich ins Haus begab, weil Sie sie darum gebeten hatten, dann ist das eine unwahre Behauptung, oder?«

»Vielleicht hat sie es so verstanden, was ich sagte. Ich kann mich nicht erinnern, sie ausdrücklich gebeten zu haben, zum Saubermachen ins Haus zu kommen.«

Wie er es auch schon vorher bei Veryan Haysom getan hatte, fragte Updike Howard, welche Strafe er für Elizabeth als angemessen ansehe.

»Wissen Sie«, sagte er nachdenklich, »ich glaube, das hängt von einem einzigen Punkt ab, und der lautet: Zeigt Elizabeth so etwas wie Reue? Ich finde, das tut sie nicht. Statt dessen gibt sie weiterhin unwahre Erklärungen ab, dreht sich und windet sich und denkt sich Informationen aus, die für sie günstig sind, aber nicht den Tatsachen entsprechen. Ich glaube, daß sie mich schon früher angelogen hat und daß sie es auch in Zukunft tun wird. Ich persönlich bin nicht zufrieden mit der Erklärung, die sich aus ihrem Schuldbekenntnis ergibt. Ich glaube, Elizabeth war zur Zeit des Verbrechens im Haus, und ich habe Gründe für diese Annahme.«

Updike kannte diese Gründe; Howard hatte sie ihm bereits genannt. Er erzählte, daß er ein paar Tage vor ihrem Tod mit seiner Mutter gesprochen habe und daß sie erwähnte, daß sie Elizabeth und Jens an diesem Wochenende erwarten und daß Elizabeth versprochen hatte, sie wolle ›etwas Wichtiges für uns tun‹. Sie habe sich weiter nicht dazu geäußert. Außerdem glaubte Howard nicht, daß seine Eltern Jens ins Haus gelassen hätten, wenn nicht Elizabeth bei ihm gewesen wäre. Dann war da noch die Sache mit einigen Dokumenten, die Derek an Veryan Haysom in Nova Scotia geschickt hatte. Der Umschlag, der die Papiere enthielt, war in Washington am 1. April abgestempelt worden, also offensichtlich zwei Tage, nachdem Derek und Nancy in Lynchburg, etwa zweihundert Meilen entfernt, getötet wurden. Wie ein Poststempel aus Washington mit diesem speziellen Datum auf den Umschlag gekommen ist, war eines der ungelösten Rätsel, die der Fall immer noch aufwies.

Updike wollte dieses Thema während der Anhörung nicht behandeln. Als er Elizabeths Bekenntnis, sich der Anstiftung schuldig zu fühlen, annahm, hatte er den Versuch aufgegeben, den Nachweis zu erbringen, daß sie tatsächlich anwesend war, als Derek und Nancy ermordet wurden. Trotz Howards offensichtlichem Wunsch, diese Punkte noch einmal durchzugehen, brach Updike die Diskussion ab.

Ein weiterer seiner Gegenzeugen war Richard Haysom, ein Architekt aus Calgary, Howards Bruder und Elizabeths Halbbruder. Ein Jahr jünger als Howard, war Richard zehn Jahre älter als eine Halbschwester. Richard Haysom sagte, er habe Elizabeth sowohl altersmäßig wie auch emotional am nächsten gestanden.

Updike stellte ihm die gleichen Fragen wie Veryan und Howard, formulierte dabei sehr sorgfältig, damit es nicht so aussah, als verlange er von seinen Zeugen, daß sie die Funktion des Richters übernehmen, die Strafe festzusetzen. »Wollen Sie irgendeine persönliche Erklärung zu diesem Fall abgeben?«

»Zuerst einmal«, erwiderte Richard vorsichtig, »möchte ich erklären, daß ich mit meiner Anwesenheit keine Vergeltung üben möchte. Ich möchte auch dem Gericht mitteilen, daß ich noch heute meine Schwester liebe. Aber ich denke, daß wir unter den gegebenen Umständen eine Verpflichtung haben, nämlich die, daß wir angesichts der Brutalität dieses Verbrechens der Gesellschaft die Folgen einer solchen Tat deutlich machen müssen. Deshalb wünsche ich mir die strengste mögliche Strafe.«

Elizabeth, die zusammengesunken am Tisch der Verteidigung

saß, den Kopf in die linke Hand gestützt und vor sich hin starrend, als wolle sie sich der Wucht der Worte entziehen, zeigte keine Reaktion auf Richards Erklärung. Ein paar Minuten später, als sie am Ende des Verhandlungstages aus dem Gerichtssaal geführt wurde, lehnte Richard sich über das Geländer, das die Zuschauer von den Prozeßbeteiligten trennte, und küßte sie sacht auf die Wange. Sie drehte nicht den Kopf oder reagierte in irgendeiner Weise auf diese Geste, sondern sie ging einfach weiter, als sei nichts gewesen.

Am Donnerstag, dem 8. Oktober, einen Tag nachdem Anklage und Verteidigung ihre abschließenden Erklärungen abgegeben hatten, war Richter Sweeney bereit, das Strafmaß festzusetzen. Für diese Sitzung verzichtete Elizabeth auf ihre Kleider, sondern entschied sich für eine gestreifte blaue Bluse und einen weiten blauen und beigefarbenen Pullover. Zwischen Jones zu ihrer Rechten und Davis zu ihrer Linken sitzend, starrte sie vor sich auf die kahle Tischplatte und drückte ihr Kinn auf die Brust, während Richter Sweeney, der während der Anhörung bemerkenswert still geblieben war, sich vorbeugte und die Papiere vor sich zusammenschob. Langsam und betont sorgfältig verlas er ein maschinegeschriebenes Dokument, das er für diese Sitzung vorbereitet hatte.

In seinen zweiundzwanzig Jahren auf der Richterbank, erklärte der Richter, sei es nicht oft passiert, daß er wegen eines Falles nicht habe einschlafen können. Doch Elizabeth Haysoms Fall bilde eine Ausnahme; er habe ihm erhebliches Kopfzerbrechen bereitet. Nachdem er alle Dokumente gelesen hatte, die zu dem Fall gehörten, darunter auch ihre Briefe, und nachdem er ihr fast zwei Tage lang im Gerichtssaal zugehört hatte, sei er zu dem Schluß gekommen, daß sie eine ›sensible, ausgeglichene, begabte, intelligente, wortgewandte Person‹ sei. Es seien gerade diese Qualitäten, die seine Aufgabe so schwer machten. »Es ist nicht einfach, über jemanden zu richten, dessen Intelligenzquotient offenbar den eigenen übersteigt«, sagte er.

Dennoch, so fügte er hinzu, müsse er auch die Art der

Anklage bedenken. Sie habe sich zweier Vergehen schuldig bekannt, die jedes für sich mit der Höchststrafe Lebenslänglich geahndet werden könnten. Die Tatsache, daß sie sich schuldig bekannt habe, werfe ein besonderes Licht auf den Prozeß. Die während der Anhörung erfolgten Aussagen behandelten nur den Hintergrund des Falles und nicht das Verbrechen selbst. »Derartige Hintergrundaussagen wecken Sympathie für die Angeklagte, aber sie dürfen nicht dazu dienen, das Verbrechen zu verharmlosen, das begangen und gestanden wurde«, sagte er.

Updike und Gardner standen nicht allein da in ihrer Hilflosigkeit und Enttäuschung, ein Motiv für die Morde zu finden. Richter Sweeney gestand, daß auch er nicht entscheiden könne, warum Derek und Nancy getötet wurden. »Uns bleibt nur das vage Gefühl, daß dieser Fall ein bizarres Beispiel für eine unangemessene Reaktion auf Elternhaß ist«, sagte er und fügte hinzu, daß er dies für eine nicht angemessene Beschreibung halte, daß er jedoch keine bessere finden könne.

Indem er noch einmal überdachte, was er gelesen und gehört habe, sagte Sweeney, sei er zu dem Schluß gekommen, daß es in diesem Fall drei strafmilderne Umstände gebe. Einer sei, daß der Staatsanwalt nicht annehme, daß Elizabeth direkt an dem Verbrechen beteiligt gewesen war. Andernfalls hätte er sie nämlich des Mordes angeklagt. Aber daß sie rein körperlich nicht am Tatort zugegen gewesen war, bedeute noch lange nicht, daß sie sich nicht doch mit Schuld beladen hat. »Ich bin überzeugt«, sagte er, »daß es ohne ihre Beteiligung niemals zu den Verbrechen gekommen wäre. Einfach ausgedrückt, ich glaube, ihre Eltern wären noch am Leben, wenn sie nicht mitgewirkt hätte.«

Der zweite strafmildernde Umstand sei ihre Entscheidung gewesen, sich nicht gegen die Auslieferung zu wehren und sich, entgegen der Empfehlungen ihrer Anwälte, schuldig zu bekennen. »Das ist der erste Schritt zur Rehabilitation«, sagte er.

Der dritte Umstand sei die Einschätzung ihrer Brüder in bezug auf ihre mögliche Bestrafung. Er betrachte es als bedeutsam, daß sie sich nicht einig seien. Obgleich keiner ihre Schuld in Frage stelle, habe jeder eine andere Auffassung darüber, wie man mit Elizabeth verfahren solle. Veryan zeige sich gnädiger, während Richard und Howard sich für eine lange Strafe aussprächen.

Er sei beeindruckt, so fuhr er fort, von Elizabeths Leistungen und ihren Möglichkeiten. Gleichzeitig sei ihm klar, daß ihre Bestrafung auch dem Verbrechen angemessen sein müsse und nicht ihrem Hintergrund. Eines verursache ihm noch ein gewisses Kopfzerbrechen, nämlich, daß er keine klare Vorstellung davon hatte, was für eine Persönlichkeit Elizabeth zum damaligen Zeitpunkt gewesen war. Ehe sie ihr Geständnis ablegte, habe sie eine Reihe perverser Eigenschaften an den Tag gelegt. Sie sei, meinte er, als Lügnerin, als Betrügerin, als Schwindlerin und Manipulatorin und als Drogensüchtige aufgetreten. Für diese Elizabeth Haysom empfinde er keine Sympathie. Diese Elizabeth Haysom habe jede Strafe verdient, die das Gesetz in einem solchen Fall zulasse. Er habe jedoch den Eindruck, daß mit ihr Veränderungen stattgefunden hätten, daß es da mittlerweile eine neue Elizabeth gebe. »Für diese Person, falls es sie wirklich geben sollte, empfinde ich Sympathie wie ein Mensch für seinen Nächsten. Und ich bedaure zutiefst, daß sie wahrscheinlich eine vielversprechende Zukunft weggeworfen hat.«

Er sagte, er stimme mit den Zeugen überein, die glaubten, daß viele von Elizabeths Anklagen gegen ihre Eltern wahrscheinlich übertrieben oder ganz einfach unwahr seien. Dazu gehörte auch die häßliche Andeutung einer inzestuösen Mutter-Tochter-Beziehung. In dieser Hinsicht glaube er, daß Elizabeth nicht immer die Wahrheit gesagt hat, doch er erkenne auch, daß sie zum Teil diese Lügen eingestanden habe.

Er schaute über die Gläser seiner Halbbrille hinweg und fixierte Elizabeth, die ruhig zwischen ihren beiden Anwälten saß, die Hände vor sich gefaltet auf dem Tisch, als bete sie. Mit ernster Stimme erklärte er ihr, er sei bereit, nun ihre Strafe zu verlesen, und sie könne dazu aufstehen oder sitzen bleiben. Sie entschied sich, sitzen zu bleiben. Sweeney nickte. Schnell und laut verlas er, daß er sie zu je fünfundvierzig Jahren Gefängnis in beiden Klagepunkten verurteilte, also insgesamt zu neunzig Jahren, da die Strafen nacheinander abzusitzen seien. Nach dem in Virginia geltenden Gesetz könne sie erst 1999 mit einer vorzeitigen Entlassung rechnen. Eine Revision sei nicht möglich; Schuldbekenntnisse könnten nicht widerrufen werden.

Elizabeth reagierte nicht, als sie das Urteil hörte. Sie blieb still sitzen und starrte auf ihre gefalteten Hände.

Immer noch mit einer freundlichen Stimme erklärte Sweeney ihr, daß das Gefängnis, in das sie gebracht würde, das beste im Staate sei. »Ich habe es mehrmals besucht«, sagte er. »Es ist ein Gefängnis, aber ein menschenwürdiges, wo Sie anständig behandelt werden und Betreuung erhalten, wenn Sie das wünschen.«

Als er geendet hatte, erhob Elizabeth sich, immer noch nach unten blickend, und streckte die Arme vor, die Handgelenke dicht nebeneinander, damit der Deputy die Handschellen anlegen konnte. Mit trockenen Augen ging sie aus dem Saal und die Treppe des Gerichtsgebäudes hinunter. Auf den Dächern der Gebäude in der Umgebung und vor dem Herbsthimmel deutlich sichtbar, hielten sich Scharfschützen auf, die Sheriff Wells ›für alle Fälle‹ dort postiert hatte.

Epilog

Wenige Stunden nachdem er Elizabeths Urteil verkündet hatte, verflogen die wohlwollenden Gefühle Richter Sweeneys, und er fragte sich, ob er sie nicht zu glimpflich hatte davonkommen lassen. Das äußerste, was er hätte verkünden können, wäre ein zweifaches Lebenslänglich gewesen, was effektiv auch nicht mehr geworden wäre als die zweimal fündundvierzig Jahre, für die er sich entschieden hatte. Aber sie könnte auf diese Weise schon sehr viel früher wieder in Freiheit sein, als er ursprünglich gewollt hatte. Bei zweimal Lebenslänglich müßte sie mindestens zwanzig Jahre absitzen, ehe man über eine vorzeitige Entlassung nachdenken könne. Bei ihrem jetzigen Strafmaß könnte sie schon in zwölf Jahren wieder in Freiheit sein, vielleicht sogar noch eher, wenn sie sich als Mustergefangene erwies. Je länger er darüber nachdachte, desto zwingender erschien es ihm, daß er etwas tun müsse.

Am 15. Oktober 1987, genau eine Woche nach der Urteilsverkündung, tat Sweeney etwas Ungewöhnliches. Er schrieb, was er bisher selten genug getan hatte, an das staatliche Bewährungskomitee. Er sei besorgt, erklärte er dem Komitee, daß in einigen Jahren seine Absichten hinsichtlich Elizabeth Haysoms Schicksal falsch gedeutet werden könnten. Er befürchte, daß die Tatsache, daß er nicht die Höchststrafe über sie verhängt hatte, als Hinweis interpretiert werden könne, daß er bei ihr habe Milde walten lassen wollen. Er wolle hiermit klar machen, daß das nicht zutreffe.

Ihm sei klar, so schrieb er, daß er dem Komitee höchstens eine Empfehlung an die Hand geben könne, alles andere läge nicht mehr in seinem Kompetenzbereich. Als zuständiger Richter, der mit allen Einzelheiten des Falles vertraut ist, betrachte er die Strafe als überaus wichtigen Punkt. »Aufgrund der Schwere der Anschuldigungen und der außergewöhnlichen Brutalität der Verbrechen denke ich, daß Elizabeth Haysom nicht vorzeitig entlassen werden sollte«, schrieb er. »Ich denke, sie solle den wesentlichen Teil der Strafe, die ich über sie verhängt habe, absitzen.«

Nach der Verkündigung des Strafmaßes wurde Elizabeth in das Gefängnis in Goochland gebracht, wo sie sich schnell häuslich einrichtete und elegante Briefumschläge und Briefpapier mit geprägtem Briefkopf bestellte, der keinen Hinweis auf die wahre Natur ihrer augenblicklichen Adresse oder ihre persönliche Situation enthielt. Auf schwerem Büttenpapier, in geschmackvollen grauen Lettern, steht einfach:

Elizabeth R. Haysom
P. O. Box 1
Goochland, VA 23063
U.S.A.

Die Wirkung wird jedoch abgeschwächt, da das Gefängnis die Rückseiten der Umschläge mit dem Hinweis abstempelt: »Dieser Brief wurde von den Justizbehörden weder zensiert noch inspiziert.«

Ebenso wie Holloway ist Goochland ein campusähnliches Gefängnis. Es gibt keine hohen Zäune oder festungsähnlichen Gebäude mit langen Zellentrakten. In Goochland wurden komplette Wohneinheiten geschaffen, jede mit einer eigenen Küche und einem eigenen Speisesaal. Die Gefangenen wohnen in ›Zimmern‹. Im Sommer 1989 verzeichnete das Gefängnis 535 Insassen, was das Fassungsvermögen überstieg. In Elizabeths Einheit wohnten dreiundfünfzig Frauen, und nicht jede Gefangene konnte ein Einzelzimmer bewohnen. Aber Elizabeth brachte es zu einem Einzelzimmer. Als Freizeitbeschäftigung gibt es Tennisplätze, eine Turnhalle, einen Ballspielplatz und, was Elizabeths Interessen besonders entgegenkommt, eine Bibliothek mit mehr als zehntausend Büchern.

Ein gewisser Nachteil in Goochland, falls man es so nennen kann, ist die Tatsache, daß die Insassen dort arbeiten müssen.

Die Behörden wollen sich nicht darüber äußern, welche Arbeit Elizabeth ausübt. Sie wollen auch keine Informationen darüber geben, wie sie sich führt oder wie sie sich mit ihren Mitgefangenen versteht. In anderen Gefängnissen und Zuchthäusern, in denen sie bisher gewesen war, hatte Elizabeth sich immer als problemlose Gefangene erwiesen, und es gibt keinen Grund, weshalb sie sich in Goochland anders verhalten sollte. Vor allem dann nicht, wenn sie sich, trotz Sweeneys Brief, um eine vorzeitige Entlassung bemüht.

Auf der anderen Seite des Atlantiks setzte Jens Soering seinen heftigen Kampf gegen seine Auslieferung fort.

Am 30. Juni 1988, lange nachdem Elizabeth nach Goochland verlegt wurde, wies das House of Lords in London Soerings Einspruch gegen die Verfügung des Magistrats ab, die bestimmte, daß er bis zur Entscheidung über seine Auslieferung in Haft bleiben müsse. Acht Tage später, nachdem seine letzte Einspruchsmöglichkeit bei den britischen Gerichten erschöpft war, wandte Jens sich mit einem Antrag an die europäische Menschenrechtskommision. Auch dieser Antrag sollte verhindern, daß er nach Virginia zurückgeschickt wurde.

Ebenso wie Großbritannien ein Auslieferungsabkommen mit den Vereinigten Staaten geschlossen hat, existiert ein ähnliches Abkommen mit dem Europarat, einer Vereinigung von zweiundzwanzig westeuropäischen Ländern, darunter auch die Bundesrepublik Deutschland. Jens erklärte, daß seine Auslieferung nach Virginia gegen Rechte verstößt, die ihm laut Abkommen mit dem Rat garantiert seien. Interessanterweise begründete Jens die Verletzung seiner Rechte nicht durch die mögliche Hinrichtung, sondern indem er darauf verwies, daß er wahrscheinlich sechs oder mehr Jahre auf die Vollstreckung des Urteils warten müsse. Jens' Anwälte nannten diese Situation das ›Todeszellenphänomen‹. Das eigentliche Phänomen war jedoch, daß sein Antrag überhaupt so weit gelangen konnte.

Trotz seines neuen Einspruchs wurde am 3. August, knapp einen Monat später, verfügt, daß Jens Soering nach Bedford County ausgeliefert werden sollte. Diese Auslieferung fand jedoch nicht statt. Jens wurde aus seiner Zelle im Brixton Prison herausgeholt und sollte in ein Flugzeug in die Vereinigten Staaten gesetzt werden, als er einen Nervenzusammenbruch erlitt. Seine Auslieferung wurde verschoben, mindestens bis zur Entscheidung der Menschenrechtskommission, ob sie über Jens' Antrag verhandeln würde.

Am 5. August wurde Jens in ein Gefängniskrankenhaus eingeliefert. Dr. D. Somekh aus dem Cane Hill Hospital im Vorort Coulsdon, Surrey, ein Psychiater, der Jens seit dem Juni 1987 gelegentlich aufsuchte, wurde mit der Untersuchung betraut.

In einem später vorgelegten Bericht teilte Dr. Somekh mit, daß Jens ihm mehrmals erklärt habe, er sei überzeugt, daß er wegen vorsätzlichen Mordes schuldig gesprochen und zum Tode verurteilt würde, wenn er nach Virginia zurückkehrte. Schlimmer noch als eine schnelle Hinrichtung, so sagte er, sei die Aussicht, in der Todeszelle zu sitzen und für unbestimmte Zeit auf seinen Termin mit dem Henker zu warten. Er befürchtete, aufgrund seiner Nationalität und seiner gesellschaftlichen Schicht unter den anderen Gefangenen ein Ausgestoßener zu sein und daß er wegen seiner Rasse und seiner relativ zierlichen Figur das Ziel tätlicher Angriffe durch andere Gefangene werde. Besonders Angst hatte er vor möglichen homosexuellen Attacken, denn damit geriete er auch in Gefahr, mit Aids infiziert zu werden, woran er sterben könnte, ehe er auf den elektrischen Stuhl käme.

Als Reaktion auf diese Befürchtungen legte Jens ein seltsames Verhalten an den Tag. Zum Beispiel bestand er darauf, seinen Anwälten ausführlich zu erklären, wie sie seine Verteidigung organisieren sollten. Er verbrachte Wochen damit, alle möglichen Einzelheiten über seine Beziehung zu Elizabeth vom Zeitpunkt ihres Kennenlernens bis zu ihrer Verhaftung aufzuschreiben. Allmählich war er dem Druck nicht mehr gewachsen und brach innerlich zusammen.

Gelegentlich schrieb Somekh: »Soering hat mich gebeten,

ihm heimlich Mittel zu verschaffen, mit deren Hilfe er Selbstmord begehen könne, falls er davon informiert würde, daß er in nächster Zeit in die Vereinigten Staaten zurückgeschickt werden soll.«

Entschlossen, auf keinen Fall das Risiko einzugehen, daß Jens sich umbrachte, verfügten die Gefängnisbehörden, daß er als selbstmordgefährdet im Hospital unter Beobachtung zu stellen sei. Dort blieb er bis zum November 1988, als die Nachricht der Menschenrechtskommission, über seinen Antrag zu beraten, seine Lebensgeister beflügelte.

Zwei Monate später verkündete die Kommission ihre Entscheidung. Sie verfügte mit einem knappen Abstimmungsergebnis von sechs zu fünf Stimmen, daß sie nicht annehme, daß das angebliche ›Todeszellenphänomen‹ das Abkommen mit dem Europarat verletzte. Anstatt jedoch den Weg für seine Auslieferung endgültig freizumachen, reichte die Kommission die gesamte Angelegenheit weiter nach oben. Sie empfahl, daß Jens Soering sich mit seinem Ersuchen an die nächsthöhere Instanz, nämlich den Europäischen Gerichtshof für Menschenrechte, wenden solle.

Am 24. April 1989 bei Anwesenheit von zwanzig seiner zweiundzwanzig Mitglieder kam es vor dem Gerichtshof in Straßburg zu einer Anhörung zu dem Antrag. Die meisten Mitglieder des Gerichtshofs sind pensionierte Richter, Anwälte und andere Akademiker. Man gelangt per Wahl in das Gremium, und die Amtszeit dauert neun Jahre. Im Gegensatz zu Entscheidungen der Kommission werden die Entscheidungen des Gerichtshofs unter den Mitgliedern als bindend betrachtet.

Ehe die Anhörung begann, gestattete das Gremium dem deutschen Staat, durch einen Repräsentanten die Forderung begründen zu lassen, daß Jens Soering an sein Heimatland ausgeliefert werden soll. Das war das erste Mal in der Geschichte der Organisation, daß eine dritte Partei, die in den strittigen

Fall nicht direkt verwickelt war, ihren Standpunkt in einem Verfahren darlegen konnte.

Die vor dem Gerichtshof verhandelte Frage war die gleiche wie vor der Kommission: Wenn Jens nach Virginia zurückgeschickt würde, wäre das aufgrund des ›Todeszellenphänomens‹ eine Verletzung seiner Menschenrechte?

Den ganzen Tag wurde diskutiert. Die Sprecher der drei beteiligten Parteien waren Colin Nicholls, einer der englischen Experten für Auslieferungsfragen, der Jens vertrat; der deutsche Vertreter, Meyer-Ladewig; und Sir Patrick Mayhew, der erste Kronanwalt Englands, der gleichzeitig die Vereinigten Staaten vertrat, die nicht Mitglied des Rates waren und daher an der Diskussion nicht teilnehmen konnten.

Zuerst erklärte Nicholls, daß Jens, wenn er nach Virginia zurückgeschickt würde, sehr wahrscheinlich in einer Todeszelle enden würde. »Er hat die Morde gestanden«, meinte Nicholls. »Und die Umstände der Verbrechen lassen vermuten, daß die Jury sich sehr schnell einig sein dürfte, daß die Todesstrafe in einem solchen Fall das einzig Angemessene ist.«

Sobald er erst einmal in einer Todeszelle säße, fuhr Nicholls fort, könne Jens damit rechnen, acht Jahre oder gar noch länger dort auszuharren, bis seine sämtlichen Einspruchsmöglichkeiten erschöpft wären. »Der Antragsteller war zur Zeit der Morde achtzehn Jahre und vier Monate alt. Zum Zeitpunkt der voraussichtlichen Hinrichtung, wenn alles ordnungsgemäß verläuft, wird er fast dreißig Jahre alt sein. Die Persönlichkeit, die mit dreißig Jahren hingerichtet würde, wäre eine völlig andere als die des Achtzehnjährigen, der die Verbrechen begangen hat.«

Neben dem Altersfaktor, so führte Nicholls weiter aus, gäbe es noch die Frage nach Jens' seelischem Zustand, dem psychischen Syndrom, unter dem er litt, während er sich unter Elizabeths Einfluß befand. Dieser Faktor, hob Nicholls vor dem Gerichtshof hervor, erfahre in Virginia keinerlei Würdigung, da die staatlichen Gerichte verminderte Entscheidungsfreiheit nicht als Geisteskrankheit annähmen. »So schlimm und abscheulich das Verbrechen nach objektiver Betrachtung auch war, so kann der Antragsteller doch nicht in vollem Umfang dafür verantwortlich gemacht werden. Die Folge ist, daß der Antragsteller riskiert, mit der Höchststrafe belegt zu werden, obgleich er für seine Handlungsweisen nicht voll verantwortlich gewesen ist. Die Todesstrafe ist in einem solchen Fall nicht angemessen.«

Die einzige Möglichkeit, sicherzugehen, daß Jens' Recht nicht angetastet würde, meinte er, sei, entweder eine Auslieferung generell zu verweigern oder ihn in sein Geburtsland Deutschland zu schicken. »Seine Überstellung in die Vereinigten Staaten ist nur unter der Bedingung möglich, daß gewährleistet wird, daß er nicht der Belastung und der psychischen Folter des Todeszellenphänomens ausgesetzt wird.«

Meyer-Ladewig, der den Standpunkt der deutschen Regierung vertrat, wies darauf hin, es bestünde in Jens' Fall kaum die Gefahr, daß der angeklagte Kriminelle auf freien Fuß gesetzt werde, wenn er nicht an die Vereinigten Staaten ausgeliefert werde. »Das Vereinigte Königreich kann den Antragsteller jederzeit in die Bundesrepublik Deutschland ausweisen, ohne seine nach internationalem Recht bestehenden Verpflichtungen gegenüber den USA zu verletzen. Der Antragsteller würde in Deutschland eine gerechte Strafe erhalten. Er brauche keine Todesstrafe zu befürchten, doch seine Strafe würde entsprechend seiner Schuld verhängt.« Natürlich käme es dann auch nicht zu einem Trauma aufgrund des Todeszellenphänomens.

Obgleich ein Häftling in Virginia seine Wartezeit in der Todeszelle verkürzen könne, indem er einfach auf weitere aufschiebende Anträge verzichtet, meinte Meyer-Ladewig, sei dies letztendlich gleichbedeutend mit Selbstmord und daher keine wünschenswerte Alternative.

Den Standpunkt der Engländer und Amerikaner vertrat Sir Patrick. »Solche Überlegungen dürfen nicht dazu führen, daß der Gerichtshof von seiner eigentlichen Aufgabe abgelenkt wird«, sagte er. Die Aufgabe bestehe darin zu entscheiden, ob Großbritannien durch eine Auslieferung Jens Soerings nach Virginia die Bestimmungen der Menschenrechtskonvention verletzen würde.

Sir Patrick, der unmißverständlich eine Auslieferung an Virginia bevorzugte, fragte den Gerichtshof, weshalb er versuche, sich in die Politik einer Nation einzumischen, die nicht Mitglied dieser Vereinigung ist. »Knapp ausgedrückt«, sagte er, »ist der Standpunkt der englischen Regierung folgender: Es geht letztendlich darum, daß der um Auslieferung bittende Staat die Person entsprechend seiner Gesetze zur Rechenschaft ziehen und einer Bestrafung zuführen will.«

Betrachten wir den Fall doch einmal aus einem anderen Blickwinkel, meinte er weiter. »Angenommen, die Beteiligung der Freundin an der Tat wäre umfangreicher gewesen. Angenommen, sie hätte die Tat mit dem Mörder gemeinsam ausgeführt. Auch sie hätte damit rechnen müssen, zum Tode verurteilt zu werden. Sie hat jedoch nicht die deutsche Staatsbürgerschaft. Wenn nun auch sie sich gegen eine Auslieferung an die Vereinigten Staaten gewehrt hätte – weil sie, wie Sie sicher noch wissen, zusammen mit Mister Soering herkam –, könnte man dann guten Gewissens sagen, daß, während in Mister Soerings Fall eine Rechtsverletzung vorliegt, weil er deutscher Staatsbürger ist und die Möglichkeit einer Auslieferung an Deutschland besteht, im Fall von Miss Haysom keine Rechtsverletzung vorliege, weil ihr keine Möglichkeit offenstehe, nach Deutschland oder in ein anderes Land überstellt zu werden?«

Zu den Dokumenten, die dem Gerichtshof vorlagen, gehörte auch der Bericht von Dr. Somekh. Der Psychiater faßte zusammen, er mache sich weniger Sorgen wegen möglicher kurzfristiger Reaktionen Jens Soerings angesichts einer möglichen Auslieferung als vielmehr wegen langfristiger Auswirkungen. »Die psychologisch schwerwiegendere Frage ist die, inwieweit Soering der Zukunft hoffnungsvoll entgegenblicken kann«, schrieb er. »Wenn Entwicklungen eintreten, die Soering des Eindrucks berauben, daß es für ihn doch noch irgendwelche Hoffnungen auf eine lebenswerte Zukunft gibt, dann befürchte ich, daß die daraus resultierenden depressiven Reaktionen zu einem totalen inneren Zusammenbruch oder sogar zu einem erfolgreichen Selbstmord führen.«

Nach ihrer Überstellung nach Goochland verhielt Elizabeth sich so unauffällig wie möglich, verweigerte Interviews und lehnte Besuche von Fotografen ab. Nur ein einziges Mal wich sie von dieser Linie ab. Anfang 1989 schrieb sie einen bekennerhaften längeren Artikel für die *Liberty Prison News,* die von Reverend Jerry Falwells herausgegebene Publikation der Gefängniskirche. Sie bestätigte darin ihren Übertritt zum Fundamentalismus. Monate später gelangte eine Zeitung in Roanoke, die *Times & World News,* in den Besitz einer Kopie dieses Artikels und druckte ihn ab.

Stilistisch an ihre preiswürdige Kurzgeschichte erinnernd, die sie in ihrer Zelle in Holloway geschrieben hatte, ›Die Schläferin erwacht‹, berichtete Elizabeth gefühlvoll von ihrer jüngsten Monomanie. Obgleich sie ›gefüttert und getränkt würde wie ein wildes Tier, für Jahre eingesperrt in einen winzigen Käfig‹, habe sie einen Weg zu ihrer persönlichen Freiheit gefunden. ›Diese Freiheit liegt in der Liebe zu Christus‹, schrieb sie. ›Christus hat mich aus meinem Gefängnis befreit. Diesmal ist Christus mein Verteidiger, und Gott ist mein Richter.‹

Es gab keine Möglichkeit zu überprüfen, ob ihre Inbrunst echt oder gespielt war. Als sie während der Anhörung in Bedford vor Richter Sweeney ihre Aussagen machte, erschien sie aufrichtig, aber ob sie die Wahrheit sprach, ist eine andere Frage – eine Frage, die wahrscheinlich niemals zufriedenstellend beantwortet werden kann. Betrachtet man jedoch, wie sie in der Vergangenheit gelogen und verschleiert hat, fällt es nicht schwer, ihre letzte Erklärung mit leisem Zweifel zu lesen. Eine Frau, die überzeugend Kontakte mit der IRA vorspiegelt, um im Gefängnis zu bleiben, dürfte genauso gut fähig sein, einen Kontakt mit Gott zu erfinden, um wieder herauszukommen.

Die *Times & World News* hatte ebenfalls ihre Zweifel. In einem bissigen Kommentar stellte die Zeitung fest, daß es für Leitartikelschreiber eine feste Regel sei, ›niemals jemanden wegen seiner religiösen Auffassungen zu kritisieren‹. Doch in Elizabeth Haysoms Fall sei die Zeitung bereit, eine Ausnahme zu machen. ›Sie sagt, daß sie nach einem Leben voller Zweifel endlich Jesus gefunden habe‹, stand dort zu lesen, und weiter, daß ›allgemein bekannt ist, daß eine neu gefundene Religiosität nicht selten die Behörden von der Richtigkeit einer Strafverkürzung überzeugt habe‹. Die Gefängnisverwaltung wurde zur Vorsicht gemahnt. Der Artikel schloß mit dem Satz: ›Schon möglich, daß Haysom ihre Wiedergeburt erlebt hat, doch ihre Opfer sind noch immer tot.‹

Am 7. Juli 1989 verkündete der Gerichtshof für Menschenrechte seine Entscheidung. Sie fiel mit neunzehn zu null Stimmen zu Jens' Gunsten aus. In der Entscheidung heißt es unter anderem:

Nach Auffassung des Gerichts, in Berücksichtigung des langen Zeitraums eines Aufenthaltes in der Todeszelle unter derart extremen Bedingungen mit der allgegenwärtigen Bedrohung einer baldigen Vollstreckung der Todesstrafe, und angesichts der persönlichen Umstände des Antragstellers, vor allem im Hinblick auf sein Alter und seine Gemütsverfassung zur Zeit des Verbrechens, würde eine Auslieferung des Antragstellers an die Vereinigten Staaten ihn dem Risiko einer Behandlung aussetzen, die die von der Menschenrechtskonvention festgelegten Grenzen sprengen würde.

Auch sei von Bedeutung, fügte der Gerichtshof hinzu, daß Deutschland als alternativer Gerichtshof zur Verfügung stehe: ›In diesem speziellen Fall könnte der Zweck einer Auslieferung auch mit anderen Mitteln erreicht werden, die keine derartigen außergewöhnlichen Belastungen des Antragstellers zur Folge hätten.‹

Das Ergebnis dieser Entscheidung sei, so meinte der Gerichtshof anschließend, daß Großbritannien Jens Soering nicht an Virginia ausliefern werde, bevor der Staatsanwalt von Bedford County nicht verbindlich erkläre, nicht die Todesstrafe zu fordern.

Diese Entscheidung brachte Großbritannien und Jim Updike in eine unangenehme Lage. England konnte Jens nach Deutschland schicken oder die Entscheidung ignorieren und ihn an Virginia ausliefern. Updike hingegen könnte die Todesstrafe fallenlassen und sich bereit erklären, Jens wegen Totschlags anzuklagen und die Höchststrafe, lebenslänglich, zu fordern.

Natürlich war Updike mit seinen Möglichkeiten nicht sehr glücklich. Zutiefst frustriert, weil er in der Auseinandersetzung wegen der Auslieferung nicht aktiv werden konnte, verkündete er, daß er nicht nachgeben wolle; er würde auf keinen Fall freiwillig die Anklage wegen vorsätzlichen Mordes gegen Jens fallenlassen. Darauf einzugehen, so sagte er, wäre das gleiche, als würde man sich ›internationaler Erpressung‹ beugen.

Während einer Pressekonferenz im Gerichtsgebäude in Bedford County erklärte Updike vor Reportern: »Da gibt es dieses Ablenkungsmanöver, daß Jens in Deutschland als deutscher Staatsbürger verurteilt werden kann. Das ist großer Unfug. Die dortigen Organe haben keinerlei Beweise, um einen ordnungsgemäßen Prozeß durchzuführen. Die Beweise liegen alle hier vor. Ich kann einfach nicht Tausende von Dollars für einen eingeschränkten Prozeß vergeuden, der uns von einer fremden Regierung aufgezwungen wird. Wenn es auf einen Fall Deutschland gegen Soering hinausläuft, dann kann, soweit es mich betrifft, Deutschland zur Hölle fahren.«

Es überrascht nicht, daß der *Lynchburg News & Advance* diese Position einige Tage später unterstützte. In einem hitzigen Leitartikel vom 13. Juli hieß es: ›Die Entscheidung ist abscheulich, leugnet die Realität und strotzt von Arroganz.‹

Die *Times* in London nahm, allerdings in etwas vornehmerem Ton, die gleiche Position ein. Sie meinte, die Entscheidung entspringe einer ›überaus bizarren Auslegung der Menschenrechtskonvention‹ und sagte voraus, daß ›sie dem Prinzip der Auslieferung, das gewährleisten soll, daß sich Flüchtlinge vor dem Gesetz der gerechten Strafe des Landes, in dem sie das Verbrechen verübt haben, nicht entziehen können, großen Schaden zufügen wird‹. Weiter hieß es: ›Die Begründung des Gerichtshofs legt den Schluß nahe, daß es jedes Auslieferungsersuchen eines Landes ablehnt, das über die Todesstrafe verfügt.‹ Und am schlimmsten sei, meinte die Zeitung, daß damit ein unseliger Präzedenzfall geschaffen würde. ›Es könnte letztendlich dazu führen, daß kriminelle europäische Staatsbürger sich rechtzeitig nach Europa absetzen, um ihrer Strafe in den Vereinigten Staaten zu entgehen.‹

In Virginia wartete Updike gespannt, wie England sich entscheiden würde. Die Antwort erfolgte am 1. August 1989: Innenminister Douglas Hurd gab bekannt, daß England Jens Soering nur unter der Bedingung an Virginia ausliefere, daß er nicht wegen eines Verbrechens angeklagt wird, auf das als Höchststrafe die Todesstrafe möglich ist.

Updike beugte sich der Entscheidung und erklärte, es sei ein Kompromiß auf Regierungsebene auf Grund des Vertrages zwischen zwei Nationen. Die Entscheidung habe Gesetzescharakter, und er müsse sich ihr beugen. Allerdings hob er vor Reportern hervor, daß es von seiner Seite keinerlei Entgegenkommen gegeben habe. »Ich glaube, wenn man mir die Verhandlungen überlassen hätte, wären wir zu einem besseren Ergebnis gelangt.«

Erneut lief in England die Maschinerie an, um Jens auszuliefern. Und erneut kam sie zum Stillstand, noch ehe sie in voller Fahrt war. Sobald der Innenminister seine Entscheidung verkündet hatte, brachte Jens' Verteidiger einen weiteren Antrag vor dem britischen Hohen Gerichtshof ein, in dem er bemängelte, daß der Innenminister zu lange gebraucht habe, um zu einer Entscheidung zu gelangen. Im Auslieferungsabkommen mit Amerika heiße es, daß England eine Frist von genau sechzig Tagen habe, um Jens an Virginia auszuliefern, oder ihn freizulassen. Tatsächlich fiel die Entscheidung erst zwei Tage nach dem ersten Auslieferungsantrag. Der Grund dafür waren jedoch Jens' Einsprüche. Ob der Richter entschied, daß die Uhr zu laufen begann, sobald der erste Auslieferungsantrag unterschrieben worden war, oder ob sie stillstand, solange die verschiedenen Anträge bearbeitet wurden, was monatelang gedauert habe, wurde bisher nicht entschieden. Auf jeden Fall sah es nicht so aus, als würde Jens sich vor Anfang 1990 vor einem Gericht in Bedford County verantworten müssen.

Updike war frustriert und wütend über die Verzögerungen. »Das kann ewig so weitergehen«, sagte er und reichte über den Tisch, um sich eine frische Zigarre aus seiner Messingkiste zu nehmen. »Aber was mich aufmuntert, ist die Gewißheit, daß er zurückkommen wird. Eines Tages wird er hier vor Gericht stehen«, sagte er und wies über die Schulter in Richtung des Gerichtssaales.

Seine Stimmung besserte sich. Seine finstere Miene wurde durch ein knappes Lächeln abgelöst. »Wenn es etwas gibt, was ich aus all dem gelernt habe«, sagte er und schnippte sein Feuerzeug an, »dann ist es Geduld.« Er hielt inne, tauchte das Ende seiner Zigarre in die Flamme und machte einen Zug. »Ich habe mittlerweile die Geduld einer Auster erlernt«, sagte er und verzog das Gesicht zu einem breiten Grinsen, das von einer blauen Qualmwolke verhüllt wurde. »Ich denke, ich werde sie brauchen.«

Nachwort

Hat sie es getan? Oder hat sie es nicht getan?

In ihrer Aussage versuchte Elizabeth, Richter Sweeney davon zu überzeugen, daß sie die Ermordung von Nancy und Derek nicht gewollt habe. Sie sollten nur weggeschafft werden. Aus ihrem Lebensbereich. Irgendwohin. Elizabeth hatte versucht, einen Unterschied zu machen: Sie wollte frei sein von ihren Eltern, aber ihre Eltern sollten nicht getötet werden. Das funktionierte nicht. Am Ende war es auch unerheblich. Das Thema ist erledigt. Elizabeth Haysom bekannte sich schuldig. Soweit es die rechtliche Seite betrifft, hatte sie mitgeholfen bei dem Plan, Derek und Nancy Haysom zu ermorden, ganz gleich, wie ihre Ausflüchte aussahen, ganz gleich, in welchen Haarspaltereien sie sich erging. Aber solche Manöver sind typisch für Elizabeth. Sie ist die geborene Verschleierungskünstlerin. In ihrem Geist gibt es offensichtlich keine Trennlinie zwischen Faktum und Phantasie.

Tatsächlich sind die Hinweise, daß sie den Tod ihrer Eltern wollte, weitaus deutlicher und überzeugender, als ich in dem vorliegenden Bericht habe darstellen können. Ihre Briefe an Jens sind weitaus klarer und eindeutiger, als sie in ihrer Aussage zuzugeben bereit war, und weitaus offener, als ich habe aufzeigen können. Der Grund dafür ist einfach und ärgerlich: Das staatliche Berufungsgericht von New York hat in zwei Entscheidungen das amerikanische Urheberrecht falsch ausgelegt und damit das Recht der Öffentlichkeit auf Information aufs Nachhaltigste beschnitten. Grundsätzlich stellt das Gesetz, so wie das Gericht es interpretiert – und es wird als Gesetz in dieser Form weiterbestehen, es sei denn, das Gericht besinnt sich anders und trifft eine abweichende Entscheidung –, das Recht eines Autors in Frage, aus unveröffentlichten Briefen und Tagebüchern zu zitieren. Offenbar versteht es darunter alle unveröffentlichten Briefe und Tagebücher. Das Gericht hat, entweder auf Grund von Kurzsichtigkeit oder eines gezielten Versuchs der Vernebelung, vergessen, genau zu definieren, ob dies auch für Dokumente zutrifft, die Teil eines öffentlichen Verfahrens sind. Mit anderen Worten, bisher haben Rechtsgelehrte nicht eindeutig feststellen können, ob das Gericht einen Unterschied zwischen privaten Briefen machte, die auf einem Dachboden gefunden werden, und Korrespondenzen, die in anderem Zusammenhang in der Öffentlichkeit zur Sprache kamen. In diesem Fall sind Briefe von Jens und Elizabeth nicht nur Teil eines Gerichtsverfahrens (einige wurden als Beweismittel von Elizabeths Anwälten vorgelegt; andere wurden von Elizabeth selbst im Zeugenstand vorgelesen), sondern sie wurden auch in Zeitungen veröffentlicht oder im Radio und Fernsehen verbreitet. Dennoch verbietet das Gesetz eine Veröffentlichung in dieser Form, nämlich als Teil eines Buchs. Daher befindet der Leser dieses Berichts sich in einem entscheidenden Nachteil. Jeder, der sich selbst ein Bild davon machen will, ob Elizabeth den Tod ihrer Eltern wollte, wie sie es in ihren Briefen an Jens ausdrückt, wird in diesem Bemühen behindert, weil die Beweise (d. h. die Briefe selbst) nicht abgedruckt werden dürfen, weder vollständig noch in Teilen.

Aber das ist nur einer von vielen Punkten in diesem seltsamen, aber faszinierenden Fall. Es bleibt nicht die Frage, ob Elizabeth den Tod ihrer Eltern wollte, sondern warum. Und die wird wahrscheinlich nie beantwortet.

Sicher, es dürfte kaum ein Kind geben, das nicht zu irgendeinem Zeitpunkt das Empfinden gehabt hat, seiner Eltern überdrüssig zu sein. Zum Glück geben nur sehr wenige diesen Empfindungen so drastisch nach. Elizabeth war eine Ausnahme. Natürlich gibt es noch weitere. Die Geschichte wimmelt von Elternmorden. Jeder hat schon mal von Ödipus gehört, der seinen Vater tötete und seine Mutter heiratete. Dann war da Elektra, die, besessen von der Beziehung zu ihrem Vater, ihren Bruder Orest anstiftete, ihre Mutter zu ermorden. Und dann war da in jüngster Vergangenheit der Fall der Cheryl Pierson, eines Tennagers aus Long Island, die einen Klassenkameraden engagierte, um ihren Vater töten zu lassen.

Aber Elizabeths Motive sind nicht so offensichtlich. Cheryl Pierson wollte ihren Vater töten, weil er, wie sie sagte, sie seit ihrem elften Lebensjahr sexuell mißbraucht habe. Elizabeth hat im Zusammenhang vehement dementiert, daß Nancy sie sexuell mißbrauchte. Interessanterweise hat sie nicht speziell dementiert, daß eine inzestuöse Beziehung zwischen ihnen bestand. Aber das heißt nicht, daß es eine solche wirklich gab. Einmal meinte sie, es habe eine gegeben. Ein anderes Mal verneinte sie es. Elizabeth ist immer noch der einzige lebende Mensch, der darüber genau Bescheid weiß, und sie wird im Augenblick sicherlich nicht dazu Stellung nehmen wollen. Abgesehen davon, wer würde ihr auch jetzt noch glauben, ganz gleich, was sie zu diesem Thema zu bemerken hätte? Es ist nicht auszuschließen, daß sie bis zum Schluß die Absicht hatte, zu verschleiern. Gewiß ist sie intelligent genug, zu erkennen, welchen Nutzen sie aus der Verwirrung für sich ziehen kann.

Warum sonst hätte sie ihre Eltern los sein wollen? Aus Verbitterung vielleicht. Elizabeth ist ein privilegiertes Kind. Derek und Nancy gaben ihr alles bis auf eine feste, liebevolle Beziehung. Für Elizabeth hätte das als Grund ausreichen können. Zweifellos hatte sie schon seit Jahren unter den Umständen gelitten. Seit etwa ihrem fünfzehnten Lebensjahr erzählte sie ihren Klassenkameradinnen in Wycombe Abbey, daß sie ein Adoptivkind sei. Aber auch das ist nicht ungewöhnlich. Viele Kinder, speziell solche mit einer ähnlich lebhaften Phantasie wie Elizabeth, haben so etwas schon von sich gegeben. Aber die meisten haben nicht den Tod ihrer Eltern geplant.

Irgendwann sagte sie einmal, sie wolle frei sein. Zweifellos war Nancy eine dominante Persönlichkeit. Zweifellos war die Beziehung zu Derek und Nancy zeitweise einengend. Aber Elizabeth hätte weggehen können. Sie brauchte nur die Tür zu öffnen. Sie war einundzwanzig Jahre alt. Sie brauchte nicht ihr europäisches Abenteuer mit Melinda zu wiederholen, um Nancy und Derek zu verlassen. Sie brauchte nicht in den Straßen herumzustreunen und sich sexuell mißbrauchen zu lassen.

Wenn sie die Angelegenheit umsichtig angefaßt hätte, wären ihre Geschwister ihr sicherlich zu Hilfe geeilt. Aber Elizabeth war auch noch habgierig. Einfach wegzugehen hätte auch das Ende ihrer angefangenen Ausbildung bedeuten können. Sie wollte wohl die Vorteile einer andauernden Beziehung zu ihren Eltern wahrnehmen, ohne jedoch die damit einhergehenden Pflichten zu erfüllen. Sie wollte Dereks und Nancys Geld, so wenig davon auch noch übrig war, aber sie wollte es sich nicht verdienen.

War Elizabeth verrückt? Geisteskrank? Ganz gewiß nicht. Geisteskrank ist ein juristischer Begriff, kein psychiatrischer. Ehe man sie für im juristischen Sinne geisteskrank hätte erklären können, hätten gewisse Bedingungen erfüllt sein müssen. In Virginia, wie auch in fünfundzwanzig anderen Staaten, werden diese Kriterien von der sogenannten M'Naghten-Regel festgesetzt, die besagt, daß eine Person für kriminelle Handlungen nicht zur Verantwortung gezogen werden kann, wenn sie unter einer Geisteskrankheit leidet oder wenn sie die Tragweite ihrer Handlungen nicht erkennen und einschätzen kann oder wenn sie nicht weiß, daß derartige Handlungen ungesetzlich sind. Nicht einmal Dr. Showalter versuchte nachzuweisen, daß dies bei ihr zutraf. Sie hatte eine Persönlichkeitsstörung. Sie war besessen. Aber sie war nicht geisteskrank.

Als Elizabeth an die Universität von Virginia kam, steckte sie voller unterdrückter Wut. Während der ersten Tage lernte sie jemanden kennen, der sich als genauso potentiell explosiv erwies wie sie. Auch er ist ein privilegiertes Kind. Auch er wurde von der Zuneigung seiner Eltern erdrückt. Klaus und Anne-Claire Soering, ebenso wie Derek und Nancy Haysom, wollten nur das Beste für ihr Kind. Jens besuchte eine gute Schule; er brauchte nie auf etwas zu verzichten. Anne-Claire veranstaltete teure Parties für ihn in der Hoffnung, daß seine Beliebtheit bei seinen Klassenkameraden dadurch zunahm. Ihre

Versuche schlugen fehl, nicht wegen ihr, sondern weil Jens ein im Grund unangenehmer Bursche ist. Auf seinem Schreibtisch in der deutschen Botschaft hat Klaus Soering ein großes gerahmtes Foto von Jens und Kai aufgestellt – keins von seiner Frau, nur seine Söhne. Auf seine Art war er genauso eingenommen von seinen Kindern wie seine Frau. Und wie Derek und Nancy von Elizabeth.

Elizabeth trug aus der Beziehung zu ihren Eltern tiefe Narben davon. Das traf auch auf Jens zu. Er war genauso verbittert und zornig wie sie. Elizabeth beschrieb sie beide Male als verwandte Geister. Sie zerrten gegenseitig von ihrer eigenen Unsicherheit. Sie benutzten jeweils die Schwächen des anderen. Sie trieben sich gegenseitig voran. Sie suchten nach ›reiner‹ Liebe, wie Elizabeth es nannte, nach einer Liebe, die ›bedingungslos‹ war. Es war eine kranke, eine üble Beziehung. Was sie anstelle von Liebe fanden, war Haß. Auf ihre Eltern. Auf jede Autorität. Am Ende auch aufeinander.

Wir wissen noch immer nicht, warum Derek und Nancy Haysom ermordet wurden. Aber bisher haben wir nur eine Seite der Geschichte gehört. Wir werden niemals mit letzter Sicherheit wissen, was Jens und Elizabeth dazu trieb, die Morde zu planen und auszuführen, ehe wir nicht Jens' Version gehört haben. Eine Beurteilung des Motivs muß verschoben werden bis zu dem Tag, an dem Jens vor Gericht erscheint. Das sollte in Virginia geschehen. Jens vor ein deutsches Gericht zu stellen wäre nackter Hohn.

Wenn der Tag von Jens' Prozeß anbricht, falls es dazu kommen sollte, wird es sicherlich interessant sein, seine Erklärung zu hören. Und es wird genauso interessant sein, zu sehen, ob Elizabeth, falls sie als Zeugin gegen ihren ehemaligen Geliebten aufgerufen wird, ihre Geschichte erneut verändert. Wenn sie es tut, dürfte es kaum überraschen.

Während die Herausgabe dieses Buchs vorbereitet wurde, beschloß Jens Soering seinen Kampf gegen eine Auslieferung abzubrechen. Er wurde nach Virginia zurückgebracht, um sich wegen vorsätzlichen Mordes an Derek und Nancy Haysom vor Gericht zu verantworten.

Nachwort zur deutschen Ausgabe

Eigens für die deutsche Ausgabe seines Buches schrieb der Autor, Kenneth J. Englade, ein weiteres Nachwort, das die Ereignisse bis zum 1. November 1991 berücksichtigt:

Obwohl das Gerichtsverfahren sich immer mehr in die Länge zog und schließlich mehrere Monate in Anspruch nahm, konnten die Behörden von Virginia sich letztlich durchsetzen. Kurz vor dem Weihnachtsfest 1989 sah Jens ein, daß sein Antrag auf Überweisung an die deutschen Behörden keinerlei Erfolgschancen hatte, und gab auf.

Anfang 1990 wurde er nach Bedford zurückgebracht, damit er dort vor Gericht gestellt werden konnte. Die Anklage lautete auf zwei Morde ersten Grades. Updike war stolz, den pausbäckigen jungen Mann endlich fest in den Klauen des Gesetzes zu haben, aber seine Freude wurde getrübt durch eine Zusage, die der Anklagevertreter im Zuge der Auseinandersetzung um die mögliche Ausweisung nach Deutschland abgegeben hatte: nämlich nicht die Todesstrafe für Jens zu fordern.

Als der Beschuldigte am 1. Juni 1991 den winzigen Gerichtssaal von Bedford betrat, wußte er, daß die höchste Strafe, die ihn erwarten konnte, zweimal lebenslänglich war.

Wie sie während ihres eigenen Prozesses versprochen hatte, trat Elizabeth nun – es war der 13. Juni 1991 – in den Zeugenstand, um gegen ihren früheren Freund und Geliebten auszusagen. Konsequent mied sie den Blickkontakt, den Jens, kaum 20 Meter von ihr entfernt, so hartnäckig suchte. Und dann erzählte sie en detail, wie sie und Jens einen Plan zur Ermordung der Eltern ausgearbeitet hatten. Während sie in Washington geblieben sei, um ein Alibi zu haben, sei Jens nach Boonshoro gefahren und habe Nancy und Derek Haysom erstochen.

Richard Neaton, Jens' Anwalt, unterzog Elizabeth einem aggressiven Kreuzverhör, aber sie blieb bei ihrer Aussage. Das einzige, was Neaton der wachsbleichen und überaus nervösen Elizabeth abringen konnte, war das Eingeständnis, in der Vergangenheit einige Male gelogen zu haben. Der Anwalt konnte nur hoffen, daß er in den Köpfen der Geschworenen so starke Zweifel an Elizabeths Glaubwürdigkeit wachgerufen hatte, daß sie vielleicht Jens freisprechen oder wenigstens für ein milderes Strafmaß eintreten würden.

Aber was Neaton mit diesem Verhör an Boden gewonnen haben mochte, verlor er schon wieder, als sein Mandant selbst das Wort ergriff.

Er sah weit jünger als 23 Jahre aus; herausfordernd und von oben herab musterte er die Menschen im Gerichtssaal, als wolle er ihnen allen den Kampf ansagen. Eine äußerst kühne Haltung, eingedenk der dürftigen Substanz seiner Verteidigungsrede. Ohne nachzudenken, widersprach er der Aussage von Elizabeth und stellte die ganze Anklage, wie die Staatsanwaltschaft sie aufgebaut hatte, als nichtig dar. Es wirkte reichlich arrogant, als er angesichts der Vorstellung, jemand könnte Elizabeth Glauben schenken, lauthals zu kichern begann. In Wahrheit sei es genau umgekehrt gewesen: *Er* habe sich in Washington aufgehalten, um sich ein Alibi zu sichern, während *Elizabeth* in Boonsboro ihre eigenen Eltern umgebracht habe.

Später habe er nur deshalb die Doppelmorde auf sich genommen, weil er um jeden Preis seine Freundin schützen wollte. Als er merkte, in welch bedrohlicher Lage er sich befand, so Jens weiter, habe er sich um eine Ausweisung nach Deutschland bemüht – es schien die einzige Möglichkeit zu sein, sein Leben zu retten. Und erst nachdem er beschlossen hatte, für eine Ausweisung nach Deutschland zu kämpfen, so versicherte Jens, habe er einen deutschen Anklagevertreter, der ihn in London verhörte, den Mord an Derek und Nancy gestanden. Auf diese Art, so habe er damals gehofft, könnte er die deutschen Behörden dazu bewegen, sich stärker für seine Ausweisung nach Deutschland einzusetzen.

Aber Jens' Versuch, Elizabeth die Schuld für die Morde in die Schuhe zu schieben, schlug kläglich fehl. Kurz nachdem er wieder Platz genommen hatte – es war drei Uhr nachmittags –, wurde der Fall den Geschworenen übergeben. Richter Sweeney fragte die zwölf Jurymitglieder um sechs Uhr abends, ob sie ihre Beratungen an diesem Abend noch abschlössen, oder ob sie noch den nächsten Vormittag benötigten. Der Jurysprecher versicherte, mehr als eine Stunde brauche man nicht zur Urteilsfindung.

Und so war es denn auch. Nach weiteren vierzig Minuten kehrten die sechs Männer und sechs Frauen zurück. Einstimmig hatten sie Jens des zweifachen vorsätzlichen Mordes für schuldig befunden. Und sie empfahlen die Höchststrafe: zweimal lebenslänglich.

Richter Sweeney lehnte sich zu Jens hinüber und starrte ihn grimmig an. »Sehen Sie irgendeinen Grund, warum ich nicht sofort Ihre Verurteilung verkünden sollte?«

»Ja«, gab Jens herausfordernd zurück, »weil ich unschuldig bin.«

Aber Sweeney verhängte genau die Strafe, die die Geschworenen empfohlen hatten: zweimal lebenslänglich. Eine Aussetzung der Strafe zur Bewährung kommt also frühestens in zwanzig Jahren in Betracht.

Neaton legte sofort Berufung gegen das Urteil ein. Die Liste der Beanstandungen reichte vom angeblichen Versäumnis des Richters, den Prozeß an einen anderen Bezirk zu übergeben, bis hin zur Klage, Jens sei der Schutz des fünften Zusatzartikels der amerikanischen Verfassung verweigert worden, als er während seiner Haftzeit in Großbritanniens sich selbst des Doppelmordes bezichtigte.

Am 9. Oktober 1991 lehnte ein dreiköpfiges Richtergremium Neatons Berufung ab und bestätigte den Schuldspruch der Geschworenen. Natürlich sind weitere Berufungen möglich, aber nach aller Erfahrungen würde deren Bearbeitung noch sehr viel Zeit verschlingen. Um es kurz zu sagen: Solange sich die Beweislage nicht entscheidend ändert, spricht alles dafür, daß Jens genau die Strafe abbüßen muß, die das Gericht in Virginia über ihn verhängt hat.

Währenddessen sitzt Elizabeth weiterhin im Frauengefängnis von Goochland ein. Zwar hat sie halbherzig den Versuch unternommen, eine Überweisung in ein kanadisches Gefängnis zu erwirken, da sie kanadische Staatsbürgerin ist, aber die Behörden von Virginia haben diesen Antrag so entschieden abgelehnt, daß Elizabeth – zumindest vorübergehend – diese Idee aufgegeben hat. Angesichts ihrer schon oftmals bewiesenen Willensstärke wäre es allerdings nicht verwunderlich, wenn sie ihre Bemühungen zu einem späteren Zeitpunkt noch einmal verstärken sollte.

Mit dem gleichen Recht könnte auch Jens eine Verlegung in ein deutsches Gefängnis verlangen, denn auch er ist ja nicht amerikanischer Staatsbürger. Bedenkt man jedoch, daß letzten Endes er und nicht Elizabeth der Morde für schuldig befunden wurde, scheint es durchaus wahrscheinlich, daß die Behörden von Virginia sich einem solchen Versuch noch entschiedener entgegenstellen würden als im Fall von Elizabeth.

Band 13 323

Joe McGinniss

Die Unschuld des Mörders

Wie ein Donnerschlag bricht das Unheil über eine amerikanische Familie herein. Eine schwangere Mutter und ihre beiden Kinder werden in ihrem Haus erstochen und erschlagen. Nur einer kommt mit Stichwunden und einem Schock davon: Jeffrey MacDonald, der Familienvater, der selbst die Polizei ruft.
Auch wenn viele Indizien gegen ihn sprechen – die Nachbarn, die Verwandten, der Gerichtspsychologe sind sich einig: Dr. Jeffrey MacDonald, Arzt und Angehöriger der Green Berets, kommt als Täter nicht in Frage. Er ist immer ein treusorgender Familienvater gewesen, tatkräftig, hilfsbereit und charmant dazu. Wie kein zweiter hat er den amerikanischen Traum gelebt. Warum sollte er selbst diesen Traum mit Blut besudelt haben?
Kein Verbrechen in den letzten Jahren hat Amerika mehr bewegt als dieses. Kein Buch hat die amerikanische Bestsellerliste länger angeführt als dieses.

BASTEI LÜBBE

Sie erhalten diesen Band im Buchhandel, bei Ihrem Zeitschriftenhändler sowie im Bahnhofsbuchhandel.

Band 13 327
Joan Barthell
Tod in Kalifornien
Deutsche Erstveröffentlichung

Stellen Sie sich vor, Sie sind 31 Jahre alt, blond und atemberaubend hübsch. Sie sind die Verlobte eines erfolgreichen amerikanischen Werbeagenten, bei dem die Schauspielerprominenz ein- und ausgeht. Sie verbringen mit ihm ein Wochenende auf dem Lande. Mitten in der Nacht werden Sie durch unheimliche Geräusche wach. Ihr Verlobter ist ermordet worden. Und der Mörder bedroht Sie. Später will er Ihr Liebhaber werden – und das Schlimmste von allem: Sie müssen sich eingestehen, daß er eine schreckliche Faszination auf Sie ausübt . . .
Ein Alptraum? Nur ein weiterer Kriminalroman? Leider nein. Es ist bittere Realität, was sich da abgespielt hat unter der warmen Sonne Kaliforniens.

BASTEI LÜBBE

Sie erhalten diesen Band im Buchhandel, bei Ihrem Zeitschriftenhändler sowie im Bahnhofsbuchhandel.